Moira Frank

Sturmflimmern

Moira Frank

STURM FLIMMERN

Roman

cbt

Der Verlag weist ausdrücklich darauf hin, dass im Text enthaltene externe Links vom Verlag nur bis zum Zeitpunkt der Buchveröffentlichung eingesehen werden konnten. Auf spätere Veränderungen hat der Verlag keinerlei Einfluss. Eine Haftung des Verlags ist daher ausgeschlossen.

Dieses Buch ist auch als E-Book erhältlich.

FSC
www.fsc.org
MIX
Papier aus verantwortungsvollen Quellen
FSC® C014496

Verlagsgruppe Random House FSC® N001967

1. Auflage 2016

Umschlaggestaltung: *zeichenpool, München
Umschlagmotive: Gettyimages (Jaclyn Sollars); Shutterstock (EpicStockMedia, Dunescg)
MI · Herstellung: TG
Satz: Buch-Werkstatt GmbH, Bad Aibling
Druck: GGP Media GmbH, Pößneck
ISBN 978-3-570-16457-0
Printed in Germany

www.cbt-buecher.de

Für euch.

Der Kassierer beobachtete sie, seit sie hereingekommen war. Er hatte ihr Gesicht gesehen. Das getrocknete Blut unter ihrer Nase, das sie nicht ganz hatte abwischen können. Ihre aufgeplatzte, dick geschwollene Lippe. Wahrscheinlich sogar ihre zitternden Hände.

Im Kiosk roch es nach Kaffee und Zeitschriften und schwach nach dem Diesel, mit dem der Angestellte draußen die Autos betankte. Aus dem Kofferradio im Regal hinter dem Tresen drang blechern klingender, schläfriger Country. Am Durchgang ins Hinterzimmer hing ein Wandtelefon. Um halb vier in der Nacht war Harriet die einzige Kundin, doch sie fühlte sich, als durchbohrten ihren Rücken noch Dutzende mehr Augenpaare als nur das des Kassierers, einem weißen Mittvierziger in kariertem Hemd und mit Baseball-Schirmmütze, der wahrscheinlich gleichzeitig der Inhaber war. Harriet stand am Kühlschrank und hatte ihm den Rücken zugewandt. In der linken Hand balancierte sie drei eingepackte Sandwiches, unter den Ellbogen hatte sie eine Flasche geklemmt, deren Kälte durch ihren Mantel strahlte. Die geschwollene untere Hälfte ihres Gesichts pochte. Auf ihrem linken Ohr war seit drei Stunden ein leises, aber hartnäckiges Pfeifen. Aus den Augenwinkeln sah sie den Inhaber durch das Fenster Blicke mit jemandem wechseln, dann zum Telefon blicken.

Harriet nahm instinktiv von ganz unten eine Flasche Milch und schloss den Kühlschrank mit der Schulter. Als sie sich umdrehte, sah der Inhaber sie plötzlich nicht mehr an, sondern blätterte in etwas hinter dem Tresen. Harriet hielt die Flaschen so fest, dass ihre Hände still waren, ging zu ihm hinüber und stellte sie auf den Tresen.

»Abend«, sagte sie. Ihre Stimme war rau, aber fest.

Der Mann sah von seiner Zeitung auf und räusperte sich. Er vermied, ihr direkt in die Augen zu sehen. Auf seinem Gesicht sah

Harriet wie schon bei dem Tankwart, dem sie draußen zehn Dollar gezahlt hatte, eine Mischung aus Misstrauen und Mitleid. Das Misstrauen überwog.

»Abend auch«, sagte er. Er trug eine Kappe der Cincinnati Reds, die im letzten Jahr, 1971, eine katastrophale Saison gespielt hatten. Sie legte die drei eingepackten Sandwiches und eine Packung Tylenol neben die Flaschen und zog einen zerknitterten Schein aus ihrer Hosentasche. Im Radio löste ein melancholischer Titel von Johnny Cash den letzten Song ab. Der Inhaber nahm den Schein und hielt ihn bloß in der Hand. Harriet sah, dass er heftig mit sich rang. Als er endlich den Mund öffnete, kam sie ihm zuvor.

»Das war das letzte Mal«, sagte sie. »Ich lass mich von ihm nicht mehr so behandeln, wissen Sie?«

»Ach ja?«, sagte der Inhaber, verdutzt von ihrer Initiative.

»Ja«, sagte Harriet und zwang sich zu einem Lächeln, bei dem ihre Unterlippe wieder zu bluten begann. »Diesmal geh ich ganz bestimmt nicht zu ihm zurück. Mir reicht's.«

Der Inhaber hielt noch immer ihren Schein. »Es geht mich ja nichts an«, sagte er, »aber ich hoffe doch, dass Sie bei der Polizei waren. Ich will nicht unhöflich sein, aber Sie sind ganz schön zugerichtet. Und Sie bluten sogar.«

»Wenn ich mir gleich eine kalte Coke an den Mund halten kann, geht's mir viel besser.«

Er warf einen kurzen Blick aus dem Fenster. Harriet ballte die Hand, die sie nicht auf den Tresen gelegt hatte, zu einer zitternden Faust. In ihren Ohren dröhnte es.

»Es ist nett, dass Sie sich Sorgen machen«, sagte sie, »aber das müssen Sie nicht.«

Plötzlich sah er sie wieder an, zum ersten Mal direkt. »Er hat Sie doch nicht gezwungen? Zu tanken und dann hier reinzukommen und was zu kaufen?«

»Nein«, sagte Harriet zu rasch und zu schrill, »nein, um Gottes willen!«

»Wissen Sie, ich kann die Cops rufen, ganz unauffällig. Wenn Sie Hilfe brauchen. Ich tu so, als würde ich meine Frau anrufen oder irgendwen, und Sie bleiben hier, bis die Cops kommen.«

»Das ist wirklich nett, aber ich bin mit meinem Schwager hier. Er hat mich abgeholt. Mein Ex hat ihn ganz schön zugerichtet. Deshalb fahre ich und er hat sich auf dem Rücksitz hingelegt. Wir wollen heute noch zu meiner Schwester nach Columbus. Das habe ich ihr versprochen.« Und einer Eingebung folgend fügte sie hinzu: »Sie ist großer Fan der Reds, wissen Sie. Meine Schwester. Vielleicht werd ich's ja auch, wenn ich zu ihr und ihrem Mann ziehe.«

Wie durch ein Wunder wirkte das. Er hörte auf nachzubohren, auch wenn er nicht völlig überzeugt davon schien, die Cops aus dem Spiel zu lassen. »Wenn Sie bis Columbus durchhalten müssen, brauchen Sie und Ihr Schwager einen Kaffee. Der geht aufs Haus.«

»Nein, vielen Dank, aber ich glaube, eine kalte Coke wäre jetzt viel besser.«

»Dann geht die Coke aufs Haus«, sagte er und begann, die einzelnen Posten in die Kasse einzugeben. Ihre Einkäufe steckte er in eine Papiertüte. »Passen Sie auf sich auf.«

»Mache ich.«

»Und gehen Sie bloß nicht zu ihm zurück. Das darf man mit keiner Frau machen.«

Harriet zwang sich noch einmal zu einem Lächeln, diesmal nicht ganz so breit, weil ihr Mund ertaubte und sie plötzlich Tränen in den Augen hatte. »Der sieht mich nie wieder.«

Sie verließ den Laden. Es regnete noch, doch es war nichts im Vergleich zu dem Sturm in Philadelphia, der innerhalb von zwei verregneten Tagen den Delaware River über die Ufer hatte treten lassen und die halbe Stadt unter Wasser gesetzt hatte. Sie ging rasch in Richtung Wagen, die Papiertüte umklammernd, den Kopf gegen den Nieselregen gesenkt, der sich auf ihrem Gesicht und ihren Händen wie feine Nadeln anfühlte. Der Tankwart stand neben der Zapfsäule und rückte seine Kappe zurecht, als sie auf ihn zukam.

»Ma'am«, sagte er. Sie nickte ihm zu und hoffte, dass er sie nicht ebenfalls beiseitenahm und ihr anbot, die Cops zu rufen. Er war jung, sichtbar ein guter Sportler. Er war schwarz, und vielleicht sah er sie deshalb mit viel weniger Misstrauen an als sein Chef. »Alles in Ordnung?«

»Mir geht's gut. Sagen Sie Ihrem Chef von mir noch mal Danke. Wenn er Ihr Chef ist«, fügte sie hinzu.

Er nickte mit sichtbarer Skepsis. »Werd ich. Gute Fahrt, Ma'am«, sagte er und ließ sie vorbei.

Als Harriet einstieg, roch sie zuerst das Blut. Schill war noch bei Bewusstsein. Er atmete schwer aus vor Erleichterung, dass sie zurück war. Sie stellte die Einkäufe neben sich und sah sich kurz nach ihm um.

»Fahr«, sagte er erstickt.

Harriet schnallte sich an, ließ den Wagen an und bog vom leeren Parkplatz zurück auf die vom Regen glänzende, die Leuchtanzeige der Tankstelle spiegelnde Straße. Im Rückspiegel sah sie den Tankwart zum Kiosk hinübergehen und eintreten.

»Er ruft die Cops«, sagte Schill, träge vor Schmerzen. Er war aschfahl und saß vornübergebeugt, die rechte Schulter gegen die Tür gestützt, um sich nicht auf die linke lehnen zu müssen. »Verdammtes Wunder, dass er mich nicht zur Rede gestellt hat. Sah so aus, als wollte er das tun, wenn du nicht gekommen wärst.«

Harriet bezweifelte, dass der Tankwart tatsächlich einen Versuch gemacht hätte, Schill mit den Gesichtsverletzungen seiner Begleiterin zu konfrontieren. Breitschultrig, muskulös und größer als die allermeisten Männer, hätte Schill auch unverletzt Respekt einflößend gewirkt. Doch wenn er näher in den Wagen gesehen hätte, würde wahrscheinlich bereits jetzt die örtliche Polizei nach ihnen fahnden.

»Ich habe den Chef überzeugt. Ich habe ihm gesagt, du wärst mein Schwager und hättest mich vor meinem Ex gerettet.« Sie redete gegen ihre Zweifel an. »Schill, wir mussten tanken, und sie wären viel misstrauischer gewesen, wenn ich nicht ausgestiegen wäre.« Die Tankstelle war weit hinter ihnen zu einem vom Regen verwaschenen Lichtfleck verschwommen. Harriet musste sich beherrschen, nicht das Gaspedal durchzudrücken. Ihr Puls war immer noch zu hoch. Ihre Muskeln brannten vom Zittern. Die Angst saß ihr heiß und spitz in der Brust. Gleichzeitig kam ihr alles unwirklich vor, wie durch eine Glasscheibe beobachtet. Vielleicht, dachte sie, schlief sie oder sah mit Julie einen schlechten Kriminalfilm im Kino. Dann fielen ihr die Einkäufe wieder ein. Sie war inzwischen ruhig genug, um eine Hand vom Lenkrad zu nehmen. »Versuch, ob sie nicht was essen will«, sagte sie. »Und ich habe dir Tylenol mitgebracht.«

Schill nahm ihr die Tüte mit der gesunden Hand ab, stellte sie neben sich und lehnte sich steif vor Schmerzen nach vorn, um in den Fußraum greifen zu können.

»Hey«, sagte er leise. »Du kannst wieder hochkommen.«

Harriet warf einen kurzen Blick über die Schulter und sah Sofias zerzausten Kopf unter der Decke auftauchen, mit der Schill sie im Fußraum verborgen hatte. Er zog sie vorsichtig hoch auf die Rückbank. Ihr Haar, immer noch feucht vom Regen, stand ihr wild vom Kopf ab. Ihre Augen waren verquollen vom vielen heftigen Weinen in dieser Nacht, doch jetzt war sie ruhig. Harriet sah zurück auf die Straße.

»Bist du hungrig?«, hörte sie Schill zu Sofia sagen.

Sofia streckte sich, um in die Tüte zu spähen. Schill nahm ihre Hand und schlug ihr Julies viel zu großen weißen Strickpullover an den Ärmeln hoch. Sofias verbundene Hände kamen zum Vorschein. Schill holte ein Sandwich aus der Tüte und wickelte es für sie aus. Er konnte nur eine Hand für alles benutzen. Wie Harriet zitterte er.

»Thunfisch?«, sagte er. »Ernsthaft, Harriet? Für ein vierjähriges Kind?«

Doch Sofia verschlang es in großen Bissen. Schill strich ihr ein paar Haarsträhnen aus dem Gesicht, damit sie ihr nicht in den Mund gerieten. Dann nahm er vier Tylenol auf einmal und trank die Hälfte der Cola hinterher, die der Cincinnati-Reds-Mann Harriet geschenkt hatte.

»Fuck«, sagte er heiser. »Danke. Willst du auch welche?«

»Nein. Ich werde sonst müde. Aber gib mir die Flasche, solange sie noch kalt ist.«

Sofia stopfte sich den Rest des Sandwiches in den Mund. Schill schraubte ihr die Flasche Milch auf und hinderte sie daran, sie sich vor lauter Eifer über den Schoß zu kippen.

»Langsam«, sagte er. Er ließ sie ein Drittel der Flasche trinken. Danach leckte Sofia sich die Finger ab und wischte sich mit den bandagierten Händen über den Mund, behutsam, weil sie wehtaten. Ihre unter dem Verband hervorragenden Fingerknöchel waren gerötet davon, dass sie auf ihnen gekaut hatte.

Sie schlief nicht sofort wieder ein. Harriet sah ihre Augen im Dunkeln schimmern, ihr herzförmiges kleines Gesicht in Schills Arm gedrückt.

»Wir müssen das Auto bald wechseln«, sagte Schill.

»Ich weiß.« Die Flasche tat Harriets Lippe gut, dämpfte den Schmerz. Sie sah Schill im Rückspiegel an. Er sah zurück. Seine Augen waren eingesunken. Sein Gesicht war hohl. Der Anblick versetzte ihr erneut einen heftigen, heißen Stich Angst. »Haben wir sie abgeschüttelt?«, fragte sie.

»Wenn nicht, hätten sie uns längst.«

Da war die Pistole, die sie erkämpft hatte, unter dem Fahrersitz. Sie wollte sie nicht. Sie wollte nie wieder in ihrem Leben eine Waffe anrühren.

»Wenn sie uns diesmal finden, werden sie uns umbringen«, sagte Harriet bemüht sachlich. Sie spürte beim Schlucken, wo ihr der Hals zugedrückt worden war. Das Dröhnen in ihrem Kopf. Die Pistole, die ihr aus der Hand gezogen wurde. Ihr letzter Gedanke: *Das war's. Ich hab's versucht.* »Die werden nicht verhandeln. Isaac –«

»Du machst Sofia Angst!«, sagte Schill laut und scharf. Harriet verstummte. Sofia zuckte zusammen, als er die Stimme erhob, beruhigte sich jedoch gleich wieder. Sie sah nicht verängstigt aus. Sie hatte sich entspannt und sah aus dem Fenster, beobachtete die gelegentlich vorbeiziehenden Lichter anderer Autos, einsamer Schilder.

Harriet fing das Gespräch nicht wieder an. Schills Tabletten begannen zu wirken. Seine flachen, gequälten Atemzüge wurden tiefer, und schließlich schlief er ein. Kurz darauf passierten sie die Grenze. Aus der Dunkelheit tauchten großen Schilder auf, die sie in Ohio begrüßten: *Mit Gott sind alle Dinge möglich.*

Harriet stellte das Radio an. Sie hielt es nicht allein mit dem Pfeifen in ihrem Kopf aus, mit den kurzen, heftigen Anfällen, die ihren Puls hochjagten und sie wieder in kalten Schweiß ausbrechen ließen. Sofia, die sich, barfuß, winzig, auf sie warf, um ihr zu helfen. Die splittrigen Einschusslöcher in den Dielen. Der dritte Schuss, laut und schneidend im Treppenhaus. Schill, zwischen dessen Stiefeln sich auf dem Boden des Aufzugs eine kleine Pfütze Blut sammelte, verblüfft die weinende Sofia umklammernd. Die überflutete Stadt, das Blinken von Umleitungen, während Harriet versuchte, einen Weg auf den Highway zu finden, und Schock, Schmerz und Adrenalin in ihrem Körper wüteten. Während sie betete, flehte, dass Schill nicht auf der Rückbank verblutete.

Sie fuhr an Columbus vorbei. Danach sagte ihr kein Ortsname mehr etwas. Sie dachte an Julie, die in dieser Nacht der Zufall davor bewahrt hatte, in all das mit hineingezogen zu werden. In New York hatte sie und ihre Brüder, die zum Eisfischen am Ontariosee gewesen waren, ein Schneesturm überrascht, sodass sie länger bleiben mussten. Vielleicht hatte schlechtes Wetter ihr das Leben gerettet.

Irgendwann auf der langen, einsamen Strecke, ihr bester Freund und das fremde Kind tief schlafend auf der Rückbank, erkannte Harriet, dass sie nie wieder zurückkehren konnte.

Die Dämmerung setzte ein, als sie zu einem billigen, anonymen Motel am Rand eines Industriegebiets abbog, aus dessen vielen dünnen Schloten bläulicher Rauch in den Himmel stieg. Die Frau an der Rezeption fragte Harriet nicht, wer sie geschlagen hatte. Sie gab ihr kommentarlos den Schlüssel.

Das Zimmer hatte ein winziges Bad, ein durchgelegenes Doppelbett und ein Portrait von Kennedy an der Wand. Harriet trug die schlafende Sofia zum Bett, ging zurück zum Wagen und weckte Schill. Der provisorische Verband aus Kompressen und Mullbinden, den sie ihm auf einem windigen Rastplatz in Pennsylvania angelegt hatte, war zwar blutig, aber nicht stark. Für einige Stunden würde es noch gehen. Schills Arm war grau vor Blutmangel, seine Tätowierungen wirkten schmutzig. Die Wunde fühlte sich warm an. Auch Schills Stirn war heiß. Sie musste ihm Antibiotika besorgen.

Schill schlief wieder ein, sobald sie ihm half, sich zu Sofia aufs Bett zu legen. Harriet schloss sie beide ein. Sie fuhr den Wagen eine Meile die Straße hinab und ließ ihn offen und mit dem Schlüssel in der Zündung in einer Seitenstraße stehen. Sie ging zu Fuß zurück, den Verbandskasten in der Hand, die Pistole in der Manteltasche. Während sie über den dunklen Parkplatz vor dem Motel zu ihrem Zimmer ging, ließ das Pfeifen auf ihrem Ohr nach. Ihre Schultern brannten, ihr Rücken war steif. Sie musste schlafen, wenigstens für zwei Stunden. Dann musste sie irgendwie einen neuen Wagen besorgen. Sie würde Sofia und Schill eine halbe, vielleicht eine Stunde länger schlafen lassen. Sie würde Julie anrufen, und dann mussten sie weiter.

Sofia hatte sich auf die Seite gedreht und die Knie angezogen, schlief aber noch tief, als Harriet zurückkam. Sie hatte die Hände im Schlaf geballt. Unter ihrem linken Ärmel war das laminierte Papierarmband hervorgerutscht.

Harriet schloss ab und zog die Vorhänge zu. Sie ging ins Bad und wusch sich die Hände und das Gesicht mit Seife, bis ihre Haut brannte, löschte das Licht und setzte sich zu Schill und Sofia aufs Bett. Schill lag auf der unverletzten Seite, Sofia zugewandt, und atmete vor Schmerz gepresst, aber er schlief. Draußen war es ganz still und noch nicht hell.

Harriet lehnte sich zu Sofia, die auf dem großen Bett verloren wirkte, und zog ihr die Decke über die Schultern. Sofia roch nach Julie und nach Schills Jacke, in die er sie eingewickelt zu ihr getragen hatte, nach dem Thunfischsandwich und darunter wie ein ganz normales Kind.

Harriet saß auf der freien Seite des Betts und kämpfte gegen die bleierne Müdigkeit. Dann bemerkte sie, dass Sofia sich bloß schlafend stellte. Sie wusste nicht, wann sie aufgewacht war, doch als sie ihr vorsichtig die Hand hinschob, tat Sofia, als bewege sie sich im Schlaf, und griff Harriets Hand mit warmen, von den Mullbinden rauen Fingern.

TEIL 1:
HITZE

1.

Sofia stand barfuß, ihren abgewetzten Armeerucksack an einem Riemen über die Schulter gehängt, auf ihr Fahrrad gestützt auf der Maple Street. Sie sah abwechselnd unruhig die Straße hinab und zurück auf die Anzeige der Stoppuhr, die an einer Schnur um ihren Hals baumelte. Der Asphalt unter ihren nackten Füßen war bereits warm vom Sonnenlicht. Unter ihrem ausgeleierten T-Shirt, das Prinzessin Leia mit Blaster und Luke Skywalker mit erhobenem Lichtschwert vor der riesigen schwebenden Maske Darth Vaders zeigte, begann sie zu schwitzen.

Die ganze Straße war durchflutet von goldenem Licht. Die Dächer der stillen Häuser glänzten. Der in den Vorgärten vertrocknende Rasen und die ihn umsäumenden Hecken waren noch feucht vom Niederschlag, doch die Schatten, die die Bäume in den Straßen warfen, schrumpften rasch. Von der staubigen Einöde vor der Stadt her, über die sich ein wolkenloser, durchdringend blauer Himmel spannte, roch es schon nach der herannahenden Hitze.

Als Sofia erneut aufsah, sah sie Oscar, die Sporttasche um die Schultern gehängt, auf seinem Fahrrad in die Maple Street einbiegen. Der Fahrtwind bauschte sein T-Shirt auf. »Fahr zu!«, rief er, als er sie sah.

»Wo zum Teufel bist du gewesen?«, schrie sie ihm entgegen.

»Red nicht, fahr!«

Sofia sprang auf ihr Fahrrad. Er fuhr so schnell, dass er sie schon erreicht hatte. Sie stellte sich barfuß in die harten Pedalen und überholte Oscar mit brennenden Waden. Die Straße war leicht abschüssig, sodass man, sobald man einmal richtig Fahrt aufgenommen hatte, rasch um den Block kam.

»Was hast du so ewig gemacht? Ich wäre dich fast holen gekommen!«

Oscar, groß und dünn, mit kräftigen Händen, sommersprossigem Gesicht und gesenktem Kopf, war blass und nass geschwitzt. Das wilde dunkelbraune Haar, das gerade lang genug war, um nicht mehr als von seinem Vater angeordneter Militärschnitt durchzugehen, stand ihm vom Kopf ab. »Sporttasche vergessen«, keuchte er. »Wie viel Zeit haben wir?«

»Zwei Minuten!«

»Das schaffen wir nie im Leben!«

»Don't stop believin'!«

Sie kamen an die Hauptstraße, die sich zwischen zwei Highways einsam durch die unebene Landschaft schlängelte, aus der Luft ein schimmerndes, von wenigen Ortschaften gesäumtes Band. Sie passierten eines der Ortsschilder. Über die Jahre seit ihrer Errichtung hatten Sonne und Wind die großen hölzernen Tafeln ausgebleicht, die an der Straße seltene Reisende begrüßten und verabschiedeten. Der Aufdruck, an dem Sofia und Oscar vorbeifuhren, war noch immer gut zu lesen: *Auf ein baldiges Wiedersehen hofft Highville!* Jemand hatte mit schwarzem Marker an die untere Kante *Werden Sie high in Highville!* geschrieben.

Die Schule, ein grober grauer Gebäudekomplex, den sich Middle und Highschool lange genug teilten, dass sich die jüngeren Schüler mit den Schikanen der älteren abgefunden hatten, lag am Ende des Blocks kurz vor der Stadtgrenze. Es hatte bereits geläutet, das Gelände war leer gefegt. Die Fahne vorm Eingang hing schlaff vom Mast. Sofia bremste an den Fahrradständern hart, sprang außer Atem ab, stellte ihr Fahrrad ab, zog ihre Turnschuhe an und rannte zusammen mit Oscar nach drinnen.

Das Sportfeld hinter dem Hauptgebäude grenzte direkt an die Turnhalle, wo die Umkleiden und Duschen waren. Die Mädchenumkleide war menschenleer. Es stank nach altem Schweiß, Deo und erstem Parfüm, vom Taschengeld gekauft, von Freundinnen geliehen oder großen Schwestern gestohlen. An den Haken über den Bänken hingen Handtücher, T-Shirts, zusammengeknüllte Kleider und ärmellose Blusen. Sofia stolperte über Taschen und verstreut liegende Sandalen, zog ihr *Star Wars*-T-Shirt aus und das graue mit dem *Highville Sports*-Logo auf dem Rücken an, stopfte ihren Rucksack in einen freien Spind, versuchte ihr widerspenstiges, von der Fahrt hoffnungslos zerzaustes Haar in einen Knoten zu bekommen, kehrte noch einmal um, um ihre Wasserflasche zu holen, und rannte nach draußen aufs Feld.

Auf dem Sportplatz stand die Luft dick wie Leim. Beide 9. Klassen waren da, aber noch standen alle am trockenen Feldrand und warteten darauf, dass das Footballteam der Highschool den Platz räumte, und Mr. Hoke war nicht zu sehen. Sofia stützte japsend vor Erschöpfung und Erleichterung die Hände auf die Knie.

»Ein Dollar für Nicky«, sagte jemand bedauernd. »Ich dachte, ihr macht blau.«

Beim Anblick des Jungen, der sich soeben von einer Gruppe lachender Schüler gelöst hatte und herübergekommen war, vergaß Sofia für einen Moment ihr heftiges Seitenstechen. Als Einziger auf dem Feld trug er keine Sportkleidung. Er war barfuß und komplett in Schwarz erschienen. Zu der langen schwarzen Hose mit kunstvoll abgewetzten und zerrissenen Knien, die Sofia an ihm schon kannte, trug er ein neues T-Shirt mit der verzerrten gelben Aufschrift *Christian Death*.

»Bist du lebensmüde?«, fragte Sofia Jeremy.

Jeremy, einer von Sofias ältesten Freunden, war kräftig gebaut, hatte dichtes blondes Haar, das ihm zu weit in die Stirn reichte, und auf dem Gesicht ein pausenloses Grinsen. Er ging in die Nachbarklasse. Die gleichmütige Würde, mit der er seine Zahnspange trug, erstreckte sich auch auf das Ertragen des Spotts anderer. Vor einem halben Jahr hatte er mit einem Ehrgeiz, den er für nichts sonst an den Tag legte, mit der endgültigen Zermürbung seiner Eltern begonnen, indem er angefangen hatte, der Kirche fortzubleiben, wann immer sich die Gelegenheit ergab, The Cure, Joy Division und Siouxsie and the Banshees zu hören und seine Klamotten selbst zu kaufen. Warum seine Eltern ihn noch nicht dauerhaft ins Bibelcamp gesteckt hatten, war Sofia ein Rätsel. Sie war viel von Jeremy gewöhnt, doch Sportkleidung zu verweigern und in Schwarz bei Hoke zu erscheinen, war ungeschlagen dreist und unleugbar beeindruckend.

»Wenn Hoke ihn nicht vorher umbringt, kriegt er auf jeden Fall 'nen Hitzschlag«, sagte der Junge, der Jeremy gefolgt war. Nicky Glover war wie Jeremy einer der besten Freunde von Sofia und Oscar. Klein, drahtig und zäh, der beste Baseballer ihrer Stufe, mit braunen Haaren und Augen, rundem Gesicht, abstehenden Ohren und spitzem Kinn, hatte er etwas von einer Maus.

»Was ist das überhaupt?«, fragte Sofia und deutete auf Jeremys T-Shirt. »Eine Band oder ein Motto?«

»Du schuldest mir einen Dollar«, sagte Nicky zu Jeremy und fügte hinzu: »Und Oscar hat's auch geschafft, also sind es zwei.«

Oscar, der gerade von den Umkleiden kam, sah aus, als würde eine Stunde Sport ihn endgültig erledigen. Er hatte nur einen knappen, ungläubigen Blick für Jeremy übrig. »Ist Debra wert, einen Hitzetod zu sterben?«, fragte er.

Jeremys Empörung war gespielt, sein rascher Blick über die Schulter zu besagter Debra, die lachend bei ihren Freundinnen stand und deren kupfernes Haar in der Sonne leuchtete, nicht. »Dachte nicht, dass du das verstehst, Coleman, aber du würdest mir trotzdem 'nen Gefallen tun, wenn du hier nicht so rumschreist.«

Jeremys bibelfeste Eltern waren nicht die Einzigen, die sich durch Bands mit dramatischen Namen, zerrissene Kleidung und Gotteslästerung beeindrucken ließen. Jeremys Interesse an Debra Gross, die in seine Klasse ging und seit einem Jahr als jüngstes Mädchen im offiziellen Cheerleader-Team der Schule war, reichte bedeutend weiter zurück als sein neuer Musikgeschmack und hatte seinen Teil zu Letzterem beigetragen.

Jeremy war bei Weitem nicht der Einzige, der auf Debra mit dem unglücklichen Nachnamen stand. Alle Jungs ihrer Stufe waren in sie verknallt. In Debra verliebt zu sein hatte mit kindischen Schwärmereien in der Grundschule begonnen und sich bis zur Highschool zu einer ernsten Angelegenheit entwickelt, die gute Freunde plötzlich nicht zusammenschweißte, sondern heftig entzweite. Debra, die dieses neue Gesicht altbekannter männlicher Aufmerksamkeit mit empörend geringem Interesse zur Kenntnis nahm, war bislang mit keinem Jungen lange gegangen und konnte sich das leisten: Sie war beliebt, schlank und umwerfend schön, stand auf der Cheerleader-Pyramide in ihrem knappen Outfit ganz oben und war obendrein so gut in der Schule, dass sie auf Auswärtsspiele der Highschool-Mannschaften mitgehen durfte. Sie war, wie Sofia Jeremy nie vergessen ließ, eindeutig außerhalb seiner Liga.

»Gott arbeitet auf mysteriöse Weise«, verkündete Jeremy ihr dann jedes Mal mit seiner besten Predigerstimme.

Bislang hatten Jeremys subtile und beiläufige Bemühungen um Debra zu wenig außer Spott von Sofias, Augenrollen von Nickys und ruhigem Mitgefühl von Oscars Seite geführt. Debra nahm zwar Jeremys Existenz zur Kenntnis und lachte wie die meisten anderen auch über die besseren seiner Witze, aber vor allem Ersteres zu vermeiden war unmöglich. Jeremys Superkraft war, immer und überall gehört und gesehen zu werden, ob man wollte oder nicht.

»Willst du ihr Herz gewinnen, indem du dich von Hoke kaltmachen lässt?«, fragte Oscar, rieb sich die schmerzenden Rippen und grinste grimassierend. »Ist sie das wert?«

»Vielleicht steht sie auf Tattoos«, sagte Sofia. »Das solltest du als Nächstes versuchen, wenn das hier schiefgeht.«

In diesem Moment tauchte Mr. Hoke auf, sodass Jeremy darauf nicht mehr erwidern konnte als einen würdevollen Mittelfinger. Ihre Mitschüler, von denen sich viele erregt darüber unterhielten, was sie in den Ferien, die nächste Woche begannen, tun und ob und wohin sie verreisen würden, verstummten.

Angeblich hatte Mr. Hoke, ihrem Sportlehrer, einem großen, bulligen Mann, in Vietnam eine Granate die Hüfte zertrümmert. Jeremy behauptete steif und fest, er habe einfach nur Rheuma. Hoke, der seine Unterrichtsmethoden aus der Army mitgebracht hatte, gab Sport, trainierte die Baseballmannschaften der Stadt und konnte lauter brüllen als alle anderen Lehrer der Schule.

»Leichtathletik!«, bellte Hoke sie an. »Vorher drei Runden aufwärmen ums Feld!«

»Wozu müssen wir uns aufwärmen?«, sagte Jeremy laut. Neben Nicky, Oscar und Sofia in ihren Sportsachen wirkte er so fehl am Platz wie irgend möglich. »Es ist ungefähr hundert Fahrenheit!«

Ein paar lachten verhalten, darunter Debra Gross. Jeremy sah es.

»Saunders, Schluss mit dem Grinsen! Vier Runden und fünfzig Liegestütz für diesen Aufzug, und danach gehst du dich umziehen! Und jetzt Marsch!«

Unter allgemeinem verhaltenem Gestöhne machten sie sich an ihre Runden. Sofia hatte sich von ihrer halsbrecherischen Fahrt erholt. Oscar hingegen lief schleppender als sonst und presste mehrmals die Hand in die Rippen, als habe er immer noch Seitenstechen. Er war kein guter Sportler, noch weniger im Vergleich mit Nicky und Jeremy, der trotz seiner Statur einer der besten Sportler seiner Klasse war. Sofia war immer schmal und klein für ihr Alter gewesen, hatte jedoch vom Fahrradfahren und Klettern im Brachland vor der Stadt kräftige Waden und drahtige Schultern und eine hervorragende Ausdauer. Jeremy meinte, Oscar habe vielleicht Asthma. Die Schulkrankenschwester, zu der Hoke ihn geschickt hatte, als er letztes Jahr in der Halle beim Basketball plötzlich umgekippt war, hatte ihm versichert, er wäre spät im Wachstum und hielte sich selbst zurück, und mit genügend Training würde sich das geben.

Hoke teilte sie in drei Gruppen, schickte eine zum Staffellauf, eine zum Weitwurf und den Rest, darunter Sofia, Oscar und Nicky, der einer von Hokes wenigen Lieblingen war und eines der Maßbänder abbekam, zur Sprunggrube. Oscar ging leicht schwankend und schien entschlossen, sich seine Schmerzen nicht anmerken zu lassen.

Ein paar Minuten später kam Jeremy in Unterhemd und Sporthose aus der Umkleide zurück. »Seid ihr immer noch nicht dran?«, fragte er ungläubig. Er reckte den Hals nach Debra. Er schien sich nicht zu genieren, vor ihr im Unterhemd herumzulaufen. »Was machen die denn da vorn?«

Vorn bei der Grube hatte sich ein kleines Gedränge um zwei Mädchen aus der Nachbarklasse gebildet. Sofia, die bis eben mit Nicky über das Baseballcamp gesprochen hatte, für das er sich für die Ferien angemeldet hatte, sah jetzt auch hin. Cathy Pearce' laute, spöttische Stimme drang klar zu ihnen herüber: »Hast du nicht dran gedacht, Wasser mitzunehmen?«

Inzwischen hatten alle bemerkt, dass etwas vor sich ging. Cathy, laut und nervtötend und wie Jeremy immer auf Aufmerksamkeit aus, sprach zu Abigail Hawley, einem schlaksigen schwarzen Mädchen, das für seinen lächerlich altmodischen Stil bekannt war. Neben Jeremy war sie das andere Extrem: In ihrem blütenweißen T-Shirt, frisch gebügelter, knielanger schwarzer Hose und mit hohen weißen Socken in den Turnschuhen sah sie aus, als ginge sie auf ein englisches Internat. Sofia, die außer in Sport nichts mit Abigail zu tun hatte, wusste sogar über ihre große Schwester, die letztes Jahr eine Auszeichnung für eine Biologiearbeit und damit einen Artikel in der Tageszeitung aus Kane bekommen hatte, mehr als über Abigail selbst. Ab und an sah man sie in den Pausen in einer Ecke sitzen und alte Romane lesen, die die anderen Schüler nicht für Geld angerührt hätten. Als Ziel von Spott war Abigail, still alles erduldend, Cathy und ihren Freundinnen normalerweise nicht aufregend genug.

Cathy hielt eine Wasserflasche in der Hand, goss den Inhalt in den sorgfältig mit dem Rechen geglätteten Sand und ließ die leere Flasche fallen. »Willst du was aus meiner Flasche?« Sie hielt sie Abigail hin. »Nimm ruhig, ich hab ja genug.«

Ein paar Umstehende lachten jetzt. Sofia bemerkte, dass Cathy Debra Gross im Blick behielt. Offenbar war Jeremy nicht der Einzige, der sie unbedingt beeindrucken wollte.

Cathy stieß Abigail die Flasche in den Bauch. »Hey, Abby, bist du blöd? Bist du gestört?«

Die Mädchen kicherten. Cathy machte einen Schritt zurück, und einen Moment lang dachten sie alle, sie hätte genug. Dann schraubte sie die Flasche auf, holte aus und schleuderte Abigail einen Schwall Wasser ins Gesicht. Ein paar der Umstehenden sprangen erschrocken zurück. Eine von Cathys Freundinnen kreischte. Das Mädchen neben Debra fing hysterisch an zu lachen. Abigail stand stocksteif und mit tropfenden Haaren da. Ein großer Fleck breitete sich auf ihrem T-Shirt aus und zeichnete ihren Sport-BH darunter ab.

Sofia reichte es. »Hey!«, rief sie schneidend.

Cathy drehte sich halb zu ihr um. »Ist was?«, fragte sie. Sie hatte kaum zu Ende gesprochen, als Abigail ihr mit einer Wucht ins Gesicht schlug, die Cathy rückwärtstaumeln und sich überrascht in den Sand setzen ließ.

Es war so schnell gegangen, dass alle noch erstarrt waren. Cathy hielt sich mit einer sandbedeckten Hand die Nase. Sie starrte mit großen Augen zu Abigail hoch. Unter ihren Fingern lief ein einzelnes rotes Rinnsal hervor. Dann brach sie in Tränen aus. Abigail machte einen Schritt rückwärts.

»Was ist hier los?«

Sie schraken zusammen. Isabel, Cathys beste Freundin, hatte sich gebückt, um ihr aufzuhelfen. Sie machte einen Satz von ihr zurück, als sie einen wutentbrannten Hoke auf sie zuhumpeln sah. Die Schüler machten ihm stumm Platz. Cathy hatte sich vornübergebeugt und wimmerte. Tränen strömten ihr übers Gesicht. Ihre Schultern zuckten heftig.

»Wer war das?«, blaffte Hoke. Abigail stand da, noch immer tropfend, allein im Halbkreis, weil alle von ihr zurückgewichen waren. Sie rührte sich nicht. Ihr Blick war starr auf Cathy gerichtet.

Isabel zeigte anklagend auf Abigail. »Sie hat Cathy geschlagen!«

»Cathy hat ihre Flasche ausgeschüttet und sie mit Wasser übergossen«, sagte Oscar laut, bevor Sofia den Mund öffnen konnte. Er war immer noch blass und sah wütend aus. »Sie hat sich nur gewehrt.«

»Zeig dein Gesicht«, befahl Hoke Cathy barsch. Sie hob schluchzend ihre bebende Hand und zeigte ihren blutbeschmierten Mund. »Hör auf zu heulen. Geh rein und lass dir von der Schwester was zum Kühlen geben. Isabel, du gehst mit.«

Isabel nickte, warf Abigail einen letzten schockierten Blick zu und ging, einen Arm schützend um die wimmernde Cathy gelegt, übers Sportfeld hinüber zur Schule. Hoke wandte sich an Abigail, und alle hielten den Atem an.

»Nächstes Mal landest du beim Schulleiter. Unter die Dusche und nach Hause. Morgen bist du wieder fit, oder das wird ein Nachspiel haben.«

»Ja, Sir«, sagte Abigail dumpf.

»Abmarsch.«

Sie sahen alle verblüfft Abigail nach, wie sie zu den Umkleiden ging. Es gab Getuschel, bis Hoke sich umdrehte und sie anblaffte: »Und warum seid ihr nicht am Springen?« Er deutete auf Oscar und Jeremy, der wegen Cathy immer noch feixte. »Auch ihr zwei, Coleman, Saunders!«

Cathy kam in dieser Stunde nicht mehr zurück. Es war noch nicht einmal zehn, als die Hitze so unerträglich wurde, dass Hoke sie vor dem Läuten vom Feld schickte.

Die Duschen waren bereits alle belegt. Sofia tauschte ihr nasses Sporthemd gegen ihr *Star Wars*-T-Shirt zurück, zerrte ihren Rucksack aus dem Spind, schlängelte sich durch die Umkleide nach draußen und ging, wieder barfuß, den kurzen Weg zurück zur Schule. Die überhitzten Flure waren leer. Sofia füllte an einer Wasserfontäne ihre Plastikflasche und ging dann auf die erstbeste Toilette, drehte einen der angeschlagenen Hähne auf und wusch sich dort notdürftig überm Waschbecken. Sie trocknete sich das Gesicht mit ihrem

T-Shirt, fischte die Stoppuhr darunter hervor und wischte sich noch einmal über den Mund. Es musste gleich läuten.

Sofia zog sich selbst, verschwitzt und mit rotem Kopf im beschlagenen Spiegel eine Fratze, hob ihren Rucksack auf und ging hinaus. Beim ersten Schritt auf den Flur stieß sie heftig mit jemandem zusammen. Die Wucht des Aufpralls brachte sie beide aus dem Gleichgewicht. Sofia, die ein ganzes Stück kleiner war, ließ ihre Flasche fallen und knallte schmerzhaft gegen einen metallisch krachenden Spind.

»Pass doch auf!«, fauchte sie. Dann erkannte sie, mit wem sie zusammengestoßen war.

Vor ihr standen zwei Jungen. Der eine war Oscars älterer Bruder David. Er war achtzehn, groß und braun gebrannt, und man sah ihm seine Kraft an. Er hatte nicht Oscars gequälte Verlegenheit, nicht sein Lächeln, nicht sein atemloses, zynisches Lachen. Als Oscar Sofia erzählt hatte, wie David ihm vor drei Jahren den Arm gebrochen hatte, hatte er gesagt: *Er war vollkommen ruhig. Er hat nicht mal geblinzelt. Er hat es einfach getan, als hätte er es tun müssen.*

Für Jazz Massey, der einen raschen Schritt aus dem Weg gemacht hatte, als sie gegen David gerannt war, und der mit seinen dunklen Augen und dem pechschwarzen Haar unanfechtbar gut aussah, schwärmten auch in Sofias Stufe die Mädchen. Seine Familie war die reichste und eine der mächtigsten in Highville. Sich mit den Masseys anzulegen war glatter Selbstmord, auch wenn Jazz dafür bekannt war, die Dinge sehr gut ohne Mommy und Daddy regeln zu können.

»Ist das nicht die Freundin von Oscar?«, fragte Jazz, der sich zuerst wieder fing.

»Ja«, sagte David tonlos. Er hatte seinen Rucksack, wie Sofia es immer tat, an einem Riemen über seine Schulter gehängt und schob ihn mit einem Achselzucken zurecht, als stelle er sicher, dass er richtig saß, um beide Hände frei zu haben. Sofia kannte David nicht gut, hatte auch nie länger mit ihm gesprochen, als sie alle noch jünger gewesen waren und sie Oscar in den Ferien oder an den Wochenenden noch von zu Hause abgeholt hatte. Sie war ihm seit fast einem Jahr nicht mehr bewusst begegnet, doch er sprach noch immer mit dieser merkwürdigen, unheimlichen Ruhe, als könne ihn nichts auf dieser Welt aufregen.

Jazz, der Sofia von Kopf bis Fuß musterte, zog die Brauen hoch. »Willst du dich nicht besser entschuldigen?«, fragte er Sofia. Bei seinem Tonfall wurde ihr heiß, und ihre Kehle begann zu brennen. Es pochte in ihrer Schulter, wo sie in David hineingerannt war.

»Lasst sie in Ruhe«, sagte jemand hinter ihnen, und auf Jazz' schönem Gesicht breitete sich ein Lächeln aus.

Oscar war da. Er sah seinen Bruder an und hielt sich gerade und wachsam wie ein Soldat. Sein Haar war feucht vom Duschen. Obwohl er einen Sonnenbrand hatte, war er sehr blass.

»Komm schon, Sofia«, sagte er, den Blick auf David ruhend. Sofia wandte sich ab, aber Jazz packte sie am Arm und zog sie mit einem Ruck zurück.

»Du hast dich noch nicht entschuldigt«, sagte Jazz. Sein Griff war fest wie ein Schraubstock.

»Lass sie los«, sagte Oscar. Er machte einen Schritt auf Jazz zu. David stellte sich ihm in den Weg, griff ihn mit einer Hand vorn am T-Shirt und stieß ihn rückwärts gegen die Spinde.

»Hey!«, schrie Sofia, packte Davids Oberarm und zerrte ihn nach hinten. Er ließ Oscar los, der die Zähne zusammengebissen hatte wie jemand, der auf Schläge wartet. Die Sonnenbrille, die David zusammengeklappt im Ausschnitt seines T-Shirts trug, fiel klappernd zu Boden. Er wandte sich Sofia zu. Jazz griff nach ihrem anderen Arm, aber Sofia hatte bereits ausgeholt und schlug David mit aller Kraft, die sie aufbrachte, die Faust ins Gesicht.

Sie traf ihn schlecht seitlich an der Wange. Ihre Hand ertaubte vor Schmerz. David stolperte seitwärts gegen die Spinde, Sofia, aus dem Gleichgewicht gebracht, nach vorn. Unter ihrem nackten Fuß knackte die Sonnenbrille. Jazz riss sie ruckartig zurück, packte ihre Arme und drehte sie ihr auf den Rücken.

»Du dreiste kleine Schlampe!«, zischte er.

David hatte sich rasch wieder gefangen. »Lass sie los«, sagte er zu Jazz. »Ich mach sie fertig.«

Jazz ließ Sofia los, und Oscar warf sich, als hätte er nur auf den richtigen Moment gewartet, auf David.

Sofia unternahm einen blinden, geduckten Fluchtversuch nach vorn und schaffte es halb an David vorbei. Er erwischte ihr Haar und das Band der Stoppuhr in ihrem Nacken. Es schnürte sich ruckartig in ihren Hals, sodass sie zurückgerissen wurde, ausrutschte und hinfiel. Das Band riss. Sie wälzte sich instinktiv auf den Bauch, um sich vor Tritten zu schützen. Ihre Luftröhre fühlte sich an, als wäre sie wie ein Strohhalm abgeknickt. Oscar schrie etwas, das sie nicht verstand. Jazz hatte ihn von David gerissen und hielt jetzt ihn im Klammergriff.

David packte Sofia am Rücken ihres T-Shirts, um sie auf die Beine zu ziehen. Es rutschte aus ihrem Hosenbund und entblößte ihren Rücken und Bauch. Sofia, ein merkwürdiges Klingeln in den Ohren und ein heftiges Pfeifen im brennenden Hals, suchte hektisch mit beiden Händen nach Halt. Mit der rudernden rechten Hand, taub von ihrem lahmen Faustschlag, stieß sie gegen den Hals der Plastikflasche, die sie hatte fallen lassen. Ihre nackten Füße rutschten auf dem Boden.

Sofia packte die Flasche am Hals, riss sie seitlich über die Schulter hoch und sah, während sie sich halb herumdrehte, dass ihr zweiter Schlag zwar mit scharfem neuem Schmerz in ihrem Handgelenk kam, aber viel besser gezielt war. Sie traf David mit der Flasche mitten ins Gesicht. Es gab einen dumpfen, klatschenden Schlag. David schrie auf und ließ los.

»Pack sie!«, schrie Jazz.

»Nein!«, brüllte Oscar. »Hört auf! David! Sofia, nein!«

Sofia kam taumelnd auf die Beine, ein weißes Dröhnen im Kopf, blind vor Zorn und von Kopf bis Fuß heiß wie von einem Sonnenstich, hob blindlings erneut die Flasche über den Kopf und schlug nach David, diesmal mit aller Kraft. Sie traf ihn seitlich an den Kopf und auf den Arm, den er vors Gesicht drückte. Er stolperte brüllend rückwärts, fasste sich und fing ihren nächsten Schlag ab. Er blutete aus der Nase. Sein Blick war wild.

Irgendwo schlugen Türen auf. Jetzt schrien auch noch andere Stimmen. David gewann gerade die Oberhand, als die Englischlehrerin, die aus einem der angrenzenden Klassenzimmer gestürzt war, sie mit Oscars und Jazz' Hilfe voneinander herunterriss.

2.

Auf Davids Armen bildeten sich unter den langen Kratzern, die Sofias Fingernägel hinterlassen hatten, bereits dunkle Blutergüsse. Er hielt ein paar zusammengeknüllte Papierhandtücher unter die Nase gepresst und starrte unverwandt Sofia an. Sie konnte seinen bohrenden, leeren Blick am Rande ihres Sichtfelds spüren, aber sie sah stoisch zur Tür.

Weder sie noch David hatten ein einziges Wort gesprochen, seit sie allein gelassen worden waren. Sie saßen sich auf unbequemen Plastikstühlen im Zimmer des Schulleiters gegenüber. David hatte sich zurückgelehnt und den freien Arm auf die Stuhllehne gestützt. Er hätte lässig gewirkt, wenn er nicht unaufhörlich aus der Nase geblutet hätte. Sofia hockte krumm nach vorn gebeugt und fuhr mit der Zunge immer wieder über ihre geschwollene Unterlippe. Ihr Hals pochte, wo das Band der Stoppuhr eingeschnitten und einen schmalen roten Striemen hinterlassen hatte, und sie hatte höllischen Durst. Im Raum war es heiß wie in einem Ofen. Auf dem Tisch stand, mit inzwischen sicher lauwarmem Wasser gefüllt, die Pepsi-Cola-Flasche, die Mrs. Price, die Englischlehrerin, als Beweisstück aus dem Flur mitgenommen hatte. Sie war noch voll, aber Sofia befürchtete, dass die Sekretärin, die Sofia und David vom Vorzimmer aus durch die offene Tür im Blick behalten konnte, durchdrehen würde, wenn sie aufstand und die Flasche holte.

Der Raum des Schulleiters war ein hässliches Zimmer mit klobigen Aktenschränken, schweren Möbeln und Teppichboden. Sofia stellte sich vor, dass es im Rathaus so aussehen musste. Ein großer Ventilator war an der Decke befestigt, der aus dem Baujahr der

Schule stammen musste und bereits so dick Staub angesetzt hatte, dass er nur kaputt sein konnte. Auf dem Tisch stapelten sich neben Faxgerät und Schreibmaschine Papiere. An den Wänden hingen über Urkunden und Fotos der Schule und des Lehrpersonals die amerikanische Flagge und die Staatsflagge. Pflanzen gab es keine. Die Fenster standen unter den Jalousien offen, aber es machte inzwischen überhaupt keinen Unterschied mehr. Draußen regte sich keine Brise.

Auf dem Flur näherten sich Schritte, und Sofia und David zuckten beide leicht zusammen. Der Schulleiter trat ein, schloss die Tür hinter sich und ging zwischen ihnen hindurch zu seinem Schreibtisch.

Der Schulleiter war ein älterer Mann namens Chandler, der in seinen asphaltgrauen Anzügen und mit dicker Hornbrille aussah wie ein zweitklassiger Politiker. Man kannte ihn von den sich endlos wiederholenden öden Reden auf den Schulversammlungen und seinen Besichtigungen der einzelnen Klassenräume, bei denen er sie aufstehen und auf die Fahne schwören ließ. Sofia war bereits mehr als einmal in seinem Büro gewesen, aber das letzte Mal war eine Weile her, und bislang hatte sie immer nur Briefe mit nach Hause bringen müssen.

»Ihr Vater müsste gleich hier sein, Ms. Field«, sagte Chandler. Er setzte sich an den Tisch und legte die Hände zusammen. An der Wand tickte eine Uhr. »Mr. Coleman, da Ihr Vater arbeitet, habe ich Ihre Mutter hergebeten.«

David grunzte halblaut zum Zeichen, dass er verstanden hatte. Sofia schwieg, obwohl wieder die Wut in ihr hochkroch.

»Sie beide werden bis zum Ende des Schuljahrs vom Unterricht suspendiert und erhalten einen Eintrag in Ihre Akten. Mr. Coleman, Sie sind vom Abschlussball ausgeschlossen.«

David zuckte mit keiner Wimper.

Chandler, der trotz der Hitze seine Anzugsjacke nicht abgelegt hatte, zog ein Taschentuch aus seiner Jacke und tupfte sich die schweißnasse Stirn ab. »Es sind über hundert Grad Fahrenheit im Schatten«, sagte er. »Warum Sie beide sich ausgerechnet diesen Tag aussuchen mussten, ist mir ein Rätsel. Mr. Coleman, würden Sie bitte nicht auf den Teppich bluten?«

David blinzelte, hob die Papiertücher und drückte sie wieder unter die Nase. In der Hitze war der kleine Gefrierschrank ausgefallen, in dem Medikamente, Eisbeutel und Kühlgel-Kompressen für Sportverletzungen aufbewahrt wurden. David hatte sich mit unter dem Wasserhahn nass gemachten und inzwischen wieder getrockneten Papiertüchern zufriedengeben müssen, nicht als Erster, wie die Krankenschwester betont hatte. Ein heulendes Mädchen, garantiert Cathy, war ebenfalls ohne Eis weggeschickt worden.

»Sie haben die Schulregeln gebrochen und werden sich dafür verantworten, genauso wie Ms. Field«, sagte Chandler. Sofia, die nicht zugehört hatte, zuckte zusammen. »Ich bin mir bewusst, dass Sie Ihren Abschluss hinter sich haben und dass ein Ausschluss für den Rest des Schuljahres Sie vielleicht nicht – Mr. Coleman, der Teppich!«

»Fuck!«, fauchte David und lehnte sich zurück, um das Blut besser auffangen zu können.

»Solche Worte will ich hier nicht hören!«, blaffte Chandler.

Es klopfte. Die Tür ging auf und die Sekretärin steckte den Kopf herein. »Entschuldigen Sie, Mr. Chandler. Mr. Field ist da.« Sie ließ die Tür offen und kam kurz darauf mit einem Mann zurück, den sie mit einem Lächeln hereinließ. Er beachtete sie nicht. Sie schloss die Tür leise hinter ihm.

»Mr. Field«, sagte Mr. Chandler und erhob sich hinter seinem Schreibtisch. Er streckte die Hand aus, doch Schill war in der Tür stehen geblieben und offenbar überlegte Chandler es sich rasch anders.

Nichts an Schill sah nach einem vorbildlichen Vater aus. Falls Chandler gehofft hatte, mit ihm ließe sich reden, dann sah er spätestens jetzt, dass er sich geirrt hatte.

Dass Schill zwei Meter groß war, ließ ihn, durchtrainiert, grimmig und mit der von der alten Schussverletzung leicht abgesackten linken Schulter, noch bedrohlicher aussehen. Er trug trotz der Hitze lange Jeans und Armeestiefel, ein Unterhemd, das den Eindruck machte, als hätte er darin an einem Auto geschraubt, was er vermutlich hatte, wenn Sofia an den widerspenstigen Ford dachte, und ein langärmliges kariertes Hemd, das er offenbar noch rasch übergezogen hatte, bevor er aus dem Haus gegangen war. Da die Ärmel hochgekrempelt waren, war das tätowierte Messer auf seinem rechten und der untere Teil der sich durch Wellen windenden Schlange am linken Arm sichtbar. Er sah aus wie jemand, der nicht den geringsten Skrupel hatte, im Büro des Schulleiters eine Halbautomatische zu ziehen.

»Was ist jetzt wieder los?«, fragte er, David musternd, der aus der Nase blutete, dann Sofia, die noch etwas tiefer in ihren Stuhl rutschte und finster wegsah.

»Bitte setzen Sie sich doch, Mr. Field.«

»Ich stehe gut. Würden Sie mir jetzt sagen, worum es hier geht?«

Chandler war so klug, nicht auf Höflichkeiten zu bestehen. »Mr. Field, wir haben Sie angerufen, weil eine Prügelei vorgefallen ist. Ihre Tochter hat Mr. Coleman während der zweiten Stunde auf dem Flur provoziert, woraufhin sie einander angriffen. Mrs. Price musste Ihre Tochter mit Gewalt von Mr. Coleman wegziehen. Sie hat sie mit einer Flasche«, er deutete auf die Plastikflasche auf dem Tisch, »auf ihn einprügeln sehen.« Chandler machte eine kurze, dramatische Pause, aber Schill sagte nichts. »Ihre Tochter erhält einen Eintrag in ihre Akte, und ich halte es für angebracht, sie für den Verbleib dieses Schuljahrs vom Unterricht zu suspendieren.«

Schill hielt sich davon ab, die Augen zu verdrehen, indem er sie kurz schloss. »Ich nehme nicht an, dass Sie mir erklären können, wie ein fünfzehnjähriges Mädchen einen Achtzehnjährigen überwältigt«, sagte er. »Aber das ist Ihre Schule. Tun Sie, was Sie wollen. Ich nehme meine Tochter jetzt mit nach Hause. Schönen Tag noch.« Er wandte sich Sofia zu. »Sofia, komm.«

»Mr. Field«, sagte Chandler, halb verblüfft, halb empört, »ich denke, Sie verstehen, dass Sie sich mit Mr. Colemans Mutter unterhalten sollten. Ihr Sohn wurde schwerer verletzt als Ihre Tochter.«

»Er hat ein paar Kratzer«, sagte Schill verächtlich.

»Ich kann ohne meine Mutter mit ihm reden«, sagte David gleichzeitig scharf und laut.

»Mr. Coleman hat eine Gehirnerschütterung und seit über einer Stunde Nasenbluten, Mr. Field!«

»Dann soll er sich Taschentücher in die Nase stecken! Was hat er überhaupt während des Unterrichts draußen auf den Gängen verloren?«

»Wenn Ihre Tochter keine Plastikflasche gehabt hätte, hätte sie ihm den Kopf einschlagen können!«

Schill wirkte auch dann gefährlich, wenn er müder und ausgelaugter aussah als heute, und heute hatte er sich sogar das Haar gekämmt und sich vor ein paar Tagen rasiert. Sofia war ausgesprochen beeindruckt, dass Chandler nicht hinter seinem Tisch in Deckung ging.

»Wenn ein Schüler der Highschool, drei oder vier Jahre älter als meine Tochter, das Bedürfnis hat, ein deutlich jüngeres und körperlich deutlich unterlegenes Mädchen wegen was auch immer zusammenzuschlagen und Sie die Verletzungen, die er sich dabei zuzieht, ihr ankreiden wollen, tun Sie das meinetwegen, aber ich nehme jetzt meine Tochter mit.«

»Das ist nicht das erste Mal, dass Ihre Tochter Ärger macht, Mr. Field!«

»Und es ist sicher nicht das erste Mal, dass *er* hier Ärger macht, also was soll das Theater? Richten Sie seiner Mutter beste Wünsche von mir aus. Ihr Sohn hat gekriegt, was er verdient hat. Wenn Mrs. Coleman sich unbedingt mit mir über die Wehwehchen ihres Sohnes unterhalten will, dann soll sie vorbeikommen. Sofia, komm!«

Sofia warf noch einen letzten Blick auf Chandler, der schwitzend und sprachlos dastand, dann zu David, der ihr direkt ins Gesicht sah, mit leerem, totem Blick, der sie einen langen, eisigen Momentlang fast dazu brachte, stehen zu bleiben. Sie schulterte ihren Rucksack und folgte Schill aus dem Büro, und das kalte Gefühl fiel von ihr ab, sobald sie den Raum verlassen hatte.

Sie hatte Mühe, mit Schill mitzuhalten, der durchs Sekretariat ging, ohne auf sie zu warten. Die Sekretärin stand auf, als sie ihn sah. »Mr. Field«, sagte sie überrascht. »Mrs. Coleman ist noch nicht da.«

»Bringen Sie ihrem Jungen einen Waschlappen«, sagte Schill. »Sofia, komm jetzt!«

Die Sekretärin stand völlig konfus da. Sofia rannte Schill nach, der die Treppe hinunterstieg und rasch durch den leeren Flur zum Ausgang ging, ohne nachzusehen, ob sie ihm folgte. Das Gelände war menschenleer. Oscar saß gerade in Englisch, der Platz neben ihm war leer.

»Was ist mit meinem Fahrrad?«, rief Sofia Schill nach.

»Lass es stehen!«

Schill hatte den alten grauen Ford Pinto ganz hinten geparkt. Er schloss auf. Sofia kletterte auf den Beifahrersitz und kurbelte sofort das Fenster herunter. Im Wagen war fast keine Luft vor Hitze. Es roch nach Zigaretten, obwohl Schill nicht im Auto rauchte, wenn Sofia dabei war.

Sie schwiegen, bis sie auf die Hauptstraße gebogen waren. Sofia hielt ihren Rucksack auf den Knien und wartete darauf, dass Schill endlich anfing. Er konzentrierte sich auf die Straße, aber sie sah die Anspannung in seinen Armen und seinen harten Gesichtsausdruck. Schließlich sagte sie: »Ich habe mich gewehrt, das ist alles.«

Schill seufzte tief und gequält. »Sofia, weißt du, was du getan hast?«

»Ich habe ihn nur geschlagen, damit er mich loslässt!«

»Du hast mit einer Flasche auf ihn eingeprügelt!« Er ließ sie nicht zu Wort kommen, um sich zu verteidigen. »Du weißt ganz genau, dass wir keine Aufmerksamkeit auf uns lenken dürfen!« Er wurde noch lauter. Sofia klammerte sich finster an ihren Rucksack. »Wir sind so verdammt vorsichtig, Sofia, und du machst das alles kaputt, weil du dich mit einem von der Highschool anlegen musst?«

»Er hat Oscar angegriffen!«

»Natürlich, *Oscar*«, sagte Schill wütend. »Ihr beide zieht Ärger magnetisch an, was? Du hättest dem Kerl den Schädel brechen können!«

Sofia war die Hitze ins Gesicht gestiegen. »Du hast gesagt, er hätte nur Kratzer!«

»Natürlich habe ich das gesagt«, schnaubte Schill. »Sofia, das war eine volle Zweiliterflasche! Du hättest ihn umbringen können!«

Sie knirschte mit den Zähnen. »Als ob«, murmelte sie.

»Du hast verdammtes Glück, dass sie dich nicht rausschmeißen. Ehrlich gesagt wundere ich mich. Wenn so was noch mal passiert, kann uns das alle den Hals kosten.«

»Er hat angefangen, er und Jazz *fucking* Massey, der nie in Schwierigkeiten kommt, weil seine Eltern die halbe Stadt besitzen!«

»Darum geht es hier nicht! Ich will dein Wort. Du legst dich nicht noch mal mit jemandem an, der so viel größer und älter ist als du. Wenn du dich mit jemandem schlagen willst, dann kann ich nichts dagegen machen, aber du tust es nicht in der Schule.«

»Ich habe –«

»Hast du mich verstanden, Sofia? Das muss doch in deinen Schädel gehen!«

Sofia lehnte sich aus dem Fenster. Der Fahrtwind zog ihr angenehm kühl ins Gesicht. »Ich hab's verstanden«, sagte sie barsch.

Schill warf ihr einen letzten wütenden Blick zu, aber Sofia wusste, dass er für dieses Mal fertig war. Den Rest der Fahrt, fünf Minuten, da sie am anderen Ende der Stadt wohnten, schwiegen sie beide, und Sofia sah die meiste Zeit hinaus, um Schill nicht ansehen zu müssen, der eine ausgesprochen schlechte Laune ausstrahlte.

1972 waren sie nach Highville gekommen, vor neun Jahren. Die Stadt war gerade groß genug, dass man in Ruhe gelassen wurde, wenn man sich unauffällig verhielt. Es zog kaum jemand weg und nur wenige Leute zu. Das Neubaugebiet, ein vor Jahren von einem seltenen Geldüberschuss finanziertes Ansiedlungsprojekt des County, lag brach. Der Sheriff, der für das County zuständig war, sah alle zwei Wochen nach dem Rechten und überließ die Arbeit ansonsten dem Deputy, Nickys Vater.

Die Stadt besaß einen kleinen Park mit einem Veteranendenkmal vor dem Rathaus, das aus Bürgerspenden errichtet worden war, ein Sportfeld, auf dem unter anderem der Baseballverein und das Footballteam der Schule trainierten, sowie zwei Kirchen, eine mormonische Church of Jesus Christ of Latter-day Saints und eine baptistische etwas außerhalb. Entlang der breiten Hauptstraße gab es einen Drugstore, einen Waschsalon, eine Änderungsschneiderei, eine Videothek, die Betamax und VHS führte, ein Musikgeschäft und einen kleinen Buchladen sowie einen Laden, der Ausrüstung für Jagd und Camping verkaufte. An der größeren der beiden Kreuzungen lag eins der zwei konkurrierenden Diners von Highville. Hinter der Tankstelle und der Autowerkstatt führte eine kleine Straße aus der Stadt hinab in ein karges Waldstück, durch das der Fluss floss, an dem Sofia und Oscar diese Sommerferien verbringen würden.

Am äußersten Rand der Stadt, von wo es noch zwanzig Meilen bis nach Kane waren, wo es ein Kino, eine Video-Arcade und ein Krankenhaus gab und auch alles sonst, was jede größere Stadt zu bieten hatte, stand ein großer Supermarkt, das modernste Gebäude in Highville. Direkt dahinter begann das Nichts. Das bereits vor Jahren geplante Motel war nie gebaut worden, die zur Hälfte asphaltierte Baustelle verfiel, und die Anwohner parkten dort, wenn sie die Einkäufe im Supermarkt erledigten.

Highville klammerte sich mit beeindruckender Hartnäckigkeit an sein Fortbestehen. Obwohl sein Kohlevorkommen schon vor über fünfzehn Jahren erloschen und auch die Kiesförderungen lange eingestellt worden waren, hatte es das nach dem Schluss der Minen und der letzten Fabriken aufgetane Loch der Arbeitslosigkeit überstanden. Die Stadt war so zäh wie die Pflanzen, die spärlich, aber unerbittlich das umgebende Brachland bewuchsen.

Das Brachland ähnelte der Wüste, in die man kam, wenn man hundert Meilen nach Westen fuhr. Es erstreckte sich über zehn Meilen, bis an seiner Grenze die Berge begannen. Niemand wusste mehr, ob das Brachland schon immer eine Wüste gewesen war oder ob erst Kohleabbau und Kiesförderung es hatten veröden lassen. Die meisten der klaffenden Löcher und Förderschächte, die die Maschinen noch vor zwei Jahrzehnten in die Landschaft gerissen hatten, waren mit Bauschutt und von Kies und Kohle getrenntem nutzlosem grauen Gestein zugeschüttet. In einigen der flacheren Gruben hatten sich pfützenartige Seen gebildet, die die umliegende Vegetation anzogen und kleine Oasen in der kargen Landschaft bildeten. Andere waren abgesperrt, ausgetrocknet und voller Schlangen, die sich in den Gesteinsspalten verkrochen. Nur die größte, tiefste und Furcht einflößendste der Gruben, die mitten im Brachland lag und in der Stadt schlicht *Das Loch* hieß, hatte sich ganz mit Grundwasser gefüllt. Es war so klar, dass man fast bis auf den Grund sehen konnte, und im Schatten war das Wasser schwarz und über zwanzig Meter tief.

Die Second Wood Lane lag am von kleinen Kakteenarten und niedrigen, anspruchslosen Büschen bewachsenen Brachland, sodass die Bäume, Gärten, die Häuser und die davor geparkten Autos stets mit einer dünnen Schicht Staub bedeckt waren. Das kleine, zweistöckige Haus, das am Ende der Straße auf dem letzten bebauten Grundstück stand, war das heruntergekommenste der ganzen Second Wood Lane, in den späten Fünfzigern billig aus Holz gebaut. Die Löcher im Dach waren mit Teerplatten gedeckt, die in der Hitze dampften. Die Laubbäume, die die Veranda überschatteten, ließen, wie alle in der Straße, die Blätter hängen. Der letzte Anstrich blätterte, vom Sand abgeschmirgelt, von den Wänden. Hinten im Garten, einem verwilderten Fleck Rasen, bildeten Kiefern ein windschiefes Wäldchen. Vor dem Haus führten Stufen auf eine überdachte Veranda, die rechts herum außer Sichtweite verlief und in der jedes zweite Brett knarrte, dass es in den Ohren wehtat. Sofia liebte das Haus.

Im Inneren war es kaum kühler als draußen. Links führte eine enge Treppe in den oberen Stock. Die Dielen waren im ganzen Haus durchgelaufen, der Teppich im Flur verrutschte, als Sofia ihre verschwitzten Turnschuhe mit den Zehen von den Fersen zog, sie beiseitekickte und ihren Rucksack unter die Garderobe fallen ließ.

»Was ist mit deinem Hals?«, fragte Schill hinter ihr.

»Nichts.«

»Du hast da einen dicken roten Striemen. Mach Eis drauf.«

Sofia ging in die Küche und holte aus einem Gefäß im Gefrierfach einen Eiswürfel, den sie abwechselnd an ihren Hals und auf ihre pochende Unterlippe drückte, und Orangensaft aus dem Kühlschrank. Schill zog sein Hemd aus, massierte sich die vernarbte Schulter und ging übers Wohnzimmer auf die mit Kiefernnadeln übersäte Veranda. Da er wusste, wo er hintreten musste, bewegte er sich fast lautlos. »Du hast Hausarrest!«, rief er von draußen.

Sofia verkniff sich eine Antwort, stieg die Treppe hinauf und riss in ihrem Zimmer die Fenster weit auf, ehe sie sich aufs Bett fallen ließ. Der Eiswürfel begann zu schmelzen und tropfte ihr von der tauben Lippe über die Hände. Sofia steckte ihn in den Mund, wo die Kälte sie in die Zähne biss. Ihr Nacken schmerzte von Davids Schraubstockgriff. Über ihr starrte Sigourney Weaver als Lieutenant Ellen Ripley mit verschränkten Armen, die Waffe über der Schulter, ins Zimmer.

Aus den beiden Fenstern sah man auf das Überdach der Veranda, auf dem eine Schicht toter Kiefernnadeln lag. Unter den Fenstern stand das Bett, das wie immer ungemacht war. Auf dem abgewetzten bunten Teppich lag Sofias Walkman, der vom Kopfkissen gerutscht war, zwischen verstreuten Comics und ein paar schmutzigen T-Shirts. Der Raum wirkte größer, als er war, denn die einzigen anderen Möbelstücke außer dem Bett und einer Stehlampe am Kopfende waren ein schmaler Schreibtisch und eine große, schwere Kommode vom Flohmarkt, die neben der Tür stand und auf der Bücher, ein Baseballschläger, ein ungelöster Rubik's Cube und ein paar weitere Comics lagen. Am Haken an der Innenseite der Tür hingen zwei Jacken und ein Paar an den Schnürsenkeln zusammengeknotete Rollschuhe. Auf der Fensterbank und auf Kommode und Schreibtisch standen in kleinen Töpfen und Glasgefäßen Kakteen in allen Farben und Formen.

Sämtliche Wände waren mit Filmpostern, Ausschnitten aus Filmzeitungen und Fotos aus verschiedenen Jahren zugehängt. Das *Alien*-Plakat war das größte und beste, das Sofia besaß. Es hatte nur einen Dollar gekostet, weil es oben eingerissen war. Sie hatte den Riss von hinten sorgfältig mit Klebeband geflickt, sodass man ihn nicht mehr sah. Zwischen den Postern hatte sie Paketschnüre gespannt, an die sie mit Wäscheklammern Polaroids und andere Kleinigkeiten klemmte, und über den Fenstern hing eine mit Nägeln festgemachte Lichterkette.

Sofias Habseligkeiten befanden sich entweder in den Schubladen der Kommode oder in drei großen Kartons, die sie im Zimmer hin und her schob, gefüllt mit hineingeworfenen Mixtapes, Vinyl-Singles, Taschenbüchern, Flummis und Murmeln, Stiften und Pinseln, einer Taschenlampe und anderem Kleinkram, noch mehr Comics und alten Schulheften. Alle paar Wochen räumte sie alles aus und sorgfältig wieder ein, bevor das Chaos wieder Oberhand gewann.

Alles war still vor Hitze. Aus den Nachbargärten drang das Stottern von Wassersprinklern, die nicht gegen die Dürre ankamen, bis hinauf in Sofias Zimmer. Sie konnte durchs offene Fenster riechen, dass Schill trotz der Hitze, die sich wie eine Glocke über die Stadt gestülpt hatte, rauchte.

Sie dachte an Oscar, der erstarrt vor seinem Bruder stand, der sich ergeben hatte, der akzeptiert hatte, was passieren würde. Einen Moment lang erinnerte sie sich wieder an Davids Blick, bevor sie hinausgegangen war, und ihr wurde kalt, als wäre sie plötzlich unter Wasser getaucht. Das Gefühl war so rasch fort, wie es gekommen war, aber auf ihren Armen blieb eine Gänsehaut.

Sofia stand auf und ging hinaus, um sich in die Sonne zu setzen.

3.

Am nächsten Nachmittag kam Oscar vorbei und brachte Sofias Fahrrad. Sofia, die vorn auf dem schattigen Abschnitt der Veranda saß, eine alte *X-Men*-Ausgabe las und Musik hörte, bemerkte ihn erst, als er auf der Straße abbremste und von ihrem Fahrrad stieg. Sofia grinste und klappte den Comic zu.

»Neues Fahrrad?«

»Die Bremsen funktionieren nicht richtig, und das Hinterrad eiert wie verrückt.«

Sofia steckte ihren Walkman ein und kam zu Oscar an die Straße. »Bist doch in einem Stück angekommen, was willst du?«, sagte sie. Sie schob das Fahrrad vorn an die Veranda und las ihren Comic auf. »Willst du was trinken?«

Oscar öffnete den Mund, um abzuwehren, doch als sie ihn am Arm fasste und mit sich zog, ließ er sich widerwillig von ihr mit ins Haus schleifen. Sofia sah ins Wohnzimmer, aber Schill war nicht im Haus. Sie ging in die Küche und öffnete den Kühlschrank. »Eistee?«

»Was?«, sagte Oscar, der in der Tür stehen geblieben war und ihr nicht zugehört hatte. Im Gesicht und auf den Schultern und Armen unter dem T-Shirt hatte er einen schlimmen Sonnenbrand. Er starrte auf die blauen Flecken auf ihren Armen, wo Jazz und dann David sie gepackt hatten.

»Geht's dir gut, Coleman?«

Er erwachte aus seiner Starre, nahm das Glas, das sie ihm reichte, und deutete auf ihren linken Arm, wo David sie so heftig erwischt hatte, dass sich Blutergüsse gebildet hatten. Sein Gesicht war schmerzerfüllt. Es war die erste richtige Regung, die sie heute bei ihm sah.

»Du siehst aus, als wärst du boxen gewesen.«

»Das ist schon okay. Was ist mit dir?«

»Mom hat Dad erzählt, dass sie wegen ihm bei Chandler war, und Dad hat einen Teller nach David geworfen.«

»Dein Dad hat *was*?«

»Er hat einen Teller nach David geworfen«, wiederholte Oscar nüchtern. »Hat eine Delle in die Wand geschlagen. Er war außer sich. Das war das erste Mal seit langer Zeit. Mom hat ihm gesagt, dass David dich verprügelt hat, und natürlich weiß er, dass ich auch da gewesen bin.« Er sah sie scharf an. »Du musst mich nicht vor ihm beschützen, Sofia.«

»Er hat dich mitten in der Schule angegriffen! Was hätte ich denn machen sollen? Zusehen, wie er dir noch mal den Arm bricht?«

»Das war vor drei Jahren.«

»Und das jetzt? Das war nichts?«

Oscar lachte bitter. »Du weißt nicht, wie es ist, mit ihm unter einem Dach zu leben. Ich versuche, ihm keine Entschuldigung zu geben, mir noch mehr zu brechen, okay? Oder meinen Freunden.«

»Ich komme schon klar, Oscar«, sagte sie.

Er sah sie an, ungnädig, beinahe wütend. »Sofia, er wird dich fertigmachen, das weißt du.«

Sie starrte ihn an. Er sah zurück, als wäre nichts davon, was er gerade gesagt hatte, nicht zu verstehen. Da war kein Anflug eines Lächelns auf seinem Gesicht, kein Hinweis darauf, dass er einen schlechten Scherz gemacht hatte. Es war ernster als alles, was Oscar je zu ihr gesagt hatte.

»Glaubst du, David legt sich gleich wieder mit mir an?«

»Ich meine es ernst«, sagte Oscar. »Lass mich das allein machen. Er ist mein Bruder. Ich komme zurecht.«

Sie hatte genug Grundlage, um weiter mit ihm streiten zu können, aber das tat sie nicht. Etwas an seiner Ernsthaftigkeit hielt sie davon ab. Stattdessen fragte sie, bemüht versöhnlich: »Wie lange ist er noch da? Er ist doch jetzt mit der Schule fertig, oder? Er kann aufs College oder zur Army. Er kann ausziehen.«

»Ich weiß nicht, ob er in die Army kann, mit seinem Bein, und ein College können wir uns nicht leisten. Jazz hat dieses Stipendium gekriegt. *Er* geht auf jeden Fall.« Dann sagte er, leiser: »Du hättest ihm das Gesicht einschlagen können.«

»*Ich* habe nicht angefangen«, sagte Sofia ungläubig.

»Du hast ihn zuerst geschlagen. Wenn das eine Glasflasche gewesen wäre –«

»Es war aber keine«, erwiderte Sofia ungehalten. Sie hatte darüber nachgedacht, flüchtig und mit Unbehagen, aber es war nicht so gewesen. Sie nahm schon seit Ewigkeiten nur Plastikflaschen mit, weil sie Glasflaschen mehr als einmal in ihrem Rucksack zerschmissen hatte. »Du tust so, als hätte ich ihn umbringen wollen.«

Oscar zuckte die Achseln. »Ich sage es nur«, sagte er, und eine Weile schwiegen sie beide.

»Wie war es in der Schule?«, fragte Sofia dann, als klar war, dass er das Thema auf sich beruhen ließ.

»Alle wollen wissen, was mit dir passiert ist. Nicky und Jeremy werden es von dir selbst hören wollen. Cathy war heute nicht da. Ihre Freundin behauptet, dass sie mit einer Gehirnerschütterung zu Hause im Bett liegt. Natürlich spinnt sie bloß. Und alle haben jetzt Angst vor Abby Hawley, wie es aussieht. Halten Riesenabstand, als würde sie gleich auf sie losgehen.« Er verdrehte die Augen und rieb sich geistesabwesend den von der Sonne verbrannten Nacken. Als er den Kopf dabei wegdrehte, fielen Sofia zum ersten Mal die roten Striemen auf. Auf den ersten Blick hatte sie sie für Sonnenbrand gehalten. Wo der Schlag am heftigsten gewesen war, hatten sich violette Streifen unter der Haut gebildet. Ihr wurde heiß und dann kalt.

»Wir müssen uns überlegen, was wir Jeremy schenken.« Er sah auf, als Sofia nicht sofort antwortete, ihr Schweigen missverstehend. »Du hast doch dann nicht immer noch Hausarrest?«

Sofia öffnete den Mund, überlegte es sich dann doch noch

einmal anders und sagte bemüht lässig: »Ich denke, ich kann gehen.«

»Gut«, sagte Oscar. Er nahm einen Schluck von seinem Eistee, den er bis jetzt nicht angerührt hatte. Sie sah ihm zu, wie er ihn in tiefen Zügen austrank. Der Bluterguss von der Ohrfeige lief auf seinen Hals aus und bewegte sich beim Schlucken.

Oscar stellte das Glas in die Spüle. »Ich muss nach Hause und auf Lucas aufpassen. Danke für den Eistee. Lass dein Fahrrad verschrotten, bevor es Tote gibt.«

»Du kannst mich mal.«

Sie ging mit ihm nach draußen und hielt ihn noch einmal am Ellbogen fest, damit er stehen blieb und sie ansah. »Mach keinen Scheiß, Coleman, versprichst du mir das?«

Das erste Mal sah sie ihn ein wenig lächeln. »Ausgerechnet du –« Er verstummte, als plötzlich Schill vor ihnen stand.

Da die Veranda rechts um die Ecke und an der Längsseite des Hauses verlief, konnte man dort entlang, ohne durchs Haus zu müssen. Schill, der hervorragend darin war, sich anzuschleichen, trug heute kein langes Hemd, sodass seine Tätowierungen und die Narbe der alten Schusswunde sichtbar waren, rund und hässlich unter seinem schief zusammengeheilten Schlüsselbein. Er lehnte an der Hauswand und betrachtete sie beide.

»Oscar hat mein Fahrrad zurückgebracht, Dad.«

Schill wandte seinen Blick von Oscar ab. »Hast du nicht Hausarrest?«

»Und?«, fragte Sofia ungehalten. »Das hier ist das Haus.«

Schill sah erneut Oscar an. »Warum warst du eigentlich gestern nicht beim Schulleiter? Es ging schließlich um deinen beschissenen Bruder.«

»Lass das, Dad«, sagte Sofia, die zunehmend ärgerlich wurde. »Er macht Witze, Oscar. Danke für das Fahrrad. Wir sehen uns, ich komme dich abholen, okay?«

Oscar ging geduckt wie ein Hund an Schill vorbei. Auf der Grenze zum Grundstück drehte er sich um. »Sofia ist nicht vom Grundstück gegangen und hatte es auch nicht vor«, sagte er rau. »Was passiert ist, war meine Schuld. Es tut mir aufrichtig leid, Mr. Field.«

»Er macht nur Witze«, rief Sofia ihm nach. »Vergiss es!«

Schill sah Oscar nach, bis er die Straße hinab außer Sicht war, dann ging er über die Veranda zurück ums Haus herum. Sofia folgte ihm.

»Er hat mir mein Fahrrad hergebracht, Schill!«

Schill schnaubte. »Warum bist eigentlich nur du suspendiert und nicht er?«

»Es war nicht Oscars Schuld!«

»Wie gut, dass er dich als Ritter in strahlender Rüstung hat«, sagte Schill, nahm sich ein Buch von der Fensterbank und ließ sich auf die Couch fallen, die unter dem großen Wohnzimmerfenster auf der Veranda stand. Von dort sah man direkt auf das kleine Kiefernwäldchen. Der Couchbezug im Zickzack-Muster war abgewetzt und ausgeblichen und die Füllung quoll am Rand hervor.

»Oscar ist mein bester Freund. Lass ihn verdammt noch mal in Ruhe.«

»Er ist eine Memme«, sagte Schill verächtlich, schlug sein Buch wieder auf und suchte nach der Seite, die er zuletzt gelesen hatte. Sofia schnappte sich einen Kiefernzapfen vom Boden, warf ihn nach Schill und traf ihn perfekt an der Stirn.

»Sofia!«, fauchte er.

Bevor er sein Buch nach ihr werfen konnte, war sie im Haus. Sie ging hoch auf ihr Zimmer und hörte Schill unten fluchen, aber er kam ihr nicht nach. Aus einem der anderen Gärten hörte sie das rhythmische Geräusch zweier Sprinkler. Ein Auto wendete in einer Nebenstraße. Sofia holte einen Stoß neuer Comics und unten den Kanister Orangensaft aus dem Kühlschrank, legte sich auf der Veranda vorm Haus auf den Rücken auf die warmen, staubigen Dielen und las *Wonder Woman*. Ein paar Kinder liefen auf der Straße Rollschuh, aber sie kamen nicht bis zu ihrem Haus, weil die Straße, wo sie hinten in die Kurve und in die leeren Bauplätze auslief, voller Schlaglöcher vom letzten Winter war.

Als Sofia später am Abend, als die Hitze erträglicher wurde, nach einer Dusche wacher und im sauberen T-Shirt zurück aus ihrem Zimmer kam, hörte sie draußen vor der Tür Stimmen. Sofia ging nach unten und sagte: »Hey, Harriet!«

Harriet, in roter Bluse mit dem aufgestickten Logo des Supermarkts über der Brusttasche und knielangem, engem Rock, war klatschnass geschwitzt und hielt sich krumm vor Müdigkeit. Schill stand hinter ihr und versuchte, den verhedderten Haarknoten in ihrem Nacken zu lösen.

»Hey«, sagte Harriet und lächelte. »Was macht der Hausarrest?«

»Hilft auch nichts«, sagte Schill, ohne aufzusehen. »Lieber Gott, Harriet, sogar Sofias Haare sind ordentlicher.«

Harriet verdrehte die Augen und zog seine Hände in dem Moment weg, als es ihm gelang, den Knoten zu öffnen. Sie seufzte erleichtert und schüttelte ihr dickes, dunkles Haar auf. Schill reichte ihr das Haargummi zurück. Sie wickelte es sich ums Handgelenk und stand still, während er mit den Fingern die letzten Knoten aus ihrem Haar kämmte.

»Habt ihr Hunger?«

»Es ist viel zu warm«, sagte Sofia. »Ich esse später Cornflakes. Wie war die Arbeit?«

»Du kannst dich vermutlich nicht nur von Cornflakes ernähren, Sofia«, sagte Harriet und gähnte herzhaft. »Die Arbeit war ein Albtraum. Im Laden sind alle Kühltruhen ausgefallen. Kurzschluss, hat uns die komplette Tiefkühlabteilung ruiniert. Ich kann eine Weile keine Tiefkühlpizza mehr sehen.« Sie seufzte schwer. »Ich muss morgen früher raus. Schill, wann musst du los?«

»Um elf«, sagte Schill genervt.

Harriet grinste, wenn auch müde. »Plan ein bisschen Zeit ein, damit du später nicht aussiehst wie ein Gangmitglied.«

»Du kannst mich mal«, sagte er ungehalten und nahm die Hände aus ihrem Haar. »Mach den Rest selbst, ich verknote es doch nur wieder.«

Während Harriet duschte, verzog Sofia sich mit ihrem Walkman zum Lesen auf die Veranda. Es war noch immer drückend heiß. Die Luft hatte sich aufgeladen, das Unwetter stand bereits hinter den Hügeln. Alles roch danach. Der Himmel, der gegen Abend allmählich stahlblau wurde, schien sich zum Horizont hin zu kräuseln.

Fünf Minuten später kam Harriet in Hotpants und dünnem T-Shirt vom Duschen, fegte ein paar vertrocknete Nadeln von den Polstern, setzte sich ans andere Ende der Couch, streckte mit einem Seufzen die Beine aus, legte den Kopf auf die Lehne und schloss die Augen. Selbst müde und mit schweren Lidern, zu denen sie bei Stress neigte, war Harriet schön mit ihrem kantigen, ernsten Gesicht. Auf der Straße schauten ihr die Männer nach, wenn Schill nicht neben ihr ging, heute genauso wie früher.

Als Schills Tochter ging Sofia gerade eben durch, sodass niemand misstrauisch wurde, auch wenn er blaue Augen und hellblondes statt hellbraunes Haar hatte und sie nur durch völligen Zufall immerhin das gleiche Lächeln hatten, breit und durchtrieben, wie Harriet sagte. Dass hingegen Harriet nicht mit ihr verwandt war, war bei ihrer dunklen Haut offensichtlich.

In den ersten Monaten waren viele in der Stadt, wie sie es nach über einem Jahr auf der Flucht gewöhnt waren, einer fremden Schwarzen mit einem weißen Kind an der Hand verstohlen misstrauisch bis offen feindselig begegnet. Sofia war mehr als einmal von Frauen und Männern im Supermarkt oder im Kleidungsgeschäft in Kane von Harriet weggezogen und gefragt worden, wo ihre Mutter sei. In einer Mall im ersten Jahr ihrer Flucht hatte jemand die Security gerufen, und es hatte eine Stunde gedauert, bis sie wieder hatten gehen dürfen. Sofia hatte eine schwache und fürchterliche Erinnerung daran, wie einer der Männer Harriet, die vor Stress und Panik den Tränen nah war, mitten in der Mall anschrie und beschimpfte, während sich um sie ein Kreis aus Gaffern bildete.

Sie waren nie wieder so nah daran gewesen aufzufliegen wie an diesem Tag. Schill hatte sie abgeholt, und Harriet, heftig zitternd, völlig mit den Nerven am Ende, hatte ihn körperlich davon abhalten müssen, auf den zuständigen Cop loszugehen und ihr Schicksal damit zu besiegeln.

Danach hatte Sofia gelernt, zu beteuern, dass sie zu Harriet gehörte. Wenn Schill dabei war, war das selten nötig, sei es, weil er tatsächlich Sofias Vater hätte sein können oder nur, weil er aussah, als ob er dem Ersten, der fragte, den Kiefer brechen würde.

Harriet hatte die Blicke und Fragen über sich ergehen lassen und sich Sofia zuliebe zu einem Lächeln gezwungen, und nachdem sie sie ein paar Mal zur Schule gebracht hatte, hatte zumindest das laute Gerede aufgehört.

»Ich habe gehört, Oscar war da?«, sagte Harriet, die Augen noch immer geschlossen.

»Er hat mir das Fahrrad wiedergebracht, weil es noch an der Schule stand. Schill hat sich über ihn lustig gemacht. Er weiß, dass die Leute Schiss vor ihm haben.«

Harriet öffnete die Augen und runzelte die Stirn. »Kein Wunder, dass er Angst vor Schill hat, bei dem Vater. Die ganze Familie geht geduckt. Der denkt, keiner kann ihm was anhaben. Ich würde ihm am liebsten die Polizei auf den Hals hetzen, aber nachher bricht er seiner Frau oder einem seiner Söhne noch das Genick.«

Harriet kannte Oscars Vater aus dem Supermarkt, wo alle aus der Stadt einkauften. Welche Ähnlichkeit sie aufgrund einer flüchtigen Begegnung zwischen ihm und Schill sehen konnte, war Sofia schleierhaft. Schill sah vielleicht so aus, aber er warf weder Teller durch die Gegend, noch verprügelte er seine Familie, und Oscar wusste das.

Als Harriet nicht weiter darauf einging, wechselte Sofia das Thema. »Kann ich Samstagabend raus? Jeremy feiert.«

Harriet schien milde überrascht. »Wirklich? Hast du bei seinen Eltern nicht Hausverbot?«

»Unsinn, die Saunders lieben mich.«

Harriet seufzte schwer, lächelte aber. »Kein Wunder, dass es mit deiner Erziehung dermaßen vor die Hunde geht. Okay, ich bring es Schill schonend bei.«

»Was bringst du mir schonend bei?« Schill war in der Tür aufgetaucht.

»Herrgott, schleich dich nicht so an.« Harriet gähnte, streckte sich, dass ihr Nacken knackte, und stand widerwillig vom Sofa auf. »Ich mache mir jetzt ein Sandwich, ihr könnt ja sehen, wo ihr bleibt.« Sie schob sich an ihm vorbei und verschwand in die Küche.

Schill betrachtete Sofia missbilligend, als wüsste er, dass sie gerade über ihn gesprochen hatten. »Du bist mit der Wäsche dran«, sagte er. »Häng sie über Nacht raus, wenn sie fertig ist, und hol sie morgen wieder rein, bevor sie voller Sand ist, okay? Ich bin erst morgen Abend wieder da.«

Sofia sah widerwillig von ihrem Comic auf. »Warum arbeitest du so lang?«

»Ich habe Schichten getauscht, ich arbeite tagsüber.«

»Warum das?«

Schill sah weg, mit dem gleichen genervten Blick, den er gehabt hatte, als Harriet ihn vorhin gefragt hatte, wann er gehen musste.

»Du hast ein *Date*!«, sagte Sofia verblüfft.

»Und selbst wenn, würde ich es dir doch nicht sagen«, sagte er, aber Sofia sah ihm an, dass er nur entspannt tat. »Hör bloß auf, so blöd zu grinsen.«

Für einen Moment hatte sie ihren Ärger über ihn vergessen. »Weiß Harriet Bescheid?«

»Natürlich weiß Harriet Bescheid. Was glaubst du, wer sich schon die halbe Woche über mich lustig macht?«

»Ist er aus Highville?«

»Ich sage es dir so oder so nicht.«

Sofias Grinsen wurde noch ein wenig breiter. »Du bist nervös«, sagte sie.

»Sei nicht albern. Wehe, die Wäsche ist nicht sauber, wenn ich zurückkomme. Mach dich nützlich, wenn du schon nicht in der Schule bist.«

»Jawohl, Sir«, sagte Sofia und vergrub sich wieder in ihrem Comic. Schill stand noch einen Moment in der Tür, als überlege er, ob er ihr wegen irgendwas eine Moralpredigt halten solle, dann ging er hinein.

Schill und Harriet hatten sich in Philadelphia kennengelernt, als Schill, der selbst nicht studiert hatte, aber mit ein paar Freunden von der Uni unterwegs gewesen war, eine Prügelei auf einer Studentenparty angezettelt hatte. Schill, bereits ziemlich betrunken, hatte die Literaturstudenten beleidigt, die auf der Party ihre Kurzgeschichten und Gedichte lasen, einen Lyriker besonders, und Verletzte gab es nur keine, weil Schills Freunde noch nüchtern genug gewesen waren, ihn selbst rauszuwerfen. Ein paar Mädchen hatten währenddessen vor Schreck geweint, darunter die Freundin des Lyrikers und Harriets damalige Mitbewohnerin. Harriet war Schill kurz entschlossen nach draußen gefolgt, um ihm mitzuteilen, er sei ein Arschloch. Zu ihrer Überraschung verstanden sie sich hervorragend. Nach einem langen betrunkenen Gespräch auf einer kalten Feuerleiter in einem Wohnheim wurden sie Freunde.

Harriet war in diesen Jahren durch ihre Beteiligung an der schwarzen Bürgerrechtsbewegung ständig in Schwierigkeiten. Dazu kamen die Polizeischikanen gegen die schwule und lesbische Szene, die sich in Philadelphia zäh am Leben und politisch in Bewegung hielt. Harriet hatte für Sofia, die ungläubig und voller Bewunderung zuhörte, die einzelnen Einträge in ihrer Strafakte aufgezählt. Parallel wuchs der Druck auf Harriet, einen Mann zu finden und zu heiraten. Ihr Versteckspiel vor ihrer Familie und ihrem Arbeitsumfeld wurde immer gefährlicher. Da in Philadelphia Mischehen schon vor dem Civil Rights Act gesetzlich erlaubt waren, schlug Schill, der seit Jahren keinen Kontakt zu seinen Eltern und auch keine weitere Verwandtschaft hatte und nicht genug politisch aktiv war, um im Gefängnis zu landen, Harriet vor, ihn zu heiraten. Die Idee hatte schon länger im Raum gestanden. Es hätte sich nicht besser treffen können.

Sie heirateten 1966 im Kreis größtenteils eingeweihter Freunde und Freundinnen. Harriet hatte Sofia das zerknitterte Hochzeitsfoto gezeigt, das sie immer im Portemonnaie mit sich trug. Sie und Schill waren gerade Mitte zwanzig, ein attraktives Paar, er einen Kopf größer als sie und im Anzug, sie in einem hübschen weißen Kleid, einen Blumenstrauß im Arm, ihr Haar wild und offen. Auf dem Bild grinsten sie beide. Wenn man die Geschichte kannte, wirkte es verschwörerisch.

Einen zwielichtigen Weißen zu heiraten, der Verbindungen zur Polizei und Sicherheitsdiensten hatte, stieß bei Harriets Familie zunächst auf wenig Gegenliebe, doch durch ihren weißen Mann bekam Harriet einen besseren Job zu einer besseren Bezahlung und wurde, nachdem er sie ein paar Mal zur Arbeit brachte, von Männern in Ruhe gelassen. Schill musste sich als Schwiegersohn erstaunlich gut geschlagen haben, denn Harriet hatte ihn nicht nur zu Pflichtveranstaltungen wie Weihnachten und Thanksgiving, sondern auch ab und an zum Familienbesuch mitgenommen.

1972 arbeitete Schill, meist im Nachtdienst, für eine Sicherheitsfirma, über die er Harriet wenig erzählte. Harriet war, ebenfalls häufig nachts, Sprecherin für einen lokalen Radiosender und seit drei Jahren mit der Frau zusammen, mit der sie ihr Leben verbringen wollte. Dann stand Schill plötzlich mit einem fremden Kind auf dem Arm vor ihrer Tür. Kurz darauf hatten zwei Bewaffnete die Tür eingetreten, Harriet niedergeschlagen und auf Schill geschossen.

Sofia erinnerte sich nur verschwommen an alles, was in dieser Nacht geschehen war. Sie hatte eine vage Erinnerung an eine kleine Wohnung, die hoch oben gelegen haben musste, denn Sofia erinnerte sich, dass sie aus einem Fenster auf eine im Regen versinkende, leuchtende Stadt hinabgeblickt hatte, und sie meinte zu wissen, dass auf dem Bett im Schlafzimmer eine dicke weiche Decke gelegen hatte, die wie das alte Sofa in der Second Wood Lane ein schwarz-weißes Zickzack-Muster hatte. Alles, was ihr sonst geblieben war, waren kurze Eindrücke: Wind, der um sie toste, Schreie, ein eisiges dunkles Treppenhaus, Regen an der Fensterscheibe eines Autos, ein Rastplatz, ein fremdes Bett. Harriets Hand auf ihrer.

Die besten Freunde, die geheiratet hatten, um ihre Ruhe zu haben und auf lästige Fragen einen Ehering vorweisen zu können, waren Eltern geworden.

Nach einem Jahr, in dem sie von Kleinstadt zu Kleinstadt und Campingplatz zu Campingplatz zogen und in dem Sofia das überwältigende, glückselige Gefühl hatte, die ganze Welt zu sehen, waren sie nach Highville gekommen. Harriet, die schlecht darin war, Karten zu lesen, hatte die falsche Abzweigung genommen und sich geweigert, mitten in der Nacht umzukehren, als sie das dreißig Meilen später festgestellt hatten. Am nächsten Morgen, während Sofia eingewickelt in eine Decke und Schills Jacke auf dem Rücksitz noch schlief, beschloss Harriet, die hinausgegangen war, um Frühstück zu besorgen, dass sie bleiben würden. Schill, der todmüde war, Schmerzen hatte und Harriet für die Nacht im Auto hasste, stimmte zu.

Sie bezogen das heruntergekommene kleine Haus auf dem verwilderten Grundstück, billig und uninteressant in einer Stadt, in der kaum jemand zuzog, und begannen, es notdürftig herzurichten. Während sie am und im Haus arbeiteten, schliefen sie auf Matratzen im Wohnzimmer. Abends aßen sie Burger aus dem Diner oder kochten über einem Campingkocher, weil sie noch keinen Herd hatten. Harriet kaufte ein batteriebetriebenes Radio, auf dem sie sich Wiederholungen von Baseballspielen anhörten. Auf einem Hausflohmarkt fand sie einen Schallplattenspieler und einen Stoß knisternder alter Platten. Während sie die Wände abschmirgelten und alles frisch strichen, sangen Harriet und Sofia laut und falsch zu Folk und Soft Rock und trieben Schill in den Wahnsinn. Zum Geburtstag schenkte er Harriet zwei richtige Platten und eine Polaroid. Das erste Bild, das Harriet damit machte, war von Schill und

Sofia in einer Streichpause, beide mit weißer Farbe bespritzt und grinsend, vor Harriets Geburtstagskuchen, den Sofia am Abend im Supermarkt ausgesucht hatte. Das Bild hing bis heute über Sofias Bett, wo sie es aufgehängt hatte, sobald klar war, dass der kleine schräge Raum ihr Zimmer würde.

Sofia hatte sich nie zuvor so zu Hause gefühlt. Sie liebte die kaputten Dielen und die knarrende Treppe und die ächzenden Bretter in der Veranda und den verwilderten Garten. Sie suchten sich ihre spärlichen Möbel billig und unpassend zueinander zusammen, strichen und reparierten, was nötig war, und stritten über die Einrichtung. Harriet grub ein paar kleine Kakteen hinter dem Haus aus und pflanzte sie in ausgespülte Konservendosen. Die verbliche, an den Rändern gerostete Dose StarKist-Thunfisch, in der Harriet Sofia die ersten beiden Kakteen übergeben hatte, einen gelb blühenden Kaktus und einen mit flauschigen weißen Stacheln, stand immer noch auf ihrem Fensterbrett. Seitdem waren in ausrangierten Marmeladegläsern und kleinen Töpfen viele weitere dazugekommen, manche so klein wie ein Dollar, andere fast kniehoch. Zwei trugen sogar Früchte, die man ausschaben und essen konnte.

Sofia verbrachte ihre ersten Woche in Highville, bevor sie zum ersten Mal in ihrem Leben Kinder in ihrem Alter kennenlernte, im Brachland vor dem Grundstück, eine gähnende, weite Leere direkt vor ihrer Haustür. Wenn sie abends wiederkam, war sie staubbedeckt und ihre Knie zerkratzt und Harriet seufzte und bürstete ihr den Sand aus den Haaren. Nach einem langen Streit mit Harriet gab Schill nach, sodass Sofia im September, zwei Wochen zu spät, in die Schule kam. Sie freundete sich mit Jeremy und Oscar an und kam nachts nur noch selten aufgewühlt von Albträumen zu Schill oder Harriet ins Bett. Schill fand Arbeit, seine Schulter heilte allmählich aus. Harriet kümmerte sich um den Haushalt und suchte schließlich ebenfalls eine Stelle in der Stadt, weil sie es hasste stillzusitzen. Ihre Flucht schien in der heruntergekommenen Stadt im Nirgendwo endlich ihr Ende gefunden zu haben.

An diesem Abend neun Jahre später wurde es schneller Nacht als am Vortag. Ein dunkles, elektrisches Grau hing über der Stadt. Drinnen war es jetzt schwül, auf den Straßen nicht auszuhalten. Das Gewitter war in der Luft so spürbar und der Himmel so schwarz, dass alles zu vibrieren schien. Sofia saß auf dem Sofa in dem in Dunkelheit versinkenden Garten, aß ein Sandwich mit Erdnussbutter und Marmelade und las, die Füße auf dem Wäscheständer. Harriet saß auf der Lehne der Couch und lackierte sich die Zehennägel dunkelrot.

Um kurz vor elf sagte Schill Harriet Bescheid, dass er ging. Er hatte ein sauberes Hemd angezogen und sein Haar sorgfältig zurückgekämmt. Er verbarg seine Nervosität gut.

Harriet seufzte. »Komm her«, sagte sie und stand auf, vorsichtig wegen ihres Nagellacks. Schill verdrehte die Augen, ging aber zu ihr und hielt still, während sie seinen Kragen richtete. »Du siehst aus wie ein untergetauchter Killer. Ich hoffe, er sieht sich die FBI Ten Most Wanted nicht näher an.«

Er zeigte ihr halbherzig den Mittelfinger. Sie zog sein Hemd zurecht, betrachtete ihn kritisch von Kopf bis Fuß und grinste dann anerkennend. »Kein Grund, nervös zu sein. Lass dich ja nicht vor morgen wieder hier blicken, verstanden?«

»Ich tu mein Bestes, mich nicht verhaften zu lassen.«

Harriet lachte, aber ihre Stimme war weich geworden, jetzt nicht mehr ganz so scherzhaft, so wie sie oft miteinander sprachen, freundschaftlich und stichelnd. »Sieh zu, dass du rauskommst, bevor ich dir sage, dass du wirklich gut aussiehst.«

Schill lächelte ein wenig. »Das würde ich dir nicht antun. Sofia, benimm dich. Und stell die Wäsche rein, bevor es Regen gibt!«

Zwei Stunden später zog draußen endlich kühler Wind auf. Es kam Sofia wie ein gutes Omen vor, als sie sich in ihrem Bett schläfrig auf den Bauch drehte und ihre Bettdecke, für die es viel zu heiß war, mit dem Fuß von der Matratze schob. In ein paar Tagen war Jeremys Party und anschließend lagen vor ihnen drei endlose

Monate Ferien, die sie unten am Fluss und im Wald und auf dem Baseballfeld verbringen würden und an regnerischen Tagen mit Videospielen in der Arcade und im Kino. Oscar machte sich Sorgen, aber das tat er immer und über alles. David würde bald fortgehen und nicht nach Highville zurückkommen.

Als Sofia am nächsten Morgen aufwachte, war der Himmel vor den Fenstern blau und klar. Das Gewitter war vorübergezogen. Alles draußen war so trocken wie am Tag zuvor.

4.

Oscar wohnte auf der anderen Seite der Stadt. Das Haus seiner Eltern lag in der Mitte der South Street in einem kleinen Garten mit sorgfältig gepflegten Beeten. Mr. Coleman legte großen Wert darauf, dass das Haus in gutem Zustand war. Alle drei Jahre strich er es komplett neu, nicht nur die Wetterseite, immer im gleichen, matten Blauton. Nach jedem Sturm stieg er aufs Dach und besah es auf eventuelle Schäden. Im Frühling war Mrs. Coleman die Erste, die ihren Garten vom Schnee befreite, und unter den Fenstern im Erdgeschoss blühten die schönsten Rosen der ganzen Straße.

Es hatte immer noch nicht geregnet. Seit Mittwochabend hatte Sofia keine Wolken mehr am Himmel gesehen. Die Rosen ließen die Köpfe hängen. Sogar für ein dünnes T-Shirt war es zu warm, und Harriet hatte sich ausgiebig über den unbequemen Rock und das Polohemd beschwert, das sie zur Arbeit tragen musste.

Sofias Hausarrest war seit dem Morgen vorbei. Sie hatte Schill versprechen müssen, dass sie vor Mitternacht zurückkäme. Seit seinem ersten Date war er ungewohnt guter Laune, auch wenn er Sofia wie üblich nicht viel sagte. »Als ob du mir später von deinen Dates erzählst, Sofia«, hatte er gesagt und mit halbherziger Strenge hinzugefügt: »Oder gibt es was, was ich wissen sollte?« Er hatte am Abend eine zweite Verabredung, was hieß, dass Sofia sich nicht an die Abmachung halten musste, um Mitternacht zurück zu sein. Harriet würde das nichts ausmachen. Sie war froh, einen Abend lang Ruhe von ihr und Schill zu haben.

Oscar war im Garten und passte auf seinen kleinen Bruder auf, der auf dem sterbenden Rasen mit Spielzeugautos spielte. Sofia rief von der Straße aus nach Oscar. Er winkte zurück.

»Wie ist der erste Tag in Freiheit?«, fragte er, hob Lucas, der glücklich einen gelben Plastikkran an die Brust drückte, auf die Füße und rückte ihm den mit einer Schnur festgemachten Safarihut zurecht, der sein rundes Gesicht vor der Sonne schützte.

»Hey, Lucas«, sagte Sofia und lehnte sich vom Fahrrad über den niedrigen Gartenzaun, hinter dem eine sorgsam geschnittene dunkle Hecke wuchs. »Gehst du Oscar auf die Nerven?«

Lucas sah fragend zu Oscar auf, der lächelte. »Du bist früh dran«, sagte er zu Sofia.

»Ohne die Stoppuhr hab ich kein Konzept von Zeit.« Einer von ihnen war bei der Prügelei in der Schule darauf getreten.

Oscar verdrehte die Augen. Sein Sonnenbrand hatte sich seit Mittwoch deutlich gebessert. Sein Gesicht war so sommersprossig wie nie, während Sofia trotz ihrer Bräune nur ein paar Flecken auf Nase und Wangen hatte. Der Abdruck der Hand auf seiner Wange war verschwunden. »Ich sage eben Mom Bescheid, dann können wir los«, sagte er. »Sie ist hinten im Garten. Lauf nicht weg, Lucas, okay? Sofia, hab kurz ein Auge auf ihn.«

»Wo geht ihr hin?«, fragte Lucas, während Oscar nach hinten in den Garten ging. Er war nicht groß genug, um über die Hecke spähen zu können.

»Nur zu den Saunders«, sagte Sofia. »Da gibt's 'ne Party.«

Lucas machte sich lang und streckte ihr stolz den gelben Kran zur Inspektion hin. »Guck!«

»Erste Klasse«, sagte Sofia mit einem Grinsen und richtete sich wieder auf, weil Oscar zurück war. Lucas bemerkte, dass er seinen Rucksack trug und sein Fahrrad holte. Er ließ den Kran auf den Rasen fallen und rannte zur Auffahrt. »Oscar!«, kreischte er.

Oscar warf Sofia einen entschuldigenden Blick zu, stellte sein Fahrrad ab und schob Lucas sanft, aber bestimmt zurück auf den Rasen. »Ich bin bald wieder da, Lucas. Du bist doch groß. Du kannst schon allein mit dem Kran spielen.«

Lucas begann zu weinen. Mrs. Coleman kam nach vorn in den

Garten, um zu sehen, was los war, in Kleid und Strohhut, in den Händen Plastikeimer und Gartenschere. Ihr Blick fiel auf Sofia, die auf ihrem Fahrrad auf Oscar wartete. Sie stellte den Eimer vor die Beete und ging hinüber zu Lucas, der bitterlich schluchzte. Es war nicht nur die sonnengelbe Farbe des Kleids, die Mrs. Coleman trotz ihrer Bräune von der Gartenarbeit blass, kränklich und ausgezehrt aussehen ließ. Sofia, die ihren misstrauischen Blick spürte, wandte den Kopf ab.

»Sei pünktlich zurück, Oscar.«

»Klar, Mom. Nicht weinen, Lucas, okay?«

Sie fuhren die South Street hinab, Oscar mit einem letzten, erschöpften Blick zurück auf seinen weinenden Bruder, den seine Mutter gerade zurück in den Garten bugsierte. Über ihnen war der Himmel so blau, dass es in den Augen wehtat. Der Asphalt flimmerte und spiegelte die Straße, und nach der kurzen Fahrt über die Hauptstraße durch die schattigen, brütend heißen Straßen bis zur Bird Street, wo Jeremy und Nicky wohnten, waren sie beide unter den Armen nass geschwitzt.

Jeremy und Nicky wohnten schräg gegenüber voneinander. Bei Nicky schien niemand zu Hause zu sein. Weder der Polizeiwagen noch der Ford Mustang, der Stolz der Brüder Glover, die ihn gemeinsam hergerichtet hatten, standen in der Auffahrt. Letztes Jahr hatte Tommy sie darin manchmal nach Kane zur Arcade, zum Rollschuhfahren oder ins Kino mitgenommen. Auch bei den Saunders stand kein Wagen vor dem Haus. Jeremys Eltern mussten bereits abgefahren sein.

Jeremy feierte wie jedes Jahr im Garten. Im letzten Jahr hatten seine Eltern ihm und seiner zwei Jahre älteren Schwester Josie, die drei Tage vor ihm Geburtstag hatte, zum ersten Mal erlaubt, ohne Aufsicht zu feiern, während sie selbst aus der Stadt fuhren, um sich auf einem Bibelseminar im Motel zu erholen. Die Saunders mussten den letztjährigen Zwischenfall mit dem aufblasbaren Pool mit einem Wochenende für sich und Jesus abgewogen und befunden haben, dass Letzteres Ersteres wert sei. Jeremy und Josie hatten geschworen, das Haus und den Garten ganz zu lassen und bis zum Sonntagabend tadellos aufzuräumen.

»Weiß nicht, warum seine Eltern so blöd sind, noch einmal auf hohle Versprechen reinzufallen«, sagte Sofia zu Oscar, der endlich ein wenig lachte.

Außer ihnen war noch niemand da. In der riesigen alten Trauerweide, die einen Großteil des Vorgartens der Saunders beschattete, hing eine einsame Lichterkette, am Haus Ballons. Zwei alte Tapeziertische würden wie jedes Jahr das Buffet bilden, es gab einen Stapel zusammengeklappter Plastikstühle und bunte Spielzeuge, darunter aufblasbare Bälle und grelle Hula-Hoop-Reifen. Sofia schnappte sich einen davon und warf ihn Oscar über den Kopf, bevor er wegspringen konnte.

»Komm schon, schwing die Hüften für mich!«

»Vergiss es«, lachte Oscar.

Jeremy tauchte auf, einen Stapel Laken unterm Arm. Er war zwar barfuß, trug aber seine lange schwarze Hose und ein graues Hemd mit hochgerollten Ärmeln, in dessen Kragen gut zwei Dutzend Sicherheitsnadeln steckten. Das Haar hatte er mit Gel frisiert, sodass es ihm in Strähnen vom Kopf abstand.

»Mom hat den ganzen Kinderkram vom Boden geholt, wie jedes Jahr«, sagte er als Erklärung zu dem Spielzeug und verdrehte die Augen. »Selbst Josie benutzt das alles nicht mehr.« Er musterte Sofias nackte Arme und Knie, auf denen die Blutergüsse inzwischen gelb waren. Oscar nutzte die Gelegenheit, um sich aus dem Reifen zu befreien. »Scheiße, du siehst ja übel aus.«

»Du auch«, sagte Sofia. »Was soll das mit deinen Haaren?«

»Schaff dir erst mal 'ne Haarbürste an, Field.« Aber er fuhr sich durchs Haar und strich es sich aus dem Gesicht. »Und du hast ihn wirklich mit einer Flasche verprügelt?« Er klang nicht die Spur missbilligend oder besorgt.

»Es war 'ne Plastikflasche.«

»Stimmt es, dass er Chandler das Büro vollgeblutet hat? Und dafür kriegst du den Rest der Woche frei?«

Sofia hob theatralisch die Schultern. »Tragisch, aber was soll man machen? Irgendeiner muss hier ja mal was fürs Gemeinwohl leisten.«

»Alles Gute«, sagte Oscar energisch zu Jeremy und beendete das Thema damit. »Sind deine Eltern schon weg?«

»Sind heute morgen schon gefahren.«

Sofia deutete auf eine silberne Uhr an Jeremys Handgelenk, die sie bei ihm noch nie gesehen hatte. »Chic«, sagte sie. »Wirst du wieder braver amerikanischer Bürger?«

Jeremy hielt seine Hand hoch. »Von wegen«, sagte er. »Die hat Grandpa im Krieg gehört. Ich dachte, ich krieg sie erst, wenn ich volljährig werde. Dachte, sie passt ganz okay zu schwarz.« Er zuckte die Achseln, doch Sofia merkte, dass er ihnen nicht zeigen wollte, wie sehr er sich über die Uhr gefreut hatte.

»Besser als unser Geschenk, das ist nämlich ein gutes, christliches Buch.«

Oscar zog das Päckchen aus der Tasche und warf es ihm zu. Jeremy fing es auf, betastete es, riss es auf und drehte es um, um die Tracklist zu lesen. Er grinste anerkennend.

»Wir wissen, dass Nickys Mixtapes nicht zu schlagen sind, aber vielleicht weißt du's trotzdem zu schätzen«, sagte Oscar. »Eins ist von Sofia und eins von mir.«

»Danke, Leute«, sagte Jeremy und schien es zu meinen. »Ich will wirklich nicht undankbar sein, aber ihr wart blöd genug, zum Helfen zu kommen. Josie macht Bowle und Nicky hat Training, der kommt nach, also müssen wir drei ran. Du könntest diese dämlichen Lichterketten so aufhängen, dass sie nicht gleich wieder runterkommen, Oscar, und du kannst mir mit den Tischen helfen, Sofia.«

Sie gingen an die Arbeit. Die Tische machten ihnen zu schaffen. Nachdem sich Jeremy zweimal den Daumen geklemmt hatte und sie die Querstreben großzügig mit Klebeband umwickelt hatten, hielten sie endlich. Während Jeremy im Haus war und seinen Daumen kühlte, gab Sofia Oscar wenig hilfreiche Tipps, wie er die Lichterketten anbringen sollte.

»Vorher waren sie besser«, sagte sie, die Hände in die Hüften gestemmt. »Mehr nach links.«

»Halt die Klappe, Sofia.«

»Wir brauchen noch mehr Wassereis«, sagte Jeremy, der mit einem nassen Lappen um den gequetschten Daumen aus der Küche zurückkam.

»Kein Problem«, sagte Oscar. »Ich kann welches holen, während Sofia Lampions aufhängt.«

Sofia warf einen zusammengeknüllten Gummiball nach ihm. Jeremy verschwand erneut ins Haus und kam kurz darauf mit Geld zurück. »Das müsste für zwei Kisten reichen. Sofia, meinst du, deine Mom verkauft uns Bier?«

»Mom arbeitet am Wochenende nicht. Was habt ihr denn da?«

»Wir haben ein paar Paletten Dosenbier und vier Flaschen Jim Beam White von Moms Schwester, aber ich muss zwei davon an Josie abtreten, weil sie die Ältere ist und mich sonst verpfeift.« Er genehmigte sich ein Grinsen. »Ich hab allerdings eine fünfte Flasche, von der sie nichts weiß. Zu Thanksgiving unterm Pullover aus dem Keller geschmuggelt.«

»Du bist der Prinz, von dem Debra Gross träumt«, sagte Sofia und warf ihm eine Kusshand zu.

Bis zum Supermarkt waren es etwa zwei Meilen. Die Stadt brütete in der Hitze. Die Menschen saßen in ihren Vorgärten und auf ihren Veranden vor träge summenden Ventilatoren, sprengten ihre staubtrockenen Beete und hielten die Füße in flache Behälter mit Wasser. Vor der Eisdiele an der Hauptstraße hatte sich eine lange Schlange gebildet. Im Park und an den kleinen Seen vor der Stadt musste die Hölle los sein.

Im Supermarkt war es fast genauso warm wie draußen. Die Tiefkühlabteilung, wegen der Harriet in der letzten Woche eine Stunde früher als sonst zur Arbeit gemusst hatte, funktionierte wieder. Die Lüftungen liefen mit monotonem Brummen, an den Glasscheiben der Gefriertruhen hatte sich Frost abgesetzt. Sofia bestand darauf, sich in eine ganz hinten im Laden zu setzen. Oscar lachte, halb vergnügt, halb missbilligend, während Sofia den Deckel aufschob, über tiefgefrorenes Gemüse und Kartoffelgerichte in Pappe stieg und sich so gut es ging in den weißen Nebel legte.

Als sie mit ihren zwei Kartons noch flüssigem Wassereis und zwei gefrorenen Stangen aus der Gefriertruhe, Blaubeere für Sofia und Zitrone für Oscar, an der Kasse standen, schmolzen Eiskristalle auf Sofias T-Shirt und in ihren Haaren, und sie hatte eine Gänsehaut auf Armen und Beinen. Sie bezahlte mit ernster Miene bei der jungen schwarzen Kassiererin, die sie böse ansah, als sie ihr das Rückgeld hinknallte. Sofia grinste immer noch, als sie wieder nach draußen gingen.

Zurück bei den Fahrrädern stießen sie auf Abigail, die gerade eine schwere Tüte mit Einkäufen in den Korb eines klobigen, uralten Damenfahrrads manövrierte. Als sie Sofia und Oscar hinter sich bemerkte, zuckte sie zusammen und richtete sich so schnell auf, dass das Fahrrad in ihrem Griff schwankte. Einen Augenblick starrten sie sich alle drei an.

»Hey, Abigail«, sagte Oscar.

Abigail lächelte nicht. Sie trug ein hübsches himmelblaues Kleid mit kurzen Ärmeln und steifem Kragen, der vorn mit einem silbernen Knopf geschlossen war, und in schwarzen Sonntagsschuhen weiße Socken. Das dichte, krause Haar hatte sie mit zwei silbernen Spangen zurückgesteckt. Sie sah aus, als sei sie auf dem Weg in die Kirche.

»Hallo«, erwiderte sie argwöhnisch.

»Was machst du hier?«, fragte Sofia, das Erste, was ihr in den Sinn kam. Abigail sah sie an, als mache sie sich über sie lustig, und senkte dann rasch wieder den Blick, als sei sie Blickkontakt nicht gewöhnt. Sofia ging auf, dass die Kassiererin eben Abigails große

Schwester Lizzie gewesen war, die den Preis in Biologie gewonnen hatte.

»Ich war einkaufen«, sagte Abigail und bestätigte dann Sofias Vermutung: »Meine Schwester arbeitet hier.« Sie umklammerte ihren Lenker so fest, dass die Sehnen an ihren Handgelenken hervortraten. Sofia glaubte, dass sie rot wurde. In ihren Augen lag tiefes Misstrauen. Sie war klar als das Mädchen zu erkennen, das Cathy, um Debra Gross und ihre Cheerleader-Freundinnen zu beeindrucken, auf dem Sportfeld mit Wasser übergossen hatte. »Tut mir leid, aber ich muss jetzt wirklich nach Hause.«

»Klar«, sagte Sofia. »Lass dich nicht aufhalten.«

Abigail stieg zurück auf ihr unter der Last des Einkaufs schwankendes Fahrrad. Sie hatte das Rad besser unter Kontrolle, als Sofia gedacht hätte. Als sie schon fast weggefahren war, rief Oscar ihr hinterher: »Hey, Abigail, kommst du zu Jeremy?«

Sofia sah ihn überrascht an. Abigail drehte sich halb um und stieg ab, damit ihr Fahrrad nicht umkippte. Sie war zwar groß, berührte mit den Schuhspitzen aber trotzdem nur gerade so den Boden. »Was?«, fragte sie.

»Die halbe Schule ist da. Hast du keine Lust?«

Abigail starrte Oscar an, als wäre er ein Alien. »Jeremy kann mich nicht ausstehen.«

Sofia gab ihr insgeheim Recht, sagte jedoch, um Oscar zur Hilfe zu kommen: »Jeremy kann die Hälfte seiner Gäste nicht ausstehen. Josie feiert auch. Du weißt doch, wo sie wohnen, oder?«

»Ich muss heute beim Abendessen helfen.«

»Dann komm später nach«, sagte Oscar. »Es geht wieder die ganze Nacht.«

Abigail sah ihn an. Plötzlich sah sie, selbst auf die Distanz, verängstigt aus. »Ich muss jetzt los.«

Sofia hob die Hand zum Gruß, aber Abigail erwiderte ihn nicht. Vielleicht hatte sie nur Angst, dass das Fahrrad unter der Last der Tüte umkippen könnte.

»Hast du einen Hitzschlag?«, fragte Sofia.

»Es würde dir wirklich nicht schaden, zur Abwechslung mal nett zu den Leuten zu sein«, sagte Oscar ohne echten Ärger.

»Ach, halt's Maul, Coleman«, erwiderte Sofia herzlich. »Du bist zu gut für diese Welt.«

Jeremy fiel aus allen Wolken, als sie zurück waren. »Ich schicke euch los, Eis kaufen, und ihr ladet Abby Hawley ein?«

»Reg dich ab, Saunders, die halbe Schule ist hier.«

»Ich dachte, dir hat gefallen, wie sie Cathy geschlagen hat«, sagte Oscar mit einem schiefen Lächeln.

»Keiner kann sie ausstehen!«

»Und? Keiner kann Brian ausstehen und du hast ihn trotzdem eingeladen.«

»Ja, weil er Schnaps mitbringt.«

»Vielleicht kommt sie ja nicht mal, also hör auf, dich aufzuregen. Vielleicht brauen die Hawleys auch illegal Schnaps und sie bringt dir ein paar Flaschen mit, und du musst ihr auf Knien danken.«

Oscar lachte. Jeremy schnaubte und sagte: »Wenn sie auftaucht, schlagt ihr euch gefälligst mit ihr herum. Wo ist mein Wechselgeld?«

Während Jeremy das Eis in die Gefriertruhe brachte und mit Nicky, der vom Training zurück war, das Geschirr aus dem Haus holte, half Sofia Oscar, die letzten Stühle unter der Trauerweide aufzustellen. Danach holten sie die mit Frischhaltefolie zugedeckte knallrote Fruchtbowle mit Sekt, den Josies Freundinnen mitgebracht hatten, drei Platten mit Sandwiches und zwei große schwere Wassermelonen und stellten alles auf die Tapeziertische. Josie, die auf einem Stuhl stand, den ihre beste Freundin festhielt, befestigte schwankend und unchristlich fluchend bunte Lampions an den Lichterketten. Jeremy schloss die Lautsprecher an den Rekorder und fing an, sich mit Josie um die Musikwahl zu streiten.

Um kurz vor sieben kamen die ersten Gäste. Um acht war im Garten der Saunders die Hölle los. Oscar hatte nicht übertrieben, als er Abigail gesagt hatte, die halbe Schule wäre da. Mit Josies Freunden waren sie gut und gern siebzig Leute. Immer wieder kam oder ging jemand, allein, zu zweit oder in kleinen Gruppen. Josie und Jeremy schrien sich alle zehn Minuten wegen irgendetwas an, wegen der Bowle, die schon wieder leer war, wegen des ungleich verteilten Alkohols, der Musik, einzelnen Gästen oder des Büffets.

Es war eine großartige Party, schon früh noch besser als letztes Jahr. Oscar war guter Laune wie seit Ewigkeiten nicht, und Sofia hätte auch nicht gewusst, worüber sie sich an diesem Abend Sorgen machen sollten. Es gab hier und dort noch Gespräche mit irgendwem zu führen, der sich in der nächsten Woche in die Ferien verabschiedete, ins Sommercamp oder zum Verwandtenbesuch in einen anderen Staat. Jeremys Sorgen über den Alkoholvorrat erwiesen sich als unbegründet, da jede Freundesgruppe eigene Flaschen und Dosen mitbrachte, von Eltern und älteren Geschwistern geklaut oder bei jemandem erstanden, der sich nicht um das legale Alter kümmerte.

Sofia warf Oscar Oliven von den Sandwiches in den Mund. Er fing fünf hintereinander. Als Nicky es versuchte, traf Sofia ihn ins Auge. Sie aßen Würstchen mit scharfem Senf und Nudelsalat aus großen bunten Plastikschüsseln aus verschiedenen Haushalten, tranken Dosenbier und den mit Cola gestreckten geklauten Whiskey und wanderten durch den vollen Garten auf die Straße, wo ein paar Jungen ein Basketballspiel angefangen hatten, um ein paar kichernde Mädchen zu beeindrucken, die Becher mit Bowle und Bier hielten und Zigaretten untereinander hin und her reichten. Jeremy hielt Ausschau nach Debra, die kommen würde, wie alle kamen. Es gab Essen, Musik und Alkohol und keine Erwachsenen, und wie angesehen Jeremy und Josie waren, spielte eine untergeordnete Rolle.

Josie hatte sich mit ihrem Schicksal abgefunden, mit ihrem jüngeren Bruder feiern zu müssen, auch wenn die zwei Jahre ältere Partygesellschaft Abstand zu der jüngeren hielt. Jeremy war in einem seltenen Anflug von Brüderlichkeit einen Kompromiss eingegangen, was die Musik anging, weshalb endlich die Charts liefen und

Sofia mit Oscar so ausgelassen zu *I Love Rock 'n' Roll* tanzte, dass die anderen Gäste ihnen besorgt Platz machten.

Den ganzen Abend kamen immer wieder Leute und fragten Sofia, ob es stimme, dass sie David Coleman und Jazz Massey zusammengeschlagen hätte. Selbst Oscar konnte irgendwann darüber lachen, dass Sofia jedes Mal eine andere Geschichte erzählte, dramatisch auf ihre halb verheilten Blutergüsse deutete, ihr T-Shirt hochschob, ihren Bizeps spannte und sagte: »Yeah, ich hab sie mit bloßen Fäusten in die Flucht geschlagen!«

Josie hatte soeben eine von Jeremys Debra-bedingten, bislang fruchtlosen Abwesenheiten genutzt, um ABBA aufzulegen, und Sofia einen Jungen abgewimmelt, der zwei Klassen über ihr war und sie gefragt hatte, ob sie David tatsächlich die Nase gebrochen hätte, als Oscar sie anstieß und sagte: »Sieh mal, wer da ist, wo wir gerade bei gebrochenen Nasen sind.«

Sofia drehte sich um und sah erst auf den zweiten Blick über die Menge Abigail in der Auffahrt stehen, abseits der Feiernden, eine mit einem Küchentuch abgedeckte Blechschüssel im Arm. Sie trug das gleiche himmelblaue Kleid wie vorhin, auch wenn sie ihre Socken heruntergekrempelt hatte, als wäre das ihre Vorstellung eines Partyoutfits.

»Geh sie abholen, bevor sie wieder verschwindet.«

»Warum ich?«, erwiderte Sofia, aber Oscar schubste sie. »Sei einfach mal nett«, sagte er.

»Du kannst mich mal«, sagte Sofia halbherzig und schob sich durch das Gedränge zu Abigail hinüber. »Hey, Abigail!«

Abigail sah sich um. Ihre Miene hellte sich auf, als sie Sofia erblickte. Sie lächelte zwar nicht gerade, aber sie sah auch nicht länger aus, als würde sie jeden Moment die Flucht ergreifen.

Sofia schlängelte sich zu ihr durch. »Ich dachte schon, du kommst nicht mehr!« Sie musste rufen, um die Feiernden zu übertönen. »Siehst du? Die halbe Schule ist hier. Jeremy ist sicher da hinten und versucht, ABBA wieder abzustellen.«

»Ich habe Erdbeersahne mitgebracht, weil ich nicht wusste, was ich ihm schenken soll.« Ihre Stimme war so dünn, dass sie kaum zu verstehen war, außerdem sprach sie mehr zu der Schüssel als zu Sofia.

»Ist doch klasse! Komm kurz mit rüber, okay?«

Abigail umklammerte ihre Schüssel fester und ließ sich von Sofia durch die Menge unter den mit Lampions zugehängten Baum führen, wo Jeremy tatsächlich mit Josie stritt.

»Wir sind keine beschissenen Hippies auf einem Sit-in!«, fuhr Jeremy seine Schwester an. »Die Siebziger sind vorbei!«

Josies Outfit hätte ihre Eltern genauso aufgebracht wie Jeremys. Sie trug einen deutlich über dem Knie endenden taillierten Rock mit aufgedruckten Sonnenblumen, ein grobmaschiges, viel Haut zeigendes grünes Strickoberteil und zu ihrem offenen Haar, das die gleiche strohige Farbe wie Jeremys hatte, riesige goldene Ohrringe. Zusammen sahen die Geschwister aus wie aus einer schlechten Sitcom.

»Die Leute haben doch Spaß, oder nicht?«, sagte sie hitzig. »Zu deinem depressiven Mist kann man ja nicht mal tanzen! Und wo ist die vierte Flasche Jim Beam?«

»Was weiß ich denn?«, fauchte Jeremy. »Vorhin war sie noch da! Vielleicht haben deine Freunde sie ausgesoffen!«

»Ich hab keine Witze gemacht! Ich sag es Mom, Jeremy!«

Sofia bedeutete Abigail, die erleichtert schien, wieder von Jeremy wegzukommen, ihr zu folgen. Abigail stellte die Schüssel mit dem Nachtisch neben die Bowle, offenbar froh, sie los zu sein. Sie hielt sich dicht an Sofia, was wahrscheinlich besser war, denn Cathy und Isabel waren auch schon da.

»Willst du tanzen?«, fragte Sofia und schöpfte Bowle in einen Plastikbecher.

Abigail nahm ihn unsicher entgegen. »Ich weiß nicht.«

Nicky und Oscar tauchten aus der Menge auf, Oscar mit einer Handvoll Oliven. Nicky blieb wie angewurzelt stehen, als er Abigail sah, Oscar lächelte sie an.

»Was machst *du* denn hier?«, fragte Nicky. Er klang merkwürdig schrill und unfreundlich.

»Sofia und Oscar haben mich gefragt.«

Nicky starrte sie an, dann Sofia und Oscar, drehte sich schulterzuckend um und ging wieder.

»Was ist mit ihm los?«, fragte Abigail bestürzt.

»Sein Bruder fährt nicht wie versprochen mit ihm zelten, weil er jetzt eine Freundin hat, und das Baseballcamp ist auf die letzten zwei Ferienwochen verschoben worden«, sagte Oscar und steckte sich mehr Oliven in den Mund. »Mach dir nichts draus, manchmal ist er so.«

»Ist da Alkohol drin?«, fragte Abigail, die, um ihre Verlegenheit wegen Nicky zu überspielen, von der Bowle probiert hatte. Sie schien prompt wieder im Boden versinken zu wollen vor Scham.

»Kipp es in meinen Becher, wenn du das nicht austrinken willst.«

»Sofia steht auf das Zeug«, sagte Oscar. »Sofia, streck mal die Zunge raus. Siehst du?«, sagte er zu Abigail. »Da ist mehr Lebensmittelfarbe als irgendwas anderes drin.«

»Lass dir nichts von dem Typen sagen, der heute allein ein ganzes Glas Oliven gegessen hat.«

Oscar zeigte plötzlich in die Menge. »Ich glaube, alle sind da«, sagte er grinsend. Da war Debra Gross, das lange kupferne Haar offen über ihren bloßen Schultern, in gestreiftem Top, kurzem Rock und flachen Basketballschuhen, begleitet von ihren besten Freundinnen, ein Date nirgends in Sicht, in einer Hand eine Flasche Wein.

»Meinst du, er hat sie schon bemerkt?«, fragte Sofia, die sich auf Zehenspitzen stellte, um über die Menge nach Jeremy zu sehen. »Ich will mir echt nicht entgehen lassen, wie er sich blamiert!«

Oscar stieß ihr gegen die Schulter. Abigail fragte schüchtern: »Steht er auf sie?«

»Jeremy? Und ob! Und wer weiß, vielleicht kapiert sie ja heute, dass sie auf Bad Boys steht.«

Es wurde dämmrig. Der Hitzedunst über der Stadt stieg an, während es um ihre Beine kühler wurde. Schwärme von Mücken zerstachen ihnen die schweißnassen Arme und Beine. Die ersten Pärchen hatten sich zum Knutschen unter die ausladenden Zweige der Trauerweide verzogen. Josie tanzte eng an einen Jungen geschmiegt, auf den Jeremy, der hauptsächlich damit beschäftigt war, sich in Debras Nähe aufzuhalten, im Vorbeigehen deutete und sich angewidert den Finger in den Rachen steckte. Das Basketballspiel, dem Oscar in den letzten zehn Minuten im einen und Sofia im anderen Team beitrat, löste sich auf, nachdem Sofia den Ball auf das Garagendach warf. Die Lichterketten brannten in den Lampions, als sie zurück in den Garten kamen. Überall flatterten winzige weiße Falter. Jeremy verteilte Wassereis. Jemand, vielleicht Brian, hatte Schnaps in die Bowle gegossen. Sofia spuckte einen Mundvoll auf den Rasen und teilte sich stattdessen ein lauwarmes Dosenbier mit Oscar und Abigail.

Als der Abend langsam zur Nacht wurde, hatten sie es alle geschafft, betrunken zu werden, selbst Abigail. Josies Freundinnen schwangen Hula-Hoop-Reifen um Arme und Hüften, Josie und der Junge, bei dem Jeremy tat, als müsse er sich erbrechen, standen eng umschlungen abseits. Ein paar der älteren Jungen reichten unförmige Joints herum. Sofia und Oscar tanzten zu jedem Lied, das kam. Im Garten war es, bis auf die spärlichen Lichtquellen, dunkel. Auf dem zertretenen harten Stück Rasen, das ihnen von ein paar Lampions überhangen als Tanzfläche diente, war kaum Platz. Alle schwitzten. Debra und ihre Freundinnen waren dazugekommen. Zu *Girls On Film* schleifte Sofia Nicky, der sich halbherzig wehrte, mit auf die Tanzfläche. Zu *Abracadabra*, als sie nass geschwitzt waren und viele andere mittanzten, holte sie Abigail, die sich überrumpelt bei der Hand nehmen und mitziehen ließ. Sie hatte ihren neuen Becher Bowle noch in der Hand und den Mund bereits geöffnet, um abzuwehren. Sofia nahm ihn ihr ab, drückte ihn Nicky in die Hand und zog Abigail in weitem Schwung an den Armen herum, dass ihr das Kleid um die Knie flog.

»Wenn du Cathy eine reinhauen kannst, kannst du auch tanzen!«

Abigail bewegte sich zögerlich und unbeholfen, doch jetzt sah Sofia sie lächeln. Zu *Bad Reputation* tanzten sie unter den Lampions im weichen Halbdunkel so wild und fahrlässig wie vorhin zu *I Love Rock 'n' Roll*. Als das Lied zu Ende war, signalisierte Oscar, dass er eine Pause brauchte.

»Aber *Tainted Love*!«, protestierte Sofia. »Nicky, Abigail, kommt schon!«

»Sieh dir das an!«, rief Nicky, der ein Stück abseits der Tanzfläche stand. »Jeremy!«

Sie drehten sich um. Jeremy tanzte mit Debra.

»Nein!«, schrie Sofia, so laut, dass sich ein paar Köpfe zu ihr umdrehten. Oscar packte sie am Arm und zog sie resolut von den Tanzenden weg, während sie in ungläubiges Gelächter ausbrach.

»Ich glaub's nicht!«

»Du schuldest mir einen Dollar«, teilte Oscar ihr und Nicky laut und triumphal mit.

Sofia versuchte immer noch, eine bessere Sicht auf Jeremy und Debra zu bekommen, die halb von Tanzenden verdeckt waren. »Und woher wissen wir, dass sie nicht ein Alien ist?« In der Grundschule waren ihre Ein-Dollar-Wetten noch Dime-Wetten gewesen, doch irgendwann hatten sie das erhöht, um sie weniger inflationär zu machen. »Schreib's mir an. Ich will jetzt sehen, wie sie tanzen!«

Abigail, die fast so groß war wie Oscar, stellte sich auf die Zehenspitzen und sagte: »Sie tanzen immer noch. Sie fassen sich nicht an, aber ich würde schon sagen, sie tanzen zusammen.«

Sofia fing wieder an zu lachen. »Vielleicht glaubt er hiernach wieder an Gott.«

»Ich hol mir jetzt Eis für meinen Kopf«, sagte Oscar. »Das ist das verdammte Dosenbier.«

Weil Nicky wieder einmal verschwunden war und es Sofia unkameradschaftlich vorkam, Jeremy bei seinen Bemühungen um Debra Gross zu behindern, wo sie jetzt, unglaublich, tatsächlich in der

Praxis stattfanden und nicht nur in einer abstrusen Theorie, gingen sie nicht zurück tanzen.

Unter der Weide war genug Platz. Sofia ließ sich auf einen freien Fleck Rasen zu Boden fallen und streckte sich mit einem erleichterten Stöhnen auf den Rücken aus. Ihre nackten Füße schmerzten vom Tanzen, ihr Kopf schwirrte, ihre Lungen brannten. Sie hatte zu viel getrunken und zu viel gegessen und wollte für einige Minuten einfach hier liegen, unter der warmen Trauerweide, und sich nicht bewegen müssen.

Abigail setzte sich neben sie. Sie war verschwitzt, ihr Gesicht warm gerötet. Ihr Haar hatte sich ein wenig aus den Spangen gelöst, und ihre weißen Socken hatten Flecken vom Rasen. Sie lächelte.

»Bereust du's, dass du gekommen bist?«, fragte Sofia laut gegen die Musik an.

Abigail schüttelte den Kopf. »Nein«, sagte sie. »Es ist super.« Sie zögerte, dann legte sie sich neben Sofia auf den Rücken, schloss die Augen und lachte.

Sofia grinste sie an. »Schwindelig?«

»Total«, sagte Abigail und drückte die Hände aufs Gesicht, als würde das helfen.

»War das deine erste Party?«

»Nein!«, sagte Abigail, fast ein wenig empört, und nahm die Hände herunter. »Ich war schon auf Partys!«

»Schon gut, schon gut«, sagte Sofia, schob faul einen Arm unter den Kopf und schlug die Beine untereinander, sodass ihr niemand unter den Rock sehen konnte. »Ich hoffe, Nicky hat die zwei im Blick, weil wenn Jeremy Debra abschleppt, will ich das definitiv mit eigenen Augen sehen.«

Abigail lachte. Über ihnen blinkte eine der mit Josies Lampions besteckten Lichterketten, umschwirrt von kleinen Insekten. Zwischen den Zweigen hindurch schimmerte ein Sternenhimmel, der klar genug war, um die Milchstraße zu sehen. Sofia spürte den Bass der Musik im Boden. In ihren Ohren rauschte es angenehm. Die Nacht war lauwarm und roch nach Schweiß und heißer Erde, bitter nach Bier und süßlich nach Gras.

Oscar tauchte wieder auf. Er hatte Wassereis dabei. Sofia grabschte nach einem, aber er hielt es hoch.

»Sei nicht so egoistisch!«

»Mein Kopf geht vor«, sagte Oscar, setzte sich auf Sofias andere Seite und drückte sich das Eis an die Stirn. »Wo ist Nicky hin?«

»Ich hatte gehofft, Debra und Jeremy auszuspionieren.«

»Die seh ich nicht mehr.«

Sofia setzte sich so ruckartig auf, dass ihr schwindelig wurde. »Nicht dein Ernst!«

Oscar schubste sie an der Schulter wieder um. »Ruinier ihm das bloß nicht.«

Der Garten leerte sich allmählich. Es musste längst nach Mitternacht sein. Josies Freundinnen hatten von den Hula-Hoop-Reifen genug und tanzten jetzt zu Blondie. Sofia hörte die kiffenden Jungen darüber reden, dass sie noch raus auf die Hügel wollten, von denen aus man ein gutes Stück über die Stadt sehen konnte. Sofia wippte mit den Füßen zur Musik mit. Oscar reichte ihr ein Wassereis herüber.

»Wer von euch färbt mir die Haare?« Da war Jeremy wieder. Er war allein und schwenkte eine Packung Haarfarbe in der Hand. Sein Gesicht war leuchtend rot.

»Jeremy! Wo warst du?«

»Hast du sie –«

»Gottes Wege sind unergründlich«, verkündete Jeremy, aber seine Predigerstimme gelang ihm nicht halb so gut wie sonst.

»Du hast sie *geküsst*?«, sagte Oscar. »Okay, stop!«

»Du verarscht uns!«, rief Sofia, die sich aufgesetzt hatte. »Wo ist sie überhaupt hin?«

Jeremy setzte sich über beide Ohren grinsend zu ihnen. Er war heftig verschwitzt, sein mit Sicherheitsnadeln gespickter Hemdkragen stand offen. Seine Augen leuchteten, aber jetzt sah er wieder so wehmütig drein wie am Anfang der Woche, als Debra Gross ihn in Unterhemd und Shorts keines zweiten Blickes gewürdigt hatte. »Sie musste nach Hause«, sagte er.

»Küsst du so beschissen?«, fragte Sofia ehrlich betroffen.

Abigail fing an zu lachen und hielt sich den Mund zu, als wäre sie nicht sicher, ob sie das nach einem gemeinsamen betrunkenen Abend bereits durfte.

Jeremys Grinsen schwand. »Sie fährt morgen weg«, sagte er, und einen absurden Moment dachte Sofia, er würde zu weinen anfangen. Dann grinste er wieder, als könne er das alles noch gar nicht fassen. Er wirkte, als habe er gekifft, und vielleicht hatte er das während seiner Abwesenheit sogar. Vielleicht hatten er und Debra sich einen Joint in der dunklen Straße geteilt, hinter irgendeiner Hecke. Jeremy ließ sich flach auf den Rücken fallen. »Ins Cheer Camp. Nach Wyoming. Für vier Wochen.«

»*Was?*«

»Morgen um sechs. Und das stimmt. Da reden alle von. Ist so ein richtiges Elite-Ding.«

»Sie küsst dich und verschwindet dann für vier Wochen in einen anderen Bundesstaat? Ich fürchte, du küsst wirklich abartig.«

»Leck mich, Sofia! Kannst du nicht sehen, dass ich leide?« Er warf einen Arm übers Gesicht und verbarg seine Augen. Er schien sich nicht zwischen Kummer und Glück entscheiden zu können. »Ich hab ihre Adresse«, verkündete er dann und setzte sich abrupt auf. »Wir schreiben uns. Debra Gross und ich schreiben uns Briefe!«, schrie er, laut genug, dass alle Umstehenden es hören konnten.

Sofia tätschelte ihm den Arm. »Du bist durchgedreht.«

»Und ob!« Er drückte ihr die Packung Haarfarbe in die Hand. »Mach du es. Färb mir die Haare. Heute ist die Nacht!«

Sofia fing wieder an zu lachen. »Okay«, sagte sie und rappelte sich schwankend auf. »Hol einen Stuhl und setz dich hier ins Licht. Aber sag deiner Mom auf jeden Fall, dass ich das war, ich hab das Gefühl, sie sollte erinnert werden, was für ein schlechter Einfluss ich bin. Mom wollte mir nicht glauben, dass ich bei euch noch kein Hausverbot habe.«

»Sofia färbt mir die Haare«, teilte Jeremy Nicky mit, der gerade mit dem letzten halben Sandwich vom Buffet bei ihnen aufgetaucht war.

»Er hat mit Debra rumgemacht«, verkündete Sofia.

»Sicher«, sagte Nicky.

Die nächsten Minuten verbrachte Jeremy damit, Nicky zu überzeugen, dass er tatsächlich nicht nur mit Debra getanzt, sondern auch die Adresse von ihrem Sommercamp und vielleicht sogar einen Kuss erhalten hatte, der angeblich nicht sehr gottesfürchtig gewesen war. Ob es jetzt Debra, Gras, Alkohol oder alles zusammen war, Jeremy war definitiv high. Er lag entrückt grinsend in den Stuhl gefläzt, während Sofia sich die Einweghandschuhe anzog, die dem Färbemittel beilagen, und ihm ein Handtuch um die Schultern wickelte.

Obwohl viele Gäste inzwischen gegangen oder weitergezogen waren, bekamen sie einiges an Zuschauern, die um sie herumstanden und anerkennend lachten und pfiffen. Josie, die sich für eine Minute aus ihrer innigen Umklammerung gelöst hatte, stöhnte fassungslos, als sie ihren benommen grinsenden Bruder sah.

»Mom und Dad bringen dich um!«, stöhnte sie. »Und dann bringen sie mich um, weil es sicher angeblich meine Schuld ist!«

»Geh und schieb Gary wieder deine Zunge rein, Josie.«

»Er heißt *Corey*, Jeremy«, fauchte Josie, »und ich schwöre dir, ich sage Mom und Dad, dass –«

»Debra Gross hat mich ihre Brüste anfassen lassen«, unterbrach Jeremy sie laut. Nicky, der gerade einen Schluck Cola genommen hatte, verschluckte sich und begann so heftig zu husten, dass Abigail ihm schüchtern auf den Rücken klopfte. Josie schien vorübergehend sprachlos.

Corey kam auf der Suche nach Josie zurück, in beiden Händen Getränke haltend.

»Du bist ein mieser kleiner Lügner«, zischte Josie.

»Ich dachte, du bist froh, dass ich kein Homo bin«, sagte Jeremy laut, und Sofia verpasste ihm mit der geballten Faust eine so heftige Kopfnuss, dass er vor Schmerz aufheulte. »Hey! Was –«

»Sag das noch mal und ich dreh dir deinen Scheißhals um, Saunders!«

Jeremy hob betrunken die Hände. »Sorry, sorry! Ich hab's nicht so gemeint! Jesus, Maria, krieg dich wieder ein! Ich meine es überhaupt nicht als Beleidigung!«

Sie schlug ihn erneut. Oscar lachte.

»Lass das!«, heulte er. »Ich hab Geburtstag!« Er duckte sich vor ihr weg, als sie erneut ausholte. »Tut mir leid! Verzeih mir! Vergib mir!«

»Setz dich wieder hin oder du kannst das hier selbst machen!«

Jeremy setzte sich wieder auf, die Hände immer noch abwehrend erhoben. Josie war mit einem letzten giftigen Blick zurück zu ihren Gästen verschwunden. Sofia, deren Wut, da sie betrunken war, fast so rasch verflog, wie sie gekommen war, machte ihre Arbeit weiter.

»Niemals habt ihr euch überhaupt geküsst«, sagte Nicky, der das Gespräch wieder aufgegriffen hatte, wegwerfend. »Da müsste sie schon wirklich verzweifelt sein. Hat sie sich gerade von wem getrennt? Ist ihr Hund gestorben?«

Jeremy zeigte ihm den Mittelfinger. »Du kannst ja weiter an deiner Hand knutschen üben«, sagte er und zupfte an seinem mit Sicherheitsnadeln versehenen Kragen. »Wisst ihr was? Ich hab an ein Nietenhalsband gedacht, aber das war mir zu Punk. Hab die Dinger hier aus Moms Nähkiste. Hat sich gelohnt. Sie fand sie *heiß*.«

»Das macht es amtlich. Sie ist nicht ganz bei Sinnen«, sagte Oscar und prostete Abigail zu, die ihn verlegen angrinste. Sie hielt immer noch ihren Becher umklammert, wirkte aber entspannter.

»Meine beste Arbeit«, verkündete Sofia, pellte die Handschuhe ab und warf sie beiseite. Im schwachen Licht der Lampions war schlecht zu erkennen, ob sie die Farbe richtig aufgetragen hatte. »Deine Mom bringt mich um, aber wenn Debra Sicherheitsnadeln heiß findet, heiratet sie dich hierfür.«

Oscar hatte sich zu Nicky gebeugt und flüsterte ihm etwas ins Ohr. Nicky grinste endlich.

Nach einer halben Stunde, als Jeremy nach einem Blick auf seine neue Uhr ins Haus wollte, überraschten sie ihn vor der Tür mit einem Eimer Wasser, den sie über seinem Kopf auskippten. Jeremy fing an zu brüllen, dass die anderen Gäste erschrocken innehielten, und jagte dann Oscar und Nicky, der den Eimer in die Beete schleuderte und zum Sprint ansetzte, aus dem Garten und auf die Straße.

Sofias Seitenstechen war zurück, als Jeremy klatschnass zurück aufs Grundstück kam und ins Haus verschwand. Oscar, der unter den Umherstehenden wieder aufgetaucht war, war ebenfalls völlig außer Atem vor Lachen. Sofia klopfte ihm anerkennend auf die Schulter. Nach zwei Minuten kam Jeremy heraus, mit pechschwarzem, noch tropfendem Haar, schüttelte sich wie ein nasser Hund, breitete die Arme aus und schrie: »*I don't give a damn 'bout my bad reputation!*«

»Ich bin noch die ganze Nacht hier!«, rief Sofia über das Gelächter und Gejohle der verbliebenen Gäste.

»Ich mach die zwei fertig«, sagte Jeremy. Die unfreiwillige Dusche hatte ihn etwas von seinen diversen Räuschen ernüchtert. »Wenn die Uhr kaputtgegangen wäre, hätte ich sie kaltgemacht. Ich hol den Wasserschlauch. Sofia, Abigail, kommt mit!«

Doch so weit kam es nicht. Im Garten war es plötzlich ruhig geworden. Jeremy drehte sich um. Das Grinsen gefror auf seinem Gesicht. »Oh, Scheiße«, sagte er.

Über den Vorgarten auf sie zu kamen David und Jazz.

5.

David ging voraus, Jazz dicht hinter ihm. Jazz ließ den Blick schweifen, betrachtete den von Lichterketten beleuchteten Garten, die Ballons über der Haustür und die Gäste, die noch da waren und stumm von ihm zurücktraten wie von einem namenlosen Grauen. Davids Blick war starr auf Oscar gerichtet.

Oscar sah die beiden erst spät. Sein Gesicht erstarrte, und er machte einen reflexartigen Schritt vor Sofia, Nicky und Abigail, die unter den weit ausladenden Zweigen der Trauerweide standen. David war bereits stehen geblieben. Da stand er, in weißem T-Shirt und Shorts und barfuß auf dem zertretenen Rasen, aufrecht und still, und sah sie alle an. Im schlechten Licht von Lichterketten und dem Laternenschein von der Straße wirkten seine Prellungen, wo Sofias verblassten, frisch und dunkel. Vielleicht bildete sie es sich ein, weil man auf Davids Gesicht nie lesen konnte, was er gerade empfand, aber er sah seltsam abwesend aus.

Es war sehr still geworden. Nur die Musik lief noch. Niemand redete oder kicherte. Ein paar Gäste wandten sich ab und gingen hastig, knappe Abschiedsworte an die Geschwister flüsternd. Mit einem Mal waren sie allein mit ein paar betrunkenen Freunden von Josie. Die Temperatur im Garten schien plötzlich abgefallen zu sein.

»Sieht nach einer klasse Party aus«, sagte Jazz, ohne den Davoneilenden nachzusehen. Er wirkte ausgesprochen guter Laune. »Ihr habt nicht zufällig eine Dose Bier übrig? Mann, bin ich *durstig*.«

Niemand antwortete.

»Wo ist das Geburtstagskind? Jeremy, richtig? Alles herzlich Gute!«

Jeremy hinter Sofia zuckte, als wolle er einen Schritt vor oder zurück machen, aber dann blieb er doch stehen.

»Will keiner was sagen?«, fragte David. Er sprach so ruhig wie zu Oscar und in Chandlers Büro zum Schulleiter, eine tiefe, leere Entspannung, die nicht gespielt war. Über *Every Little Thing She Does Is Magic* im Hintergrund war er gerade eben zu verstehen.

Jeremy machte als Erster den Mund auf. »Was wollt ihr?«, fragte er. Sofia wusste, dass er versuchte, mutig zu klingen, aber seine Stimme war dünn.

»Oscar soll heimkommen«, sagte Jazz. »Und die Fields machen sich große Sorgen um ihre Tochter.«

Sofia trat zu Oscar vor. Jazz sah sie an und lächelte breit. Sofias Magen zog sich zusammen, aber sie ignorierte Oscars flehentliche, abwehrende Geste. David trat die letzten zwei Schritte auf sie zu und Oscar gleichzeitig nach vorn, den Mund geöffnet. David griff ihn hart mit einer Hand am T-Shirt und sagte gerade laut genug, dass sie es alle hören konnten: »Ein Wort, und ich brech dir beide Arme.«

Jazz trat an ihm vorbei und ging auf Sofia zu. Abigail hatte sie aus dem Nichts am Arm gepackt und hielt sie zurück. Der Schweiß, den das Feiern und Tanzen Sofia auf die Stirn getrieben hatte, war erkaltet. Unter der Benommenheit von Alkohol und Schreck war ihr Körper angespannt wie ein Draht. Abigail hielt ihren Arm umklammert und zog sie rückwärts. Jazz war mit drei großen Schritten bei ihnen, packte Sofia am T-Shirt, riss sie von den Füßen und warf sie mit Wucht in die Tapeziertische.

Der linke Tisch krachte trotz des Klebebands einfach ein. Halb leeres mitgebrachtes Geschirr schepperte zu Boden und ging zu Bruch, und Sofias Kopf knallte mit einer Wucht auf harten Grund, dass ihr für eine halbe Minute rot und schwarz vor Augen wurde.

Alle um sie herum schrien. Sie lag nach Luft ringend in dem zu Bruch gegangenen Tisch, in kaputtem Geschirr und umgekippten Bechern und Flaschen. Der Rest Bowle hatte sich blutrot auf ihre Kleider ergossen. Ihr Rock war hochgerutscht und klebte ihr nass auf den Oberschenkeln. Ihr Kopf dröhnte. Ihr Rücken fühlte sich gebrochen an.

»Oh mein Gott«, sagte jemand. »Oh mein Gott!«

Sofia begann sich aufzurappeln, verhedderte sich im Tischtuch und fiel wieder hin. Jazz trat auf sie zu, stieg über eine herabgefallene Schüssel, stellte Sofia schwer einen Fuß auf die Brust, griff in seine Jacke und zog ein Feuerzeug und eine Packung Winston Lights hervor. Er steckte sich eine in den Mund, während er Sofia musterte. Seine Augen waren im Gegensatz zu Davids beängstigend wach. Er verlagerte sein Gewicht kurz auf das linke Bein. Sofia wurde erneut schwarz vor Augen.

»Komm her«, sagte Jazz zu David und zündete seine Zigarette an. Er lächelte Sofia an und aschte ab. Ein Stück Glut brannte sich in ihr T-Shirt. Jazz blies Rauch aus. »Links oder rechts?«

»Geh weg von ihr!«, rief Abigail hinter ihm mit schriller Stimme. »Lass sie in Frieden!«

»Halt's Maul oder ich schlag dir die Fresse ein!«, blaffte Jazz zurück.

Sofia versuchte sich aufzusetzen. Jazz hielt sie mühelos unten. Sie tastete nach Atem ringend durch die Scherben. Eine bohrte sich in ihren Arm. Sie bekam eine Plastikgabel zwischen die Finger, stemmte mühsam einen Arm hoch und hielt sie Jazz wie ein Schwert entgegen. Jetzt merkte sie deutlich, wie betrunken sie war.

»Geh runter«, ächzte sie.

Jazz lachte, zog an seiner Zigarette, ohne sich von ihr abzuwenden, und drückte fester zu. Sofia schrie auf.

»Was ist jetzt, David?«

»Geh von ihr runter!«, sagte Oscar laut und zornig. »Jazz, lass sie los!«

David packte sein Handgelenk und drehte ihm den Arm ruckartig zwischen die Schulterblätter hoch. Es knackte. Oscar ging fast in die Knie. Er stöhnte, dass es Sofia den Magen umdrehte.

»Willst du wieder zwei Monate Gips tragen?«, fragte David, jetzt lauter.

Jazz schien auf Davids Entscheidung zu warten. Niemand wagte, ihn anzurühren. Jeremy und Nicky waren mit weit aufgerissenen Augen zurückgewichen, Josie hatte eine Hand vor den Mund gepresst. Abigail hielt eine leere Colaflasche in der Hand wie einen Baseballschläger, aber auch sie hatte verängstigt innegehalten, um Davids Antwort abzuwarten. Selbst The Police hatten, passend, ihren Song beendet. Oscar stand krumm im Griff seines Bruders.

»Hey!«, rief jemand über die Straße. »Ist alles in Ordnung?«

Alle drehten sich um. Auf der gegenüberliegenden Straßenseite hatte ein Wagen gehalten. Sofia, ganz benommen vor Schmerzen, erkannte erst nach einigen Augenblicken, dass es der Polizeiwagen war. Ein Mann war ausgestiegen und stand jetzt in der offenen Tür. Es war Dienstschluss. Nickys Dad war nach Hause gekommen.

»Mr. Glover!«, kreischte Josie plötzlich. Sie zuckten alle zusammen. »Mr. Glover, kommen Sie hierher!«

Jazz drehte sich zu ihr um, und Josie stolperte mit einem verängstigten Quietschen rückwärts von ihm weg, obwohl er keine Anstalten gemacht hatte, auf sie zuzugehen.

Ein paar schreckerfüllte Sekunden tat niemand etwas. Mr. Glover kam über die Straße, und David ließ Oscar los. Er stieß ihn nicht zu Boden, löste einfach nur die Hand aus seinem T-Shirt, trat zurück und fasste Jazz, der noch immer Josie ansah, am Arm. An Jazz' Lippen glühte die Zigarette, dann schnippte er sie fort und nahm seinen Fuß von Sofias Brustkorb. Ehe Mr. Glover bei ihnen war, waren David und Jazz, rasch, aber nicht überstürzt, Jazz sichtbar widerwillig, in die Dunkelheit hinter der mit Lampions behängten Weide gegangen und fort. Der nächste Song setzte ein: *Eye of the Tiger.*

Abigail und Jeremy halfen Sofia hoch, Nicky war zuerst bei Oscar. Als er sicher war, dass Oscar allein aufrecht stand, ging er seinem Vater entgegen, der im Laufschritt auf sie zukam.

»Hol Eis«, sagte Abigail zu Jeremy. Ihre Stimme zitterte, doch sie klang entschlossen.

Jeremy lief ins Haus, während sich der Rest der Gesellschaft rasch zerstreute. Sofia warf die Plastikgabel beiseite, machte sich von

Abigail los und ließ sich auf den Stuhl fallen, auf dem sie Jeremy die Haare gefärbt hatte. Erst jetzt sah sie das ganze Ausmaß der Verwüstung.

»Mein Gott, Sofia, wie siehst du denn aus?« Mr. Glover war noch in Uniform und verschwitzt vom Dienst. »Du blutest ja!«

Sofia zog mit schmerzender Hand an ihrem Rock und bedeckte ihre lächerlich stark zitternden Knie. »Das ist nur die Bowle, die ist gefärbt. Mir geht's gut, Sir.«

»Nicky, hol bitte meine Taschenlampe aus dem Auto. Kann mir einer von euch einen Eisbeutel bringen?«, fügte er an Oscar und Abigail gewandt hinzu.

»Jeremy ist schon los, Sir.«

»Ich bin in Ordnung«, sagte Sofia diesmal ein wenig lauter. Sie konnte jetzt gerade sitzen, ohne dass sie sich fühlte, als müsse sie sich übergeben. In ihrem Blickfeld schwammen Flecken. Ihr ganzer Körper brannte, am schlimmsten ihr Rücken und ihr Kopf. Das T-Shirt und der Rock klebten ihr nass und klebrig von der Bowle auf der Haut. Irgendjemand hatte endlich die Musik abgestellt.

»Oscar, bist du okay?«

»Mir geht's gut.«

Jeremy, blass und außer Atem, brachte einen Eisbeutel für Sofia aus dem Haus. Er warf Mr. Glover einen raschen Blick zu. Kurz darauf kam Nicky mit der Taschenlampe wieder. Mr. Glover leuchtete Sofia, die die Augen zukniff und den Eisbeutel in ihren ertaubenden Nacken presste, von Kopf bis Fuß ab.

»Augen auf«, sagte er. »Kannst du den Kopf drehen?«

Nachdem Sofia ein paar Mal den Kopf gedreht hatte, ohne dass etwas knackte, leuchtete Mr. Glover auch die anderen ab, Jeremy, der klatschnass von seiner unfreiwilligen Dusche war und jetzt schwarzes Haar hatte, seinen eigenen Sohn, Abigail, die die leere Flasche, mit der sie Jazz gedroht hatte, noch in der Hand hielt, Oscar mit versteinerter Miene. Er betrachtete das Chaos, das sie angerichtet hatten. Josie und ihre Freundinnen standen stumm abseits. Josie hielt verstört ihre Ellbogen umklammert. Corey war nirgends in Sicht.

Mr. Glover knipste die Taschenlampe aus und sah sie der Reihe nach an. »Also?«, sagte er.

»Wir haben getanzt und ich bin in den Tisch gekracht«, sagte Sofia.

Alle starrten sie an.

»Ihr seid betrunken«, sagte Mr. Glover, eher wütend als erstaunt. »Allesamt. Sofia, sieh mich mal an. Habt ihr euch geprügelt?«

»Mr. Glover, ich bin Pazifistin.«

Er schnaubte. »Sofia, ich bin doch nicht blöd. Josie hat wie am Spieß geschrien, ich dachte, du hast dir alle Knochen gebrochen. Du bist also einfach so beim Tanzen ausgerutscht?«

Sie hob die Schultern. Es tat weh. »Ich tanze ziemlich schlecht.«

»Kann sein, dass einer von Josies Freunden was in die Bowle geschüttet hat«, warf Jeremy ein.

Josie schnappte nach Luft. »Du kleines Aas!«, zischte sie. Die Wut trieb ihr wieder etwas Farbe ins Gesicht. »Das ist überhaupt nicht wahr, Mr. Glover!«

»Du bist die Älteste hier, Josie. Willst du mir sagen, was das eben war?«

Sie schrumpfte wieder in sich zusammen. »Ich weiß nicht«, sagte sie und umklammerte wieder ihre Arme.

Mr. Glover wirkte halb amüsiert, halb verärgert. »Nicky?«

Nicky zuckte ebenfalls die Schultern und sagte, ohne seinem Vater in die Augen zu sehen: »Wir haben es ein bisschen übertrieben, Dad.«

Mr. Glover rieb sich mit der freien Hand die Stirn und seufzte sehr schwer. Eine lange Pause trat ein, dann ließ er die Hand sinken und sagte: »Ich habe einen Sonnenstich, bin unglaublich müde und genau genommen auch seit einer Viertelstunde endlich nicht mehr im Dienst, also spare ich mir, eure Eltern anzurufen. Sofia, du hast vermutlich einen Schock, ich fahre dich nach Hause.«

»Das müssen Sie wirklich nicht, Mr. Glover.«

»Entweder fahre ich dich oder ich rufe deine Eltern an. Ist noch jemand außer Sofia verletzt?«

Sie schüttelten die Köpfe, alle zu erleichtert, um etwas zu sagen.

»Gibt es sonst noch irgendwas, was ich wissen sollte?«

»Wir feiern nicht weiter«, sagte Sofia und drückte sich den Eisbeutel auf die wütend pochende Stirn. »Nachher ruft noch wer die Polizei.«

»Schluss jetzt, Sofia«, sagte Mr. Glover streng. »Komm, ich bring dich nach Hause.«

»Kann ich vielleicht noch einen Augenblick sitzen bleiben? Mir ist schwindelig.«

Er schien einen Moment zu überlegen, ob er sie gefahrlos allein lassen konnte. »Ich gehe kurz rüber und lasse Ellie raus. Ihr fangt mit dem Aufräumen an, und zwar alle außer Sofia. Sofia, du trinkst ein Glas Wasser. *Wasser*, verstanden? Ich will dich nicht noch ins Krankenhaus fahren.«

Sofia lächelte möglichst überzeugend. »Klar, Sir, mach ich.«

Sie warteten, bis Mr. Glover über die Straße war, dann sagte Oscar: »Ich dachte, er bringt dich um.« Sofia erkannte seine Stimme kaum. »Ich dachte, er tut es vor uns allen.«

Sofia wechselte erneut die Position ihres Eisbeutels. »Nickys Dad ist Cop, der bringt niemanden vor Zeugen um.«

»Ich hab's dir doch gesagt!« Oscar wurde so laut, dass sie alle ein wenig zusammenzuckten. Er zitterte. Sofia konnte nicht sagen, warum. Es war nicht nur Angst und nicht nur Zorn. »Ich habe dir gesagt, dass du mich nicht beschützen sollst!«

»Gut, dann lass ich sie nächstes Mal machen!« Sie war so zornig, dass sie für den Moment ihre Schmerzen vergaß. »Wenn du rübergehen und ihm sagen willst, dass dein Bruder und der Sohn der reichsten Leute der Stadt uns verprügelt und wir uns besoffen haben, dann mach jetzt!«

»Er wollte dir ein Auge rausbrennen!«, schrie Oscar sie an.

Jetzt war es Sofia, die einen Moment sprachlos war. Dann lachte sie, obwohl sich ihr der Magen dabei umdrehte. »Mach dich nicht lächerlich!«

»Du hast gehört, was er zu David gesagt hat«, sagte Oscar, aber jetzt sah er Abigail und Jeremy an, als erwarte er, dass sie ihm beispringen würden. *»Links oder rechts.«*

»Du kannst keinem mit einer Zigarette das Auge ausbrennen, Oscar«, sagte Sofia heftig.

»Sie werden es wieder versuchen!«

»Was willst du denn? Wäre alles besser, wenn er dir in der Schule die Nase gebrochen hätte oder den Arm? Ich komme zurecht, gottverdammt, Oscar!«

»Du hast doch keine Ahnung, wovon du redest!«

»Weil du der Einzige auf dieser Welt bist, der jemals Probleme hat, ja?« Sie stand auf. Sengender Schmerz schoss ihren Rücken hoch und ließ ihr schwarz vor Augen werden. Abigail und Oscar, der bereits zu einer wütenden Antwort angesetzt hatte, fingen sie auf. Sofia machte sich von ihnen los und sackte schwindelig zurück auf ihren Stuhl. Sie hatte den Eisbeutel fallen lassen. Ihr ganzer Körper juckte. Der Gestank der Bowle machte sie wahnsinnig.

»Fuck, leckt mich doch alle!«, fauchte sie. »Ich gehe nach Hause und dusche!« Sie stand noch einmal auf und fiel noch einmal zurück in den Stuhl. Sie zerrte sich wutentbrannt das nasse T-Shirt über den Kopf, verhedderte sich jedoch. Es dauerte einen Augenblick, bis sie es über den Kopf hatte und wieder Luft bekam. Auch ihr BH war klitschnass. Die Lebensmittelfarbe der Bowle hatte große rote Flecken auf ihrer Brust und ihrem Bauch hinterlassen. Es sah aus, als hätte sie zu heiß geduscht.

Jeremy schnaubte und fing an zu lachen.

»Was, hättest du Debra Gross lieber?«, herrschte Sofia ihn an. Abigail kicherte ebenfalls, und plötzlich, widerwillig musste auch Sofia lachen, obwohl ihr alles wehtat, obwohl ihr Gesicht vor Wut und Scham brannte. Oscar setzte sich neben ihr auf den Boden und hielt sich den Kopf. Er lachte nicht.

Sofia lehnte sich mühsam zu ihm vor. »Hey, Coleman«, sagte sie.

»Sofia, verpiss dich«, sagte Oscar sehr schwach.

Sofia umarmte ihn so fest sie konnte, was wegen ihrer schmerzenden Arme nicht allzu fest war. Er machte sich von ihr los, zog sein graues T-Shirt aus, das verschwitzt, aber sauber war, und reichte es ihr kommentarlos. Jeremy pfiff durch die Zähne. Oscar zeigte ihm müde den Mittelfinger.

Mr. Glover kam zurück. Ellie, die Hündin der Glovers, folgte ihm auf den Fersen.

Sofia zog das T-Shirt über, das ihr zu lang war, und hob ihr nasses eigenes auf. »Pass auf dich auf«, sagte sie zu Oscar. Sie sagte es oft zu Harriet oder Schill, eine kleine Familientradition, doch es war ihr immer ernst. »Und bring mir bloß nicht mein Fahrrad zurück.«

Oscar lächelte nicht.

Ellie lief zuerst zu Nicky, dann zu Sofia, die sich trotz ihres protestierenden Rückens vorbeugte und ihr lächelnd mit beiden Händen den Hals kraulte. Ellie leckte begeistert an Sofias von Bowle klebrigen Knien. Nicky zog sie am Halsband weg.

»Ich komme in zehn Minuten zurück, und dann sieht es hier tadellos aus«, sagte Mr. Glover zu allen. »Nicky, sobald hier aufgeräumt ist, gehst du rüber und nimmst Ellie mit. Kannst du aufstehen, Sofia?«

Vor ihren Augen blühten schillernde Flecken auf, als sie sich hochrappelte. Sie biss die Zähne zusammen und reckte den Daumen in die Höhe.

»Oh, und – Jeremy, Josie?« Sie verspannten sich. Josie kaute auf ihrer Unterlippe. »Alles Gute zum Geburtstag.«

»Danke, Mr. Glover«, sagten Jeremy und Josie gleichzeitig.

Sofia folgte Mr. Glover leicht humpelnd zum Streifenwagen. Er ließ sie auf der Beifahrerseite einsteigen. Sie versuchte sich so hinzusetzen, dass sie nicht überall klebrige Flecken hinterließ, aber er sagte nur müde: »Das kann man abwischen.«

»Danke, dass Sie mich fahren, Mr. Glover.«

»Eigentlich müssen Betrunkene hinten sitzen«, murmelte er und ließ den Wagen an. Sofia sah aus dem Fenster zurück zu den anderen, die im schwach erleuchteten Garten begonnen hatten, das Chaos zu beseitigen.

»Ich nehme nicht an, dass du mir was erzählen willst, Sofia«, sagte Mr. Glover, als sie auf die Hauptstraße abbogen.

Sofia dachte an Jazz' Fuß auf ihrer Brust und den Schmerz in ihrem Rücken, dann an Oscars weißes steinernes Gesicht, an den Zorn und die Angst in seiner Stimme, als er sagte: *Er wollte dir ein Auge rausbrennen.* »Es ist alles in Ordnung«, sagte sie. »Wirklich.«

Mr. Glover seufzte und fragte nicht weiter. Sie sagte ihm den Weg an. Als sie nach fünf Minuten in die Second Wood Lane bogen, wandte Sofia sich ihm zu. »Können Sie mich hier rauslassen?«

»Wo wohnst du?«

»Das letzte Haus«, sagte Sofia widerstrebend. »Mr. Glover, mir geht's wirklich gut. Ich werd genug Ärger kriegen, weil ich so spät nach Hause komme. Ich schwöre Ihnen, dass so was nicht wieder vorkommt.«

Er hielt tatsächlich an. Auf der Straße war es still, weit und breit kein anderes Auto zu sehen. Die Häuser lagen im Dunkeln. Mr. Glover rieb sich mit einer Hand die Stirn. »Beim nächsten Vorfall dieser Art liefere ich dich zur Not in Handschellen bei deinen Eltern ab«, sagte er schließlich. »Hast du mich verstanden?«

Sofia hätte vor Erleichterung am liebsten gelacht. »Ja, Sir, natürlich.«

»Ich lasse so etwas nicht noch einmal durchgehen. Ich weiß, dass ihr jung seid und endlich Ferien habt, um Gottes willen, aber wenn jemand verletzt wird, geht das zu weit. Und jetzt sieh zu, dass du verschwindest, bevor ich es mir anders überlege.«

»Vielen Dank fürs Fahren, Mr. Glover.« Sie stieg aus und machte sich auf den Weg nach Hause. Er wartete noch, bis sie fast am Ende der Second Wood Lane angekommen war und sich im Licht der Straßenlaterne noch einmal umdrehte, bevor er wendete und zurückfuhr.

Im Haus brannte noch Licht, der Wagen stand vor der Tür. Sofia war so erschöpft, dass sie sofort ins Bett hätte fallen können. Sie ging mit steifen, schleppenden Schritten ins Haus, im Gedanken schon unter der Dusche. Drinnen lief das Radio.

»Schon zurück?«, kam Harriets Stimme aus der Küche, als sie hereinkam. Sie spülte den Rest Geschirr. »Sind die Partys nicht mehr, was sie mal waren?« Als Sofia in der Tür stehen blieb, sah sie auf. Ihre Augen weiteten sich vor Schreck. »Was um Himmels willen hast du angestellt?«

»Warum?«, fragte Schill aus dem Wohnzimmer. »Wie sieht sie wieder aus?«

»Es ist irre heiß draußen«, sagte Sofia. Sie hatte nicht einmal mehr die Kraft, genervt zu klingen. »Ich gehe unter die Dusche und ins Bett.«

Harriet stellte das Radio aus. »Bist du betrunken?«

»Nein!«

»Sofia, du blutest«, sagte Harriet scharf. Sofia sah an sich hinab und zog den Ärmel von Oscars T-Shirt hoch, der bereits einen langen Blutfleck hatte. Unter der alten weißen Narbe, wo sie sich in der Nacht, als Schill sie aus dem Labor geholt hatte, verletzt hatte, war ein Schnitt, den sie vorhin nicht bemerkt hatte. Er zog sich quer über ihren Oberarm, und darunter trocknete Blut.

»Ich bin gestürzt«, sagte sie wahrheitsgemäß. »Ich gehe duschen.« Sie schlurfte ins Bad und schloss ab. Draußen hörte sie Harriet sagen: »Sie sieht aus, als hätte sie sich geprügelt.«

»Wahrscheinlich *hat* sie sich geprügelt«, sagte Schill ungehalten. »Sofia! Komm raus!«

Sofia schälte sich aus T-Shirt, Rock und Unterwäsche und drehte die Dusche an. Als sie nackt unter dem kalten Strahl stand, überkam sie noch einmal mit Wucht der Schmerz. Sie tastete mühsam ihren Rücken ab und fühlte zwei lange Schürfwunden. Sie streckte die Arme probehalber über den Kopf und kam zu dem Schluss, dass nichts gebrochen war. Sie wusch sich gründlich, bis sie nicht mehr nach Schweiß und Erdbeerbowle stank und ihr Körper angenehm taub war. Ihre Wunden brannten vom Shampoo. Auch auf den Oberschenkeln hatte sie blasse rote Flecken von der Lebensmittelfarbe. Sie drehte die Dusche aus.

Harriet und Schill stritten vor der Tür.

»Es ist ja nicht so, als ob sie sich ständig prügeln würde«, sagte Harriet. »Würdest du dich auch nur halb so aufregen, wenn sie ein Junge wäre?«

»Mein Gott, Harriet, es hat nichts damit zu tun, dass sie ein Mädchen ist, sondern damit, dass wir nicht auffallen dürfen! Ich bin es langsam leid! Rede du doch mit ihr, mach du ihr klar, dass sie sich zusammenreißen muss! Bis dahin hat sie wieder Hausarrest!«

»Wie lange willst du ihr denn noch Hausarrest geben?«

Sie verstummten, als Sofia, in ein Handtuch geschlungen, die Badezimmertür öffnete und sie finster ansah.

»Was hast du wieder gemacht?«, fragte Schill.

»Nichts, und mich zusammenschlagen lassen, wie ihr wolltet. Herzlichen Glückwunsch an mich. Habe ich Hausarrest?«

»Ja«, sagte Schill hitzig.

»Nein, hast du nicht«, sagte Harriet. »Schill, jetzt beruhig dich.«

»Warum bist du eigentlich noch hier? Ich dachte, du hast ein Date«, sagte Sofia wütend.

Einen Moment schien Schill vor den Kopf gestoßen. »Lenk nicht ab«, sagte er dann barsch. »Es reicht jetzt. Du treibst dich nicht länger mit Oscar herum und trägst seine Kämpfe für ihn aus, hast du mich verstanden?«

Sofia knallte die Badezimmertür hinter sich zu, wandte sich ab und stapfte durch den Flur zur Treppe und nach oben.

»Wir sind noch nicht fertig!«, rief Schill ihr nach.

Sofia zog Unterwäsche und ein T-Shirt an, legte sich aufs Bett und ließ einen schmerzenden Arm vom Bett hängen. In ihrem Zimmer schwirrten Mücken. In ihrem Rücken drückte und bohrte der Schmerz.

»Sie ist keine fünf mehr, Schill!«, hörte sie Harriet unten aufgebracht sagen. Der Boden war dünn genug, dass ihre Stimmen gerade eben zu verstehen waren, wenn sie sich anschrien. Sofia sah sich nach ihrem Walkman um. »Sie ist fünfzehn! Alle in ihrem Alter –«

»Weißt du, was sie mit diesem Coleman-Jungen angestellt hat?«

»Hast du das an ihrem Hals gesehen? Sie hat sich gewehrt! Er ist an der Highschool!«

»Das ist Sofia auch! Es ist ein Wunder, dass sie ihm nicht mal die Nase gebrochen hat! Sie hat mit einer Flasche –«

»Wär es dir lieber gewesen, wenn er sie erwürgt hätte?«

Schill sagte irgendetwas, das Sofia nicht verstand, und Harriet erwiderte wütend: »Wenn es dir nicht passt, was sie tut, dann rede gefälligst mit Sofia, statt ihr ständig Hausarrest zu geben!«

»Sie will überhaupt nicht mit mir reden!«

»Weil du dich wie ein absolutes Arschloch benimmst!«

»Ich versuche, sie daran zu hindern, uns drei wegen irgendwelchem Kinderkram auffliegen zu lassen! Wie, Harriet, sollen wir auf sie aufpassen, wenn sie sich in sinnlose Gefahr bringt?«

»Wir fliegen nicht nach zehn Jahren auf, weil unsere Tochter sich einmal prügelt! Mein Gott, du bist paranoid, Schill!«

»Ich bin paranoid, ja?«

Ihre Stimmen hatten jetzt eine gefährliche Tonlage angenommen. Sofia setzte sich angespannt auf.

»Ich bin froh, dass sie auf sich aufpassen kann!«

»Du siehst ja, wie gut sie das kann! Sie ist nicht einfach ein launischer Teenager, du kannst ihr nicht alles durchgehen lassen!«

»Du bist derjenige, der sich wie ein verdammter Teenager benimmt!«, schrie sie ihn an. »Komm drüber hinweg, dass du versetzt wurdest, und lass es nicht an ihr aus!«

Sofia sprang vom Bett und stürzte in den Flur. Schill schrie unten:

»Warum verpisst du dich nicht einfach wieder für ein paar Wochen zu Julie und lässt mich sie allein erziehen?«

»Hey!«, schrie Sofia. Sie schlitterte die Treppe hinab und rannte ins Wohnzimmer. Harriet stand mit dem Rücken zu ihr. Sie machte eine ruckartige Bewegung in Schills Richtung, als wolle sie ihn anfallen, dann war Sofia zwischen ihnen.

»Hört auf!«, brüllte sie die beiden an.

»Misch du dich nicht ein, Sofia!«, schrie Schill zurück.

»Du kannst mich mal!«, brüllte Harriet über Sofias Schulter. »Leck mich doch am Arsch!«

Schill verlor die Beherrschung. »Kümmer du dich doch um den Scheiß!« Er war heiser vor Wut. »Mir reicht's!« Er verschwand hinaus und warf die Verandatür so heftig hinter sich zu, dass das Mückennetz an einer Seite aus dem Rahmen sprang.

Harriet schrie ihm nach: »Fick dich doch, Herrgott, du blödes Arschloch!«

Einen Moment dachte Sofia, sie würde ihm nachlaufen und sie müsste sie festhalten, doch Harriet holte bloß mehrmals tief und zitternd Luft und ließ sich mit einem frustrierten Aufheulen rückwärts aufs Sofa fallen. Sie atmete schwer. Eine Weile schwiegen sie, dann sagte Sofia mit belegter Stimme: »Ich dachte, ihr prügelt euch.«

Harriet schüttelte müde den Kopf. »Unsinn«, murmelte sie. Dann sagte sie bitter, mehr zu sich selbst als zu Sofia: »Es ist nicht so, als wäre er noch nie versetzt worden, mein Gott! Wenn er wenigstens nicht so tun würde, als würde ihm das nichts ausmachen, hätte ich überhaupt kein Problem.«

Sofia stand beklommen vor ihr und wusste nicht recht, was sie sagen sollte. »Ich dachte, es ist gut gelaufen.«

»Ich glaube, es hat einfach nicht geklappt, wie das verdammt noch mal manchmal einfach so ist, und er sieht das als Bestätigung, dass er es gleich bleiben lassen kann.«

»Hat er sich verliebt?«, fragte Sofia vorsichtig. Sie dachte an Jeremy und Debra.

Harriet zuckte müde die Achseln. »Was weiß ich denn? Er redet ja nicht mit mir und ich werde ihn garantiert nicht dazu zwingen.« Sie rieb sich die Schläfen und setzte sich auf. »Brauchst du ein Pflaster für deinen Arm?«

»Es blutet nicht mehr.«

»Es ist okay, dass du Streit hast, Sofia«, sagte Harriet, als hätten sie dieses Gespräch vorher schon geführt und sie greife es bloß wieder auf. »Es ist wichtig, dass du dich wehrst, gerade wenn jemand größer und stärker ist als du. Aber du musst versprechen, dass du dabei auf dich aufpasst. Schill hat recht, wir müssen nicht mehr auffallen als nötig. Und, meine Güte, wir prügeln uns nicht.«

Sofia zwang sich zu einem möglichst überzeugenden Nicken. Harriet seufzte schwer, rieb sich lange das Gesicht und sagte dann sehr, sehr müde: »Geh zu Bett, Sofia. Ich geh raus nach Schill sehen.«

Sie blieb in der Tür stehen, bis Harriet hinaus war. Im Wohnzimmer rauschte das Standbild des Fernsehers, den keiner von ihnen ausgestellt hatte.

Sofia war schon fast eingeschlafen, als sie Schritte unten auf der Veranda hörte, aber wenn Schill und Harriet beide da waren, sprachen sie nicht miteinander. Der Geruch von Zigarettenrauch drang bis nach oben, und Sofia erschauderte von Kopf bis Fuß.

6.

Sofias Schürfwunden und der Schnitt in ihrem Oberarm heilten, ihre Blutergüsse verblassten. Am Dienstag, eine Woche, nachdem sie und David sich im Flur geprügelt hatten, kam in allen Zeitungen der Aufruf zum Wassersparen, den Rasen nur noch zweimal in der Woche zu sprengen, das Auto nicht zu waschen und weniger zu duschen. Am nächsten Tag folgten übers Radio mehrmals täglich Warnungen über die hohe Waldbrandgefahr und Erinnerungen, Kinder und Hunde während des Einkaufs nicht im Wagen zu lassen, da in Kane ein Kleinkind im Auto seiner Mutter erstickt wäre, wenn nicht zwei junge Frauen, die zufällig vorbeigekommen waren, mit einem Reifenhebel das Seitenfenster eingeschlagen hätten.

Aus der Hitze wurde Dürre. Zwei große Baseballspiele wurden erst verschoben und dann ganz abgesagt. Lebensmittel verdarben in Rekordschnelle. Der Asphalt riss überall in der Stadt auf, im Brachland öffnete sich klaffend der staubige Boden. Die Tümpel, die sich in einigen zurückgebliebenen Kratern gebildet hatten, trockneten bis auf den Grund aus. Die spärliche Vegetation an ihren Ufern ging ein. Der Pegel des riesigen Kraters, der *Das Loch* genannt wurde, sank um über einen Meter.

Die Luft war dick wie Melasse. Überall in der Stadt standen Fenster und Türen weit offen, in der Hoffnung, eine kühle Brise zöge herein. Alles Lebendige hatte sich in die spärlichen Schatten verzogen. Wenn die Sprinkler liefen, spielten die Kinder darin, doch um die Mittagszeit, wenn die Hitze am schlimmsten war, rührte sich nichts in Highville.

Es war Jeremy und Josie gelungen, die Zerstörung zu beseitigen und Haus und Garten am Sonntag so vorzuzeigen, wie ihre Eltern es verlassen hatten. Seitdem waren weder David noch Jazz erneut bei ihnen aufgetaucht. Oscars Sonnenbrand war verheilt. Er war jetzt fast so braun gebrannt wie Sofia. Seit der Party war er stiller als sonst und sein Lächeln selten und hohl.

Sofia dachte jeden Tag weniger daran, was passiert war, auch die anderen schien es nicht mehr zu kümmern. Es war Sommer, es gab andere, wichtigere Dinge zu tun.

Der Fluss hinter der Stadt, an dem Sofia, Oscar, Jeremy, Nicky und Abigail wie so viele andere die erste Woche ihrer Ferien verbrachten, trug so wenig Wasser wie noch nie. Wo ihnen das Wasser sonst bis zur Brust ging, reichte es jetzt gerade eben über die Hüfte. Von der Brücke konnte man nicht mehr ins Wasser springen, ohne in Gefahr zu geraten, sich die Knöchel zu verstauchen.

Sie lebten mehr an diesem Fluss als irgendwo sonst. Manchmal machten sie telefonisch Pläne, doch meist verabredeten sie jeden Abend eine vage Zeit, zu der sie sich am nächsten Tag treffen würden. Sie standen morgens früh auf, schwammen den halben Tag und kehrten erst am Abend zurück, wenn sie hungrig wurden. Nur wegen Oscar und Abigail hielten sie sich daran, rechtzeitig nach Hause zu fahren, denn beide würden Hausarrest bekommen, wenn sie das Abendessen verpassten.

Abigail war ihre Freundin geworden, als sie sich mit einer Glasflasche in der Hand vor Jazz gestellt hatte. Sie trug immer noch hübsche gebügelte Kleider, doch entgegen Jeremys spöttischer Vorhersage scheute sie nicht davor zurück, darin durch den Wald zu klettern. Nur ihre weißen Socken trug sie nicht mehr. Sie ließ ihr Haar jetzt offen oder steckte sich mit Klammern ein paar Strähnen aus dem Gesicht. Sie brachte jeden Tag etwas zu essen mit, eine Tüte selbst gemachter kleiner Brötchen, Selleriestangen, Pfirsiche aus einer Dose, die sie danach in die Mitte des Flusses stellten, um vom Ufer aus Steine hineinzuwerfen, Kirschen, die sie sich wie als Kinder an die Ohren hängten. Abigail fuhr das klobige alte Rad überall hin und nahm nie einen von ihnen mit nach Hause, aber das war dank Sofia und Oscar nichts Neues. Sie waren von jeher gewöhnt, sich bei Jeremy und Nicky zu treffen.

Debra Gross' erste Postkarte aus dem Cheer Camp in Wyoming kam am Mittwoch und bewies, dass sie, wenn sie tatsächlich, wie Nicky gehässig vermutete, nur betrunken gewesen war, sich zumindest zu einer Karte verpflichtet fühlte. Sie zeigte einen hübschen blauen See mit Bergen im Hintergrund, vor dem Mädchen in Shorts und gelben Trikot-Tops eine Pyramide gebaut hatten, unterschrieben mit *Cheermania!*. Sofia musste Jeremy die Karte abringen, um sie zu lesen, und fand über der Unterschrift immerhin einen Kuss.

Jeremy schien verkraftet zu haben, dass seine wunderbare nächtliche Begegnung mit Debra die erste und letzte für mindestens vier Wochen war. Vielleicht war er noch immer so überrascht, dass ihm ein Briefwechsel vorerst mehr als genug war. Er versuchte sich an Lyrik für sie und schrieb ihr postwendend zurück. Die anderen waren alle froh, dass sich eine eventuelle Aufnahme Debras in ihren Kreis noch um vier Wochen oder mehr verschob.

Jeremy trug bis auf seine furchtbare grüne Badehose schwarz und hatte bereits verkündet, demnächst in Boxershorts schwimmen zu gehen, um sein Image konsequent zu pflegen. Er hatte sich Haarspray besorgt und versuchte damit, seinem Haar, mit fürchterlichem Ergebnis, möglichst viel Volumen zu verleihen. Er schleppte es mit, wo immer sie hingingen, und manchmal erbarmte sich Sofia, die den Geruch des parfümierten Sprays mochte, und half ihm, sein Haar zu frisieren.

Wenn sie am Fluss lagen, ließ Jeremy eine Packung Marlboro herumgehen, die er wie immer seinem Vater geklaut hatte. Nicky lehnte jedes Mal ab, der Gesundheit wegen, und wurde fuchsteufelswild, wenn man sich darüber lustig machte. Sofia, die den Geschmack nicht mochte, das vor Jeremy, der seit zwei Jahren rauchte wie ein Profi, aber nicht zugeben wollte, teilte sich manchmal eine Zigarette mit Oscar. Meist rauchte Jeremy allein mit Abigail, bevor es ihnen zu heiß wurde. Die Zigaretten verbündeten die beiden unerwartet. Sie saßen schweigend unter den Bäumen, gaben einander Feuer und wirkten erwachsen.

Abends fuhren sie barfuß in verschwitzten Turnschuhen und mit ihren nassen Badesachen um die Schultern geschlungen zurück in die Stadt, verabschiedeten Abigail und Oscar, gingen zu Nicky, machten Sandwiches und holten Wassereis aus der Gefriertruhe in der Garage. Sobald es etwas abkühlte, trainierte Nicky Baseball. Trotz der hitzebedingten Absagen, die auch die Spiele der Jugendmannschaften betrafen, trieb ihn bitterer Ehrgeiz an. Er war mürrischer als sonst, aber Sofias Meinung nach lag das daran, dass sein Trainingscamp sich verschob und sein großer Bruder, den Nicky so sehr vergötterte, jetzt eine Freundin hatte und seinem kleinen Bruder nur wenig Beachtung schenkte, und nicht daran, dass Nicky an Gewissensbissen litt, weil er seinen Vater auf Jeremys Party angelogen hatte.

Nach acht Uhr war das Baseballfeld in der Nähe des Parks verlassen und die Tribünen leer. Da sie trotz Abigail und Oscar, die nach dem Familienabendessen wieder zu ihnen kamen, nur zu fünft waren, spielten sie Pepper. Sofia und Jeremy warfen beide gut, aber es stellte sich heraus, dass Abigail ein Talent hatte, das sie selbst zu überraschen schien. Sie fing die Bälle aus schier unmöglichen Positionen, mit teilweise spektakulären Sprüngen. Sogar Nicky, der in ihrer Gegenwart kurz angebunden, fast schroff war, gab zu, dass sie in eine Mannschaft gehörte.

Sie spielten, bis der Horizont aus einem tiefen, goldenen Rosa in Dunkelblau überging und es auf dem Feld angenehm kühl wurde. Bevor es Nacht war, gingen sie über den Stadtrand hinaus ins Brachland und spielten Ball mit Ellie, ehe sie, verschwitzt und erschöpft, durch die allmählich lebendig werdenden Straßen nach Hause liefen. Am Freitag sahen sie bei Jeremy, da seine Eltern auf einer Gartenfete zwei Straßen weiter waren und Josie mit Corey zum Skaten ausging, *Mad Max* und zum siebten oder achten Mal *Halloween*.

Oscar, der seit dem Angriff ausgelaugt und abweisend war, auf eine Art, die Sofia nicht nur wie Erschöpfung vom Schwimmen und der Hitze vorkam, schlief während der zweiten Hälfte von *Halloween*, einem seiner Lieblingsfilme, ein, den Kopf schwer an Sofias Schulter gelehnt.

Die Stadt blieb so lange wach wie sie. Die Menschen aßen auf ihren Veranden und auf in die Gärten gestellten Campingtischen und genossen das den ganzen Tag ersehnte Abkühlen der Luft. Alle schliefen bei offenen Fenstern oder auf Matratzen und Feldbetten draußen, manche auf abgeschlossenen Veranden hinter Fliegengittern oder unter langen Moskitonetzen wie unter dicken weißen Spinnweben.

Sofia verbrachte die Zeit nicht nur wegen ihrer Freunde außer Haus. Harriet und Schill gingen sich fast eine Woche nach ihrem Streit immer noch aus dem Weg, und Schill war weiterhin sauer wegen der Sache mit der Party. Wenn Sofia abends verschwitzt, sonnenverbrannt und mit grauen Fußsohlen vom Barfußlaufen nach Hause kam, wusste sie sofort, dass sie sich immer noch nicht versöhnt hatten, weil es so still im Haus war.

Harriet und Schill stritten selten richtig. Der freundschaftliche, stichelnde Umgangston, den sie sonst pflegten, war der bester Freunde und wie Sofia ihn von Jeremy und Oscar kannte. Weder Harriet noch Schill waren um Worte verlegen, und leider bedeutete das, dass ihre wenigen ernsten Streitereien hässlich ausfielen. Sie nahmen Dinge vom jeweils anderen hin und holten sie später im Zorn wieder hervor. Sofia hatte tatsächlich einmal eine Liste mit Vorwürfen gemacht und sie abgehakt, während die beiden sich unten anschrien.

Üblicherweise aß Sofia, wenn die beiden stritten, mit einem von beiden morgens Frühstück und mit dem anderen zu Abend, um nicht den Eindruck zu erwecken, sie stelle sich auf eine Seite. Jetzt ging sie hauptsächlich Schill aus dem Weg, der sowohl auf sie als auch auf Harriet schlecht zu sprechen war. Harriet wiederum war wütend, weil Schill Julie ins Spiel gebracht hatte.

Als Sofia vor acht Jahren an einem windigen Nachmittag im Oktober aus der Schule gekommen war, wo sie Kürbisgirlanden aus Papier bastelten und aufgeregt Kostümideen für Halloween verglichen, war Harriet plötzlich fort gewesen. Schill hatte den Brief gefunden, den sie für ihn auf ihr Bett gelegt hatte.

Er erzählte Sofia nicht gleich, was los war. Er sagte, er müsse länger arbeiten und dass sie sich abends ein Sandwich machen und ja den Herd auslassen sollte, und verschwand. Er kam erst nachts zurück. Sofia, die sich *The Night Strangler* ansah, würgte hastig den Fernseher ab, bereit, zu behaupten, sie sei längst im Bett gewesen und habe sich nur ein Glas Wasser aus der Küche holen wollen. Schill ließ den Autoschlüssel fallen und setzte sich, ohne seine Jacke auszuziehen, zu ihr aufs Sofa. Sofia war erst sechs, aber sie wusste, dass etwas nicht stimmte, dass es nicht der Horrorfilm war oder dass sie noch nicht im Bett lag. Eine Weile starrten sie den Fernseher an, dann sagte Schill mit völlig fremd klingender Stimme, dass Harriet nicht wiederkäme. Sie war schockiert, ihm anzuhören, dass er geweint hatte.

»Wo ist sie?«, hatte sie ihn ängstlich gefragt.

»Bei Julie.«

Sofias Erinnerung an eine Julie, mit der Harriet telefonierte, wann immer sich die Gelegenheit bot, reichte lang vor Highville zurück. Julie war, wie Sofia ebenfalls erst später erfahren hatte, von Anfang an ein Stück weit eingeweiht gewesen. Harriet hatte sie am Morgen nach ihrer Flucht angerufen, um sie zu warnen, dass sie in Philadelphia von der Polizei oder sogar dem FBI verhört werden konnte. Schill war strikt dagegen gewesen, Julie überhaupt irgendetwas zu erzählen, mit seiner Schulter jedoch nicht exakt in der Verfassung, Harriet daran zu hindern. Eine Woche später erreichte Harriet, außer sich vor Sorge, Julie bei ihren Eltern. Julie, die Harriets Warnung auch ohne eine vollständige Erklärung sehr ernst genommen hatte, hatte ein paar gute Freunde zu ihrer Wohnung geschickt. Ihre Freunde hatten mit dem Vermieter gesprochen und so erfahren, dass Julie fristlos aus der Wohnung geworfen war. Die Polizei hätte mehrere Kilo Heroin in der Wohnung gefunden, unter dem Bett und hinten im Schrank. Die Schüsse, die in der Nacht von mehreren Parteien im Haus dem Notruf gemeldet worden waren, seien bei einer geplatzten Übergabe gefallen. Harriet sei auf der Flucht.

An diesem Punkt nahm Schill, der neben Harriet lehnend zugehört hatte, Harriet das Telefon aus der Hand und sagte Julie, sie solle so schnell wie möglich aus der Stadt verschwinden. Julie tat genau das. Wenn sie Harriet nicht vertraut und Schill nicht immer gut hätte leiden können, hätte spätestens die offensichtlich falsche Drogengeschichte sie überzeugt. Harriet war nirgendwo zur Fahndung ausgeschrieben, und obwohl es in dieser Nacht mehrere Verletzte gegeben hatte, für die zwei Krankenwagen gerufen worden waren, wurde nirgendwo von einer Festnahme berichtet.

Alles war rasch vertuscht worden zu einem Verbrechen, das in einer Großstadt unterging und das ab dem Moment, in dem die Gefahr beseitigt schien, niemanden mehr interessierte. Es hatte sicherlich geholfen, dass die Menschen über zwei zusammenlebende Frauen alles zu glauben bereit waren. Julie war so klug gewesen, nicht selbst zurückzukommen, und war entsprechend nicht festgenommen worden, denn was dann passiert wäre, konnte keiner von ihnen sicher sagen. Sofia hatte nie nachfragen müssen, wie weit der Einfluss des Instituts reichte, in dem sie geboren und aufgewachsen und vor dem ihre Mutter auf der Straße gestorben war. Sie hatten nicht nur versucht, Schill und Harriet zu ermorden, sondern auch Polizeiermittlungen verhindert und ein fiktives Verbrechen anstelle dessen kreiert, das sie vertuscht hatten.

Harriets Verrat kam spät, und er kam heftig. Sofia hatte die Umstände erst Jahre später erfahren. Im ersten Jahr hatte Schill Harriet oft außer Hörweite von Sofia gesagt, sie könne ihn und Sofia allein weitermachen lassen, doch Harriet war geblieben, egal, wie entsetzlich sie Julie vermisst hatte. Ob es einen Auslöser für sie gegeben hatte, schließlich doch zu gehen, wusste Sofia bis heute nicht. Sie hatte Harriets Brief nie gelesen und wollte es auch nicht, wusste nicht einmal, ob Schill ihn aufbewahrt hatte.

Vier Tage, nachdem sie fort war, rief Harriet an. Sie war in New York bei Julie, wie Schill gesagt hatte. Am Ende des sehr kurzen Gesprächs schrie Schill Harriet an, sie solle sich nie wieder melden. Ab da führten sie diese Telefonate wöchentlich. Schill ließ Sofia zuerst ans Telefon und stand im Türrahmen lehnend da, die Arme verschränkt und angespannt und zornig, während sie den Telefonhörer umklammerte und Harriet von der Schule und ihren Freunden erzählte und wie gut sie schon Fahrrad fuhr. Irgendwann fing Harriet zu weinen an, und sobald Sofia sich ebenfalls aufregte, nahm Schill ihr den Hörer weg und legte auf. Mit Julie sprachen er und Sofia nie.

Mit Schills Schulter wurde es wieder schlimmer, weil er sich überarbeitete, bis er den linken Arm in einer Schlinge tragen musste. Sofia half Schill so gut sie konnte, machte klaglos mit ihm zusammen den Haushalt und die Einkäufe. Ihre Albträume kamen mit Wucht zurück. Sie wachte nachts in ihre Decke verheddert auf, halb aus dem Bett gefallen, schwitzend und schluchzend. An Halloween ging sie nicht mit den anderen Kindern von Haus zu Haus. Sie wollte keine Hexe sein. Sie wollte ihre Comics nicht lesen. Sie wollte keine für sie verbotenen Filme heimlich im Fernsehen sehen. Sie wollte Harriet zurück, aber Harriet war wegen ihr weg, weil sie Schill nicht liebte und weil Sofia nicht ihre richtige Tochter war.

Eine Nacht lang, in der sie nicht schlief, hasste Sofia sich von Kopf bis Fuß, alles an sich, mit einem wilden, brennenden Zorn, der keinen Platz für Tränen ließ. Am nächsten Schultag hatte ihr Oscar, der sie hatte abholen wollen, aber nicht gewusst hatte, wo sie wohnte, eine Schachtel mit Süßigkeiten mitgebracht.

Es gab in ihrer Klasse, bevor Nickys Mutter gestorben war, noch einen Jungen, der von seiner Mutter allein erzogen wurde. Es dauerte nicht lang, bis jeder wusste, dass Sofias Stiefmutter ihren Mann verlassen hatte. Die Erwachsenen begegneten Sofia mit peinlich berührtem Takt, die Kinder verspotteten sie. Sofia geriet mehrmals in Prügeleien, aber man hatte Nachsicht mit ihr, weil niemand so recht wusste, was in dieser Situation zu sagen war.

Inzwischen, wo sie fünfzehn war, wusste Sofia, dass Schill nur eine sehr vage Ahnung gehabt hatte, wie man Kinder erzog. Im Nachhinein betrachtet hatte er einfach keine Kinder gekannt, von den gelegentlichen Begegnungen mit Harriets kleinen Nichten einmal abgesehen.

In diesem einen Jahr und auch lange Zeit später war Sofia nie in den Sinn gekommen, dass es ungewöhnlich war, von Erwachsenen so ernst genommen zu werden. Schill ließ sie damals nie lange allein. Wenn er einkaufen fuhr, nahm er sie mit, egal, ob er nur kurz in den Supermarkt musste oder ganz nach Kane. Wenn er aus dem Haus ging, um eine Zigarette zu rauchen, sagte er ihr Bescheid. Er gab ihr ein harmloses Messer, damit sie ihm beim Kochen mit dem Gemüse helfen konnte, stellte sie auf einen niedrigen Hocker, damit sie an den Herd kam, hielt dann ihre Hände und erlaubte ihr, selbst Zwiebeln anzubraten oder Pfannkuchen zu machen. Er ließ sie im Auto auf den Beifahrersitz, wo sie sich auf ein Kissen setzen musste, damit ihr der Gurt nicht in den Hals schnitt. Er gab ihr Taschengeld, damit sie lernte, mit Geld umzugehen. Er schickte sie auch nie weg, wenn die Nachrichten kamen, und erklärte ihr geduldig und laienhaft gründlich, was in der Welt passierte: Watergate, Vietnam, der Zypernkrieg, wie es zur Ölkrise kam, die gewaltsamen Proteste in Boston um die Rassentrennung in Schulbussen, Nixons Rücktritt.

Vielleicht waren es ein Stück weit die Umstände, die Schill dazu zwangen: Sofias Aufwachsen in einem Institut für medizinische Forschung, der gewaltsame Tod ihrer Mutter, Sofias neues Leben unter falschem Namen, Harriets Fortgehen. Sofia hatte es nie seltsam gefunden, dass Schill ihr zwar ausführlich die Rolle des Saturday Night Massacres in Nixons Rücktritt erklärte, aber nie wirklich erzählte, was in dem Labor passiert war, aus dem er sie geholt hatte. Er war immer ehrlich und offen zu ihr gewesen, aber diese Sache hatte er ihr nur bruchstückhaft erklärt: dass ihre Mutter gestorben war, weil sie sich und Sofia nicht weiter für Experimente missbrauchen lassen wollte.

Sofia liebte Schill, und sie wusste, dass diese Geschichte für sie beide persönlich und schmerzhaft war. Sie war da noch irgendwo in ihren Erinnerungen, hinter einer Tür, die sie jederzeit hätte öffnen können, aber weshalb hätte sie das tun wollen?

Es war nicht alles schlimm in diesem Jahr. Sofia und Schill gewöhnten sich beide daran, ohne Harriet zu leben, wenn auch mühsam und schmerzhaft. Schill arbeitete nachts und vormittags, während Sofia in der Schule war, und nahm die Wochenenden frei. Er ging mit ihr zu den lokalen Baseballspielen und hörte die größeren im Radio, und er brachte ihr im Brachland vor dem Haus Pitchen, Schlagen und Fangen bei, bis ihr die Arme wehtaten und sie beide mit Staub bedeckt waren. Sie gingen zusammen wandern und hinten im Garten zelten, wenn das Wetter gut war, und verbrachten lange verregnete Nachmittage im Kino und lesend auf der Veranda, Sofia ihre Comics und Schill Taschenbücher vom Flohmarkt. Wenn Schill seine Schulter überanstrengte, nahm er Tabletten aus dem Medizinschrank, der für Sofia strikt verboten war, und ging früher ins Bett. Manchmal hatte Sofia Glück, dass er vor neun Uhr einschlief. Wenn sie den Ton leise stellte, konnte sie sich bis spät in die Nacht Filme ansehen, für die sie nicht alt genug war. Mit acht Jahren hatte sie einen so ausgeprägten Filmgeschmack wie kein anderes Kind aus ihrer Stufe.

Schill war wachsam, aber nicht übermäßig streng. Im Nachhinein wunderte Sofia, wie viel er ihr erlaubt hatte, wie oft sie den ganzen Tag zu ihren Freunden hatte verschwinden dürfen, solange sie nur abends wiederkam und ihm versprach, nie allein zu gehen. Er hatte aus der Nacht, in der sie alle beinahe gestorben waren, nicht nur eine kaputte Schulter, sondern auch großes Misstrauen mitgebracht, und die erste und unumstößliche Regel war nicht, dass Sofia nach neun im Bett zu sein hatte, sondern dass sie nicht in Schwierigkeiten geraten durfte. Das war vage formuliert, doch Sofia wusste, was es hieß: Sie durfte nicht im Mittelpunkt stehen und sich nicht darüber aushorchen lassen, wo sie vorher gewohnt hatten, warum sie hergezogen waren, wie ihre Großeltern hießen, was ihr Vater beruflich gemacht hatte, denn sicher hatte er nicht immer im Nachtdienst an der Tankstelle gearbeitet. Fragen über ihre leibliche Mutter waren am leichtesten abzublocken. Besonders bei Erwachsenen funktionierte es gut, wenn Sofia einfach zu Boden sah und die Schultern zuckte. Sie benutzte den falschen Familiennamen, den sie alle drei teilten, aber der Vorname, den Schill ihr vor zehn Jahren gegeben hatte, war zu ihrem richtigen geworden. Er hatte sie nach der Hauptfigur eines Groschenromans benannt, eines der Krimi-Hefte, die er las, was Harriet erst nicht hatte glauben wollen. Sofia hatte den neuen Namen akzeptiert, wie sie alles akzeptiert hatte, und inzwischen liebte sie ihn. Ihr Geburtsname, den sie in dem Labor bekommen hatte, in dem ihre Mutter umgekommen war, war nur noch eine ferne Erinnerung, als gehöre er jemand anderem.

Schill fragte sie anfangs regelmäßig, was sie ihren Freunden von sich erzählte, gab jedoch schnell auf, denn Sofia hatte selbst als Sechsjährige genau wie er wenig Interesse, über das zu sprechen, was zusammen mit Harriet hinter ihnen zurück lag. Sie war so glücklich, wie sie sein konnte, wo Harriet fort war und sie sie nur wöchentlich übers Telefon hörte. Sie hatte Oscar, Jeremy und Nicky, und sie tat ihr Bestes, um Schill eine gute Tochter zu sein.

Im Dezember im darauffolgenden Jahr kam Sofia aus der Schule nach Hause, stellte ihren Rucksack unter die Garderobe und ging ins Wohnzimmer, um Schill zu fragen, ob sie nach dem Essen raus zu Oscar könne. Harriet saß am Wohnzimmertisch. Sofia fiel ihr kreischend um den Hals und ließ sie erst wieder los, als Harriet zu schluchzen anfing. Schill, der mit verschränkten Armen an der Verandatür gelehnt und ihnen zugesehen hatte, fing Streit an, und Harriet schrie ihn an, sie sei für Sofia wiedergekommen und nicht für ihn. Schill verließ wutentbrannt das Haus und kam an diesem Abend nicht mehr wieder.

Am Morgen darauf wurde Sofia davon wach, dass er und Harriet sich im Flur anschrien. Schill war überzeugt, dass Harriet jemanden auf sich aufmerksam gemacht hatte und dass Julie nicht den Mund halten können würde. Als nach drei Wochen, die sie verbittert umeinander herumgeschlichen waren, nichts geschah, die Polizei nicht ihr Haus stürmte und Sofia nicht aus der Schule geholt wurde, begruben sie Sofia zuliebe den Streit, wie sie es mit vielen zuvor getan hatten.

Harriet und Julie führten seit knapp sieben Jahren eine Fernbeziehung, die Schill zerknirscht ertrug, weil sie beide vorsichtig waren. Sie trafen sich dreimal, manchmal viermal im Jahr in einem anderen Bundesstaat, nie länger als zwei Wochen. Harriet brachte Fotos und kleine Souvenirs für Sofia von den kurzen Reisen mit, die sie unternahmen, und zu jedem Geburtstag, manchmal ein oder zwei Monate zu spät, hatte sie von Julie ein Geschenk und eine Karte bekommen. Sofias Schweizermesser war von ihr und die Rollschuhe, die ihr heute passten, nachdem ihre ersten ihr viel zu klein geworden waren.

Sofia hatte Julie nie getroffen, aber sie mochte die Frau, mit der sie ein paar Mal im Jahr am Telefon sprach. Sie wusste, dass Julie aus einer Familie von Farmern stammte, die im ländlichen New York Kühe und Pferde züchteten und die von ihrer einzigen Tochter ebenso wie von deren vier Brüdern Arbeit auf dem Hof erwartet hatten, und dass Julie sich durchgesetzt hatte und in die Stadt gezogen war, um Englisch und Literatur zu studieren. Ihre erste Festanstellung hatte sie nach Philadelphia verschlagen und die schmerzvolle Trennung von ihrem ersten langen Freund mit Harriet zusammengebracht, als sie aufgelöst in deren Ratgeber-Sendung angerufen hatte. 1972 war sie nach Harriets Verschwinden nach New York zurückgezogen, wo sie heute an einem kleinen College Amerikanische Literatur unterrichtete. Sie veröffentlichte Kurzgeschichten in Zeitungen und schrieb an einem Roman über ihre Familie und deren Vorfahren. Julie war eine gute Tänzerin und eine bedeutend bessere Köchin als Harriet. Wenn Semesterferien waren, ging sie wandern oder angeln, ein kleines Zelt und einen Schlafsack auf ihren Rucksack gebunden. Sie hatte Harriet auf dem Hof ihrer Eltern, den zwei ihrer Brüder übernommen hatten, das Reiten beigebracht. Sie konnte alle Vogelarten an ihren Stimmen unterscheiden. Auf fast allen Fotos, die Harriet von ihr hatte, lächelte oder lachte sie, obwohl sie Sofia, vielleicht, weil sie wusste, dass Julie Lehrerin war, gleichzeitig streng vorkam.

Harriets Gesicht bekam einen furchtbar wehmütigen, zärtlichen Ausdruck, wenn sie von Julie sprach, und manchmal, wenn Sofia spürte, dass sie gleich weinen würde, fand sie eine Entschuldigung, um hinauszugehen und sie in Ruhe zu lassen.

Schill erzählte nie von einem früheren Freund. Er sah nur selten andere Männer. Sofia wusste nicht, ob er Angst hatte, dass er verhaftet und seine Fingerabdrücke abgeglichen werden könnten oder ob er lediglich niemanden in sein Privatleben involvieren wollte. Während Harriet einige unkomplizierte, distanzierte Freundschaften in der Stadt geschlossen hatte, wechselte Schill mit niemandem mehr als die nötigsten Worte. Am längsten und freundlichsten hatte Schill einmal mit Nickys Dad gesprochen, bei einem von Nickys Spielen, zu dem er Sofia begleitet hatte.

Als Sofia am Samstagmorgen, exakt eine Woche nach Jeremys Party, in die Küche kam, war Harriet zum ersten Mal seit Wochen dabei, für alle Frühstück zu machen. Sie kam gerade aus der Dusche, ihr Haar war noch nass, und sie trug das Pink-Floyd-T-Shirt aus der Nacht ihrer Flucht, das nach fast zehn Jahren inzwischen eher grau als schwarz war und Löcher in Saum und Kragen hatte. Sie stocherte mit einem Holzlöffel in einer Pfanne mit Tomaten und Spiegeleiern. Auf einem Teller lagen fertige Pfannkuchen.

»Morgen«, sagte sie, als sie Sofia in der Tür sah, und gähnte herzhaft.

»Was ist der Anlass?«, fragte Sofia verblüfft. »Ich dachte, du schläfst aus. Es ist Samstag.«

»Ich erwisch dich ja sonst nicht, eh du aus dem Haus bist. Ist Schill schon wach?«

»Der schläft garantiert noch.«

»Dann geh ihn wecken.«

»Ich bin doch nicht lebensmüde«, sagte Sofia und versuchte, sich eine Tomate aus der Pfanne zu angeln. Harriet schob ihre Hand mit dem Holzlöffel beiseite. »Was wird das, Familienrat? Dann verzichte ich nämlich drauf, danke.«

»Wenn du Schill nicht wecken willst, deck den Tisch und hol den Saft aus dem Kühlschrank.«

»Ich kann nicht ewig, wir sind um halb verabredet«, rief Sofia aus dem Wohnzimmer. Während Harriet nach oben ging, deckte Sofia den Tisch, holte Saft, setzte Kaffee auf und stellte seufzend den Herd aus, auf dem die Tomaten anzubrennen begannen. Fünf Minuten später tauchte Schill zum Essen auf, grantig und unrasiert, sein T-Shirt verkehrt herum.

»Hey«, sagte er mürrisch, ließ sich auf seinen Stuhl fallen, zog seine Tasse heran und schenkte sich Kaffee ein. Nach einer halben Tasse wirkte er ein wenig wacher. Er rieb sich das Gesicht, trank den Rest in zwei großen Schlucken und betrachtete dann, was Harriet gekocht hatte. »Gibt's einen Anlass?«, fragte er misstrauisch.

»Wir haben schon ewig nicht mehr zusammen gefrühstückt.«

Schill verkniff sich eine Bemerkung.

Da Harriet gekocht hatte, waren die Tomaten auf einer und die Pfannkuchen auf beiden Seiten angebrannt, aber die Eier waren gut. Schill, der sich Pfannkuchen genommen hatte, aber offenbar nicht wirklich hungrig war, stocherte in seiner Portion herum und aß kleine Bissen, um Harriet nicht zu beleidigen.

»Wann arbeitest du heute?«, fragte Harriet, als die Stille zu unangenehm wurde.

»In drei Stunden«, sagte er mürrisch. »Ich hätte mindestens bis elf schlafen können.« Er hatte fast immer die Nachtschichten, tauschte jedoch ab und an mit der jungen Frau, die tagsüber arbeitete, oder mit einem Typen namens Shane, der wie David und Jazz gerade die Schule abgeschlossen hatte und über dessen Unfähigkeit Schill sich ständig aufregte. Sofia wusste genau, warum Schill in der letzten Woche fast nur tagsüber gearbeitet hatte.

»Und du treibst dich wieder den ganzen Tag mit deiner Gang herum?«, fragte er Sofia.

»Es gibt noch 'ne Menge kleiner Kinder zu verprügeln und Omas auszurauben«, sagte Sofia und goss mehr Milch in ihren Kaffee. Schill hatte schon vor zwei Jahren aufgegeben, ihr Kaffee zu verbieten, weil sie nicht alt genug sei und Koffein sie hyperaktiv mache. »Wieso, hast du vielleicht Tipps für mich?«

»Ich habe überlegt, mir Ferien zu nehmen«, sagte Harriet unvermittelt.

Sie sahen sie beide an.

»Triffst du dich mit Julie?«, fragte Schill. Er klang nicht feindselig. Genau genommen klang er plötzlich vorsichtig. Harriets Lächeln erschlaffte ein wenig. Einen Moment dachte Sofia, sie sähe schuldbewusst, ja verängstigt aus.

»Vielleicht Ende der Ferien«, sagte sie vage.

»Du hast die längeren Schichten von uns beiden«, sagte Schill. Er legte seine Gabel weg. »Ihr habt euch lange nicht gesehen. Wie geht es ihr überhaupt?«

»Gut«, sagte Harriet. Sie sah auf ihren Teller. »Wir haben letzte Woche telefoniert.«

»Ihr könntet mal länger unterwegs sein. Zwei Wochen, drei.« Er sah sie an und lächelte, aber es wirkte besorgt und gezwungen. Harriet konzentrierte sich auf ihr Essen. »Ich will nicht, dass du sie so selten siehst, weil du denkst, es mache uns etwas aus. Oder, Sofia?«

»Ja«, sagte Sofia rasch.

»Du kannst sie von hier anrufen. Es ist lächerlich, dass du dafür in die Stadt musst. Selbst wenn sie wirklich ihr Telefon überwacht haben, haben sie damit sicherlich vor Jahren aufgehört.« Es war eine seiner Bedingungen gewesen, die Harriet akzeptiert hatte, ohne zu diskutieren, selbst neun Jahre später. Sofia starrte Schill an. Die beiden gingen in ihren Streits häufiger unter die Gürtellinie, aber dass es Schill so leidtat, was er über Julie gesagt hatte, hatte sie nicht gedacht.

»Lass gut sein, Schill«, sagte Harriet, aber sie sah ihn immer noch nicht an. Er verstummte, dann begann er wortlos wieder zu essen. Sofia sah zwischen ihnen hin und her. Harriet musste bemerkt haben, dass die Stimmung wieder zu kippen drohte. »Ich dachte, wir drei unternehmen was zusammen«, sagte sie. Ihr bemühtes Lächeln war besser als seins. »Wir könnten ein paar Tage wegfahren. Zelten gehen.«

»Wir waren ewig nicht zelten«, sagte Sofia, die ihre vorgeschützte Gleichgültigkeit sofort vergaß. Schill sah Harriet an, als wäre er plötzlich sauer auf sie, wolle den Familienfrieden aber nicht sofort wieder gefährden. »Wir könnten in den Nationalpark fahren! Du kannst fotografieren, Harriet, und du hast mir versprochen, dass du mir Klettern beibringst.«

Nicky hatte letztes Jahr eine Präsentation über einen seiner vielen Besuche im Park gehalten. Er hatte in der Klasse Fotos, auf denen meist Nicky und Mr. Glover zu sehen waren, da Tommy sie gemacht hatte, Prospekte des Parks und bröselnde Sandsteine in einem Ziploc-Beutel herumgegeben und ihnen das Album gezeigt, in dem er ein Herbarium angelegt hatte.

»Wir fahren sicher nicht in den Nationalpark, das ist zu weit und zu öffentlich.«

»Warum ist das zu öffentlich? Es ist bloß ein blöder Park. Die Leute sind nicht da, um Kidnapper zu identifizieren, sondern um zu wandern.«

Schill legte seine Gabel hin. »Wir fahren nirgendwohin.«

»Du bist der Einzige, der damit ein Problem hat«, sagte Sofia ungehalten. »Du kannst gern zu Hause bleiben.«

»Leute«, sagte Harriet müde, »können wir wenigstens einmal nicht streiten?«

»Wozu willst du mit ihr zelten fahren? Zur Belohnung, weil sie Schüler von der Highschool zusammenschlägt?«, sagte Schill unwirsch.

»Es ist nur ein Ausflug! Wir zelten zwei Nächte. Wir tun seit zehn Jahren so, als wären wir eine ganz normale Familie. Warum sind wir das nicht einfach mal? Nur mal so zur Abwechslung?«

»Wir sind keine normale Familie, wenn es dir noch nicht aufgefallen ist.«

»Mein Gott, ihr steht bloß nicht aufeinander! Ihr seid nicht die einzigen Homosexuellen auf der Welt!«

»Das reicht jetzt! Geh auf dein Zimmer!«

»Ruhe jetzt!« Harriet war aufgestanden und schlug mit den Händen auf den Tisch. Ihre Wut war viel eindrucksvoller als Schills. Sofia und er funkelten sich an. Dann stieß Sofia ihren Stuhl rückwärts und schnappte sich ihren Rucksack. »Ich geh schwimmen. Lasst bloß nicht eure Tarnung auffliegen, während ich weg bin.«

»Wir sind noch nicht fertig!«

»Wieso, was denn jetzt noch?«, fauchte Sofia.

»Geh schon«, sagte Harriet laut.

Sofia verschwand in den Flur, während Schill und Harriet sich anzischten, kurz vor einem neuen Streit, zog ihre Turnschuhe an, holte den zweiten Kanister Saft aus dem Kühlschrank und machte, dass sie nach draußen und auf ihr Fahrrad kam.

Wie jeden Tag seit einer Woche fuhren sie zum Schwimmen an den Fluss, und wider Erwarten kam Sofia nicht zu spät. Da Nicky noch die Wäsche aufhängen musste, waren sie spater dran als üblich. Sie saßen zu viert auf dem vertrockneten Rasen vor dem Haus und warteten auf Nicky, der die Maschine ausräumte, dann halfen sie ihm, die Wäsche auf die Leine zu hängen, während Ellie um sie herumrannte, sich von Abigail einen zerfledderten Tennisball werfen ließ und prompt ein Bettlaken von der Leine riss.

Die Mittagshitze hatte ihren Höhepunkt erreicht, als sie ihre Fahrräder abstellten und hinunter zu ihrem Platz am Fluss gingen. Jeremy hatte ihn vor drei Jahren gefunden. Seitdem kamen sie hier herunter, wo das Wasser flach und mit Kies statt Sand ausgebettet war. Der Weg, den man nur zu Fuß bewältigen konnte, nachdem man von der Straße in den Wald abgebogen und die Fahrräder im hohen Gras hatte liegen lassen, schlängelte sich fünfzehn Minuten durch Wald aus zähen, zwischen Fels und Kies wachsenden Kiefern und trockenen Laubbäumen auf und ab, bis man zuletzt einen kleinen Abhang hinabkletterte. Zu seinem Fuß lag der Fluss. Der Wald um ihn herum war grün, das Ufer weich und warm und der ganze Platz angefüllt von Sonnenlicht.

Oscar hockte am Ufer im knöchelhohen Wasser und ließ Kiesel über die Oberfläche flitschen. Sofia brachte es auf klägliche drei Aufschläge, Oscars Rekord lag bei fünfzehn. Der Einzige, der es halbwegs mit ihm aufnehmen konnte, war Nicky, der es von seinem Vater auf ihren unzähligen Campingtrips gelernt hatte.

Abigail saß im knallroten Badeanzug im Schatten unter einer krummen Kiefer und zeichnete, geistesabwesend einen Buntstift zwischen die Zähne geklemmt, in ein schwarzes Notizbuch, das sie zum ersten Mal mitgebracht hatte. Nicky war weiter flussabwärts, wo das Wasser tief genug für ein paar Schwimmzüge war. Jeremy lag in Badehose und The-Cure-T-Shirt auf seinem Handtuch im Schatten, aß ein Twinkie und schrieb an seinem nächsten Brief an Debra.

»Vertragen sie sich wieder?«, fragte Oscar, dem Sofia gerade von Schills und Harriets Streit erzählt hatte.

Sie zuckte die Achseln. Sie wollte nicht, dass er dachte, sie mache sich zu viele Sorgen. Schill und Harriet waren beste Freunde. Es war normal, dass sie stritten. Aber egal, worüber sie stritten, Sofia war fast immer der Auslöser.

»Dad arbeitet wieder tagsüber, um Mom aus dem Weg zu gehen, und sie haben die Nerven, mir zu sagen, dass ich mich wie ein launischer Teenager benehme«, sagte sie bemüht lässig zu Oscar.

Oscar lachte, beugte sich vor und holte weit mit dem Arm aus. Auch sein Rücken war jetzt braun. Er hatte Sommersprossen auf den Schulterblättern. Wenn er den Arm so spannte, sah man, dass Oscar durchaus Kraft hatte. Sein Wurf geriet schief und versank nach vier Aufschlägen.

»Lass uns zurück ins Wasser gehen«, sagte Sofia, stand auf und strich sich das Haar aus dem verschwitzten Nacken. Sie hatte keine Lust mehr, über den Hausfrieden nachzugrübeln. »Abigail, kommst du mit rein?«

Sie sah von ihrem Notizbuch auf. »Ich bin gleich fertig.«

»Kann ich es sehen?«

»Es ist nur eine Skizze.« Sie drehte das Buch so, dass Sofia, die hinüberkam, es sehen konnte.

Abigail hatte mit Buntstiften den Fluss und das auf einer Seite vom Wald überschattete Ufer skizziert, dazwischen flüchtig angedeutet menschliche Figuren. Was wie eine unbeholfene Kinderzeichnung in grellen, übersättigten Farben hätte aussehen können, wirkte warm und real.

»Wow«, sagte Sofia ehrlich beeindruckt. Sie sah, dass das Buch in Abigails Hand bereits halb voll war, die Seiten wellig. Der Rücken war an mehreren Stellen davon gebrochen, dass sie ihn zum Zeichnen für eine gerade Fläche umbog. »Wie lange zeichnest du schon?«

Abigail war sichtlich geschmeichelt. »Eigentlich gefällt mir Malerei besser. Ich male mit Acryl und manchmal mit Öl. Roy hat mir das hier als Studienbuch geschenkt, für Vorzeichnungen, damit ich später was daraus auf die Leinwand übertragen kann. Er hätte Kunst studiert, wenn er nicht in die Army gegangen wäre. Meine Eltern hätten das nicht gern gesehen. Sie wollen, dass ich später einen richtigen Job annehme, wie Lizzie und Ginny.« Sie strich über den Ledereinband des Buchs und lächelte darauf hinab. Sie sprach mit tiefer Zärtlichkeit von ihrem großen Bruder. »Roy hat mir das hier zum letzten Geburtstag aus Phoenix geschickt.«

»Wie kommt's, dass ich nie was von dir in der Schule hab aushängen sehen? Mrs. Ross macht doch immer ihre Ausstellung, und es würde sicherlich nicht schaden, wenn da mal mehr kommt als die ewig gleichen Obstschalen.«

Abigail zuckte die Achseln. »Das ist was anderes«, sagte sie, vage und endgültig, und wechselte das Thema. »Zeichnet Oscar nicht?«

»Er hat schon lange aufgehört.«

»Warum das?«

Oscar hatte nicht von heute auf morgen aufgehört, Blankohefte und in einer Pfefferminzbox aus Blech abgenutzte Bleistifte und Kohlestifte mit sich herumzutragen. Früher hatte er stundenlang daran sitzen können, Comictitel zu kopieren und an eigenen Entwürfen zu arbeiten, doch er ließ nach, je älter sie wurden. Schließlich hatte er Sofia erzählt, er habe die Lust verloren und seine alten Hefte allesamt weggeworfen. Sofia war schockiert gewesen, aber er hatte sich ihr nicht weiter erklärt. In ihrem Zimmer hingen noch Zeichnungen, die er ihr geschenkt hatte. Oscar hatte sie nie zurückverlangt und Sofia hätte sie ihm sicherlich nicht gegeben.

»Zehn Aufschläge!«, sagte Oscar hinter ihnen.

»Red keinen Mist«, rief Jeremy, der von dem Brief aufgesehen hatte, über dem er brütete.

Sofia überließ Abigail ihrer Arbeit und ging zurück zu Oscar, der im flachen Wasser nach einem neuen Kiesel fischte. Er bemerkte, dass sie wieder hinter ihm stand, denn obwohl er nicht aufsah, sagte er unvermittelt und so locker, als führten sie eine begonnene Unterhaltung nach einer Unterbrechung fort: »David hat es mir beigebracht. Hier unten am Fluss.«

Sofia starrte ihn an.

»Es muss auf der anderen Seite gewesen sein, weil ich mich erinnere, dass wir über die Brücke gefahren sind. Ich war fünf oder sechs, noch nicht in der Schule. Wir haben ein Picknick gemacht, Mom, Dad, er und ich. Es war März, denke ich. Mom hatte das erste Mal in diesem Jahr ein Kleid an. Sie saß auf der Picknickdecke und hat David und mir zugeschaut, wie wir am Wasser waren. David hat mir die Kiesel gereicht und mir gezeigt, wie man sie hält und aus dem Handgelenk wirft. Er hat es immer wieder vorgemacht, mich in die richtige Position gestellt, mein Handgelenk nach unten gedrückt, bis ich fünf Aufschläge geschafft habe. Ich war unendlich stolz. Dad hat es auch versucht, aber David war viel besser.« Er richtete sich auf, ohne einen neuen Stein aus dem Fluss geholt zu haben. Eine Weile sah er ins Leere, dann blickte er zu Sofia auf, die ihn unverwandt ansah, und lächelte endlich. Seine Augen blieben ausdruckslos. Für einen langen, unheimlichen Moment sah er seinem Bruder so ähnlich wie noch nie. Links über den Rippen hatte er einen fast verheilten blassgelben Bluterguss.

Sofia wusste nicht, was sie sagen sollte. Dann sprach Oscar zuerst, und seine Stimme klang bereits wieder normal. »Lass uns nachsehen, wo Nicky abgeblieben ist«, sagte er.

An der Stelle, wo sie sich befanden, war das Flussbett breit und sehr flach, und die Dürre hatte zusätzlich vom Wasser blank gespültes Geröll freigelegt. Man konnte auf den sonnenheißen, von Wasser besprenkelten Steinen bis ans andere Ufer balancieren, ohne nasse Füße zu bekommen. Einige Meter weiter flussabwärts gab es natürliche kniehohe Abstufungen im Flussbett, über die sich das Wasser ergoss und kleine Becken bildete.

Sofia versuchte, Oscar auf einem der Vorsprünge die Beine wegzutreten, glitt auf dem rutschigen Grund aus und klatschte selbst ins Wasser. Sie kam rasch wieder hoch, von Kopf bis Fuß klitschnass, prustend und spuckend und schaudernd vor Kälte. Oscar über ihr lachte und wirkte endlich wieder normal.

»Hey!«, schrie Abigail hinter ihnen. »Lass es liegen!«

Sofia und Oscar drehten sich zu ihr um. Einen Augenblick dachten sie beide, Abigail meine sie.

Sie war bereits dabei, aus dem Wasser zu klettern, weil Jeremy sich ihr Notizbuch geholt hatte. Ihr Gesicht war wutverzerrt.

»Ich will nur mal sehen«, sagte Jeremy verblüfft.

»Fass es nicht an!«, brüllte sie ihn an.

Jeremy wurde wütend. Seine zwischenzeitliche Verbundenheit mit Abigail war vorüber. »Du hast es Sofia doch auch gezeigt! Was ist eigentlich dein Problem?«

»Leg es wieder hin!«

»Jeremy!«, sagte Oscar scharf.

»Mein Gott, okay«, fauchte Jeremy. Er ließ das Buch unnötig achtlos zurück zu Abigails Sachen fallen, warf ihr einen irritierten, zornigen Blick zu und sagte: »Wartet auf mich, ja? Ich muss nur die blöde Uhr ablegen oder Dad bringt mich um.«

Abigails Miene war versteinert. Sie und Oscar waren beide mit den Gedanken anderswo, und während Sofia wusste, worüber Oscar nachdachte, hatte sie bei Abigail nicht die geringste Ahnung.

7.

»Ich gehe ins Wasser«, sagte Chloe, die endlich die Geduld verloren hatte.

»Du hast doch gesagt, du hättest nichts zum Schwimmen mit«, sagte Jazz und grinste vom Lauf des Luftgewehrs hoch. »Da müsstest du ja nackt rein.«

»Sehr witzig, Massey.«

»Ich wollte dich schon immer mal in Unterwäsche sehen. Ich versprech dir, ich werd selbst in Wäsche schwimmen. Sogar nackt, wenn du willst.«

Sie lächelte spöttisch. »Ich kann mir tausend schönere Anblicke vorstellen als dich nackt.«

Er ließ das Gewehr sinken und breitete in gespielter Verletztheit die Arme aus. »David, sag ihr, dass sie heute nichts Schöneres mehr zu sehen kriegt als mich nackt.«

»Halt die Klappe, Jazz«, sagte David, der bei der weit geöffneten Fahrertür des Autos kniete und seit einer halben Stunde dabei war, an den Boxen zu schrauben, die sie für die Musik mitgenommen hatten und die keinen Ton von sich gaben.

Tommy hatte sie abgeholt, erst Chloe von zu Hause und dann Jazz und David. Sie hatten vor den flachen Hügeln, wo das bessere Viertel begann, an der sonnenheißen Straße gewartet, beide in T-Shirts, Davids gebräunte Arme noch immer von dünnen roten Linien bedeckt, wo das Field-Mädchen sie ihm aufgekratzt hatte, Jazz das Luftgewehr lässig über die Schulter gehängt. David hatte seine Sonnenbrille hoch ins Haar geschoben. Seine Augen waren trotz der gleißenden Sonne nur leicht zusammengekniffen und seine Pupillen winzig. Erst, als er eingestiegen war, auf die Rückbank neben Jazz, der sich breitbeinig hinfläzte, hatte David die Sonnenbrille wieder aufgesetzt.

Die halbe Schule war bei dieser Hitze am See oder unten an der Brücke über den Fluss, der das Wäldchen hinter der Stadt durchschnitt. In der Gegend gab es mehrere vom jahrelangen Kiesabbau zurückgebliebene Seen, doch in der Hitze waren alle von Familien bevölkert, von kreischenden Kindern und sich anbellenden Hunden. Die Schüler der Highschool, die selbst Autos besaßen oder Eltern hatten, die bereit waren, ihnen den Familienwagen zu leihen, fuhren hin, um ein paar Biere am Wasser zu trinken, abends Feuer zu machen und sich, wenn es dunkel wurde, in die Büsche zu verziehen. Die Brücke über den Fluss hingegen, von der man ins brusthohe Wasser springen konnte, ohne sich die Füße zu brechen, wie Chloe es selbst getan hatte, bis sie vierzehn war, zog vor allem die jüngeren Schüler an. Chloe war ebenso erstaunt gewesen wie Tommy, als Jazz ihm gesagt hatte, er solle aus der Stadt an den Fluss fahren.

In der flirrenden, schweren Hitze war es nicht einmal am Wasser erträglich. Die Landschaft war bis aufs Mark ausgetrocknet. Das zähe Moos, das unter den Bäumen hervor bis hinab ans Ufer wuchs, war staubig und tot. Der Fluss war ein großes Stück vom kiesigen Ufer zurückgegangen, das in der Hitze stumpf und farblos wirkte. Der kleinste Funke einer achtlos weggeschnippten Zigarette hätte den Wald innerhalb weniger Minuten komplett in Brand gesteckt.

Sie waren nicht an die Brücke gefahren. Jazz hatte sie ein gutes Stück dahinter auf eine völlig zugewachsene, verlassene Forststraße gelotst, die Chloe, die die Gegend gut kannte, glatt übersehen hätte, wenn Jazz sich nicht vom Rücksitz vorgebeugt und sie ihr mit dem Finger gewiesen hätte. Von der asphaltierten Straße ging es in vielen Kurven in den lichten Wald. Die letzten zwanzig Meter hatten sie den Wagen stehenlassen und waren einen felsigen Hang hinab ans Wasser geklettert, das hier schnell übers Gestein floss. Es war ein guter Platz. Chloe hatte Jazz gefragt, wie und wann er ihn gefunden hatte, und er hatte gelacht und gesagt: »Diese Plätze gibt es hier überall.«

Auf einem niedrigen Felsvorsprung, der von der Sonne heiß war, saß Jazz im Schneidersitz und zielte mit dem Luftgewehr, das Davids Vater gehörte, auf Blechdosen, die er zwanzig Meter entfernt nebeneinander auf einem großen Stein aufgestellt hatte. Er hatte eine leere Schuhcremedose mit Munition gefüllt. Sie stand vor ihm auf dem Vorsprung. Jazz trug ein leuchtend weißes T-Shirt, eine dunkelblaue Hose und Segelschuhe, denen man ansah, dass sie teuer gewesen waren, und sein dichtes schwarzes Haar fiel ihm ins Gesicht. Er hielt das Gewehr, dessen Schulterriemen ihm aufs Knie hing, mit einer Selbstsicherheit, die darüber hinwegtäuschte, dass er am Gewehr bedeutend schlechter war als am Baseballschläger.

»Mir reicht's«, verkündete Chloe. »Schwitzt ihr euch doch tot.« Sie zog sich mit überkreuzten Armen das T-Shirt über den Kopf und ließ es auf ihre nackten Füße fallen, öffnete ihre an den Oberschenkeln abgeschnittene Jeans und zog sie aus. Ihr schwarzer BH und ihr Slip gingen als Bikini durch. Chloe schüttelte ihr dichtes blondes Haar auf und reckte das Kinn vor. Jazz, dessen Augen sie unter der Sonnenbrille nicht sehen konnte, grinste schamlos.

Chloe musste bis in die Mitte des Flusses gehen, bis er ihr bis zu den Oberschenkeln reichte. Das Wasser zog eiskalt um ihre Knöchel und Waden. Sie holte tief Luft und ließ sich rückwärts hineinfallen. Die Strömung zog sie ein Stück mit. Sie tauchte auf, holte tief und schaudernd vor Kälte Luft, bevor ihr ertaubender Körper sich an die Temperatur gewöhnte, warf ihr nasses Haar zurück und tat ein paar lange, ausgiebige Schwimmzüge. Als sie zu den Jungen zurückblickte, stand Tommy bei David, der immer noch am Wagen hockte, und sah ihr beim Schwimmen zu.

Jazz schoss. Eine der Dosen geriet ins Trudeln, kippte um und rollte vom Stein. Jazz ließ das Gewehr sinken und seufzte. »Tommy, schmeiß mir ein Bier rüber, ja?«

Tommy ging zum Wagen, wo die Kühltasche im Schatten stand,

öffnete sie und holte ein Bier heraus. Er wollte es Jazz bringen, aber Jazz lehnte sich vor und sagte: »Wirf schon.«

»Klar«, sagte Tommy. Jazz griff die volle Dose aus der Luft, öffnete sie, nahm einen tiefen Zug und verzog das Gesicht. »Die Tasche taugt nichts.«

»Ich weiß nicht«, sagte Tommy. »Ich glaube, sie ist kaputt. Unten ist sie noch kühl. Soll ich sie ins Wasser legen?«

»Tu, was du nicht lassen kannst, aber sieh mal nach, ob die Cokes auch alle ruiniert sind«, sagte Jazz, stellte seine Dose beiseite, legte das Gewehr wieder an und zielte, schoss aber nicht.

»Die sind alle warm«, sagte Tommy. »Chloe, willst du eine Coke?«

»Nein«, rief Chloe.

»Würdet ihr die Klappe halten?«, sagte David laut. »Ich kann mich nicht konzentrieren!«

Jazz schnalzte mit der Zunge und drückte ab. Es knallte. Eine der Dosen flog vom Stein außer Sicht. Jazz lächelte und schob sich die Brille hoch ins Haar. »David, lass mich mal.«

»Das hat mir gerade noch gefehlt, dass du daran rumpfuschst«, sagte David. Er stand auf und klopfte sich den Staub von den Knien.

»Ich hab neulich die von meinem Dad repariert«, sagte Tommy. »Soll ich mal versuchen?«

»Tu dir keinen Zwang an«, sagte David und warf ihm einen Schraubenzieher zu. Tommy fing ihn und hockte sich vor die aufgeschraubte Box. David nahm sich eine Dose aus der Tasche und kam hinab an den Fluss. Chloe, die gegen die schwache Strömung anschwamm, sah ihm zu, wie er sie öffnete, sie rasch an den Mund hob und den austretenden Schaum schluckte. Sein Adamsapfel bewegte sich beim Schlucken. Sein T-Shirt hatte Schweißflecken.

Am Samstag war David nicht auf dem Abschlussball gewesen. Obwohl die Schule vorbei war, wusste es jeder, auch Chloe, die wie Tommy erst im nächsten Jahr ihren Abschluss machen würde, wenn David und Jazz Highville längst verlassen haben würden. Das letzte Mal, dass ein Schüler vom Abschlussball ausgeschlossen worden war, war vor vier Jahren gewesen, als ein Idiot beim Dealen hochgenommen worden war. Natürlich rauchten fast alle, aber niemand war so dumm, sich dabei erwischen zu lassen. Chloe selbst ging meist aufs Klo, stellte sich ans Fenster und rauchte danach eine normale Zigarette gegen den Geruch. Auf einigen Klos standen sogar versteckte Raumerfrischer, falls man kein Sprühdeo in der Tasche hatte, um den Grasgeruch zu überdecken. Andere stellten sich unter die Ventilatoren im Chemiesaal oder gingen in den Pausen auf den Parkplatz und rauchten in ihren Autos, was in der Hitze an Schwachsinn grenzte.

Es war wahrscheinlich, dass auch David wie alle aus der Highschool ab und an Gras rauchte, aber die Gerüchte, dass sein Ausschluss mit Drogen zu tun hatte, hielten nicht lange. Schnell wusste jeder, dass David eine Fünfzehnjährige verprügelt und die sich gewehrt hatte. Darüber herrschte weniger Entsetzen als über die Tatsache, dass er deswegen nicht zur Feier durfte. Violet Schwartz, die sogar noch weniger Hirn hatte als Brian Crane, der verhätschelte Neffe des Bürgermeisters, der mit ihr ging, hatte verkündet, sich eher erschießen zu wollen, als nicht zum Ball zu gehen.

Wenn Chloe Jazz glaubte, dann machte David seine Suspendierung nichts aus. Er hatte sich nicht an der allgemeinen Aufregung um den Ball beteiligt, hatte weder geholfen, die Kulissen zu bauen, noch den Saal mit albernen Papierketten und künstlichen Blumengirlanden zu schmücken. Chloe hatte ihn auch nicht in der Stadt gesehen, wo die anderen Jungen ihre Anzüge aus der Reinigung und der Schneiderei geholt, in den Schaufenstern Hüte und Fliegen ausprobiert und auf der Straße laut über ihre Dates geprahlt hatten, während die Mädchen sich kichernd in ihren Ballkleidern drehten, sich Ansteckblumen am Handgelenk und an der Brust vorstellten und sich beim Friseur teuer die Haare toupieren ließen.

Soweit Chloe wusste, hatte David gar keine Ballpartnerin gehabt. Seit der Geschichte mit Lizzie, die Chloe nur aus dritter Hand gehört hatte, schien er sich überhaupt für kein Mädchen mehr interessiert zu haben und kein Mädchen sich für ihn. Dabei sah er weder schlecht aus noch hatte er den Ruf, grob zu sein. David war keiner von denen, die einem nachpfiffen und versuchten, einem den Rock hochzuziehen, wenn kein Lehrer hinsah, oder sich in den Fluren an einen drückten und behaupteten, gestoßen worden zu sein. Er stand in den Pausen bei Jazz und dessen Freunden auf dem Gang, beobachtete die Vorbeigehenden, folgte schweigend den Unterhaltungen und lächelte, wenn sie anzügliche Witze machten, aber seine Augen blieben ausdruckslos. Er war geschickt, stark, recht gut aussehend und der beste Freund von Jazz und wurde überall geduldet. Aber er strahlte aus, nirgendwo hingehören zu wollen, auf eine Art und Weise, die ihn nicht geheimnisvoll und begehrenswert machte, sondern viele, die Jazz anschmachteten oder bewunderten, einen unbewussten Bogen um ihn schlagen, den Blick senken und zu grinsen aufhören ließ, wenn er ihnen in die Augen starrte. Selbst an der Seite von Jazz, erfolgreich, gut aussehend, dem sich niemand entziehen konnte, war David unsichtbar, aus völlig freien Stücken, aber Chloe hielt ihn keine Sekunde für harmlos.

Jazz, der nicht suspendiert war, war allein zum Ball gekommen und schien nicht im Mindesten eine Partnerin an seiner Seite vermisst zu haben. An Kandidatinnen hatte es nicht gemangelt. Chloe wusste, dass nicht nur alle Mädchen aus seiner, sondern auch aus ihrer Stufe um jeden Preis mit ihm gegangen wären. Sie hatte von schriftlichen und mündlichen Anträgen gehört, von abenteuerlich in seinen Spind zugestellten verzierten Briefchen, Botschaften in Lippenstift und kleinen bestechenden Geschenken, von Telefongesprächen, die angeblich ins Haus der Masseys geführt worden waren. Chloe hörte das Getuschel in den Umkleiden und das Geseufze in den Gängen, sah errötende Mädchen und ebenfalls, vor Eifersucht und Spott, errötende Jungen, die Jazz nachstarrten, aber nicht wagten, ein zu lautes Wort über ihn zu sagen.

»Mit wem soll ich gehen?«, hatte Jazz zwei Wochen vor dem Ball zu Chloe gesagt. Es war das erste Mal gewesen, das sie miteinander gesprochen hatten, seit er aus irgendeinem Chloe verborgenen Grund Tommy in den engen Kreis seiner Freunde auserwählt hatte und mit Tommy auch sie.

Chloe war seit dem Frühjahr mit Tommy zusammen. Sie war ein halbes Jahr älter als er. Er hatte unbeholfener und schüchterner um sie geworben als zwei oder drei andere Jungen, doch er war darin charmanter gewesen als alle anderen zusammen. Er hatte in den Fluren auf sie gewartet, hatte ihr angeboten, sie nach Hause zu fahren, mit ihr abends zum Baseball zu gehen, hatte jede vage Ablehnung akzeptiert und sich anschließend eine neue Strategie zurechtgelegt. Er spielte in Jazz' Mannschaft als Right Fielder und war gut, wenn auch nicht so brillant wie Jazz. Chloe sah einige ihrer Spiele. Tommy sah sie in den Rängen sitzen und wurde so rot, dass sie es von ihrem Platz aus sah. Er kam oft ins Diner, wo sie nach der Schule und an Wochenenden in der Küche aushalf, und wartete darauf, dass sie, wenn besonders viel Betrieb war, beim Bedienen einsprang und ihm oder dem Nachbartisch Kaffee brachte. Am Valentinstag hatte er ihr eine Rose geschenkt, hatte an ihrem Spind gewartet und sie ihr mit feuerrotem Gesicht überreicht, während ihre Freundinnen dämlich kicherten. Die Rosenblätter waren leicht zerknickt gewesen, dafür hatte er sich entschuldigt. Im April hatte Chloe ihn erhört. Er war so verliebt in sie wie am ersten Tag und konnte sein Glück auch zwei Monate später nicht fassen.

»Das einzige Mädchen mit Grips an dieser Schule ist bereits vergeben«, hatte Jazz zu Chloe gesagt. Er hatte Tommy, der neben ihnen saß, angegrinst und gefragt, ob es ihm etwas ausmache, sie auszuleihen. Bevor der verdatterte Tommy reagieren konnte, hatte er abgewinkt und gelacht und so keinen von ihnen weiter in Verlegenheit gebracht. Das Starren der Mädchen, an denen Chloe vorbeiging, als die Pause zu Ende war, Tommys Kuss noch auf den Lippen und Jazz' Stimme noch im Ohr, war boshaft statt bloß feindselig gewesen.

David sah Chloe an, die sich im kühlen Wasser gegen die Strömung hielt. Sie lächelte, bis er wieder wegsah, zu Jazz, der zu seinem nächsten Schuss anlegte. Er schoss erneut daneben und ließ verärgert das Gewehr sinken. Über Davids Gesicht zuckte ein seltenes Lächeln. Er drehte sich um, und als er den Fuß zur Seite setzte, sah Chloe die Delle in seinem linken Schienbein. Er hatte es sich beim Sport gebrochen, Baseball bei dem Vorgänger von Hoke. Ihre früheste Erinnerung an David Coleman war, wie sie aus dem Chemieunterricht der siebten Klasse kam und hinten auf dem Sportplatz im strömenden Regen den Krankenwagen sah. Erst in der nächsten Pause, als das matschige Sportfeld längst geräumt war, hatte sie erfahren, wer es gewesen war.

David war zwei Monate mit Gips gegangen und zwei weitere auf Krücken. Der Bruch war schwer gewesen, erschreckend kompliziert dafür, dass er lediglich im Schlamm ausgerutscht war. Chloe hatte gehört, dass ein paar Jungen sich über ihn lustig gemacht hatten, weil sein linkes Bein dünn und schwach war, während er auf Krücken lief, und dass Jazz einem von ihnen dafür den Kiefer gebrochen hatte. Angeblich hatte der Bruch operiert werden müssen. Es gab einige solcher Gerüchte über Jazz, und Jungen und Mädchen hielten sie scherzend und zweifelnd und mit ehrfürchtiger Erregung in Umlauf.

»Hey, Jazz«, sagte David. »Gib das Ding mal Chloe.«

Jazz legte das Gewehr quer über seinen Schoß und schob seine Brille hoch. »Wie ist das Wasser, Chloe?«

»Ich schlag vor, du ziehst dich nackt aus und siehst selbst.«

»Pass auf, bevor ich dich versehentlich erschieße.«

Sie lächelte und drehte sich auf den Rücken. Ihre Unterwäsche war im Wasser gegen ihre helle Haut pechschwarz. Über ihren Körper glitten schimmernde Lichtreflexe. »Ich mache mir mehr Sorgen, wenn du auf die Dosen zielst.«

Jazz lächelte und legte auf sie an. Eine Sekunde fragte Chloe sich erschrocken, ob sie untertauchen sollte, dann war der Moment vorbei, und Jazz lachte völlig entspannt und wandte sich wieder den

Dosen zu. Chloe sah zu, wie er nachlud. Sein Griff war fest und ruhig, seine Haltung entspannt. Sie konnte nicht sagen, was er falsch machte. Chloe erhob sich und watete, ihren BH geradeziehend, aus dem Wasser.

»Lass mich versuchen«, sagte sie mit einem herausfordernden Lächeln.

Jazz, der bereits angelegt hatte, hob die Brauen. Dann hielt er ihr das Gewehr hin. Chloe kam zu ihm hinüber und nahm es ihm aus der Hand. Es war heiß und feucht von seinen Händen. Sie wog es eine Weile, bis sie ein Gefühl dafür hatte. Jazz sah ihr dabei zu und grinste mild spöttisch. »Komm rauf«, sagte er.

Chloe winkelte das rechte Bein an und stellte den Fuß auf den flachen Fels, um das Gewehr auf ihr Knie abstützen zu können. Ihr nasser Ellbogen berührte Jazz'. David und Tommy sahen ihr zu, wie sie sich konzentriert nach vorn beugte. Der Riemen pendelte gegen ihr Knie.

»Vorsichtig mit den zarten Fingern«, flüsterte Jazz. Chloe fühlte ihn direkt neben sich, versuchte jedoch, ihn zu ignorieren. Sie zielte auf die äußerste der drei letzten Dosen, die gut zwanzig Meter entfernt standen. Sie atmete aus, wie ihr Vater es ihr beigebracht hatte, als sie gerade alt genug gewesen war, um seine alte Flinte zu halten, sein drohender Schatten über ihr und seine sanfte Hand in ihrem Nacken, während sie sich bemühte, beim Durchziehen des Abzugs keinen Muskel zu regen.

Sie drückte ab. Die Dose flog mit einem Knall außer Sicht.

David lachte auf, Jazz pfiff anerkennend. Er nahm ihr das Gewehr aus der Hand, klappte den Lauf auf, legte neue Munition ein, oben spitz zulaufende Geschosse, die Chloe als Spitzkopf-Diabolos aus Blei erkannte, und gab ihr das Gewehr zurück.

»Glückstreffer oder Können?«

Chloe legte erneut an. Es standen nur noch zwei Dosen. Sie schoss die linke um. Jazz nahm einen Schluck Bier. »Nicht schlecht«, sagte er. »Aber sie stehen ja doch sehr nah.«

Chloe strich sich das nasse Haar aus dem Gesicht, legte ein drittes Mal an, atmete aus.

»Gib's zu«, sagte Jazz neben ihr, sein Atem plötzlich in ihrem Nacken, »das ist ein Trick.« Es war eine sachte Berührung ihrer Wade unter dem angewinkelten Knie, seine Fingerspitzen auf ihrer noch feuchten Haut, bei der sie abdrückte. Kurz lag seine ganze Hand um ihre Wade.

Die Dose stand unversehrt. Chloe hockte erstarrt, während Jazz lachend den Kopf zurückwarf. Hätte sie nicht den Druck seiner Hand noch an ihrem Bein gespürt, wäre sie sicher gewesen, sich seine Berührung, durch ihn so abgeschirmt, dass niemand es gesehen haben konnte, eingebildet zu haben. Jazz nahm das Gewehr aus ihrer Hand und wischte die Nässe vom Lauf. »Hey, Tommy, was machen die Boxen?«

Tommy, der beim Schießen zugesehen hatte, war gerade dabei, sie anzuschließen. Er stellte sie aufrecht hin, schaltete die Musik ein und drehte die Lautstärke hoch. Jazz rief: »Seht euch das an! Kann er doch was, unser Tommy, und Chloe schießt ihm das Abendessen!« Er grinste sie an. »Zwei von drei Kaninchen reichen schließlich für eine kleine Familie.«

Chloe sah zurück und spürte, wie ihr Mund sich zu einem Lächeln krümmte. Ihre Kehle brannte.

Tommy legte das Werkzeug zurück, während Jazz, das Gewehr lässig um die Schulter gehängt, von seinem Platz aufstand, um die Musik zu wechseln. Tommy nahm sich eine Coke und kam, sichtlich stolz, zu ihnen herüber. Er fasste Chloe bei den Hüften und beugte sich vor, um sie zu küssen. Chloe legte den Kopf zur Seite, sodass er ihr einen Kuss auf die feuchte Wange statt auf den Mund presste. Aus den Augenwinkeln sah sie David, der sich ins trockene Moos gesetzt hatte, den Fluss und den Wald betrachtete und sein Bier trank. Dann wandte er den Kopf und sah sie an. Bei seinem Blick durchfuhr es sie, als hätte er sie geschlagen. Wieder fühlte sie sich mechanisch lächeln. Sie spürte, dass er sie weiter ansah, als sie längst wieder zu Tommy blickte. Davids Blick war bohrend und abschätzend, als hätte sie ihm eben mit dem Gewehr neben Jazz zu viel von sich gezeigt.

»Du bist ganz kalt«, sagte Tommy. »Du hast eine Gänsehaut.« Er küsste sie in den Nacken. Jazz hatte sein Gewehr geschultert und ging den Fluss hinab, die Dosen wiederholen.

»Schade, dass ich in Unterwäsche keine so gute Figur mache wie du«, sagte Tommy.

Chloe versetzte ihm einen leichten Stoß gegen die Schulter. Sie hatte einen feuchten Abdruck vorn auf seinem T-Shirt hinterlassen. Tommy lachte und zog sie zu sich auf die Decke. Sie ließ ihn machen, schlug die Beine übereinander und legte den Arm übers Gesicht, weil sie ihre Sonnenbrille im Wagen hatte liegen lassen. Tommy streichelte ihr Haar, das bereits halb getrocknet war.

»Ist ein guter Platz hier«, sagte er. »Wir sollten auf jeden Fall öfter herkommen.«

»Ja«, sagte Chloe, mit den Gedanken noch bei Jazz' Berührung und Davids scharfem, wachem Blick, so anders als sein träges Starren. Sie widerstand dem Drang, erneut seinen Blick zu suchen. »Wir könnten ein Picknick machen.«

Er strich ihr das Haar aus der Stirn. »Vielleicht treffen wir Nicky. Die sind immer hier am Fluss.«

»Ach ja?« Sie runzelte die Stirn und schob ihren Arm hoch, sodass sie ihn ansehen konnte, aber er sah gerade auf. Chloe hob den Kopf. Jazz kam zurück, im Laufschritt, seine Schritte rasch und federnd. »Mach die Musik aus, Tommy!«, rief er. »Es geht los!«

Tommy sah völlig verdutzt drein. »Was geht los?«

David, der aufgestanden war, ging zu Jazz hinüber. Sie tauschten Blicke. Chloe befreite sich von Tommys Hand, griff ihr T-Shirt, zog es über und rappelte sich auf. Er blieb allein auf der Decke sitzen, während sie rasch zu den Jungen hinüberging. David sah sie an, wie sie da vor ihm stand, in T-Shirt und Unterhose, barfuß, doch sein Blick war nicht anzüglich, sondern abschätzend. Einige Sekunden schien er etwas abzuwägen, dann sagte er zu Jazz: »Gib ihr das Gewehr.«

Jazz hob die Brauen. Er sah Chloe an. »Zwei von drei ist sicher nicht schlecht«, sagte er. »Besser als nichts.«

Chloe riss ihm das Gewehr aus der Hand. Sie konnte spüren, dass sie rot wurde wie ein kleines Mädchen. »Was ist los?«, fragte sie barsch.

»Mach die Musik aus, Tommy«, wiederholte David. Jazz, am ganzen Körper gespannt, bereit zum Sprint, hatte sich bereits abgewandt. »Kommt jetzt«, sagte er. »Kommt schon!«

Chloe sah sich nach Tommy um, der zurück zum Wagen ging. »Wohin?«, fragte sie.

Jazz drehte sich zu ihr um. Er bleckte die Zähne mehr, als dass er grinste. »Es wird dir gefallen.«

Sie gingen flussabwärts. Jazz ging so zügig, dass Chloe Mühe hatte, mit ihm mitzuhalten, ohne zu laufen. Es gab nicht immer ein Ufer, an dem sie gehen konnten, also lotste Jazz sie durch den Wald. Moos und Schotter knirschten staubig unter seinen Schuhen und gruben sich in Chloes nackte Füße. Der trockene Geruch des Waldes war beißend.

»Wohin gehen wir?«

»Sch«, machte Jazz, ohne sich umzudrehen. David folgte dicht hinter Chloe und ohne Anspruch auf den Platz direkt hinter Jazz zu erheben. Normalerweise fiel nicht auf, dass er ein Bein ein wenig steifer bewegte, aber bei zügigem Gehen über unwegsames Gelände war er langsamer als sie beide.

Vor ihnen tat sich ein Ufer auf. Jazz hob eine Hand. Chloe blieb stehen. Sie schwitzte. Sie hatte keine Ahnung, was Jazz vorhatte, aber mit jedem Schritt wuchs ihre Erregung und ihr Misstrauen, dass es wieder ein Trick war, ein Atemzug an ihrer Wange und eine Hand auf ihrer nackten Haut, während sie den Abzug durchdrückte.

Er kletterte hinab und ging am Wasser entlang. Chloe sprang ihm nach, das Gewehr in einer Hand, die rappelnde Dose Munition, für die sie keine Tasche hatte, in der anderen. Dann sah sie das Mädchen im Fluss stehen, bis zu den Knien im Wasser. Sie lachte. Sie schien sie nicht bemerkt zu haben. Bei ihr war ein Junge, den Chloe nur erkannte, weil er sich kurz umdrehte und sie dabei zufällig sah. Es war Davids kleiner Bruder. Am anderen Ufer, im Schatten der Bäume, sah sie Rucksäcke liegen. Chloe begriff, was Jazz vorhatte. Er hatte die ganze Zeit geplant hierherzukommen. Das bei Oscar war das Field-Mädchen, Sofia.

»Hey, Kinder!«, rief Jazz.

Sofia reagierte zuerst. Sie packte Oscar am Arm und zerrte ihn mit sich, über die rutschigen Steine durchs seichte Wasser. Jazz verfiel in Laufschritt. Chloe ließ die Dose Munition fallen. Sie platzte auf, die Diabolos sprangen über das Ufer.

»Chloe!«, rief Jazz. »Pass auf, dass sie nicht abhauen!«

Sie hatte sich nach der Dose gebückt, doch jetzt hob sie wie von selbst das Gewehr auf, legte mit beiden Händen auf Oscar an und schrie: »Stehen bleiben!«

Die beiden erstarrten. Chloe ging die letzten Schritte hinter Jazz her, der stehen geblieben war, und richtete den Lauf sorgfältig auf Oscars Kopf. Ihr Herz raste. Ihre Hände am Gewehr zitterten. Sie trennten jetzt keine zehn Meter mehr. Er sah sie an. Sein Gesicht war leer vor Angst. Er hatte den abwesenden, hohlen Blick seines Bruders.

Jazz schob seine Sonnenbrille hoch und musterte sie alle. Chloe sah ein schwarzes Mädchen im roten Badeanzug, das unter den Bäumen hervorgetreten war, um zu sehen, was los war, und dann Tommys kleinen Bruder.

»Ihr feiert hier ja geradezu eine Party«, sagte Jazz.

Chloe sah aus den Augenwinkeln David zu ihnen aufschließen. Er lächelte ebenfalls, wenn auch nicht so breit wie Jazz. »Hallo, Oscar«, sagte er.

Nicky starrte mit halb geöffnetem Mund Chloe an. Sie hatte ihn zuletzt am Mittwochmorgen gesehen, als sie früh von zu Hause fortgegangen war, weil sie mit Tommy, David und Jazz an den See hatte fahren wollen. Er hatte gerade sein Fahrrad aus der Garage geholt, eine Sporttasche um die Schultern geschlungen, und hatte ihr im Vorbeifahren Hallo gesagt. Tommy liebte ihn über alles. Kurz vor den Ferien hatte Chloe ihn und Mr. Glover noch zu einem von Nickys Spielen begleitet.

Jazz musterte sie alle reihum und nickte dann zu dem schwarzen Mädchen, das starr vor Schreck dastand. »Du hast versucht, mir mit einer Flasche eine überzuziehen. Bist du nicht die Schwester von Lizzie?«

Das Mädchen sagte nichts.

»Willst du rüber und sie holen?«, fragte Jazz Chloe.

»Mach das schön selbst, Massey«, sagte sie mit zusammengebissenen Zähnen. Sie hielt das Gewehr unverwandt auf Oscar gerichtet. Ihre Hände zitterten ein wenig. »Wo bleibt Tommy?«

Wie gerufen tauchte Tommy auf, ein wenig außer Atem und schwitzend, und schloss zu Chloe auf. Dann bemerkte er Nicky und die anderen am Ufer gegenüber und Chloe, die kurz zu ihm blickte, sah den ratlosen, heftigen Schreck auf seinem Gesicht. Sie wandte sich von ihm ab und griff das Gewehr fester.

»Tommy!«, schrie Nicky verzweifelt. »Tommy, sag ihnen, sie sollen uns in Ruhe lassen!«

Jazz sah sichtlich amüsiert zu, wie Tommy mit sich rang. Chloe konnte ihn neben sich zappeln spüren. Sie umklammerte das Gewehr, das heiß in ihren Händen war, noch ein wenig fester. Er hatte es Jazz und David gesagt. Er hatte ihnen gesagt, dass Nicky und seine Freunde an den Fluss gingen, an einen einsamen Platz, und Jazz hatte sie gefunden.

»Verzieh dich, Nicky«, sagte Tommy endlich. »Geh schon.«

»Du bist mein Bruder!«, heulte Nicky.

»Verzieh dich, Nicky, habe ich gesagt«, wiederholte Tommy, jetzt wütend. »Es geht nicht immer um dich, okay?«

»Das sind meine Freunde!«

»Ruhe jetzt!«, sagte Jazz laut. Sofort wurde es still. »Chloe, du kommst nach David. Du wirst doch mehr draufhaben, als zwei Büchsen zu treffen.« Er setzte seine Sonnenbrille wieder auf, stieg leichtfüßig von dem Felsvorsprung herunter und trat ins Wasser, ohne seine Schuhe auszuziehen. Er ging über das vom rasch dahinfließenden Wasser glitschige Geröll, ohne ins Schlittern zu geraten. David folgte ihm. Chloe zögerte einen letzten Moment, aber sie war mit ihnen hergekommen. Sie hatte das schmale Zeitfenster verpasst, David das Gewehr zurückzugeben, Tommy unterzuhaken, zum Wagen zurückzukehren und an einen der Badeseen zu fahren. Die Gelegenheit war weg, vielleicht weiter entfernt, als sie dachte. Der neue Pfad, der sich ihr überraschend aufgetan hatte, lag klar erkennbar vor ihr. Der Fluss war breit, und Jazz und David waren in der Mitte, als Chloe von ihrem Platz stieg und ihnen nachging, mit hämmerndem Herz und rasendem Puls, so bereit, wie sie sich noch nie in ihrem Leben gefühlt hatte.

Dann packte Sofia Oscar am Arm. Chloe bewegte sich instinktiv in die Schießhaltung und rutschte auf den glitschigen Steinen weg, während sie den Hahn durchzog. Es gab einen kleinen, scharfen Knall. Sofia schrie überrascht auf, ihr linkes Bein knickte weg. Sie ging im Fluss in die Knie. Chloe hatte jetzt freie Schusslinie. Es erschien ihr, als hätte sie viel Zeit, alles zu betrachten, als wären es nicht ihre eigenen Hände, die das Gewehr nur langsam, fast stockend neu ausrichteten. Ihre nackten Füße im Wasser waren eisig. Sie hörte Geschrei um sich herum, aber es drang kaum zu ihr vor. Vor ihr hatte die Schwester von Lizzie ausgeholt, den Arm wie beim Baseball weit über die Schulter gestreckt, das linke Bein nach vorn gestellt, das Gesicht verzerrt.

»Passt –«, schrie Chloe.

Das Mädchen warf. Der Stein traf mit einem satten Schlag Chloes Kopf.

8.

Tommy stürzte sich brüllend ins Wasser und fiel neben seiner Freundin auf die Knie. Einen Moment waren sie alle noch erstarrt, dann brach die Hölle los.

Oscar packte Sofia am Arm und zerrte sie zum Ufer. »Kommt schon!«, schrie er sie alle an, Jeremy und Nicky, die aufgesprungen waren und ihre Sachen zusammengerafft hatten. »Lauft, *lauft*!«

Sie rannten aus dem Wasser, Sofia humpelnd und blutend. Bei jedem Schritt schoss es heiß wie ein Messerstich durch ihr linkes Bein.

Hinter ihnen hallten Tommys Schreie übers Wasser. »Ihr habt sie umgebracht!«, brüllte er. »*Ihr habt sie umgebracht*!«

»Abigail!«, schrie Oscar und hielt Sofia am Arm fest. »Pass auf!«

Abigail, die zu ihren Sachen gerannt war, sich ihr T-Shirt über den Kopf gestreift hatte und jetzt hektisch versuchte, ihre Sandalen anzuziehen, wirbelte bei Oscars Schrei panisch herum. Jazz war direkt vor ihr. Sie sprang rückwärts, drehte sich auf der Stelle und rannte los. Jazz bekam den Rucksack zu packen, den sie sich über die Schulter geworfen hatte, aber sie riss sich mit einem Aufschrei aus den Trägern frei und stürzte zu Sofia und Oscar.

Um den Abhang hinaufzukommen, auf dem der Pfad zurück zur Straße lag, musste man sich von Baum zu Baum hangeln und Äste als Griffe und Wurzeln als Trittleiter benutzen. Oscar und Abigail schafften es beide, aber Sofia knickte auf der Hälfte das Bein weg. Sie rutschte aus, verlor den Halt und fing sich gerade noch mit beiden Händen an einem Ast ab. »Fuck!«, brüllte sie.

»Ich bring dich um!«, schrie Jazz.

»Sofia!«, schrie Abigail.

Sie bekam den Fuß nicht wieder unter sich. Schon packte Jazz sie am Bein, dem blutenden, das sie nicht richtig anwinkeln konnte, und zerrte sie hinab. Sie brüllte. Oscar und Abigail griffen ihre Arme und verhinderten, dass sie auf ihn stürzte. Sofia versuchte verzweifelt, nach ihm zu treten und gleichzeitig mit dem anderen Fuß festen Halt zu finden.

»Lass mich los!«, schrie sie.

»Halt dich fest!«

Jazz umschlang Sofias Bein mit den Armen, um sie mit ganzem Gewicht herunterreißen zu können, und Sofia erwischte ihn dabei so hart mit dem Fuß, dass ihr ohnehin vor Schmerz rasendes Bein bis hoch zum Knie ertaubte. Jazz schrie wutentbrannt auf. Sein Griff löste sich. Sofia stieß sich mit dem anderen Fuß ab, schwindelig vor Adrenalin. Oscar und Abigail zogen sie hoch. Ihre Nackenhaare hatten sich gesträubt, unter ihrer Haut wühlte es.

»Ich brech dir deinen Hals, du kleine Schlampe!«, brüllte Jazz unter ihr.

Oscar half Sofia auf die Beine. »Lauf!«, schrie er Abigail an, und sie rannten um ihr Leben. Sie hatten Jeremy und Nicky verloren und keine Zeit, den langen Weg zu nehmen, sondern stürzten sich in den Wald. Niedrig hängende Zweige schossen ihnen entgegen und zerkratzten ihnen die schützend vors Gesicht gerissenen Arme. Am Anfang war Jazz noch hinter ihnen, dann waren sie plötzlich allein. Sofia drehte sich immer wieder um, aber Oscar riss sie weiter. Sie kletterten über umgestürzte Kiefern, rutschten über Ansammlungen von Kies und Gestein und hangelten sich unter Ästen hindurch. Abigail war dicht hinter ihnen. Sofia pfiff der Atem in der Brust.

»Los«, sagte Oscar immer wieder, bleich und gehetzt wie ein Wahnsinniger, »los, los, los!«

Gerade, als der Schmerz in Sofias Bein so schlimm wurde, dass sie aus dem Humpeln nicht mehr herauskam, leuchtete vor ihnen die Straße durch die Bäume. Sie lag merkwürdig tief.

»Passt auf!«, schrie Abigail, doch es war schon zu spät. Vor ihnen brach der Boden mitten im Wald zu sandigem Geröll ab. Sofia, die mit einem stechenden Bein das Gleichgewicht nicht richtig halten konnte, riss Oscar mit sich, der sie nicht rechtzeitig losließ.

Die ersten zwei Meter fiel Sofia mehr, als dass sie rutschte. Sie verlor Oscars Arm, den sie eben noch umklammert hatte, als sie aufschlug. Das Geröll unter ihr geriet in Bewegung. Es ging so schnell und so steil abwärts, dass sie keine Zeit hatte, mit den Füßen abzubremsen. Dreck und Staub peitschen ihr ins Gesicht, dann blieb sie mit dem Fuß hängen und wurde mit einem mächtigen Ruck, der ihr fast das Bein brach, herumgerissen. Am Fuß des Hangs blieb sie liegen. Ihr Bein hämmerte. Alle Luft war ihr weggeblieben.

Oscar hatte sich weiter oben festhalten können und rutschte und schlitterte jetzt mit zur Balance ausgebreiteten Armen zu ihr herab, die Beine weiß vom Staub. »Alles okay?«, keuchte er. »Sofia, bist du okay?«

»Oh, Scheiße«, krächzte Sofia, aber als er sie packte und hochstemmte, blieb sie schwankend auf den Beinen.

»Ist alles in Ordnung?«, rief Abigail von oben. Sie hatte es als Einzige geschafft, sich vorm Sturz zu bewahren, und kletterte jetzt, sich an aus der Erde ragenden Wurzeln und niedrigen Ästen festhaltend, rasch und geschickt zu ihnen herab. »Seid ihr okay?«

»Geht schon«, keuchte Sofia. »Ich glaube, wir haben sie abgehängt. Jazz ist weg.«

»Kannst du laufen? Da hinten ist die Straße.«

»Ich bring ihn um, ich bring den Wichser um.« Sie musste sich auf Oscar lehnen, um nicht umzufallen. Sie hatte so heftiges Seitenstechen wie seit Jahren nicht. Oscar zog sie über Geröll und flaches Gebüsch durch den sich lichtenden Wald in Richtung Straße. Sofia, vor deren Augen sich alles drehte, sah bereits den glutheißen Asphalt durch die Bäume, als Abigail hinter ihnen plötzlich schrie wie am Spieß.

Sofia gefror das Blut in den Adern. Sie wirbelte taumelnd herum, in Erwartung, David und Jazz mit dem Gewehr zu sehen. Abigail kniete im von Sofias Sturz aufgeschobenen Geröll des Abhangs, und während sie noch perplex zusahen, rollte sie sich schreiend auf den Rücken, offenbar unfähig, wieder auf die Beine zu kommen.

Oscar ließ Sofia los, die einknickte, und stürzte zu Abigail. Er packte sie an den Armen und zerrte sie weg von der Stelle, an der sie gestürzt war. Da sah Sofia die Schlangen, schimmernd an Abigails nacktem linken Bein. Sie rappelte sich auf und rannte zu Oscar. Zusammen griffen sie sich Abigail und schleiften sie aus dem Nest weg, hin zur Straße, bevor sie zu schwer wurde und sie sie auf den Rücken drehten und zu Boden legten. Abigail schrie nicht mehr. Ihr Atem kam stoßweise und würgend. Ihr linkes, von Bissen übersätes Bein schwoll schnell und stark an.

»Scheiße«, stöhnte Sofia. »Oh, fuck, fuck!«

Oscar war sehr bleich, doch seine Stimme war fest. »Sie muss sofort ins Krankenhaus.«

»Das ist schlimm, oh mein Gott.«

»Sofia, hast du mich gehört? Sie muss sofort zum Arzt!«

»Was macht ihr denn da? Kommt schon!« Jeremy war zwischen den Bäumen aufgetaucht, Nicky ein Stück hinter sich. Abigails Schreie mussten im ganzen Wald zu hören gewesen sein. Sie waren beide unverletzt. Nicky sah aus, als hätte er den Schock seines Lebens.

»Was ist mit ihr?«, fragte Jeremy alarmiert.

»Oh mein Gott«, sagte Nicky.

»Mein Bein«, stöhnte Abigail. »Mein Bein, mein Bein.«

»Das sind Giftbisse«, sagte Oscar, und dann lauter, um Abigails Wimmern und Nickys panisches Japsen zu übertönen: »Sie muss zum Arzt, so schnell wie möglich!« Dann, plötzlich, zu Sofia: »Dein Dad!« Sie starrte ihn an. »Die Tankstelle ist am nächsten, und er arbeitet gerade, oder?«

Endlich kam sie mit. »Ja – ja, er hat ein Auto, er kann sie ins Krankenhaus bringen!«

»Gut«, sagte Oscar, der das Kommando übernommen hatte. Plötzlich schien er drei Jahre älter. Seine Stimme war so autoritär, wie Sofia ihn noch nie gehört hatte, und Oscar hatte sie mehr als einmal ermahnt, weil sie irgendwelche Regeln übertreten hatte. »Jeremy, du holst ihn.«

»Warum ich?«

»Geh!«, blaffte Oscar ihn an. Jeremy starrte ihn einen Moment lang an, als wolle er streiten, dann ließ er die Rucksäcke fallen, die er gerettet hatte, und rannte los, zurück zu den Fahrrädern.

Oscar beugte sich über Abigail. »Alles wird gut«, sagte er. »Jeremy holt Hilfe.«

»Sie haben mich gebissen«, wimmerte Abigail. Ihr Gesicht war inzwischen von einem dünnen Film Schweiß bedeckt. »Sie haben mich überall gebissen.«

»Sollen wir sie nicht verbinden?«, fragte Sofia verängstigt.

»Nein, nicht verbinden. Sie muss still liegen und die Wunde tiefer als das Herz. Gib mir einen der Rucksäcke da, Sofia. Wir müssen sie erhöht hinlegen. Nicky, sieh nach, was für Schlangen das waren.«

Nicky, der ganz grün im Gesicht war, platzte heraus: »Ich bin doch nicht bescheuert!«

»Geh und sieh nach!«, schnauzte Sofia ihn an. Ihre Stimme zitterte, und die Panik zerrte und riss an ihrer Selbstbeherrschung. »Was machen wir jetzt? Oscar, was machen wir?«

Er hob Abigails Oberkörper an und schob ihr den Rucksack unter den Rücken. Sofia ging in die Knie, um ihm zu helfen, und sah, dass ihr eigenes Bein blutbeschmiert war. Aus einer langen Schramme am Oberschenkel, wo die Kugel sie gestreift hatte, war in dünnen Rinnsalen Blut bis auf ihre Füße hinabgelaufen. Als sie die Wunde berührte, schoss der Schmerz bis hoch in ihren Rücken.

Nicky kam zurück. »Klapperschlangen«, stöhnte er. »Sie ist mitten in das Nest reingetreten.«

Abigail zu ihren Füßen stöhnte und versuchte, ihr schwellendes Bein zu berühren. Ihr T-Shirt war über ihren Badeanzug hochgerutscht. Oscar hielt sie fest. Abigail starrte zu Sofia hoch und schien sie jetzt besser zu sehen. Ihre Augen waren gerötet und tränten. Dann sagte sie mit belegter Stimme: »Ist sie tot?«

Sofia begriff nicht sofort, dass sie Chloe meinte. »Unsinn, sie ist nicht tot.«

Abigail begann zu schluchzen. Ihr Atem kam in stockenden Schüben. »Meine Beine«, wimmerte sie. »Oh Gott, meine Beine.«

»Jeremy holt meinen Dad. Er bringt dich ins Krankenhaus. Es wird alles wieder gut.«

»Warte an der Straße«, sagte Oscar zu Sofia. »Wenn sie kommen, müssen wir sie sofort hier wegbringen.«

Sofia, die nicht wusste, ob er von David und Jazz oder Jeremy und Schill sprach, drückte Abigail noch einmal die Hand, nahm ihren Rucksack, den Jeremy gerettet hatte, und humpelte zur Straße hinauf. Im Rucksack waren T-Shirt und Sporthose, die sie aus Gewohnheit immer hineinstopfte. Sie zog sich an und rieb sich vorsichtig Dreck und Blut vom linken Bein, während sie Ausschau nach einem Auto hielt.

Die Minuten vergingen. Gerade, als Sofia zurückgehen und Oscar ablösen wollte, hörte sie einen Wagen oben an der Straße. Sie erkannte den Motor und hörte dann das Schlagen von Türen. Wilde Erleichterung durchströmte sie.

»Dad!«, schrie sie. »Wir sind hier!«

Schill, der sein Arbeitshemd mit dem Namensschild an der Brusttasche trug und alarmiert und angespannt wirkte, sprang die Böschung hinab und folgte Sofia. Jeremy blieb an der Straße zurück.

»Wie oft und von was ist sie gebissen worden?«

»Ich weiß nicht, wie oft sie gebissen wurde«, keuchte Sofia, mühsam mit ihm Schritt haltend. »Aber es war ein Nest mit Klapperschlangen.«

»*Fuck*«, sagte Schill.

Oscar kniete bei Abigail und sah auf, als sie kamen. Schill ging rasch zu ihm, bückte sich und besah sich Abigail kurz, dann schob er einen Arm unter ihren Rücken und den anderen unter ihre

Beine und hob sie auf. Abigail schrie auf und wehrte sich. Schill legte ihren Arm um seinen Hals, sodass sie sich an ihm festhalten konnte, und sagte ruhig: »Alles okay. Schon gut, ich bring dich ins Krankenhaus.«

Trotz seiner Schulter trug er sie mühelos hoch zur Straße und zum Wagen. Abigail, die bei jeder Erschütterung, die durch ihr anschwellendes Bein lieft, wimmerte, hatte zu zittern aufgehört, als sie an der Straße waren. Sie war halb ohnmächtig. Ihr Arm war von Schills Schulter gerutscht, ihr Kopf hing im Nacken. Er hielt ihr verletztes Bein in der Kniebeuge gestreckt, während er sie auf dem Beifahrersitz anschnallte. »Ihr geht alle nach Hause«, blaffte er Oscar an. »Sofia, du wartest, bis ich nach Hause komme, verstanden?«

»Okay, Dad.« Sofia schloss mit plötzlich schwacher Hand die Tür und trat vom Auto weg auf den Seitenstreifen. Sie sahen dem Wagen nach, bis er die Straße hinab außer Sicht verschwunden war, bevor einer von ihnen wieder ein Wort sagte.

Es war Nicky, der zuerst die Sprache wiederfand. Sein Gesicht war dunkelrot vor Zorn. »Wegen euch stirbt sie vielleicht gerade«, sagte er. »Sie dachte, sie muss euch beeindrucken und für euch kämpfen, und jetzt verreckt sie!«

»Hast du sie noch alle?«, sagte Sofia.

»Und Chloe ist vielleicht schon tot!«, brüllte Nicky sie an. »Das ist alles deine –«

Sofia packte ihn beim T-Shirt, aber Oscar reagierte schnell. Er steckte einen Schlag mit dem Ellbogen vor die Brust von Nicky ein, bevor es ihm gelang, ihn und Sofia auseinanderzureißen.

»Sie hat auf uns geschossen!«, schrie Sofia Nicky an.

»Sie hat ihr den Schädel gebrochen!« Er schrie so laut, dass seine Stimme sich überschlug. »Du hättest dich nie mit seinem Bruder anlegen sollen!«

»Und was ist mit *deinem* Bruder?«

Jetzt ging Nicky mit einem wütenden Brüllen auf sie los. Oscar griff erneut zu und bekam Nicky am Arm zu fassen. Jeremy riss

Sofia bei der Schulter von ihm weg und schrie sie an: »Hört auf mit dem Scheiß! Spinnt ihr alle?«

»Wir müssen hier weg«, sagte Oscar laut und scharf. »Sofia, Nicky, reißt euch zusammen!«

Nicky schüttelte Oscar ab, griff seinen Rucksack, den er hatte fallen lassen, drehte sich um und stolperte die Straße hinab zu ihren Fahrrädern. Sofia sah perplex, dass er weinte.

»Verpiss dich!«, schrie sie ihm nach, als sie sich gefasst hatte. »Verpiss dich, du Arschloch!«

»Fuck«, sagte Jeremy, als hätte er gerade erst begriffen, was überhaupt passiert war. »Scheiße.«

Die Räder lagen noch dort, wo sie sie vor Stunden im hohen Gras abgelegt hatten, nur Nicky war schon weggefahren. Jeremy, der sein Rad an der Tankstelle gelassen hatte, nahm Abigails. Auf dem Weg in die Stadt überholten sie zweimal Autos, aber kein roter Mustang. Auf dem mit Unkraut bedeckten Parkplatz hinter der Tankstelle tauschte Jeremy Abigails klobiges altes Damenrad gegen sein eigenes zurück.

Erst an der Ecke der South Street sprachen sie wieder miteinander. Jeremy hielt auf der Straße an. Sein T-Shirt war schweißnass. Er grinste nicht, lachte nicht.

»Ich habe deinem Dad erzählt, dass es ein Unfall war«, sagte er zu Sofia. »Wenn Abigail nicht an diesen Bissen stirbt, dann – sie hätte diesen Stein nicht werfen dürfen. Ich bring ihr morgen ihr Fahrrad wieder und dann bin ich raus. Tut mir leid, aber ich habe keinen Bock, für euch beide draufzugehen.«

Sofia öffnete den Mund, obwohl sie keine Ahnung hatte, was sie sagen wollte.

»Lass es bleiben, Sofia«, sagte Oscar hart, den Blick noch immer auf Jeremy gerichtet. »Lass es einfach mal gut sein, okay?«

Sie war so wütend auf die beiden, dass sie sprachlos war. Oscar hielt Jeremys Blick stand. Jeremy schien noch etwas sagen zu wollen, aber dann sah er weg, atmete tief durch und stieg zurück auf sein Fahrrad. Sie sahen ihm nach, wie er die Straße hinabfuhr und einen Bogen um ein paar Kinder fuhr, die mit Kreide auf den Asphalt malten.

Oscar lehnte nach vorn gebeugt über dem Lenker und sah Jeremy nach. Er sah todmüde aus, als wüsste er nicht, wie er die letzten hundert Meter nach Hause schaffen sollte. Sofia sah ihn an und spürte ihren Zorn nachlassen.

»Er hat recht«, sagte sie, heiser vom Schreien und von heruntergeschluckter Wut. »David bringt dich um. Du kannst jetzt nicht nach Hause gehen.«

»Und wann soll ich dann nach Hause gehen?« Er sah zu ihr auf. Er sah alt aus. »Nie wieder?«

»Komm mit zu mir. Wenigstens bis zum Abend. Wann kommt dein Dad von der Arbeit?«

»Um sieben«, sagte Oscar, der schon wieder wegsah, müde. »Ich muss rechtzeitig wieder da sein. Es bringt nichts, jetzt wegzulaufen.« Er sprach wie jemand, dem das Blut des Verbrechens an den Händen klebte und der seiner Familie Lebewohl sagte, bevor er sich der Polizei stellte. Es war nicht das erste Mal an diesem Tag, dass er Sofia unheimlich und fremd war.

Auf dem Weg zu Sofia schwiegen sie. Es war noch immer zehrend heiß. Der Ford stand nicht vor dem Haus, aber gegenüber am Brachland parkte ein fremder Wagen. Es war ein gewöhnlicher schwarzer Chevrolet mit einem Kennzeichen aus Utah, und er wäre Sofia nicht aufgefallen, wenn Oscar nicht gefragt hätte: »Wessen Wagen ist das?«

Sofia, die gerade von ihrem Fahrrad stieg und versuchte, ihr verletztes Bein dabei nicht zu stark zu belasten, drehte sich um, sah den Wagen ratlos an und sagte dann: »Keine Ahnung. Kommst du rein?«

Harriet war nicht im Haus, aber Sofia sah aus dem Flur, dass die Verandatür offen stand. Sicher war sie im Garten. Sofia zog Oscar mit ins Bad, wo sie sich mit dem Duschkopf Dreck und geronnenes Blut von den Füßen und Beinen wuschen. Sofia klebte zwei Pflaster über die pochende Wunde in ihrem Oberschenkel und ging hinauf auf ihr Zimmer, um Oscar ein sauberes T-Shirt zu holen. Als sie nach unten kam, hielt er seinen blutenden Fuß, aus dem er einen Dorn gezogen hatte, in die Dusche gestreckt.

»Hier sind noch Pflaster.«

»Hört gleich auf«, sagte Oscar und zog das *Highville Sports*-T-Shirt über, das sie ihm reichte. Es war ihm viel zu kurz. »Danke. Wer ist der Mann draußen?«

»Welcher Mann?«, sagte Sofia verwirrt.

Oscar sah sie an. »Der Mann«, wiederholte er. »Der Typ, dem der Wagen gehört. Jemand redet draußen.«

Sofia, die dabei war, ihr Haar zu einem Zopf zusammenzubinden, hielt inne, das Haargummi zwischen den Lippen und die Hände im Nacken. »Aber Dad ist doch nie im Leben schon wieder da.«

»Ich weiß, wie dein Dad klingt, Sofia.«

Sofia steckte das Haargummi weg und ging, das verletzte Bein vorsichtiger aufsetzend als das andere, aus dem Bad. Im Flur stieß sie fast mit Harriet zusammen. Sie griff Sofia, die überrascht zurückzuckte, mit einem erschrockenen Laut fest bei den Oberarmen.

»Sofia!«, stieß sie hervor. »Warum um Gottes willen bist du schon hier?« Sie war aschfahl, ihre Stimme kaum mehr als ein Flüstern.

Sofia starrte sie an. »Mom, bist du okay?«

»Wie siehst du aus?« Harriet strich ihr das Haar aus der Stirn. Ihre Hand war kühl. »Ist alles okay mit dir?«

»Mir geht's gut«, sagte sie verblüfft. »Mom, was ist *los*?«

Im Wohnzimmer stand ein Fremder. Sofia sah ihn über Harriets Schulter und machte sich von ihr los. Harriet drehte sich um.

Einen verwirrten Moment lang hielt Sofia den fremden Mann, der ein graues Hemd mit Krawatte und in der Armbeuge ein schwarzes Jackett trug, für einen Vertreter, aber an seinem Hemd steckte kein Namensschild und in der Hand hielt er keinen Musterkoffer. Er war schlank, beinahe schmal, und nicht besonders groß. Sein Blick war ernst, seine Lider schwer. Auf seinem Gesicht wirkte die Brille, die er trug, zu groß und klobig.

»Hallo, Sofia«, sagte er. Er sprach mit einer sanften Stimme, die in irgendeiner Weise nicht zu seinem Gesicht passen wollte, und sehr höflich. Er wirkte so gelassen, als habe er Routine darin, in fremden Wohnzimmern zu stehen. »Ich dachte, du kommst erst später nach Hause.«

»Das ist Isaac Whitley«, sagte Harriet mit schwacher Stimme. »Er ist ein alter Freund von uns.«

Isaac durchquerte das Wohnzimmer, trat in den helleren Flur und streckte Sofia die Hand hin. Sie nahm sie mechanisch mit ihrer vom Waschen kalten eigenen. Sein Händedruck war fest, er roch nach Aftershave und nicht verschwitzt. Sein schwarzes Haar hatte an den Schläfen bereits graue Strähnen, auch wenn er nicht viel älter sein konnte als Harriet und Schill. Seine Augen hinter der Brille waren dunkel und wach.

Sofia war gerade einen halben Kopf kleiner als er, aber Isaac sah auf sie herab, wie sie barfuß, mit zerkratzten Beinen und zerzaustem Haar vor ihm stand. »Schön, dich endlich kennenzulernen, Sofia«, sagte er mit einem Lächeln.

Sofia war sich bewusst, dass Harriet noch immer angespannt hinter ihr stand, und machte keine Anstalten, sein Lächeln zu erwidern. »Woher kennen Sie meine Eltern? Was machen Sie hier?«

Obwohl sie unhöflich war, reagierte Isaac weiterhin freundlich. »Ich bin spontan auf Besuch. Ich wusste nicht, dass dein Vater nicht hier ist, sonst wäre ich erst heute Abend vorbeigekommen. Wir kennen uns von früher.«

Harriet lächelte noch gezwungener als am Morgen, als Schill über Julie gesprochen hatte.

»Und wer ist das? Ihr habt doch nicht noch ein Kind?«

Oscar war in der Badezimmertür erschienen, um zu sehen, was los war, den blutenden Fuß angewinkelt. Auf seinem Gesicht lag ein Ausdruck tiefen Misstrauens, wie Sofia ihn noch nie bei ihm gesehen hatte.

»Das ist ein Freund von Sofia«, sagte Harriet rasch.

Isaac reichte auch ihm die Hand. Oscar setzte den verletzten Fuß auf den Boden, als müsse er festen Stand haben. Aufrecht war er genauso groß wie Isaac. »Oscar«, sagte er.

»Du blutest, Oscar«, sagte Isaac und deutete auf sein Schienbein.

Oscar sah an sich herab. Die frischen Kratzer auf seinen Schienbeinen hatten wieder zu bluten angefangen.

Harriet besah sich ihn und Sofia näher. »Was ist mit euch passiert?«

»Abigail hatte oben beim Fluss einen Unfall«, sagte Sofia, von Isaac abgelenkt. Im Flur war es zu viert eng. Nur Isaac hatte mit dem Wohnzimmer im Rücken Platz. Oscar stand jetzt zwischen ihnen, und Sofia musste sich zusammenreißen, ihn nicht am Kragen zurückzuziehen und sich zwischen ihn und Harriet und den Fremden zu stellen. »Sie ist in ein Schlangennest getreten. Dad bringt sie gerade zum Arzt.«

»Mein Gott«, sagte Harriet entsetzt. »Wie ist das passiert?«

»Oscar, du tropfst auf den Teppich«, bemerkte Isaac. Von Oscars Schienbein war ein dünnes Rinnsal Blut auf seinen Fußrücken getropft. »Du solltest da was machen.«

Oscars grimmiger Gesichtsausdruck kam Sofia jetzt nicht mehr wie Misstrauen, sondern wie Schmerz vor. »Es geht schon. Ich will nur keine Flecken auf Ihren Teppich machen, Mrs. Field.«

»Mach dir keine Sorgen um den Teppich. Sofia, gib ihm einen Waschlappen dafür, ich hole Jod. Geht raus auf die Veranda.« Harriets Stimme war jetzt fester, ihre Haltung entschlossener. »Isaac, würdest du mir kurz helfen?«

Sofia holte Oscar einen Waschlappen aus dem Bad, mit dem er sich das Blut abwischte. Er folgte ihr hinaus auf die Veranda in die glühende Sonne. Sofia konnte Harriet etwas zu Isaac sagen hören, leise und mit harter Stimme, verstand aber nicht, was es war, und auch seine gemurmelte Erwiderung nicht.

»Wer ist dieser Typ?«, fragte Oscar, sobald sie außer Hörweite waren. Er lehnte sich an einen der Stützbalken der Veranda, blass und mit schmalem Mund, das Blut grell auf seinem Bein.

»Keine Ahnung«, sagte Sofia wahrheitsgemäß. Sie bekam es langsam mit der Angst zu tun. »Ich habe Mom noch nie so gesehen.« Sie wünschte sich, Schill wäre da, und dann fiel ihr wieder ein, dass er Abigail ins Krankenhaus brachte, weil sie sich mit David und Jazz angelegt und nicht auf Oscar gehört hatte.

Bevor Oscar antworten konnte, tauchte Isaac in der Tür auf, in der einen Hand einen Krug Limonade, in der anderen vier ineinandergesteckte Gläser.

»Du solltest was trinken, Oscar«, sagte er, während er die Gläser auf das Fensterbrett über der Sofalehne stellte und mit gelassener Selbstverständlichkeit allen Limonade einschenkte. »Du siehst furchtbar aus.« Er reichte Oscar eines der gefüllten Gläser herüber. Oscar nahm es mit leicht bebender Hand, trank aber nicht.

Isaac, der in der Hitze schwitzen musste, krempelte die Ärmel seines Hemds hoch, lockerte seine Krawatte und zog eine Packung Camel aus seiner Brusttasche. »Stört es euch?«

»Hier ist alles brandgefährdet«, sagte Sofia.

»Ich passe auf«, sagte Isaac mit einem Lächeln und zündete sich eine Zigarette an. Im Flur stehend hatte sein Blick schläfrig und entspannt gewirkt, als sei er auf dem Weg hierher fast über dem Steuer eingeschlafen, doch sie musste sich getäuscht haben. Etwas war an ihm, das nicht zu dem Rest passte. Sofia kam nicht darauf, was es war.

»Was wollen Sie von meinen Eltern?«

»Hallo sagen«, sagte Isaac. »Ein paar Dinge besprechen.«

»Meine Eltern haben keine Freunde«, sagte Sofia, im Wissen, dass Oscar zuhörte, »schon gar nicht von früher, und die kommen auch nicht spontan auf Besuch vorbei.«

Isaac musterte sie, die Hand mit der Zigarette am Mund. »Dann sagen dir deine Eltern eine ganze Menge nicht«, erwiderte er. »Aber du bist schließlich auch erst vierzehn.«

»Ich bin fünfzehn«, sagte Sofia aufgebracht, und im gleichen Moment war sie sicher, dass er das gewusst hatte.

Harriet kam mit Jod und Pflastern für Oscar zurück, sodass sie nicht weitersprechen konnten. Oscar bedankte sich und versorgte seine Beine selbst. Währenddessen erzählte Sofia Harriet eine Version dessen, was passiert war, und hoffte, dass sie sich mit Jeremys deckte. Oscar schwieg, erläuterte nichts, reagierte nicht, als Sofia erzählte, wie gut er sich um Abigail gekümmert hatte. Auch Isaac gab keine Kommentare ab. Er rauchte entspannt, offensichtlich aus Genuss statt aus Sucht.

Als Sofia geendet hatte, stand Oscar überraschend auf. »Ich störe Sie schon zu lang«, sagte er mit merkwürdig schleppender Stimme. »Ich gehe jetzt besser nach Hause, meine Mutter ist allein mit meinem kleinen Bruder. Danke für die Pflaster, Mrs. Field.« Er machte einen halben Schritt, verlor das Gleichgewicht und ließ sein Glas fallen. Isaac und Sofia, die hochschnellte, reagierten gleichzeitig und fingen ihn auf.

»Oscar!«

Er war aschfahl. Isaac übernahm. Er war kräftiger, als er aussah. Er schlang den Arm um Oscar und half ihm, sich aufs Sofa zu legen. Oscar hatte die Augen zusammengekniffen.

»Was ist los?«, fragte Sofia panisch.

»Kopfschmerzen«, sagte Oscar. Seine Stimme war dünn, kaum zu verstehen. Er hob eine Hand und berührte seine linke Schläfe.

Isaac hatte sich über Oscar gebeugt. »Du bist nicht gebissen worden, Oscar?«, sagte Isaac ruhig. »Sofia?«

»Ich glaube nicht«, sagte Sofia verängstigt.

»Migräne«, sagte Harriet plötzlich. »Du blinzelst schon die ganze Zeit. Siehst du schlecht?«

Oscar versuchte zu nicken.

»Bleibt hier bei ihm.« Harriet ging hinein. Isaac machte Sofia Platz. Sie nahm Oscars Schultern. Er blinzelte. Er hatte die Lippen fest zusammengepresst.

»Oscar, geht es?«, fragte sie dünn. »Warum hast du nichts gesagt?«

Harriet kam mit einem nassen Küchenhandtuch zurück. Sie legte es Oscar auf die Stirn, er zog es sich mit zitternder Hand über die Augen.

»Ist das das erste Mal, dass du Migräne hast?«

»Nein«, flüsterte Oscar. »Normalerweise geht es nach einer Weile wieder weg. Es war noch nie so stark.«

»Stress kann das auslösen. Musst du dich übergeben?«

»Ich glaube nicht. Es tut mir wirklich ausgesprochen leid, Mrs. Field.«

Sie hob das Glas auf, das er fallen gelassen hatte. »Mach dir keine Sorgen. Du bleibst jetzt ein paar Stunden liegen und ruhst dich aus, okay? Sofia, kannst du hier bei ihm bleiben?«

Sie nickte. Harriet drückte ihr kurz die Schulter und wandte sich an Isaac, der seine Zigarette ausgedrückt hatte und zusah, wie Sofia sich beklommen über Oscar beugte.

»Es dauert sicherlich noch ein paar Stunden, bis er nach Hause kommt«, sagte Harriet zu Isaac.

Er lächelte. »Ein paar Stunden länger machen wirklich nichts. Ich warte gern auf ihn. Kann ich dir im Haus mit irgendwas zur Hand gehen? Oscar sollte sich ausruhen.«

»Ich nehme nicht an, dass du Betten beziehen willst«, erwiderte Harriet, aber sie nickte, und er folgte ihr ins Haus. Sofia blieb bei Oscar sitzen, der sich nicht rührte. Sie hörte Isaac und Harriet im Haus umhergehen, das Knarren der Dielen, irgendwann die Waschmaschine angehen. Harriet kam einmal, um nach Oscar zu sehen, doch danach sah Sofia weder sie noch Isaac und hörte sie auch nicht sprechen.

Schill kam am Abend zurück. Oscar war auf dem Sofa eingeschlafen, die Knie angezogen, den Kopf abgewandt. Selbst im Schlaf war sein Gesicht angespannt. Sofia ließ ihn schlafen, während sie las, um sich abzulenken. Als sie den Wagen an der Straße hörte, stand sie so schnell auf, dass ihr Bein erneut heftig zu stechen begann. Oscar neben ihr rührte sich und drehte sich halb herum.

»Dad ist zurück«, sagte Sofia. Ihr war selbst schlecht.

Oscar versuchte sich aufzusetzen. Seine Arme zitterten stark. Sofia zog ihn an der Schulter in eine sitzende Position. »Warte hier«, sagte sie, doch er stand wacklig auf und folgte ihr. Das Licht war jetzt weich und gelb, die Hitze erträglicher. Im Unkraut des wilden Gartens zirpten Grillen. Sofias nackte Füße hinterließen Abdrücke auf den mit feinem Sand bedeckten Dielen.

Schill ging leicht schief wie immer, wenn er lange gearbeitet hatte und seine Schulter ihm Probleme machte. Er blieb stehen, als er sie beide auf der Veranda stehen sah.

»Dein beschissener missratener Bruder«, sagte Schill ohne Umschweife. Er sah Oscar an. »Hat der damit was zu tun?«

Sie starrten sich an. Oscar stand so angespannt, dass die Sehnen in seinen Schultern und seinem Nacken hart hervortraten. »Sir«, sagte er.

»Dad, was ist mit Abigail?«

»Sie ist okay«, sagte Schill. »Sie hatte über ein Dutzend Bisse, aber es waren nur vier giftig. Sie bleibt jetzt erst mal im Krankenhaus.« Er massierte sich geistesabwesend den Oberarm und bewegte die kranke Schulter, bis es laut knackte. Oscar zuckte zusammen. »Sie hätte sterben können«, sagte Schill hart. »Es kann sein, dass sie das Bein nie wieder richtig gebrauchen kann. Warum zur Hölle habt ihr nicht besser aufgepasst?«

Isaac kam heraus auf die Veranda. Er hatte seine Ärmel noch über die Ellbogen gekrempelt, obwohl es jetzt gegen Abend nicht mehr so heiß war.

»Hey«, sagte Schill, den Blick auf Oscar und Sofia. »Hast du noch Zigaretten?« Dann erst drehte er sich um und sah, dass er nicht mit Harriet sprach.

Harriet hatte sich merkwürdig benommen, doch Schill reagierte auf Isaacs Anblick, als habe er einen Geist gesehen. Sein Gesicht entgleiste im Schock. Er machte einen halben überwältigten Schritt rückwärts, bevor er erstarrte. Sofia hatte ihn noch nie vor jemandem zurückweichen sehen. Sie sahen sich an. Isaac lächelte, aber es wirkte leicht gequält.

»Hallo, *Jacob*«, sagte er.

Sehr lange sagte darauf niemand etwas. Schill sah aus, als würde er gleich umkippen. Oscar stand dicht hinter Sofia, Schill reglos im Vorgarten, Isaac in der offenen Tür. Als Schill endlich den Mund öffnete, klang seine Stimme ganz fremd. »Wo ist Harriet?«

»Sie ist hier«, sagte Isaac irritiert. »Sie ist drinnen.«

Schill rang noch immer um Fassung. Schließlich wandte er sich an Oscar. »Du gehst jetzt nach Hause. Sofia bringt dich noch bis zur Ecke.«

»Ja, Sir«, sagte Oscar.

Sofia rührte sich nicht vom Fleck. Sie starrte Schill und Isaac an.

»Sofia!«, blaffte Schill sie an. »Beweg dich!«

Verblüfft und vor den Kopf gestoßen von seinem Tonfall folgte sie Oscar in den Garten. Schill warf ihr einen letzten Blick zu und ging dann mit Isaac ins Haus, während Oscar sein Fahrrad holte. Sofia starrte über die Schulter Schill nach. Oscar musste zweimal ihren Namen sagen, bis sie sich endlich zu ihm umdrehte. Er war blass und stand noch leicht schief auf sein Fahrrad gelehnt, aber sein Blick war wieder wach und klar. Das zu kurze geliehene T-Shirt entblößte einen Streifen seines Bauchs und seiner spitzen Hüftknochen.

»Was?«, sagte sie.

»Was ist los?«, fragte er drängend, und als sie ihn nur anstarrte, ungläubig: »Sofia, wer ist dieser Isaac?«

»Ich weiß es nicht!«, fauchte sie ihn an, so heftig, dass sie selbst erschrak. Sie verschränkte abwehrend die Arme. »Ich muss rein. Schaffst du es allein? Mit deinen Kopfschmerzen?«

»Ja«, sagte Oscar irritiert, als ginge es darum nicht. Ehe er weitersprechen konnte, unterbrach sie ihn: »Was ist mit David, wenn du nach Hause kommst?«

Er sah sie unverwandt an, als überlegte er, sich nicht ablenken zu lassen, dann sagte er: »Wenn Mom und Dad da sind, wird er mir nichts tun.«

»Bist du sicher?«

»Ja.« Er schien mit sich zu ringen, dann sagte er: »Ich weiß, dass sie uns verteidigt hat, aber hast du gesehen, wie Chloe geblutet hat? Ich denke nicht, dass sie mit genügend Kraft geworfen hat, aber Abigail hätte sie töten können.«

»Sie haben uns angegriffen. Ich dachte, Abigail stirbt, und ich weiß, dass du das auch dachtest.«

»Abigail hat den Stein geworfen. Sie haben Abigail nicht diesen Abhang runtergestoßen.«

Sofia starrte ihn an. »Oscar, sie hätte auf Abigail geschossen. Sie hat auf mich geschossen. Du hast mein Bein gesehen.«

»Es war ein Luftgewehr.«

»Was glaubst du, was sie mit uns gemacht hätten? Was denkst du denn? Du hast gesagt, Jazz wollte mir auf Jeremys Party ein Auge ausbrennen.« Oscar öffnete den Mund, aber sie ließ ihn nicht zu Wort kommen. »Wir waren da oben ganz allein. Wir haben uns verteidigt.«

»Ich will, dass du dich raushältst!«, sagte er laut. »Abigail wird es überleben und Chloe auch. Wir sind quitt. David ist mein Bruder. Ich mache das allein. Ich meine es ernst. Du hast genug eigene Sorgen.« Damit wandte er sich ab und stieg barfuß auf sein Fahrrad.

»Was meinst du damit?«, rief sie ihm nach, als sie sich gefasst hatte, aber er war schon fast außer Hörweite. »Was soll das denn bitte heißen?«

Im Haus war niemand, als Sofia zurückkam. Als sie auf die Veranda trat, sah sie, dass Harriet und Isaac dabei waren, im Garten die Wäsche aufzuhängen. Schill saß auf der Kante der Veranda und massierte seine Schulter. Er sah auf, als Sofia hinter ihn trat.

»Schafft Oscar es nach Hause?«, fragte Isaac und warf ein Bettlaken über die Leine, die sie vom äußersten Stützbalken der Veranda zu einer der windschiefen Kiefern gespannt hatten.

»Warum sind Sie hier?«, erwiderte Sofia. »Was wollen Sie?«

Isaac wechselte einen Blick mit Harriet und nahm weiter Wäsche aus dem Korb. »Brauche ich einen besseren Grund, als alte Freunde zu besuchen?«

»Wir wollen keinen Besuch haben. Wie kommen Sie überhaupt hierher?«

»Es ist okay, Sofia«, sagte Harriet. »Es ist alles in Ordnung.«

Sofia starrte erst sie, dann Schill an, der die Hand seines kranken Arms auf dem Knie zur Faust geballt hatte.

»Ich kann das Abendessen machen, wenn ihr noch was im Kühlschrank habt«, sagte Isaac und machte das zweite Laken mit Wäscheklammern fest. »Ich koche immer noch gut.«

»Sofia«, sagte Schill, ohne sie anzusehen, »du machst dir jetzt ein Brot und isst es oben auf deinem Zimmer. Du kommst heute nicht mehr nach unten.«

»*Was*?«

»Du hast mich gehört.«

Zorn wallte in ihr hoch. »Was habe ich gemacht? Wofür habe ich Hausarrest?«

Schill stand leicht schwankend auf und drehte sich zu ihr um. Er war bleich und außer sich. Sie hatte ihn noch nie so gesehen. »Du bleibst für den Rest des Sommers auf deinem Zimmer, wenn du nicht sofort ins Haus verschwindest!«

»Hast du sie noch alle?«, fauchte Sofia. Isaac tat, als höre er sie nicht. »Was ist denn los mit –«

Harriet ließ den Armvoll Wäsche, den sie gehalten hatte, zurück in den Korb fallen. Sie fasste Sofia beim Arm und zog sie resolut an Schill vorbei ins Haus.

»Was ist denn bitte euer –«

»Sofia, hör mir zu!« Harriet hielt sie wie vorhin fest bei beiden Armen. Sie sprach mit gesenkter Stimme, sodass Schill und Isaac sie draußen nicht hören konnten, und so eindringlich, dass Sofia unwillkürlich erstarrte. »Ich will, dass du dich zusammenreißt, hast du das jetzt begriffen? Geh hoch und bleib da, bis ich es sage!«

»Ist er ein Cop?«

Harriet schubste sie ungewohnt grob in Richtung Treppe. »Keine Diskussion, oder ich gebe dir diesmal Hausarrest!«

Sofia öffnete den Mund, um zu protestierten, doch Harriet ließ sie stehen. Sie zog die Verandatür hinter sich zu und ging zurück in den Garten. Sofia stand da, verwirrt, schockiert und wütend, mit heftig schmerzendem Bein. Nach einer Weile zog sie ihre Hose zum Oberschenkel hoch. Die Pflaster waren durchgeblutet. Ein dünnes dunkelrotes Rinnsal bildete sich an der unteren Kante. Sofia sah hin, ohne es richtig zu sehen.

TEIL 2: BESUCH

9.

Chloe hatte für den Weg mehr Zeit eingeplant, als sie letztlich brauchte. Solang sie im Schatten ging und nicht zu schnell lief, war das Dröhnen in ihrem Kopf erträglich, betäubt von den Tabletten, die sie vor einer halben Stunde genommen hatte, nachdem ihr Vater sie wegen der in der Trommel vergessenen Wäsche wach gebrüllt hatte.

Als sie bei den Glovers an der Tür klingelte, begann im Haus Ellie zu bellen. Kurz darauf näherten sich Schritte im Flur. Tommy öffnete.

»Chloe!«, sagte er bestürzt, als er sie sah, blass und mit vor Erschöpfung verquollenen Augen, das rechte blau und zugeschwollen und halb von dem großen Verbandspflaster verborgen, das ihre Schläfe und einen Teil ihrer Stirn bedeckte. Sie hatte es nicht geschafft, ihr Haar richtig zu kämmen, da es um die Wunde herum höllisch wehtat, und es daher bloß vorsichtig mit den Fingern geordnet. »Du sollst doch im Bett sein.«

»Ist schon okay«, sagte sie mit einem gezwungenen Lächeln. »Mir geht's gut. Ich musste ein wenig rauskommen.«

»Wer ist das, Tommy?«, kam Mr. Glovers Stimme von drinnen.

»Chloe, Dad.«

»Was? Sollte sie nicht im Bett sein?« Mr. Glover erschien im Flur. Er hielt eine Pfanne mit halb fertigen Spiegeleiern in der einen Hand und Ellie, die wegen des Besuchs freudig bellte, am Nackenfell, damit sie sich nicht auf den Gast stürzte. Er trug bereits seine Uniform. Die Ärmel hatte er für die Küchenarbeit hochgekrempelt. »Mein Gott, Chloe«, sagte er, als er sie sah. »Komm bitte rein und setz dich.«

»Danke, Mr. Glover.« Sie lächelte ihm zu und ließ sich von Tommy, der sie unbedingt stützen wollte, in die ungewöhnlich aufgeräumte Küche führen, wo das Radio lief und es nach Speck und Eiern roch. Der Tisch war für zwei gedeckt. Ellie, inzwischen losgelassen, drängte sich winselnd und hechelnd und hocherfreut über den Besuch gegen Chloes Beine. Mr. Glover deckte einen dritten Teller und Besteck.

»Machen Sie sich bitte keine Umstände«, sagte Chloe, aber Mr. Glover wollte nichts davon hören. Tommy rückte ihr einen Stuhl heran. Sie setzte sich, etwas genervt von seiner Sorge um sie. Ellie legte ihren Kopf auf Chloes Oberschenkel. Chloe kraulte ihr den Nacken und die hängenden Ohren.

»Wie geht's deinem Kopf?«, fragte Tommy und setzte sich auf ihre rechte Seite.

»Ganz gut.«

»Du hast eine Gehirnerschütterung, Chloe«, sagte Mr. Glover scharf. Chloes Vater hätte es als drohende, arrogante Geste gesehen, dass er vor der Arbeit bereits seine Uniform trug, aber Chloe fand es sympathisch, da es eher bemüht als professionell wirkte. »Du brauchst Ruhe. Was wäre, wenn du da draußen in der Hitze umgekippt wärst?«

»Ich bin sehr vorsichtig gegangen, Mr. Glover. Ich soll nur gerade nicht Auto fahren und drei Tage nicht arbeiten. Aber ich will Sie auch nicht stören.«

»Du störst uns nicht. Tommy und ich machen uns nur Sorgen um dich. Richtig, Tommy?«

»Du warst immerhin für fünf Minuten ohnmächtig«, sagte Tommy.

»Chloe, sunny-side up für dich?«

»Gern, Mr. Glover.«

Er stellte den Herd aus, trug die Pfanne mit Eiern und Speck zum Tisch und setzte sich. Durchs Fenster konnte Chloe in den kleinen Garten sehen. In der Küche war es heiß vom Herd, obwohl die Fenster offen standen, und draußen war der Himmel blau und wolkenlos. Ellie hatte den Kopf zwischen Chloes Knie geschoben und wedelte unermüdlich mit dem Schwanz.

»Mir geht es wirklich ganz gut. Ich habe sogar wieder Hunger.« Sie lächelte gezwungen, aber Mr. Glover sah immer noch skeptisch und besorgt aus. Er schob ein Spiegelei und drei Streifen Speck auf ihren Teller. »Tut mir leid, dass ich einfach so reinplatze, Mr. Glover.«

»Miles, bitte«, sagte er. »Und die Freundin meines Sohns ist immer bei uns willkommen.«

Tommy lächelte Chloe an. Mr. Glover schenkte ihnen Saft ein.

»Wenn du es lieber over easy willst, kann ich dir noch eins machen«, sagte Tommy und deutete auf Chloes Spiegelei. »Und Ketchup ist im Kühlschrank, wenn du welchen willst.«

»Hol ihn ihr doch, Tommy«, sagte Mr. Glover.

»Ist schon gut, ich möchte gar keinen«, sagte Chloe und nahm ihr Glas Orangensaft. Vom Geruch des Essens war ihr schwindelig, aber sie war entschlossen, zumindest eine Scheibe Toast und das Ei herunterzubekommen. »Danke, Tommy.«

Mr. Glover schenkte sich Kaffee ein. »Also, Chloe«, sagte er freundlich, aber forschend. »Was hat der Arzt gesagt? Das sieht ganz schön übel aus.«

»Es geht schon wieder besser, danke.«

»Wie viele Stiche sind es?«

»Acht«, sagte sie. »In zehn Tagen können die Nähte gezogen werden, wenn die Wunde nicht wieder aufreißt.«

Mr. Glover nickte. »Das klingt doch gut. Nicky hat sich mal das Knie aufgerissen. Es waren zwar nur sechs Stiche, aber er hat sie auch sehr schnell wieder rausgekriegt.«

»Wo ist Nicky?«, fragte Chloe. Tommy neben ihr versteifte sich ein wenig.

»Er ist heute früh beim Training, bevor es zu warm wird«, sagte Mr. Glover. »Also nur wir drei.«

Eine Weile aßen sie, ohne über Chloes Verletzung zu sprechen.

Ellie bettelte der Reihe nach bei ihnen und bekam von Mr. Glover ein Stück Toast. Durch die offenen Fenster zog kein Wind, nicht einmal eine laue Brise. Ab und an drang das Rauschen eines vorbeifahrenden Autos herein, das Klackern der Speichenperlen eines Fahrrads, Hundegebell, ein Sprinkler, der trotz der Dürre lief. Chloe merkte, wie sie mit den Gedanken abschweifte. Je wärmer es wurde, desto mehr pochte es unter dem Pflaster und unter der Naht.

Tommy lehnte sich vor, um ihr Saft nachzuschenken, und Chloe schreckte auf. Mr. Glover, der gerade von einem Unfall auf dem Highway erzählt hatte, schob seinen Teller weg. »Chloe«, sagte er, »wie genau ist das mit deinem Kopf passiert?«

»Ich hab dir doch gesagt, dass es ein Unfall war, Dad«, sagte Tommy. »Wir waren baden, und sie ist am Ufer ausgerutscht.«

»Kann Chloe mir das nicht selbst sagen?«

»Ich habe nicht aufgepasst und bin mit dem Fuß hängen geblieben. Das Ufer ist ja sehr steinig. Es ist ein Glück, dass ich mir nicht auch noch den Fuß oder den Knöchel gebrochen habe.«

An seinem Gesicht konnte sie sehen, dass er ihr nicht glaubte, aber er klang nicht unhöflich, als er weitersprach. »Und dann hat Tommy dich zum Arzt gefahren, richtig?«

»Er hat mir sein T-Shirt um den Kopf gewickelt, um das Blut zu stoppen. Der Arzt meinte, dass es viel schlimmer hätte sein können, wenn er mich nicht so schnell ins Krankenhaus gebracht hätte.«

Tommy neben ihr strahlte vor Stolz.

»Was hat dein Vater zu deiner Verletzung gesagt?«, fragte Mr. Glover.

Da begriff Chloe, worauf Mr. Glover hinauswollte. »Nicht viel«, sagte sie, bemüht, nicht zu klingen, als weiche sie aus. »Er wollte nur wissen, wie es passiert ist, aber ansonsten komme ich gut allein damit zurecht.«

»Chloe, wenn du jemals Hilfe brauchst, dann kannst du dich gern an mich wenden.« Mr. Glover sah ihr fest in die Augen. »Ich habe keine unbegrenzten Möglichkeiten, und ohne deine Aussage kann ich nicht mehr tun, als deinen Vater darauf hinzuweisen, dass er Konsequenzen zu befürchten hat, wenn das so weitergeht.«

Chloe mochte Tommys Vater. Die meisten in der Stadt mochten ihn. Er machte seine Arbeit als Polizist anständig, soweit sie wusste, und hatte sich als alleinerziehender Vater gut geschlagen. Tommy war neun gewesen, als seine Mutter gestorben war. Chloe hatte das Thema immer vermieden, weil sie weder über ihre verschwundene noch über Tommys verstorbene Mutter sprechen wollte, aber irgendwann hatte es natürlich dazu kommen müssen. »Die Leute sagen immer wieder, Dad solle wieder eine Beziehung versuchen«, hatte Tommy gesagt, als sie zusammen im Diner gesessen und sich einen Eisbecher geteilt hatten und er das unvermeidliche Gespräch über ihre Familien eröffnet hatte. »Er ist ja noch jung und alles. Aber er macht es wegen Nicky nicht. Es würde Nicky das Herz brechen.«

Chloe war sich sicher, dass Miles Glover sie nicht hauptsächlich so freundlich behandelte, weil sie, hübsch und klug, eine gute Freundin für seinen Sohn war, sondern weil er ihren Vater verabscheute. Sie konnte ihm keinen Vorwurf machen.

»Miles«, sagte sie. »Ich weiß das wirklich sehr zu schätzen.«

»Du kannst jederzeit zu uns kommen.«

Sie lächelte. »Ich verspreche, dass ich ab jetzt besser auf mich aufpasse.«

»Das ist schön zu hören. Hoffen wir, dass du das Angebot nicht annehmen musst.« Jetzt, wo ihre Zurückweisung eindeutig war, entspannte er sich. Er schob seinen Teller beiseite. »Noch Kaffee? Chloe? Tommy?« Er schenkte ihnen beiden nach, dann stand er auf und räumte die leeren Teller ab. »Ich muss los. Tommy, bitte stell den Rest in die Spülmaschine. Nicky müsste in einer halben Stunde zurück sein. Was macht ihr zwei heute noch? Wolltet ihr nicht ins Kino? Es soll heute Abend ein Gewitter geben und dann den Rest der Woche regnen.«

»Ja, das kam im Radio«, sagte Tommy. »Wir müssen mal sehen.«

»Chloe? Schön, dass du da warst. Und denk daran, was ich gesagt habe.«

Chloe versprach es. Mr. Glover verließ das Haus mit Schlüssel und Jacke, startete draußen den Wagen und fuhr aus der Auffahrt. Tommy öffnete Ellie die Tür, damit sie in den Garten konnte, und begann, den Tisch abzuräumen. Chloe blieb sitzen.

»Tommy?«, sagte sie nach einer Weile.

»Was?« Er war gerade dabei, die Spülmaschine einzuräumen, und sah nur kurz auf.

»Hast du Jazz gesagt, dass dein Bruder und seine Freunde am Fluss wären?«

Tommy richtete sich auf und sagte unerwartet heftig: »Ich wusste nicht, dass sie das tun würden, okay? Ich hatte überhaupt keine Ahnung. David hat gesagt, dass sein Bruder immer schwimmen geht, mit diesem Field-Mädchen, mit dem er sich geprügelt hat, und dass es unten am Fluss ist, und ich wusste, wo ungefähr, weil Nicky mal mit mir da war.«

»Du hast gehört, was David mit seinem Bruder gemacht hat, oder? Dass er ihm den Arm gebrochen hat? Und du hast ja wohl gehört, was auf der Party von den Saunders passiert ist.«

»Ich dachte nicht, dass sie sie verprügeln oder dass Jazz dir ein Gewehr gibt, damit du auf sie schießt! Ich dachte, sie wollten ihnen bloß eine Lektion erteilen!«

»Es war nur ein Luftgewehr. Die kleine Schlampe hat mir einen Stein ins Gesicht geworfen. Wir sind scheiße versichert, Tommy, ich muss die Krankenhausrechnung selbst zahlen, und ich bin gerade nicht in der Verfassung für die nötigen Überstunden.«

»Mein Dad ist ein Cop, Chloe. Der weiß, wenn da irgendwas nicht stimmt. Er glaubt dir die Geschichte mit deiner Stirn nicht, und er weiß, was mit Lizzies Schwester passiert ist. Er hat es mir heute Morgen erzählt. Ob ich wüsste, dass sie in ein Schlangennest getreten und fast gestorben ist. Sie ist im Krankenhaus gewesen und alles!«

Chloe starrte ihn an. Dann lachte sie. »Tommy, er glaubt nicht, dass irgendwas mit diesen Kindern ist. Er glaubt, dass mein Vater mich geschlagen hat.«

Tommy, der bei ihrem Lachen noch röter im Gesicht geworden war, starrte sie mit halb offenem Mund an. »Was?«

»Er denkt, mein Vater hat mich betrunken verprügelt. Deshalb hat er mir vorhin seine Hilfe angeboten. Es würde prima aussehen, wenn er ihn wegen Misshandlung seiner Tochter rankriegt.«

Tommy starrte sie immer noch an. Dann sagte er: »Ich habe mit Nicky geredet. Er sagt auf jeden Fall nichts. Ich habe ihm gesagt, er soll den Mund halten, und Nicky macht, was ich ihm sage.«

»Ja, wie da unten am Fluss«, sagte Chloe, die es nicht lassen konnte. Tommy, der zu beschäftigt mit seinen hektischen Gedanken für eine Erwiderung war, zuckte zusammen, als Ellie zu bellen begannen. Er und Chloe sahen aus dem Fenster. An der Straße stand David.

Draußen war es inzwischen brütend heiß. David, der offenbar zu Fuß war, tätschelte Ellie, die ihn schwanzwedelnd beschnupperte, Rücken und Nacken. Er blinzelte gegen die Sonne.

»Was macht der Kopf?«, rief er herüber, als Chloe aus dem Haus kam.

»In zwei Wochen kommen die Fäden raus.«

»Dann kannst du deinen Enkeln was erzählen«, sagte David. Sein Blick war ruhig und wachsam auf sie gerichtet, auf ihr geschwollenes Auge, das weiße Pflaster. Dann wandte er sich an Tommy. »Ich brauche das Gewehr zurück. Es gehört meinem Vater.«

Tommy wirkte überrascht. »Es ist bestimmt noch im Wagen.« Er ging hinein, um seine Schlüssel zu holen, da er den Mustang immer abschloss. Chloe blieb allein mit David.

»Nimmst du Tabletten?«, fragte er.

»Ja«, sagte sie. In ihrem Kopf bohrte es. »Heute Morgen drei.«

»Du musst raus aus der Sonne und viel trinken, drei Liter mindestens. Sieh nicht fern, das macht es nur noch schlimmer. Hast du Eis im Haus?«

Sie war baff. David hatte bislang noch nie allein mit ihr gesprochen und noch nie so viel. Sie hatte seinen Blick unten am Fluss nicht vergessen, als sie vom Schießen zurückgekommen war. Sie erinnerte sich dunkel daran, wie er sie auf dem Weg ins Krankenhaus in die Decke gewickelt hatte, weil sie nur in Unterwäsche gewesen war, aber vielleicht war das auch Tommy gewesen. »Ja, ich denke, es ist noch was im Gefrierfach«, hörte sie sich sagen.

»Das ist gut.« Er hörte auf zu reden, als Tommy zurückkam und das in ein Tuch eingewickelte Gewehr, das irgendeiner von ihnen aus dem Wasser geholt hatte, aus dem Wagen nahm.

»Ich glaube, es ist in Ordnung«, sagte Tommy. »Wenn es nicht mehr geht, kann ich es vielleicht reparieren.«

David nahm das Gewehr aus Tommys Händen. Sie sahen zu, wie er es auswickelte, aufklappte, wieder zusammenklappte und sich dann am Riemen über die Schulter hängte. Das Tuch gab er Tommy zurück. Ellie hatte sich zu Chloes Füßen gesetzt und hechelte.

»Mein Bruder macht nicht mehr bei denen mit«, sagte Tommy plötzlich. Er platzte regelrecht damit heraus. »Er hört jetzt auf mit dem Scheiß. Er hat es mir versprochen.«

David sah ihn mild amüsiert an. »Tommy, ich bring deinen Bruder schon nicht um.«

Tommy sagte nichts mehr.

»Chloe, wie lange, hast du gesagt, bevor die Fäden rauskommen?«

»Zehn Tage.«

David musterte sie. »Glück gehabt«, sagte er.

Sie schwiegen. David sah in den klaren Himmel, gen Horizont. »Heute Abend soll es regnen«, sagte er. »Die ganzen nächsten Tage. Jazz will ins Kino gehen. *Poltergeist* kommt.« Er hob die Hand ans Ohr, kleinen Finger und Daumen abgespreizt, bereits halb abgewandt. Er lächelte nicht. »Ich ruf euch an.«

Sie sahen ihm nach, wie er langsam die Straße hinabging, das Gewehr über der Schulter. Nach einer Weile wandte Tommy sich ab und nahm Chloe in den Arm. Er beugte sich herab und küsste sie. Als er sich von ihr löste, lächelte sie ihn an. Sie wusste, wohin David ging. Ihr Kopf dröhnte fiebrig. Sie dachte mit Sehnsucht an die Schmerztabletten in ihrem Nachttisch und an das Eis im Gefrierfach. Sie dachte an ihren Vater auf der Veranda zwischen den Flaschen, in die die Ameisen krochen, wenn er sie nicht rechtzeitig mit einem Schluck Wasser durchspülte und austrank. Sie dachte an die satt knallenden, fliegenden Dosen am Fluss und an die in einer Reihe aufgestellten Bierflaschen am Stadtrand, wo ihr Vater ihr beigebracht hatte, sie mit dem Gewehr in die Luft zu jagen, damit seine Tochter eine Lektion fürs Leben lernte und Jimmy Sheppard einen Grund für seltene Worte des Stolzes für das Kind hatte. Die Wunde an ihrer Schläfe juckte, aber sie kratzte sie nicht.

10.

Als Sofia am Sonntag aufwachte, wusste sie zunächst nicht, warum sie sich so ausgelaugt und elend fühlte. Sie konnte Schills wütende Stimme im Wohnzimmer hören. Sie wälzte sich auf den Rücken, zuckte zusammen, weil ihr Bein steif war und pochte, tastete nach ihrem Wecker und drehte ihn zu sich hin. Vor den Fenstern war alles blendend weiß vor Sonne, die Hitze stand bereits direkt unter der Zimmerdecke. Es war noch nicht neun und fühlte sich schon an wie der heißeste Tag des Sommers.

Der Besucher war noch da. Er schlief in Schills Zimmer, während Schill das Bett mit Harriet teilte, das hatten sie gestern noch beschlossen, als sie irgendwann wieder hineingekommen waren. Sofia hatte sie nur wenig belauschen können, da sie kaum miteinander gesprochen hatten. Alles Wichtige zwischen ihnen musste gesagt worden sein, als sie noch am Fluss gewesen war. Harriet hatte Sofia um neun ein Sandwich gebracht, aber Sofia hatte es beleidigt und wütend, dass sie nicht mit ihr sprachen, nicht angerührt.

Als Sofia angezogen, das schmerzende Bein nachsetzend, hinaustrat, war die Tür zu Schills Zimmer geschlossen. Sie stieg die Treppe hinab und hörte Schills Stimme aus dem Wohnzimmer: »Sie haben sie doch nicht mehr alle!« Er war am Telefon, was erklärte, warum niemand antwortete. Er hatte Sofia den Rücken zugewandt.

Sofias Blick fiel auf Isaacs schwarze Jacke. Sie zögerte nur einen Moment, dann durchsuchte sie die Taschen. Sie fand die Packung Camel und ein Feuerzeug und in der Innentasche ein Portemonnaie. Sie zog es heraus. Geldscheine, eine Telefonkarte und Kleingeld, Belege, ein Ausweis. Sofia hatte ihn in der Hand, als jemand die Treppe herunter kam.

Es war nur Harriet. Sie sah verschlafen und besorgt aus und war schon angezogen. »Hey«, sagte sie mit einem dünnen Lächeln. »Mit wem telefoniert Schill?«

»Keine Ahnung. Wo ist Isaac?«

Harriet trat in die Tür zum Wohnzimmer, gerade als Schill blaffte: »Sie können mich mal am Arsch lecken, Sie rassistische Schlampe!« Er knallte den Hörer auf die Gabel, drehte sich um und bemerkte Harriet und Sofia, die ihn anstarrten.

»Wer zur Hölle war das?«, fragte Harriet ungläubig.

»Das war die Mutter von diesem Jeremy, diese dämlichen Bibelfreaks.« Er rauchte vor Zorn. Er war offenbar früh geweckt worden. »Sucht wen, bei dem sie sich beschweren kann, dass ihr Sohn angeblich traumatisiert ist, weil er bei dem Unfall des Mädchens dabei war. Sie hatte mir auch einiges über deine Erziehung mitzuteilen, Sofia. Angeblich hast du ihrem Sohn die Haare gefärbt?«

»Ja, das war ich.«

Das brachte Harriet zum Lachen, Schill jedoch blieb wütend. »Sie meinte, sie würde in solchen Fällen normalerweise mit der Mutter sprechen, aber du wärst gleich doppelt ungeeignet, Harriet.«

Sie starrte ihn an. »Das hat sie *nicht.*«

»Blöde Schlampe«, knurrte Schill. »Ihr Sohn hätte in das Nest treten sollen, wüsste gern, wie ihr das gefallen hätte.«

»Sag das nicht.«

»Weißt du, als was sie das Mädchen beschimpft hat?«

»Ich kann es mir vorstellen«, sagte Harriet.

»Ich weiß nicht, wie du das alles erträgst. Diese Leute sind gewohnt, dass es für ihr Handeln keine Konsequenzen gibt, und du siehst ja, wohin das führt. Es würde mich nicht wundern, wenn sie die Eltern des Mädchens auch angerufen haben.«

Harriet verschränkte müde die Arme. »Das sind nicht die einzigen Rassisten in der Stadt, Schill. Was erwartest du, das ich tue? Zurückrufen? Zur Polizei gehen?«

»Warum bist du überhaupt mit ihm befreundet, Sofia?«

»Jeremy ist vollkommen in Ordnung! Was kann er dafür, dass seine Eltern spinnen? Er hat Abigail völlig normal behandelt! Er kann seine Eltern ja selbst nicht ausstehen!«

»Wo ist Isaac, Schill?«, unterbrach Harriet sie.

»Im Garten.«

»Schön, wo wir gerade dabei sind«, sagte Sofia, »würdet ihr mir jetzt vielleicht sagen, wer er ist und was er hier macht? Will er uns verhaften? Oder soll ich ihn vielleicht selbst fragen?«

»Das wirst du nicht«, sagte Schill scharf.

»Wisst ihr was? Ich frage Isaac einfach selbst.« Sofia schaffte es, Schill auszuweichen, der sie zu packen versuchte, und war hinaus, ehe er einen neuen Versuch unternehmen konnte, sie aufzuhalten. Sie hörte ihn hinter sich fluchen und ihr folgen.

Die sandigen Dielen draußen waren bereits heiß, der ganze Garten still und ausgetrocknet. Isaac war dabei, die Wäsche abzuhängen, und sah auf, als er Sofia bemerkte. Sein dunkles Haar, das er, etwas länger als Schills, ebenfalls zurückgekämmt trug, glänzte vom Gel, das er für die Frisur benutzt hatte.

»Morgen«, sagte Isaac mit einem breiten Lächeln und faltete rasch und geschickt das Laken, das er gerade von der Leine genommen hatte. »Ich wollte euch nicht wecken, deshalb bin ich raus in den *Garten.*« Er sagte es mit kaum wahrnehmbarem, mildem Zweifel daran, dass es sich bei dem verwilderten Stück Land tatsächlich um einen Garten handeln sollte. Er deutete in Richtung des kleinen Kiefernwäldchens, glättete das gefaltete Laken, legte es oben auf den Wäschekorb und machte mit dem nächsten weiter. »Vielleicht solltet ihr zwei der äußeren Bäume fällen. Der Sturm hat die Wurzeln freigelegt.«

»Was, für was sind Sie denn nicht Experte?«

»Hör auf, Sofia«, sagte Schill. Er stand hinter ihr, wachsam und wartend, als wolle er jeden ihrer Schritte überwachen. »Du hast gehört, was ich gesagt habe.«

»Was wollen Sie hier? Sind Sie ein Cop?«

»Sofia!«

Isaac lächelte jedoch noch. »Nein«, sagte er. »Ich bin nicht von der Polizei. Dir auch einen guten Morgen.« Er steckte zwei Wäscheklammern zurück auf die Leine. »Ich will mir heute die Stadt ansehen. Hast du Lust mitzukommen?«

Der Vorschlag kam so plötzlich und so absurd, dass Sofia auflachte. »Hier gibt's nichts zu sehen, außer Sie stehen auf baufällige Gruben und gescheiterte Motels. Ich hab eh keine Zeit, Sie rumzuführen. Ich muss fragen, wie es meiner Freundin geht.«

»Deine Freundin, die in das Schlangennest getreten ist?«, fragte Isaac. »Ich dachte, dass sie im Krankenhaus ist. Ist das nicht ein wenig weit mit dem Fahrrad?«

»Was geht denn Sie das an? Sie bringen mich ja bestimmt nicht hin.«

»Sofia, ich will nicht, dass du nach Kane fährst«, sagte Harriet.

»Meine Güte!«, sagte Sofia genervt. Sie hatte allerdings gar nicht vor, nach Kane zu fahren. Es gab einige Dinge, die sie hier erledigen musste. »Ich fahre zu ihren Eltern und frage die, ist das okay?«

Harriet sah besorgt aus und Schill wütend. Isaac schien das ebenfalls zu bemerken, denn er sagte: »Sie macht sich Sorgen um ihre Freundin. Ist das nicht verständlich?«

»Du bist um sechs zurück«, sagte Harriet. »Versprich mir das bitte, Sofia.«

Sofia versprach es. Sie sah noch einmal wütend zu Schill und zu Isaac, der wieder mit der Wäsche beschäftigt war, dann ging sie ihr Fahrrad holen und machte sich auf den Weg in die Stadt.

Es war schwer, mit der brennenden Wunde zu fahren, also ließ sie sich Zeit. Sie schaffte den Weg bis zur Tankstelle und die Straße hinab in den Schatten des Waldes, ohne ihr T-Shirt durchzuschwitzen. An der Stelle, wo sie ihre Fahrräder abgestellt hatten, stieg sie den Pfad hinauf an den Fluss. Obwohl sie wusste, dass niemand da war, ging sie wachsam und schnell und zuckte zweimal heftig zusammen, als sie versehentlich auf einen trockenen Zweig trat. Im stillen Wald klang es wie ein Schuss. Ihr Bein schmerzte vom Anstieg.

Das sandige Flussufer war von Schritten aufgewühlt. Niemand war da. Sofia blieb eine Weile hinter der Waldkante stehen, bevor sie den Hang hinabkletterte und hinaustrat. Sie sah sich nach Oscars und Abigails Rucksäcken um, aber sie waren nicht am Ufer und auch nicht im Gebüsch im nahen Wald. Entweder hatte David sie in den Fluss geworfen oder mitgenommen. Dafür fand sie die Uhr von Jeremys Großvater, die er zum Schwimmen abgemacht hatte. Sie hob sie auf und machte sie um ihr eigenes Handgelenk, um sie nicht zu verlieren. Als sie sich bückte, um ihr Pflaster glatt zu streichen, sah sie Abigails Notizbuch. Es war unter eine Baumwurzel gerutscht und lag dort halb verborgen. Sofia hob es auf, wischte den Dreck vom Einband und schlug es auf. Die Buntstifte, die Abigail in der Mitte des Buchs gelassen hatte, rollten heraus. Sofia, die sich lebhaft erinnerte, wie wütend Abigail gewesen war, als Jeremy das Buch aufgehoben hatte, las die Stifte vom Boden auf und steckte sie und das Buch ein, ohne es anzusehen.

Die Nervosität fiel auf dem Rückweg nicht wieder von ihr ab. Sie redete sich ein, dass es wegen David und Jazz war, die überall sein konnten, die vielleicht die gleiche Idee gehabt hatten oder ihr aus der Stadt gefolgt waren, doch eigentlich dachte sie an Isaac. Es war offensichtlich, dass Schill und Harriet sie nicht mit ihm allein lassen wollten. Sie kannten ihn beide, so viel stand fest. Sie hatten ihn wiedererkannt und verhielten sich alarmierend paranoid und empfindlich, und die Frage war, ob Isaac ihnen einen solchen Schreck eingejagt hatte, weil sie einfach nicht mit ihm gerechnet hatten oder weil er jemand war, der Ärger bedeutete. Sofia war sich sicher, dass es Letzteres war.

Es gab drei Möglichkeiten: Entweder war er tatsächlich ein Freund von Schill und Harriet und hatte vielleicht nichts mit der Sache von 1972 zu tun, wusste jedoch, dass sie auf der Flucht vor dem Gesetz waren. Dann war es möglich, dass er keine Ahnung hatte, wer Sofia war und woher sie kam, sondern an die Drogengeschichte glaubte, mit der Harriets Verschwinden vertuscht worden war. Er konnte jedoch auch ein Cop sein, jemand, dem es irgendwie gelungen war, sie zehn Jahre später aufzutreiben. Sofia wusste, dass Schill einmal kurz bei der Polizei gewesen war. In diesem Fall wusste er höchstwahrscheinlich Bescheid.

Über die dritte Möglichkeit wollte sie nicht nachdenken.

Sie beeilte sich, zurück in die Stadt zu kommen. An der Tankstelle gab es ein Telefon. Sofia kramte ein paar Münzen aus ihrem Rucksack, zog das zerfledderte Telefonbuch heran und fand nur einen Eintrag für Hawley. Sie warf Geld ein, wählte die Nummer, schirmte ihre Augen mit der Hand gegen die Sonne ab und wartete mit plötzlich engem Hals.

Niemand ging ans Telefon. Sofia hängte den Hörer zurück, dann blätterte sie nach der Nummer des Krankenhauses in Kane. Eine Weile stand sie da, ohne das Telefon noch einmal anzurühren.

Sie würde mit Oscar sprechen. Er war der Diplomat, er hatte Isaac getroffen, und obwohl er gestern schroff zu ihr gewesen war, war sie sicher, dass er ihr zuhören würde.

Sofia sah auf ihr Handgelenk, an dem Jeremys Uhr, heiß auf ihrer Haut, das Licht reflektierte, dann stieg sie zurück aufs Fahrrad und fuhr zuerst zu ihm, um sie ihm zurückzugeben.

Josie saß vor der offenen Haustür und schnürte ihre Rollschuhe zu. Sie trug Knieschützer und statt einer halb durchsichtigen Bluse ein T-Shirt mit Dreiviertelärmeln. Sofia sprang vom Fahrrad und ließ es auf den Seitenstreifen fallen. Im überschatteten Garten der Saunders war der Rasen frisch gemäht. Man sah noch, wo sie getanzt und die Grashalme eingedrückt hatten.

»Was machst du denn hier?«, zischte Josie sie an, als wäre es illegal, mit Sofia gesehen zu werden. »Ich dachte, Mom hätte bei euch angerufen!«

»Hat sie auch. Ist Jeremy da?«

Josie sah über die Schulter. »Du verziehst dich besser«, sagte sie, knotete ihre Schnürsenkel zu, stand auf und lehnte sich durch die offene Tür. »Jeremy! Du hast Besuch!«

Von irgendwo oben im Haus war ein Stöhnen zu hören, dann brüllte Jeremy zurück: »Wer?«

»Komm halt runter!«, schrie Josie zurück.

Wieder ein Stöhnen, dann ein Poltern, kurz darauf tauchte Jeremy hinter ihr im Flur auf. Sein Blick fiel auf Sofia. Er schob sich unsanft an Josie vorbei. Sie versetzte ihm einen harten Stoß vor die Brust.

»Kleines Arschloch«, zischte sie, setzte ihren Helm auf, glättete ihren blonden Pferdeschwanz im Nacken, stieß sich mit einem Rollschuh ab und fuhr an ihnen vorbei. Jeremy blieb vor dem Haus auf dem Rasen stehen und starrte missmutig Sofia an.

»Was ist?«, sagte er.

»Ich soll beste Grüße von meinem Dad ausrichten.«

Jeremy seufzte und verschränkte die Arme. »Mom hat das mit Abigail selbst rausgefunden. Ich hab's ihr garantiert nicht gesagt, und auch nicht, dass sie bei euch anrufen soll. Du weißt ja, wie sie ist.« Er sah weg. »Chloe hat 'ne riesige Platzwunde. Hab sie vorhin gesehen, wie sie zu Tommy rüber ist.«

Sofia verzog den Mund. »Na, Gott sei Dank, dass es ihr gut geht.«

Jeremy hob müde die Schultern. »Warum bist du hier?«

»Ich hab deine dämliche Uhr gefunden, wenn du es genau wissen willst.« Sie zog sie sich vom Handgelenk und warf sie ihm zu. Er fing sie gerade noch auf.

»Scheiße, ich dachte, die wäre weg«, sagte er. »Mein Dad hätte mich umgebracht.« Er inspizierte sie auf Kratzer und legte sie, jetzt freundlicher, um sein Handgelenk. »Weißt du, wie's Oscar geht?«

»Ich dachte, du bist raus.«

Jeremy sah sie säuerlich an. »Hör mal, Jazz und David sind beide Psychopathen, und ich würde ganz gern noch eine Weile am Leben bleiben, vielen Dank. Trotzdem kann ich mir ja wohl Sorgen um meine –« Er verstummte. Sofia drehte sich um und sah Nicky auf der anderen Seite der Straße vom Fahrrad steigen, Baseballschläger und Sporttasche über der Schulter. Er kam offenbar vom Training.

»Hey, Nicky!«

Nicky drehte sich um. Er sah sie beide auf dem Rasen vor dem Haus stehen. Er hielt inne, dann wandte er sich ab und ging um den glänzenden Wagen seines Bruders in der Auffahrt herum zur Tür.

»Willst du wissen, wie es Abigail geht?«, rief Sofia.

»Hau ab!«, schrie Nicky.

Sofia wurde wütend. »Hey, ich rede mit dir!« Als er nicht reagierte, ging sie ihm nach. Sie war halb über die Straße, als er sich umdrehte. Er trug die Baseballkappe des Schulteams.

»Was willst du?«, fauchte er Sofia an.

»Oh, ich weiß auch nicht!«, sagte sie höhnisch. »Dass du aufhörst, dich wie ein blödes Arschloch zu benehmen?«

»Lass mich gefälligst in Ruhe«, sagte er und griff nach der Tür.

»Warum hältst du immer noch zu Tommy?« Das war unfair, und sie wusste es, aber sie war ungeheuer wütend. Wenn er jetzt ins Haus ging, würde sie ihm nachrennen.

Nicky ließ seine Sporttasche auf die Türschwelle fallen, lehnte den Baseballschläger daneben und kam ein paar Schritte zurück. Er war bleich. »Was kann ich denn dafür? Ist es Oscars Schuld, dass David uns angreift? Jeder weiß, dass wir immer an den Fluss gehen!« Er wandte sich Jeremy zu, der Sofia über die Straße gefolgt war. »Und was willst du hier?«, blaffte er ihn an. »Bist du jetzt auch noch auf ihrer Seite?«

»Ich habe überhaupt nichts gesagt!«, sagte Jeremy, doch Nicky redete sich in Rage. Er kam auf sie zu, mit einer Hand zu Sofia gestikulierend. »Das war alles ihre Idee! Sie hat mit dem Scheiß angefangen, als sie sich mit David angelegt hat, und wir müssen es ausbaden! Oscar wäre damit allein fertiggeworden! Wie viele Leute will sie noch ins Krankenhaus bringen, bevor ihr aufhört, euch von ihr herumkommandieren zu lassen?«

»Ich habe sie nicht darum gebeten, mit einem Gewehr auf uns Jagd zu machen!«

»Das war bloß ein Luftgewehr! Chloe hätte sterben können!«

»Das sagst du nur, weil sie mit Tommy zusammen ist«, sagte Sofia höhnisch, »sonst wäre sie dir doch genauso scheißegal wie Abigail!«

Nicky machte eine rasche Bewegung in ihre Richtung, als wolle er sie anfallen. Jeremy war diesmal schneller als gestern und sprang zwischen sie. Nicky riss sich so heftig von ihm los, dass er rückwärts gegen Tommys Wagen knallte und seine Kappe verlor.

Er rappelte sich mit knallrotem Gesicht auf. »Pass auf mit dem Wagen!«

»Oh, entschuldige bitte!«, blaffte Jeremy zurück.

»Verpiss dich, Jeremy!«, schrie Nicky ihn an. »Ist mir doch scheißegal, wenn du dich auf ihre Seite stellst! Du kotzt mich sowieso an mit diesem ganzen Scheiß mit Debra! Als ob du ihre – ihre *Brüste* angefasst hättest!«

Jetzt war Jeremy ebenfalls wütend, und im Gegensatz zu Nicky war Jeremy nicht auf den Mund gefallen. »Das sagt der Richtige! Du stehst doch auf Abby Hawley. Wolltest du Memme sie nicht gestern noch fragen, ob sie mit dir auf ein *Date* –«

Nicky schlug ihm ins Gesicht. Jeremy machte einen taumelnden Schritt zurück. Einen Moment waren sie alle drei erstarrt. Jeremy hielt sich verblüfft das Kinn. Dann nahm Sofia ihn am Arm und zog ihn rückwärts zurück zur Straße. Jeremy starrte unablässig Nicky an, als wäre er sich nicht sicher, ob das eben wirklich passiert war.

»Fick dich«, sagte Sofia und zeigte ihm den Mittelfinger. »Fick dich, Nicky.«

Nicky rückte seine Kappe zurecht, fuhr sich über den Mund und sagte mit bebender zorniger Stimme: »Wenn ihr noch einmal herkommt, sage ich es Tommy.« Er drehte sich um, ging ins Haus, ohne seine Sportsachen mitzunehmen, und knallte die Tür hinter sich zu, dass Ellie aufgeschreckt zu bellen begann.

Jeremy machte sich von Sofia los, die einen Moment glaubte, er wolle Nicky zurückrufen, ging zurück in die Auffahrt und holte Nickys Baseballschläger, der neben der Tür am Haus lehnte.

»Hey!«, sagte Sofia, dann lauter und alarmierter: »Jeremy!« Doch Jeremy hatte bereits ausgeholt und mit aller Kraft in das Fahrerfenster des Mustangs geschlagen. Die Scheibe platzte mit einem lauten, spitzen Knall. Scherben verstreuten sich über die Sitze und die Inneneinrichtung, ein paar spritzten in die Auffahrt. Jeremy taumelte rückwärts und ließ den Baseballschläger sinken.

Sofia und er starrten auf die zerborstene Scheibe. Im Haus bellte Ellie lauter. Jeremy, der mild überrascht wirkte, ließ den Baseballschläger aus seinen Händen gleiten und zu Boden fallen, als wäre ihm gerade bewusst geworden, dass er ihn hielt. Sofia stand der Mund offen. Jeremy machte einen Schritt zurück, drehte sich um und rannte los. Sofia folgte ihm.

Als sie ihr Fahrrad erreichte, hörte sie das Schlagen einer Tür hinter sich. Sie sah sich halb um und sah Nicky in die Auffahrt stolpern.

»Ich bring euch um!«, brüllte er. Sofia konnte hören, dass er heulte. »Ich bring euch um!«

Sie hörte Tommy, und als sie fast am Ende der Straße war, rief ihr eine andere Stimme nach, die von Chloe, die ihr mit dem Luftgewehr die Bleikugel ins Bein geschossen hatte und der Abigail fast den Schädel gespalten hätte: »David macht gerade Oscar fertig, dachte, du solltest es wissen!«

11.

Am Morgen hatte Oscar im Radio gehört, dass es am Abend ein Gewitter geben würde. Wenn er hinüber zu den Hügeln sah, bildete er sich ein, dass dort der knallblaue Himmel ein wenig dunkler war. In der Luft lag eine ungeheure Spannung, als hätte die Hitze sich aufgerafft, um die beiden vorausgegangenen Wochen zu übertreffen, bevor endlich der Regen kam.

Der Asphalt in der stillen South Street spiegelte den Himmel. Die Erde auf den Beeten, die Oscar gegossen hatte, kurz nachdem sein Vater mit seiner Mutter zu einem Arzttermin nach Kane gefahren war, war grau und spröde. Die auf der Wäschespinne hängenden Bettbezüge waren längst getrocknet. In den Gärten war niemand an der Arbeit, jetzt, wo die Hitze auf ihren Höhepunkt zusteuerte. Lucas saß in dem kleinen Pool, den Oscar und Sofia am Mittwoch für ihn aufgestellt hatten. Um ihn herum schwappte ein halbes Dutzend kleiner Plastikschiffe. Oscar lag träge und müde auf dem Rücken auf dem toten Rasen, der in seine Kniekehlen und Waden stach, und hörte auf dem Walkman seines Vaters ein Mixtape, das Nicky ihm zum letzten Geburtstag geschenkt hatte. Oscars Mutter sah es nicht gern, wenn er den Walkman benutzte. Sein Vater hatte ihn wegwerfen wollen, weil er einen Wackelkontakt hatte. David hätte ihn vielleicht reparieren können, aber er ließ ihn Oscar haben. Oscar hatte das Gerät, um es vor Nässe zu schützen, in eine Plastiktüte gewickelt und in die Hosentasche gesteckt, wo es heiß gegen sein Bein drückte.

»Oscar!«, rief Lucas und spritzte ihn mit lauwarmem Wasser nass. »Ich bin ein Pirat!«

»Mach das nicht«, sagte Oscar, ohne aufzusehen. »Ich füll dir das Wasser nicht wieder auf. Wir haben Dürre.«

Lucas begann, die umgekippten Boote aufzurichten, patschte mit der Hand auf die Oberfläche und schrie vergnügt, als die Boote erneut umfielen. Oscar fühlte nach den Tasten des Walkmans und spulte zum nächsten Song. Entfernt war er sich bewusst, dass er Kopfschmerzen hatte. In der letzten Woche hatte er sich so sehr daran gewöhnt, dass er es kaum wahrnahm. Er hatte keinen längeren Anfall mehr gehabt, seit er bei Sofia zu Hause umgekippt war.

Über ihm zog sich ein einsamer Kondensstreifen von links nach rechts durch sein Blickfeld, links scharf und spitz, rechts bereits halb in Dunst aufgelöst.

Später, wenn seine Eltern zurück waren, würde er zu Sofia fahren, um nach Abigail zu fragen. Er hatte noch nichts von ihr gehört, was er für eine gute Nachricht hielt. Er würde Sofia das T-Shirt zurückbringen, das sie ihm geliehen hatte und das er in der Küche zur laufenden Wäsche in die Trommel gesteckt hatte. Er hatte es geschafft, unter die Dusche zu kommen und sich den Dreck vom Sturz abzuschrubben, bevor seine Eltern ihn zu Gesicht bekommen hatten. Sofias Stiefmutter hatte die gleichen Pflaster wie Oscars Mutter, weshalb sie ihn nicht fragte, wo er sie herhatte und wo er gewesen war. Zu Oscars großer Erleichterung gab auch sein Vater sich mit der Erklärung zufrieden, er sei gestürzt, und schlug ihn nicht. Er nannte ihn einen Idioten, Oscar nickte und ging bis zum Abendessen eine halbe Stunde später vorn in den Garten, um mit Lucas zu spielen. Seine Kopfschmerzen waren fort oder zumindest ertragbar. Er versuchte, nicht daran zu denken, was Sofias Mutter über Migräne gesagt hatte, während er Lucas zusah, der seinen Kran über den Rasen schob. Kurz vor dem Essen holte er das T-Shirt aus der Maschine, bevor seine Mutter die Wäsche aufhängte. Er wrang es überm Waschbecken aus und hängte es zum Trocknen in sein Zimmer.

David tauchte zum Abendessen nicht auf. Erst um halb zwei Nachts ging unten die Tür. Oscar, der David mühelos an seinen Schritten erkannte, ein Fuß schwerer als der andere, seit er sich das

Bein gebrochen hatte, saß auf dem Bett, umklammerte sein Taschenmesser und beobachtete die stille Tür. Ihm war kalt, obwohl es in seinem Zimmer brühwarm war. Er saß völlig still da. Die Klinke, unter die er einen Stuhl geklemmt hatte, blieb unbewegt. Am Morgen wachte er davon auf, wie David als Erster noch vor ihrem Vater das Haus verließ. Er stand auf, stellte den Stuhl zurück an seinen Schreibtisch und lag wach im Bett, bis seine Eltern beide aufgestanden waren.

Als Oscars Mutter ihn heute früh gebeten hatte, auf Lucas aufzupassen, während sie in der Stadt war, hatte ihr Arzttermin ihn zwar unangenehm überrascht, doch große Sorgen hatte er sich keine gemacht. David interessierten die Termine seiner Mutter nicht, er wusste nicht, dass Oscar überhaupt zu Hause war. Ihre Mutter wäre in zwei Stunden zurück. Oscar würde das T-Shirt holen, das Sofia ihm geliehen hatte, und bis zum Abendessen verschwinden. Er machte sich Sorgen, um Abigail und um Sofia und was immer mit ihrer Familie los war, von der er schon immer gewusst hatte, dass etwas mit ihnen nicht stimmte. Sofia trug es immer mit sich herum, egal wie vertraut sie Oscar geworden war, und auch, wenn es selten geworden war, kam es immer noch vor, dass sie etwas tat oder sagte, das sie ihm völlig fremd erscheinen ließ. Das gleiche Flimmern in seinem Blick, das seine Kopfschmerzen ankündigte, kündigte ihm Sofias Zorn an, sodass er verhindern konnte, dass sie richtig ausrastete, wenn er sie rechtzeitig am Arm griff oder scharf ihren Namen sagte.

Wenn es nachher gut lief, würde er nach Isaac fragen, auch wenn er sicher sein konnte, damit ihren Zorn auf sich zu ziehen. Wer immer Isaac war, er bedeutete etwas Schlechtes. Sofias Eltern hatten sich verhalten, als hätten sie einen Totgeglaubten gesehen. Oscar glaubte Sofia, dass sie selbst keine Ahnung hatte, wer Isaac war. Ihre Verwirrung war ihm ehrlich vorgekommen, aber ihr Schreck und ihr Misstrauen, das von außen betrachtet unangebracht war, wenn Isaac tatsächlich lediglich ein Freund der Familie war, ebenso. Irgendwo in dem Früher vor Highville war etwas geschehen, das die Fields zu Außenseitern machte und über Sofia, so vertraut und nah sie Oscar war und immer gewesen war, einen Schatten warf. Oscar war dazu erzogen worden, keine unangebrachten Fragen zu stellen, und in Sofias Gesellschaft prägte sich diese Eigenschaft nur noch aus. Sofias Vergangenheit war ein Thema, das sie nie berührten.

Als Sofia als Nachzüglerin in ihre Klasse gekommen war, zwei Wochen nachdem alle anderen eingeschult worden waren, klein und schmal und aufgeregt, hatte ihre Mutter sie gebracht. Sie war nicht mit in die Klasse gekommen. Als ihre Grundschullehrerin Sofia vorgestellt hatte, hatte sie gesagt, sie dürften sich nicht wundern oder sorgen, sollten sie Sofia mit einer Farbigen sehen, denn ihre Stiefmutter sei nämlich eine Farbige. Dabei hatte sie die Lee-Zwillinge und Helena Summers angesehen, die einzigen schwarzen Kinder in einer Klasse weißer Gesichter. In der großen Pause machte Jeremy eine laute Bemerkung über Sofias Mutter, und Sofia, das kleinste Mädchen aus der Klasse, ballte die Hand zur Faust und boxte ihn so heftig in den Magen, dass er verblüfft zu heulen begann.

Nach diesem Exempel an Jeremy tuschelten die Kinder nicht mehr über die Hautfarbe von Sofias Mutter. Stattdessen wollten sie wissen, woher Sofia kam, die ihren Akzent nach ein paar Tagen ablegte und mühelos den ihrigen aufgriff, wo sie wohnte, ob und was sie fernsah und was für einen Beruf ihr Vater hatte – *Er ist Security*, hatte sie gesagt, worunter sich keiner etwas vorstellen konnte, außer Jeremy, der sie fragte, ob ihr Vater also ein Cop sei. Beim Sporttag, zu dem nachmittags auch Eltern kamen, lernte Oscar Sofias Mutter Audrey kennen, die ihr Mann fast neun Jahre später vor ihm, Sofia und Isaac *Harriet* nennen würde. Sie war jung, ihr Lächeln warm. Oscar mochte sie sofort. Er sah, wie sehr Sofia sie liebte. Im Oktober, kurz vor Halloween, ging sie weg und ließ Sofia und ihren Vater allein.

Sofia wurde stiller. Ihre geradezu übertriebene, wilde Begeisterung über alles Neue, mit der sie in ihre Klasse gekommen war, ließ nach. Sie blieb bei den Freunden, die sie zu diesem Zeitpunkt hatte, Jeremy, Nicky und Oscar. Sie erzählte jetzt öfter von ihrem Vater, aber er kam sie nie von der Schule, sondern immer nur vom Bus abholen, sodass Oscar, der früher ausstieg, ihn noch nie gesehen hatte. »Er ist riesig und stark und hat Tattoos«, hatte Sofia erzählt. »Obwohl man die nicht sieht, wenn er einen Pullover anhat.«

Oscar hatte Sofias Vater das erste Mal zu der Weihnachtsaufführung der ersten Klasse getroffen, bei der er einen Hirten und Sofia einen der Engel gespielt hatte. Sofia hatte die ganze Zeit erzählt, dass er käme. Nach der Aufführung suchten sie alle ihre Familien. Oscar brannte der Magen wie Feuer, während er sich durch die Menge schob, Sofia dicht hinter sich. Seine Mutter war da. Sie lächelte und tupfte sich die Augen und umarmte Oscar. David stand neben ihr.

»Kann ich zu den anderen, Mom?«

»Lass ihn ruhig, Mom«, sagte David. Oscar ließ sich noch einmal von seiner Mutter umarmen und schob sich durch das Gedränge im Saal weiter. Er sah Jeremy, noch im Königskostüm, mit seinen strahlenden Eltern, die Lee-Zwillinge, die den tanzenden Stern gespielt hatten und deren Großeltern da waren. Sofia war jetzt ein Stück voraus und sah nicht zu Oscar zurück.

»Dad!«, rief sie.

Der Mann, der ganz hinten an der Saaltür stand, als wolle er jeden Moment gehen, sah Sofia zwischen den ganzen Schülern und Familien rennen und setzte zum Protest an, aber sie umarmte ihn bereits. Er war so groß, dass sie die Arme bloß um seinen Bauch schlingen konnte, gegen Sofia ein Hüne in einer schweren Holzfällerjacke und Army-Stiefeln. Er lachte, zog Sofia mit einer Hand an sich hoch, als wiege sie nichts, setzte sie auf seine Hüfte und hielt sie mit einem Arm. An seinem Handgelenk ragte das Ende einer Tätowierung unterm Ärmel hervor. Die Leute ließen um ihn herum Platz, eingeschüchtert von seiner Größe und seinen breiten Schultern und der Feindseligkeit, die er ausstrahlte. Sofia zog ihr Engelskleid zurecht und sagte aufgeregt etwas.

Oscar stand da und starrte die beiden an, den großen, blonden Mann mit dem harten Gesicht und dem warmen Lächeln, an dessen gesunde Schulter Sofia sich klammerte und vergnügt plapperte. Sofias weißes Kleid leuchtete. Sie standen miteinander dort, völlig vertieft.

Sie musste Angst vor ihm haben. Er war riesig, er war muskulös. Oscar sah, wie fluchtbereit er stand, wie gewaltbereit, wie die Leute vor ihm auswichen, bewusst und unbewusst von ihm abgeschreckt. Sofia saß dort auf seinem Arm und lachte, damit er nicht wütend wurde. Oscar war sich sicher. Wenigstens hatte er David und seine Mom. Sofia hatte niemanden außer ihren Vater.

Sie rief ihn und er sah auf. Sofia winkte ihm zu. Ihr Vater sah ihn an und es überkam Oscar eisig. Er wich einen Schritt zurück und stieß hart gegen eine Frau, die ihre Tochter an der Hand hielt. Er murmelte eine Entschuldigung, während Sofias Vater sie wieder zu Boden ließ, sein Blick noch immer wachsam auf Oscar gerichtet.

Oscar liebte seinen Vater, und an dieser Liebe zweifelte er nie. Alle Söhne liebten ihre Väter. Oscar bedeutete nichts so viel wie sein seltenes Lächeln und anerkennendes Nicken, wenn er den Rasen zu seiner Zufriedenheit gemäht oder ein gutes Testergebnis mit nach Hause gebracht hatte.

Thomas Coleman war Netzelektriker. Als er in ihrer Straße einen Telefonmast repariert hatte, hatte er seine Söhne zusehen lassen. Er hatte sich die Gurte für den Aufstieg angelegt und seinen Helm aufgesetzt, und Oscar, damals in der zweiten Klasse, hatte mit angehaltenem Atem zugesehen, wie sein Vater von dem Kastenwagen, den er für die Firma fuhr, auf die dünnen Metallhaken gestiegen war, die den Mast hinaufführten, und von dort vorbei an dem angebrachten Kasten und bis hoch zu den auf Isolatoren sitzenden Kabeln.

Wenige Wochen, nachdem Oscar und David beobachtet hatten, wie ihr Vater Isolatoren austauschte, hatte einer seiner Kollegen auf einem Masten an einer Landstraße einen schweren Stromschlag bekommen. Ihr Vater hatte ihnen beim Abendessen erzählt, wie der

Mann über eine Stunde bewusstlos und mit starken Verbrennungen am Mast gehangen hatte, bevor man ihn hatte herunterholen können. Ihre Mutter hatte entsetzt die Hände vor den Mund gelegt und *Thomas, doch nicht bei Tisch* gesagt, doch Oscar hatte nur noch mehr Bewunderung für seinen Vater und seine Arbeit als Schreck über das Schicksal des Kollegen empfunden.

Andere Kinder hätten vor ihren Freunden damit angegeben, dass ihr Vater einen gefährlichen Job hatte, doch Oscar war trotzdem nie eingefallen, damit zu prahlen, dass sein Vater, egal wie gut und gern er seine Arbeit tat, seine Gesundheit und sein Leben für seine Frau und Söhne aufs Spiel setzte.

Thomas Coleman verdiente das Geld, mit dem er sie alle durchbrachte, mit dem alles im Haus und auf dem Tisch gekauft worden war, und er machte die Regeln. Er löste Probleme, wenn sie auftraten, und sorgte vor, damit sie möglichst gar nicht entstanden. Er war gewissenhaft und sorgfältig. Oscar lernte von ihm, den Mund zu halten, wenn er wusste, dass er an einer Situation nichts ändern konnte, und das ersparte ihm den Ärger, den dann Sofia auf sich zog.

Sein Vater war witzig, wenn er wollte. Er war schon immer gut in Imitationen gewesen. Er konnte klingen wie ein Kind und im nächsten Satz wie ein alter Mann. Er konnte eine überzeugende Frau sprechen, ohne jene hohe, wimmernde Tonlage zu verwenden, die viele Jungen und Männer beim Nachahmen universal für jedes Mädchen und jede Frau benutzten. Er war so gut wie Rich Little. Über seine Imitationen von Donald Duck hatten sie sich oft fast totgelacht. Für Lucas machte er manchmal den Road Runner, und Lucas kreischte vor Vergnügen, wenn er ihn in die Nase kniff und machte: *Meep meep!* Er ging, obwohl er, anders als seine Frau, kein besonders gläubiger Mensch war, manchmal ihr zuliebe in die Kirche, solange sie zu Hause nicht zu viel von Gott sprach. Er brachte David einen harten Schlag beim Baseball bei. Nachdem er die Zeitung ausgelesen hatte, faltete er aus der Titelseite Hüte für Lucas. Wenn die alte Spülmaschine streikte und er sie nicht sofort reparieren konnte, weil ein Ersatzteil fehlte, machte er für seine Frau den gesamten Abwasch, trocknete alles und räumte es zurück in die Schränke. Während sie krank war, machte er die Wäsche, putzte das Haus und sogar die Fenster, die Außenseite von links nach rechts und die Innenseite von oben nach unten, und wenn er zum Wochenende von der Arbeit wiederkam, briet er Cheeseburger, die so gut waren wie die aus dem Diner und die Oscars Mutter nie nachmachen konnte.

In dem langen Moment, als Oscar, sieben Jahre alt, versuchte, den Blick mit Sofias Vater zu halten, fühlte er sich so verbunden mit Sofia wie mit noch niemandem zuvor.

Er schlief in dieser Nacht kaum. Seine Mutter meinte, es wäre die Aufregung nach dem Stück, doch das war es nicht. Oscar wälzte sich unruhig im Bett hin und her und wusste nicht, wofür er sich mehr schämte: dass er Angst vor seinem eigenen Vater hatte, den er liebte, oder dass er froh war, dass Sofia verstand, was Jeremy und Nicky nie begreifen würden.

Nach den Weihnachtsferien suchte Oscar wochenlang und aus Gewohnheit auch noch Jahre später nach Striemen in ihrem Gesicht und Nacken, nach Blutergüssen an ihren Handgelenken und Armen. Da war die Narbe auf ihrem Oberarm, doch sonst fand er nichts. Er überlegte, ob ihr Vater sie dorthin schlug, wo man es nicht sah, und betrachtete Sofia verstohlen im Hallenbad in Kane, wo sie einen Badeanzug trug, lange genug, dass Mr. Hoke ihm eins über den Hinterkopf gab. Er sah Sofias zerkratzte Knie und Schienbeine, doch das kam vom Sport und von ihren Prügeleien mit Jeremy und den Ausflügen ins Brachland und hoch in den Wald an den Fluss, wo sie mit improvisierten Angeln und Keschern fischten. Sofias einziges blaues Auge passierte, als sie beim Dodgeball einen zu hart geworfenen Ball abbekam.

»Schlägt er dich oft?«, fragte Oscar sie endlich. Sein Arm tat weh. Es war bereits warm genug für ein T-Shirt, aber er trug einen abgelegten Sweater von David. Er saß auf dem Schulhof Sofia gegenüber, die mit Nickys Etch-A-Sketch spielte. In ihrem Schoß lag der Armeerucksack, den sie schon damals mit zur Schule brachte.

»Wer?«, sagte Sofia, ohne aufzusehen. »Jeremy?«

Oscar starrte sie lange an, unsicher, ob sie ihn ärgerte, und sagte dann: »Dein Dad.«

Sofia sah auf und starrte ihn ihrerseits an. »Nein«, sagte sie verblüfft und fügte ungläubig und verletzt hinzu: »Er ist mein *Dad*!«

Da wusste er, dass er allein war, vielleicht vollkommen. Es war fast nicht zu ertragen. Einen schrecklichen, wunderbaren Abend lang hatte er gedacht, er wüsste, woher Sofias rascher Zorn käme, ihre wilde Energie, die oft plötzlich in Zurückhaltung und Schreck umschlug. Jetzt sah er auf das schiefe, faserige Bild auf dem Etch-A-Sketch, das vergessen in Sofias Händen lag. Das Bild stand für ihn auf dem Kopf, aber es sah aus wie ein Ufo.

»Wer hat das gesagt?«, knurrte Sofia. »Weil ich ihm eine reinhaue.«

Oscar zuckte die Achseln. Sofia starrte auf das Spielzeug in ihrer Hand, dann schüttelte sie es heftig und löschte das Bild aus.

Oscar traf ihren Vater in den folgenden Jahren nur selten. Als Sofia Oscar das erste Mal mit nach Hause nahm, kam er nur mit, weil sie versprach, dass ihre Eltern beide tagsüber arbeiteten. Er saß im Schulbus neben ihr, bis sie ihn anstieß, weil sie an der Ecke ihrer Straße angekommen waren, und folgte ihr stumm, während sie vergnügt vor sich hin redete. Ihr Haus war das letzte in der Straße, und dass es von außen wie ein ganz normales Haus aussah, machte ihn nur noch nervöser. Sofia ließ ihn herein und zog ihre Turnschuhe aus, also tat Oscar es auch. Auf dem Boden lag ein bunter Teppich, das Haus roch schwach nach Holz, Tabak und nach dem Kaffee, der in der kleinen Küche durch den Filter gelaufen war. Sofia führte ihn die Treppe hinauf, die knarrte, und zeigte ihm ihr Zimmer. Es war nicht so ordentlich wie Oscars und alles wirkte seltsam zusammengewürfelt wie auf Flohmärkten und Kirchenbasaren erstanden. Sie hatte Fotos von ihrem Vater und ihrer Stiefmutter aufgehängt. Auf dem Schreibtisch und auf der Fensterbank standen kleine Kakteen in Töpfen und Altglas wie, als sie ihn später mit nach unten nahm, im ganzen Haus. *Mom sammelt Kakteen und Dad schlechte Bücher*, sagte sie.

Das Haus war schön, ein wenig chaotisch und bunt eingerichtet, da Oscar die penible Sauberkeit von Jeremys Eltern und den schlichten und sorgsamen Geschmack seiner Mutter gewöhnt war, und sehr sandig und staubig, weil sie das Brachland vor der Tür hatten.

Im Nachhinein wusste Oscar nicht mehr, was er erwartet hatte, vielleicht irgendeinen Hinweis darauf, dass es in Sofias Leben doch etwas Schreckliches oder zumindest Disziplin und Strenge gab. Doch es gab keine Kreuze wie bei Jeremy und keinen über der Stuhllehne hängenden Lederriemen. Als Oscar wieder vor der Tür stand und sich von Sofia verabschiedete, kam ihm seine Nervosität vorhin lächerlich vor. Froh, dass Sofias Vater nicht zu Hause gewesen war, war er dennoch. Er wusste, egal wie oft Sofia es abtat, dass Mr. Field ihn nicht leiden konnte, und er war außerdem der irrationalen, heftigen Überzeugung, dass Mr. Field ihm alles ansehen konnte, was er von ihm dachte.

Oscar drückte sich die Kopfhörer fester auf die Ohren, über die leicht stockend *Another One Bites The Dust* lief. Sein Kopf pochte, seine Hände zitterten. Es war lächerlich, er wusste das, er hatte es schon gewusst, als er sich das erste Mal gewünscht hatte, er wäre Nickys Bruder und hätte seine Eltern, und vor Schreck und Angst über diesen Gedanken wochenlang schlecht geschlafen hatte, überzeugt, ein Blitz oder Gott oder sein Vater könne auf ihn niederfahren.

Lucas über ihm hörte nicht auf, zu plappern und Wasser aus dem Pool zu verschütten. Oscar seufzte und nahm die Kopfhörer ab. »Was ist los, Lucas?«

Lucas klatschte in die Hände, spritzte Wasser und schrie vergnügt: »David! David!«

Oscars Herz setzte aus. Er fuhr hoch und sah, während sich die

Welt in einem Schwindelanfall um ihn herum drehte, David über den Rasen auf sie zukommen. Er ging mit zügigen Schritten. Quer über seine Brust lag ein Riemen, der das Luftgewehr ihres Vaters auf seinem Rücken hielt.

Einmal hatte Oscar ein Kaninchen gesehen, das in einer Mulde im Brachland gesessen hatte. Es hatte ganz flach und erstarrt am Boden gekauert. Oscar, der mit Sofia dort gewesen war, wäre um ein Haar auf das Kaninchen getreten. Er hatte eine Weile dagestanden und es angestarrt. Er hatte die wild stoßenden Flanken des Tieres gesehen, die schwarzen glänzenden Augen. Er hätte sich bloß bücken müssen, um es zu packen.

Beim hektischen Versuch, sich aufzusetzen, rutschte Oscar im nassen Gras aus. Er rappelte sich auf, um sich vor Lucas zu stellen, der sich strahlend nach David streckte. David griff Oscar ins Haar, riss seinen Kopf herum und warf ihn nach vorn. Oscars Knie knackten beim Aufprall auf dem ausgetrockneten Boden. Das Kabel der Kopfhörer riss aus dem Walkman, und David drückte ihm den Kopf ganz unter Wasser.

Das Wasser war von der Sonne warm. Oscar knallte hart mit Mund und Kinn gegen den Boden des Pools. Luftbläschen strömten um sein Gesicht. Das Plastik gab unter seinem Gewicht ein Stück nach und presste dann hart in seinen Brustkorb.

Die Panik kam als wuchtiger, sein Denken ausschaltender Schlag. Seine Lungen zogen sich zusammen. Sein rudernder linker Arm stieß gegen Davids Schulter. Davids Knie drückten in sein Kreuz, mit der anderen Hand drehte er ihm den Arm hoch zwischen die Schulterblätter. Oscars Knie loderten, seine Beine rutschten weg, seine freie Hand, mit der er sich hochzustemmen versuchte, rutschte hilflos über den Boden des Pools. In seinem Kopf war etwas Riesiges, Wachsendes. Er wusste nicht, wo oben und unten war. Sein ganzer Körper war jetzt taub. Er sah nichts außer dicker, leuchtender Flecken. Sein Herz trommelte gegen seine Rippen. Wasser schwappte über seine Schultern, seinen Rücken, aus dem Pool. Ein metallisches, lauter werdendes Fiepen füllte seine Ohren und Wasser seinen Mund und seine Lungen, und Oscar wusste, dass er sterben würde.

David ließ ihn los und zerrte ihn am Unterhemd aus dem Pool. Oscar sackte über den Rand, fiel auf den Rücken ins klatschnasse Gras, rollte sich auf die Seite und prustete und keuchte Wasser hervor. Seine Lungen waren zugedrückt. Sein Kopf musste jeden Moment platzen.

David stand über ihm und sah auf ihn hinab.

Über Oscar drehte sich der blaue Himmel. Er rutschte ein Stück von David weg und stieß gegen den Pool, der halb ausgekippt war. Erst jetzt bemerkte er, dass er schluchzte. Sein Atem pfiff in der Brust und brannte wie Feuer. Er war von Kopf bis Fuß klitschnass.

»Sag deiner Freundin, dass ich das Gleiche mit ihr mache, wenn ihr uns noch einmal über den Weg lauft«, sagte David über ihm. »Bloß, dass ich die Schlampe ertränke.« Er griff den Riemen über seiner Brust und zog das Luftgewehr über die Schulter. Oscar zuckte heftig zusammen und rutschte rückwärts.

»Nein«, keuchte er. »Nein!« Er versuchte aufzustehen und Lucas zu greifen, der hinter ihm laut weinte. David hob zwei kleine rote Plastikschiffe auf, die mit auf den Rasen geschwemmt waren. Er warf die Schiffe Lucas an den Kopf, der noch lauter brüllte.

»Sag ihm, dass er zu heulen aufhören soll«, sagte er zu Oscar, hängte sich das Gewehr über die Schulter, drehte sich um, ging ins Haus und zog die Tür hinter sich zu.

Der Himmel über ihnen war leer. Der Kondensstreifen hatte sich fast ganz aufgelöst. Oscar rang hustend nach Luft, rappelte sich auf und drehte sich zu Lucas um. Wo David ihn an der Stirn getroffen hatte, hatte er eine kleine Schramme, die nicht blutete.

»Alles ist okay, Lucas«, krächzte Oscar. »Hör auf zu weinen.«

Lucas plärrte unaufhörlich weiter. In Oscars Kopf drehte sich alles. Er kauerte über dem Poolrand, während es in seinen Ohren rauschte und klingelte und es in seiner Brust hämmerte vor Schmerz, versuchte seinen Bruder zu beruhigen und wartete darauf, dass irgendjemand kam, dass irgendjemand in der Straße gehört hatte, was passiert war. Irgendjemand *musste* es gesehen haben.

Nichts geschah. Niemand kam. Niemand öffnete ein Fenster und rief herüber, ob alles mit ihm und seinem kleinen Bruder in Ordnung sei.

Der Walkman war aus Oscars Hosentasche gerutscht, zwar in der Plastiktüte noch trocken, aber der Bügel der Kopfhörer an einer Seite gebrochen. Er steckte ihn ein, stemmte sich mit heftig zitternden Armen hoch und sammelte die Boote auf. Lucas jammerte immer noch, also ging Oscar seinen Kran holen. Lucas hielt ihn eine Weile heulend in den kleinen dicken Händen, als wisse er nicht recht, was er damit sollte, dann setzte er sich zurück ins Wasser und überlegte, wie er mit dem Kran im Wasser spielen sollte. Als Oscar sicher war, dass er beschäftigt war, rollte er den Wasserschlauch von der Aufhängung hinterm Haus und füllte den Pool wieder auf, Dürre hin oder her.

»Oscar!«

Er zuckte zusammen und taumelte, als er sich umdrehte. Sofia war da. Das Haar flog ihr um die Schultern, als sie an der Straße vom Fahrrad sprang. Sie hatte ihr *Star Wars*-T-Shirt an. Sie ließ das Rad gegen den Zaun fallen, schwang sich herüber und rannte zu ihm.

»Was ist passiert?«

»David«, sagte Oscar. Seine Stimme kam als Krächzen heraus. Er räusperte sich. Es fühlte sich an, als reibe Schmirgelpapier in seinen Lungen. »Sei leise. Er ist im Haus.«

Sofias Gesicht verzerrte sich. Sie wandte sich ab. Oscar packte sie am Arm.

»Ich bringe ihn um!« Ihr Gesicht hatte wieder Farbe. In ihren Augen war ein wilder Zorn, wie er ihn selbst bei ihr noch nie gesehen hatte. »Lass mich los, Oscar!«

In ihrem Zorn war sie ungeheuer stark. Er hielt sie jetzt mit beiden Händen. Lucas hatte wieder zu heulen angefangen, laut und nervenzerfetzend. »Es reicht! Es ist vorbei!«

»Lass mich los!«, brüllte sie.

Oscar, mit vor Erschöpfung schwachen, klammen Händen, konnte sie nicht länger halten. Ihr Arm rutschte aus seinem Griff. Er verlor das Gleichgewicht und knallte mit dem Rücken in den Pool. Wasser ergoss sich über ihn. Lucas kreischte. Oscar verging Hören und Sehen vor Schmerz. Er lag in einer Pfütze auf dem aufgeweichten Rasen, krümmte sich und schnappte nach Luft. Die Welt um ihn herum trat immer wieder fort und kam zurück. Er kämpfte sich hoch. Der Schmerz ließ ihn fast umkippen. Sein Mund wurde warm und war plötzlich voller Blut.

Sofia war bleich, ihre Miene steinern vor Zorn. Auf ihrem T-Shirt blühten Wasserflecken über Leias Gesicht.

»Du bist ein feiges Arschloch«, sagte sie. Es war Gift aus ihrem Mund. »Du lässt alle auf dir rumtrampeln. David, deine Eltern, sogar deine beschissenen *Freunde*. Du hältst dich vielleicht für einen verdammten Märtyrer, aber wenn es drauf ankommt, ziehst du den Schwanz ein.«

Oscars Stimme kam als heiseres Krächzen. »Ich weiß nicht, wann du es endlich kapierst, aber wir sind nicht mehr acht Jahre alt. Das hier ist nicht wie in deinen Comics oder Filmen. Das hier ist keine Rachegeschichte, das ist nicht Hollywood, das ist kein beschissenes Spiel. Abigail hätte da unten sterben können. Ich dachte, selbst du hättest das begriffen.«

»Ich war dabei! Ich habe es gesehen!«

»Weißt du, warum das alles passiert ist?«, blaffte Oscar zurück, gepackt von plötzlichem wildem Zorn. Er zitterte, dass es ihn schüttelte. »Weil du dich immer überall einmischen musst. Weil es immer um dich gehen muss. Aber ich habe dich nie um Hilfe gefragt, okay? Ich habe nie um deine Hilfe gebeten!«

»Wir sind Freunde, Oscar! Ich weiß nicht, was deine Definition von Freundschaft ist, aber –«

»Keiner versteht, warum ich überhaupt mit dir befreundet bin!«

Sofia öffnete den Mund und schloss ihn wieder, ohne etwas gesagt zu haben. Das letzte bisschen Farbe war aus ihrem Gesicht gewichen. Sie starrten einander an. Dann drehte Sofia sich um und ging ihr Fahrrad holen.

»Hör auf, dich in mein Leben einzumischen!«, schrie Oscar.

»Dann lass dich doch umbringen!«, brüllte Sofia zurück. »Bring es endlich hinter dich!« Ihre Stimme trug über die ganze Straße. Sie kletterte über den Zaun, sprang auf ihr Fahrrad, riss es herum und stellte sich so hart in die Pedale, dass es das Rad hart von links nach rechts warf. Kurz darauf war sie fort.

Alles war staubig und still. Jeder Laut war erstickt. Der Himmel zeigte keine Wolke. Oscar stand da, in seinem nassen Hemd, in der stillen, vor Hitze stehenden Straße, mit pochendem Rücken und Kopf und rauem Hals. Hinter ihm heulte Lucas lauter und lauter, das einzige Geräusch in der Stille. Oscar wischte sich noch einmal über den Mund. Er zitterte, aber seine Nase blutete nicht mehr. Es war schon viele Jahre her, dass er das letzte Mal geweint hatte. Seine Augen waren so trocken, dass das Blinzeln schmerzte.

»Halt die Klappe, Lucas«, krächzte er.

Irgendwo klapperte eine Haustür. Oscar stand da und sah Lucas an, dem Rotz aus der Nase lief vom heftigen Weinen, ohne ihn richtig zu sehen.

12.

Um halb acht begann es zu regnen. Es grollte über der Stadt, eine letzte Warnung, dann öffnete sich der Himmel. Das Land seufzte auf und verschwand im Regen.

Als Sofia die letzten hundert Meter durchs überschwemmende Brachland im Laufschritt nahm, war sie bereits bis auf die Haut durchnässt. Die Arme fest um ihre Brust geschlungen, den Walkman gegen den Regen unter ihrem T-Shirt verborgen, stapfte sie die Anhöhe zur Straße hinauf und hinüber zum Haus, das hinter einem Schleier aus Regen lag, das Küchenfester in einem warmen Gelb erleuchtet. Im Garten standen bereits große Pfützen. Es donnerte und krachte über der Stadt, dass der Boden rumorte und zitterte.

Harriet war im Wohnzimmer dabei, die Wäsche zusammenzulegen, die sie vorm Regen gerettet hatte. Schill kam aus der Küche in den Flur, als Sofia die Tür hinter sich zuwarf, mit einem Ausdruck tiefer Unruhe auf dem Gesicht und am ganzen Körper angespannt. Er hasste Gewitter, solange Sofia sich zurückerinnern konnte, schloss alle Türen im Haus und drehte Radio oder Fernseher unnötig laut, bis es vorbei war, während Sofia und Harriet sich in Decken wickelten und sich draußen mit Sandwiches oder Salzkräckern und Orangensaft auf die Veranda setzten, von der aus man das atemberaubende Spektakel weiß verästelter Blitze im violetten aufreißenden Himmel überm leeren Brachland verfolgen konnte.

»Wo zum Teufel bist du gewesen?«, blaffte Schill sie an, aber Sofia war bereits mit polternden Schritten die Treppe hinauf. Sie warf ihre Zimmertür heftig ins Schloss und ihren Rucksack beiseite, legte ihren Walkman weg, ließ sich aufs Bett fallen und vergrub das Gesicht im Kopfkissen. In ihrem Kopf drehte sich alles.

Es klopfte an der Tür. Sofia rührte sich nicht. Schill sagte etwas, aber sie verstand ihn durch den lärmend aufs Dach niedergehenden Regen nicht und gab keine Antwort. Nach einer Weile ging er wieder nach unten. Diesmal hörte sie das Radio in der Küche angehen.

Sofia drehte sich auf den Rücken, streckte sich der Länge nach aus, bis ihre Glieder knackten, und holte tief und schlotternd Luft. Das Pflaster hatte sich von ihrem Bein gelöst, die Wunde war rot und offen und schmerzte. Blitze leuchteten das Zimmer schwarz-weiß bis in die Ecken aus. Sie starrte hoch an die Decke. Der malmende Zorn in ihrer Brust ließ nach, ganz langsam, wie Luft, die man Stück für Stück aus einem Ballon entweichen ließ. Dicke Regentropfen klatschten gegen die Fensterscheiben und sprangen zitternd ab, als irgendwo weit draußen im Brachland der Blitz einschlug.

Ein oder zwei Minuten lag Sofia so da, leer und müde, und dachte an nichts, während draußen das Unwetter tobte. Schließlich stand sie auf und griff sich das nächstbeste saubere T-Shirt, ein Souvenir aus Florida, wo sie nie gewesen war. Harriet hatte es mitgebracht, als sie sich dort vor zwei Jahren mit Julie getroffen hatte, und versprochen, Sofia eines Tages mit in die Everglades zu nehmen.

Sofia zog sich trockene Sachen an, öffnete die Fenster und lehnte sich aufs Fensterbrett. Kalter Wind wehte ihr ins Gesicht. Der Regen rauschte in den Kiefern und trommelte auf das Verandadach. Das Nachbargrundstück war nur noch eine verschwommene Silhouette. Zwei mehrfach verästelte Blitze, die hinter der Stadt den Himmel in violettem Blau erleuchteten, kündigten einen lang anhaltenden Donner an.

Es war Sofias zweiter Streit mit Oscar seit Kurzem und der heftigste, seit sie ihn kannte. Sie waren beste Freunde, die über Banalitäten stritten, darüber, dass Sofia bei Oscar abschrieb und trotzdem bessere Noten bekam. Sie hatten sich wegen Sofias Verantwortungslosigkeit und Oscars Bestehen auf die Einhaltung von Regeln oder seiner Ungeduld Sofia gegenüber gestritten, Kleinigkeiten, die immer wieder hervorbrachen. Was sie diesmal zueinander gesagt und nicht gesagt hatten, war nicht mehr ungeschehen zu machen.

Sofia hatte den Tag draußen im Brachland herumwandernd verbracht, allein mit sich, ihrem Zorn und ihrem Walkman, während es mit dem aufziehenden Gewitter stetig kälter und windiger geworden und dann, als sie bereits mit der Dunkelheit zu verschmelzen begann, der Regen hereingebrochen war.

Jetzt, wo die Wut sie nicht mehr antrieb, fühlte sie sich so ausgelaugt, als hätte sie tagelang nicht geschlafen. Von draußen trieb der Regen herein und besprenkelte ihr T-Shirt. Sie blieb stoisch und mit Gänsehaut auf den Armen, die diesmal von der Kälte kam, im Dunkeln sitzen, bis es an der Tür klopfte.

»Sofia«, kam Harriets Stimme von draußen. »Mach schon auf.«

»Es ist offen.«

Harriet kam leise ins Zimmer und schloss die Tür hinter sich. Sofia sah sie nicht an.

»Schill hat sich Sorgen gemacht, dass du vom Blitz getroffen wirst«, sagte Harriet. Sie klang so müde, wie Sofia sich fühlte. Als Sofia keine Antwort gab, fragte sie: »Was ist los, Sofia?«

»Nichts.«

»Ist es wegen Elizabeths Schwester?«

Sofias Magen verkrampfte sich schmerzhaft. Sie hatte Abigail, die so allein wie zum Beginn des Sommers im Krankenhaus lag, völlig vergessen.

»Es wird ihr schon wieder gut gehen«, sagte Harriet, als sie wieder nicht antwortete. »Geh sie besuchen, sobald sie nach Hause kommt. Was macht dein Bein?«

»Schon okay. Wo ist Isaac? Ist er immer noch hier?«

»Unten und kocht. Lenk nicht ab.«

»Ihr redet nicht mit mir.«

»Es gibt nichts zu reden. Ich will, dass du nett zu ihm bist, und das meine ich verdammt noch mal ernst. Und du und Schill, ihr reißt euch auch zusammen.« Sie machte eine Pause. »Du machst dir wegen irgendwas Sorgen. Geht es um Oscar?«

Sofia schlang die Arme fester um die Brust. Die Ärmel ihres T-Shirts wurden allmählich nass.

Harriet rieb sich müde die Stirn. »Okay«, sagte sie. Sofia hörte ihr an, dass sie eigentlich nachhaken wollte, aber das tat sie nicht. »Komm gleich zum Essen runter, ja?«

Als sie hinaus war, holte Sofia ihren Rucksack und zog Abigails Notizbuch heraus. Es war nass und an der Seite wellig. Sie schloss die Fenster und legte es zum Trocknen aufs Bett.

Schill hatte Isaac in der Küche abgelöst, als Sofia nach unten kam. Harriet schob sich an ihm vorbei und drehte die Lautstärke des Radios herunter.

»Hey! Mach das wieder an!«

»Das Gewitter ist fast vorbei, du Baby«, sagte sie und nahm Geschirr aus dem Schrank.

Um neun Uhr war das Gewitter über die Hügel fortgezogen. Die Blitze waren kaum mehr als ein helles Zittern am Himmel, das kurz die Gegend erleuchtete. Es regnete noch. Garten und Veranda schimmerten vor Nässe. Sie aßen heute am Tisch statt auf dem Sofa vor dem Fernseher oder wie in den letzten Wochen in der Hitze draußen auf der Veranda oder im Garten. Harriet war nicht mehr einkaufen gewesen, also gab es Mac and Cheese, weil sie die Zutaten immer im Haus hatten.

»Was macht deine Freundin?«, fragte Schill Sofia, die den bitteren Salat, den Harriet gemacht hatte, mit großen Schlucken Limonade hinunterspülte. »Abigail?«

»Wie viele Schlangenbisse waren es, sagtest du?«, fragte Isaac interessiert. »Ich wusste nicht, dass man so viele überleben kann.«

»Sie ist noch im Krankenhaus«, sagte Sofia, ohne ihn zu beachten. »Ich habe bei ihren Eltern angerufen, aber es war keiner da. Ich fahre morgen hin.« Sie sah kurz zu Schill auf, der neben ihr saß, in Erwartung, dass er ihr das erstens verbieten und zweitens wissen wollte, was zum Teufel sie stattdessen den ganzen Tag getrieben hatte, aber er sagte nichts dergleichen.

»Was macht Oscar?«, erkundigte sich Isaac. »Wie geht's seinem Kopf?«

»Was war mit seinem Kopf?«, fragte Schill widerwillig.

»Migräne. Ist gestern draußen umgekippt.«

»Er ist nicht ohnmächtig geworden«, sagte Sofia.

»Das habe ich nicht gesagt.«

»Er hatte Migräne? Er ist erst fünfzehn.«

Isaac schüttelte den Kopf. »Das hat nichts mit dem Alter zu tun. Migräne kommt bei Jugendlichen ziemlich häufig vor. Es kann vererbt sein oder er hat zu viel Stress. Er sah mir so aus.«

»Unsere Freundin ist von einer Schlange gebissen worden, natürlich hatte er Stress.«

Sie aßen eine Minute schweigend weiter. Dann wandte Sofia sich erneut Isaac zu. »Wie gefällt Ihnen die Stadt? Haben Sie sich schon umgesehen?«

»Ich dachte nicht, dass es hier schon so karg ist«, erwiderte Isaac, positiv überrascht von ihrer plötzlichen Bereitschaft zu Small Talk. »Auf der Karte sieht es aus, als wäre es nicht weit von hier recht grün. Wir hatten zu Hause noch gar keinen richtigen Sommer. Es heißt, dass er noch kommt, vielleicht Ende Juli, aber im Vergleich zu eurer Hitze wird das sicher ein Witz. Habt ihr hier kalte Winter?«

»Wenn Sie noch länger bleiben, können Sie's ja selbst rausfinden.«

»Sofia«, sagte Schill warnend, doch Isaac lächelte und sagte: »Ich verlass mich da auf dich.« Er sah Sofia dabei zu, wie sie sich Mac and Cheese nachnahm. Er hatte sein Essen kaum angerührt.

»Ich kaufe morgen ein«, sagte er. »In deinem Alter solltest du anständig essen.«

Sofia tat sich demonstrativ noch einen Schlag auf. »Das ist schon das Äußerste, normalerweise bekomme ich bloß Wasser und Brot«, sagte sie mit einem verschlagenen Lächeln.

»*Sofia*«, sagte Schill durch zusammengebissene Zähne, doch Isaac ließ sich nicht beirren.

»Ich kann dir ein bisschen was beibringen, wenn du willst. Irgendwann musst du schließlich kochen können.«

»Für meinen Mann, richtig? Vielleicht such ich mir ja einen, der mich bekochen kann.«

Isaac schien amüsiert. »Das kannst du natürlich versuchen. Ich bin der Meinung, dass jeder kochen können sollte.« Es war eindeutig ein Seitenhieb, obwohl Sofia nicht sicher war, ob er Harriet oder Schill oder beide meinte.

»Ihre Frau muss ja glücklich sein, dass Sie so fortschrittlich sind«, sagte Sofia hämisch.

Isaac runzelte die Stirn. Sofia dachte einen Moment, er würde tatsächlich wütend. Dann zuckte er die Achseln und sagte leichthin: »Das war auf jeden Fall nicht der Scheidungsgrund.«

Daraufhin wusste Sofia nichts zu sagen. Harriet, die neben Isaac saß, wirkte zu ihrer Verwirrung regelrecht bestürzt. Einen Augenblick herrschte unangenehme Stille.

»Du warst verheiratet?«, sagte Schill dann mit einer gespielten Lässigkeit, die niemanden täuschte. Er schien vergessen zu haben, auf Sofias Höflichkeit Isaac gegenüber zu achten. Sein Lächeln war freudlos und bösartig. Sofia war verblüfft von seiner plötzlichen offenen Feindseligkeit. »Wie lange hat sie durchgehalten?«

Isaac schwieg einen Moment, dann sagte er schlicht: »Vier Jahre. Sie wollte Kinder, ich nicht.« Er zuckte die Achseln und lächelte dann, wie um Schill zu zeigen, dass er nicht verletzt war. »Ich bin froh für sie. Sie hat jetzt zwei oder sogar drei Kinder, alles Mädchen, soweit ich weiß. Mir jedenfalls reicht es mehr als aus, zweimal im Jahr die Söhne meiner Schwester zu sehen. Verzogene kleine Monster.« Er hob erneut die Schultern, als wolle er mit seiner in die Brüche gegangenen Ehe nicht zu hart über seine Schwester urteilen, die es zu Kindern gebracht hatte. »Hätte nicht gedacht, dass eure Ehe länger hält als meine.«

Sofia ließ ihre Gabel fallen.

»Ich mache nur Scherze, Sofia«, sagte Isaac beschwichtigend. »Walter weiß das.«

Sofia, die bereits wutentbrannt den Mund geöffnet hatte, brach ab und wiederholte irritiert: »Walter?«

Schill fuhr sich mit einer Hand übers Gesicht und sagte dann, jetzt ohne jeden Hohn und mit mörderischer Ruhe: »Hör auf, mich so zu nennen.«

»Dein richtiger Name ist *Walter*?«

Isaac lachte knapp und ungläubig auf. »Dachtest du, sein richtiger Name ist Schill?«

»Nein!«, sagte Sofia, die noch nie darüber nachgedacht hatte, aufgebracht über sich selbst und davon, dass er sie bloßstellte. »Warum haben Sie ihn gestern Jacob genannt?«

»Bei seinem Decknamen?«, fragte Isaac, als wolle er das noch einmal klarstellen, auch wenn er immer noch höflich klang. »Dein Freund war da, Sofia.«

Sofia sah Schill an, der von Kopf bis Fuß angespannt war wie zum Sprung und kaum gebändigten Zorn abstrahlte, dann Harriet, die ihre Gabel so fest umklammerte, als wäre sie eine Waffe.

»Okay«, sagte Sofia, lauter, als sie gewollt hatte. Die Stimmung war gekippt, schon seit einer Minute. Die Spannung zwischen ihnen war jetzt fast greifbar. Ihr Herz schlug zu schnell und zu laut. »Mir reicht's jetzt. Schluss mit den Höflichkeiten. Ich will wissen, was hier los ist.« Diesmal wies niemand sie zurecht. »Wenn Sie unsere Situation kennen, dann wissen Sie auch, wie es aussieht, wenn Sie hier ungebeten auftauchen. Ich weiß nicht, was Sie meinen Eltern gesagt haben, das Sie mir nicht sagen wollen. Ich will wissen, was Sie hier wollen und wie lange Sie hierbleiben werden. Was genau sind Sie überhaupt von Beruf?«

Isaac schien von ihren Fragen nicht in Verlegenheit gebracht. Er blieb ganz ruhig. »Ich verstehe, dass du dich außen vor gelassen fühlst, aber gerade geht es nicht um dich, Sofia. Es ist rührend, dass du dir Sorgen machst, aber dein Misstrauen verletzt mich. Ich bin ein Freund deiner Eltern.« Er sah Schill und Harriet an. »Würdet ihr eurer Tochter das noch mal erklären? Sie glaubt mir ja offensichtlich nicht.«

Einen kurzen Moment, vielleicht drei Sekunden, dachte Sofia, Schill würde explodieren. Dann stand er abrupt auf. Er war blass und hatte die linke Hand zur Faust geballt. »Geh rauf auf dein Zimmer«, sagte er heiser zu Sofia. »Hast du ein Feuerzeug, Harriet?«

Die nahezu elektrische Spannung im Raum löste sich. Die Verbindung zwischen ihnen riss nicht ganz ab, doch plötzlich schien die Möglichkeit einer Eskalation wieder in unwahrscheinliche Ferne gerückt. Irgendwie, unglaublich, hatte Isaac ihr stummes Ringen gewonnen. Er hob mahnend die Hand, damit Sofia schwieg, und reichte Schill sein Feuerzeug. Schill nahm es ihm grob aus der Hand, zündete sich eine Zigarette an und ging hinaus auf die Veranda, bevor Sofia, für einen Moment sprachlos, sich fing.

»Du musst verstehen, dass es für Walter keine leichte Situation ist«, sagte Isaac, die Stimme leicht gesenkt, sodass Schill ihn nicht hörte, zu ihr. »Wir müssen ein paar Dinge richtigstellen. Dafür bin ich hier. Ich wünschte, du würdest mir dabei nicht so feindselig begegnen.«

Harriet sah weg, irgendwo aus dem Fenster, um ihn nicht ansehen zu müssen.

»Ich glaube, ich geh rauf auf mein Zimmer, da bin ich dann noch den ganzen Abend, falls irgendwer Lust hat, normal mit mir zu reden«, sagte Sofia laut und stand ebenfalls auf. Sie hätte es auf den Tod nicht zugegeben, doch das Gefühl, dass beinahe etwas passiert wäre, hatte sie tief erschreckt. Weder Harriet noch Isaac hielten sie zurück, doch als sie schon in der Tür war, sagte Isaac: »Ich bin Gast in diesem Haus.«

Sofia drehte sich zu ihm um.

»Ich werde vielleicht noch eine Weile hier sein, und ich möchte, dass wir zivil miteinander umgehen.« Er sprach leise und sanft. »Hast du verstanden?«

Sofia starrte ihn an. Isaac nahm Harriet wie selbstverständlich ihr fast leeres Glas aus der Hand, stellte es neben seins und füllte beide mit Limonade auf. Er drehte sich nicht zu Sofia um. Die Eiswürfel klirrten in den Gläsern. Sofias Nackenhaare stellten sich auf.

Das ist es also, dachte sie benommen. *Es ist also passiert.* Und dann, und sie hätte es fast laut in den stillen Raum ausgesprochen: *Warum sind wir überhaupt noch hier?*

»Geh zu Bett«, sagte Harriet heiser. Isaac reichte ihr das Glas zurück. Sie nahm es zurück und warf Sofia einen knappen Blick zu, ehe sie zu Isaac gewandt ein dünnes Lächeln aufsetzte und sich bedankte. Diesmal ging Sofia hinauf, doch auf der Treppe blieb sie noch zweimal stehen und wartete, dass jemand etwas sagte. Harriet und Isaac schwiegen.

13.

Als Sofia am Montagmorgen früh im stillen Haus aufwachte, war der Himmel über den Kiefern vor ihrem Fenster eine glatte weißgraue Fläche. Es nieselte schwach gegen die Fensterscheiben.

Sofia zog sich an und ging leise hinaus. Falls Isaac bereits wach war, sah sie ihn im Haus nicht. Sie zog Schuhe und Schills alte Jacke an und holte ihr Fahrrad. Die Kiefern im Garten waren satt dunkelgrün. Sofias Haar begann sich im Nieselregen zu kräuseln.

Die Luft war so klar und atembar wie seit Tagen nicht, der Asphalt dunkel vor Nässe. Sofia fuhr in die Hill Street, wo Abigail wohnte, obwohl es noch sehr früh war.

Vor Nummer elf stand an diesem Morgen kein Auto. Der Garten sah nach hinten verwildert aus, aber das Gras im Vorgarten, das in der letzten Woche zu hoch gestanden hatte, war gemäht worden. Die Fenster waren frisch getüncht, der Anstrich des Hauses leuchtete vom Regen reingewaschen. Sofia stieg ab und stellte ihr Fahrrad an einen Baum an der Straße, in der zu großen Jacke trotz des Regens etwas schwitzend, als die Tür aufging und Lizzie herauskam, barfuß, in Shorts und T-Shirt der Los Angeles Dodgers, einen Blechnapf in der Hand. Sie schien in Gedanken versunken. Sie stellte den Napf auf den Rasen vor die kargen Beete, bemerkte Sofia und richtete sich jäh auf.

»Was machst du hier?«, fragte sie scharf.

Genau wie Sofia bei Oscar in diesem Sommer immer öfter Ähnlichkeiten zu seinem großen Bruder sah, fiel ihr auch jetzt auf, dass Abigail ihrer Schwester nicht völlig unähnlich war. Sie waren beide groß, drahtig und zäh, nur dass Lizzie die ungeheure Furchtlosigkeit, die Sofia in Abigail gesehen hatte, als sie sich mit dem Stein in der Hand vor Chloe gestellt hatte, immer zu haben schien. Sie hatte ein hartes, waches Gesicht und kräftige Hände und scheute nicht wie Abigail vor anderen zurück. Das Haar hatte sie in Zöpfen zurückgebunden.

»Ich wollte fragen, wie es Abigail geht.«

Lizzie musterte sie verächtlich. »Dafür kommst du spät. Wo ist dein Freund? Davids Bruder?«

»Ich bin allein hier.«

»Das kann ich sehen«, sagte Lizzie. Sie musterte Sofia von Kopf bis Fuß. »Sofia, ja?«

»Ja.«

Lizzie betrachtete sie, wie sie dastand in der riesigen Jacke und mit zerkratzten, nackten Beinen. »Abby ist gestern sehr spät nach Hause gekommen, aber ich glaube nicht, dass sie dich sehen will.«

»Wie geht es ihr?«

»Es geht ihr scheiße. Sie hat genug Ärger. Und jetzt geh wieder nach Hause.« Sie wandte sich ab und hatte schon die Tür geöffnet, als Sofia laut sagte: »Warte!«

»Was denn?«

»Frag sie, ob ich reinkommen darf. Wenn sie mich nicht sehen will, gehe ich wieder.«

Lizzie betrachtete sie ungnädig. Dann kniff sie die Lippen zusammen und sagte: »Gut, komm rein. Aber zieh die Schuhe aus. Das sind die Hausregeln im Sommer.«

Sofia folgte ihr ins Haus und tat wie geheißen. Lizzie hatte für ihre vom Barfußlaufen gestern schmutzigen Füße nur einen missbilligenden Blick übrig. Der Flur der Hawleys war dunkel, links lag die Küche. Es roch nach Katze und sauer nach Brotteig. Direkt neben der Tür führte eine schmale Treppe ins obere Stockwerk.

Lizzie schob sich an Sofia vorbei in die Küche. »Ich hab das Futter rausgestellt, Momma«, sagte sie.

»Mit wem hast du da draußen so früh geredet?«

»Da ist eine Freundin von Abby, Momma. Sie will nur kurz

vorbeisehen.« Lizzie steckte den Kopf aus der Küche. »Komm her.«

In der blitzblanken, aufgeräumten kleinen Küche war Mrs. Hawley dabei, auf dem Tisch einen Teig zu kneten. Die Ärmel ihrer schwarzen Bluse, auf der kein einziger Mehlfleck war, hatte sie über die Ellbogen hochgekrempelt. Sofia hatte Abigails Mutter nur im Vorbeigehen auf den Schulfeiern gesehen. Sie war groß und dünn, aber nicht auf eine kranke, ausgezehrte Art wie Oscars Mutter. Lizzie hatte die Muskeln und den kühlen Blick von ihrer Mutter geerbt. Es war schwer, sich Abigail neben ihnen vorzustellen.

»Momma, das ist Sofia«, sagte Lizzie und deutete auf sie. Mrs. Hawley nahm eine Tüte von der Anrichte und schüttete mehr Mehl für den Teig auf die Arbeitsfläche. »Du bist das Mädchen von den Fields«, stellte sie fest. Ihr Blick war ruhig, aber bohrend. Sofia, die sich aus der Ablehnung von Erwachsenen wie Jeremys und Oscars Eltern nichts machte, war unwillkürlich und ungewohnt eingeschüchtert. »Dein Vater hat meine Tochter ins Krankenhaus gebracht.«

»Ja, Ma'am.«

»Abigail kann von Glück reden, dass sie nicht länger dort bleiben musste. Sie wird die nächsten Wochen im Bett verbringen. Sie sagt, es wäre nicht eure Schuld, doch ich glaube nicht, dass sie die Wahrheit sagt.«

Sofia öffnete den Mund, ohne zu wissen, ob sie sich entschuldigen oder rechtfertigen wollte, aber Mrs. Hawley sprach bereits zu Lizzie, die bei ihnen stand und mit verschränkten Armen zuhörte. »Elizabeth, sieh nach, ob Abigail bereits wach ist. Sie soll selbst sagen, ob sie mit Sofia reden will. Die Schuhe hast du draußen gelassen?«

»Hab ich, Ma'am.«

»Du bleibst nicht lang. Abigail braucht Ruhe.« Sie wandte sich wieder dem Teig zu, und Sofia wusste, dass sie entlassen war.

Lizzie führte Sofia nach oben. Abigails Zimmer war das erste links, wenn man die Treppe hinaufkam. An der Tür war in glänzenden bunten Comic-Buchstaben *Abby* aufgeklebt.

Lizzie klopfte. »Bist du wach, Abby?«

»Komm rein«, hörten sie Abigails schwache Stimme. Lizzie öffnete die Tür ein Stück, während Sofia nervös im Hintergrund wartete. »Abby, Sofia ist da. Wenn du sie nicht sehen willst, schmeiß ich sie raus.«

»Schmeiß sie nicht raus! Sie kann reinkommen.«

Lizzie warf Sofia einen letzten, sehr bösen Blick zu, bevor sie sie ins Zimmer ließ und die Tür hinter ihr schloss.

Das Zimmer war klein und wie Sofias über und über mit Postern zugeklebt, die aber statt Filmen Hockeymannschaften und Kampfflugzeuge zeigten. Ein geometrisch gemusterter orangener Teppich, weich unter Sofias nackten Füßen, bedeckte den Boden. Abigail lag im Bett, im Pyjama, das verletzte Bein über der Bettdecke. Sie sah schmal und unauffällig aus, wie Sofia sie in Erinnerung hatte, bevor sie Cathy auf dem Sportfeld fast die Nase gebrochen hatte. Ein Ventilator stand still auf dem Fensterbrett. Abigails linkes Bein war bis hinauf zum Knie so dick geschwollen, dass man den Knöchel nicht mehr sah. Im Zimmer roch es schwach nach Duftkerzen.

Abigail strahlte Sofia an, halb erfreut, halb verlegen. »Ich wusste nicht, dass du kommst«, sagte sie. »Ich hoffe, Mom und Lizzy waren in Ordnung zu dir«, fügte sie besorgt hinzu.

»Ja, sie waren schon okay. Wie geht's dir?« Im gleichen Moment hätte sie sich dafür ohrfeigen können, aber Abigail lächelte und sagte: »Ich bin froh, dass ich aus dem Krankenhaus raus bin.«

Sofia setzte sich vorsichtig auf den Stuhl am Schreibtisch und betrachtete Abigails vom Gift aufgedunsenes Bein. Ihr war leicht übel, was sie überraschte. In Filmen hatte sie Schlimmeres gesehen.

»Was macht dein Bein?«

»Wenn ich die Tabletten nehme, geht es.« Sie deutete auf ein Fläschchen, das auf dem Nachttisch stand. Daneben lag ein aufgeschlagenes Buch, in dem sie bis eben gelesen haben musste. »Der Arzt hat gesagt, dass ich ein paar Narben behalte, aber nichts

Schlimmes. Mein Vater bringt mir heute nach der Arbeit Krücken mit, dann kann ich in ein paar Tagen laufen.«

»Es tut mir alles furchtbar leid, Abigail.«

»Ich habe Glück gehabt. Ich bin wohl in ein ganzes Nest getreten.«

»Erinnerst du dich nicht?«, fragte Sofia erstaunt.

Abigail hob verlegen die Schultern. »Nur, wie wir in den Wald sind. Ich hatte einen ziemlichen Schock. Dein Dad wusste auch nicht genau, was passiert war. Später am Abend hat Lizzy mir erzählt, dass Chloe verletzt worden ist. Sie hat es von ihrer Freundin gehört.« Sie sprach leise, zu ihrem Schoß, als befürchte sie, Lizzie oder ihre Mutter lauschten an der Tür. »Ich dachte, ich hätte mir nur eingebildet, dass – dass das wirklich passiert ist. Dass ich das war.«

»Es geht ihr gut«, sagte Sofia rasch. »Ich habe sie gesehen. Sie war auf den Beinen. Mach dir wegen ihr keine Sorgen.«

Abigail schüttelte den Kopf. »Ich glaube, Lizzie ahnt etwas, aber Mom darf nicht wissen, was passiert ist. Ich wollte Chloe niemals umbringen. Ich wollte nicht so fest werfen.« Ihre Stimme wurde fester, herausfordernd, als sie hinzufügte: »Sie hat auf dich geschossen, oder?«

Sofia streckte das Bein unter dem Tisch hervor, zog ihre Shorts hoch und zeigte Abigail das Pflaster über der Wunde. »Sie hat nicht richtig getroffen«, sagte sie. »Ist nur ein Kratzer.«

Auf Abigails Gesicht lag einen Moment grimmige Genugtuung. »Gut«, sagte sie, so leise, dass Sofia sich nicht sicher war, ob sie es sich eingebildet hatte, und ließ sich ins Kissen zurücksinken.

Sofia sah sich um, um die Stille zu überbrücken. Der Raum sah nicht so aus, wie sie sich Abigails Zimmer vorgestellt hätte. Die Wände waren kühl in Marineblau gestrichen. In einem Regal stand ein Dutzend Pokale, alle für Sporterfolge. Es war, als wäre Abigail später in ein vorher bewohntes Zimmer eingezogen und hätte vorsichtig ihre eigenen Gegenstände ergänzt. Neben dem Ventilator stand eine am Stiel gekürzte Sonnenblume in einer alten Milchflasche. Auf einer mit einer Lichterkette behängten Kommode mit Spiegel standen zwei Becher mit sichtlich viel benutzten Pinseln unterschiedlicher Größen und einige lange bunte Wachskerzen. Abigails Schultasche stand unter dem aufgeräumten Schreibtisch, auf dem Bücher und Zeitungen lagen. Zwischen den Postern hingen Zeichnungen. In einer Ecke lehnten Leinwände unterschiedlicher Größen, am Fenster trockneten zwei kleine Bilder. Das eine zeigte in grellen, satten Farben blühende Pflanzen, die Sofia aus dem Brachland kannte, das andere, bei dem die Farben noch frisch glänzten, eine in einem Sonnenfleck schlafende fette graue Katze.

»Ist das dein Zimmer?«, fragte Sofia Abigail.

»Es war vorher Roys. Ich habe sein altes Zimmer bekommen, als er ausgezogen ist, und Lizzie das von Virginia, seit sie aus dem Haus ist. Ich musste mir immer ein Zimmer mit Lizzie teilen. Das Haus ist ziemlich klein«, fügte sie hinzu.

»Es ist schön.« Mit ihren nackten, leicht schmutzigen Füße, die den weichen alten Teppich eindrückten, kam sie sich fehl am Platz vor, fühlte sich jedoch gleichzeitig sehr wohl. »Hast du das alles gezeichnet?«

»Das meiste ist von Roy, aber die Bilder am Fenster sind von mir. Er hat mir bei seinem Auszug seine alten Leinwände dagelassen.«

»Was macht deine Schwester jetzt?«

»Virginia arbeitet bei einer Filmfirma, aber nur als Aushilfe, und Lizzie hat ein Stipendium für Biologie und zieht in ein paar Wochen aus.« Sie machte eine Pause. »Wie geht es Oscar?«, fragte sie vorsichtig, als erwarte sie die schlimmste Antwort.

Sofia dachte an Oscar, der kaum stehen konnte, halb ertränkt, mit wildem Blick vor Schmerz und Zorn, und daran, wie er am Vortag leichenblass auf ihrem Sofa schlief, ein Küchenhandtuch über den Augen. »Du hast uns da unten den Hals gerettet. Sie hätten ihn halb totgeschlagen.«

»Und die anderen?«

»Nicky liebt Tommy über alles, und jetzt heißt es für ihn entweder Tommy oder wir.« Sie würde Abigail nicht erzählen, dass laut Jeremy und Nickys Reaktion nach zu schließen, seinem besten Freund seit dem Kindergarten ins Gesicht zu schlagen, Nicky auf Abigail stand. Sie sagte auch nichts davon, dass Jeremy deswegen die Scheiben von Tommys Auto eingeschlagen hatte, oder davon, dass es so aussah, als hätten sie sich alle zerstritten. »Sag mal, warst du nicht eigentlich mal mit Nicky befreundet?«

»In der ersten Klasse«, sagte Abigail. »Seine Eltern waren mit meinen befreundet. Bevor seine Mom gestorben ist. Momma hat gesagt, Mr. Glover wollte in seiner Trauer allein sein.« Sie zuckte unbehaglich die Achseln. »Dann haben wir einander wohl aus den Augen verloren.« Er hatte sie wie Luft behandelt und war auf Jeremys Party geradezu grob mit ihr umgesprungen, aber vielleicht dachte sie, Sofia wolle sich das nicht anhören, denn sie erwähnte es nicht.

Schritte kamen die Treppe herauf. Lizzie klopfte an, bevor sie die Tür öffnete. »Momma geht jetzt arbeiten. Verabschiede dich von Sofia, okay, Abby?«

»Wir haben kaum zehn Minuten geredet!«

»Du brauchst Ruhe.«

»Ich habe doch Ruhe. Ich muss die ganze Woche im Bett liegen.«

Lizzie seufzte, dann ging sie hinaus und rief die Treppe hinab: »Momma? Abby will wissen, ob Sofia noch bleiben kann.«

»Sie hat genug Besuch gehabt«, antwortete Mrs. Hawley aus der Diele. Abigail richtete sich ein Stück im Bett auf, die Zähne zusammengebissen vor Anstrengung, und rief nach unten: »Bitte, Momma! Sofia ist die Erste, die mich besucht, und ich gehe heute bestimmt nirgendwo mehr hin!«

Kurz trat Schweigen ein, dann hörten sie Mrs. Hawley etwas sagen. Lizzie kam erneut herauf und seufzte schwer. »Ausnahmsweise, sagt sie. Sofia, du sollst zu ihr runtergehen.«

Sofia erhob sich verdutzt, warf Abigail einen beunruhigten Blick zu und ging an Lizzie vorbei hinaus, mit dem Gefühl, jetzt den Ärger zu bekommen, dem sie vorhin entgangen war.

Mrs. Hawley stand in der Tür, die Hände sauber, die Ärmel heruntergekrempelt. Sofia stieg die Treppe nach unten und kam sich merkwürdig gehorsam dabei vor.

»Ich weiß nicht, wie dieser Unfall passiert ist«, sagte Mrs. Hawley unumwunden, als Sofia vor ihr stand. »Es spielt letztlich keine Rolle, ob es wegen dir und deiner Freunde oder wegen einer Dummheit meiner Tochter war, die ich für klüger gehalten habe. Abigail wird so oder so auf absehbare Zeit im Haus bleiben. Keine Ausflüge mehr. Keine Späße mehr mit dem Sohn der Saunders. Ich bin erfreut zu sehen, dass meine Tochter neuerdings offenbar Freunde hat, die sie besuchen kommen, aber ihr seid keine Kinder mehr. Ihr habt Verantwortung und müsst Konsequenzen für euer Verhalten tragen.« Sie machte eine Pause und betrachtete Sofia mit ihrem Röntgenblick. »Ich halte nicht viel von deinem Vater. Er ist ein mürrischer, unhöflicher Mensch, der seine Familie hoffentlich besser behandelt als seine übrigen Mitmenschen, aber er hat wohl Abigails Leben gerettet. Ich will, dass du ihm meinen Dank ausrichtest. Ich war am Freitag aus Sorge um Abigail sehr kurz angebunden, fürchte ich.«

Sofia, die die hilflosen Wutanfälle von Schill und Harriets verzweifeltes Stöhnen gewohnt war, wann immer sie vor ein größeres Erziehungsproblem gestellt wurden, konnte nicht umhin, beeindruckt zu sein, dass Mrs. Hawley kein einziges Mal die Stimme erhoben hatte. Sie nickte stumpf. »Ja, Ma'am, ich richt's ihm aus.«

Mrs. Hawley hatte bereits die Schlüssel in der Hand und wandte sich zum Gehen. »Lizzie?«, rief sie hinauf. »Bitte hol die Post und denk daran, in zwei Stunden nach dem Brot zu sehen. Abigail, du verlässt das Bett nicht, bis ich zurück bin.«

»Ja, Momma«, rief Abigail. Sofia drückte sich ans Treppengeländer, um Lizzie vorbeizulassen, und schlüpfte wieder in Abigails Zimmer.

»Wie stellt sie sich vor, dass du dein Bett verlässt?«, fragte sie Abigail.

Abigail lachte furchtsam, als habe sie Angst, ihre Mutter könne Sofia gehört haben. »Könntest du vielleicht das Fenster aufmachen?«

Sofia stand auf und öffnete es. Draußen war die Straße in feinen, blassen Regendunst gehüllt. Man konnte ihn in den Kronen der Bäume sehen, die die Straße säumten. Sofia betrachtete die Bücher, die auf der Fensterbank und dem Tisch gestapelt waren. Die meisten waren aus der Bibliothek und hatten ein Abzeichen auf dem Buchrücken. Sie hob ein dickes Buch auf und schlug es hinten auf. Es hatte fast siebenhundert Seiten. »Hast du das alles gelesen?«

»*Moby Dick*«, sagte Abigail, als Sofia es hochhielt. »Das ist eins von Roys Lieblingsbüchern. Er hat es mir vorgelesen.« Sie verstellte ihre Stimme ein wenig. »*Nennt mich Ismael.*«

»Was?«

»Nichts, ich –« Sie wurde rot. »Das ist der erste Satz.«

»Ich weiß nur, dass er diesen riesigen weißen Wal jagt«, sagte Sofia. »So viele Seiten rühr ich aus Prinzip nicht an.« Sie hielt *Der große Gatsby* hoch. »Mein Dad hat mich gezwungen, das zu lesen, als ich sieben war.«

»Dein Dad hat dich gezwungen?«

»Meine Rechtschreibung war ziemlich schlecht, er dachte, das tut mir gut. Ich musste die ganzen Sommerferien lang jede Woche ein Buch lesen, das er ausgewählt hat, und ihm jeden Abend zusammenfassen, was ich am Tag geschafft hatte. Manchmal hat er mir Fragen dazu gestellt, damit ich nicht schummeln konnte.« Sie musste grinsen. »Ich glaube, er dachte, dass ich Oscar um Hilfe gefragt habe.«

»Und? Hast du?«

»Nein. David war der Leser.« Sie runzelte die Stirn, als sie das sagte, verwundert darüber, woher diese Erinnerung so plötzlich kam. Oscar, der abends neben ihr auf den Hügeln hinter der Stadt lag, von denen aus man bis nach hinten ins Brachland sehen konnte. Oscar in abgeschnitten Jeansshorts und langem Hemd, obwohl es noch immer warm war, der Sofia zusah, die über einem zerfledderten Taschenbuch brütete, und sagte: *Frag doch David, was drin vorkommt, der hat alles gelesen und wird froh sein, wenn mal jemand drüber reden will.*

»Jedenfalls war das eins der Besseren«, sagte Sofia und stellte *Der große Gatsby*, Abigails eigene zerlesene Ausgabe und keine geliehene, zurück an seinen Platz. »Dad hat nicht so wahnsinnig viel Ahnung von Literatur, er liest einfach alles, was er kriegen kann und meist irgendwelche Pulp-Krimis, aber er muss damals irgendwie ein paar Klassiker besorgt haben. Er hat mich dieses dämliche Buch über den Kerl, der im Wald wohnt, lesen lassen.«

»*Walden*?«

»Ich war *sieben*!«, sagte Sofia, und Abigail lachte das erste Mal. Trotz allem musste Sofia ebenfalls lächeln. Sie stützte sich mit den Händen an der Schreibtischkante ab. »Gatsby hier lese ich vielleicht noch mal. Ich mochte es vor allem deshalb, weil es kurz war, aber ich glaube, es war auch ziemlich gut.«

»Ist es«, sagte Abigail mit leuchtenden Augen. »Ich habe auch zwei andere Bücher von Fitzgerald gelesen, aber das war das beste. Der Film mit Robert Redford ist ganz in Ordnung, Roy und Ginny haben ihn mit mir angesehen.« Sie kicherte wieder. »Ginny stand total auf ihn. Sie war mit ihrem Freund im Kino, als er rauskam, und er war wohl ziemlich sauer, dass sie so von ihm geschwärmt hat.«

»Und hast du das alles gelesen, was hier rumliegt?«

»Fast alles. Ich fange jetzt noch mal mit Austen an.« Sie hob das Buch, in dem sie bis eben gelesen hatte: *Stolz und Vorurteil.*

Sofia lachte. »Schläfst du nachts überhaupt?«

»Gerade sowieso nicht so viel«, sagte Abigail, bemerkte Sofias Miene und fügte rasch hinzu, als müsse sie sich dafür entschuldigen, dass sie Sofia ein schlechtes Gewissen machte: »Aber so hab ich immerhin Zeit zum Lesen.«

Der Gedanke, dass Abigail ihre Tage alleine zu Hause in ihrem stockheißen Zimmer verbrachte, mit geschwollenem Bein, Schmerzmitteln und Bibliotheksbüchern und ab und an einer Katze als Gesellschaft, war bestürzend. Jetzt erst sah Sofia ganz deutlich vor sich, was geschehen war und was das bedeutete. Mrs. Hawley hatte recht. Abigail würde die nächsten Wochen, wenn nicht den ganzen Monat, im Bett verbringen. Wenn sie aus dem Haus kam, wäre die Hälfte der Ferien vorüber.

Alles, was sie sich von diesem Sommer vorgestellt hatten, schien jetzt unerreichbar. Sie hatten sich mit Nicky zerstritten. Sofia kannte Jeremy und wusste, dass er sich in einigen Tagen melden und fragen würde, wenn auch mürrisch und widerwillig, ob sie ins Kino oder an den Fluss oder in die Arcades wollten, um sich von seinem Liebeskummer abzulenken. Seine Freundschaft zu Nicky hingegen, so tief und bedingungslos wie die zwischen Oscar und Sofia, schien zerbrochen. Auch wenn Jeremy und Nicky, Jeremy faul und schlagfertig, Nicky ehrgeizig und hitzköpfig, schon öfter gestritten hatten, war gestern mit der Erwähnung von Debra und Abigail etwas Unwiderrufliches geschehen, und Sofia war zu Oscar gefahren und hatte blind und kopflos dafür gesorgt, dass es ein zweites Mal passiert war.

»Ich komm dich besuchen«, sagte Sofia. »Ich komme jeden Tag vorbei. Ich versprech's dir.«

»Das musst du nicht«, sagte Abigail, aber sie wurde wieder rot und schien sofort zu bereuen, dass sie es gesagt hatte.

»Es ist alles meine Schuld. Oscar hat recht.«

»Das hat er gesagt?«, fragte sie bestürzt und ungläubig.

Sofia zuckte die Achseln und wandte sich ab. Unten ging die Haustür auf, und sie sah Lizzie, die hinaus in den Regen ging, um die Post hereinzuholen. »Es ist doch so, oder? Außerdem will ich«, fügte sie hinzu, etwas fester, nachdrücklich etwas besser gelaunt. *Ich weiß nicht, was deine Definition von Freundschaft ist, aber –*

»Ich muss nirgendwo mehr hin heute«, sagte Sofia, entschlossen, sich nicht noch weiter die Stimmung ruinieren zu lassen, »und das Wetter ist eh scheiße, also lass uns lesen.« Sie nahm sich *Der große Gatsby* und ging zurück zu dem Stuhl neben dem Bett. Als sie sich setzte, rutschte der Ausweis aus ihrem Hosenbund und fiel auf den Teppich. Sie bückte sich und hob ihn auf. Sie hatte vergessen, dass sie ihn eingesteckt hatte. Der Anblick von Abigails geschwollenem

Bein hatte Isaac zum ersten Mal an diesem Morgen völlig aus ihren Gedanken gewischt.

Sie hatte noch Zeit, die Überlegung zu beginnen, Abigail von ihm zu erzählen, aber weiter kam sie nicht. In diesem Augenblick schrie direkt vor dem Fenster jemand wie am Spieß. Sofia ließ Buch und Ausweis fallen und sprang auf. Sie starrten sich an, schreckerfüllt, dann stürzte Sofia ans Fenster.

Lizzie stand im Vorgarten, die Hände von sich gestreckt, als wolle sie jemanden von sich zurückhalten. Der Briefkasten an der Straße, aus dem eine zusammengerollte Zeitung ragte, war geöffnet, der rote Wimpel an der Seite hochgeklappt. Ein paar Briefe und Werbeprospekte lagen über die nasse Rasenkante verstreut. Lizzies Augen waren weit aufgerissen.

Aus dem Briefkasten wand sich über die zusammengerollte Zeitung eine Schlange. Sie bewegte sich langsam und träge, als habe ihr die kühle Nacht zugesetzt. Sofia, schreckerfüllt aus dem Fenster gebeugt, sah die Flecken und Punkte auf dem sich windenden Körper. Die Schlange schien länger und länger zu werden, bis ihr Körper aus dem Briefkasten rutschte und mit einem festen, dumpfen, bis nach oben hörbaren Geräusch auf die Briefe schlug.

14.

Lizzie warf an diesem Abend mehr als einen Blick auf die Uhr. Ihre Mutter hatte Schichten gewechselt, damit Lizzie arbeiten konnte. Lizzie würde pünktlich Schluss machen und so zurückfahren, dass ihre Mutter um acht zur zweiten Schicht konnte. Da sie mit dem Abendessen dran war, würde sie kurz vor Schichtende noch Aufschnitt kaufen und mit dem frischen Brot vom Morgen Sandwiches für sich und Abby machen, auch wenn ihre Mutter das für Faulheit hielt.

Der verregnete Tag, der kühlste seit Wochen, hatte viele Leute aus ihren Häusern gelockt, und bis zum Abend war der Supermarkt gut besucht gewesen. Lizzie hatte heute fast ausschließlich an der Kasse gearbeitet und war jetzt, wo der Andrang nachgelassen hatte, zum Auffüllen der Regale eingeteilt. Sie stapelte Fertiggerichte und stellte Dosenmilch in sorgfältige, doppelstöckige Reihen, routiniert und müde und immer wieder einen Blick auf die Armbanduhr werfend, die Ginny ihr zum letzten Geburtstag geschenkt hatte. Über die Lautsprecher des Supermarkts spielte schläfrig Stevie Wonder.

Lizzie hatte gerade begonnen, die letzte lange Regalreihe für den Tag aufzufüllen, als ein junger Mann sie ansprach und nach den Cokes fragte.

»Kalte Getränke sind jetzt da drüben«, sagte Lizzie unkonzentriert und deutete mit einer Schachtel Franken Berries zum Ende des Ganges, wo der neue Kühlschrank angeschlossen war. Dann bemerkte sie, dass sie mit Tommy sprach. Sie sahen sich an, verdutzt, weil sie einander beide nicht erkannt hatten.

Für Lizzie, die ein Jahr älter war, war Tommy Glover immer ein kleiner Junge gewesen. Die Pubertät hatte ihm äußerst gutgetan.

Groß, breitschultrig und blond, sah er jetzt nicht mehr niedlich, sondern wie ein junger Surfer aus, der nach Kalifornien gehörte. Im letzten Jahr, als er begonnen hatte, im Baseballteam der Highschool zu spielen, hatte Lizzie ihn wie andere Mädchen auch lachend *Sonnyboy* genannt.

»Danke«, sagte Tommy. Es wirkte, als wäre er nicht allein hier. Als Lizzie sich umsah, um zu sehen, mit wem er gekommen war, erblickte sie Chloe, die gerade in ihren Gang kam, auf der Suche nach ihrem davongewanderten Freund. Sie ging in kleinen, vorsichtigen Schritten. Lizzie konnte sehen, dass sie Schmerzen hatte. Ihre rechte Gesichtshälfte war blau. Sie hatte sich nicht bemüht, ihr langes blondes Haar so vors Gesicht zu kämmen, dass es das Pflaster über ihrer Schläfe verbarg. Sie sah aus wie ein Opfer aus einem Krimi und trotzdem so schön wie immer.

Als sie Lizzie bemerkte, blieb sie wie angewurzelt stehen. Sie starrten einander an. Dann hörte Lizzie sich selbst sagen: »Ihr wart das mit Abby.«

Chloes Mund verzog sich zu einem höhnischen Lächeln. Sie hatte die Hände nicht in die Taschen ihrer Lederjacke gesteckt. Ihre Arme hingen schlaff herunter. Jäh dachte Lizzie an einen Zombie.

»Ja, klar«, krächzte sie.

»Sie hätte tot sein können«, sagte Lizzie mit enger Kehle. Sie hielt die Cornflakes-Packung so fest, dass sie eine Delle in den Karton drückte. »Sie hatte über zehn Bisse. Es sind Menschen von weniger gestorben.«

Tommy fand seine Sprache wieder. Er wandte sich von Lizzie ab und nahm seine Freundin am Arm, um sie wegzuführen, aber sie rührte sich nicht vom Fleck. »Chloe, komm.«

»Weißt du, woher das kommt?«, fragte Chloe. Sie deutete auf das Pflaster, das ihre Schläfe bedeckte. »Ich seh doch, wie du draufglotzt. Das war deine Schwester, das kleine Miststück.«

Lizzie machte einen Schritt vor und kickte dabei den Karton zu ihren Füßen, aus dem sie die Regale aufgefüllt und den sie völlig vergessen hatte, einen halben Meter durch den Gang. Tommy stellte sich sofort vor Chloe, als habe sie sie bereits angegriffen.

»Hey! Was soll das?«

»Lass das, Tommy«, sagte Chloe gereizt und schob ihn weg.

»Als ob ich nicht wüsste, dass die beschissene Schlange in unserem Briefkasten von euch war!«

»Leck mich«, spuckte Chloe. »Wovon redest du?«

Tommy fasste sie erneut am Arm. »Lass sie doch, Chloe. Lass uns gehen.« Er zog sie mit sich in Richtung Ausgang. Chloe taumelte, ließ sich aber mitziehen. »Geschieht ihr recht!«, rief sie Lizzie zu. »Geschieht der Schlampe recht!«

Lizzie stellte die eingedellte Packung ins Regal, schob den Karton aus dem Weg, sodass kein Kunde darüberstolpern würde, und ging mit raschen, großen Schritten den Gang hinab, an einer leeren Kasse vorbei, aus dem Supermarkt hinaus. Vor der Glasfront war der Parkplatz fast leer. Die seit dem Scheitern des Projekts Motel verstrichenen Winter hatten überall die dürftige Asphaltdecke des Platzes gesprengt. Durch die Risse wuchs Unkraut, das in gelben und roten Blüten stand. Der Himmel über der Stadt und dem Brachland, aus dem es seit einem Tag unaufhörlich mal schwächer, mal stärker regnete, wirkte riesig und seltsam unaufgeräumt.

Lizzie ging im Laufschritt Chloe nach, die sich von Tommy losgemacht hatte und hinter ihn zurückgefallen war.

»Hey!«, schrie Lizzie, und alle Wut ballte sich in ihr zusammen und trieb sie vorwärts, ließ sie die letzten Schritte rennend aufschließen. »*Hey*!«

Chloe wandte sich um. Sie bewegte sich langsam, träge.

Lizzie sah Abby im Krankenhaus, ihr geschwollenes Bein, die Angst in ihren Augen, als Lizzie sie, während ihre Eltern hinausgingen, um mit dem Arzt zu sprechen, gefragt hatte, was passiert war. Abby, die mit dünner Stimme behauptete, sie könne sich nicht erinnern. Sie war nie eine gute Lügnerin gewesen, und Lizzie kannte Abby, so viel besser als ihre wachsame Mutter. Natürlich hatten ihre neuen Freunde sie in Schwierigkeiten gebracht. Natürlich hatte das Field-Mädchen, das mit zerkratzten Beinen vor ihrer Tür gestanden hatte, Ärger bedeutet. Lizzie hatte es in dem Moment gewusst, als Abby am letzten Wochenende in der Küche gestanden und Lizzie gefragt hatte, was man zu einer Party mitbrächte, und ob sie ihrer Mutter nichts davon sagen könnte.

Sie hatte Abby erzählt, was ihre beste Freundin Emma Parsley ihr am Morgen übers Telefon berichtet hatte: dass Chloe Sheppard von ihrem Vater krankenhausreif geschlagen worden war. In Abbys Augen hatte sie eine ihr völlig unbegreifliche Erleichterung gesehen.

Lizzie schlug Chloe ins Gesicht. Sie hatte ihr eigentlich eine Ohrfeige geben wollen, doch auf dem Weg ballte sie die Hand zur Faust. Sie traf sie auf die Wange und ins Auge.

Chloe flog der Kopf in den Nacken. Sie stürzte auf den mit flachen Pfützen bedeckten Asphalt, hart, schrie vor Schmerz und rollte sich auf die Seite. Lizzie machte einen taumelnden Schritt von ihr weg. Das Herz schlug ihr bis zum Hals.

»Das ist für Abby«, keuchte sie. »Das ist für Abby, für das, was ihr mit ihr gemacht habt.«

Chloe kam schwankend auf die Beine, eine Hand auf ihr Gesicht gedrückt. Ihre Augen tränten vor Schmerz, ihr Gesicht war kreideweiß. Wenn man nur die schöne junge Frau sah, langbeinig und selbstbewusst, vergaß man, dass Chloe im Sport allen davongerannt war, dass sie Kraft in ihren schmalen Händen hatte und einen Zorn, den sie ihrem muskulösen Freund voraushatte.

»Du scheiß Schlampe«, stöhnte sie. Sie klang, als habe sie sich auf die Wange gebissen. Sie hatte das rechte Auge zusammengekniffen. »Du beschissene Schlampe.« Dann ging sie auf sie los, packte Lizzie um die Taille und schleuderte sie zu Boden wie eine Rugbyspielerin. Lizzie schlug hart mit dem Rücken auf. Chloe war auf ihr und ihre Faust in Lizzies Gesicht, bevor sie überhaupt wieder Luft bekam. Sie war ein Jahr älter als Chloe, sie hatte lange und gut Baseball gespielt, sie hatte keine Kopfverletzung, trotzdem war sie nicht stärker. Lizzies linke Hand rutschte über Chloes nasse Lederjacke. Sie bekam Strähnen von Chloes offenem Haar zu fassen, griff hinein und riss ihr den Kopf zurück. Chloe ließ Lizzies Hals los und brüllte. Lizzie rammte ihr die Faust mit aller Kraft, die sie ohne auszuholen aufbrachte, in den Magen. Ihre Wange und ihr Mund pochten von Chloes Schlag. Chloe knickte vornüber und fiel schwer auf sie.

Gerade als es Lizzie gelang, sie von sich zu wälzen und sich aufzurappeln, war David Coleman bei ihnen. Er kam aus dem Nichts. Eine Sekunde dachte Lizzie, es wäre Tommy. Er packte sie hinten am Hemd, riss sie hoch und stieß sie mit solcher Wucht ins Kreuz, dass sie längs hinflog. Sie wäre mit dem Gesicht aufgekommen, wenn sie sich nicht in letzter Sekunde hätte abfangen können. Ihre Hände und Knie knackten und ihr wurde schwarz vor Augen.

Er stand über ihr, als sie sich wimmernd vor Schmerz auf den Rücken drehte, David, mit dem sie letztes Jahr, nachdem er sie in einer Pause zu ihrer völligen Überraschung gefragt hatte, im Kino gewesen war. Ihre Kniescheiben und Handflächen brannten, als drücke sie sie auf eine Herdplatte, ihre Arme vibrierten bis hoch in die Schultern von der Wucht des Aufpralls, und der Schock hatte ihr allen Atem geraubt.

Es war ein einziges, unspektakulär erfolgloses Date gewesen, für das Lizzie noch Wochen später Jazz Masseys beiläufige Grausamkeiten ertragen hatte, während David schwieg, als wäre ihm erst nachträglich mitgeteilt worden, dass seine Verabredung mit ihr ein ungeschickter Fehler gewesen war. Schon während ihrer Verabredung war er schweigsam und verwirrt gewesen, als wäre er nicht sicher, warum er sie eigentlich gefragt hatte. Lizzie hatte die meiste Zeit gesprochen. Wenn sie sich nicht sicher gewesen wäre, dass David kaum Humor besaß, und wenn er sich im Nachhinein nicht so wenig an ihrer Verspottung beteiligt hätte, hätte sie vielleicht geglaubt, dass es ein Scherz gewesen war, den er und Jazz ausgeheckt hatten, eins von Jazz' kleinen Spielen, denn Jazz jedenfalls hatte seinen Spaß gehabt.

Davids Gesicht, leicht verschwommen über ihr, war leer. »Steh auf und verpiss dich, Hawley«, sagte er.

»Was macht ihr da?« Da war Tommy, entsetzt, panisch. Er wollte Chloe aufhelfen, doch sie kam, eine Hand in ihren Bauch pressend, selbst auf die Beine. David packte Tommy am Arm und hielt ihn davon ab, sie in den Arm zu nehmen. Chloe schob sich an David vorbei und beugte sich über Lizzie.

»Chloe!«, sagte Tommy. »Was zur Hölle machst du?«

Ihr Pflaster war blutig und ihr Gesicht verzerrt, und in diesem Moment sah Lizzie sie zum ersten Mal als Furcht einflößend. Sie versuchte, Chloe abzuwehren, doch sie schlug mühelos ihre Hände weg und kniete sich schwer auf Lizzies Brust. Sie packte sie am Kragen und zog ihren Kopf vom Boden hoch. Lizzie begriff, was sie tat, und versuchte, sich zu versteifen, doch Chloe rammte ihr schon den Schädel auf den Asphalt. Der Schlag vibrierte durch ihren Kopf und blendete kurz alles andere aus.

»Spinnst du?«, brüllte Tommy. »Hör auf damit!«

Lizzie hörte Chloes Stimme über sich und spürte ihren warmen Atem, der scharf nach Pfefferminzkaugummi roch, auf dem Gesicht, während sie vor Schmerz flach nach Luft rang: »Wenn du dich noch einmal einmischst, dann hol ich mir die kleine Fotze und stülp einen ganzen Eimer voll Klapperschlangen über ihrem Kopf aus, und dir schlage ich deinen beschissenen Schädel mit einem Stein ein!«

»Hey!«, brüllte jemand über den Parkplatz. Es war eine Frauenstimme. David ließ Tommy los. Mit zwei Schritten war er bei Chloe und riss sie so heftig von Lizzie, dass sie aufschrie. Er zerrte sie hoch auf die Beine.

»Chloe, *komm*!«, schrie er sie an.

Dann waren sie weg.

Lizzie drehte sich mit dröhnendem Kopf auf die Seite und versuchte aufzustehen, schaffte es aber nicht. Regen lief ihr übers Gesicht. Kurz war sie sicher, sie würde ohnmächtig. Als sie die Augen wieder öffnete, hockte eine Frau neben ihr. Verschwommen erkannte sie Mrs. Field, ihre Kollegin.

»Elizabeth, hörst du mich?«

»Ja«, stöhnte Lizzie. Sie musste sich auf die Zunge gebissen haben. Sie hatte Blut im Mund. Ihr Kopf pochte und pochte.

»Kannst du laufen, wenn ich dich stütze?«

Sie nickte und hörte gleich wieder auf, weil es fürchterlich wehtat. Mrs. Field nahm Lizzie beim Arm, zog sie mit erstaunlicher Kraft auf die Beine und schlang Lizzies Arm um ihre Schulter. Lizzie hätte sich beinahe über ihre Füße erbrochen.

»Hast du sie erwischt?«, rief Mrs. Field über die Schulter jemandem zu. Ein fremder Mann tauchte in Lizzies Blickfeld auf, nicht Tommy oder David.

»Nein, die hatten einen Wagen«, sagte der Mann. Er klang so enttäuscht, als wäre ihm ein dicker Fisch von der Angel gesprungen. Er kam zu ihnen herüber und beäugte Lizzie, die in Mrs. Fields Griff hing. »Autsch«, sagte er. »Die hat es ja ganz schön erwischt.«

»Hilf mir, sie reinzubringen.«

»Nein«, nuschelte Lizzie. »Nein, nicht nach drinnen.«

»Du blutest. Wir rufen dir einen Arzt.«

»Nein«, wiederholte Lizzie, jetzt angestrengt deutlich. »Ich will nach Hause.«

Mrs. Field und der Mann sahen sich an, dann nickte sie und sagte: »Isaac, fass mit an.«

Der Mann trat an Lizzies andere Seite und legte seinen Arm um ihren schmerzenden Rücken. Sie brachten Lizzie zu Mrs. Fields Auto. Isaac half ihr, sich auf die Rückbank zu setzen. Er machte Mrs. Field Platz, die eine Packung Küchenpapier aufgerissen hatte und Lizzie das Blut von den Händen tupfte, um sich die Wunden anzusehen.

»Kannst du die Arme heben?«

Es gelang Lizzie, die Arme auf Schulterhöhe zu heben, ehe ihre Gelenke protestierten. Jetzt sah sie deutlich, wie übel Chloe sie erwischt hatte. Ihre Knie bluteten unter dem zerrissenen Rock heftig, ebenso ihre Hände, die inzwischen so heftig brannten, dass ihre Augen tränten. Als sie sich über den Hinterkopf tastete, wimmerte sie unwillkürlich vor Schmerz.

»Elizabeth, wir fahren dich zum Arzt, das ist überhaupt kein Problem.«

Lizzie wiegte schwach den Kopf. »Ich will nach Hause«, flüsterte sie. »Bitte.«

Mrs. Field drückte ihr Küchenpapier in die Hand. »Halt das an deinen Kopf. Wo wohnst du?«

»Hill Street, Nummer elf.«

»Okay, ich weiß, wo das ist. Ich bring dich hin.«

»Meine Sachen sind noch drinnen und ich hab mich nicht abgemeldet.« Sie sah auf ihre Uhr. Sie war kaputtgegangen. Das Glas hatte große Sprünge. Ihre Kehle zog sich schmerzhaft zusammen, aber sie weinte nicht.

»Ich geh rein und sage Bescheid. Sind deine Sachen im Personalraum?«

»Ja, der schwarze Rucksack mit dem weißen Reißverschluss.«

»Bleib hier sitzen und beweg dich nicht. Isaac, pass auf sie auf, bis ich wieder da bin.«

»Danke, Mrs. Field«, krächzte Lizzie.

Isaac blieb in der offenen Tür stehen, während Mrs. Field verschwand. Der Regen schien ihn nicht zu stören. Er trug eine Anzugshose und ein Hemd mit Krawatte, als käme er direkt von der Arbeit. Es stand ihm gut.

»Hinten am Kopf blutest du stark«, sagte er und reichte ihr mehr Küchenpapier. »Das sieht nicht gut aus. Wahrscheinlich sollte das genäht werden.« Er sprach sanft und unaufgeregt mit ihr. Im Gegensatz zu Mr. Field wirkte nichts an ihm bedrohlich. Lizzie war Mr. Field ein paar Mal begegnet, wenn sie spät den Wagen getankt hatte oder wenn er statt seiner Frau einkaufen gekommen war. Er schien immer schlecht gelaunt, sie hatte ihn nie lächeln sehen. Sicherlich war er nicht wegen seiner Freundlichkeit im Umgang mit Kunden eingestellt worden, sondern weil er aussah wie ein Ex-Soldat, für den Fall, dass irgendjemand auf die Idee kam, die Tageskasse zu verlangen.

»Sieh mich mal an«, bat Isaac sie. Lizzie gehorchte mit schwimmendem Blick. »Blinzeln.« Er nickte. »Folg meinem Finger nur mit den Augen.«

Sie tat, was er ihr sagte, obwohl ihr davon der Kopf noch höllischer wehtat, und er schien mit dem Ergebnis zufrieden. Kurz darauf kam Mrs. Field zurück. Sie hatte Lizzies Rucksack dabei.

»Du kannst nach Hause gehen, keine Sorge«, sagte sie. »Ich habe gleich Bescheid gesagt, dass du morgen nicht zur Arbeit kannst.«

»Danke, Mrs. Field.«

Als Mrs. Field die Tür schloss, zuckte Lizzie von dem Knall heftig zusammen. Sie wagte nicht, sich irgendwo anzulehnen, obwohl vermutlich ohnehin schon Blut auf den Sitzen war.

»Was wollten die von dir, Elizabeth?«, fragte Mrs. Field, während sie den Wagen vom Parkplatz lenkte. »Das war Chloe, die Tochter von diesem Säufer, richtig?« Jimmy Sheppard hatte derzeit wieder Hausverbot im Supermarkt, weil er Flaschen zerschmissen und eine von ihren Kolleginnen angegriffen hatte, als sie ihn gebeten hatte zu gehen.

Lizzie stöhnte. »Ich weiß es nicht. Es ging zu schnell.«

Isaac, der vorn auf dem Beifahrersitz saß, hatte sich umgedreht und berührte Lizzies Ellbogen. »Hier«, sagte er freundlich und reichte ihr neues Küchenpapier.

Jetzt, wo sie fuhren, dachte Lizzie, dass er aussähe wie ein Journalist. Sie erinnerte sich, wie enttäuscht er geklungen hatte, als er Chloe und David nicht erwischt hatte. Dann hatte sie die wahnsinnige Eingebung, dass Isaac der Lover von Mrs. Field war und sie verdammten Mut hatte, sich auf offener Straße mit ihm zu zeigen, wo doch ihr Mann aussah, als habe er schon Menschen wegen weniger umgebracht, ganz abgesehen davon, dass er Gerüchten zufolge bei der Mafia gewesen war.

Mrs. Field und Isaac redeten nicht. Der Regen prasselte aufs Autodach. Lizzie verfolgte nicht, wo sie genau entlangfuhren und ob sie sie gegen ihren Willen doch zum Arzt brachten. Ihr war schlecht und schwindelig, und sie bekam zunehmend Angst, dass sie sich im Auto übergeben müsste. Erst, als sie in die Hill Street bogen, erkannte sie, wo sie waren. Mit Erleichterung sah sie, dass ihre Mutter bereits bei der Arbeit sein musste, da das Haus dunkel war und auch der Wagen nicht davor stand.

»Welche Nummer war es?«, fragte Mrs. Field Isaac.

»Elf«, sagte Isaac.

Mrs. Field half Lizzie aus dem Wagen. Lizzie klammerte sich an ihr fest, um nicht umzufallen, und humpelte mit vor Scham und Schmerz brennendem Gesicht neben ihr her zum Haus. Die Katze saß vor der Haustür und miaute. Lizzie kramte zittrig in ihrer Rocktasche nach dem Schlüssel und musste Mrs. Field für sie öffnen lassen, weil sie ihn mit ihren steifen, brennenden Händen nicht halten konnte. Die Katze schmiegte sich schnurrend an ihre nackten Knöchel.

Mrs. Field half Lizzie in die dunkle, saubere Küche, zog ihr einen Stuhl heran und suchte den Lichtschalter. »Sind deine Eltern nicht da?«

»Sie arbeiten. Ich schaff das schon.«

»Bist du dir sicher? Vielleicht musst du genäht werden. Das sieht übel aus.«

Lizzie schüttelte noch einmal den Kopf, diesmal hartnäckiger. Sie nuschelte ein wenig. Ihre Wange war heiß geschwollen, wo Chloe sie mit der Faust getroffen hatte, ihr linker Mundwinkel fühlte sich merkwürdig dick an und schmerzte, wenn sie die Zunge dagegen drückte. »Könnten Sie mir bitte nur das Eis aus dem Kühlschrank geben?«

Mrs. Field öffnete das Eisfach und holte den Eisbeutel heraus, den ihre Mutter für kleinere Verletzungen und jetzt auch für Abbys Bein aufbewahrte. Sie schlug ihn in ein Küchenhandtuch und reichte ihn

Lizzie, die ihn sich ans Gesicht drückte und vor Schock zusammenzuckte. »Habt ihr einen Verbandskasten im Haus?«

»Soll ich nachsehen?«, fragte Isaac, der Lizzies Rucksack in den Flur gestellt hatte.

Zum ersten Mal konnte Lizzie nicht sofort antworten. Plötzlich, unerklärlich, wollte sie ihn nur aus dem Haus haben. »Das Bad ist links«, sagte sie widerstrebend. »Unter dem Waschbecken.«

Isaac ging hinaus. Sie hörte ihn die Tür zum Bad öffnen. Mrs. Field tupfte Lizzie mit feuchtem Küchenkrepp das Blut von Händen und Knien. Es war offensichtlich, dass sie das nicht zum ersten Mal tat. Lizzie fiel jetzt erst auf, wie müde und angespannt sie aussah.

Isaac kam mit dem Verbandskasten wieder, stellte ihn auf den Tisch und reichte Mrs. Field an, was sie brauchte. Sie versah Lizzies Handballen und die Schürfwunden an den Knien mit Jod und Pflastern, während Lizzie den Eisbeutel gegen die Tücher an ihrem Hinterkopf drückte.

Als sie Isaac den Kasten zurückgegeben hatte und er wieder aus dem Zimmer war, fragte Mrs. Field mit gedämpfter Stimme, als wolle sie nicht, dass Isaac sie hörte: »Kann ich noch was für dich tun, Elizabeth?«

»Ist schon okay.« Lizzie fühlte über ihren schwellenden Hinterkopf und verzog das Gesicht. »Ich lege mich mit dem Eis ins Bett. Vielen Dank, dass Sie mich gefahren haben.«

Mrs. Field sah sie an. Sie hatte einen sehr wachen, eindringlichen Blick, ganz anders als der ihrer Mutter, mild statt streng. Lizzie wollte wegsehen, tat es aber nicht. »Ich weiß, dass mich das nichts angeht, aber was immer da los war, lass sie nicht damit davonkommen.«

»Nein, Mrs. Field.«

»Ich meine es ernst. Elizabeth, erst stößt das deiner Schwester zu, dann schlagen dich drei Weiße zusammen. Ich will dir nichts vorschreiben, aber wenn du dich an jemanden wenden kannst, dann ist es Deputy Glover. Er macht seine Arbeit anständig.«

»Das weiß ich.«

»Die Leute hier geben vielleicht vor, keine Rassisten und Hinterwäldler zu sein, aber wir wissen beide, dass sie keinen Finger rühren, wenn etwas passiert.«

»Das hatte nichts damit zu tun, Mrs. Field.«

»Haben die Saunders auch bei euch angerufen?«, erwiderte Mrs. Field.

Lizzie starrte sie an. Dann sah sie weg. Ihre Kehle brannte.

»Ich würde dich anlügen, wenn ich sage, dass es irgendwann aufhört. Die Leute haben Angst vor meinem weißen Mann, darum lassen sie mich meistens in Ruhe. Du musst das nicht ertragen. Wenn du kannst, dann geh zum Deputy. Isaac und ich werden als Zeugen aussagen.«

Lizzie sagte nichts. Mrs. Field betrachtete sie, drängte sie aber nicht weiter. »Wie geht es deiner Schwester, Elizabeth?«, fragte sie dann.

»Schon viel besser. Bestimmt schläft sie noch.«

»Wenn du starke Schmerzen hast oder dir schlecht wird, bitte ruf den Arzt oder deine Eltern an. Ich kann dich auch fahren.«

»Das ist sehr nett, aber ich schaff das sicher.« Sie war den Tränen nah. Sie wollte nur, dass Mrs. Field endlich ging. »Mrs. Field, bitte sagen Sie meiner Mutter nichts davon, dass Mrs. Saunders hier angerufen hat. Sie würde durchdrehen.«

Mrs. Field versprach es, verabschiedete sich und ging hinaus. Das Licht ließ sie an. Für einen Moment wollte Lizzie sie zurückrufen, wollte sie warnen, auch wenn sie nicht recht wusste, wovor. Vor Chloe und Jazz und vor David und sogar vor dem netten Tommy. Dann hörte sie, wie die Tür ins Schloss fiel, und wusste, dass sie vergessen hatte, sich dafür zu bedanken, dass Mr. Field, der Mafiosi, der Ex-Soldat, ihre kleine Schwester gerettet hatte, sie ins Krankenhaus gebracht hatte und bis abends bei ihr geblieben war. *Er hat mir die ganze Zeit die Hand gehalten, Lizzie*, hatte Abby gesagt. *Er hat gesagt, dass ich nicht sterben werde.*

Sie wandte sich zum Fenster. Der Schmerz bohrte sich in ihr Rückgrat. Sie sah Mrs. Field zurück zum Wagen gehen und mit Isaac sprechen. Er erwiderte etwas, dann stiegen beide ein. Isaac sah aus dem Fenster und hob die Hand für Lizzie, die ein Schatten gegen die erleuchtete Küche war, zum Gruß. Sie war so überrumpelt, dass sie ihn nicht erwiderte. *Er ist zu freundlich gewesen*, dachte sie. Der Gedanke, dass er Mrs. Fields Lover war, war plötzlich lächerlich.

Dann war der Wagen im Regen verschwunden.

Lizzie atmete tief durch, dann stand sie auf. Die Katze, die draußen gewartet hatte, bis Mrs. Field und Isaac fort waren, kam hereingelaufen. Sie streckte sich und schnupperte an Lizzies Hand. Lizzie schob sie vorsichtig beiseite und humpelte mit steifen Knien ins Bad, wo sie sich zitternd auf die Badezimmermatte sinken ließen. Der Verbandskasten stand an seinem Platz unter dem Waschbecken. Sie zog sich die Schuhe und die Socken aus und schälte sich aus ihrem zerrissenen Rock. Sie zischte durch die Zähne, als der Jerseystoff in den kleineren Wunden hängen blieb, die Mrs. Field nicht mit Pflastern versorgt hatte. Am rechten Bein war das Blut bis hinab in ihren Socken gelaufen.

Sie würde sich waschen, die schmutzigen, blutigen Sachen in die Waschmaschine stecken und vorsichtshalber die Handtücher aus dem Bad dazulegen, damit genug Wäsche in der Trommel war, Abby Abendbrot machen und die Katze füttern, die jetzt leise vor der geschlossenen Tür klagte, und sich währenddessen eine Geschichte für ihre Mutter überlegen. Plötzlich und lächerlicherweise dachte sie daran, dass Emma Parsley jetzt nicht mit Eifer über Chloe Sheppards, sondern ihre Platzwunden spekulieren würde. Lizzie und sie waren seit der Middle School beste Freundinnen, aber Emma war das, was Lizzies Mutter eine Klatschtante nannte, und Lizzie war sicher, dass sie ihr ebenso wenig wie ihre Mutter glauben würde, dass sie die Treppe hinabgestürzt war.

Lizzie saß da, am ganzen Körper steif vor Schmerz, den feucht werdenden Eisbeutel jetzt an den pochenden Hinterkopf gedrückt, den bitteren Geschmack von Galle im Mund, und versuchte, zu planen, bis sie von oben Abbys verschlafene Stimme hörte.

»Lizzie?«

Sie musste sich zweimal räuspern, bevor sie zurückrufen konnte: »Ich komm gleich, Abby!« Sie stemmte sich mit zitternden Armen am Waschbecken hoch und streckte ihre aufgerissenen Hände unter den Hahn. Sie bekam ihn kaum aufgedreht. Die kaputte Uhr war auf zwanzig vor acht stehengeblieben. Als sie hoch in den Spiegel und ihr zerschundenes, aufgequollenes Gesicht sah, begann sie zu weinen.

15.

Chloes Steißbein schmerzte bohrend die ganze Fahrt bis nach Kane. Ihr Kopf fühlte sich an, als bearbeite ihn jemand mit einem Hammer. Trotzdem hatte sie darauf bestanden, fahren zu können, als Tommy wie selbstverständlich die Hand für die Schlüssel aufgehalten hatte.

»Der Arzt hat nichts davon gesagt, dass ich nicht fahren darf«, hatte sie ungehalten gesagt.

»Nein, er hat gesagt, dass du eine Woche lang nicht fahren sollst«, hatte Tommy gesagt, aber er hatte verunsichert geklungen. »Sie hat dich ziemlich schlimm erwischt. Und du hast doch schon eine Gehirnerschütterung!«

»Ich habe es auch hierhergeschafft, Tommy. Das hier ist mein Wagen.«

Weil Tommys Mustang mit einer kaputten Scheibe in der Garage stand, wo er hoffte, dass sein Vater ihn nicht sah, bis er ihn zur Reparatur bringen konnte, hatte Chloe das Auto ihres Vaters genommen. Der alte Buick war fast schrottreif und würde keine Inspektion überstehen, aber ihr Vater würde sie trotzdem umbringen, wenn er herausfand, dass er ihn nicht nur wie üblich irgendwo falsch geparkt hatte und nur die Straße nicht wiederfand, sondern dass sie damit ins Kino fuhr. Jazz hatte über das alte Auto und die Raumerfrischer, die Jimmy gegen den muffigen Gestank von alten Polstern und ausgelaufenem Bier zur besseren Verteilung mit Klebestreifen an die Decke geklebt hatte, gelacht, fast liebevoll. »Ich liebe es«, hatte er gesagt. »Wir sollten deinem Dad zum Dank neue Duftbäume spendieren.«

Chloe hatte Tommy versprochen, dass sie David und Jazz nichts von der eingeschlagenen Scheibe erzählen würde, weil er Angst hatte, dass sie seinem Bruder etwas antun würden. Er hatte sie so eindringlich gebeten, dass sie fast über ihn hatte lachen müssen. Sie hatte kein Interesse daran, dass die beiden sich darum kümmerten, dass ein halber Quadratmeter Fensterglas gerächt wurde. Tommys Sorgen waren wie immer übertrieben. Niemand würde Nicky anrühren.

Es regnete immer noch. Chloes Jeans, am linken Knie aufgerissen, war nass geworden und scheuerte und juckte jetzt. Im Rückspiegel konnte sie sehen, dass ihr Pflaster frisch blutig war. Wegen des Vorfalls mit Lizzie hatten sie im Supermarkt nichts gekauft. Keiner von ihnen hatte etwas zu trinken dabei, weshalb Chloe die Tabletten, die in ihrer Jackentasche lagen, nicht anrührte.

Tommy, der auf dem Beifahrersitz saß, sah sie immer wieder unruhig an, aber sie ignorierte seinen Blick und sah stur auf die Straße, die unter ihnen dahinglitt. Über das Autoradio lief David Bowie. Jazz, der sich auf den Rücksitz gefläzt hatte, die Arme auf den Lehnen, tat, als sänge er *Look Back In Anger*. Neben ihm sah David schweigend wie immer in die vorbeiziehende verregnete Landschaft. Am Rückspiegel pendelte der Rosenkranz, den Chloes Vater nach seinem letzten Unfall ins Auto gehängt hatte. Es juckte ihr in den Fingern, ihn abzureißen und die aufgezogenen Holzperlen durch den ganzen Wagen springen zu sehen.

Als sie vor dem Kino parkte und den Motor abstellte, waren ihre Kopfschmerzen so stark, dass sie kurz bloß erstarrt dasaß und sich wieder unter Kontrolle zu bekommen versuchte. Als Tommy ihren Arm berührte und unsicher ihren Namen sagte, riss Chloe sich los, öffnete die Tür und stieg zu den anderen auf den nassen, windigen Parkplatz. Sie lehnte sich an die Tür und sog gierig die kühle Luft ein. Sogar der Geruch nach Schnellstraße und Parkplatz war im Vergleich zu den baumelnden Tannenbäumchen, deren künstlicher Vanilleduft längst verflogen war und die stattdessen den ranzigen Geruch des Wagens abzugeben schienen, wunderbar. Der dröhnende Schmerz ließ ein wenig nach.

Jazz neben ihr streckte sich, ließ sein Genick knacken und boxte David gegen den Arm. David schlug ihm gegen die Brust, dass Jazz rückwärts gegen das Auto taumelte. Für eine verwirrte, schreckerfüllte Sekunde dachte Chloe, sie würden sich prügeln. Dann lächelte Jazz. David lachte sein merkwürdiges Lachen, und Jazz schlang den Arm um seine Schulter und rieb sich die Brust. Er klopfte David auf die Schulter und zog eine Schachtel Zigaretten aus seiner Jeansjacke.

Bis Chloe acht gewesen war, hatte ihr Vater einen Hund besessen, einen Schäferhund-Mischling, der den linken Hinterlauf nachzog, seit er einmal unter die Reifen des Buick gekommen war. Der Hund war klug genug gewesen, sich vor Jimmy Sheppard zu verstecken, wenn er betrunken und in Rage war. An guten Tagen hatte er hechelnd auf dem Rücksitz des Buick gesessen, während Chloes Vater zum Schießen aus der Stadt fuhr, und er hatte gelernt, die wenigen Vögel zu apportieren, die dabei je vom Himmel fielen. Er bekam die Reste vom Teller und ließ die kleine Chloe die Hände in seinem Fell vergraben. Er bellte nur, wenn die anderen Hunde der Nachbarschaft anschlugen, und hörte schnell wieder auf, wenn Jimmy Sheppard einen Schuh auszog.

Wegen seines Hinterlaufs war der Hund zwar nicht mehr der Schnellste gewesen, aber dafür wusste er den richtigen Moment abzuwarten. Einmal hatte Chloes Vater ihn tagsüber mit zum Einkaufen nach Kane genommen, wo er kein Hausverbot hatte, und den Hund mit Chloe im Wagen gelassen. Sie erinnerte sich nur verschwommen daran, weil sie erst acht gewesen war, aber vor dem riesigen Supermarkt streunte ein Hund, der bald laut und bösartig kläffend das Auto umkreiste. Chloe war verängstigt auf ihrem Sitz herumgerutscht und hatte sich nicht getraut, den Hund festzuhalten, der sich ohrenbetäubend bellend gegen die Tür warf, bis ihr Vater zurückkam. Er scheuchte den Streuner weg und öffnete die Tür, um den eigenen Hund zur Ordnung zu schreien, der dabei aus der offenen Tür an ihm vorbeischnellte, sich auf den Streuner stürzte und sich in seinen Hals verbiss. Die Geräusche, die die beiden Hunde machten, hatte Chloe nicht vergessen. Bei dem Versuch, die beiden zu trennen, war Chloes Vater in die Hand und in den Arm gebissen worden. Später stellte sich heraus, dass der fremde Hund, der starb, niemandem gehörte, sodass es kein Verfahren gegeben hatte. Chloe hatte tagelang nicht geschlafen, weil sie die Hunde noch kämpfen hörte und weil sie glaubte, ihr Vater würde den Hund, der die ganze Zeit seine Wunden leckte, erschießen, aber der Hund lebte noch ein halbes Jahr, bevor er innerhalb weniger Tage so krank wurde, dass er am Ende von selbst starb. Vermutlich hatte Jimmy Sheppard ihn behalten, weil er den anderen Hund getötet hatte, aus Stolz, obwohl er Hand und Arm beim Arzt teuer hatte impfen und nähen lassen müssen.

Chloe hatte früh gelernt, spielende und aufs Blut kämpfende Hunde auseinanderzuhalten, genauso, wie sie gelernt hatte, die Launen ihres Vaters zu lesen, der unter der richtigen Menge Alkohol großzügig, unter einem Glas zu viel oder zu wenig tobsüchtig war. Chloe hatte Tommy und seine Mannschaft vor einem Spiel gesehen, erregt und energiegeladen, wie sie sich gegenseitig boxend und rempelnd hochschaukelten, und wie ein Pitcher aus der Verlierermannschaft durchgedreht war und einem Batter seinen Handschuh in den Bauch gerammt hatte, dass der Junge sich auf dem Feld übergeben hatte. Das Ritual heranwachsender Jungen, sich zu schlagen, war Chloe ein Rätsel geblieben, aber eines, das sie zu durchschauen geglaubt hatte. Bei Jazz und David jedoch schwang noch etwas anderes mit, eine winzige Nuance, die sie jedes Mal wieder erschreckte. Sie war sich inzwischen sicher, dass es von Jazz ausging, der vor Aufregung über irgendetwas oft regelrecht zu vibrieren schien, während David selbst dann ruhig geblieben war, als sie sie, während sie blutete und stöhnte und sich übergab, ins Krankenhaus gebracht hatten.

»Hat einer von euch den Hawleys eine Schlange in den Briefkasten geworfen?«, fragte Chloe, der gerade wieder eingefallen war, was Lizzie im Supermarkt noch zu ihr gesagt hatte, bevor sie durchgedreht war.

Jazz, der eine Zigarette aus seiner Packung gezogen und angezündet hatte, lachte auf. »Hab vergessen, euch das zu sagen«, sagte er, nahm einen Zug und reichte die Schachtel herum. David und Tommy nahmen keine, Chloe schon. »Hab sie gestern besorgt und vorbeigebracht, als ich gehört hab, dass die dumme kleine Hure doch tatsächlich in ein ganzes Nest getreten ist.« Er sah David an, der ihn anstarrte. »Es war ein Scherz.«

»Richtig großartiger Scherz«, sagte David. Chloe konnte unmöglich sagen, ob er es sarkastisch meinte.

»Wir reden wieder drüber, wenn du dir Humor zulegst«, sagte Jazz, warf Chloe das Feuerzeug zu und deutete auf ihre Schläfe. »Du hast da was.«

Chloe lächelte säuerlich, sagte aber nichts.

»Du hast dich gut geschlagen«, sagte Jazz. »Weiß nicht, warum du so dreinsiehst. Dafür, dass du eine Gehirnerschütterung hast, große Sache, würde ich sagen. Wenn diese Frau nicht gekommen wäre, wär jetzt vielleicht die nächste Hawley im Krankenhaus. Oder ist das alles dein Blut?«

»Halt's Maul, Massey«, sagte Chloe leise. Sie spürte Tommys schockierten Blick und beachtete ihn nicht.

»Ich mache dir ein Kompliment«, sagte Jazz, gespielt beleidigt.

»Sie hat recht, halt die Klappe«, sagte auch David. Jazz verstummte amüsiert, auf wen auch immer er letztlich gehört hatte.

Auf dem Platz vor dem hell erleuchteten Kino stand in großen Pfützen das Wasser. Es war windig und dämmerte, der Himmel war aufgewühlt und dunkel. Chloe zog an ihrer Zigarette und berührte behutsam das Pflaster. Sie konnte fühlen, wo es feucht war. Sie schlug die Kapuze ihrer Jacke hoch und setzte sie vorsichtig auf. Nach der Hitze der letzten Wochen fror sie jetzt unerwartet. Von der Straße drang Verkehrslärm. Ihr Rücken war ganz steif geworden, ihre Jeans nicht ganz trocken.

»Es ist Viertel vor«, sagte David. »Ich hol die Karten.«

»Tommy holt das Popcorn«, sagte Jazz und zog sein Portemonnaie hervor. Die Zigarette hielt er zwischen die Lippen geklemmt. Er warf das Portemonnaie Tommy zu, der es auffing. »Mit extra Butter für mich«, sagte er. »David, nicht ganz vorn, okay?«

David zeigte ihm den Mittelfinger und ging gefolgt von Tommy hoch zum Eingang. Jazz blies Rauch aus und sah ihnen schweigend nach.

Chloe war zuerst fertig. Sie schnippte den Stummel in eine Pfütze und zog ihre Jacke bis unters Kinn zu. Jazz warf seine ausglühende Zigarette weg und folgte ihr. Vor dem Eingang standen etliche andere Leute und unterhielten sich. Einige hatten Becher mit Cola und angebrochene Tüten Popcorn dabei. Für eine Abendvorstellung war es voll. Ab und an zog mit jemandem, der nach draußen kam, ein Schwall warmer, stickiger Luft zu ihnen.

Mitten zwischen den Leuten blieb Chloe stehen. »Hey, Massey«, sagte sie, und Jazz drehte sich zu ihr um und sah sie mit hochgezogenen Brauen an.

»Ich hab heute Nacht noch was vor«, sagte Chloe. »Ich könnt wen außer Tommy gebrauchen, der das Auto fahren kann.«

»Was ist dein Punkt, Sheppard?«

»Ich fahr bei ihr vorbei.« Sie ballte ihre Hände in den Taschen ihrer Jacke zu Fäusten.

Zuerst dachte sie, Jazz würde lachen, höhnisch das Gesicht verziehen, wie er es so schnell tat, eine kleine Geste der Verachtung, aber er sah sie bloß sehr aufmerksam an, bevor er plötzlich zu lächeln begann, breit und unverhohlen beeindruckt. »Hey«, sagte er. »Hey, Chloe Sheppard.« Er stieg von der Treppe herab und überrumpelte sie, indem er genauso freundschaftlich wie bei David den Arm um ihre Schulter schlang, bloß kurz, aber nichtsdestotrotz. »Du gefällst mir immer mehr.«

»Ich mache das alleine«, sagte Chloe, nachdem er sie losgelassen hatte, entschlossen, ihm nicht den falschen Eindruck zu geben. »Ich kann das selbst. Aber mein Kopf tut höllisch weh, und ich setze das Auto wogegen, wenn ich noch länger fahre. Mein Vater häutet mich bei lebendigem Leib.«

»Ich fahre dir den Wagen«, sagte Jazz. Er fasste sich theatralisch ans Herz. »Ist mir eine Ehre, dass du mich fragst.«

Chloes Ton wurde scharf. »Ich meine das ernst, Massey.«

»Du kannst dich auf mich verlassen.«

Ihre Hände zitterten ein wenig, als sie die Tabletten aus ihrer Tasche zog. Sie pulte drei aus der Verpackung, steckte sie in den Mund und kaute trotz der Bitterkeit, die ihr Tränen in die Augen trieb. »Diese Frau von vorhin ist ziemlich sicher die Stiefmutter von Oscars Freundin«, sagte sie. »Ihr Vater ist weiß, der große, brutale Typ mit den Tätowierungen, der an der Tankstelle arbeitet.«

Jazz grinste. »Du bist wirklich wütend, hm?«, sagte er. Seine Augen leuchteten.

Sie sah ihn an. »Das mit der Schlange«, sagte sie, »war wirklich gut.«

»Ja? Haben die Hawleys noch nicht genug?«

Für einen Moment war sie doch verunsichert. Er lächelte sie freundlich an, stieg die Treppe hinauf und hielt ihr die Tür auf. Mit dem unbestimmten Gefühl, dass er sich doch lediglich über sie lustig machte, ging sie voraus. Jazz folgte dicht neben ihr. Chloe hakte sich bei Tommy unter, trank einige tiefe Schlucke von seiner Cola, um das Mehlige der Tabletten wegzuspülen, und gab ihm einen Kuss, um vorhin wiedergutzumachen. Er liebte sie. Er liebte sie, und er strahlte, als er den Arm um sie legte. Als Chloe zur Seite sah, grinste Jazz.

Über Saal 1 stand in wiederverwendbaren schwarzen Lettern auf einer weißen Tafel *Poltergeist, Dir. Tobe Hooper.* Der Saal war noch von der letzten Vorstellung erleuchtet.

16.

Als Sofia zurückkam, roch sie schon auf der Veranda, dass es Essen gab. Sie zog Schills vom Regen nasse Jacke aus und stieß fast mit Isaac zusammen, der gerade mit einem Stapel Teller aus der Küche kam. Er hielt sie hoch über den Kopf und wich zur Seite aus. »Hey, hey«, sagte er und lächelte sie an. »Hallo, Sofia.«

Sofia wich vor ihm zurück und wartete, bis er im Wohnzimmer war, bevor sie in die Küche trat, wo Harriet am Herd stand und in einer Pfanne Fleisch und Zwiebeln und in der anderen flache gelbe Teigfladen briet. Das schiefe alte Fenster stand offen und war an der unteren Kante von Dampf beschlagen.

»Das riecht umwerfend«, sagte Sofia verblüfft. »Was gibt es?«

»Abendessen«, sagte Harriet, die leicht überfordert schien, als hätte sie jemand an den Herd gestellt, obwohl sie nicht wollte. Auf der Anrichte stand geschnittenes Gemüse, Salat und Bohnen. »Hilf Isaac, den Tisch zu decken.«

»Du hast doch nicht etwa gekocht?«

»Raus aus der Küche!«

Im Wohnzimmer war Isaac dabei, den Tisch zu decken. Er drehte sich diesmal nicht zu ihr um, als sie hereinkam. »Wo habt ihr noch mehr Gläser, Sofia? Ich habe keine mehr gefunden.«

»Sehen Sie in der Spüle nach oder in der Maschine«, sagte Sofia unfreundlich.

Draußen auf der Veranda stand Schill und rauchte den Rest seiner Zigarette. Der Himmel war so dunkel, dass sich gerade eben noch die Kanten der schwarzen Kiefern gegen ihn abhoben. Vom Überdach der Veranda tropfte Regen.

Als Sofia herauskam, drückte Schill ärgerlich seine Zigarette aus.

Sofia hätte nicht gedacht, dass er noch schlechterer Laune sein könnte als am Morgen. Er sah aus, als wäre jemand gestorben. »Wo hast du den ganzen Tag gesteckt? Wir haben uns Sorgen gemacht!« Ihm war anzuhören, dass er es ernst meinte und nicht bloß wütend war. »Wo warst du? Doch nicht bei Oscar?«

»Ich war Abigail besuchen.«

»Und da warst du bis eben gerade?« An seiner Stimme konnte sie hören, dass irgendetwas passiert war. Sie hatte die letzten Stunden damit verbracht, wie gestern im Regen herumzulaufen. Sie war so weit ins Brachland gegangen, dass sie fast bis zum Loch gekommen war, und erst mit der einsetzenden Dunkelheit umgekehrt.

»Ich war spazieren.«

»Spazieren?«, wiederholte er. Er schien entsetzt.

»Um den Kopf freizukriegen«, sagte sie verständnislos. »Ich dachte, ihr seid froh, wenn ihr mich aus dem Haus habt, damit ich mich nicht danebenbenehme. Was ist denn jetzt schon wieder los?«

Schill sah zur Tür, aber Isaac war zurück in die Küche gegangen, vermutlich, um die restlichen Einkäufe einzuräumen.

»Sofia, ich hab dir gesagt, dass es ernst ist«, sagte er leise und eindringlich. »Ich will nicht, dass du allein durch die Gegend wanderst.«

»Ich habe keinen Hausarrest.«

»Geh zu deinen Freunden, bleib bei Abigail, aber geh nicht allein vor die Stadt. Ich meine es ernst! Solange Isaac hier ist, gehst du nicht weit und schon gar nicht mit ihm.«

»Was denn, denkt ihr, er entführt mich auf offener Straße zurück ins Labor?«

Das verschlug ihm tatsächlich die Sprache.

Sofias Magen machte eine komische Drehung, halb Triumph, halb Grauen. »Wann hattet ihr eigentlich vor, mir das zu sagen?«, fragte sie, mit nicht so viel Genugtuung, wie man hätte meinen können. Hauptsächlich war ihr schlecht.

»Du sagst kein Wort zu ihm«, sagte Schill, der sich gefasst hatte. Er klang deutlich geschockt, aber nachdrücklich. »Du wirst einmal in deinem Leben dein Temperament unter Kontrolle halten.«

»Mach die Tür zu, bevor die Mücken reinkommen«, rief Harriet aus dem Flur. »Schill, du kannst gern auch was helfen!«

»Die Küche ist zu klein«, sagte Schill laut und gedämpft zu Sofia: »Hast du mich verstanden? Kein Wort davon beim Abendessen.«

»Das ist nicht euer Ernst! Was soll ich denn bitte *machen*?«

Schill ging hinein, ohne zu antworten. Sofia folgte ihm wütend und panisch aufgewühlt. Isaac, der die zwei fehlenden Gläser gespült hatte, sah zu ihnen auf, als sie hereinkamen. Er schien ihnen anzusehen oder gehört zu haben, dass sie gestritten hatten, doch er sagte nichts.

Es gab Tacos nach Isaacs Anleitung, und es war das beste Essen, das Sofia seit Ewigkeiten bekam. Die Tacos waren selbst gemacht, die Soße so scharf, dass ihr Mund brannte. Obwohl sie mit den Gedanken noch bei dem war, was Schill draußen gesagt hatte, hatte ihr Appetit nicht gelitten. Sie aß ohne große Rücksicht auf Manieren und nahm sich rasch ein zweites Mal.

»Hast du mitgekriegt, was mit der Schwester von Abigail passiert ist?«, fragte Harriet. »Und hör um Gottes willen auf, so zu schlingen.«

»Nee«, sagte Sofia mit vollem Mund. »Was ist mit ihr?«

»Isaac und ich waren vorhin einkaufen, und als wir rauskamen, haben vier Jugendliche sie auf dem Parkplatz zusammengeschlagen. Isaac hat sie nicht mehr gekriegt.«

Sofia verschluckte sich an ihrem Bissen und begann zu husten, umso heftiger, weil sie scharfe Soße eingeatmet hatte. Schill langte mechanisch herüber und klopfte ihr auf den Rücken.

»Wer?«, keuchte Sofia und wischte sich über die tränenden Augen. »Habt ihr gesehen, wer es war?«

»Diese Blonde, Chloe, glaube ich, mit dem versoffenen Scheißkerl von einem Vater. Hat Hausverbot bei uns«, fügte sie erklärend zu Isaac hinzu. »Letzten Monat hat er mit Flaschen geschmissen, hat eins der Mädchen fast zu Tode erschreckt. Kein Wunder, dass seine Tochter nach ihm kommt. Und Oscars Bruder war auch dabei.«

»Die haben Lizzie verprügelt? David und Chloe?«

»Wir haben es zufällig gesehen. Sie sind weg, sobald sie uns bemerkt haben. Isaac ist ihnen nachgelaufen, hat sie aber wie gesagt nicht gekriegt. Ich habe Elizabeth nach Hause gefahren, sie wollte nicht zum Arzt.«

»Sah aber ziemlich übel aus«, sagte Isaac, der Sofia ebenfalls beobachtete. »Dürfte ein, zwei Wochen dauern, bis sie sich wieder bei Schönheitswettbewerben melden kann.«

»Und warum? Hat sie was gesagt?« Sie war völlig aus der Fassung. Deshalb hatte Schill gewusst, dass sie nicht den ganzen Abend bei Abigail gewesen war. Aber was hatten Chloe und David mit Lizzie zu schaffen? Abigail hatte Sofia erzählt, dass sie Lizzie nichts gesagt hätte.

»Sie wollte mir nichts sagen, aber ich kann das Mädchen ja nicht gegen ihren Willen zum Arzt schleifen. Sie ist achtzehn.« Harriet rieb sich die Stirn. »Ehrlich gesagt denke ich, dass sie –«

Das Wohnzimmerfenster zersprang mit einem Knall. Glas platzte über sie. Etwas Schweres, Großes traf mit einem wuchtigen, den Tisch über die Dielen verrückenden Schlag die Tischkante zwischen Schill und Isaac, die sich gegenübersaßen.

Für den Bruchteil eines Augenblicks war Sofia sicher, dass jemand geschossen hatte. Der Schock verkrampfte ihren ganzen Körper, bevor sie überhaupt wusste, was geschehen war, das Herz war ihr in die Kehle gesprungen. Schill hatte sie von ihrem Stuhl gestoßen und sich schützend zur Seite geduckt. Sofia war weit weg, in einem dunklen Treppenhaus, alles schwarz um sie herum, und ein schneidender Knall über ihrem Kopf.

»Fuck!«, brüllte jemand über ihr, und sie war wieder in der Gegenwart, auf dem Teppich neben ihrem Stuhl kauernd, einen Arm über den Kopf erhoben. Es war schlagartig kalt geworden. Überall lagen Scherben.

Harriet, die zuerst zu sich gekommen war, war aufgesprungen. Sie riss die Verandatür auf und war hinaus, bevor jemand sie aufhalten konnte.

»Hey!«, schrie Schill ihr nach.

»Ihr verdammten Arschlöcher!«, hörten sie Harriet brüllen. Ihre Stimme überschlug sich zu einem heiseren Bellen. »Ihr missratenen Hurensöhne!«

Im Wohnzimmerfenster klaffte ein riesiges Loch. Große, ausgefranste Stücke Glas ragten aus dem Rahmen. Der Wind wehte Regen ins Haus. Als Sofia sich heftig zitternd aufsetzte, glitt das Licht der Wohnzimmerlampe blitzend über die Scherben, die über Dielen und Teppich verstreut waren. Unter dem Fenster lag ein schwerer grauer Baustein, der von der Tischkante abgeprallt war, groß wie eine der Kugeln, die sie in Sport zum Kugelstoßen verwendeten.

Von der Straße kam das Geräusch eines anfahrenden Wagens. Harriet schrie immer noch, außer sich vor Wut. Isaac schob Schills Hand beiseite, als er ihn zurückhalten wollte, und folgte Harriet nach draußen. Als Sofia aufstand, griff Schill ihren Arm und zog sie vom Fenster weg.

»Bist du verletzt?«

»Nein«, sagte Sofia benommen. Sie atmete tief und zitternd durch den Mund. Ihre Augen waren weit aufgerissen. »Ich glaub nicht.«

»Gut. Hol einen Müllbeutel aus dem Flur. Pass auf, wo du hintrittst.«

Sofia ging betäubt in den Flur, wo sie hinter einem alten Duschvorhang unter der Treppe die Putzsachen aufbewahrten. Sie zog ihre Turnschuhe an, wofür sie drei Anläufe brauchte, und holte Müllbeutel, Schaufel und Handfeger. Kalter Wind zog durchs Fenster. Schill zitterte, vor Wut über seine Untätigkeit oder Schock. Zusammen begannen sie, die Scherben aufzulesen. Nur noch der Wind und der Regen waren zu hören.

Sie hatten halbwegs aufgeräumt, als sie Schritte auf der Veranda hören. Schill stand zu schnell auf und stürzte seitlich gegen den

Tisch. Sofia ließ den Müllsack fallen und sprang ihm zur Seite, um ihm aufzuhelfen. Es waren nur Harriet und Isaac. Sie waren beide völlig außer Atem, und ihnen war anzusehen, dass sie ihnen entwischt waren.

Sofia half Schill, der sie gereizt wegschob, auf einen Stuhl. Harriet schloss die Tür hinter Isaac. »Alles okay bei euch? Sofia? Schill?«

»Habt ihr wen gesehen?«, fragte Schill.

Isaac ging zum Sofa und nahm eine Decke von der Lehne. »Die hatten ein Auto. Harriet hätte sie um ein Haar gekriegt, aber sie waren schon im Wagen. Waren meiner Meinung nach die, die vorhin die Schwarze verprügelt haben.« Er faltete die Decke auf. »Kann ich die ins Fenster hängen?«

»Ich helfe dir«, sagte Harriet. »Bleib sitzen, Schill.« Unter ihren Schuhen knirschten vergessene Scherben. Isaac warf die Decke von innen über den Fensterrahmen, sodass das verbliebene Glas außen war. Harriet klemmte sie fest und verriegelte das Fenster. Isaac warf den Stein vor die Tür.

»Woher kommt der?«, fragte er.

»Vom Baugelände nebenan«, sagte Schill. »Liegt schon seit Jahren brach.«

»Keiner hat was abgekriegt? Isaac, was ist mir dir? Du blutest.«

Isaac fuhr sich über die Wange und betrachtete überrascht seinen blutigen Daumen. »Nichts Schlimmes«, sagte er. Er wischte sich die Hände rasch an seiner Hose ab. »Habt ihr einen Staubsauger?«

»Funktioniert nicht richtig. Zu viel Sand.«

Für einen Moment dachte Sofia, Isaac würde sagen, das hätte ihn auch gewundert, aber er hielt den Mund. Er wirkte nicht wie Harriet erschöpft, im Gegenteil. Es kam Sofia vor, als sehe sie ihn das erste Mal: ein zu scharfes Lächeln, zu weite, zu dunkle Augen. Davids Blick in der Schule, als sie Schill hinterher hinausgegangen war, war hohl und tief gewesen, Isaacs war wild und hungrig.

Schill hatte sich beim Auflesen der Scherben geschnitten und wusch sich im Bad die Hände. Als sie mit dem Aufräumen fertig waren und morgen nur noch blieb, den Rest der Splitter aus dem Teppich zu lesen, die man bei dem wenigen Licht nicht mehr sah, sagte Isaac: »Ich geh raus und rauch eine. Bin gleich zurück.«

»Du gehst ins Bett«, sagte Harriet an Sofia gewandt, die in Turnschuhen und T-Shirt im Flur lehnte, und diesmal widersprach Sofia nicht.

Schill ging mit ihr hinauf, um nachzusehen, ob sie wirklich ins Bett ging. Er hatte sich Pflaster um zwei Finger geklebt. In der Tür blieb er stehen und zog etwas aus seiner Hosentasche. Das tätowierte Messer auf seinem Arm bewegte sich, als er es hochhielt. Es war Isaacs Ausweis. Er musste ihr aus der Tasche gerutscht sein, als sie ihm geholfen hatte, die Scherben aufzulesen.

»Wie zum Teufel bist du da rangekommen?«, sagte er. Er sah jetzt nur noch müde aus.

»Ich dachte, es ist vielleicht seine Dienstmarke«, sagte Sofia, ohne ihm in die Augen zu sehen. »Aber er ist kein Cop, oder?«

Schill sah sie lange an. Dann sagte er: »Sofia, schwörst du mir bitte, dass du nichts damit zu tun hast, dass ein Stein uns fast erschlagen hätte?«

»Habe ich nicht.«

»Ich weiß nicht, was ihr angestellt habt, aber es muss endlich aufhören.«

»Schill«, sagte sie verzweifelt. »Ist er wirklich wegen mir hier?«

Er sah sie an. Ihr war nicht aufgefallen, wie schief er stand. Seine Schulter musste ihn wieder schmerzen. »Ja«, sagte er. »Natürlich.«

Es fühlte sich an, als kippe unter ihr einfach der Boden weg. Sie hatte das erwartet, sie hatte es gewusst, vielleicht vom ersten Moment an, als sie die Angst auf Harriets Gesicht gesehen hatte, als sie und Oscar früher nach Hause gekommen waren als erwartet und als sie Isaacs Hand im Flur geschüttelt hatte. Sie erwartete, zu taumeln, umzufallen, aber sie stand still und aufrecht da.

»Du musst im Moment alles genau so tun, wie wir es dir sagen, Sofia. Das hier ist ernst. Hast du mich verstanden?«

»Ja«, flüsterte sie.

»Gut«, sagte er müde. »Ich muss gleich zur Arbeit.«

»Warum?«

Er hörte die Angst in ihrer Stimme. »Euch passiert nichts«, sagte er. »Mach dir keine Sorgen, Sofia. Wir kriegen das hin. Wir haben eine Absprache.« Er wandte sich zum Gehen. »Geh jetzt zu Bett. Du hast einen Schock.« Und damit ließ er sie stehen.

17.

Am nächsten Morgen war der Himmel aufgeklart. Die Hitze kam mit Wucht zurück. Der Boden trocknete innerhalb eines heißen Tages komplett aus. Tagsüber lärmten die Zikaden, abends bis tief in die Nacht die Grillen. Es wurde völlig windstill. Zwar zogen ab und an Wolken über den Himmel, weiß und konturlos, aber sie schienen an der Sonne vorbeizugleiten. Alles, was davon zeugte, dass sie sich überhaupt bewegten und nicht wie angemalt dort standen, waren die blassen Schatten, die über Stadt und Landschaft glitten. Wenn Sofia aus dem Haus trat, waren Veranda, Vorgarten und Straße mit dem feinen Staub des Brachlands bedeckt. Abends konnte sie ihn aus ihren Turnschuhen schütten.

Am Dienstag, dem Tag nach dem Überfall, hatte Isaac gemeinsam mit Harriet im Baumarkt in Kane eine neue Scheibe für das Wohnzimmerfenster besorgt. Schill, der sich weigerte, länger mit Isaac allein zu sein, und seine schlechte Laune nie ganz ablegte, half ihnen, sie einzusetzen.

Isaac trug in der Hitze nicht mehr seinen Anzug, sondern Jeans und dazu alte T-Shirts, die Schill ihm lieh. Er war blasser als Oscar am Anfang des Sommers, aber er erwies sich als weitaus weniger schwächlich, als Sofia gedacht hatte. Kochen war nicht sein einziges Talent. Zusammen mit Harriet gelang es ihm, den launischen Wagen wieder richtig in Gang zu bringen. Er und Schill flickten die Löcher im Verandadach mit Teerplatten, während Harriet ihnen mit verschränkten Armen von unten dabei zusah, ihnen Platten anreichte und darauf wartete, dass einer von ihnen vom Dach fiel.

Beim Arbeiten war Isaac immerzu guter Laune. Er benahm sich wieder freundlich, hilfsbereit und harmlos, ganz, wie er es vorher getan hatte, aber Sofia vergaß nicht, wie er im Wohnzimmer vor dem klaffenden Loch im Fenster gestanden hatte, wach und bemüht, nicht vor Erregung zu grinsen.

Sie arbeiteten, um sich zu beschäftigen, nicht, weil es alles unaufschiebbare Dinge gewesen wären. Obwohl Sofia sich große Mühe gab, tagsüber so lange wie möglich unterwegs zu sein und Isaac aus dem Weg zu gehen, bekam sie abends einen guten Eindruck von der Stimmung, die im Haus herrschte. Alle drei schienen auf etwas zu warten. Sofia wartete auch, doch von gezwungen entspannten Gesprächen beim Abendessen abgesehen, die hin und wieder in Sticheleien ausuferten, die Harriet beendete, geschah nichts. Als hätten sie sich untereinander abgesprochen, taten sie alle so, als wäre Isaac einfach ein alter Bekannter, der zufällig vorbeigekommen war.

Es wäre nicht besonders schwer für Isaac gewesen, einen Grund zu finden, um mit Sofia für eine Weile allein zu sein. Doch er bot ihr nicht an, einen langen Spaziergang die Straße hinab ins Brachland zu machen, fragte sie nicht wieder, ob sie ihm die Stadt zeigen könne oder ob sie mit ihm einkaufen fahren wolle. Sofia gab ihr Bestes, die nagende Unruhe in ihrem Magen zu ignorieren, und hielt ihr Versprechen, Abigail jeden Tag zu besuchen.

Bislang war Sofia nicht bereit gewesen, Oscar zu vergeben. Es war gut, dass sie Abigail hatte, denn auch nach Jeremys Gesellschaft war ihr nicht. Bei den Hawleys war in der Nacht auf Dienstag ebenfalls ein Stein durchs Fenster gegangen. Lizzie, die zu diesem Zeitpunkt gerade in der Küche Käsesandwiches für Abigail gemacht hatte, war mit einem zweiten Schrecken davongekommen. Ihre Mutter hatte zwar Anzeige erstattet, doch laut Abigail behauptete Lizzie hartnäckig, dass sie nicht gesehen hätte, wer das Fenster eingeworfen hatte, und auch niemanden im Verdacht hatte. Sie hatte Mr. Glover, der die Anzeige aufgenommen hatte, erzählt, es sei vielleicht ein Betrunkener gewesen, doch da das Fenster als einziges in der Straße eingeworfen worden war, erschien niemandem das besonders wahrscheinlich. Mrs. Hawley war wütend auf ihre ältere Tochter und hatte laut Abigail jetzt den dritten Abend in Folge darüber gestritten. Lizzie schwieg beharrlich. Mit Sofia sprach sie nicht mehr als nötig, wenn sie da war. Sofia war sich sicher, dass sie immer noch glaubte, dass das alles Sofias Schuld gewesen war, und im Grunde stimmte das.

Isaac passte Sofia am Freitag ab. Sofia, die es zu Hause nicht aushielt, war früh in die Stadt gefahren, um Abigail neue Bücher aus der Bibliothek zu besorgen. Sie hatte sich gestern die Titel durchgesehen, die Abigail dahatte, und zu Hause Harriet nach Empfehlungen gefragt.

»Für dich?«, hatte Harriet erstaunt gesagt. »Schill versucht doch nicht wieder, dich zur Literatin zu erziehen?«

»Nein, Abigail.«

Harriet klang amüsiert. »Willst du sie beeindrucken?«

»Nein, ich will ihr was zu lesen mitbringen, was sie noch nicht hat. Ich lese Comics, wenn ich bei ihr bin.« Das stimmte allerdings nicht, jedenfalls nicht nur. Es war sicherlich nicht Sofias Vorstellung eines idealen Sommers, den ganzen Tag lesend in einem warmen Zimmer zu sitzen, doch *Der große Gatsby* war leicht zu lesen und unterhaltsam.

Die Bibliothek lag direkt am Park im Gebäude neben dem Rathaus. Sofia, die sich ihre Comics auf Hausflohmärkten oder im Laden kaufte, sich aber inzwischen dort zurechtfand, fand zwei der drei Titel, die Harriet ihr aufgeschrieben hatte, lieh sie aus und verließ die Bibliothek. Draußen traf sie zum ersten Mal seit ihrem Streit auf Oscar. Er hatte gerade sein Fahrrad abgestellt. Als er Sofia auf der sonnigen Straße bemerkte, sah er auf. Er kniff die Augen gegen das Licht zusammen.

Sie sahen sich lange an. Dann sagte Oscar mit einem Schatten seines alten Lächelns: »Hey.«

Er sah müde aus. Wenn Sofia letzte Woche aufgefallen war, wie abwesend er aussah, dann war das nichts im Vergleich zu jetzt. Er war inzwischen tief braun gebrannt und sein Gesicht voller Sommersprossen, doch sein knappes Lächeln erreichte seine Augen nicht. Unter ihnen lagen tiefe Schatten.

»Hey«, sagte Sofia.

»Seit wann gehst du in die Bibliothek?«

»Für Abigail.«

»Du bist jetzt viel bei ihr, oder?« Er klang bitter, aber nicht anklagend, und lächelte noch. »Wie geht es ihrem Bein?«

»Nächste Woche darf sie Krücken benutzen.«

»Das ist gut. Sag ihr von mir gute Besserung.« Er nickte in ihre Richtung. »Und dein Bein?«

»Gut.«

Sie schwiegen. Im Park schrien spielende Kinder, zwei Hunde bellten sich an.

»Ich habe versprochen, dass ich mich beeile«, sagte Oscar dann. Er schien abzuwarten, ob sie noch etwas sagen würde. Er war schon an ihr vorbei, als Sofia herausplatzte: »Ich vermisse dich!«

Er drehte sich um.

»Es tut mir leid«, sagte Sofia, rasch und heftig, ehe sie es sich anders überlegen konnte. »Was ich zu dir gesagt habe, war furchtbar, und es tut mir leid.«

Oscar sagte erst gar nichts, doch dann schüttelte er den Kopf. »Vergiss es.«

»Ich mein's ernst.«

»Ich habe gesagt, vergiss es«, sagte er, aber sein Lächeln war weicher geworden. »Willst du noch mal mit reinkommen oder wartest du fünf Minuten hier draußen?«

»Ich muss dir was erzählen, Oscar.«

Die Anspannung in ihrer Stimme und Haltung fiel ihm auf. Er drehte sich ganz zu ihr um.

»Es ist kompliziert«, sagte Sofia. »Es hat ausnahmsweise nichts mit David zu tun, sieh mich nicht so an.« Sie versuchte zu grinsen. »Ich kauf uns Eis oder Limonade, okay?«

Oscar lachte knapp, dann stieg er die Treppe zur Bibliothek wieder herunter und kam zu ihr. »Du musst mich nicht bestechen, aber gut«, sagte er etwas entspannter. »Erzähl's mir auf dem Weg.«

Sofia fing nicht sofort an. Sie versuchte, ihre Gedanken zurechtzulegen. Oscar ließ sie machen. Er kannte sie, wusste, wann sie nachdachte.

Sie hatten die Straße zum Park überquert, als Sofia Isaac sah. Er stand fünfzig Meter entfernt am Rand des Parks und betrachtete, die Hände locker in den Taschen, das Kriegsdenkmal. Sofia blieb wie angewurzelt stehen. Oscar, der weitergegangen war, drehte sich zu ihr um.

»Wo bleibst du?«, fragte er. Dann folgte er ihrem Blick. Seine Miene wurde starr. »Was macht *er* hier?«

Jetzt drehte Isaac sich zu ihnen um, und da war Sofia sich sicher, dass er sie längst bemerkt hatte. Womöglich beobachtete er sie, seit sie aus der Bibliothek gekommen war, oder war ihr sogar in die Stadt gefolgt. Drei Tage hatte sie darauf gewartet, dass er es tun würde. Als sie ihn jetzt dastehen und überrascht tun sah, stieg ungeheurer Ärger in ihr auf.

Isaac hob die Hand zum Gruß. Sofia ging ihm entgegen, rasch, fast lief sie. Oscar folgte ihr.

»Sieh mal an«, sagte Isaac und lächelte. Mit seinem dichten, dunklen Haar und der Sonnenbrille erinnerte er Sofia entfernt an Jazz. Trotz des verwaschenen, ihm zu großen T-Shirts und der ausgeblichenen Jeans schaffte er es, nicht abgerissen zu wirken. Am Anfang hatte es merkwürdig an ihm ausgesehen, jetzt trug er die Sachen mit der gleichen entspannten Selbstverständlichkeit, mit der er Sofias bissige Attacken beim Abendessen annahm, mit denen sie jeden Abend hoffte, ihn endlich vor Schill und Harriet zum Reden zu bringen.

»Hallo, Oscar. Was macht deine Migräne?«

Oscar lächelte nicht zurück.

»Was treibt ihr zwei in der Stadt?«

»Ich war in der Bibliothek. Und was machen Sie hier?«

Isaac warf ihr eine Papiertüte zu, die sie bis eben nicht in seiner Hand bemerkt hatte. Sofia fing sie überrascht knapp vor ihrer Brust auf. In der Tüte waren zwei Packungen Schrauben.

»Euer Haus ist eine Katastrophe«, sagte Isaac. »Ich will das Küchenfester und die Dielen in der Veranda reparieren.«

Sofia warf ihm die Tüte zurück. Isaac fing sie auf. »Wo steht Ihr Wagen?«

»Auf der anderen Straßenseite«, sagte er und wies über die Schulter. »Ich habe ein paar mehr Sachen besorgt und mir auf dem Rückweg den Park angesehen. Soll ich dich mitnehmen?«

Plötzlich und heftig wünschte Sofia sich, Oscar würde sie berühren und nicht bloß dicht neben ihr stehen. »Ich bin mit dem Fahrrad hier.«

»Was machst du in der Bibliothek? Ich dachte, du liest nur Comics.«

»Ich habe Bücher für eine Freundin geliehen.«

»Für Abigail?« Er lächelte. »Dann liegen sie und ihre Schwester jetzt wohl beide im Bett? Ist eine Schande bei dem Wetter.«

»Wir wollten gerade gehen«, sagte Oscar.

»Ach ja?«, sagte Isaac und sah ihn an, auch wenn es mit der Brille schwer zu erkennen war. »Ich dachte, Sofia zeigt mir den Park. Ich kenne mich hier nicht aus. Sightseeing, weißt du?«

»Sightseeing«, wiederholte Oscar. Es war kein Scherz, sondern unverhohlene Feindseligkeit. Sofia konnte sich an keinen Menschen erinnern, zu dem Oscar je feindselig gewesen wäre. Selbst Idioten aus der Schule war er höchstens mit Verachtung begegnet. »In Highville?«

»Ich kann euch auch beide mitnehmen. Würde dir das was ausmachen, Sofia?«

Sie starrte ihn an, konnte aber nicht sagen, wie er es meinte.

»Ich glaube kaum«, sagte Oscar. »Wir sind beide mit dem Fahrrad da.«

Isaac ließ eine kurze Pause. »Du solltest ein wenig höflicher sein«, sagte er dann, und Sofia hörte einen winzigen Anflug von Verärgerung, der für Oscar vielleicht nicht einmal erkennbar war.

»Sofia«, sagte Oscar. Er nahm ihre Hand, und sie zuckte zusammen. »Komm. Wir gehen.«

Sie drehte sich halb zu ihm um. Sein Griff war fest. »Ist schon okay. Geh allein.«

Er schien überrascht. Sie wusste, was er sagen würde. Sie machte ihre Hand los. »Ich komme zurecht«, sagte sie. »Hast du nicht gesagt, dass du auf Lucas aufpassen musst?«

Oscar war sichtlich vor den Kopf gestoßen. Er sah zu Isaac, der Abstand von ihnen gehalten hatte, dann zu Sofia. Kurz dachte sie, er würde sich über sie hinwegsetzen. Dann sagte er: »Grüß Abigail von mir.« Er wandte sich von ihnen ab. Zusammen mit Isaac sah Sofia ihm nach, bis er die Stufen zur Bibliothek hinaufgestiegen und, nachdem er sich noch zweimal nach ihnen umgesehen hatte, hineingegangen war.

»Reizender Junge«, bemerkte Isaac.

»Er ist mein bester Freund«, sagte Sofia sehr leise. Isaac lächelte auf eine Art und Weise, die offensichtlich sein ließ, dass er sich über sie lustig machte. Sofia dachte daran, wie Schill, als Oscar ihr vor den Ferien das Fahrrad wiedergebracht hatte, gesagt hatte: *Er ist eine Memme.* Wie sie selbst es zu ihm gesagt hatte, enttäuschter, grausamer.

»Wollen wir uns da hinten setzen?«, fragte Isaac. Sofia war klar, dass es ein Angebot war, das sie ablehnen konnte. Sie ließ Isaac vorausgehen und folgte ihm in den Park. Auf den trockenen gelben Rasenflächen saßen Familien und Jugendliche in kleinen Gruppen zusammen, auf Decken oder mitgebrachten Strandmatten. Kinder rannten im Schatten der neu gepflanzten Bäume, die den Park säumten. Sofia sah niemanden in der Nähe, den sie gut kannte und der an ihnen interessiert gewesen wäre. Solange sie und Isaac einander nicht angriffen, war das hier ein gut gewählter Platz.

Isaac setzte sich auf eine freie Bank, von der aus sie das Rathaus und die Bibliothek im Blick und keine unmittelbaren Zuhörer hatten, schlug die Beine übereinander und wartete, bis Sofia sich neben ihn gesetzt hatte, im größtmöglichen Abstand. Sie stellte den Rucksack zwischen sie. Hinter ihren Schläfen hatte es zu pochen begonnen. Sie bekam Kopfschmerzen.

Isaac sprach zuerst. »Sofia, ich will klarstellen, dass, wenn ich dir und deinen Eltern etwas tun wollte, ich es längst getan hätte.«

»Ich weiß, warum Sie hier sind«, sagte Sofia. »Ich weiß nur nicht, warum ich noch hier bin.«

Isaac sah sie scharf an. Er schien überrascht, dass sie so direkt zum Punkt kam. »Wie meinst du das?«, fragte er.

Sofia spürte einen neuen Anflug von Zorn, ein wütender Stich. »Sie wissen genau, wie ich das meine. Sie hätten Schill und Harriet längst verhaften können oder wozu Sie auch immer die Befugnis haben. Zögern Sie das nur hinaus, bis ich freiwillig mit Ihnen in Ihr Labor gehe?«

Isaac schien zu überlegen, wie vorsichtig er es angehen sollte, jetzt, wo sie seine Strategie offenbar über den Haufen geworfen hatte. »Hör mal«, sagte er schließlich mit einem Seufzen. »Ich fürchte, wir haben uns gegenseitig leider früh auf dem falschen Fuß erwischt. Natürlich sind Walter und Harriet nicht überschwänglich froh, mich zu sehen. Sie verstecken sich seit zehn Jahren mit einem entführten Kind unter falschem Namen vor der Polizei. Sie haben nicht damit gerechnet, dass ich sie überhaupt finde, und ich kann nicht sagen, dass wir in Freundschaft auseinandergegangen wären, aber nichtsdestotrotz bin ich jetzt hier, um euch zu helfen.«

»Wie haben sie uns überhaupt gefunden?«

»Warum ist dir das wichtig?«, fragte er, doch er erzählte es ihr. »Walter und Harriet waren sehr gründlich. Es war völliger Zufall, dass es überhaupt geklappt hat. Ich habe nie verstanden, wie ihr es damals geschafft habt. Ihr wart ein ungewöhnliches Gespann, man hätte euch viel öfter sehen müssen. Zwischendurch war ich sicher, ihr hättet das Land verlassen.« Es schien ihm Vergnügen und Genugtuung zu bereiten, es zu erklären. »Manchmal erinnern sich die Leute erst Jahre später an gewisse Dinge, so ist das im richtigen Leben. Manchmal dauert es Jahrzehnte, bis man einen Mörder findet, und dabei waren die Beweise die ganze Zeit da. Sie waren bloß im falschen Archiv, oder eine Zeugin hat gelogen oder sich etwas eingebildet.«

»Kommen Sie zum Punkt.«

»Ich hatte schon sehr lange den Verdacht. Im Februar habe ich noch einmal jemanden auf Julie angesetzt, und er hat sie und Harriet in diesem Motel in Lincoln gefunden.«

Sofia sprang auf. »Sie haben *was*? Sie haben –«

»Ich konnte es erst nicht glauben. Ich dachte, er hätte sich geirrt. Vielleicht hatte er einfach nur gesehen, dass sie schwarz war, und nicht näher –«

»Sie haben ihr nachspioniert?«

Isaac sah zu ihr hoch. Er sagte nicht sofort etwas. »Was hast du erwartet?«

»Sie sind ein Schwein. Ficken Sie sich.«

»Setz dich wieder hin«, sagte er, jetzt barsch, als habe er erwartet, dass sie ihm zu seinem detektivischen Erfolg gratulierte. »Du solltest an deinem Verhalten arbeiten.«

»Haben Sie ihr das gesagt? Harriet? Haben Sie ihr gesagt, dass Sie sie verfolgt haben?«

»Natürlich habe ich ihr das gesagt«, sagte Isaac. »Sie wollte es schließlich wissen. Sofia, setz dich jetzt bitte hin und rede mit mir wie eine Erwachsene. Hör mir zu. Ich verstehe dein Misstrauen mir gegenüber, auch wenn dein Verhalten kindisch ist.« Er sprach wieder ruhiger und sanfter. »Wir müssen ein paar Missverständnisse zwischen uns aufklären und ich würde das gern zivilisiert tun. Setz dich jetzt wieder hin. Die Leute starren.«

Das war übertrieben. Kaum jemand hatte sich zu ihnen umgedreht, und die paar Menschen, die zu ihnen herübersahen, wandten die Blicke wieder ab, als Sofia sich umdrehte. Sie mussten wirken wie Nichte und Onkel, die sich über irgendeine Belanglosigkeit stritten.

Äußerst widerwillig setzte Sofia sich wieder. Sie hatte die Hände so fest zu Fäusten geballt, dass ihre Fingernägel in ihre Handflächen schnitten. Isaac schwieg eine Weile, als wolle er ihr Gelegenheit geben, ein paar Mal tief Luft zu holen.

»Ich will dir eine Perspektive geben«, sagte er schließlich. »Du hast ein Zuhause bei uns.«

»Ja, in einem Labor«, sagte Sofia rau.

»Wir sind nicht in einem Comic«, sagte Isaac. Sofia stellte sich vor, ihm an die Gurgel zu gehen. Das half ein wenig. »Ich kann mir denken, was du dir jetzt vorstellst, aber wir sind keine Cartoon-Bösewichte. Der Name des Instituts wird dir nichts sagen, schließlich ist das hier Nevada, aber es ist ein Forschungsinstitut, wie es sie im ganzen Land gibt und wie sie nötig sind, damit die Medizin sich weiterentwickelt.«

»Gott schütze Amerika«, murmelte Sofia, bevor sie sich zusammenreißen konnte.

»Ich weiß, dass das viel für dich ist, nach zehn Jahren«, sagte Isaac mit einem Lächeln, das er vielleicht für verständnisvoll hielt, bei dem Sofia jedoch übel wurde. »Aber ich möchte, dass du weißt, wo du herkommst, und zwar die Wahrheit und nicht irgendeine Horrorgeschichte, die Walter und Harriet dir erzählt haben.«

Sofia sah ihn an. »Was soll das denn heißen?«

»Glaubst du den beiden alles, was sie dir erzählen? Ist dir nie in den Sinn gekommen, dass sie dir Dinge verschwiegen haben?«

Jetzt war es Sofia, die kurz verblüfft war. Zu ihrer Verärgerung bemerkte Isaac es. »Deshalb wollten Sie nicht vor ihnen mit mir reden«, sagte sie, um ihm zu zeigen, dass sie kein Interesse daran hatte, ihn großäugig zu fragen, was er damit meinte. »Damit Sie mir irgendeine Geschichte auftischen können?«

»Du hast es vielleicht, verständlicherweise, vergessen, aber die beiden sind Fremde, nicht deine Eltern.«

»Natürlich sind sie meine Eltern«, sagte Sofia kalt.

»Walter hat dich als verletztes, traumatisiertes Kind verschleppt und für zehn Jahre versteckt gehalten. Kindesentführung ist kein Kavaliersdelikt.«

»Er heißt Schill und er hat mich nicht verschleppt –«

»Du kennst ihn nicht wie ich, du hast keine Ahnung, was er früher getan hat. Weißt du, als was er gearbeitet hat?«

»Natürlich, er war Security, aber das –«

»Ja, er war Security, und nicht die, die man anheuert, um die Nachbarschaft sicherer zu machen. Ich weiß, dass du ihn als eine Vaterfigur betrachtest, aber er ist ein gewalttätiger und gefährlicher Mann. Er hat zwei Männer angegriffen, in der Nacht, als er dich mitgenommen hat. Einer von beiden hat inzwischen Epilepsie. Walter hat ihn fast erwürgt.«

Sofia öffnete den Mund und schloss ihn wieder. »Ihre Leute haben ihn fast abgeknallt«, sagte sie heiser. »Es ging ihm so schlecht, dass wir dachten, er würde sterben.«

Isaac machte eine kleine, ruckartige Bewegung, als wolle er sich zu ihr vorlehnen und sie schütteln, aber dann sagte er nur ruhig: »Ich glaube, ich kenne ihn besser als du, Sofia. Er ist ein gefährlicher Mann und er ist nicht der Einzige mit einer dicken Strafakte. Harriet –«

»Lustig«, sagte Sofia, »dass Sie das sagen, wo Sie meine Mutter getötet haben.« Sie sprach ganz ruhig, aber ihr war heiß geworden.

Isaac sah sie an. »Hat Walter dir das erzählt?«, fragte er. »Das ist Schwachsinn.«

»Meine Mutter ist also rein zufällig direkt vor Ihrem – Ihrem *Institut* vor ein Auto gelaufen?«

»Das war ein furchtbares Unglück.«

»Sie hat versucht zu fliehen. Sie haben sie als Gefangene gehalten, und mich auch.«

Isaac schüttelte den Kopf. »Genau das meine ich, wenn ich sage, dass Walter und Harriet dir Dinge eingeredet haben, die so nie passiert sind. Hast du dich nie gefragt, warum Walter dir so wenig vom Tod deiner Mutter erzählt hat?«

»Er hat –« Sie verstummte. Woher konnte er wissen, wie viel Schill ihr erzählt hatte?

Isaac lächelte schon wieder. Er hatte sie genau da, wo er wollte. »Hat er dir überhaupt je von deiner Mutter erzählt?«

»Ich muss mir das überhaupt nicht anhören«, sagte Sofia heiser. »Ich kann einfach gehen.«

»Was hat er dir gesagt? Dass sie eine Gefangene war? Dass wir sie mit Waffengewalt in einer Zelle eingesperrt gehalten haben? Sie ist freiwillig zu uns gekommen, Sofia.«

»Am Anfang vielleicht, aber –«

»Ich kannte deine Mutter gut. Ich habe an der Studie mitgearbeitet und sie später geleitet. Walter kann es dir nicht erzählt haben, weil er es nicht weiß.« Isaac hob die Hände. »Lass mich ausreden. Lass mich dir erklären, an was ich arbeite. Du stellst dir vielleicht irgendein unterirdisches Labor voller Mutanten und Aliens vor wie in Hollywood, aber das ist Schwachsinn. Das richtige Leben ist langweilig. Ich bin Wissenschaftler, kein Arzt. Ich habe 1965 angefangen, für das Institut zu arbeiten, in der medizinischen Forschung, dann in der Impfforschung. Mich interessiert nicht, eine Grippe zu behandeln, sondern die Erkrankung zu verhindern.« Er machte eine kurze Pause, als wolle er ihr Gelegenheit für Nachfragen geben. »Deine Mutter war Probandin bei uns, eine von sehr vielen. Sie hatte schon zweimal vorher an Studien teilgenommen, beide Male für Impfmittel. Für beide Studien bekam sie Geld, für die erste sogar Punkte am College, aber die zweite musste sie abbrechen, weil sie ein Drogenproblem entwickelt hatte. Sie war noch sehr jung. Im Dezember 1966 kam sie ein drittes Mal zu uns. Sie war schwanger, im vierten oder fünften Monat. Es ging ihr sehr schlecht. Sie war aus ihrer Wohnung geworfen worden. Ihr Freund, ein Kleinkrimineller, der sie aufgegriffen hatte, sobald sie ahnungslos in die Großstadt gezogen war, misshandelte und terrorisierte sie. Es war Dezember, sie war schwanger, sie konnte nicht auf der Straße leben oder in ein Obdachlosenheim. Sie wusste nicht, wie sie ihr ungeborenes Kind durchbringen sollte. Also haben wir ihr einen Platz in einer Studie organisiert, die gerade durchgeführt wurde.«

»Wie großherzig von Ihnen«, sagte Sofia. Sie wollte nichts mehr, als dass er zu reden aufhörte, und gleichzeitig konnte sie nicht anders, als ihm zuzuhören und zunehmend nervöser zu werden.

»Erinnerst du dich an früher?«

Seine abrupten Fragen ärgerten sie. Er wollte sie überrumpeln und es gelang ihm zu gut. »Ich war fünf«, sagte sie scharf. »Ich erinnere mich. Ich war kein Baby mehr.«

Da war ein gelbes Zimmer gewesen und ein Bett mit einer Indianerdecke. In ihrem Bett saßen ein paar Kuscheltiere, und ihre Mutter schlief nebenan, sodass Sofia nur aufstehen und durch die Tür gehen musste. Sie konnte das Zimmer noch aus dem Gedächtnis zeichnen, hätte es jetzt für Isaac tun können. Es gab noch andere Orte: eine Wohnung mit knarrenden Dielen und fleckigen Wänden, ein Zimmer ganz in Rot, ein großes Schwimmbecken, alle stark verschwommen und schlecht zuzuordnen. Hinter der Wohnung in der Klinik lag ein Flur. Sie erinnerte sich, wie sie auf langen Sitzreihen wartete, ein Bilderbuch in der Hand oder ein Kuscheltier im Arm oder die Tagesdecke im Navajo-Muster. Sie sah zu, wie Männer und Frauen mit Akten und Klemmbrettern vorbeiliefen, Kisten trugen, Gerätschaften auf Rollbrettern schoben, manchmal ein Bett, in dem jemand lag. Ab und zu setzten sie sich auch auf die langen Reihen von Sitzen, holten aus dem Automaten zu essen oder zu trinken, unterhielten sich kurz, Sofia für sie unsichtbar. Sie ging zu jedem, der ihr Aufmerksamkeit schenkte, und bekam manchmal eine Packung Saft oder Kekse und von einem alten Mann in einem langen weißen Kittel ein Stück aus seinem Apfel, das er mit einem Taschenmesser herausschnitt.

Isaac beobachtete sie hinter seiner Sonnenbrille. »Vielleicht denkst du, dass du grausam aufgewachsen bist. Ich verstehe, dass du nach

Walters und Harriets Geschichten vielleicht denkst, du hättest es damals schlecht gehabt, aber so war es nicht, und schon gar nicht wegen uns.«

»Wie meinen Sie das denn?«, fragte Sofia barsch.

»Weißt du, wie deine Mutter war?«

Mommy, kurzes Haar, graue und grüne Kittel. Sie hatte Sommersprossen und ihre Nase war so schief, dass es komisch aussah. Sie schlief viel, egal, wo sie war. Sofia zog ihr die Decke weg, damit sie aufwachte. Jeden Morgen machte sie sich vor dem Spiegel das Haar. Wenn sie nicht die Kittel anhatte, trug sie enge Pullover und flache Cowboystiefel. Wenn sie badete, setzte sie Sofia ans andere Ende der Wanne und schüttete so viel Schaumbad ins Wasser, dass der Schaum sich knisternd bis hoch zu Sofias Ohren wölbte und in kleinen Fetzen im Bad umherwirbelte. Sofia in einem großen, von Zigarettenrauch nebligen Zimmer, in dem Mommy auf einer schmutzigen Matratze lag, Sofia barfuß, wie sie auf den Balkon lief, weil sie die Tür nicht aufbekam, sich auf einen Plastikstuhl stellte, um nach unten in die Straße sehen zu können, und »Mommy, Mommy, Mommy!« schrie, weil etwas Schlimmes passiert war. Mommy mit einem Kuchen. Mommy mit Pflastern auf den Armen. Mommy immer weit über ihr, eine Hand für Sofia, ihr Blick geradeaus, wenn Sofia etwas sagte.

»Sie hat mich geliebt«, sagte Sofia, weil er es infrage gestellt hatte, doch ihre Stimme klang hohl und fragend. »Sie wollte in dieser Nacht mit mir fliehen, weil sie mich geliebt hat.«

Isaac lächelte, doch jetzt war es schmerzlich. »Das haben sie dir also gesagt, ja?«

»Ich war dabei«, sagte Sofia, lauter als nötig. »Ich erinnere mich daran!« Aber das tat sie nicht, und plötzlich hatte sie Angst, dass Isaac das wusste, denn er sah völlig unbeeindruckt aus. »Sie hat sich vor ein Auto geworfen. Sie hat mich fallen gelassen.« Sie hielt ihre Handfläche hoch. An ihren Handballen war die Haut blass vernarbt. »Hier bin ich auf die Straße gefallen. Ich muss mich vor Ihnen nicht – Sie haben sie umgebracht. Meine Mutter wäre lieber gestorben, als dazubleiben.« Ihre Stimme zitterte. »Sie wusste, dass Sie mir etwas antun würden.«

»Wenn du es genau wissen willst, hat deine Mutter, die dich so sehr geliebt hat, dir in ihren letzten Minuten eine Pistole an den Kopf gehalten und gedroht, euch beide umzubringen.«

Sofia starrte ihn an, sprachlos. Isaac schien seinerseits überrascht, dass sie das nicht gewusst hatte. »Weißt du nicht, was deine Mutter getan hat, bevor sie sich umgebracht hat? Hat Walter dir das auch verschwiegen?«

Sie hatte keine Ahnung, was sie sagen wollte. Ihr Mund war taub. »Ich –«

»Sie ist Amok gelaufen«, sagte Isaac. »Sie hat vier Menschen getötet. Sie hat einen Arzt und einen Wachmann niedergestochen, ihm seine Pistole abgenommen und auf alle geschossen, die ihren Weg gekreuzt haben.«

Das war die Wahrheit. Sofia wusste es. Sie erinnerte sich an die vertrauten Korridore, durch die ihre Mutter sie trug, an die Schreie, an die Schüsse. Ein schweres Gewicht drückte auf ihre Brust. Sie konnte nicht sprechen.

»Deine Mutter war krank«, sagte Isaac, und plötzlich lag eine Bitterkeit in seiner Stimme, die sie zum ersten Mal hörte. »Sie war drogenabhängig und litt unter Paranoia und Wahnvorstellungen. Sie hatte Wutausbrüche, bei denen sie die Einrichtung ihres Zimmers zertrümmert hat.« Schreie, splitterndes Glas, das Poltern von Möbeln, Sofia unter ihrem Bett, zu Tode verängstigt – »Das war der Grund, weshalb sie nicht einfach gehen konnte. Walter hat das vielleicht ausgelassen, weil er dich schützen will, was weiß ich. Sicher kann man uns vorwerfen, dass wir früher hätten handeln müssen. Dich von ihr trennen, dich sicher unterbringen. So hat sie dich aus ihrem Zimmer holen und mitnehmen können. Es ist indirekt meine Schuld, dass ich die Zeichen nicht gelesen habe.«

»Sie lügen«, sagte Sofia heiser.

»Es war in den Nachrichten«, sagte Isaac. »Du kannst es alles im Archiv nachlesen. Die Tat einer Wahnsinnigen, mehrere Ärzte und Forscher, viele von ihnen Eltern. Es gab sogar Spekulationen, es wäre ein Anschlag auf die Regierung gewesen. Wir haben danach die Sicherheitsvorkehrungen erhöht, aber wir hatten mit deiner Mutter fünf Tote, mehrere Schwerverletzte und ein entführtes Kind. Ganz zu schweigen davon, dass es uns in der Forschung stark zurückgeworfen hat.«

Sofia, die entschlossen gewesen war, Isaac kein bisschen nachzugeben, sich nicht von ihm überraschen und erschrecken zu lassen, war völlig verloren. Mühsam konzentrierte sie ihre Gedanken und sagte: »Warum hat sie mich überhaupt geholt und versucht, mich rauszubringen, wenn nicht, um mich zu retten? Sie hat es ja bis zur Straße geschafft, oder?«

»Sie hat gehofft, damit durchzukommen«, sagte Isaac. »Als sie merkte, dass das nicht der Fall sein würde, hat sie geschrien, dass sie euch beide erschießt. Was, hat Walter dir erzählt, dass deine Mutter ihn darum gebeten hat, dich mitzunehmen? Dass sie ihm dich gegeben hat? Sie hat versucht, mich zu erschießen, und sie hätte auch Walter erschossen, wenn ihr nicht die Kugeln ausgegangen wären und er sie auf die Straße gedrängt hätte.«

»Nein«, sagte Sofia. »Nein.« Aber sie konnte sich nicht erinnern. Da war nichts außer der Sturm in dieser Nacht, der Regen. »Das hat er nicht.«

»Du kannst ihn fragen. Er ist kein besonders guter Lügner.«

»Sie lügen«, wiederholte Sofia schwach.

Isaac beugte sich vor, und einen wilden Moment dachte Sofia, er ziehe ein Messer aus seinem Schuh, aber er schob bloß sein rechtes Hosenbein hoch und krempelte es bis übers Knie. Zwei dicke, lange Narben fassten asymmetrisch sein Knie ein, als wäre die Kniescheibe einmal von jemandem herausgeschnitten worden, der nur ein grobes Messer zur Verfügung gehabt hatte.

»Deine Mutter hat mir in den Oberschenkel geschossen und Harriet hat mir direkt darunter das Knie zertrümmert«, sagte er ruhig. »Vier Operationen, aber ich kann eine Weile laufen, bevor ich eine Krücke brauche.«

»Harriet?«, brachte Sofia hervor. »Harriet hat Sie getreten?« Dann: »Sie waren in der Wohnung?«

Er zog das Hosenbein zurück auf den Knöchel und richtete sich wieder auf. »Ja«, sagte er, mit einer Spur Misstrauen, als stelle sie ihm gerade eine Fangfrage, »ich war da und habe versucht, sie zu Sinnen zu –«

Die Erkenntnis traf sie wie ein Schlag. »Sie waren das. Sie haben Schill –« Ihr blieb der Mund offen stehen. Ohne recht zu wissen, was sie tat, erhob sie sich schwankend. Ihr war eiskalt und dann so heiß, als koche ihr Blut in den Adern. Es war, als hätte sie tausend Blicke im Nacken. Der Park kam ihr riesig vor, vertrocknet und stickig, als habe es vor Kurzem erst gebrannt.

Isaac sah sie an, verborgen hinter der Brille. Er wirkte überrascht. Er schien nicht damit gerechnet zu haben, dass das Gespräch sich in diese Richtung drehen würde.

Sofia griff nach ihrem Rucksack, doch Isaac sagte, sehr scharf: »Setz dich wieder hin.«

»Sie wollten ihn erschießen«, flüsterte Sofia. »Sie wollten Schill umbringen.«

Isaac nahm seine Sonnenbrille ab, klappte sie zusammen und hängte sie in den Ausschnitt seines geliehenen T-Shirts. Seine Pupillen waren sehr klein. Er blinzelte. Vielleicht sah er sie nur unscharf. Wieder dachte Sofia an Jazz. »Setz dich wieder hin«, sagte er noch einmal. »Ich weiß, wie du dich gerade fühlst –«

»Ficken Sie sich!«, schrie Sofia ihn an. Diesmal zog sie mehr Aufmerksamkeit auf sich. Sie merkte es kaum. »Sie haben Schill –«

»Er und Harriet sind Kindesentführer«, sagte Isaac, ohne die Stimme zu heben, aber mit kaltem, sicheren Nachdruck. »Ich bin hier, weil ich verhindern will, dass sie dafür ins Gefängnis wandern. Ich gebe dir eine Chance und du wirfst sie gerade weg. Ich bin der

Ansicht, dass du der Schlüssel zu meiner Studie sein könntest wie vorher deine Mutter. Wir haben viel erreicht und können noch mehr erreichen, wenn du –«

»Wenn ich Sie mit mir weitermachen lasse, was Sie mit meiner Mutter vermasselt haben? Sie sind krank! Welche Forschung ist so wichtig, dass Sie dafür eine Sicherheitsfirma brauchen und Menschen umbringen? In welchen Instituten erschießen sie ihre Patienten?«

Sie sah einen Anflug von heftigem Zorn auf seinem Gesicht, doch noch hielt er sich eisern unter Kontrolle. »Du bist ein Entführungsopfer, seit du fünf Jahre alt warst, leidest unter dem Stockholmsyndrom und existierst rechtlich gesehen überhaupt nur dann, wenn wir es wollen. Du warst schon in unserer Obhut, als deine Mutter noch am Leben war. Du hast keine legalen Papiere. Mein Gott, du heißt nicht einmal Sofia! Wenn du bereits volljährig wärst, dann wäre es ein wenig schwerer, aber du bist fünfzehn Jahre alt. Du bist noch lange nicht mündig.« Er hatte rasch und mit zunehmender Härte gesprochen, aber jetzt versuchte er noch einmal, für sie sanfter zu werden. »Ich werfe dir nicht vor, dass du hier nicht das große Ganze sehen kannst. Du bist jung, du denkst, niemand außer dir hat eine Ahnung, was in der Welt vor sich geht, du fühlst dich unsterblich. Ich war auch einmal fünfzehn, Sofia. Du machst dir wahrscheinlich um Jungs Sorgen und was du morgen anziehen sollst –« Er betrachtete ihr ausgewaschenes T-Shirt, das sie vorne an der Taille über ihrer abgeschnittenen Jeansshorts geknotet hatte, und fuhr fort: »Oscar hat keine Ahnung von allem, habe ich recht?«

Sofia schnappte sich ihren Rucksack von der Bank. Abigails Bücher schlugen ihr hart gegen den Oberschenkel. Sie machte einen Schritt vor Isaac zurück, bereit, zu reagieren, sobald er ebenfalls aufstünde. »Ich gehe«, sagte sie. Sie zitterte von Kopf bis Fuß. »Mir reicht's.«

Isaacs Gesicht verzog sich, und Sofia glaubte, diesmal würde er sie anbrüllen. »Weißt du, was ich glaube?«, sagte er leise. »Dein Temperament wird dich noch in große Schwierigkeiten bringen.«

»Ich wünschte, meine Mutter hätte Sie erschossen«, sagte Sofia. Sie drehte sich um und ging ihr Fahrrad holen, durch den endlosen vertrockneten Park, ohne sich noch einmal umzusehen. Das Herz schlug ihr bis zum Hals. Ihr Kopf dröhnte. Ihr war speiübel.

Isaac kam ihr nicht nach. Als Sofia doch zurücksah, ging er gerade durch den Park zurück zu seinem Wagen, in der Hand die Tüte mit den Schrauben, langsam, als habe er alle Zeit der Welt.

18.

Als Sofia am Abend nach Hause kam und um die Veranda herum hinters Haus ging, sah sie, dass der Rasen gemäht und der Wildwuchs heruntergeschnitten war. Die Wäsche hing auf der Leine. Der Garten sah ungewohnt einladend aus. Sofia hatte ihn immer geliebt, wie er war, verwildert und voller Eidechsen aus dem nahen Brachland, die sich auf dem Geröll sonnten. Hin und wieder hatte sie dort Schlangen gesehen. Sobald es dämmerte, schwärmten die Glühwürmchen im kleinen Kiefernwald.

Einen Moment lang versuchte Sofia zu vergessen, dass Isaac hier war. Es war Freitag, Harriet hatte ihre Arbeitswoche hinter sich. Sie würde abends eine Stunde laufen gehen und Schill, wenn er in der Laune für Jogging war, mitnehmen. Wegen seiner Schulter konnte Harriet gut mit Schill mithalten, aber beim Aufwärmen schlug er sie selbst an schlechten Tagen und einhändig locker bei Liegestützen. Danach würden er und Harriet verschwitzt, erschöpft und wortkarg auf der Veranda sitzen und sich einen Träger kaltes Dosenbier teilen, während Sofia auf dem Sofa lag und las.

Jetzt saß Isaac auf der Kante der Veranda und rauchte, Schill lag auf dem Sofa, die Beine über die Lehne gehängt, damit er darauf passte, und schlief. Seine kranke Schulter war gerötet und stark geschwollen.

Isaac hatte ihn angeschossen.

»Sieh an, wer pünktlich zum Essen zurück ist«, sagte Isaac und lehnte sich vor, um in den Sand zu aschen. Er trug wieder seine Brille. Zu Beginn der Woche hatte die Sonne ihm die blassen Arme, Gesicht und Nacken verbrannt, aber jetzt wurde er bereits braun, schneller und dunkler als Oscar. Er klang unbeschwert, aber Sofia sah, dass er sie beiläufig im Blick behielt.

»Das ist das erste Mal, dass hier im Haus anständig gekocht wird«, sagte Sofia und bleckte die Zähne zu einem grimassenhaften Grinsen. »Und wenn das so weitergeht, sind wir bald nicht einmal mehr der Schandfleck der Straße.«

Isaac lachte.

»Wo ist Harriet?«

»Drinnen und kocht.« Isaac senkte die Stimme etwas und nickte zu Schill. Um Harriet und Isaac herum trug er nicht zusätzlich zu Unterhemd oder T-Shirt noch ein langärmliges Hemd, um die Narbe zu verbergen. Sie sah fürchterlich aus, dick und violett. »Lassen wir ihn bis zum Essen schlafen. Er hat sich überarbeitet, als er für die Teerplatten aufs Dach ist.«

Du Arschloch warst das, dachte Sofia und presste Fingernägel in ihre Handflächen, bis sie es tief im Muskel spürte.

Harriet stand in der Küche und schnitt Zwiebeln. Weil ihre Augen tränten, wirkte sie noch erschöpfter als ohnehin schon. Sie trug ein ausgewaschenes verschwitztes graues T-Shirt mit Marlboro-Werbedruck, das Farbflecken hatte, weil sie darin vor drei Jahren das Haus gestrichen hatte. Sofia stellte sich zu ihr und holte sich eine Tomate aus der Spüle, wo sie in einem Sieb zum Abtropfen standen.

»Hey«, sagte Harriet und schniefte. »Wie geht's Abigail?«

»Besser«, sagte Sofia, die sie heute überhaupt nicht gesehen hatte. Sie steckte sich die Tomate in den Mund, biss sie in zwei Hälften, kaute um das Grüne herum und spuckte es in die hohle Hand. »Warum kocht Isaac nicht selbst, wenn er es so gut kann und so emanzipiert ist?«

Harriet wischte sich mit dem Handrücken über die tränenden Augen und lachte. Dann sah sie zu Sofia auf und wurde ernst. »Was ist los mit dir?«

»Nichts.«

Harriet legte das Messer nicht weg, machte aber auch nicht mit der Arbeit weiter. »Du bist sehr blass.«

»Soll ich die Tomaten schneiden?«

Harriet sah aus, als wolle sie noch etwas sagen. Sie wischte sich noch einmal über die Augen, dann drückte sie kurz Sofias Schulter und gab ihr das Sieb, ein Messer und ein abgewetztes Plastikbrett aus dem Schrank.

Sofia setzte sich an den Wohnzimmertisch. Sie fühlte sich plötzlich schwach und ausgelaugt. Der Zorn war verflogen und hatte Angst Platz gemacht. Ihre Hände bebten ein wenig. »Was wollen wir mit den Tomaten?«, fragte sie in Isaacs Richtung.

»Tomatensoße machen«, erwiderte er, drückte seine Zigarette im Aschenbecher aus und kam herein. Vielleicht bildete Sofia es sich ein, weil er ihr sein kaputtes Knie gezeigt hatte, aber es kam ihr so vor, als setze er das eine Bein steifer auf als das andere. Sie wandte den Blick wieder auf das Messer in ihrer Hand und griff es fester, damit er das Beben nicht sah.

»Würfel sie.«

»Warum nehmen wir nicht einfach Soße aus der Dose?«

»Weil ich derjenige bin, der kochen kann.« Er schien vergnügt über die Gelegenheit, sie herumzukommandieren. »Mein Gott, wie auch immer ihr noch nicht verhungert seid. Harriet? Brauchst du Hilfe?«

»Ich werde wohl Zwiebeln schneiden können.«

»Klingt aber nicht so«, sagte Isaac. »Du sollst keine emotionale Bindung zu ihnen aufbauen.«

Sofia machte die Tomaten fertig und brachte sie Isaac, der Harriet abgelöst hatte und am Herd stand. Er schenkte ihr ein Lächeln, nahm ihr die Tomaten ab und schüttete sie vom Brett zu den Zwiebeln. Es roch bereits köstlich im ganzen Haus. Sofia setzte sich draußen auf die Veranda zu Schill, um nicht im Haus mit Isaac sein zu müssen.

Schill wurde kurz vor dem Essen wach und fiel beim Aufstehen halb vom Sofa. Er schlurfte ins Bad, um sich Wasser ins Gesicht zu klatschen und Schmerztabletten zu nehmen. Als er zurückkam, hielt er den linken Ellbogen in die Rippen gedrückt, um seinen Arm abzustützen.

Die Dämmerung brach an, der Himmel rötete sich. Eine angenehme Kühle lag über dem Garten.

Das Abendessen verlief ruhiger als die letzten Tage. Sofia schwieg. Sie sah, wie Harriet und Schill besorgte Blicke tauschten, doch sie ließen sie in Ruhe, und auch Isaac drängte keinen von ihnen. Sie sprachen über nichts Bestimmtes und machten sich schließlich ans Abdecken. Schill bewegte sich steif und nach links gezogen und sah finster drein vor Schmerz, bestand aber darauf, trotzdem zur Arbeit zu gehen. Die Tabletten hatten ihn aufgeputscht.

»Was ist mit Shane?«, sagte Harriet, die den Wäschekorb aus dem Bad geholt hatte. »Lass ihn oder Perkins dich vertreten. Deine Schulter ist stark geschwollen.«

»Dass der Vollidiot es bislang noch nicht geschafft hat, die Tankstelle in die Luft zu jagen, ist ein Wunder«, knurrte Schill. »Und Bethany Perkins arbeitet nachts nicht, sie hat einen kleinen Sohn.«

»Ich habe dir gesagt, du hättest nicht aufs Dach steigen müssen«, sagte Isaac, allerdings leise.

Harriet verschwand hinaus, um die Wäsche von der Leine zu holen. Der Garten verschwamm in dunkle Blautöne. Im Haus roch es noch immer gut. Schill räumte die Spülmaschine aus und das saubere Geschirr in den Schrank, während Sofia das benutzte Geschirr einsortierte, und scheuchte sie dann hinaus, weil es in der Küche zu eng wurde. Isaac blieb, um die Töpfe zu spülen.

Sofia ging hinaus in den Garten zu Harriet, die mit der Wäsche fast fertig war. Sie war nur ein Schatten, der sich unter der Wäscheleine bewegte, ein letztes weißes Laken der einzige Lichtfleck darauf. Grillen zirpten. Auf Harriets rechtem Knöchel saß ein Glühwürmchen.

Sofias Füße im kühlen Gras waren taub. »Ich habe vorhin in der Stadt mit Isaac gesprochen«, sagte sie.

Harriet glitt die Wäscheklammer, die sie gerade von einer Hose nahm, aus der Hand. Sie fluchte und bückte sich danach. »Würdest du mir von drinnen meine Zigaretten holen?«, sagte sie, als sie sich wieder aufrichtete.

»Du sollst nicht so viel rauchen.«

»Ich kauf diese Woche keine Packung mehr, versprochen. Sie liegen auf dem Sofa, glaube ich.«

Sofia sah die Angst auf ihrem Gesicht, also drehte sie sich um und ging hinein. Sie fand die Packung nicht auf Anhieb, ging in den Flur, um Schill danach zu fragen, und blieb wie angewurzelt stehen.

Isaac stand im Eingang zur Küche. Er war wie so ziemlich jeder ein ganzes Stück kleiner als Schill, sodass er sich strecken musste. Er hielt Schill bei der gesunden Schulter und küsste ihn.

Schill stand schief, die kranke Schulter zur Seite gezogen. Er berührte Isaac nicht und löste sich auch nicht von ihm. Er hob stockend die Hand, als wäre er sich nicht sicher, was er tun sollte, dann drehte er den Kopf weg und sah Sofia, die im Flur stand. Plötzlich und heftig stieß er Isaac von sich, der damit gerechnet zu haben schien und trotzdem schmerzhaft gegen den Türrahmen prallte. Er folgte Schills entsetztem Blick und sah Sofia an.

Einen Moment war es totenstill im Haus. Schill war kreideweiß geworden.

»Sorry«, sagte Isaac. Er streckte die Hand nach Schill aus, als wolle er ihn beruhigen, aber Schill schlug sie weg. Isaac machte einen halben Schritt von ihm zurück, und für den Bruchteil einer Sekunde dachte Sofia, er müsse ein Lächeln unterdrücken.

Schill wischte sich über den Mund, drehte sich um und ging hinaus, bevor einer von beiden ihn aufhalten konnte. Er schlug die Tür so heftig hinter sich zu, dass Harriet von draußen rief: »Hey, was treibt ihr da?«

Sofia war schon an Isaac vorbei und an der Tür, als er sie am Arm fasste und zurückzog, mit genau dem überraschend festen Griff, den man ihm beim Arbeiten ansah.

»Sofia –«, setzte er an, aber sie riss sich von ihm los und blaffte ihn an: »Fassen Sie mich nicht an!«

Er ließ sie gehen. Sofia warf die Tür hinter sich zu und sprang die Veranda hinab. Es war kühl, die Dämmerung, die in Dunkelheit überging, wie Watte. Der Horizont über dem Brachland war noch violett. Ganz im Westen hatte er ein merkwürdig transparentes Gelb, unter dem zarte Rottöne lagen. Schill war nirgends zu sehen.

»Schill!«, rief Sofia, dann lauter: »*Dad*!«

Die Straßenlaternen brannten bereits. Sofia lief vom Grundstück auf die Straße und war in der Kurve, als sie merkte, dass Isaac ihr folgte. Unter das Klatschen ihrer nackten Füße mischten sich seine Schritte.

»Hauen Sie ab!«, schrie sie ihn schrill an. »Verpissen Sie sich!«

Sie fing an zu rennen, die Straße hinab, ohne auf die Stiche in ihren nackten Fußsohlen zu achten, bis der Asphalt unter ihren tauben Füßen zu festgefahrenem, von Bauschutt durchsetztem Sandboden wurde, auf dem das Unkraut bis hoch zu ihren Knien wucherte. Das Licht der letzten Straßenlaterne reichte nicht aus, um das Gelände zu beleuchten, aber Sofia war oft hier gewesen und wusste, dass es keine tiefen Löcher gab, in die sie fallen konnte.

»Schill!«, rief sie. Ihre unter der Turnhose nackten Beine überzog Gänsehaut, unter ihren Füßen knirschte Schutt. Vom Tau feuchtes Unkraut streifte ihre Knöchel. Sie stolperte über den Platz, bis sie Schill ganz außen stehen sah, leicht nach vorn geneigt, als wäre er außer Atem.

»Hau ab, Sofia«, sagte er. Sie verstand ihn kaum, weil er sich von ihr abgewandt hatte. »Geh wieder nach Hause.«

»Nein«, sagte Sofia.

Schill drehte sich halb zu ihr um. Sie konnte sein Gesicht nicht richtig sehen.

»Geh nach Hause.« Seine Stimme zitterte, aber nicht vor Wut. Er umklammerte seine Schulter, die offensichtlich wehtat. »Ich brauche fünf Minuten für mich, okay?«

Sie drehte sich um und sah Isaac, der am Rande des Lichtkreises der Laterne stehen geblieben war und einen langen Schatten auf das Grundstück warf. »Weil du ihn geküsst hast?«

Schill lachte abgehackt. Seine Hand an der kranken Schulter zitterte. »Sofia, bitte geh.«

Sie blieb stur, wo sie war. Nach einer Weile richtete Schill sich auf. Er sprach laut genug, dass Isaac es hörte. »Er denkt, wenn er mir bloß die Gnade erweist, mich zu küssen, helfe ich ihm vielleicht! Er hält mich für verzweifelt genug, dass ich dich überrede, mit ihm zu gehen, für *das*!« Er holte mehrmals tief und zitternd Luft. Um sie herum war es völlig still. Von der Hauptstraße her drang das Geräusch eines einzelnen Wagens, und Sofia bildete sich ein, den Highway nach Kane zu hören.

Schill atmete noch einmal tief durch und sagte dann in einem Tonfall, den er offensichtlich für fest und bestimmt hielt: »Das passiert nicht noch einmal. Ich versprech's dir. Geh nach Hause.« Er hob die Stimme in Isaacs Richtung. »Und du verpisst dich auch!«

»Ich gehe nirgendwohin«, sagte Sofia heiser.

Schill hatte sich halb abgewandt. Er drehte sich um und fuhr sie an: »Verstehst du nicht? Er ist hier, um dich zu holen!«

Sofia starrte ihn an, wie er dastand und kurz davor schien, einfach dort zwischen Unkraut und Schutt zusammenzubrechen. »Ich weiß, warum er hier ist, Schill.«

»Er kann dich einfach mitnehmen. Wenn du nicht freiwillig mitkommst, wird er dich zwingen. Wir kommen hier nicht raus. Sie haben uns, bevor wir die Stadt verlassen.« Sie hatte ihn noch nie so reden hören. In diesem Moment begriff Sofia, wie ernst es war, auf eine andere, erschütterndere Art als während ihrer Unterhaltung mit Isaac im Park. Ihr wurde in einer Welle erst heiß und dann so eisig kalt, dass ihr ganzer Körper taub wurde. Ihre Arme überzog Gänsehaut. Sie hörte Schritte hinter sich und wirbelte herum. Isaac war näher gekommen. Über ihnen spannte sich ein atemberaubender Sternenhimmel. Die Luft war klar und kühl und in den Straßen roch es nach Sommer. Es war gerade noch hell genug, dass sie Isaac im Dunkeln erkannte.

»Verschwinden Sie!«

Isaac hob die Hände. »Sofia«, sagte er. Er sprach ruhig. Er kam noch zwei Schritte näher, bevor er stehen blieb. »Ich glaube, Walter geht es nicht gut.«

Schill umklammerte seine Schulter so fest, dass seine Hand vor Anstrengung zitterte. Sofia hatte die Krämpfe bei ihm schon oft gesehen. Sie wurden heftig, wenn er sich übernahm, und strahlten in seinen Nacken und seinen Rücken aus, bis er sich nicht mehr bewegen konnte. Wärmflaschen und Schmerztabletten halfen ihm meist.

»Du solltest dich setzen«, sagte Isaac über Sofia hinweg zu Schill. Er war einige Meter entfernt stehen geblieben. Sofia stellte sich vor Schill und schirmte ihn von ihm ab.

»Fassen Sie ihn nicht an!«, fauchte sie. »Haben Sie nicht schon genug angerichtet?«

»Lass mich euch helfen«, sagte Isaac erschöpft, und er sprach nicht nur von Schill, der sich mit seinem Krampf tatsächlich dringend hätte setzen müssen.

»Ich gehe nicht mit Ihnen. Ich gehe nicht zurück. Begreifen Sie das endlich!«

»Ich will dir ermöglichen, eine eigene Entscheidung zu treffen.«

»*Eine eigene Entscheidung*?« Sie zeigte ihm mit bebender Hand den Mittelfinger. »Hier ist meine Entscheidung! Sie können sich Ihre Scheißforschung sonst wo hinstecken!«

»Was glaubst du, damit zu erreichen, dass du mich anschreist und beleidigst? Seit Tagen bist du nichts als unverschämt zu mir, und das macht es wirklich nicht leichter für mich. Ich würde gern mit dir als Erwachsener reden, aber du benimmst dich wie ein Teenager. Überdenk dein Verhalten mir gegenüber.«

»Ich soll mein Verhalten überdenken? Sie sind derjenige, der uns bedroht! Was sollte das eben, dass Sie ihn geküsst haben? Was sollen diese ganzen Manipulationen? Glauben Sie wirklich, dass ich mit Ihnen zusammenarbeiten werde, nach allem, was Sie getan haben?«

»Ich wollte überhaupt nicht, dass es hierzu kommt. Wenn du mir zuhören würdest, wüsstest du, dass ich alles unternehme, um dir zu helfen.«

»Ja, das sehe ich! Dann tun Sie es jetzt einfach! Lassen Sie uns verhaften!«

Isaac wurde nicht wütend, aber jetzt bekam seine ruhige Haltung Risse. »Du machst es für uns alle unnötig schwer. Ich will nicht, dass jemand denkt, er müsse dir oder Walter und Harriet wehtun.«

»Sie rühren sie nicht an!«, schrie Sofia ihn an. »Ich bringe Sie um!«

»Wenn du willst, dass jemand anders das hier erledigt, dann weiß ich nicht, was dann mit ihnen passiert. Dann kann ich dir nichts versprechen. Du hast ihr Leben genug ruiniert, du musst nicht auch noch dafür sorgen, dass sie ins Gefängnis gehen.«

»Halt dein Maul, Isaac!«, zischte Schill.

»Sie halten sie da raus!«

»Wie soll ich sie da raushalten, Sofia? Sie tragen Mitschuld an mehreren Verletzten. Sie haben ein kleines Kind entführt. Sie haben genug Gesetze gebrochen, um für den Rest ihres Lebens hinter Gitter zu wandern.«

»Sie und Ihr Institut haben meine Mutter in den Tod getrieben!«

Er machte einen Schritt auf sie zu. Obwohl es dunkel war, sah sie, dass er jetzt zornig war. »Ich bin es leid, dir das zu erklären, Sofia! Sie war krank und ein Junkie und sie ist durchgeknallt und Amok gelaufen. Sie hat vier Menschen erschossen, Männer und Frauen, die Familien hatten, Kinder, zu denen sie nie wieder zurückgekehrt sind.«

»Hast du ihr das gesagt?«, fragte Schill wütend.

»Sie hätte mich und Walter getötet, wenn sie gekonnt hätte, und sie hätte dich getötet.«

»Das ist nicht wahr«, sagte Schill. Er war außer Atem vor Schmerz. »Sofia, das ist nicht wahr. Sie wollte dich retten. Sie wollte, dass du«, er sprach zu Isaac, »sie gehen lässt. Sie wollte, dass du das Versprechen hältst, das du ihr gegeben hast.«

Isaac machte noch einen Schritt auf sie zu, und kurz dachte Sofia, er würde sie wegstoßen und Schill packen. Schill zog Sofia mit einem so heftigen Ruck beiseite, dass sie stolperte, und stellte sich vor sie, als rechne auch er damit, dass Isaac ihn schlug. Er hatte den kranken Arm fest in die Rippen gedrückt und den anderen ausgestreckt, um sich in Balance zu halten. Er zitterte vor Schmerz und Zorn. Isaac, einen Kopf kleiner als er, hätte keine Mühe, ihn so zu überwältigen.

»Fass sie an und ich bring dich um!«

»Du warst derjenige, der sie gestohlen hat«, zischte Isaac. Seine Stimme war entstellt vor Zorn, heiser und fauchend. »Sie hatte ein Leben bei uns, es ging ihr gut, bis ihre Mutter den Verstand verloren hat und du beschlossen hast, ein vierjähriges verletztes Kind zu verschleppen!«

»Es ging dir doch nie um sie! Sie war dir doch scheißegal! Du dachtest, deine Forschung wäre in Gefahr, wenn sie auch noch stirbt! Was hast du denn zehn Jahre lang gemacht, bevor du hier aufgekreuzt bist? Versucht, andere Verwandte zu finden, um mit denen weiterzumachen, und keine gefunden?«

Isaac lachte. Er klang wahnsinnig. »Du hast doch keine Ahnung! Du warst bloß Security!«

»Ich weiß, dass ihr alles Mögliche vertuscht habt, immer wenn ihr irgendwo versagt habt, und als du mir nach bist, um mich und Harriet abzuknallen, hattet ihr da nicht genau das wieder vor?«

»Ihr habt ein Kind aus einer staatlichen Forschungseinrichtung entführt!«, schrie Isaac.

Sie schienen Sofia völlig vergessen zu haben. Sie klammerte sich an Schills Arm und mit der anderen Hand in sein T-Shirt, überzeugt, dass sie jeden Moment aufeinander losgehen würden. Ihr war eiskalt. Sie war unendlich froh, dass sie nicht mit Isaac allein war, während er seine Maske fallen ließ.

»Weißt du, wie sie aussah, als ich sie aus diesem Labor geholt habe? Sie saß auf einer Liege, klitschnass, halb nackt und heulend und voller Blut. Sie haben sich nicht mal die Mühe gemacht, ihr Taschentücher um die Hände zu wickeln. Sie hatte gerade ihre Mutter sterben sehen! Sie war vier Jahre alt!«

»Ich war angeschossen!«, brüllte Isaac. »Wenn ich nicht fast verblutet wäre, hätte ich sie sofort –«

»Hey, Arschloch!«, schrie jemand hinter ihnen. Sie erschraken alle drei fürchterlich.

Harriet stand am Rand des Lichtkegels der Straßenlaterne, außer Atem vom Rennen, und hielt mit beiden Händen eine Pistole auf Isaacs Brust gerichtet. Sie kam langsam näher, keuchend, mit grimmigem Gesicht. Sie hatten sie nicht bemerkt, während sie sich angebrüllt hatten.

»Glaub ja nicht, ich würd's nicht tun!«

»Die ist nicht geladen«, sagte Isaac, der die Hände erhoben hatte. Er zitterte und er hatte sich heiser geschrien.

Harriet fing zornig an zu lachen. »Willst du's auf die harte Tour rausfinden, du Wichser? Sofia, alles okay? Schill, was ist los mit dir?«

»Ich bin okay«, keuchte er. »Alles ist okay.«

»Isaac, ich schwöre zu Gott!«, brüllte Harriet ihn an. Sie kam rasch näher. »Geh weg von ihnen!«

»Mein Gott, beruhig dich!« Aber er machte einen Schritt zurück. »Es ist nichts passiert, es ist alles in Ordnung!«

Im Lichtkreis der Straßenlaterne, der die Kurve vor dem brachen Grundstück ausfüllte, war jemand aufgetaucht. Aus irgendeinem tiefen Instinkt heraus wusste Sofia, dass alles kurz davor stand, fürchterlich schiefzugehen, noch bevor sie überhaupt registriert hatte, was sie da sah. Einen Moment lang war sie betäubt vor Panik. Es waren zwei Männer, und sie gingen schnell, wuchsen aus dem Licht zurück in die Dunkelheit und kamen direkt auf sie zu. Einer hielt den schwenkenden Streifen einer Taschenlampe.

»Pass auf!«, schrie Sofia.

Harriet drehte sich um, die Pistole erhoben. Der Lichtstrahl flog über ihr Gesicht.

»Nein!«, schrie Isaac, und seine Stimme hatte plötzlich einen ganz anderen Tonfall. »Stop!«

»Hände hoch!«, schrie eine unbekannte Stimme.

»Nicht schießen!« Isaac hatte die Arme ausgebreitet, als wolle er jemanden aufhalten, der auf ihn zustürmte. »Nicht schießen!«

»Die Waffe fallen lassen und auf die Knie!«

»Harriet!«, brüllte Sofia. Schill schlang einen Arm um ihren Hals, als sie sich nach vorn warf.

Alle schrien durcheinander. Schill hielt Sofia, die in hysterischer Panik versuchte, sich loszureißen, in stählernem Griff. Harriet war erstarrt, ihr Schatten im Licht der Taschenlampe gezackt auf dem Geröll. Sie war barfuß. Die beiden Männer kamen näher, waren jetzt fast bei ihr.

»Die Waffen runter!«, brüllte Isaac. Er konnte ziemlich laut schreien, wenn er wollte. »Das ist ein Befehl!«

»Auf die Knie! Runter!«

Harriet ließ die Pistole fallen. Der eine Mann trat vor sie. Sie wich vor ihm zurück und hob abwehrend die Hände vors Gesicht. Er schlug ihr in den Bauch. Sie knickte stumm vornüber. Sofia schrie. Schill ging fast in die Knie, um sie festzuhalten.

»Aufhören!«, blaffte Isaac. »Schluss!«

»*Harriet*!«

»Halt's Maul, Sofia!«, schrie Isaac sie an.

Und endlich wurde es ruhig. Der Mann, der sie geschlagen hatte, hatte Harriet reflexartig beim Arm gepackt und aufgefangen. Sofia hörte sie haarsträubend stöhnen.

»Sind Sie jetzt völlig durchgedreht?« Isaac war heiser vom Schreien und außer sich. Er ging rasch zu ihnen hinüber. »Was soll das?«

»Sie hat eine Pistole, Sir«, sagte der Mann. Er hatte die eigene Waffe sinken lassen und hielt sie ungeschickt von sich, um sie von Harriet fernzuhalten, die sich vor Schmerzen krümmte und keine Anstalten machte, nach ihr zu greifen. Sofia erkannte ihn und den anderen Mann gegen das Licht der Taschenlampe nur schlecht, glaubte aber, dass sie Jeans und Hemden trugen, Zivilkleidung. Sie wären von der Statur her ohne Probleme als Cops durchgegangen.

»Und das konnten Sie von Ihrem Posten aus sehen?«, blaffte Isaac ihn an. Er trat neben Harriet, legte den Arm um sie und zog sie von dem Mann weg, der froh schien, sie nicht mehr halten zu müssen. Harriet hatte beide Arme fest und schützend vor dem Bauch verschränkt. »Mein Gott, stecken Sie das weg!«

»Sie kam mit einer Waffe aus dem Haus und ist Ihnen –«

»Ich hatte alles im Griff!«

»Bei allem Respekt, Mr. Whitley –«, begann der andere, der eine tiefe, raue Stimme wie ein Kettenraucher hatte, doch Isaac unterbrach ihn erneut.

»Verschwinden Sie, bevor ich mich vergesse!«

Harriet drehte sich ruckartig von Isaac weg, eine Hand in den Bauch gedrückt, und erbrach sich. Der Mann, der sie geschlagen hatte, machte einen Schritt zurück und sagte angewidert: »Fuck!«

»Harriet!«, schrie Sofia. Jetzt erst merkte sie, dass sie vor Schreck und Zorn heulte. »Was haben Sie mit ihr gemacht?«

»Er hat sie zu fest geschlagen, das ist alles«, sagte Isaac laut. »Harriet, es tut mir leid, komm –«

»Fass mich nicht an«, keuchte sie, doch sie schwankte und wäre fast hingefallen. Isaac ergriff ihren Arm und stützte sie. Der Mann mit der Taschenlampe leuchtete zu Schill, der eisern Sofia festhielt.

»Ich bring dich um«, sagte Schill, leise, keuchend. Sofia wusste nicht, ob er mit Isaac oder dem Mann sprach, der Harriet geschlagen hatte. In seiner Stimme lag blanker, wilder Hass.

»Ein Schritt und ich schieße«, sagte der Mann mit der Taschenlampe.

»Sie tun gar nichts!«, blaffte Isaac. »Tut mir leid«, hörte Sofia ihn noch einmal sagen, leise, beschwörend, zu Harriet. »Kannst du stehen? Geht es?«

Harriet stieß ihn weg und spuckte aus. »Fass mich nicht an«, wiederholte sie und wischte sich über den Mund. Ihr Atem ging pfeifend vor Schmerz. Diesmal ließ er sie los.

»Walter, kannst du den Weg zurücklaufen?«

Sofia spürte, dass Schill kurz davor war durchzudrehen. Sie schlang den Arm um seinen Rücken und sagte laut und mit bebender Stimme: »Ich kann ihm helfen.«

»Fass sie nicht an«, sagte Schill erstickt, »ich warne dich, fass sie nicht an –«

»Mein Gott, ich fasse sie nicht an!«, sagte Isaac, jäh auffahrend. Er beruhigte sich sofort wieder. »Gut, dann schlage ich vor, wir gehen zurück. Geben Sie Meyer die Taschenlampe. Ich seh die Hand nicht vor Augen.«

Der Mann gab die Taschenlampe ab und fiel ein Stück hinter Sofia und Schill zurück. Isaac ging mit Harriet, die sich den Bauch hielt und immer wieder taumelte. Sie musste sich noch einmal übergeben und wäre in die Knie gegangen, wenn Isaac sie nicht beherzt hinten am T-Shirt gepackt hätte. Er legte ihr einen Arm um den Bauch, sodass sie ihn nicht wegstoßen konnte, während sie spuckte und rasselnd nach Luft rang.

»Sie muss ins Krankenhaus«, sagte Schill, der zum ersten Mal wieder laut sprach.

»Ich bin okay«, stöhnte Harriet. Sie richtete sich auf und schob Isaac von sich. »Ich hab gesagt, fass mich nicht an, du Hurensohn.« Aber er blieb eine Armlänge hinter ihr, um sie zur Not erneut aufzufangen.

Sie waren zurück auf der leeren, dunklen Straße. Im Licht der Straßenlaterne sah Sofia die beiden Männer zum ersten Mal genauer. Sie sahen tatsächlich aus wie Cops, vielleicht ein wenig grimmiger und gröber, beide in Schultern und Kreuz breiter als Isaac, keiner größer als Schill, in dunklen Hemden und mit Pistolenholstern an den Gürteln. Der Mann neben Sofia, der zuerst die Taschenlampe gehalten hatte, hatte ein altes Tattoo im breiten Nacken und

Hände und Profil eines Boxers, dessen Nase mehr als einmal gebrochen worden war.

Im Haus brannte noch Licht, die Haustür stand offen. Harriet, die sie zusammen mit Isaac zuerst erreichte, setzte sich mühsam auf die Kante der Veranda. Das Flurlicht fiel in ihren Rücken. Ihr Gesicht lag im Schatten. Sie zitterte vor Schmerz und Übelkeit. Der Mann, der jetzt die Taschenlampe hielt, jünger als der andere und nicht halb so zugerichtet wie der Boxer, war unschlüssig vor ihnen stehen geblieben, die Pistole immer noch in der Hand.

Als Sofia und Schill, der nur langsam und hinkend gehen konnte, fast bei ihnen waren, knurrte Isaac den Mann, den er vorhin Meyer genannt hatte, an: »Stecken Sie das weg, habe ich gesagt.«

Meyer gehorchte. Schill schob Sofia von sich. »Geh rein und hol Wasser«, sagte er. »Ich kann stehen, geh schon.«

»Bring ihr Eis«, sagte Isaac.

Sofia, der die Schultern vor Anstrengung brannten, obwohl Schill sich so wenig wie möglich auf sie gestützt hatte, ging an den Männern vorbei. Sie ließen sie ins Haus, weil Isaac sie nicht aufhielt. Das grelle Flurlicht brannte nach zwanzig Minuten in der Dunkelheit in ihren Augen.

»Sie muss ins Krankenhaus«, sagte Schill draußen. »Harriet, sieh mich an.«

»Ich bin okay.«

»Du bist nicht okay!« Zu jemand anderem: »Fass mich noch einmal an und ich brech dir die Arme!«

Sofia ging in die Küche, blinzelnd, alle Farben nur gedämpft sehend, ging an den Schrank, um ein Glas zu holen, und ließ es prompt auf die Anrichte fallen. Der dünne Rand zersprang. Die Scherben spritzten ihr aufs T-Shirt.

»Alles okay?«, rief Harriet.

Sofia stand verkrampft gegen die Spüle gelehnt, heftig zitternd. Ihr Mund bebte. Tränen liefen ihr über die Wangen. Sie sah sich selbst, als habe sie einen Schritt aus ihrem Körper gemacht.

Jemand stand in der Tür. Es war der junge Mann, Meyer. Er starrte sie an. Sofia starrte zurück. Sie war noch nie in Ohnmacht gefallen, aber jetzt spürte sie, dass sie kurz davor war. Um sie herum schwankte alles auf und ab. Alles lief zu langsam. Der Ton drehte sich lauter und leiser, und sie fror in Schüben, die ihre Zähne klappern ließen.

»War nur ein Glas«, sagte Meyer laut. »Alles okay.«

Sofia bückte sich so jäh nach den Scherben, dass ihr das Blut in den Kopf schoss und sie schwankte. Meyer verschwand wieder hinaus, während sie sie auflas. Sie warf sie in die Spüle, wusch sich die Hände und klatschte sich dann mit beiden Händen Wasser ins Gesicht. Die Welt sprang mit einem Ruck wieder in normale Geschwindigkeit wie eine Fahrradkette in den richtigen Gang.

»Sie kann innerlich verbluten! Ich würde es selbst machen, aber ich kann sie so nicht fahren!«

»Ihr ist wahrscheinlich nur schlecht –«

Harriet, mit matter Stimme: »Mir geht's okay, Schill –«

»Sieh sie dir doch an!«, schrie Schill.

Sofia füllte eine Tasse mit Wasser, zerrte eine Packung tiefgefrorener Erbsen aus dem Eisfach und stolperte wieder hinaus.

»Hey!«, rief Harriet, gleichzeitig mit einem der Männer. »Hey, stop!« Sie war aufgestanden, einen Arm schützend um den Bauch gelegt, und hielt Schill, der Isaac anschrie, gleichzeitig zurück und fest. Der Boxer war zwischen sie getreten, und völlig zu Recht, denn Schill war kurz davor, Isaac anzufallen. Meyer hielt Abstand, die Hand ständig in der Nähe seiner Pistole.

»Ihr bringt sie jetzt sofort ins Krankenhaus!«

»Schill, hör auf!«

Kurz fiel die Spannung heftig ab, weil Sofia aufgetaucht war. Isaac nutzte die Chance. »Okay«, sagte er laut. »Okay! Ruhe jetzt! Ich fahr sie zum Arzt.« Er rieb sich gestresst die Stirn. »Ich kenne den Weg nicht. Du solltest mit deiner Schulter ohnehin mitkommen, Walter.«

»Das bin ich gewöhnt. Das ist kein verdammter Milzriss.«

»Sofia, gib mir das.« Isaac nahm ihr die Erbsen aus der Hand. Schill ließ zu, dass er sie an Harriet weiterreichte. Sie nahm sie mit einem schwachen Lächeln in Sofias Richtung und drückte sie vorsichtig gegen ihren Bauch. »Okay, wir bringen sie ins Krankenhaus. Gibt es hier keinen Arzt, der Nachtdienst hat?«

»Ich bin mir nicht sicher, aber wir können es versuchen«, sagte Harriet. Sie klang nicht, als würde sie gleich umkippen, doch ihr Gesicht war fahl, und sie schwitzte.

»Ich fahre dich«, sagte Isaac. »Ihr bleibt hier.«

»Du lässt sie nicht mit diesen Arschlöchern alleine«, sagte Harriet rau. »Entweder kommen sie mit oder ich fahre verdammt noch mal selbst.«

»Mr. Whitley –«, sagte der Boxer.

»Ich hole meine Schlüssel. Sie zwei verschwinden jetzt! Ich sage Ihnen schon Bescheid, wenn ich Sie brauche!«

Meyer sah aus, als wolle er widersprechen, doch der Boxer nickte. »In Ordnung«, sagte er. Er warf Schill noch einen Blick zu, der andere Männer hätte zurückweichen lassen und den Schill mörderisch erwiderte. Meyer schlug einen Bogen um ihn.

Die beiden Männer verließen das Grundstück und entfernten sich über die Straße. In der Mitte des Abstands zwischen zwei Straßenlaternen hatten sie einen Wagen geparkt, der im Dunkeln unsichtbar war und Sofia nicht aufgefallen war, als sie vorhin nach Hause gekommen war, wenn er dann überhaupt schon dort gestanden hatte. Sie stiegen ein, Sofia sah das Innenlicht angehen und wieder erlöschen, aber sie fuhren nicht los. Aus dieser Entfernung hatte man das Haus noch gut im Blick. Sicher warteten sie, bis Isaac in seinen Wagen gestiegen war, und angesichts Schills offensichtlichem Verlangen, Isaac den Hals zu brechen, sobald sie außer Sichtweite und damit auch außer Reichweite ihrer Pistolen waren, wäre alles andere fahrlässig gewesen.

»Scheißidioten«, sagte Isaac heiser. Auch er hielt klugerweise Abstand zu Schill und auch er hatte geschwitzt. Sein T-Shirt war unter den Achseln dunkel. Er wandte sich an Harriet. Er sprach vorsichtig mit ihr, im Tonfall von jemandem, der wusste, dass er einen Fehler begangen hatte und den Schaden in Grenzen halten wollte. Als täte es ihm tatsächlich aufrichtig leid, dass einer seiner Leute sie geschlagen hatte, nachdem er sie vor zehn Jahren so heftig hatte verprügeln lassen, dass Harriet noch drei Wochen Blutergüsse um den Mund und Schmerzen beim Kauen gehabt hatte. »Harriet, seid ihr versichert?« Als sie nickte, sagte er: »Wo sind deine Unterlagen? Ich bring sie dir.«

»Oben in der Kommode«, sagte Harriet zu Sofia. »Holst du sie? Schill, jetzt setz dich bitte hin.« Sie wollte ihm die Packung Eis in die Hand drücken, aber er wehrte ab.

»Soll ich dir eine Wärmflasche machen?«, fragte Isaac. Als er Schills Gesichtsausdruck sah, wandte er sich ab und ging hinein. Sofia folgte ihm und stieg die Treppe hinauf, ging in Harriets Zimmer an ihre Kommode und an die unterste Schublade, wo Harriet ihre gefälschten Papiere aufbewahrte. Sie stand kurz da und fragte sich, was davon sie alles mitnehmen musste, und mit einem heftigen Schreck dachte sie, dass sie vielleicht verhaftet würden, dass vielleicht dieses Mal jemandem etwas auffiel. Dass Isaac das irgendwie eingefädelt hatte.

In diesem Moment tat es unten einen Schlag, der die Wand erschütterte. Es hörte sich an, als stürzte etwas ein. Diesmal ließ Sofia nicht fallen, was sie hielt. Sie umklammerte den Pass und die Versicherungsunterlagen, wirbelte herum und stürzte aus dem Zimmer auf die Treppe, während Isaac unten zu schreien anfing.

19.

Sofia war so überzeugt, dass Schill Isaac zusammenschlug, dass sie zuerst verwirrt war, warum Harriet in der Tür stand, in der Bewegung erstarrt, und nicht er. Isaac kauerte im Flur auf dem verrutschten Teppich, eine Hand ausgestreckt und in den halb herabgerissenen Vorhang gekrallt, der hinter die Treppe gespannt war. Die Brille war ihm heruntergerutscht und hing von seinem rechten Ohr. Sein Gesicht war verzerrt und blutig, sein Mund stand offen vor Schreck, und in dem Moment, als Sofia auf die unterste Stufe sprang, sah sie die Schlange.

Es war ein langes, dickes Tier, gefleckt und glänzend. Es hatte sich an Isaacs rechtem Bein aufgerichtet. Sofia machte mit einem erstickten Laut einen Satz zurück auf die Treppe.

»Wirf was!«, schrie sie.

Harriet regte sich nicht, und Sofia, kopflos, barfuß und außer Reichweite von Schuhen oder Jacken oder irgendetwas sonst, was sie hätte werfen können, schleuderte das dünne Heft des Ausweises, in das sie Harriets Krankenversicherung gesteckt hatte. Es traf die Schlange mit einem Klatschen und warf sie von Isaacs Bein.

Harriet war zu sich gekommen. Sie riss eine Jacke von der Garderobe und schleuderte sie auf die sich heftig windende Schlange. »Fuck!«, schrie sie. »*Fuck*!« Sie stieg über die Jacke hinweg, unter der sich die Schlange wand, packte Isaac, der versuchte, sich aufzurappeln, unter den Armen, zerrte ihn in Richtung Wohnzimmer und ging aufstöhnend vor Schmerz selbst in die Knie. Sofia wich höher auf die Treppe zurück. Schill war hereingekommen und prallte zurück, als Sofia schrie: »Da ist eine Schlange!«

»Sie ist unter der Jacke!«, rief Harriet.

Isaac presste eine gespreizte Hand aufs Gesicht und stöhnte. Es war völlig klar, dass er nicht schauspielerte.

»Isaac!«, herrschte Harriet ihn an. »Hat sie dich gebissen?«

Als er nicht sofort antwortete, gab sie ihm eine kräftige Ohrfeige. Er stöhnte, riss die Augen auf und nahm die Hand herunter. Ein blutiger Abdruck blieb auf seinem Gesicht zurück. Aus einer Platzwunde über seinem Ohr lief ihm Blut über die Wange und in die Ohrmuschel. Er musste sich den Kopf an der Wand aufgeschlagen haben, als er gestürzt war. Er hatte seine Brille verloren.

»Mein Fuß«, stammelte er. »Sie hat mich gebissen, ich hab sie nicht gesehen!«

»Was machst du da?«, schrie Sofia Schill an, der sich nach der Jacke gebückt hatte. Sein Rücken war so steif, dass er auf ein Knie gehen musste.

»Ich bring die Schlange raus«, sagte Schill verbissen. Harriet schrie auf, als er sich schwankend wieder aufrichtete. In der rechten Hand hielt er die sich heftig windende dicke Schlange, die Finger fest hinter ihrem Kopf. Ihr Maul war weit aufgerissen. Sofia konnte die langen Zähne sehen. Sie nahm stolpernd zwei weitere Stufen höher auf die Treppe.

»Bist du verrückt geworden?«, brüllte Harriet Schill an.

Sofia sah ihm schreckerfüllt nach, wie er auf die Veranda hinaus in den Garten ging, während Isaac zu ihren Füßen stöhnte. Kurz darauf kam Schill zurück. Seine Schulter sah schlimm aus, aber ansonsten war er unversehrt. Der Adrenalinstoß ließ ihn wach und grimmig wirken. »Einer meiner Ex hatte eine Schlange als Haustier«, sagte er und verschwand in die Küche. »Man muss sie direkt hinterm Kiefer packen. Sofia, geh raus und sag mir, wenn die beiden Typen kommen.«

Sofia sprang die Treppe hinab und lief hinaus. Das Herz schlug ihr bis zum Hals. Zuerst sah sie nicht, wo der Wagen stand, aber dann ging das Licht wieder an.

»Schill, sie kommen!« Sie drehte sich zu ihm um und sah, wie er sich über Isaac kniete, der seinen Kopf umklammerte und sein gebissenes Bein anzog. Schill hielt eines der karierten Küchenhandtücher in der Hand. Er faltete es auf und stopfte es Isaac, als er schreien wollte, in den Mund.

Isaac zuckte hoch. Sofia sah ihn von dort, wo sie stand, nicht richtig, weil Schill ihn fast verbarg, nur eine Hälfte seines Gesicht, weiß vor Schock, seine blutige Hand, als er versuchte, schwach und orientierungslos vor Panik, Schill von sich zu reißen. Schill verlagerte sein ganzes Gewicht auf Isaac und packte ihn mit der freien Hand unterm Kinn, damit er ihn ansah. Harriet war von den ringenden Männern zurückgewichen, Sofia stand, ihre nackten Arme umklammernd, in der Tür, starr vor Schreck.

»Hör mir zu, du Arschloch«, sagte Schill. Er sprach ganz ruhig. »Wenn noch einmal jemand mit einer Waffe in unsere Nähe oder in dieses Haus kommt, dann schwöre ich dir, dass du dir wünscht, ich hätte dich an diesem Biss verenden lassen. Du lauerst Sofia noch einmal auf, du versucht noch einmal irgendeinen Scheiß, und ich schlage dir die Zähne ein.«

»Schill«, sagte Harriet, dann lauter: »Schill, hör auf!«

»Hey!«, rief jemand von der Straße. »Was ist los?«

»Hör auf!«, sagte Harriet noch einmal, jetzt schrill, panisch. Sie packte Schill am Arm. »Schill, *hör auf*!«

Die Männer waren jetzt fast da. Schill setzte Isaac das Knie auf das verletzte Bein. Es war das mit dem zerschmetterten Knie. Isaac brüllte in das Handtuch, warf sich hoch und versuchte, ihn abzuwerfen. Etwas in seinem Bein knackte. Harriet schrie.

»Hast du mich verstanden?«, blaffte Schill.

Harriet schlang die Arme unter Schills Achseln, verschränkte die Hände in seinem Nacken und zerrte ihn mit ungeheurer Kraft von Isaac. Er fiel rückwärts gegen sie. Isaac wälzte sich schwach auf die Seite, zog sich das Handtuch aus dem Mund und begann heftig zu husten. Harriet zerrte Schill auf die Beine. »Hilf mir!«, blaffte sie ihn an. Sie zitterte. Zusammen hievten sie Isaac hoch, der wild und hysterisch schluchzte, und nahmen ihn in die Mitte. »Sofia, rauf!«

Sofia wich erneut auf die Treppe zurück. Die beiden Männer erschienen im Vorgarten, mit gezogenen Waffen.

»Er wurde gebissen!«, rief Harriet ihnen entgegen. Sie hatte die freie Hand erhoben, um zu zeigen, dass sie unbewaffnet war. »Er wurde von einer Schlange gebissen!«

Eine halbe Minute herrschte völliges Chaos. Isaac stand unter Schock, aber er bestätigte, dass er von einer Schlange gebissen worden war, und weil sein Knöchel und seine Wade unterm Hosenbein schon heftig angeschwollen waren und die zwei blutigen Punkte, wo die Schlange, als er auf sie getreten war, zugebissen hatte, deutlich sichtbar waren, beendete das die Diskussion.

»Soll man die Wunde nicht ausschneiden?«, sagte Meyer.

»Nein«, sagten Harriet und der Mann, der aussah wie ein Boxer, gleichzeitig.

»Bringt mich einfach ins Krankenhaus«, stöhnte Isaac. Er drückte sich das Handtuch, mit dem Schill ihn geknebelt hatte, gegen Stirn und Schläfe. Es war bereits voller Blut. Er klammerte sich an Harriet, hielt den größtmöglichen Abstand von Schill. »Gott, bitte!«

»Sofia, zieh dir was an«, sagte Harriet. »Du kommst auch mit.«

Sie zog ihre Turnschuhe an, während der Boxer von Harriet übernahm und Isaac hinaus zum Wagen half. Harriet las ihren Ausweis auf und steckte ihn ein, löschte nach Sofia das Licht und schloss die Haustür ab.

Sie fuhren zu fünft mit Isaacs Wagen. Isaac hatte sich genug erholt, um zu verhindern, dass es wieder zum Streit kam, denn er sagte, benommen und mit zitternder Stimme, aber befehlsgewohnt zu Meyer: »Sie bleiben hier. Wir fahren nur mit einem Wagen.«

Es war die merkwürdigste und beklemmendste Autofahrt in Sofias Leben. Alle schwiegen, nur Harriet sagte dem Boxer ab und an den Weg an. Sie war als Einzige von ihnen je im Krankenhaus gewesen, als sie vor drei Jahren beim Joggen umgeknickt war und sich den Fuß gebrochen hatte.

Sofia saß mit ihr und Schill hinten, zwischen ihnen. Harriet hielt sich wieder den Bauch und konnte ihren Gurt nicht anlegen, weil er auf die Prellung drückte. Schill saß mit geneigtem Kopf, um in den Wagen zu passen, schief vor Schmerzen, und massierte sich die Schulter und den Nacken. Isaac auf dem Beifahrersitz keuchte, als bekäme er keine Luft.

»Ziehen Sie Ihre Schuhe aus«, sagte der Boxer zu Isaac.

»Was?«, stöhnte er. Als er sich ihm zuwandte, sah Sofia, dass sein Gesicht schweißnass glänzte.

»Die Schuhe. Und schieben Sie das Hosenbein hoch, wegen der Schwellung.«

Isaac brauchte fünf Minuten, bis er es geschafft hatte. Sofia dachte an Abigail, als Schill sie gefahren hatte, aschfahl, in Schweiß gebadet, in ihrem T-Shirt und roten Badeanzug. Plötzlich und heftig wünschte sie, sie hätte damals Abigail Beistand geleistet.

Mit den Fahrrädern waren es nach Kane an guten Tagen etwa eine Stunde. Im Winter, wenn es früh dunkel wurde, fraß das besonders an der Zeit, die Sofia, Oscar, Jeremy und Nicky in den Arcades mit Pac-Man, Pinball und Donkey Kong oder im Kino verbrachten, wo günstige Double Features liefen. Um das Busgeld zu sparen, nahmen sie die Räder, solange das Wetter es zuließ. Im Winter hatte Tommy sie auch ab und an im Mustang mitgenommen. Mit dem Auto war es eine Fahrt von dreißig Minuten, und weil an diesem Abend kaum Verkehr herrschte, waren sie noch früher da. Einmal mussten sie anhalten, weil Harriet sich wieder übergeben musste. Sie zitterte und keuchte, und als Sofia ihren Rücken berührte, war er glühend heiß und schweißnass.

Das Krankenhaus, ein großer, klobiger weißer Gebäudekomplex, der vor zehn Jahren hochmodern gewesen war, lag am Ende der Stadt, leuchtend im Nichts. Auf den das Gebäude einmal als Ring umschließenden Parkplätzen standen noch viele andere Wagen, mehr, als Sofia gedacht hatte. Der Boxer stützte Isaac, der den stark geschwollen Fuß nicht mehr aufsetzen konnte, Harriet ging allein und Sofia mit einem Arm um Schills Rücken, den er müde abwehrte.

Nach dem dunklen, windigen Parkplatz war es drinnen still und blendend hell. Es roch schwach nach Plastik, Putzmitteln und Krankheit.

Der Wartebereich vor der Notaufnahme war zu einem guten Drittel belegt. Blaue Sitze aus Hartplastik waren in einer Reihe an der Wand angebracht, gegenüber standen zwei weitere Reihen Lehne an Lehne. An einer Wand stand ein Metallständer mit Prospekten zu verschiedenen Krankheiten und ihren Behandlungen, in einer Ecke eine große, palmenartige Zimmerpflanze mit schweren, dunklen Blättern, daneben ein Wasserspender. Es herrschte ein schwacher und konstanter Geräuschpegel: das gelegentliche Stöhnen von Verletzten, das Murmeln von Familien und Freunden untereinander, das Klingeln von Telefonen, Aufrufen von Patienten, Schritte auf den Gängen und hinter Türen.

»Setz dich, wir kommen gleich«, sagte Schill zu Sofia, und sie nickte matt und setzte sich in eine Ecke, in der mehrere Sitze nebeneinander frei waren. Schill ging zu Harriet und legte ihr die Hand auf die Schulter. Sie legten ihre Eheringe zu Hause oft ab und er trug seinen nicht.

Isaac wurde vorgezogen, da er ein Gegengift brauchen würde. Der Boxer kam allein zurück, holte sich eine Zeitschrift und setzte sich ebenfalls zum Warten hin, allerdings zwei Reihen von Sofia entfernt. Schill stützte sich mit der gesunden Hand an der Wand ab, während er und Harriet der Krankenschwester erklärten, was passiert war. Sofia sah Harriet ihr T-Shirt hochziehen. Die Frau sprach anschließend auf Schill ein, aber er schüttelte den Kopf, fasste sich an die Schulter und erklärte ihr sicherlich, dass er die Krämpfe gewöhnt war.

Kurz darauf kamen sie beide zurück und blieben vor Sofia stehen.

Im gnadenlosen Licht des Wartebereichs sah besonders Harriet fürchterlich aus. Sie hatte die Schultern nach vorn gerollt, um ihren Bauch und Unterleib zu entlasten. Ihre Lippen waren grau und schmal vor Schmerz. Schill war sehr bleich, aber vor allem sah er aus wie ein Biker der Sorte, die mit einer zerbrochenen Flasche auf einen losging. Neben ihm wirkte Harriet klein und verängstigt. Es wunderte Sofia nicht, dass die Leute ihr besorgte und mitleidige und Schill argwöhnische, wachsame Blicke zuwarfen.

»Warum kommst du nicht dran?«, fragte Sofia. Ihre Stimme kam als schmerzhaftes Krächzen. Sie hatte die letzte halbe Stunde nicht gesprochen und davor zu viel geschrien. »Was ist, wenn du wirklich innerlich blutest?«

Harriet drückte ihr beschwichtigend die Schulter. »Ich bin gleich dran. Geht es dir gut?«

»Mir?«, wiederholte Sofia benommen. »Ich glaube, mir geht's als Einziger gut.«

»Ich komme klar«, sagte Harriet zu Schill. »Setz dich jetzt endlich hin. Die Leute starren.«

Schill widersprach nicht, sondern setzte sich neben Sofia. Harriet setzte sich auf ihre andere Seite und nahm Sofias Hand.

»Alles wird gut«, sagte sie, in einem Ton, als müsse sie sich selbst davon überzeugen. »Du solltest dringend was essen. Hast du noch Münzen, Schill? Draußen war ein Automat.«

Er nickte.

»Macht euch keine Sorgen. Mir geht es sicher besser als Isaac.« Sie lächelte plötzlich. »Hast du gesehen, wie sie meinen Pass auf die Schlange geworfen hat?«

Schill gab ein knappes Lachen von sich. »Wie bitte?«

»Sie hat sie so gut getroffen, dass sie gegen die Wand geflogen ist.«

Es war nahezu unerträglich, Stolz auf Harriets Gesicht zu sehen. Sofia stand abrupt auf.

»Ich hol dir Wasser«, sagte sie heiser. Sie fühlte sich, als folgten ihr im ganzen Raum Blicke, als sie zum Wasserspender ging, langsam einen Plastikbecher füllte und zurückkehrte. Der Boxer hatte kurz von seiner Zeitschrift aufgesehen und war bereits wieder vertieft.

Eine Krankenschwester kam und rief Mrs. Field auf. Harriet nahm den Becher, den Sofia ihr in die Hand drückte, und ging.

Sie warteten eine halbe Stunde, dann kam Harriet zurück. Sie hob abwehrend die Hände, als Sofia aufstand und auch Schill Anstalten machte, sich zu erheben. »Es dauert noch«, erklärte sie müde. »Sie wollen eine Bauchhöhlenspülung machen.«

»Eine *was*?«

»Das ist ungefährlich«, sagte Harriet beschwichtigend. »Du hast zu viele Horrorfilme gesehen. Sie gehen nur sicher, dass da keine Blutung ist. Jetzt geh, iss einen verdammten Schokoriegel. Ihr beide. Geht raus an die frische Luft. Ich finde euch schon, wenn ich fertig bin.«

»Was ist mit dem da?« Sofia sah zu dem Boxer.

»Isaac wird länger hierbleiben als ich.« Sie sah sich um. »Ich muss jetzt zurück.« Dann beugte sie sich überraschend vor und küsste Sofia auf die Stirn. Ihre Lippen waren kühl. »Bis später«, flüsterte sie.

Als sie gegangen war, streckte Schill sich steif und vorsichtig und stand auf. »Komm«, sagte er leise. »Du brauchst wirklich was zu essen.«

Sofia gehorchte. Schill machte über ihren Kopf hinweg eine Geste in Richtung des Boxers, die Sofia nicht richtig wahrnahm, aber da er ihnen nicht nachkam, kümmerte es sie auch nicht.

Es war ein ganz normales Krankenhaus, wie sie es in Filmen gesehen hatte, es hatte nichts mit ihr zu tun, doch es schien, als wolle ihr Hirn unbedingt eine Verbindung herstellen, irgendwo eine Erinnerung hervorkramen. Lange grüne Flure. Auf Tischen in warmem, hellem Licht sitzen. Eine große summende Maschine. Sie bildete sich das ein, sie war sich sicher, es mussten Bilder aus Filmen sein, auch wenn sie sich plötzlich an keinen mehr erinnern konnte, der darauf gepasst hätte.

Der Automat stand direkt um die Ecke. Schill zog einen Marsriegel und eine Packung Kekse für Sofia. Sie fanden einen kürzeren Weg aus dem Krankenhaus als den, den sie gekommen waren. Als Sofia sich an Schill vorbeischob und für ihn die Tür öffnete, war der kühle Luftschwall, der ihr von draußen entgegenströmte, eine Wohltat.

Das Rauschen der Stadt und des Highways lag unter ihren Schritten und dem Klacken der zufallenden Tür, doch ansonsten war es angenehm still. Sie fanden eine schlichte Bank ohne Lehne zwanzig Meter entfernt, davor ein klägliches Beet, das den Parkplatz abgrenzte. Sie waren auf der Seite des Krankenhauses, die von der Stadt wegzeigte. Sofia, die keine Jacke mitgenommen hatte, begann zu frösteln.

»Ich bin gleich wieder da«, sagte Schill und drückte ihr den Schokoriegel in die Hand. »Iss das.« Er hatte getrocknetes Blut an den Knöcheln. Sofia zuckte unwillkürlich von ihm weg. Sie spürte, dass er sie anstarrte, und nickte stumpf, von ihm weggedreht. Er ging wieder hinein.

Sofias Füße waren in den Turnschuhen taub. Sie presste die schlotternden Knie zusammen, stierte auf den Parkplatz und die Leere dahinter und wartete, auch wenn sie nicht genau wusste, auf was. In der Notaufnahme war sie zunehmend müder geworden, und jetzt brannte ihr Körper von Kopf bis Fuß. Nach dem Adrenalinschub, der sie durch das getragen hatte, was draußen auf dem leeren Gelände am Ende der Straße passiert war, war der Schock gekommen, irgendwann im Auto auf der Fahrt. Das Abendessen, bei dem sie einander beharrlich angeschwiegen hatten, schien unendlich lange her zu sein, und dass sie Isaac Schill hatte küssen sehen, erschien ihr vage und unglaubwürdig wie ein halb erinnerter Traum.

Die Tür hinter ihr öffnete sich. Sofia zuckte heftig zusammen und drehte sich so rasch um, dass sie auf der Bank schwankte. Schill stand hinter ihr. Einen langen Moment starrten sie sich an wie zwei Fremde. Schill hielt ein gefaltetes Bettlaken in der einen Hand und in der anderen einen dampfenden Plastikbecher. Seine Hände waren sauber. »Kann ich mich setzen?«, fragte er leise.

Sie nickte, ohne ihn anzusehen. Er faltete das Laken aus und legte es ihr vorsichtig um die Schultern, reichte ihr den heißen Becher, in dem Kaffee war, und setzte sich neben sie.

»Danke«, murmelte Sofia. Sie nahm einen Schluck Kaffee und verbrühte sich prompt die Zunge. Der Kaffee war bitter und dünn, doch augenblicklich wurde ihr wärmer.

Schill zog mit einem entschuldigenden Blick eine Packung Zigaretten aus der Tasche, zündete sich eine Zigarette an und nahm einen tiefen Zug. Seine Schultern sanken hinab. Er ließ den Kopf hängen und den Mund leicht offen stehen. Rauch kräuselte sich über sein Gesicht.

Sofia trank vorsichtig einen weiteren halben Schluck Kaffee, dann klemmte sie den Becher zwischen ihre Schuhe und zog sich das Laken fester um die Schultern. Schill rauchte die Hälfte seiner Zigarette schweigend, den Blick wie Sofia auf die Leere hinter dem Parkplatz gerichtet.

»Glaubst du, Harriet wird es gut gehen?«, fragte Sofia zu ihren Knien gewandt.

»Klar«, sagte Schill, mit mehr Nachdruck als Harriet. »Selbst wenn etwas wäre, waren wir in unter einer Stunde im Krankenhaus. Das ist gut, Sofia.«

»Ich dachte, sie schießen auf sie.«

»Ich auch«, sagte Schill, und unter seinem Zorn und seiner Sorge hörte sie, dass er genau wie sie Angst hatte. »Das ist das zweite Mal wegen mir.«

Sofia wusste, dass er davon sprach, wie sie vor zehn Jahren in Harriets Wohnung angegriffen worden waren, dort, wo Harriet Isaac das Knie zertrümmert und Isaac auf Schill geschossen hatte, der angeblich zwei Männer fast erwürgt hatte. Sie dachte an Isaacs kreideweißes Gesicht, seine vor Panik weit aufgerissenen Augen, das Blut, das in Schills ausgeleiertes T-Shirt lief, wie schlaff er in

Harriets Griff hing. Wie er brüllte, als Schill sich auf sein Bein kniete.

»Ich dachte, du bringst ihn um«, flüsterte sie.

Schill holte tief Luft, doch Sofia erfuhr nicht, ob er sich entschuldigen oder rechtfertigen würde, weil sie eher sprach. »Hast du das früher gemacht? Was diese beiden Typen tun? Was der eine mit Harriet gemacht hat? War das dein Job?«

Da das Licht ihnen in den Rücken schien, konnte sie Schills Gesicht nicht deutlich sehen, aber er erschien ihr unheimlich müde, älter, als er eigentlich war.

»Ja«, sagte er schlicht. »Natürlich war das nur selten, wenn es wirklich nötig war, aber das ist eine beschissene Antwort. Es ändert nichts an der Sache. Das weiß ich.« Er rieb sich mit der freien Hand die Stirn und verzog das Gesicht, als er den Arm dabei in eine schmerzende Position bewegte. »Als ich Harriet kennengelernt habe, war ich noch bei der Polizei, aber das wusste sie anfangs nicht, sonst hätte sie sich wohl kaum mit einem weißen Cop angefreundet. Sie war damals einer der Gründe, warum ich die Cops schnell aufgegeben habe. Als ich den Job beim Institut gekriegt habe, durfte ich ihr wegen meines Vertrags nicht sagen, was genau ich getan habe, aber sie war immer skeptisch deswegen. Es wurde zu gut bezahlt, es waren zu offizielle Stempel auf den Papieren, und natürlich hatte sie recht, aber wir haben es dann doch dabei belassen. Ich habe nicht über meine Arbeit gesprochen, sie hat nicht gefragt, nur einmal, als ich das Messer abgekriegt habe.« Er zeigte ihr seinen nackten Unterarm mit dem Messertattoo, wo die Klinge des echten Messers seinen Arm durchstochen und zwei blasse Narben hinterlassen hatte. »Das war 1969, zwei oder drei Monate, nachdem ich angefangen hatte. Es hing mit der Studie zusammen, in der deine Mutter war.«

Sofia starrte ihn an. Sie kannte die Tätowierung, aber die Geschichte hörte sie zum ersten Mal.

»Ein Mann tauchte eines Tages in der Eingangshalle auf und verlangte, einen Arzt zu sprechen. Er wirkte zunächst ganz normal,

Anzug, höflich, hatte Ahnung, wovon er sprach. Seine Frau hatte wie deine Mutter schwanger an der Studie teilgenommen. Sie und ihr Kind waren gestorben.«

»Was?«, flüsterte Sofia. »Sie sind gestorben? Wie?«

»Er sagte, sie seien vergiftet worden. Er war wirr, natürlich. Es ging dann alles ziemlich schnell. Er hatte plötzlich ein Messer in der Hand. Hat die Rezeptionistin als Geisel genommen. Ich hatte zwar eine Waffe, aber keine klare Schusslinie, also haben wir alles abgeriegelt und gewartet. Der Arzt, den er sprechen wollte, kam schließlich. Isaac«, fügte Schill hinzu und aschte ab.

Sofia hörte gebannt zu, in das Laken gewickelt, die Fußknöchel warm vom Dampf aus dem vergessenen Plastikbecher auf dem Boden. »Was hat er gemacht?«

»Ihm das Übliche erzählt. Dass der Fall schon vor zwei Jahren gründlich bearbeitet worden und eine Entschädigung gezahlt worden sei, dass ein Zusammenhang mit dem Mittel, das sie offenbar bekommen hatte, überhaupt nicht bewiesen wäre, dass es ihm persönlich leidtäte. Ich weiß nicht, ob Isaac damals wirklich schon Leiter dieser Studie war, ich glaube ehrlich gesagt, dass der eigentliche Leiter ihn als Schlachtopfer rausgeschickt hat.«

Sofia stellte sich einen jüngeren Isaac vor, der in einem großen, hässlichen Raum, der der Eingangshalle des Krankenhauses glich, auf einen vor Kummer und Zorn wahnsinnigen Mann einredete, der ein Messer an den Hals einer schluchzenden jungen Frau hielt. Er trug einen weißen Kittel und machte die gleichen beschwichtigenden Gesten, die er Sofia gegenüber verwendet hatte, während Schill darauf wartete, den Mann zu erschießen. Vielleicht hatte Isaacs ruhige, bestimmte Freundlichkeit damals noch keine gefährlichen Ecken gehabt wie ein unter trübem Spülwasser verborgenes Messer. Vielleicht hatte er damals etwas länger die Nerven behalten.

»Isaac war kein schlechter Diplomat, früher jedenfalls«, fuhr Schill fort und bestätigte Sofias Vermutung. »Er war skrupellos, aber nicht genug, um eine Geisel zu opfern, und vielleicht hat ihn sogar berührt, was diese Studie für Opfer gefordert hat. Er hat alle anwesende Security dazu gebracht, ihre Waffen abzulegen. Dann allerdings hat der Typ die Nerven verloren und versucht, ihn abzustechen.« Er betrachtete seinen Arm. »Ich war nah dran, und ich habe es riskiert. Kurz darauf hat Bell, ein Kollege von mir, den Mann erschossen. Isaac hatte nur einen Schock, die Rezeptionistin und ich kamen ins Krankenhaus.« Er zog ein letztes Mal an dem Zigarettenstummel und ließ ihn zu Boden fallen, wo er ausglühte. »Ich hätte sofort aufhören sollen«, sagte er heiser. »Harriet hat mich damals aus der Notaufnahme abgeholt. Ich war high vom Schmerzmittel und habe ihr erzählt, was passiert war. Wir haben uns ewig gestritten. Sie wollte, dass ich einen anderen Job suche. Statt auf sie zu hören, habe ich mir das Messer tätowieren lassen, sobald der Gips ab war.« Er rieb sich müde das Gesicht. »Macht es dir was aus, wenn ich noch eine rauche?«

Sie schüttelte den Kopf. Er zündete sich eine weitere Zigarette an. »Also, das war mein Job«, sagte er erschöpft, als ziehe er nach langer Zeit endlich ein Fazit. »Nicht, dass es ständig Amokläufe gegeben hätte. Es gab noch zwei Selbstmorde, aber mehr nicht. Meist war nichts los.«

»Und dann?«, fragte Sofia bestürzt.

»Wie, dann?«

»Ein Mann ist in genau dem Institut erschossen worden, in dem seine Frau und sein Kind bei medizinischen Experimenten gestorben sind. Das muss doch jemandem aufgefallen sein.«

Schill lachte kurz und freudlos. »Sofia, das ist alles vertuscht worden. Das war ganz sicher nicht alles, was dort passiert ist, und sicher nicht die einzige Studie, in der Dinge schiefgegangen sind.«

»In der Leute gestorben sind, meinst du«, sagte Sofia.

»Der Staat hängt da mit drin und damit unglaubliche Summen. Die hat nicht einmal ein Amoklauf diskreditiert. Die haben nichts zu befürchten, solange nicht jemand mit Beweisen kommt. Was glaubst du, warum sie damals sofort versucht haben, Harriet und mich umzubringen, statt irgendwelche Fragen zu stellen? Alles, um genau diesen Beweis aus der Welt zu schaffen.«

»Wie lange hast du da gearbeitet?«

»Drei Jahre. Ich bin nicht stolz darauf«, sagte Schill leise. Er wies mit der Hand, mit der er die Zigarette hielt, auf ihre Füße. »Trink deinen Kaffee, bevor er kalt wird.«

Sie hob den Becher auf und nahm zwei tiefe Schlucke. Unten schmeckte das inzwischen nur noch lauwarme Gebräu süßer. Sie schwenkte den Kaffee im Becher, um den Zucker zu verteilen.

»Schill«, sagte sie zögernd. »Habt ihr – habt ihr mir die Wahrheit über alles gesagt, was passiert ist?«

Er sah gequält aus. »Sofia –«

»Ich will es wissen. Ich muss es wissen. Ich will nicht noch mehr von Isaac erfahren.«

»Was hat er dir gesagt?«, fragte er, und sie hörte Zorn in seiner Stimme.

»Nein«, sagte sie, jetzt fester. »Nein. Ich habe ihm auch nicht gesagt, was ihr mir erzählt habt, jedenfalls nicht alles. Ich wollte nicht, dass er sich irgendetwas zurechtbiegt, je nachdem, was ich ihm sage«, fügte sie hinzu, um sich zu rechtfertigen. Aber wie vorhin in der Notaufnahme Harriet, als sie Schill erzählt hatte, wie sie einen Pass auf die Schlange geworfen und Isaac davor bewahrt hatte, noch einmal gebissen zu werden, schien auch Schill stolz auf sie zu sein.

»Er hat auch gesagt, mein Temperament würde mich in Schwierigkeiten bringen«, sagte Sofia, bevor er etwas sagen konnte.

Schill lachte kurz. »Das hast du von mir, Gene hin oder her.«

Sofia schnaubte und nickte. Dann wurden sie beide wieder ernst. »Kanntest du meine Mutter?«

»Nein. Ich habe sie nur ein paar Mal getroffen, immerhin war sie eine der wenigen dauerhaften Bewohnerinnen. Es muss etwa 1970 gewesen sein, als sie das Institut nicht mehr verlassen durfte. Warum, wusste ich nicht, das konnte viele Gründe haben. Es gab einige, die dort gelebt haben. Wenn nötig, konnten wir die Armbänder kontrollieren. Du hattest auch eines. Wir haben es aufbewahrt. Wenn du mich zu Hause dran erinnerst, gebe ich es dir. Es ist der einzige Beweis, den wir für alles haben, wenn man von meiner und Harriets Aussage absieht.«

»Und meiner«, sagte Sofia leise. Sie kratzte an den Rillen des Plastikbechers.

»Ich habe euch wiedererkannt, in dieser Nacht«, sagte Schill leise. »Sie war die junge Mutter mit dem Drogenproblem, die mit ihrem Kind in einer der Wohnungen für Studienteilnehmer und Angehörige lebte. Sie hatte eine schiefe Nase, gebrochen, denke ich. War nicht besonders groß, wie du jetzt. Deine Haarfarbe, glaube ich, aber mehr Sommersprossen als du. Du bist immer auf den Fluren herumgelaufen, dich hatte ich schon mehr als einmal gesehen. Du warst niedlich. Viel zu vertrauensselig.«

»Ich weiß. Ich bin einfach mit dir mitgegangen.« Sie versuchte ihn anzulächeln, als er wieder gequält aussah. »Ich meine, ein Riese mit Tattoos und einer Waffe?«

»Du hattest einen Schock, Sofia. Ich habe dich mitgenommen. Du hast dich zwar nicht gewehrt, aber dazu wärst du auch gar nicht in der Lage gewesen. Erstens warst du erst vier, zweitens hattest du gerade gesehen, wie deine Mutter –« Er verstummte, rauchte weiter, offenbar nicht sicher, wie er fortfahren sollte. Dann sagte er, unwissentlich Isaac spiegelnd, der ihr im Park etwas ganz Ähnliches versichert hatte: »Ich will nicht, dass du denkst, es wäre schlecht von dir, dich zu erinnern. Nicht nur an diese Nacht, sondern besonders an das, was davor war. Wir würden dir niemals verbieten, über früher nachzudenken. Du verrätst oder verletzt uns damit nicht. Das war genauso dein Leben, wie es das jetzt ist.«

»Ich weiß«, sagte Sofia vehement. »Die Sache ist, ich – ich erinnere mich an einiges. Ich hatte ein Zimmer, das gelb gestrichen war. Ich hatte ein Bett und einen Schrank und Spielzeug, und das meiste kam aus dem Institut, und manches haben die Ärzte mir geschenkt. Ich weiß noch, dass viele nett zu mir waren. Ich erinnere mich an die Flure da. Grüner Boden und eine lange Holzleiste an der Wand. Ich kam mit der Hand ran, und ich habe sie immer angefasst, wenn ich durch die Flure gegangen bin.« Männer und Frauen, viele in Kitteln. Die schwarzen Männer mit Pistolen, von denen ihre Mutter sie fernhielt. Warten an Türen, die mit Zahlenschlössern versehen waren, für Sofia Geheimtüren. Sie konnte sich dunkel an Kinder erinnern, die sie getroffen hatten, aber sie wusste nicht, ob sie überhaupt eine echte Erinnerung waren. »Wir waren manchmal in einer Wohnung, aber da war ich noch viel jünger. Drei vielleicht. Das muss gewesen sein, bevor meine Mutter dauerhaft dableiben musste.« Sie erzitterte kurz, heftig, unerwartet. »Da waren Geräte, und ich weiß nicht, ob sie wirklich da waren oder ob ich mir das alles nur im Nachhinein einbilde. Ich glaube, ich bin geröntgt worden. Da waren lauter weiße Zimmer.«

»Darüber weiß ich nichts, Sofia.« Er wirkte, als täte es ihm wirklich leid. »Ich wusste nie viel über das alles.«

Sie war ihm unendlich dankbar, dass er nicht sagte, was sie dachte: Isaac fragen und hoffen, dass er ihr die Wahrheit sagte, war alles, was ihr übrig blieb.

»Gab es noch andere außer mir?«

Sie hatte ihn als Kind danach gefragt. *Waren noch andere Kinder da in dem Labor?*

Schill wandte den Kopf, um ihr nicht den Rauch ins Gesicht zu blasen. »Nicht so lange wie ihr«, sagte er. »Ich habe Kinder dort gesehen, aber ich glaube, du warst das einzige, das dauerhaft dort war.«

Sofia trank den zuckrigen Bodensatz Kaffee und stellte den Becher weg. Schill drückte seine zweite Zigarette aus.

»In den ganzen letzten Tagen denke ich, ich muss mich doch besser erinnern können«, sagte Sofia, ließ den Kopf hängen und fuhr sich mit beiden Händen durchs Haar. »Ich war fast fünf, und ich erinnere mich an die Zeit danach, als wir auf der Flucht waren, an die Motels und an den Zug und daran, wie wir im Kino waren. Ich erinnere mich sogar daran, wie ihr mir erklärt habt, warum ich jetzt bei euch bin. Ich erinnere mich, dass ich mir keine Sorgen gemacht habe. Aber alles davor sind nur irgendwelche blöden Fetzen, und an die Nacht erinnere ich mich erst, seit Isaac aufgetaucht ist und das alles wieder hochgebracht hat.« Sie sah auf. Ihre Hände zitterten, und sie drückte sie fester gegen den Kopf. »Du musst mir sagen, was passiert ist, alles, ganz genau. Ich bin fünfzehn«, fügte sie hinzu, »es ist meine Vergangenheit, und ich halte das aus.«

»Ja«, sagte Schill. »Ja. Gott.« Er rieb sich übers Kinn und über den Mund, sah eine Weile weg und schien seine Gedanken zu ordnen. »Ich hatte draußen Schicht«, sagte er dann. »Das Institut ist groß, ein ziemlich modernes Gebäude, zumindest damals. Nicht so groß wie das Krankenhaus, aber fast. Neben den Laboren und Studienräumen gab es auch den Wohnbereich, eine Kantine, solche Dinge. Man hat nicht immer mitgekriegt, was am anderen Ende passiert ist, geschweige denn im Gebäude. In dieser Nacht hatte ich draußen Schicht, bis Mitternacht. Es hat geregnet, ziemlich heftig, schon den ganzen Tag, sodass viele Straßen überschwemmt waren, und zum Abend hatte es außerdem zu stürmen angefangen. Ich habe nicht alle Schüsse gehört. Als ich schließlich begriffen hatte, dass irgendetwas nicht stimmte, bin ich zum Gebäude, und da war deine Mutter bereits in der Eingangshalle. Bell – mein Kollege – war vor mir da. Er ist mitten in sie reingerannt.«

Ohne recht zu merken, was sie tat, hob Sofia die Hand an den Mund und begann, auf ihren Knöcheln zu kauen.

»Sie war in Panik und wild entschlossen. Sie hatte dich auf dem Arm. Du warst im Pyjama. Sie muss dich aus dem Bett geholt haben. Sie war nicht an mir interessiert, sie wollte vom Gelände, wusste aber nicht, wohin. Sie ist einfach gerannt. Sie hatte noch ihren Kittel an, hatte nur Schuhe angezogen und einen Pullover darüber.« Er griff mechanisch nach seinen Zigaretten, die er auf sein linkes Knie gelegt hatte, schloss dann jedoch nur die Hand darüber. »Ich bin zu Bell, aber ich konnte ihm nicht mehr – Isaac ist aufgetaucht. Er war der Einzige, der tatsächlich nach draußen kam. Ich wusste nicht, dass er um die Uhrzeit überhaupt noch gearbeitet hatte. Er schrie deiner Mutter hinterher. Er war panisch und hysterisch, was kein Wunder war, aber entschlossen, sie einzuholen. Er ist kein guter Schütze, hatte als Wissenschaftler eh nie eine Waffe. Ich bin ihm gefolgt. Wir haben deine Mutter auf der Straße abgefangen. Sie war nicht schnell genug, da sie dich trug. Es gab einen Zaun, aber nur eine Schranke statt ein richtiges Tor. Es war nicht Fort Knox. Sie hat auf den Pförtner geschossen und ist raus auf die Zufahrtsstraße gerannt. Parallel liegt ein Highway, und obwohl es schon spät war, war er noch befahren, weil er nicht überflutet war. Als wir sie eingeholt haben, als wir in Schussweite waren und ich ihr gedroht habe, ihr – sie drehte sich um. Sie zielte auf uns. Sie stand mit einem Fuß über der Leitplanke, fast schon im Scheinwerferlicht. Isaac redete auf sie ein, und sie ließ dich plötzlich fast fallen, stellte dich auf deine eigenen Füße und –« Er schüttelte den Kopf. »Sie hat die Pistole an deinen Kopf gehalten. Sie konnte dich nicht länger halten, das war ihre einzige Möglichkeit.«

Sofia legte die Hände in den Schoß und massierte sich die pochenden Knöchel. Sie konnte nicht sprechen.

»Isaac bedeutete mir, dass ich nicht schießen sollte. Der Sturm und der Highway zusammen waren fürchterlich laut. Sie mussten beide schreien, um sich verständigen zu können. Sie sagte, sie werde gehen und er werde euch niemals wiederfinden. Sie weinte, ich konnte sie kaum verstehen. Sie redeten von einem Versprechen, das er gegeben hätte, und ich glaube, es ging darum, dass er deiner Mutter einen Platz im Institut verschafft hatte. Er sagte, sie solle sich beruhigen, an dich denken, und sie sagte, er wolle dich nur für sich haben. Sie waren beide panisch. Schließlich rief er dich.«

Aus den Augenwinkeln sah Sofia, dass Schills Hände ebenfalls zitterten.

»Er ging ein wenig in die Knie, wie um mit dir auf Augenhöhe zu sein, und sie schoss auf ihn. Ich weiß nicht, ob sie schlecht gezielt hat. Sie traf sein Bein.«

Im Park hatte Isaac ihr gezeigt, wo die Kugel eingetreten war. Bei ihm war es das Knie gewesen, bei Schill später das Schulterblatt, die runde Narbe fast identisch.

»Es war auch meine Schuld«, sagte Schill schwer. »Wenn ich nicht – Isaac und ich – wir waren es. Ich hätte nicht auf Isaac – mein Gott, ich hätte ihr in den Arm schießen können. Sie hat mehrmals die Pistole sinken lassen. Ich hätte euch beide retten können. Aber du hast dagestanden und du warst nur – du warst winzig. Du warst klatschnass, du hast gefroren und geweint. Du hattest solche Angst. Als Isaac zu schreien anfing, hat deine Mutter auf mich schießen wollen, aber ihr waren die Kugeln ausgegangen. Sie hat dich gepackt, über die Leitplanke gezogen und ist losgerannt.«

Sofias Magen zog sich heftig zusammen. Sie wusste, was kommen würde. Es war, als sehe sie es heranrasen, wie ihre Mutter es vielleicht gesehen hatte, ein Licht, das aus dem Nichts der Augenwinkel heranzog und plötzlich alles ausfüllte. Sie hatte immer gewusst, wie ihre Mutter gestorben war, Schill hatte es ihr erzählt: ein Unfall auf einer schnell befahrenen Straße, eine unvorsichtige Flucht. Pech. Wie Isaac gesagt hatte: *Ein furchtbares Unglück.*

»Das erste Auto hat sie erwischt«, sagte Schill. »Sie hatte dich an der Hand statt auf dem Arm und das hat dein Leben gerettet. Du bist hingefallen, aber ich hatte dich hinten am Kragen und konnte dich rechtzeitig hochreißen.«

Ein Mann hielt sie. Sie war auf die nasse Straße gefallen und ihre Füße waren kalt. Sie sah über seine Schulter die Lichter der Straße. Ihre Mutter war fort.

»Warum?«, fragte Sofia kläglich. »Warum wollte sie mich auch umbringen?«

Schill schüttelte den Kopf. »Das wollte sie nicht«, sagte er heiser. »Sie hat nicht versucht, sich umzubringen, sonst hätte sie dich nicht mitgenommen. Sie war in Panik, sie wollte über die Straße in Sicherheit rennen, sie hat nicht damit gerechnet, wie schnell der Verkehr war.«

Aber sie hatten dort gestanden, länger, Sofias Mutter, Isaac und Schill, und hatten sich über das Rauschen der Straße und des Regens angeschrien. Wie hatte sie nicht damit rechnen können?

»Sie hat dich geliebt, Sofia. Sie wollte ein besseres Leben für euch.«

Sofia hörte ihn nicht richtig. Ihr Mund war ganz trocken. Sie schluckte zweimal. »Stimmt es, was Isaac sagt? Dass sie bloß ein Junkie war und Wahnvorstellungen hatte?«

»Ich weiß nicht, wie krank sie war.«

»Was ist, wenn –« Sofia musste tief Luft holen. »Isaac will mich wegen meiner Gene, oder? Weil ich wahrscheinlich genau wie meine Mutter auf das reagiere, was sie ihr gespritzt haben. Aber meine Mutter war aggressiv und gefährlich und ich bin es auch, alle sagen das.«

Schill starrte sie an, völlig perplex.

»Was ist, wenn ich werde wie sie? Wenn ich auch –«

»Hat Isaac das zu dir gesagt?« Er sprach ruhig, doch sie spürte, dass er außer sich war. Er strahlte einen ungeheuren, wilden Zorn aus. »Hat er dir erzählt, dass du deswegen zurückkommen müsstest?«

»Nein, hat er nicht.«

»Du bist ein Teenager, um Himmels willen, natürlich hast du manchmal Wutanfälle.« Er streckte die Hand nach ihrem Arm aus, um sie zu beschwichtigen, aber sie zuckte vor ihm zurück, und er ging sofort auf Abstand. »Sofia, das hat nichts mit dir zu tun. Das ist dir nicht angeboren.«

»Woher willst du das wissen?«

»Sofia, es ist Isaac nie um euer Wohlergehen als Menschen gegangen. Nach allem, was ich weiß, war deine Mutter krank –«

»Sie ist *Amok gelaufen*«, sagte Sofia verzweifelt.

»Es gibt jede Menge gesunde Menschen, die Amok laufen. Du bist völlig normal, Sofia. Ich habe mir nie Sorgen um dich gemacht, jedenfalls nicht darum, und Harriet auch nicht.«

»Ich habe David vor zwei Wochen fast den Kopf eingeschlagen.«

»Ja, mit einer Plastikflasche, und er ist drei Jahre älter und einen Kopf größer als du. Ich bin stolz darauf, dass du dich nicht fertigmachen lässt.«

Sofia blinzelte ihre Tränen weg.

»Mir dir ist alles in Ordnung. Isaac hat Menschen immer manipulieren können. Er ist für seine Studie hier und nicht für dich als Mensch. Als er sie von der Straße holen wollte, war das, um seine Arbeit nicht zu gefährden. Er hat sich verändert in den drei Jahren, seit ich ihn kannte. Er war ehrgeizig, immerzu am Arbeiten. Er sieht ein großes Ganzes und keine Individuen.«

Sofia rieb sich mit den Handballen die tränenden Augen und sah weg. Schill neben ihr atmete tief und zitternd aus und hielt sich die Stirn. Er wirkte müde und schwach mit seinem gebeugten Rücken, nicht groß und nicht bedrohlich.

»Was ist dann passiert?«, fragte Sofia, sobald sie ihrer Stimme traute. »Danach?«

»Ich konnte deiner Mutter nicht mehr helfen. Ich bin zu Isaac und habe ihm mit seinem Gürtel das Bein abgebunden. Dann war endlich Hilfe da. Ich habe dich reingetragen. Du hast dich so an mir festgeklammert, dass sie dich erst einmal in Ruhe gelassen haben. Es herrschte völliges Chaos. Isaac musste versorgt werden, aber du auch. Sie nahmen dich an sich, und ich ging und half Isaac, weil ich nicht wusste, was ich tun sollte.« Seine Stimme war monotoner geworden, müder, als hätte er das Schlimmste hinter sich. »Er war wirr vor Schock und Schmerz, fragte immer wieder, wo deine Mutter sei, sagte, dass er sie brauche. Wir haben uns gestritten, kurz und heftig, und ich habe ihn allein gelassen und bin dich holen gegangen.«

Es schien Sofia, als hätte er soeben einen wichtigen Punkt übersprungen, eine Lücke gelassen, wo er hätte verkünden müssen, dass er einen Entschluss gefasst hatte.

»Auf den Gängen war die Hölle los, die Krankenwagen kamen gerade erst. Die waren nicht für medizinische Notfälle dieser Größe ausgelegt, es war eine Forschungseinrichtung und kein Krankenhaus. Als ich dich gefunden habe, hat sich eine Frau um dich gekümmert. Sie redete davon, dass sie dich röntgen müsse. Sie stand völlig neben sich. Du warst verletzt, du warst voller Blut. Ich habe dich wieder angezogen, weil sie nichts Trockenes für dich dahatte, dich in meine Jacke gewickelt, Verbände eingesteckt und dich nach draußen getragen.«

Sie hatte auf einem Laken aus Papier gesessen und geblutet und geweint. Sie erinnerte sich an den großen, schwarz gekleideten Mann, der in der Tür gestanden hatte. Sie erinnerte sich daran, wie sie die Arme hob, damit er sie unter den Achseln aufheben konnte. Daran, dass sie das Gesicht in seiner Jacke verborgen hatte, weil er es ihr gesagt hatte, und an das Licht über ihnen, als er sie den Flur hinabtrug, das die Jacke nicht ganz aussperren konnte.

Sofia wischte sich über die brennenden Augen. Sie spürte die vernarbten ledrigen Hautstellen an ihren Handballen. »Ich bilde mir das ein«, flüsterte sie. »Ich erinnere mich nicht.«

»Soll ich dir noch was zu trinken holen?«

»Nein. Mir –« Es ging ihr nicht gut. »Ich hab keinen Durst.«

Schill zündete sich noch eine Zigarette an. Er hatte die Packung ein wenig zerknickt. Er hielt die Zigarette umständlich mit der linken Hand und begann geistesabwesend wieder, sich die verkrampfte Schulter zu massieren. »Ich wusste nicht, was ich tun sollte. Wenn nicht so viele Straßen gesperrt gewesen wären, wäre ich nicht direkt zu Harriet gefahren, und dann hätten sie uns vielleicht direkt gekriegt.« Er sah sie an. »Isaac war in der Nacht dabei. Weißt du das schon?«

Sie nickte und sagte ihm nicht, dass sie auch wusste, dass Isaac ihn angeschossen hatte.

»Ab da erinnere ich mich schlechter. Ich weiß nur noch Bruchstücke, was passiert ist, nachdem ich zu ihr gegangen bin und ihr gesagt habe, sie müsse mir helfen, bis wir am nächsten Morgen in diesem Motel waren. Sie musste mir das meiste erzählen.«

»Wie konnte Isaac da sein?«, fragte Sofia. »Mit einer Kugel im Knie, meine ich?«

»Eine Betäubung und ein Druckverband, nehme ich an«, sagte Schill und runzelte kurz die Stirn. »Ich glaube, er hatte eine Krücke.«

»Er hat mir die Narbe gezeigt.«

»Er hat was?«, sagte Schill scharf.

Sofia streckte ihr Bein und zeigte auf ihr Knie. »Die Kugel war direkt über dem Knie, und er hat gesagt, dass Harriet ihm die Kniescheibe zertrümmert hat.«

»Das hat er dir gesagt?«

»Ich glaube, es stimmt. Er hat an beiden Seiten Narben wie von einer OP.«

Schill sah sie einen Augenblick an, als wäre er sich nicht sicher, ob er ihr glaubte, dann sagte er mit einem schmalen, grimmigen Lächeln: »Erinnere mich ja daran, dass wir das nachher Harriet erzählen.«

»Mach ich.« Sie dachte an Isaac, der vor Schmerzen brüllte, als Schill sich auf sein Bein kniete, an das hörbare Knacken irgendwo in Knochen oder Gelenk, und sie bekam eine Gänsehaut. Vielleicht bemerkten die Ärzte, die ihm das Gegengift verabreichten, irgendwo einen Bruch.

Sie hatte nicht übertrieben, als sie es Schill vorhin gesagt und dann rasch davon abgelenkt hatte. Für zehn grauenhafte Sekunden, eine lähmende Ewigkeit, war sie sicher gewesen, dass Schill Isaac, den er vor einer halben Stunde noch in der Küchentür geküsst hatte, töten würde.

»Wie kann er«, sagte sie, heiser und plötzlich, sich selbst verblüffend, zornig, »nach all dem, was er euch, was er *uns* angetan hat, hier auftauchen und denken, dass wir alle Freunde werden? Dass ich einfach so mit ihm gehe? Wie kann er glauben, dass er dich einfach verführen kann?«

Als sie Schill ansah, sah sie verwirrt, dass er lächelte, gequält und als schäme er sich, und sie wollte ihm schon versichern, dass sie verstünde, warum er ihn in diesem Moment nicht sofort weggestoßen hatte. Dann sagte Schill: »Er – er ist mein Ex, Sofia.«

Sie starrte ihn an, so verblüfft, dass er tatsächlich lachen musste. Er wirkte wie jemand, der sich zwischen zwei gleich schmerzhaften Optionen entschieden hatte.

»Er ist dein *Ex*?«

Er trat seine Zigarette aus, unnötig fest, und steckte die Packung weg. »Ja«, sagte er. »Alles in allem nicht gerade die beste Trennung, die ich je –«

»Ihr wart noch – ihr wart *zusammen*, als er –?«

Ihr ungeheuerlicher Zorn schien ihn zu überraschen und zu rühren. »Er hat sich zwischen mir und der Arbeit entschieden«, sagte er bitter. »Harriet hat mir mehr als einmal gesagt, ich solle die Finger von ihm lassen. Wenn ich mir jedes Mal, wenn ich nicht auf ihren Rat gehört und mir eine Narbe geholt habe, ein Tattoo hätte stechen lassen –« Dann merkte er, dass sie in Tränen ausgebrochen war. »Sofia?« Er fasste sie nicht an, schien nicht sicher, ob sie nicht wieder vor ihm zurückzucken würde. »Warum weinst du?«

Sie schluchzte. »Ich hasse ihn«, stieß sie hervor, kindisch und heftig. »Fuck!«

»Immerhin ist er nicht dein Ex.«

Sie musste lachen. Sie wischte sich zitternd übers Gesicht. Ihre Haut brannte. Ihr war schwindelig von ihrem kurzen, heftigen Ausbruch. Als sie sich halbwegs wieder unter Kontrolle hatte, holte sie tief Luft und sagte zittrig: »Es tut mir leid, dass ihr einsam seid, du und Harriet.« Sie sah, dass er widersprechen wollte, und sagte rasch: »Wenn ich nicht gewesen wäre, würden Julie und Harriet noch zusammenleben. Wenn ich nicht wäre, dann könntest du einen Freund haben, und es tut mir leid wegen deines Dates –«

»*Sofia*«, sagte Schill sehr bestimmt. »Harriet und ich machen uns keine Sorgen, dass wir nie wieder Beziehungen führen können. Die Zeiten ändern sich. Wir machen uns Sorgen um deine Sicherheit.

Dass es dir gut geht. Wir hätten es dir öfter sagen sollen. Wir hätten es dir hundertmal öfter sagen sollen. Ich habe mich entschieden, für dich zu sorgen. Ich würde es jederzeit wieder tun. Und Harriet – sie hatte Julie und ist trotzdem zurückgekommen, und ich habe sicher nicht mein Bestes getan, sie zu überreden.«

Sofia sah hinab auf ihre eisigen Hände. Ihre Augen brannten. Sie schluckte gegen den Knoten in ihrem Hals an und sagte: »Sie hatte ein schlechtes Gewissen.«

»Sie liebt dich, Sofia. Sie liebt dich so sehr wie ich.«

»Ich weiß«, sagte Sofia, sehr leise und sehr dünn und plötzlich beschämt. »Das weiß ich.«

»Höchstwahrscheinlich liebt sie dich sogar deutlich mehr.«

»Ach, hör auf damit.«

»Und dass ich ein Date in den Sand setze, hat nichts mit dir zu tun, okay?«

Sie schniefte und wischte sich mit dem Bettlaken übers Gesicht. »Wo hast du das eigentlich her?«, fragte sie rau.

»Geklaut«, sagte er.

Ihr Gesicht verzog sich zu einem Lächeln. »Hast du nicht.«

»Glaubst du, die geben mir einfach so ein Laken?«

Unwillkürlich sah Sofia sich um, aber weit und breit war niemand zu sehen, der Schill dafür zur Rechenschaft ziehen wollte. »Ich dachte, wir dürfen der Polizei nicht auffallen.«

Das brachte ihn zum Lächeln.

Sie schwiegen wieder, dann sagte Sofia heiser und ohne jeden Humor: »Ich bring ihn um, wenn er dich noch einmal anfasst.«

»Eigentlich sollte ich deinem ersten Freund drohen und nicht du meinem«, sagte Schill. Er wirkte immer noch berührt. »Iss jetzt was, oder Harriet bringt mich als Nächstes in die Notaufnahme.«

Sofia packte endlich ihren Marsriegel aus, der vergessen neben ihr auf der Bank gelegen hatte. Sie war sich nicht sicher, ob sie überhaupt etwas essen konnte, doch als sie den ersten Bissen nahm, fühlte sie sich bereits besser. Sie aß den ganzen Riegel auf und die Hälfte der Kekse, bevor ihr so plötzlich, wie ihr Hunger gekommen war, wieder schlecht wurde. Dann saß sie eine Weile da, in ihr Bettlaken gehüllt, und sah zusammen mit Schill zu, wie am nächtlichen Horizont die winzigen Punkte von Scheinwerfern über einen Highway glitten. Zwei Sternschnuppen blitzten über den Himmel und verglühten. Sofia fühlte sich benommen, fast schwerelos, aber das Atmen fiel ihr wieder leichter und ihr Körper brannte nicht mehr, als bekäme sie Fieber.

»Du hast uns damals gerettet«, sagte Schill, der mit ihr den Nachthimmel betrachtete, als wäre es ihm gerade eben eingefallen.

»Was?«, fragte Sofia verwirrt und aufgeschreckt. »Wie das?«

»Als sie kamen, hat Harriet uns beide über die Feuerleiter rausgeschickt. Sie wollte uns Zeit verschaffen. Statt nach unten zu klettern, bin ich mit dir höher gestiegen, weil ich nicht wusste, ob jemand von unten kam, und weil der Sturm zu heftig war. Harriet und Julie haben damals im zwölften Stock gewohnt. Einer von Isaacs Leuten – Johnson, ich kannte ihn, genauso wie den anderen – kam nach draußen. Ich habe ihn bewusstlos geschlagen. Ich bin mit dir zurück in die Wohnung, durchs Fenster, ich musste dich absetzen, ich habe Harriet schreien hören und Schüsse. Ich dachte, ich käme zu spät. Ich bin ins Wohnzimmer. Al war dabei, sie zu erwürgen oder ihr Genick zu brechen. Du bist an mir vorbei und hast dich auf sie geworfen.«

Sofia starrte ihn ungläubig an, für einen Moment völlig abgelenkt von dem lähmenden Schmerz und den halben, vagen Erinnerungen. »Du verarscht mich.«

»Al – der Typ war ein besserer Schütze als Isaac. Wenn er die Gelegenheit gekriegt hätte, hätte er getroffen. Du hast ihn zwar nicht gerade entwaffnet, aber du hast ihn so überrumpelt, dass ich ihn von Harriet reißen konnte.«

»Ich war vier!«

»Du hast Harriet vom ersten Moment an geliebt, und alles, was du je geliebt hast, hast du verteidigt.«

Sie begann wieder zu weinen, ganz plötzlich, und diesmal hörte es nicht gleich wieder auf. Es war schlimmer, tiefer.

»Hey«, sagte Schill, sehr leise. Er berührte sie, vorsichtig, an der zitternden Schulter, und als sie ihn nicht wegstieß, rieb er ihr den Rücken. Nasse Punkte erschienen auf ihren nackten Knien. Als sie nicht zu weinen aufhörte, legte Schill die Arme um sie. Sie drückte zitternd das Gesicht in sein Hemd. Er streichelte ihr den Kopf und das struppige Haar und hielt sie ebenso fest wie sie ihn, steif und unbeholfen wegen seiner Schulter.

Sie musste ein paar Dinge erledigen und dann musste sie gehen. Die Erkenntnis nahm ihr nicht den Atem, sie war nicht überwältigend oder erschütternd. Sie wusste noch nicht, wie genau es zu Ende gehen würde, aber es ging zu Ende. Isaac würde ihr versprechen, dass Harriet und Schill am Leben bleiben würden, solange sie kooperierte. Das war alles. Sie dachte an Harriet, die sich vor Schmerzen zusammengekrümmt übergab, an Schills zerrissene Schulter. Dann dachte sie an Oscar. Ihr Herz wurde ganz schwer. Sie ließ ihren Freund in dem Krieg zurück, den sie mit seinem Bruder angezettelt hatte, und plötzlich wusste sie, dass sie eines Tages hören würde, dass David ihn getötet hatte, dass er ihn doch im Pool ertränkt oder auf der Straße erschlagen hatte, eine kleine Notiz in einer Zeitung: *Kain und Abel in Highville.*

Sie würde ihn nie wiedersehen. Sie würde Abigail nie wiedersehen, in deren Zimmer sie in den letzten Tagen gesessen und über Bücher und Filme und Kunst und alles geredet hatte, was ihnen eingefallen war, nur nicht über das, was dunkel an Sofias Gedanken zog, Jeremy und Nicky, ihre ältesten Freunde, den Fluss im Wald, das Brachland hinter der Stadt, in der sie aufgewachsen war und die sie liebte. Die Schule fing im September wieder an. Sie würde nicht kommen. Es würde heißen, sie seien fortgezogen. Vielleicht, und ihr wurde von dem Gedanken schlecht, würde Oscar sie endlich hassen können.

»Vielleicht kann ich damit leben«, murmelte sie gegen Schills Arm. »Vielleicht ist es gar nicht so schlimm.«

»Was?«, sagte er. Er hatte sie nicht verstanden.

»Ich will nicht, dass euch etwas passiert«, sagte sie deutlicher.

Schill ließ sie los und nahm ihr Gesicht in die Hände, sehr sanft. Seine Hände waren warm und rochen nach Tabak und dem Desinfektionsmittel, mit dem er das Blut abgewaschen hatte. »Du gehörst niemandem. Du schuldest niemandem etwas. Du bist nicht ihr Eigentum.«

Sie nickte müde, weil sie nicht wollte, dass er sich aufregte.

»Verstehst du mich?«

»Ja.«

»Sofia, sieh mich an. Das hier ist dein Leben. Du hast ein Recht darauf.«

Sie nickte wieder. Schill betrachtete sie voller Sorge und Furcht. »Hey«, sagte er. »Wir schaffen das.« Aber er klang nicht danach.

Sofia lehnte sich vor und stützte den Kopf wieder gegen seine Brust. Er strich ihr mit der rechten Hand über den Nacken und nahm sie erneut in den Arm. Sie kauerte mit angezogenen nackten Beinen da, fror und hielt Schill umklammert, bis er sich irgendwann sanft von ihr befreite, sie am Arm nahm und zurück nach drinnen führte.

Die Notaufnahme hatte sich ein wenig geleert. Harriet war nirgends zu sehen. Sofia setzte sich in ihr Laken gewickelt zurück auf ihren Platz, während Schill sich nach Harriet erkundigte. Als er zurückkam, sah er erleichtert aus.

»Sie kommt gleich«, sagte er leise zu Sofia und setzte sich. »Sie muss nicht hierbleiben.«

Harriet sah todmüde aus und ging krumm, aber ihr Gesicht hatte eine gesündere Farbe. Sie setzte sich zu ihnen. Sie hielt einen Eisbeutel in der Hand. »Wo hast du die Decke her?«

»Hat Schill geklaut«, murmelte Sofia. »Wie geht's dir?«

»Geht schon. Ich soll die nächste Woche auf jeden Fall nicht arbeiten. Schill, was macht deine Schulter?«

»Könnte besser sein.«

»Geh und lass dir eine Wärmflasche geben.«

»Ich frag nach Isaac«, erwiderte Schill und stand auf.

»Leg dich hin«, sagte Harriet zu Sofia. »Das dauert. Wahrscheinlich muss er über Nacht bleiben.«

Sofia zog, so mühsam wie Isaac vorhin, ihre Schuhe aus, streckte die Beine auf die zwei freien Sitze neben sich, legte den Kopf in Harriets Schoß und schloss die Augen. Harriet strich ihr übers Haar. Der Eisbeutel, den sie auf ihren Bauch drückte, strahlte angenehme Kälte gegen Sofias Kopf aus.

Sie war vor Isaac im Flur gewesen. Da musste die Schlange schon unter den Schuhen oder in einer verborgenen Ecke der Küche gelegen haben. Vielleicht hatte Sofia sie aufgescheucht, als sie Wasser und Eis für Harriet geholt hatte. Sie hätten nicht einmal ein Fenster aufstemmen müssen, dachte Sofia, der letzte klare, vernünftige Gedanke, den sie hatte, bevor sie einschlief. Die Haustür war nie abgeschlossen und in dieser Nacht hatte sie offen gestanden.

Sofia schlief nicht tief. Immer wieder drang irgendetwas bis zu ihr durch, jemand, der über ihr sprach, Harriet, die sich bewegte, einmal betrunkenes Rufen, Unruhe, die weißen Lichter über ihr, die durch ihre Lider brannten. Sie träumte im Halbschlaf, dass sie durch lange Flure rannte, die immer wieder auf sich selbst zurückführten, zugestellt mit Betten und Sitzreihen. Sie wusste nicht, ob sie wegrannte oder versuchte, die anderen einzuholen, die mit ihr hier waren und die vor ihr durch Türen und hinter Biegungen verschwanden. Sie kam plötzlich in eine große Halle. Oscar stand vor der geschlossenen Tür und sah ihr entgegen. Er trug das T-Shirt, das sie ihm geliehen hatte. Seine Schienbeine waren blutig und seine Füße nackt. Er sagte etwas zu ihr. Da bemerkte sie, dass sie eine Pistole mit einem Schalldämpfer in der Hand hielt.

»Sofia, wach auf.«

Sie öffnete die Augen. Ihr Kopf schmerzte, ihr Mund war trocken. Ihre Wange war taub, wo sie gegen Harriets Oberschenkel gepresst war. Sie rappelte sich benommen auf und die Decke rutschte von ihren Schultern. Isaac war da. Er stand bei dem Boxer, auf Krücken gelehnt. Sein Fuß und die Wade waren bis fast hinauf zum dick vernarbten Knie angeschwollen, wenn auch nicht so stark wie Abigails. Die alte Jeans, in der er gearbeitet hatte, war über sein Knie hochgeschlagen. Er konnte sich allein aufrecht halten, wenn auch wacklig.

Sofia zog ihre Turnschuhe an. Harriet gab ihren Eisbeutel zurück und legte Sofia den Arm um die Schultern. Sie gingen schweigend zurück. Isaac hatte Mühe, mit ihnen Schritt zu halten. Über der Platzwunde an seiner Stirn, die er sich beim Sturz zugezogen hatte, klebte ein großes Pflaster. Wo es nicht sauber weggewischt war, sah man noch, wo ihm das Blut herabgelaufen war. Entlang seines Kiefers waren schwache rote Fingerabdrücke, wo Schill ihn im Flur mit einer Hand gepackt hatte. Der Boxer ging neben ihm, und als Isaac das zweite Mal einknickte, legten er und Schill, dem es ein wenig besser zu gehen schien, die Arme um Isaacs Rücken und stützten ihn zurück zum Auto. Es war noch Nacht.

Auf der Rückfahrt schlief Sofia erneut fast ein. Ihr war klar, dass sie eine Absprache verpasst hatte, denn auf der Fahrt sprach keiner von ihnen an, was jetzt zu tun sei. Sie bogen zurück nach Highville ab, still und dunkel um diese Uhrzeit, nur ein paar Reklamen, die leuchteten, irgendwo ein Fenster, hinter dem spät Licht brannte. Die Second Wood Lane lag völlig dunkel.

Der Boxer brachte Isaac hinauf, weil Schill es mit seiner Schulter noch nicht schaffte, und setzte sich dann im Wohnzimmer aufs Sofa. Sofia wurde klar, dass er bleiben würde, eine Pistole an der Seite, nur für den Fall. Harriet hatte sie ins Bett geschickt und war draußen geblieben, um zu rauchen, aber Sofia ging in die Küche und setzte Wasser auf.

»Was machst du da?« Schill stand in der Tür. Er sah erschöpft aus, aber wach. »Geh jetzt hoch ins Bett, bevor du mir umkippst.«

»Ich mach dir eine Wärmflasche«, murmelte sie.

»Das kann ich selbst«, sagte er, aber sehr sanft. Er nahm sie bei der Schulter. Sofia widerstand der Versuchung, sich gegen ihn zu lehnen und die Augen zu schließen. »Geh jetzt rauf. Schließ deine Tür heute Nacht ab.«

»Schill –«

»Morgen«, sagte er bestimmt. »Ich muss schlafen, ich muss morgen den ganzen Tag arbeiten.« Er sah, dass sie protestieren wollte. »Ich habe meine Schicht abgegeben, es geht nicht anders.«

»Ich will nicht, dass du gehst.«

»Hey«, sagte er. Das kochende Wasser rauschte jetzt so laut, dass sie sprechen konnten, ohne dass man sie im Nebenraum hörte. »Was habe ich gesagt? Es wird alles gut.«

»Warum gehen sie nicht einfach ins Motel?«

»Wir haben ein paar Tage mehr«, sagte Schill. »Vielleicht war diese Schlange das Beste, was uns gerade passieren konnte. Jetzt geh rauf und schlaf dich aus.«

Er sah ihr noch nach, bis sie die Treppe hinauf war. Sie war so müde, dass sie so ins Bett hätte fallen können, doch in einem plötzlichen Anflug von Misstrauen und Furcht zog sie die Decke weg, als verberge sich darunter eine Schlange. Das Bett war leer und unordentlich wie immer.

Schill und Harriet sprachen unten gedämpft. Sie hatten die Tür offen stehen lassen, doch Sofia verstand nicht, was sie sagten. Sie lag auf dem Bett im Dunkeln und starrte auf die Polaroids an ihrer Wand, hell umrundete schwarze Flecken in der Dunkelheit, die sie jedoch vor ihrem inneren Auge klar und vertraut sah: sie selbst, zehn Jahre alt, früh am Morgen auf ihrem Fahrrad, fertig angezogen für den Sporttag; Schill mit einer trägen grauen Eidechse auf dem Unterarm, die Sofia im Garten gefangen hatte; blühende Kakteen im Brachland; ein leicht verschwommenes Bild von Harriet auf einer ihrer gemeinsamen Wanderungen, ihren Rucksack neben sich, lachend.

Das älteste Foto, das von Harriets Geburtstag, war vergilbt und hatte eine Bildstörung in der linken Ecke. Sofia hatte mehrmals überlegt, ob sie es, wie Harriet es mit Fotos von ihnen machte, ins

Portemonnaie legen sollte, hatte aber Angst, es zu beschädigen, und ließ es überm Bett hängen. Es zeigte Sofia und Schill. Der bunte Kuchen, auf den Sofia unter Schills Anleitung mit einer Packung roten Zuckerguss krakelig Harriets Namen geschrieben hatte, stand auf dem Fußboden. Schill, dessen T-Shirt voller weißer Farbspritzer war, saß auf der Matratze, um sich vom Streichen auszuruhen, und grinste in die Kamera. Sofia, die barfuß neben ihm stand und übers ganze Gesicht strahlte, hatte Zahnlücken und trug ein Scooby-Doo-T-Shirt.

In Sofias Kopf nahm ein Plan Gestalt an. Sie entwarf ihn sehr sorgfältig. Sie spürte, wie sie immer müder wurde, ihre Lider schwer, wie es sie langsam von unten ins Dunkle zog. Sie schlief ein, bevor sie zu einem Schluss kam. Als sie am nächsten Morgen kurz nach Sonnenaufgang aufwachte, war er da, klar und deutlich, und sie war nass geschwitzt vor Angst, obwohl es in ihrem Zimmer noch kühl war.

20.

Nach dem kühlen Wind der letzten Nacht, als David vom Haus der Masseys durch die dunklen Straßen zurück in die South Street gegangen war, war es heute wieder heiß und windstill. Ein paar halb durchscheinende Wolken standen unbewegt am Himmel. Der Benzingestank, den die Tankstelle verströmte, war so intensiv, dass er David auf die Schläfen drückte.

Jazz und David hatten zusammen fahren gelernt, doch obwohl er der bessere Fahrer von beiden war, fuhr David nicht gern. Ohnehin hätte sein Vater ihm seinen Wagen nur über seine Leiche anvertraut. Jazz hingegen, ein leichtsinniger, aggressiver Fahrer, entwendete ab und an den Ford Country Squire seines Stiefvaters. Die Masseys legten Wert darauf, den teuersten Wagen der Stadt zu fahren. Jazz warf die Tür mit einer Abfälligkeit zu, dass es genauso gut ein Wrack vom Schrottplatz hätte sein können.

David folgte Jazz über den Platz an den Zapfsäulen vorbei und hinüber zum Kiosk. Drinnen hatte die einzige Kundin, eine junge Frau, die David vom Sehen kannte, soeben bezahlt und ihr Kleingeld zurück in ihre Handtasche gesteckt. Sie warf einen schnellen Blick auf Jazz, der sie nicht zur Kenntnis nahm. In der Tür drehte sie sich noch einmal um, bemerkte Davids Blick und machte, dass sie fortkam.

»Hey, Shane, beweg deinen Arsch her!«, rief Jazz nach nebenan.

Schritte näherten sich. David sah auf. Es war nicht Shane und auch nicht Bethany Perkins, die, obwohl sie bereits Ende zwanzig war und ein kleines Kind hatte, wie zu viele in der Stadt ein Auge auf Jazz geworfen hatte und sich ihm gegenüber wie ein verliebter Teenager benahm. Es war der Vater von Oscars Freundin Sofia, der normalerweise nur in der Nachtschicht arbeitete. David hatte ihn zuletzt in Chandlers Büro gesehen. Er sah so ungesund aus wie jemand, der unter chronischen Schmerzen litt und deshalb mehrere schlaflose Nächte hinter sich hatte. Den linken Arm trug er in einer dünnen Schlinge.

Field hatte keinen zweiten Blick für Jazz übrig, der zwei Budweiser aus dem Kühlschrank geholt und auf den Tresen gestellt hatte. Er wandte sich ab und begann aus einem Karton, den er auf dem verletzten Arm abstellte, Zigaretten ins Regal zu sortieren.

»Ich verkaufe euch kein Bier«, sagte er. »Verschwindet.«

»Ist Shane endlich gefeuert worden?«

»Stell das Bier zurück«, sagte Field, ohne sich umzudrehen. Er stellte den Karton ins Regal und packte weiter Schachteln aus, langsam, berechnend.

»Was sind Sie, ein Cop?«

Field wandte sich zu ihm um und musterte ihn. Er ließ sich Zeit dabei. Dann sah er zu David.

»Wart ihr das?«, fragte Field ruhig. Er sah wieder Jazz an. »Du siehst aus wie jemand mit einem Händchen für Schlangen.«

David hatte keine Ahnung, wovon Field redete, doch wenn es Jazz ebenso ging, dann zeigte der es nicht. Er lehnte sich auf den Tresen, so lässig und entspannt, als flirtete er. »Wenn Sie meinen Ausweis sehen wollen, müssen Sie nur fragen.« Er zeigte ihm lächelnd den Mittelfinger. »Geht das so in Ordnung?«

David sah das Zucken in Fields Händen, doch er sagte ebenso ruhig: »Verpiss dich.«

Jazz lächelte unbeirrt. Er nahm beide Flaschen vom Tresen und drückte eine David in die Hand. »Als ob ein Krüppel wie Sie mich davon abhalten könnte, Bier zu kaufen«, sagte er. Field zog den Arm aus der Schlinge. Jazz grinste noch ein wenig breiter. »Übrigens habe ich, als ich diesen Stein durch Ihre Scheibe geschmissen habe, falls Sie sich dran erinnern, auf Ihre Tochter gezielt. Auch wenn Ihre Frau natürlich auch nicht verkehrt gewesen wäre.«

Field war so schnell, dass Jazz es nur dank des breiten Tresens zwischen ihnen schaffte, rechtzeitig zurückzuspringen. Er hob die Hand mit der Bierflasche, öffnete sie und ließ sie zu Boden fallen, wo sie knallend barst. Bier ergoss sich schäumend über die Fliesen und lief unter die Regale. Der Geruch füllte den Kiosk.

Jazz fing an zu lachen. David packte ihn am Arm und zerrte ihn rückwärts, weg von Field, der um den Tresen herumging, aber die Tür öffnete sich nach innen, und er würde sie nicht schnell genug öffnen können. Er trat vor Jazz und schirmte ihn ab, für den Bruchteil einer Sekunde überzeugt, dass er Field überrascht hatte, dass er mit einer Bierflasche wie ein Schläger in der Hand und der Tür im Rücken im Vorteil wäre.

Field fing seinen Arm mit der Flasche in der Luft ab, schleifte ihn in einer einzigen, heftigen Bewegung rückwärts und schmetterte ihm das Gesicht mit voller Wucht gegen die Tür. Es gab einen laut vibrierenden Schlag in der Scheibe. Davids Nase brach. Heißer Schmerz füllte seinen Schädel und blendete den Rest der Welt aus.

Es hielt ewig an. Er war an der Tür zu Boden gerutscht und hatte die Hände vors nasse Gesicht gepresst, als er endlich wieder etwas wahrnahm außer glühendem, ihm hinter den Augäpfeln ins Hirn bohrenden Schmerz. Schwankend kam er auf die Knie, dann stemmte Jazz ihn auf die Beine, einen Arm fest um seinen Rücken. Jazz sagte etwas, aber David verstand ihn nicht. Er versuchte sich zu Field umzudrehen. Jazz zog die Tür auf, drehte sich seitlich, sodass er sie mit der Schulter für ihn aufhielt, und schleppte ihn hinaus.

Die Hitze traf David wie ein Hammerschlag auf die Stirn. Er krümmte sich und würgte. Große, dunkle Flecken erschienen auf dem Pflaster. Es tropfte ihm in den Mund und den Hals hinab in den Ausschnitt seines T-Shirts. »Fuck«, nuschelte er. Jetzt liefen ihm Tränen übers Gesicht. »Fuck.«

Jazz brachte ihn bis zum Wagen, öffnete die Beifahrertür und half ihm auf den Sitz. David konnte kaum noch etwas sehen. Heißes Blut tröpfelte ihm zwischen den Fingern hindurch und auf die teuren Polster und das polierte hölzerne Armaturenbrett. Es hörte nicht auf.

»Leg den Kopf in den Nacken.«

»Ich bring ihn um«, stöhnte David.

»Leg den Kopf zurück und nimm die Hände da weg. Lass mich mal sehen.«

David gehorchte. Allein den Kopf zu bewegen tat höllisch weh. Sofort lief ihm das Blut in den Mund. Er verschluckte sich und hustete. Der Schmerz wurde schlimmer. Jazz lehnte sich vor und inspizierte sein Gesicht.

»Die ist gebrochen«, sagte Jazz sachlich. »Du siehst aus wie ein Monster.«

»Fass das nicht an!«

»Wir haben Eis zu Hause, und meine Mom pumpt sich ständig mit Valium voll, also kriegst du auch davon ein paar. Tut dein Auge weh?«

»Ja.«

»Ich nehm die Straße mit den wenigsten Schlaglöchern.« David hörte das Grinsen aus seiner Stimme heraus. Jazz startete den Wagen und fuhr vom Parkplatz zurück auf die Straße. Die Erschütterung jagte glühend weiße Stiche in Davids Kopf. Er musste durch den Mund atmen, um überhaupt Luft zu kriegen.

»Ich bring ihn um«, stöhnte er. »Fuck, ich bring ihn um.«

»Mach dir keine Umstände«, sagte Jazz. Er hatte seine Brille wieder aufgesetzt. »Blute ruhig alles voll. Ich hasse diesen Wagen.«

»Es hört nicht auf«, nuschelte David. Das Blut, das er jetzt in seiner hohlen Hand auffing, sah wässrig aus. »Verdammte Scheiße.« Er zog sein T-Shirt hoch und drückte es vorsichtig unter seine Nase. Inzwischen schwankte alles um ihn herum, dass ihm speiübel wurde. Er klammerte sich an den Türgriff.

»Soll ich das Radio anmachen?«

»Nein«, stöhnte David.

»Macht nichts, wir sind eh gleich da.«

Sie fuhren jetzt durch die bessere Gegend. Die Grundstücke wurden größer und prächtiger. In der gelben Dürre wirkte alles hier verwirrend übersättigt, die Bäume, die Rasen, die Hecken. Die Straße lag wie ein Band über einem flachen Hügel, von dem aus man ein Stück hinab in die Stadt sehen konnte, wie es sich für die Reichen gebot. Jazz bog auf eine gepflasterte Auffahrt und parkte den Wagen dicht am Haus.

Die Masseys waren so reich, dass sie sich ein komfortables Leben in einer weitaus besseren Gegend als Highville hätten leisten können, aber Charlie Massey, Jazz' Stiefvater, betrachtete wie sein Vater vor ihm die Stadt als sein rechtmäßiges Herrschaftsgebiet. Er hatte die kleine Villa gebaut, in der Jazz aufgewachsen war, ein hässliches weißes Haus mit großem, gepflegtem Garten, Pool und Sauna. Im Vorgarten liefen Sprinkler und lenkten stotternd in gleichmäßigen Bögen ihre Fontänen über den Rasen, doch selbst sie kamen gegen die Hitze nicht mehr an.

Obwohl seine Knie weich waren und sein Magen flau, gelang es David, allein auszusteigen. Sein Gesicht schmerzte höllisch. Jazz warf einen Blick in den Innenraum des Wagens, der mit Blut verschmiert war, grinste und stieß die Tür zu. Der scharfe Knall ließ David zusammenzucken.

Jazz schleppte ihn an den feinen Wassernebel auf ihre Schuhe sprühenden Sprinklern vorbei zum Haus und schloss einhändig auf. »Paranoide Arschlöcher«, sagte er. »Als ob jemand sich trauen würde, von Charlie Fotze Massey zu klauen.«

Es war angenehm kühl im Haus. Jazz brachte David in die riesige, sterile Küche und zog ihm einen Hocker an die Theke, die wie in einer Bar gebaut war und an der man sitzen und im Stehen arbeiten konnte. Er hielt David am Ellbogen fest, bis er sicher war, dass er nicht herunterfiel, und öffnete einen Schrank über der Spüle. Er wählte ein schneeweißes Küchentuch, machte es in der Spüle nass und reichte es David, der es mit einem dumpfen Stöhnen an sein pochendes Gesicht drückte.

»Ich hole dir Tabletten und ein Pflaster«, sagte Jazz, während er seine Sonnenbrille abnahm, zusammenklappte und auf den Tresen legte. »Fühl dich bitte wie zu Hause.«

David sah sich mit trübem Blick um, während Jazz ins Bad ging. Er war erst zweimal in der Küche gewesen, beide Male so kurz wie möglich. Es hatte sich seitdem nichts verändert, nur ein paar weitere glänzende, teure Küchengeräte waren dazugekommen. Alle Oberflächen blinkten so sauber, als würden sie nie gebraucht, sondern nur geputzt. Die Platte unter Davids Ellbogen war aus poliertem Marmor und kalt wie Eis. In einer Ecke summte ein großer, moderner Kühlschrank. Durch die Fenster konnte man in den Garten sehen. David fühlte sich selbst durch seine Betäubung so fehl am Platz, als wäre er in ein fremdes Haus eingebrochen.

Jazz hatte ihn zu sich nach Hause mitgebracht, um seine Mutter und seinen Stiefvater zu schockieren. Ruth wäre in Ohnmacht gefallen, wenn sie ihn ihre Theke hätte vollbluten sehen, und Charlie hätte ihn hinterm Haus erschossen für das, was er mit dem Wagen gemacht hatte. Bei dem Gedanken musste David unwillkürlich lächeln. Sein geschwollenes Gesicht spannte. Er hörte sofort wieder auf.

»Hab dir einen Spiegel mitgebracht«, sagte Jazz, der gerade zurückkam. »Dachte, du willst dich vielleicht bewundern.« Er ging um die Theke herum und stellte David einen schlichten, kleinen Badspiegel hin. David musste sich ein wenig ducken, um sich zu sehen. »Scheiße«, sagte er, ohne nachzudenken. Seine Augen waren schmal und verquollen, darunter bildeten sich dicke, dunkle Prellungen, die von seinem schiefen Nasenrücken ausgingen. Der anschwellende Bruch war deutlich zu sehen. Blut war ihm über den Mund, das Kinn und den Hals hinab gelaufen. An einigen Stellen war es dunkel verkrustet, an anderen hell und durchsichtig.

»Du siehst fantastisch aus«, sagte Jazz hinter ihm, schloss das Gefrierfach und kam mit einem Eisbeutel zurück. David stöhnte vor Erleichterung und Schmerz, als er ihn sich vorsichtig ans Gesicht hielt. Seine Schultern sanken herab. Jazz setzte sich auf einen zweiten Hocker, lehnte sich lässig an die Theke und kramte aus dem Verbandskasten, den er mitgebracht hatte, Pflaster und Schere. »Ich muss mir das mal ansehen«, sagte er. »Lehn dich rüber.«

David gehorchte. Jazz besah sich seine Nase und runzelte die Stirn. »Die müsste man vermutlich richten«, sagte er.

David hatte nicht einmal die Zeit, den Mund aufzumachen, als Jazz ihn schon beim Kinn gefasst und ihm mit dem Daumen den Bruch zusammengedrückt hatte. Etwas knirschte dumpf in seinem Gesicht. Ein Schwall warmes metallisches Blut füllte seinen Mund. Der Schmerz ließ David fast ohnmächtig werden. Er brüllte und schlug nach Jazz, erwischte ihn im Gesicht und fiel wegen des Schwungs hinter dem Schlag vom Hocker auf die harten Fliesen. Der Hocker fiel um und hätte um ein Haar seine Beine erwischt. David rollte sich auf den Rücken, die Hände aufs Gesicht gedrückt. Er bekam wieder Luft durch die Nase. Der Schmerz klang etwas ab, das Spannen seines Gesichts ließ nach. Er sah wieder klarer. Es tropfte ihm nass vom Mund, als er sich aufrappelte. Er spuckte auf die Fliesen aus. Er war in Schweiß gebadet.

Jazz, der aufgestanden war, um ihm zu helfen, stemmte ihn zurück auf den Hocker. David tastete nach dem Eisbeutel und drückte ihn sich an die Nase. »Fick dich«, keuchte er. »Du Arschloch.«

Jazz lachte und klopfte ihm auf den Rücken. »Du hörst dich schon viel besser an.« Er deutete auf seine eigene anschwellende Unterlippe. »Stell dir vor, du hättest mir gerade die Nase gebrochen.«

David zeigte ihm den Mittelfinger. Seine Hand zitterte.

Jazz ließ sich, unablässig lächelnd, vom Hocker gleiten und holte ihm ein Glas Wasser aus dem Hahn. David drückte mit bebenden Händen eine Valium und eine Darvon aus ihren Plastikhülsen, steckte sie in den Mund und trank das ganze Glas Wasser hinterher. Dann nahm er ein Pflaster und lehnte sich vor, um sich im Spiegel sehen zu können. Er klebte es auf den schwach blutenden Riss über dem Bruch, strich es fest und richtete sich wieder auf. Sein Kopf schwirrte.

Jazz war hinausgegangen. David hörte ihn die Treppe hinaufsteigen. Er schwenkte den Spiegel etwas nach oben und kratzte sich vorsichtig das trocknende Blut vom Kinn.

Zwei Minuten später kam Jazz mit einem schlichten schwarzen T-Shirt zurück. Er reichte es David, der sich umständlich aus seinem eigenen grauen T-Shirt schälte, das jetzt aussah, als hätte er darin geschlachtet. Es klebte ihm auf der Brust. Auf seiner Haut waren Schlieren vom Blut. Während er sich umständlich umzog, holte Jazz zwei Dosen Coke aus dem Kühlschrank.

Das T-Shirt war David ein Stück zu kurz. Es roch nach dem Waschmittel, das Ruth Massey benutzte, und darunter so stark und vertraut nach Jazz, dass David schlecht wurde wie von einem heftigen Schlag in die Magengrube. Er rutschte vom Hocker, hangelte sich zur Spüle und klammerte beide schweißnassen Hände um den kalten stählernen Rand. Er zitterte. Er dachte, er würde ohnmächtig. Sein Kopf brannte, sein Magen hob und senkte sich, aber er übergab sich nicht. Er spürte Jazz' Blick im Rücken. In seinem Mund sammelte sich bitterer Speichel. Er spuckte ihn in langen rosa Fäden aus, drehte mechanisch den polierten Hahn auf und ließ Wasser nachlaufen. Aus seinen Knöcheln war das Blut gewichen.

Jazz saß an der Theke und trank seine Coke. Er streckte die Hand aus und half David, der sie fahrig abwehrte, zurück auf den Hocker. »Auf deine Gesundheit und Schönheit«, sagte er und drückte ihm den Deckel der Dose auf.

David hob sie an den Mund und nahm einen kleinen Schluck. Die Kohlensäure brannte ihm eisig im Mund. Er schmeckte fast nichts. Sein Magen blieb ruhig. Er stieß ungelenk mit Jazz an. Aus den Augenwinkeln sah er sein Spiegelbild.

»Wir zertrümmern ihm die Knie«, sagte Jazz frei heraus und setzte seine Dose ab. »Machen ihn richtig zum Krüppel.«

David nahm noch einen Schluck. Der saure Geschmack, den die

ersten Schlucke heruntergespült hatten, stieg ihm brennend aus dem Magen zurück in die Kehle und drohte, von dort in seinen Mund zu schwappen. Der Schmerz konzentrierte sich hinter seiner Stirn, als habe jemand einen Hammer dort eingeschlagen und drücke ihn jetzt am Stiel in seinen offenen Schädel.

»Ja?«, sagte er, damit Jazz weitersprach. Seine Stimme klang hohl und schleppend. Er fragte sich, wie lange es dauerte, bis die Tabletten endlich wirkten.

»Ihn und seine Tochter und seine Frau. Man sollte alle drei in den Kopf schießen. Wer weiß, ob ich's nicht tue, bevor ich mich endlich verpisse.« Jazz lehnte sich rückwärts gegen die Theke, streckte die Beine von sich und seufzte. Für einen Moment sah David die endlose Langweile und Frustration auf seinem Gesicht so deutlich wie noch nie. »Sag mir, warum diese Stadt noch am Leben ist. Sag mir, warum Gott dumme, morallose, feige Arschlöcher wie Charlie oder Fotzen wie Ruth liebt und den Rest von uns hier verrotten lässt.« Er fuhr sich durchs Haar, wie er es inzwischen nur noch selten und in Davids Beobachtung unbewusst tat. David sah ihm beim Sprechen zu, ohne ihn wirklich zu hören. Auf seinem linken Ohr war ein monotoner Ton, ein dünnes Pfeifen. *Tinnitus*, dachte er und hörte Jazz sagen: »Ich muss noch ein paar Dinge tun, dann bin ich weg.«

»Ja?«, sagte David noch einmal.

»Ja«, wiederholte Jazz und grinste. »Dann kannst du verdammt noch mal allein weitermachen.« Er hob seine Coke auf ihn und trank sie in drei tiefen Zügen leer. Er zielte und warf die Dose in die Spüle, wo sie fast herausflog und sich klappernd um sich selbst drehte, ehe sie still lag. »Der Brief liegt oben. Ich ziehe Mitte August um.«

»Heute«, sagte David.

Jazz lachte. »Meine Güte, David, hat er dich zu fest geschlagen? Mitte August.«

»Nein«, sagte David. Das Pfeifen auf seinem Ohr war höher geworden. Er drehte den Kopf, bis es weniger laut war. Der Eisbeutel in seiner tauben Hand schmolz und tropfte. »Ich meine, wann wir das Schwein fertigmachen.«

Jazz runzelte die Stirn. »Ich weiß nicht, wann er arbeitet«, sagte er. Er stand auf, streckte sich ein wenig und ging in den Flur. David hörte ihn mit dem Telefon hantieren. Er erschien in der Tür, den Hörer in der Hand, in der anderen das Telefonbuch, das er aufgeschlagen herabhängen ließ. Er sah zu David, der allein in der riesigen, sterilen Küche saß, vor ihm der Verbandskasten, die Tabletten, Schere und Pflasterreste und das blutige Handtuch über die Theke verstreut, daneben Jazz' Brille und Davids blutdurchtränktes T-Shirt.

Das Hemd, das Jazz trug, war beige. Über die Schulter waren dunkle Flecken gesprenkelt. Er hatte sich nicht die Mühe gemacht, es auszuziehen.

Jazz sah David unverwandt an. Dann wurde sein Lächeln sehr breit.

»Hey, Shane«, sagte er.

TEIL 3:
DER STURM

21.

Sofia wachte am frühen Nachmittag zum zweiten Mal auf, mit trockenem Mund, pelziger Zunge und so grausamen Kopfschmerzen, dass sie unwillkürlich aufstöhnte, als sie sich auf den Rücken drehte. Ihr T-Shirt und ihre Wäsche waren durchgeschwitzt und klebten ihr auf der Haut. Im Zimmer war es, obwohl die Fenster weit offen standen und der Raum inzwischen im Schatten lag, brütend heiß. Die Uhr zeigte halb drei.

Sofia rappelte sich auf, eine Hand an die Stirn gepresst, und saß eine Minute schwankend auf der Bettkante, bis das Hämmern in ihrem Schädel endlich auf ein erträgliches Maß abklang. Ihre rechte Hand war verkrampft und voller Flecken vom ausgelaufenen Kugelschreiber. Die meisten Blätter, eng in ihrer nach einiger Zeit zum Krakeln neigenden Handschrift beschrieben, waren von ihrem Bett gerutscht und lagen über den Teppich verstreut, auf dem Rest hatte sie gelegen. Sofia sammelte mühsam alles ein und verstaute die losen Blätter unter der Matratze, zog sich etwas Sauberes an und ging nach unten.

Harriet und Isaac waren da. Isaac lag im Wohnzimmer auf dem Sofa, wo es nicht so heiß wie direkt unterm Dach war, in der Hand ein zerlesenes Buch. Sein rechter Fuß war unförmig angeschwollen. Auf seinem Fuß und Bein waren mit schwarzem Filzstift Markierungen aufgemalt, um die Veränderungen der Schwellungen zu beobachten. Sofia hatte sie gestern nicht bemerkt. Er sah träge vor Schmerz und Erschöpfung auf, als Sofia hereinkam.

»Wo ist Schill?«, fragte Sofia heiser.

»Arbeiten«, sagte Isaac, und Sofia fiel wieder ein, dass er es ihr gestern gesagt hatte.

»Was ist mit Ihren Leuten?«

Isaac legte sich das Buch in den Schoß und ließ die Hand zwischen den Seiten, damit es nicht zuklappte. Die Blutergüsse um sein Kinn hatten sich grün verfärbt. »Die sind nicht hier«, sagte er.

Harriet kam herein, den Rest Wäsche im Arm, den sie gestern nicht mehr abgehängt hatte. Sie hielt sich auch nach einer Nacht noch krumm, und auch sie schien kaum Schlaf gefunden zu haben. »Mein Gott, du siehst furchtbar aus«, sagte sie zu Sofia. »Du wirst doch nicht krank?«

Sie schüttelte den Kopf. Der Schmerz kam als heißer Puls zurück. »Wann ist Schill wieder da?«

»Zum Abendessen. Er nimmt sich heute Urlaub.«

Einen Moment hing deutlich die Frage im Raum: *Und dann was?*

»Hast du Hunger?«, fragte Harriet, ohne Sofia in die Augen zu sehen oder Isaac zu beachten, der sie beobachtete, sich aber nicht einmischte. »Iss was, geh duschen und leg dich draußen hin.«

Sofia nahm eine Dusche, die ihre Kopfschmerzen wieder dämpfte, ließ ihr Haar offen trocknen und machte sich in der Küche ein Erdnussbutter-Sandwich, das sie kaum herunterbekam. Als Harriet zurück in den Garten ging, holte Sofia ihren Rucksack, glitt still nach draußen, nahm ihr Fahrrad, ohne dass Harriet oder Isaac ihr Verschwinden bemerkten, und machte sich auf den Weg zu Abigail.

Als sie die Hauptstraße entlangfuhr, traf sie zum ersten Mal, seit er den Mustang demoliert hatte, auf Jeremy. Er kickte Kiesel über den Parkplatz vor der Änderungsschneiderei, auf dem Sofia den grünen Civic seiner Mutter stehen sah. In einem anderen Sommer hatten sie sich über die mit Jesus-Aufklebern zugepflasterte Stoßstange totgelacht: *Wählt Jesus, Champion Christus* und *Kenne Jesus, kenne Frieden.* Jeremy trug ein weißes Hemd mit kurzen Ärmeln, das bis unters Kinn zugeknöpft war, als käme er aus der Kirche, dazu gebügelte Shorts und am Handgelenk die Uhr seines Großvaters. Sein Haar war schmerzhaft kurz geschnitten. Über den Ohren sah es aus wie im Badezimmer über dem Waschbecken abrasiert, und das war es wahrscheinlich, als seine Mutter genug gehabt und zur Schere gegriffen hatte.

»Bibelcamp?«, fragte Sofia.

»Yeah«, sagte Jeremy schleppend. Er wirkte so antriebslos, wie Sofia ihn noch nie gesehen hatte. »Vier Wochen. Ich bin froh, dass ich dich sehe, um's dir zu sagen, sonst hätte ich euch erst von da schreiben können. Wir fahren gleich.« Er deutete über die Schulter. Sofia erkannte Josie auf der Rückbank, den Kopf gegen die Scheibe gelehnt, die Arme fest vor der Brust verschränkt. »Mom hat ihr Tagebuch gefunden. Ist an die Decke gegangen wegen dem ganzen Scheiß, den sie über Corey da reinschreibt. Sie hat auch über die Party geschrieben, und da ist Mom durchgedreht. Hat die Hälfte von Josies Klamotten und alle Platten weggeschmissen, die, die sie nicht rechtzeitig versteckt hat. Meine auch. Meint, wir brauchen eine Auszeit, um auf den wahren Weg – bla, bla, bla.« Er hob matt die Schultern. »Dann bleibt wohl nur ihr zwei, plus Abby Hawley.«

Vier Wochen waren hart, doch immerhin hatte er seine Schwester, die er dort anschreien konnte, und natürlich seine Briefe an Debra. Auch das alles schien lange her: wie er plötzlich zu *Tainted Love* mit ihr getanzt und Abigail berichtet hatte, sie berührten sich noch nicht. Wie er unten am Fluss schlechte Lyrik für sie schrieb. Die *Cheermania!*-Postkarte mit dem Kuss über der runden Mädchen-Unterschrift, die er mit sich herumtrug.

»Was ist mit Nicky?«

Einen Moment wirkte Jeremy doch wütend. Seine Augen blitzten. »Der«, sagte er bitter, »spielt Baseball mit sich selbst, weil Tommy und sein Dad keine Zeit für ihn haben. Jedes Mal, wenn ich ihn sehe, sieht er aus, als würde er gleich losflennen. Herrgott, es war nur eine Fensterscheibe, die kostet nicht mal zehn Dollar.« Er fuhr sich über den Kopf, als wolle er sein Haar aus dem Gesicht wischen, und erinnerte sich wieder, dass es nicht mehr da war. Er tat, als müsse er seine Augen gegen die Sonne abschirmen, um es zu verbergen. »Ich hab gehört, was passiert ist. Das mit den Steinen bei euch und

Abby. Aber ich habe euch gesagt, dass ich keinen Krieg mit euch kämpfe. Es hätte ein ganz normaler Sommer werden können, wenn ihr das nicht angefangen hättet, und du weißt das. Es hätte alles sein können wie immer. Wir hatten noch tausend Filme, die wir sehen wollten, wir wollten im Wald zelten und in der Nacht raus ans Loch, und was ist daraus geworden?«

»Denkst du, ich wollte, dass das passiert? Denkst du, ich hätte nicht genauso gern wie du den ganzen Sommer am Fluss herumgehangen oder im Park oder in Kane?«

»Niemand hat dich darum gebeten, dich mit Jazz und David anzulegen, nicht einmal Oscar! Du hättest es Nickys Dad sagen sollen, gleich am Anfang, und nichts davon wäre passiert. Du hättest es in der Schule Chandler sagen sollen. Ich wär fast zu Nickys Dad gegangen.«

»Und was hat dich davon abgehalten?«

Die Tür der Schneiderei ging klingend auf. Jeremys Mutter kam heraus, unter dem Arm ein Paket. »Jeremy!«, rief sie. »Wir fahren!«

Sofia starrte immer noch Jeremy an, ohne Mrs. Saunders zornigen Blick zu beachten. Jeremy öffnete den Mund, schloss ihn wieder, drehte sich um und ging zum Wagen. Sofia blieb mit ihrem Fahrrad stehen, bis das Auto an ihr vorbei war. Jeremy sah nicht aus dem Fenster.

Als Mr. Hawley sie zehn Minuten später ins Haus ließ, war sie immer noch wütend. Abigails Vater war ein kleiner, müde aussehender Mann mit sanfter Stimme und früh ergrauendem Haar, der in Kane in einem Drugstore arbeitete und Urlaub genommen hatte, um sich um seine verletzten Töchter kümmern zu können. Er war freundlich zu Sofia, die das von Eltern außer Nickys Dad nicht gewöhnt war.

Lizzie kam ihr von oben entgegen, als sie die Treppe zu Abigails Zimmer hinaufstieg, einen halb gefüllten Umzugskarton in den Armen. Sie bereitete ihren Auszug zum Collegebeginn vor. Da sie Shorts trug, sah Sofia die dicken Pflaster auf ihren Knien. Ihr Gesicht war nicht mehr so stark geschwollen wie am Tag nach dem Überfall und ihr Blick wie immer, wenn Sofia auftauchte, missbilligend, auch wenn sie etwas freundlicher geworden war, seit Sofia Abigail täglich besuchte und ihr aus der Stadt Bücher mitbrachte. Sofia war sich sicher, dass Abigail ihrer Schwester gesagt hatte, dass sie sie gern dahatte.

Abigail saß aufrecht im Bett, in ein Kissen gelehnt, in T-Shirt und kurzer Hose. Ihr Bein war gelb verfärbt und hatte inzwischen eine fast normale Form. Am Fußende ihres Bettes lehnten Krücken. Sie konnte inzwischen aufstehen und sogar Treppen steigen. Die graue Katze, die Abigail gemalt hatte, lag auf der Fensterbank. Der Ventilator blies ihr Fell glatt.

»Hey«, sagte Abigail leise.

Am Schreibtisch saß Oscar. Sofia blieb erstarrt in der offenen Tür stehen, als sie ihn sah. Er wirkte völlig fehl am Platz.

»Was machst du hier?«, fragte sie, lauter und anklagender, als sie beabsichtigt hatte, als sie sich gefasst hatte.

»Ich besuche Abigail.« Sein Lächeln erreichte seine Augen nicht. Sofia merkte ihm an, dass ihr Tonfall ihn verletzt hatte, und sie fühlte sich schon schuldig, als ihr auffiel, wie merkwürdig die Stimmung im Raum war. Als hätte sie die beiden bei einer Heimlichkeit erwischt. Sie sah zu Abigail, die den Kopf senkte und die Schultern nach vorn zog, als schäme sie sich. Sofia sank das Herz.

»Was ist los?«, fragte sie. Dann, drängender, als sie nichts sagten: »Was ist passiert?«

Oscar und Abigail tauschten Blicke. Schließlich sagte Abigail leise und ohne Sofia anzusehen: »Wir machen uns Sorgen um dich.«

Sofia starrte sie an, nicht sicher, ob sie richtig gehört hatte. »Was?«

Abigail sah Hilfe suchend zu Oscar.

»Sie hat mir erzählt, was Lizzie passiert ist«, sagte er. »Dass jemand ihnen eine Schlange in den Briefkasten gesteckt hat und dass Chloe und David Lizzie zusammengeschlagen haben. Von den Fensterscheiben, und dass es bei euch auch passiert ist. Sofia, du musst –«

»Denkt ihr, dass ich mich wieder mit David und Jazz anlege? Ist es das? Habt ihr Schiss, dass sie euch angreifen?« Der Zorn überkam sie mit einer Wucht, dass sie kaum Luft bekam. Sie hatte die halbe Nacht wachgelegen, außer sich vor Sorgen und Angst, und Oscar und Jeremy und jetzt zu allem Überfluss auch noch Abigail fingen wieder damit an, dass sie aufhören solle, gegen David zu kämpfen, als habe sie keine anderen Probleme. »Ich habe nichts getan, *nichts* –«

»Sofia«, unterbrach Oscar sie verblüfft, »das ist nicht –«

»Ist das das erste Mal, dass ihr euch trefft, um hinter meinem Rücken über mich zu reden?«

Abigail wirkte geschockt. Die Katze, aufgeschreckt von Sofias scharfer Stimme, streckte sich von der Fensterbank und glitt hinab auf Abigails Bett. Sie schlich um ihr geschwollenes Bein herum und rieb den Kopf an ihrem unverletzten Fuß.

»Um David oder Jazz geht es nicht«, sagte Oscar laut. »Darum geht es überhaupt nicht. Wir –«

»Es geht dir doch seit Wochen um nichts anderes! Ich weiß nicht, wann du das letzte Mal mit mir geredet hast und es nicht darum ging, dass ich euch alle in Todesgefahr bringe! Ich habe mit deinem Bruder seit der letzten Woche in der Schule nicht mehr gesprochen!«

»Es geht nicht um David, okay?«, sagte Oscar, jetzt noch lauter. Die Katze war vom Bett gesprungen und strich ihm um die Beine. Als er sie nicht beachtete, lief sie zu Sofia weiter, die sie wütend fortscheuchte. »Wenn du mir nur *einmal* zuhören würdest –«

»Jetzt steckst du sie auch noch mit deiner Paranoia an –«

»Hey!«, sagte Abigail laut. »Hört auf damit, beide!«

Sie waren so überrascht, dass sie einen Moment verstummten. Abigail richtete sich mühselig auf und starrte sie abwechselnd an. Sofia hatte sie das erste Mal so gesehen, als sie Cathy fast die Nase gebrochen hätte, in Sport, auf dem heißen Rasen, inmitten all ihrer Mitschüler. Sie hatte gekeucht und gezittert und ihre Augen hatten geglüht. »Wir können uns jetzt nicht auch noch zerstreiten. Wir müssen zusammenhalten. Ich weiß nicht, was mit dir los ist, Sofia, aber wir sind deine Freunde.«

»Ihr seid großartige Freunde«, sagte Sofia höhnisch. »Jeremy war wenigstens ehrlich.« Sie nahm ihren Rucksack ab, zog die Bücher heraus, die sie auf Harriets Ratschlag hin Abigail aus der Bücherei geliehen hatte, und knallte sie auf den Nachttisch. »Hier, bevor die Frist abläuft.«

Oscar stand auf. Vielleicht wollte er sie beschwichtigen, weil sie immer lauter schrie, aber sie hatte sich bereits umgedreht und war aus dem Zimmer und auf der Treppe. Die Katze sprang ihr aus dem Weg. Lizzie erschien im Flur. Sofia schob sich grob an ihr vorbei, riss die Tür auf und lief hinaus. Sie durchquerte den sonnengefluteten Vorgarten und hörte Oscar hinter sich.

»Verpiss dich!«, blaffte sie. Ihre Kehle brannte.

»Was ist mit deiner Familie?«

Als sie sich abrupt umdrehte, blieb Oscar stehen, auf dem Rasen. Seit David ihn fast im Pool ertränkt hatte, wirkten seine Augen seltsam leer. Sie starrten einander an. Sofia keuchte. Sie hatte nicht bemerkt, wie sehr sie sich aufregte. Ihr Herz schlug viel zu schnell.

»Was soll mit meiner Familie sein?«, sagte sie heiser.

»Gestern im Park warst du nicht du selbst. Du wolltest mir etwas sagen, etwas Wichtiges, ehe Isaac aufgetaucht ist. Ich habe Abigail gefragt, und sie hat das Gleiche gesagt.«

»Und?«, knurrte sie. »Was geht dich das an?«

»Ich habe auf dich gewartet«, sagte er. »Gestern. Den ganzen Tag. Ich bin abends sogar raus ins Brachland und habe nach dir gesucht, weil ich dachte, dass du vielleicht dort bist. Ich bin zu euch gefahren, aber –«

»Du hast was gemacht?« Sie sagte es so scharf, dass es sie selbst erschreckte.

»Ihr wart nicht da«, sagte Oscar ruhig. »Euer Auto stand da, aber niemand hat aufgemacht. Wo wart ihr gestern?«

»Komm nicht noch einmal zu unserem Haus.«

Wenn sie Oscar verwirrte oder verletzte, zeigte er es ihr diesmal nicht. »Ich wäre nachher zu euch gekommen, wenn du nicht bei Abigail aufgetaucht wärst«, sagte er ruhig. »Warum vertraust du mir nicht?«

»Das musst du gerade –«

»Ich wusste schon immer, dass etwas mit deiner Familie nicht stimmt. Du erzählst nie von ihnen. Ihr verreist nie weit, ihr fahrt nie in die Ferien. Du hast nicht ein einziges Mal Geburtstag gefeiert. Du lädst niemanden nach Hause ein. Nicht mal an Halloween sind wir bei euch ins Haus.« Er ließ sie nicht zu Wort kommen. »Sofia, alle wissen, dass ihr irgendein Geheimnis habt. Wenn du mir nicht genug vertraust, um mir zu sagen, was los ist, wenn du das nicht kannst, dann kann ich das vermutlich nicht ändern. Aber es geht dir nicht gut. Du bist nicht du selbst. Du siehst krank aus.«

»Du spinnst.« Ihr Mund war ganz trocken. »Bist du deswegen hergekommen, um mir das zu sagen? Hättest du es allein nicht hingekriegt? Als ob du hier wärst, um sie zu besuchen.«

Aber Oscar ließ sich nicht ablenken. »Ich kenne dich, seit wir zur Schule gehen. Ich weiß, dass irgendwas nicht stimmt. Ich habe dich nie von Verwandten reden gehört, und plötzlich taucht Isaac hier auf, und du benimmst dich, als wäre die Polizei hinter dir her. Wer ist er? Wer ist Isaac?«

»Du kapierst es nicht!«, fauchte sie. »Du hast gesagt, dass es deine Sache ist, dein Leben, und weißt du was? Es hat gedauert, aber ich akzeptier's jetzt. Also halt dich im Gegenzug auch aus meinen Angelegenheiten raus. Ich brauche deine Hilfe nicht!«

Er öffnete den Mund, aber sie hatte sich gefangen. »Dazu bist du hier aufgetaucht? Um mir zu sagen, dass *ich* mich merkwürdig benehme? Du bist schon den ganzen Sommer nicht du selbst, Oscar. Schon viel länger.« Sie wandte sich ab, um ihm nicht länger ins Gesicht sehen zu müssen, holte ihr Fahrrad und stieg auf. Sie fühlte sich zum ersten Mal an diesem Tag wirklich wach. »Ich wäre zu dir gekommen.«

Und damit ließ sie ihn stehen, wie er sie hatte stehen lassen, als Schill ihn vor knapp einer Woche, als Abigail fast gestorben wäre, nach Hause geschickt hatte.

Am Ende der Straße drehte sie sich aufgewühlt doch noch einmal um. Oscar war zurück ins Haus gegangen.

Diesmal ging Sofia nicht weit ins Brachland. Sie lehnte ihr Fahrrad an die Veranda, setzte ihre Kopfhörer auf und ging zu der Stelle, wo sie in der letzten Nacht mit Schill gestanden hatte, setzte sich ins staubige Gras und ließ den Rest des Nachmittags verstreichen. Die Batterien des Walkmans gingen nach einer Stunde aus, aber sie hatte wie immer zwei Comics dabei. Einer war *Daredevil*, der erste, den sie je besessen hatte. Harriet hatte ihn an einer Tankstelle gekauft, weil Sofia noch nicht hatte lesen können, irgendwann auf den ersten Tagen ihrer Flucht. Sofia rührte ihn nicht an.

Sie hörte den Wagen, als Schill nach Hause kam, und nach etwa zehn Minuten rief er nach ihr, aber sie blieb, wo sie war.

Die Luft stand noch dick und warm in den Straßen, als Sofia endlich aufstand und mit steifem Rücken im warmen sattgelben Licht der Abendsonne nach Hause ging.

Isaac schlief auf dem Sofa, in verschwitzter Wäsche und T-Shirt, das Haar unordentlich und feucht, das Gesicht grau. Seine Brille lag neben seinen Tabletten auf dem Couchtisch.

Harriet saß draußen auf der Couch und las ein Buch, aber sie sah immer wieder auf und zur Straße, als befürchte sie, Isaacs Männer kämen zurück. Ihr Wagen war den ganzen Tag nicht in der Straße aufgetaucht. Offenbar hatte Isaac sie weggeschickt, zurück in das Motel oder die Pension, wo auch immer sie blieben, wenn sie nicht im Wagen saßen und mit Ferngläsern ein Haus beobachteten.

Harriet verlor kein Wort darüber, dass Sofia den ganzen Tag verschwunden gewesen war, sah nur kurz zu ihr auf und sagte: »Schill hat doch noch eine Schicht. Er muss aus irgendeinem Grund für diesen Jungen einspringen. Morgen früh ist er wieder da. Mach dir ein Sandwich, okay?«

Sofia strich sich in der Küche gehorsam zwei Brote mit Erdnussbutter und Marmelade und war erstaunt, dass sie beide herunterbekam. Sie trank den Milchkanister leer, warf die leeren Batterien des Walkmans weg und fand auf dem Regal unter der Treppe, das Harriet oder Schill aufgeräumt hatte, keine neuen mehr.

Es würde eine lange Nacht werden. Harriet setzte sich wieder nach draußen, doch gegen zehn schlief sie ein. Das Buch, in dem sie gelesen hatte, fiel ihr aus der Hand. Weil es kühl war, holte Sofia ihr eine dünne Baumwolldecke aus dem Wohnzimmer, breitete sie aus und legte sie ihr vorsichtig über. Harriet rollte sich auf dem Sofa zusammen, ihr Gesicht wie Isaacs hart vor Erschöpfung, die Ringe unter ihren Augen dunkel wie lange nicht. Sie schlief tief und fest, als Sofia leise zurück hinein und hoch auf ihr Zimmer ging, um alles vorzubereiten.

22.

»In Amerika werden jeden Tag hundert Tankstellen überfallen«, sagte Jazz und lehnte sich nach hinten, um David seine Maske zu reichen. »Statistisch gesehen ist das wahrscheinlicher als ein Banküberfall, Tommy. Das liegt an den Safes.«

David drehte die Maske um. Billiges Hartplastik, innen war das Herstellungsland eingestanzt. Da sein Gesicht trotz der Tabletten, die er genommen hatte, bevor sie losgefahren waren, noch immer dumpf schmerzte, setzte er sie nicht sofort auf. Das Plastik wärmte sich in seinen Händen rasch auf.

»Das hast du gerade erfunden«, sagte Chloe, nahm Jazz seine Maske aus der Hand und hielt sie hoch, um sie besser sehen zu können. »Jason Voorhees? Ist das dein Ernst?«

»Freddy Krüger war aus. Ihr bleibt ohnehin im Wagen.«

»Guck auf die Straße, Chloe«, sagte Tommy, der neben David saß, die Hände krampfhaft im Schoß verschlungen. Er zappelte mit den Beinen, dass es David wahnsinnig machte.

Chloe gab Jazz mit einem Schnauben die Maske zurück. Er setzte sie auf, strich sein Haar zurecht und beugte sich theatralisch langsam zu Chloe vor, bis die Maske ihre Schulter berührte. David konnte sehen, wie Jazz' Atem, der als Keuchen durch die Maske strömte, ihr Haar bewegte, wo es ihr offen über die Schulter auf die Brust fiel.

Chloe zuckte nicht mit der Wimper. »Lass das, Massey«, sagte sie, ohne den Blick von der Straße zu wenden.

Jazz lachte hinter der Maske, schob sie in die Stirn und richtete sich wieder auf. »Ich hab nur die zwei, wenn ihr also aus irgendeinem Grund rauskommt, zieht euch was ins Gesicht, klar?«

»Es ist ja nicht so, als ob er nicht weiß, wer ihr seid«, erwiderte Chloe ein wenig gereizt. »Und da drin gibt's eine Kamera.«

Jazz winkte ab. »Die Kamera ist nicht echt.«

»Warum glaubst du diesem Wichser Shane alles? Er macht sich nur wichtig.«

»Ich weiß, dass er klaut, ganz abgesehen davon, dass er letztes Jahr den Wagen seines Vaters zu Schrott gefahren hat.« Jazz lehnte sich zur Seite und spähte aus dem Fenster. Auf der rechten Seite kam langsam die erleuchtete Tankstelle in Sicht. Der Platz war leer. »Park da vorn am Rand und stell den Motor aus«, befahl Jazz. »David, setz sie auf.« Die Lässigkeit war von ihm abgefallen. Er zitterte regelrecht vor Erregung.

David legte sich die Maske aufs Gesicht und zog das Gummiband über seinen Hinterkopf. Es war zu eng und bereitete ihm Schmerzen.

»Umwerfend«, sagte Jazz und wandte sich Chloe zu, die den Motor ausgestellt hatte. »Ihr wartet hier. Macht die Lichter aus. Wir sind spätestens um«, er sah auf die Uhr, »halb zwei zurück.«

Tommy sah aus, als wolle er etwas sagen, schluckte dann aber nur und hielt doch den Mund. Er schwitzte. David, der nur auf seine zuckenden Beine geachtet hatte, sah jetzt, dass auch seine Hände zitterten. Chloe hingegen nickte.

»Was würden wir ohne euch machen?«, sagte Jazz und knuffte sie gegen die Schulter. Er stieg aus, ging um den Wagen herum und holte die Baseballschläger aus dem Kofferraum. Einen reichte er David weiter. Er ging nach vorn, beugte sich am Beifahrerfenster herab und winkte Chloe. David konnte im dunklen Wagen nicht sehen, ob sie es erwiderte.

Es war eine milde Nacht. Der Himmel war zur Hälfte von unbewegten Wolken schwarzgrau. Ein blasser Mond stand dahinter. Vom Brachland her roch es nach Staub, und bis auf die Straße stank es nach Diesel, den David selbst mit gebrochener Nase und halb betäubt von Schmerzmitteln riechen konnte. Die Stadt um sie herum lag völlig still. In Davids Kopf entstand das Bild des ausgestorbenen, dunklen Parks, der glatt und vertrocknet in der Dunkelheit lag.

»Die Nase darfst du ihm brechen«, sagte Jazz, lächelte David, der von dem Bild hochschreckte, zu und setzte seine Maske auf. Wenn David die Augen zusammenkniff, verschmolz die Maske milchweiß mit seiner Gestalt. Als sie die asphaltierte Ausfahrt der Tankstelle betraten, glühte das weiße Plastik auf. Jazz hatte das T-Shirt, das Davids Blutspritzer am Kragen hatte, nicht ausgezogen.

David setzte die Kapuze seines Sweatshirts auf und zog sie oben über die Maske. Er roch das Benzin jetzt nicht mehr richtig, dafür wurde ihm von den Dämpfen schwindelig. Im Wagen hatte er geglaubt, gut mit der Maske sehen zu können, aber jetzt musste er den Kopf ständig drehen, um alles im Blick zu behalten. Als er daran dachte, nach dem Blutfleck zu suchen, den er am Mittag auf dem Asphalt hinterlassen hatte, waren sie an der Stelle bereits vorbei.

Jazz ging voraus, den Baseballschläger über die Schulter gelegt, und öffnete schwungvoll die Tür. Das Klingeln der kleinen Glocke darüber klang durch die Kapuze gedämpft.

David wusste nicht, wann Field sie bemerkt hatte, aber er sah nicht im Geringsten überrascht aus, zwei vermummte Gestalten auftauchen zu sehen, als er sich hinter dem Tresen, wo er gelesen hatte, aufrichtete. In sein Gesicht stand zu Davids Erstaunen auch keine Angst geschrieben.

Jazz hob den Baseballschläger von seiner Schulter und ließ ihn im Gehen über eines der Regale gleiten. Kartons mit lose verpackten Tüten und Dosen fielen herab und verteilten sich polternd über den Boden. Unter Davids Schuhen knisterte es, als er auf eine Chipstüte trat. Jazz blieb vor dem Tresen stehen, den Schläger entspannt über die Schulter gelegt. David stellte sich hinter ihn. Seine Nase pochte unter der Maske im Takt zu seinem Herz.

»Knock, knock«, sagte Jazz dumpf. Er ging mit drei schnellen Schritten um den Tresen herum und holte in der Drehung aus. Field machte einen Schritt in Jazz' Angriff hinein, den linken Arm, den er am Mittag noch in einer improvisierten Schlinge getragen hatte, ausgestreckt, um Jazz' Arme mit seiner Seite abzublocken und den Schläger mit der freien Hand zu greifen. Es gab ein gewaltiges Krachen, als sie beide durch die verkalkulierte Wucht von Fields Gegenangriff rücklings in ein Regal stürzten und es fast zu Fall brachten. Jazz war keuchend und stolpernd zuerst wieder auf den Beinen.

»Sieh dir das Schwein an!«, keuchte er, dumpf unter der Maske, Jazz, der nie eine Gefahr erkannte, Jazz, unbesiegbar, und holte trotz Davids Warnruf erneut aus. Field, der sich mit verzerrtem Gesicht aufgerappelt hatte und sich an das Regal klammerte, warf sich unter Jazz' Schlag nach vorn und riss sie beide erneut von den Füßen.

David machte einen großen Schritt zurück, stieß gegen das Zeitschriftenregal, holte über den Kopf aus und ließ den Baseballschläger auf Field niedergehen, der sich gerade über Jazz auf den gesunden Arm hochstemmte. Field bewegte sich im letzten Moment seitwärts, sodass David seine Schulter statt seinen Kopf traf. Die Wucht des Schlags streckte ihn nieder. Er fiel seitlich von Jazz und schreiend vor Schmerz und Zorn auf den Rücken. Seine gesunde Hand schoss hoch und packte den Baseballschläger. Als David merkte, dass er irgendwie sein Bein hinter seine Knie gehakt hatte, war es bereits zu spät. Field zog ihm mit einem Ruck die Beine weg, und David stürzte rückwärts und schlug mit Kopf und Schultern mit gnadenloser Wucht in das Regal, gegen das er sich eben gelehnt hatte.

Magazine und Zeitschriften rutschten über seine Brust und sein Gesicht. Der Schmerz strahlte ihm den Rücken hinab. Er bekam keine Luft mehr. Er kämpfte sich halb hoch, aber Field stand schon über ihm, schwankend und schief und mit vor Schmerz und Wut verzerrtem Gesicht. David sah durch die schief sitzende Maske seinen Fuß heranschießen. Es war Davids Glück, dass die Maske über der Nase gekrümmt war und seine Stirn die Wucht des Tritts abfing, und dass Field benommen war und nicht richtig stehen konnte, sondern sich am Tresen festhalten musste.

David schrie, dass ihm die Stimme versagte. Geblendet vor Schmerz riss er sich die verrutschte Maske vom verschwitzten Gesicht. Tränen liefen ihm aus den Augen und Blut in heißen Schüben aus der Nase. Er presste seinen Ärmel vors Gesicht und brüllte, bis seine Kehle rau war, rutschte durch die Zeitungen und versuchte blind, wieder auf die Beine zu kommen.

Field hatte sich abgewandt. David sah unscharfe Flecken aus Hell und Dunkel. Er rappelte sich orientierungslos und mit summendem Kopf auf die Knie und stemmte sich an einem Regal hoch. Er musste sich mit aller Kraft festhalten, um nicht sofort wieder umzufallen. Sein Rücken hämmerte. Sein Blick schärfte sich, aber er sah jetzt doppelt, wie Jazz sich auf Field warf. Field, den linken Arm in die Seite gedrückt, machte einen kontrollierten Schritt rückwärts, packte Jazz und warf ihn mit einem brutalen, mühelosen Griff seitlich über seine Schulter. Er ließ ihn nicht einfach fallen, er schmetterte ihn zu Boden. David hatte Leute in Actionfilmen so kämpfen sehen, und da wusste er, dass er sie umbringen würde.

Jazz lag stöhnend und zusammengekrümmt inmitten des Chaos. Er hielt eine Pistole mit einer Hand und stützte sie mit der anderen. Field lehnte gekrümmt am Tresen und umklammerte seinen Arm, der gebrochen schien.

Jazz riss sich die Maske vom Gesicht und holte tief und gierig Luft. Eine Weile lag er nur da, die Waffe trotz stützender Hand leicht zitternd auf Fields Kopf gerichtet, und japste. Field, ebenfalls reglos, betäubt vor Schmerzen, starrte ihn an. Keiner von beiden tat etwas. Dann zuckte Fields Mund.

»Entsicher sie erst mal«, sagte er heiser.

Jazz, vom Sturz benommen, sah auf die Waffe, und Field trat sie ihm aus der Hand, war auf ihm, holte aus und schlug zu. David schrie und stolperte auf sie zu, packte Field und ging beim Versuch, ihn von Jazz zu reißen, in die Knie. *Ich muss an seinen Arm*, war alles, was er denken konnte. Sein Schädel fühlte sich an, als würde er jeden Moment explodieren. Er sah nur noch fließende Impulse Schmerz. *Sein Arm. Sein Arm. Er bringt Jazz um.*

Field bekam die Pistole zu fassen. Etwas traf ihn von oben mit satter Wucht am Kopf. Er ging zu Boden wie erschlagen. Diesmal stand er nicht wieder auf.

David rappelte sich als Erster auf die Knie. Neben ihm tat Jazz das Gleiche. Vor ihnen stand Chloe, in ihrer engen, offen stehenden Jacke und ihren vom Sturz auf dem Parkplatz zerrissenen Jeans. Das Haar lag ihr wild ums Gesicht wie ein Kranz, wie statisch geladen. Sie keuchte mit offenem Mund und weit aufgerissenen Augen. Alle Farbe war aus ihrem Gesicht gewichen. Breitbeinig stand sie da, den beidhändig umklammerten Baseballschläger zwischen den Knien.

Jazz stand von selbst auf, nur leicht taumelnd, stützte sich gegen den Tresen und wischte sich das Blut vom Gesicht. Er blinzelte zweimal. Dann machte er einen Schritt vor, trat über Field hinweg, packte ihn unter den Achseln und schleife ihn aus dem Gang. Vor Anstrengung trat die harte Linie seines Kiefers hervor.

Field war nicht ohnmächtig, doch er schien nah dran. Seine gesunde Hand glitt schwach über Jazz' Arm. Die linke Hälfte seines Gesichts, das eine seltsam graue Farbe angenommen hatte, war von einem Strom aus knallrotem Blut bedeckt. Es lief ihm in den Nacken und den Hals hinab und besprenkelte den Boden.

Jazz ließ Field in das umgefallene Zeitschriftenregal fallen und richtete sich schwankend wieder auf. Er straffte die Schultern und ließ sein Genick knacken, strich sich das Haar aus der Stirn und streckte David die Hand hin. »Du bist dran«, sagte er. Seine Augen waren sehr dunkel und seine im weißen Licht der Röhren über ihnen blassen Wangen hatten einen Hauch Farbe bekommen.

David schlug ein. Jazz hievte ihn auf die Beine und hielt ihn, bis David aufhörte, sich an seinen Arm zu krallen.

»Chloe, gib mir das.«

Chloe, die neben ihnen stand, außer Atem, als wäre sie einen Marathon gerannt, starrte ihn bloß an. Jazz machte eine ungeduldige Geste zum Baseballschläger, den sie umklammert hielt.

»Nein«, krächzte David. »Schon okay.« Er machte zwei unsichere Schritte auf Field zu, kniete sich auf seine Beine und griff vorn in sein Hemd. Es war zur Seite verrutscht und entblößte eine runde Narbe in seiner angeschwollenen linken Schulter. Sie war groß und hässlich und ging in eine Tätowierung über, die David beim besten Willen nicht erkennen konnte. Er sah bloß vor seinen Augen verschwimmende dunkle Striche.

»Er ist ein Marine«, hörte er sich sinnlos sagen. Speichel tropfte ihm vom Mund. Er schmeckte blutig und gallig. »Scheiße.« Field stemmte sich gegen ihn, und David schlug ihm mit einer Faust, die er nicht bewusst geballt hatte, ins Gesicht. Diesmal stöhnte Field. David holte tief durch den Mund und die kaputte Nase Luft, von der sich das Pflaster löste, und lächelte, zeigte alle Zähne. Ein heißer, spitzer Schmerz wie eine einzelne Nadel zog von seinen Knöcheln hoch in seinen Ellbogen. Es tat gut. Sein Blick schärfte sich. Plötzlich und heftig setzte die Wirkung der Schmerztabletten ein, wie der erste Schluck Wasser, nachdem man stundenlang nichts getrunken hatte. David wäre eingeknickt, wenn er nicht schon gekniet hätte. Er fasste sich. Er schlug noch einmal zu. Diesmal brach er Field die Nase und sich selbst den kleinen Finger.

»Fuck«, hörte er Chloe stöhnen.

David sah an sich hinunter und bemerkte erst jetzt, dass Field ihm mit der gesunden Hand unter die verrutschte Jacke ins T-Shirt gegriffen hatte. Eine Weile sah er die Hand teilnahmslos an. Er konnte nicht erkennen, ob Field Tätowierungen oder Wunden an den Knöcheln hatte. Er griff seinen kräftigen Unterarm und versuchte, seine Hand aus dem T-Shirt loszuziehen, aber Field war sogar noch zäher, als er aussah, und Davids blutige Finger pochten. Eine Weile rangen sie stumm miteinander, kaum von außen zu sehen. Als David aufzustehen versuchte, ließ Field ihn los. Er hob die Hand, um sich das Blut vom Mund zu wischen, das ihm aus der gebrochenen Nase lief, und brauchte dafür unendlich lange.

Jazz zog David auf die Beine und legte schwer einen Arm um seine Schulter. Er hatte den anderen Baseballschläger geholt und seine Maske hoch in die Stirn geschoben. Bis auf ein dünnes Rinnsal Blut unter seiner Nase schien er unverletzt. Sie sahen alle drei auf Field hinab, der die blutige Hand hatte sinken lassen.

»Hey, David«, sagte Field. Er sprach langsam und mit großer Mühe. Auf seinen Zähnen war Blut. Er musste sich die Lippe aufgebissen haben. Seine Grimasse war ein halbes groteskes Lächeln. Er bewegte den Kopf in Jazz' Richtung. »Weiß dein hübscher Freund Bescheid?«

David starrte ihn an. Field sprach immer undeutlicher und schläfriger. Es war so still, dass sie keine Mühe hatten, ihn zu verstehen. »Ach«, sagte er, absurd, unfassbarerweise fast vergnügt. Sein Lächeln wurde breit und mitleidig. »Du hast es ihm noch gar nicht gesagt.«

Außer ihrem gepressten Atem, Davids Keuchen und Fields schmerzerfülltem pfeifenden Luftholen war nichts zu hören. Von irgendwoher das Tröpfeln einer auslaufenden Flüssigkeit und das Knistern von kaputtem Glas.

Die Pistole war in den Gang gerutscht. David wurde fast ohnmächtig, als er sich bückte und sie aufhob. Sie war kalt und angenehm schwer in seiner Hand. Er wischte sich das Blut und den Schleim vom Mund und richtete sie auf Fields Kopf, und Chloe heulte: »Bist du verrückt?«

Sie packte seinen Arm und riss ihn nach hinten. Ein Schuss löste sich. Er ging durch die Scheibe einen halben Meter links von Fields Kopf. Field riss die Hand vors Gesicht und krümmte sich zur Seite. Der Rückstoß war so stark, dass Davids Hand und sein Arm bis zum Ellbogen ertaubten. Einen Moment hörte er nichts. Er spürte nur Chloes zerrenden Arm an seinem.

Sie fuhr herum. Die Tür flog auf. Es war Tommy. Sein Mund bewegte sich, dann hörte David ihn, als wäre er zurück an die Oberfläche gekommen: »Scheiße. *Scheiße*!« Er war seltsam weißgrün im Gesicht. »Was macht ihr da? Was macht ihr da? *Was macht ihr denn da*?«

»Beruhig dich, Tommy!«, schrie Chloe.

Tommys Blick fiel auf Field, der den Arm schützend erhoben hatte. Er riss die Augen auf und prallte rückwärts gegen ein Regal. »Oh mein Gott«, stöhnte er. »Oh mein Gott. Oh Scheiße.«

Jazz nahm David und Chloe, die Tommy anstarrte, die Pistole ab, sicherte sie und steckte sie in seinen Hosenbund. »Chloe, räum die Kasse aus.«

»Was?«, sagte sie, als wäre sie sich sicher, ihn nicht richtig verstanden zu haben.

»Die Kasse. Nimm das Geld aus der Kasse.« Er sprach langsam und deutlich wie mit einem Kind. Chloe, die aussah, als wolle sie ihn anbrüllen, ging um den Tresen herum, rührte die Kasse aber nicht an.

»Was denn?«, blaffte er sie an.

»Ich lass doch nicht meine beschissenen Fingerabdrücke überall!«

»Dann zieh die Ärmel drüber, Herrgott, Chloe!« Er schüttelte ungläubig den Kopf. Sie zitterte, als sie die Kasse aufstemmte und sich fahrig Dollarscheine in die Taschen stopfte. Sie ließ die Hälfte des Kleingelds hinter den Tresen fallen. Tommy stand da und hielt sich mit zitternder Hand den Mund zu.

»Bist du fertig, Chloe?«, fragte Jazz, ohne den Blick von Field zu wenden.

Sie wischte sich über den Mund. »Ja«, sagte sie heiser. »Ja.«

Jazz holte mit dem Baseballschläger über den Kopf aus und schlug Field auf die vernarbte linke Schulter. Etwas brach deutlich hörbar.

Tommy schrie, Field nicht. Seine Füße rutschten über den mit Blut besprenkelten Boden, als versuche er, nach Jazz zu treten. Seine Augen rollten hoch. Er kämpfte sich auf den gesunden Arm hoch, stöhnend vor Schmerzen, dann fiel er wieder hin.

»Ich geh und hol mir dein kleines Mädchen, Field«, sagte Jazz. Er ging neben Field in die Hocke, machte das Namensschild von seinem Hemd los und befestigte es an seiner Baseballjacke. »Ich fick deine Frau und schieß deinem neuen Freund in den Bauch. Und dann bring ich sie alle um.«

Es war totenstill. Nur Tommy schluchzte. Jazz richtete sich auf, strich sich das Haar zurück und sagte ruhig: »Gehen wir.«

Es war so kalt draußen, dass es David vorkam, als wäre er ohne Vorwarnung in eisiges Wasser gestoßen worden. Er war klatschnass geschwitzt. Er hinkte über den menschenleeren Parkplatz, Chloe nach. Tommy hinter ihm wimmerte und hielt sich den Kopf. Die Tür fiel klingelnd ins Schloss. Als David über die Schulter sah, schloss Jazz zu ihnen auf. Das Licht der Tankstelle fiel ihm in den Rücken und verwandelte ihn in einen langen, dünnen Schatten. David schwankte, und die Welt schwankte mit ihm. Jazz' Gesicht leuchtete im Dunkeln.

»Fuck«, sagte Tommy immer wieder, wie im Gebet. »Fuck.«

Chloe ließ fluchend und zitternd wie eine Abhängige den Wagen an. David lag auf dem stinkenden, versifften Rücksitz und spürte wässrige Rinnsale Blut aus seiner geschwollenen Nase laufen. Sein Rücken war steif, auf seinem linken Ohr summte es hartnäckig, seine Hand schien noch vom Rückstoß der Waffe zu vibrieren.

Chloe fuhr in die falsche Richtung. David hätte nichts sagen können, selbst wenn er gewollt hätte. Seine Zunge war schwer, sein Gesicht taub. Tommy neben ihm war endlich still.

Etwas drückte in Davids Nacken. Er griff hin und stellte fest, dass ihm die Maske hinten in die Kapuze gerutscht war. Sie hatte einen langen Riss, wo Field ihn ins Gesicht getreten hatte. David starrte sie an und sah doppelt. Er blinzelte, aber es hörte nicht auf.

»Wohin fährst du, Chloe?«, fragte Jazz interessiert.

»Aus der Stadt«, zischte sie. Sie umklammerte mit beiden Händen das Lenkrad und fuhr viel zu schnell. Zu beiden Straßenseiten erfassten die Scheinwerfer dunkle, karge Landschaft. Jazz kurbelte sein Fenster herunter, sodass ein Schwall eisiger Luft hereinzog, und lehnte sich hinaus, die Maske mit einer Hand auf den Kopf drückend, damit sie nicht wegflog.

»Hey!«, schrie Chloe ihn an, während Jazz ungerührt nach den Baseballschlägern griff und sie aus dem offenen Fenster schob. Der Wagen geriet ins Schlingern. Jazz schleuderte die Schläger hinaus. Sie wurden von der ins Dunkel vorbeischießenden Landschaft verschluckt.

»Arschloch!«, brüllte Chloe.

»Ich denke, du kannst umkehren«, sagte er sachlich und kurbelte die Scheibe wieder hoch.

»Leck mich, Massey. Leck mich!« Aber ihre Knöchel am Lenkrad bekamen wieder Farbe und sie nahm den Fuß vom Gas. Die Landschaft floss jetzt ruhiger dahin. Kein Auto war auf der Straße. Der Himmel war klar und voller Sterne. Chloe wendete mitten im Nichts und fuhr zurück.

Highville war so menschenleer wie die Wüste vor der Stadt. Keine nächtlichen Spaziergänger, kein Polizeiaufgebot, keine Menschenaufläufe. Chloe bog von der Hauptstraße ab. David sah ein oder zwei erleuchtete Fenster in einem Meer aus dunklen Gärten. Er atmete durch den Mund und in seinem Kopf schwamm alles träge dahin. Die Scheibe, an der sein Kopf lehnte, beschlug.

Chloe fuhr so plötzlich rechts ran, dass er aufschrak und einen verwirrten Moment lang dachte, er sei ohnmächtig geworden oder eingeschlafen. Der Rosenkranz am Rückspiegel pendelte, als Chloe bremste. Sie stellte den Motor ab und zog den Schlüssel ab. Ein Stück vor ihnen lag das dunkle schlafende Haus von Chloes Vater.

Chloe holte tief Luft, dann sagte sie: »Verpisst euch.« Damit öffnete sie die Tür und stieg aus.

Jazz seufzte schwer. Er setzte seine Maske ab, steckte sie unter seine Jacke zu der Pistole in den Hosenbund und folgte ihr. Chloe fuhr herum, als er hinter sie trat.

»Ihr wolltet ihm die Nase brechen!«, fauchte sie ihn an.

»David *hat* ihm die Nase gebrochen«, präzisierte Jazz mit einem Lächeln.

Das Licht der nächsten Straßenlaterne an der Kreuzung reichte gerade aus, dass David ihre wutverzerrten Züge erkennen konnte. »Ihr habt da drin alles in Schutt und Asche gelegt! Ihr habt ihn fast umgebracht! David wollte ihn *erschießen*!«

»Wer hat ihm denn den Schädel eingeschlagen?«

»Weil er euch beide umgebracht hätte!«, schrie sie ihn an. »Warum hattet ihr überhaupt eine verdammte Pistole dabei? Habt ihr die ganze Zeit geplant, ihn umzubringen, ihr beschissenen Arschlöcher?« Sie griff in ihre Jacke, zog mit beiden zitternden Händen zerknüllte Dollarscheine hervor und schleuderte sie Jazz entgegen. Er zuckte nicht mit der Wimper. »Schiebt es euch doch in den Arsch!«, brüllte sie ihn an. »Hätte er euch doch die Schädel eingeschlagen!«

Tommy, der die ganze Fahrt über auf dem Rücksitz gekauert und geschwiegen hatte, stieg jetzt ebenfalls aus. »Chloe«, sagte er. Man hörte ihm an, dass er geweint hatte, aber seine Stimme war barsch. »Schrei nicht so rum.«

»Was ist, wenn er verreckt? Was ist, wenn er an seinem Blut oder seiner Kotze erstickt?«

»Vielleicht wäre das gar nicht schlecht, wo er doch all unsere Namen weiß«, sagte Jazz, unentwegt lächelnd.

»Bist du jetzt völlig durchgeknallt?«, fragte Chloe, aber jetzt schrie sie nicht. Ihre Stimme war ein heiseres Flüstern. Sie bebte vor fassungslosem Zorn. »Hat das Schwein dir zu kräftig auf den Kopf geschlagen, Massey?«

»Ich dachte, du hättest das Zeug dazu, als du Lizzie Hawley zusammengeschlagen hast«, sagte Jazz faul lächelnd. Das brachte Chloe kurz zum Verstummen. »Ich dachte, du kannst mehr, als Steine durch Fenster zu schleudern.«

»Was?«, sagte Tommy. Niemand achtete auf ihn.

»Wenn du das nicht verkraftest, was willst du dann morgen machen, Chloe?«

»Morgen? *Morgen*?« Sie fing hysterisch an zu lachen. »Willst du jetzt einen auf *Freitag der 13.* machen? Gehst du hin und schlägst das Mädchen tot? Bringst sie mit deinem Baseballschläger um?« Ihre

Stimme wurde lauter und wieder zu einem Schrei. »Soll ich ihn dir wiederholen? Soll ich ihn dir wiederholen, damit du sie fertigmachen kannst? Hier!« Sie schleuderte ihm den Schlüssel vor die Brust. Jazz gab einen überraschten Laut von sich und fing ihn.

»Hör auf, Chloe!« Tommy packte sie und schüttelte sie so roh, dass sie rückwärtsstolperte. »Halt jetzt deine Klappe!« Er fing ihre andere Hand, als sie ihn wegzustoßen versuchte. Sie wandte sich wieder Jazz zu. Das Haar hing ihr vom kurzen, heftigen Gerangel zerzaust ins Gesicht. Ihr Pflaster war wieder blutig. »Fick dich!«, brüllte sie. »Du Scheißirrer!«

Als sie im Fluss gelegen hatte, den Kopf in Tommys Schoß, die Arme ins Wasser hängend, das Gewehr von ihrer Schulter gerutscht, hatte David sie einen Augenblick lang für tot gehalten. Er hatte sein T-Shirt ausgezogen, Tommys Hand von der Wunde gelöst und festgestellt, dass Chloe atmete und ihr Schädel nicht gebrochen war. Er hatte dem hysterisch schluchzenden Tommy geholfen, das T-Shirt um Chloes Kopf zu wickeln und festzubinden, wie er es einmal für seine Mutter getan hatte, und den Druck gehalten, bis Chloe wieder zu sich gekommen war. Sie hatte gemurmelt und geschielt, ihre Augen hatten getränt. Dann hatte sie geblinzelt und dünn Tommys Namen gesagt, wie Davids Mutter damals *David* gesagt hatte, als sie auf dem Schlafzimmerboden die Augen wieder aufgeschlagen hatte, mit einem kleinen, überraschten Lächeln.

Sein durchblutetes T-Shirt hatte David später in einen Mülleimer geworfen. Bei seiner Mutter hatte er eines der pfirsichfarbenen Handtücher aus dem Bad genommen, die sie, sobald der Arzt ihr erlaubte, wieder aufzustehen, alle entsorgt und durch dunkelblaue ersetzt hatte.

»Du bist ein Psychopath, Massey!«, schrie Chloe ihn an. »Ihr beide! Du und er! Vielleicht hat er ja recht und David steht auf dich! Vielleicht seid ihr beide ja zwei riesige *Homos*!«

»Chloe!«, blaffte Tommy sie an.

»Oh, leck mich!« Es gelang ihr, sich loszureißen. Sie stolperte von ihm weg und wischte sich das Haar aus dem Gesicht. »Fass mich nicht an!«

»Du kannst hier nicht so rumschreien!«, heulte Tommy. »Wir haben jemanden überfallen! Wir haben eine Tankstelle überfallen, Chloe! Mein Vater ist ein Cop!«

Jazz, der sich müde vom vielen Stehen und den Schlägen, die er von Field bezogen hatte, an den Wagen gelehnt hatte, lachte jetzt laut, aber Chloe beachtete ihn nicht.

»Dein Vater ist ein Loser!«, brüllte Chloe Tommy an. »Ihr seid alle drei Loser! Nichts kriegt ihr hin, seit Mommy tot ist! Du bist ein Idiot und du weißt es nicht mal!« Sie spuckte es ihm entgegen. »Du hast mich nicht mal ficken können, als ich es wollte!«

Tommy wurde kreidebleich. Er öffnete und schloss den Mund wieder, ohne einen Ton gesagt zu haben. Er sah aus wie ein Fisch. Jazz machte ein ersticktes, glucksendes Geräusch, als versuche er, höflich zu sein und nicht laut loszubrüllen vor Lachen. Tommys Gesicht brannte vor Demütigung.

»Was machst du, wenn Daddy rausfindet, was du gemacht hast, Tommy?«, höhnte Chloe.

»Ich hab gar nichts gemacht«, stieß er hervor. »Ich hab ihn nicht angerührt!«

Sie lachte ihm ins Gesicht. »Du bist doch so stolz drauf, endlich tolle Freunde zu haben, Tommy. Coleman und Massey. Arschloch und Sohn reicher Arschlöcher. Zwei schwule Psychopathen! Dann steh jetzt auch zu ihnen! Plötzlich bist du nicht mehr so stark, nicht wahr? Ich hätte fast Massey gefragt, weil du ja keinen hochkriegst!«

Tommy knallte ihr eine. Sie stolperte heftig rückwärts gegen den Wagen, hielt sich das Gesicht und begann zu brüllen. Jazz richtete sich auf, bereit, dazwischenzugehen, und Chloe ging auf Tommy los.

David stieß die Autotür mühsam mit dem Arm auf, schwang sich vom Sitz und belastete vorsichtig seine pochenden Beine. Keiner achtete auf ihn. Er lehnte sich außen an den Wagen und ließ die blutige Maske fallen. Chloes und Tommys Schreien war in der ganzen

Straße zu hören. Irgendwo bellte ein Hund. Die Fenster der Häuser blieben dunkel wie geschlossene Lider.

David ging schwankend und langsam wie ein Schlafwandler an stillen Häusern und Vorgärten und grauen Hecken vorbei. Die Straßen waren leer. Es wehte ein warmer Wind, der nach dem Staub des Brachlands roch. Eine Katze huschte über seine Füße, als er die South Street erreichte. Die ganze Straße lag in weißem Mondschein.

In der Auffahrt blieb er stehen. Vor seinen Augen flimmerte das Haus seiner Eltern, als liefe ein kaputter Film ab. Er schwankte eine Weile auf der Stelle, unfähig, weiterzugehen, dann knickte er abrupt ein, stürzte gegen den Zaun und sackte zu Boden. Sein Rücken stand in Flammen. Sein Tinnitus war zurück.

Als er die Augen öffnete, stand Jazz neben ihm. Er war allein. Er setzte sich, von der Prügelei steif, ein wenig umständlich neben ihn, holte seine Zigaretten heraus, klopfte eine aus der Packung und zündete sie an. Er sah zum Haus, hoch zu Oscars Fenster. David verfolgte mit halb geschlossenen Augen den tanzenden, glühenden Punkt seiner Zigarette. Sein Kopf hämmerte immer stärker. Er wollte mehr Tabletten, aber Jazz hatte den Blister eingesteckt.

Jazz rauchte schweigend und abwartend, sein Blick bohrend auf ihm.

»Denkst du nicht, ich müsste es wissen?«, sagte er dann. Er sprach vollkommen ruhig, ganz so, als unterhielten sie sich über eine Beiläufigkeit. »Das müsstest du mir doch sagen. Dann müsste ich mir wirklich überlegen, was zu tun wäre.«

David bekam keine Luft. Das Herz schlug ihm wuchtig bis zum Hals. Er zitterte, und er wusste, dass er es nicht verbergen konnte. Er öffnete den Mund, um tief Luft zu holen, wobei ein scharfer Stich durch seine taube Nase ging, und würgte den Satz hervor, den er sich zurechtgelegt hatte, als er taumelnd wie ein Betrunkener die South Street entlanggegangen war: »Er wollte mich aus dem Konzept bringen.«

Er sah Field vor sich, der am Boden lag und zu ihm hochsah,

ruhig statt in Todesangst, und hörte seinen Name aus seinem Mund, als kenne er ihn seit vielen Jahren: *Hey, David.*

Es verging Zeit, aber es konnte nicht viel sein. Jazz' Zigarette brannte noch. David roch den Rauch, den Jazz ausatmete, und zum ersten Mal wünschte er sich, er müsse sich von Zigaretten nicht übergeben.

»Er hatte Angst, dass ich ihn umbringe«, krächzte David. Sein Körper brannte wie von heftigem Fieber. Unter seiner Haut juckte es. Das hier war real, und er hatte keine Kontrolle darüber. Er fühlte sich, als stünde er wieder im Scheinwerferlicht des Schultheaters, Schweiß auf dem Gesicht, das Herz heiß und rasend, ein violettes Negativ der Spots auf seinen Lidern, wenn er die Augen schloss, der Zuschauerraum ein blinder schwarzer Fleck, in dem keine Gesichter auszumachen waren. David hatte immer gewusst, wann er den Mund halten musste, und er wusste es auch jetzt besser. Jedes Wort kostete ihn Kraft. »Er wollte uns ablenken. Er dachte, er kommt vielleicht an die Pistole. Ich hätte ihn erschießen sollen. Ich erschieße ihn. Ich schlage ihm den Kopf ein.«

Jazz schwieg. David versuchte sich aufzusetzen. Ein heißer Stich ging durch seinen Kopf, als wäre etwas dort implodiert. Er fiel flach zurück auf den Rücken. Hinter seinen Augen pochte es. »Hör mir zu«, keuchte er. »Scheiße, hör mir zu, Massey.« Es gelang ihm, sich auf die Seite zu drehen. Mit kalter Hand packte er Jazz' Arm. »Bring mich zurück und ich knall ihn ab.«

»Armer Oscar«, sagte Jazz, hob den Arm, den David eisern umklammerte, und aschte ab. Der Hauch eines Lächelns war in seiner Stimme. »Sieht ganz so aus, als mache euer Dad den falschen Sohn fertig.«

David warf sich mit einem erstickten Brüllen auf Jazz. Es gelang ihm nicht, auf alle viere zu kommen, aber er zerrte sich an Jazz' Schultern hoch und stieß ihn seitlich um. Jazz streckte mit einem überraschten Laut die Hand mit der Zigarette aus und ließ zu, dass David die Oberhand erlangte.

»Ich bring dich um«, spuckte David, »ich bring dich um, ich mach dich kalt, ich –«

Jazz zog etwas unter seinem Rücken hervor. Er drückte die kalte Mündung der Pistole, mit der David Field beinahe erschossen hätte, unter Davids Kinn, gegen seine Kehle.

»Wenn ich das richtig erzähle, geht es als Selbstverteidigung durch«, sagte Jazz, aber er grinste jetzt nicht mehr. »Vielleicht tu ich einigen sogar einen Gefallen.« Er bohrte die Pistole in Davids Kehle, bis David sich schwankend auf die Knie setzen musste, damit er ihm nicht den Kehlkopf eindrückte. Der Druck ging bis in seinen Gaumen und strahlte hoch in seinen Kopf. Er bekam keine Luft. Sein Hals lag in einer dicken, festen Schlinge. Seine Hand war in Jazz' T-Shirt zur Faust geballt. Sein gebrochener Finger lähmte sie.

»Hast du gehört, dass sie jetzt einen Namen für die Seuche haben?«, fragte Jazz ruhig, noch immer ohne zu lächeln. Er hob die Hand mit dem Zigarettenstummel an den Mund und zog ein letztes Mal. Die Glut erhellte orangerot einen Teil seines Gesichts. Er schnippte den Stummel weg und blies Rauch aus. Sein Gesicht verschwamm vor Davids Augen. »Willst du wissen, wie sie heißt?«

David versuchte zu sprechen, aber aus seinem Mund kam nur ein heiseres, mahlendes Würgen. Ein Schleier lag über seinen Blick, der nichts mehr mit Zigarettenrauch zu tun hatte. Seine Nase tropfte, seine Augen tränten. Das pulsierende Dröhnen in seinem Kopf schwoll an.

Von weit her sagte Jazz: »Jesus, David, du spuckst mich voll.«

Der Druck von seiner Kehle schwand. Er sackte schlaff über Jazz, der ihn mit dem Unterarm abblockte und von sich wälzte. David fiel auf dem Rücken und rang schwach, mit eingedrückter Kehle, nach Luft. Jazz wischte sich übers Gesicht, wo Davids Blut oder Speichel auf ihn getropft war, und betrachtete seine Hand. »Wenn du mich angesteckt hast, schneid ich dir die Kehle durch«, sagte er und wischte sich die Hand am T-Shirt ab. Er rappelte sich auf, während David, seinen Hals umklammernd, krampfhaft zu sprechen versuchte und nur hektisches, dünn pfeifendes Krächzen hervorbrachte. Jazz sah auf ihn herab.

David sprach. Die Stimme, die aus seinem Mund drang und ihm fast die Kehle entzweite, klang wie die eines völlig Fremden, und was er sagte, als seine Stimmbänder endlich wieder ihre Arbeit taten, war ihm ebenso fern: »Das mit den hundert Tankstellen hast du erfunden.«

Nach einigen Augenblicken fing Jazz an zu lachen.

23.

Als sie sieben gewesen war, hatte Sofia sich auf einen Stuhl gestellt, um ein neues Glas Erdnussbutter aus dem Vorratsregal zu holen, und dabei auf dem leeren obersten Brett eine Pistole gefunden. Sie hatte sie vorsichtig herausgenommen und mit der schweren schwarzen Waffe in der Hand auf dem Stuhl gestanden, wohl wissend, dass sie gewaltigen Ärger dafür kriegen würde, wenn Schill sie damit erwischte, ganz davon abgesehen, dass sie versucht hatte, allein an das Regal zu gehen, wo sie schließlich herunter hätte fallen können.

Nach reiflicher Überlegung hatte Sofia die Pistole mit auf ihr Zimmer genommen und sie erst unter die Matratze und dann, als sie sich nicht traute, darauf zu schlafen, unters Bett gelegt. Am nächsten Morgen war sie vor ihrem Wecker wach geworden, schweißüberströmt und panisch, und hatte die Pistole, die sie kaum anzufassen wagte, falls sich ein Schuss löste, zurück in das Regal gebracht. Eine Weile hatte sie immer dorthin gestarrt, wenn sie in der Küche gewesen war, dann hatte sie sie vergessen.

Vor einigen Jahren war ihr die Pistole wieder eingefallen. Schill bewahrte sie noch immer dort auf, und als sie einmal nach oben fasste, war sie auch nicht staubig. Er hatte sie dort nicht einfach liegen lassen. Er war auf die Eventualität vorbereitet, dass jemand zur Tür hereinkam, den er erschießen musste.

Jetzt war das oberste Brett leer. Harriet hatte die Waffe geholt, als sie ihr, Schill und Isaac gefolgt war, und Meyer hatte sie ihr kurz darauf abgenommen. Wenn es noch weitere Waffen gab, dann wusste Sofia nicht, wo sie waren.

Die fehlende Pistole war ein Problem, aber nicht Sofias größtes.

Ihr Zimmer war fast vollständig aufgeräumt. Das Bett war gemacht. Die Bücher waren auf der Kommode gestapelt, ihre Jacken an der Tür aufgehängt, ihre T-Shirts gefaltet, ihre schmutzige Wäsche in einem Wäschekorb an der Tür, den sie später nach unten bringen wollte. Die Kassetten und Comics, die sie von ihren Freunden geliehen und noch nicht zurückgegeben hatte, lagen auf dem Bett, daneben Abigails Buch, das von der Fensterbank, wo sie es nach dem Wolkenbruch zum Trocknen hingelegt hatte, unter ihr Bett gefallen war.

Über die Ereignisse der letzten Tage hatte Sofia völlig vergessen, dass sie es gefunden hatte und hätte zurückgeben müssen. Als sie es vorhin beim Aufräumen bemerkt und unter dem Bett hervorgeholt hatte, war die Seite aufgeschlagen gewesen, an der Abigail zuletzt gezeichnet hatte, der Fluss, in der Hitze ein kaum kniehoher glänzender Strom über trocknende Steine, dahinter der von Sonnenlicht durchflutete Wald. An der äußeren Kante waren die Farben vor Nässe verlaufen.

Und was ist daraus geworden?

Sie hatte das Buch heftig zugeschlagen und es zu den anderen Dingen sortiert, die noch nicht getan waren. Der große braune Umschlag mit den eng beschriebenen Seiten, die sie unter der Matratze wieder hervorgeholt hatte, lag auf ihrem Kopfkissen. Sie brauchte einen besseren Platz dafür, doch gerade hatte auch das nicht Priorität. Wenn alles nach Plan ging, würde sie die Pistole vielleicht nicht einmal brauchen, aber ihre Abwesenheit machte sie nervös.

Zu Sofias Überraschung war Isaac wach, als sie ins Wohnzimmer kam. Er las im Licht der Standlampe, die er ans Sofa gezogen hatte, einen Arm unter den Kopf geschoben. Den geschwollenen Fuß hatte er über die Bettdecke gelegt. Er trug eine alte Shorts von Harriet, vermutlich, weil es zu schmerzhaft war, eine Jeans über die Schwellung zu ziehen. Seine Augen waren unter der Brille blutunterlaufen vor Müdigkeit. Er las einen von Schills Krimis.

»Was willst du?«, sagte er, ohne aufzusehen. Seine Stimme war belegt vor Schmerz. »Es ist mitten in der Nacht.«

Das flaue Gefühl im Magen, das sie den ganzen Tag begleitet hatte, war inzwischen ein realer, drückender Schmerz, der ihren Magen hart machte, als hätte sie ihre Periode.

»Ich will mit Ihnen sprechen.«

»Mhm, klar«, sagte Isaac und blätterte um. Er schwitzte, obwohl es angenehm kühl im Haus geworden war. Sein Gesicht glänzte. Das T-Shirt, das Schill ihm geliehen hatte, war klitschnass.

»Ich meine es ernst. Ich will Ihnen einen Vorschlag machen.«

Isaac sah auf, aber das Buch ließ er nicht sinken. Er betrachtete sie, wie sie in von Josies Bowle fleckigem Rock und an der Taille abgeschnittenem T-Shirt dastand. »Mein Gott, zieh dir was Richtiges an.«

Sie zeigte ihm den Mittelfinger, bevor sie richtig darüber nachgedacht hatte. Trotz aller Angst funktionierten diese Reflexe offenbar auch jetzt noch gut.

Isaac riet ihr diesmal nicht, an ihrem Verhalten zu arbeiten. »Geh wieder ins Bett«, sagte er, als spreche er zu einem ungezogenen Kleinkind, das partout nicht schlafen gehen wollte. »Oder geh und bring mir ein besseres Buch. Ich weiß nicht, warum Walter diesen Mist liest.«

»Ich gehe mit Ihnen und helfe Ihnen, Ihre Studie zu beenden.«

Daraufhin wurde er endlich ernst.

»Ich brauche einen Tag Zeit. Ich muss noch eine einzige Sache tun, und ich habe eine einzige Bedingung, und dann können Sie und ich gehen. Zusammen.«

Isaac legte endlich das Buch weg. Er rieb sich die Stirn und zuckte zusammen, als er seiner Platzwunde zu nah kam. »Hat Walter dir gesagt, dass du das sagen sollst?«

»Nein, das hat er nicht, und Harriet auch nicht. Hören Sie mir einfach zu. Ich will, dass Sie –«

»Dass ich Walter und Harriet in Ruhe lasse«, sagte Isaac. Er schloss kurz die Augen, genau wie Schill, wenn er sich davon abhalten musste, die Augen zu verdrehen.

»Sie kommen davon. Sie verhaften sie nicht, Sie klagen sie wegen nichts an.«

»Und warum sollte ich das nicht tun?«

Sofia hatte gewusst, dass er fragen würde, und auch, dass das gerade erst der Anfang war. Diesmal war sie vorbereitet. »Weil Sie hier sind, damit Sie das nicht tun müssen. Sie haben mir viel Mist erzählt, aber das stimmt ein Stück weit. Sie streiten es vielleicht ab, aber Sie tragen Mitschuld am Tod meiner Mutter, und das wissen Sie auch. Sie hätten Schill und Harriet beide fast erschossen, aber gestern haben Sie verhindert, dass Ihre Leute sie erschießen oder zumindest weiter zusammenschlagen. Sie hätten Harriet sogar ins Krankenhaus gefahren.«

»Glaubst du, dass ich mir von dir Vorschriften machen lasse, nur weil ich Harriet nicht innerlich hätte verbluten lassen?«, erwiderte Isaac. »Ich kann jederzeit zum Telefon greifen und das hier alles beenden.«

»Schill hat Ihnen gestern fast das Bein gebrochen –«

Isaac verzog den Mund zu einem grotesken halben Grinsen. »Ich habe dir gesagt, was er für ein Mann ist. Das war genau das, was er –«

»Sie sind derjenige, der ihm durch die Schulter geschossen hat.«

Isaac blieb ruhig, aber sein Blick war eisig. »Er hat mir keine andere Wahl gelassen.«

Ich bring ihn um, dachte Sofia und sagte: »Sie hätten ihm das gestern heimzahlen können, aber das haben Sie nicht getan. Ihre Leute hätten ihn mühelos überwältigen können.«

»Was willst du von mir?«, fragte Isaac. »Dass ich die beiden erschießen lasse? So langsam bringst du nämlich einige wirklich gute Argumente.«

»Ich glaube, Sie sind nie an die Öffentlichkeit gegangen, um nach uns zu fahnden, weil Sie nicht wussten, ob Schill und Harriet etwas gegen das Institut in der Hand hatten. Schill war noch einmal im Gebäude, nachdem meine Mutter – nachdem sie umgekommen ist.«

Isaac lächelte zornig. »Wir haben das natürlich überprüft. Es fehlte nichts. Keine Akte. Nicht ein einziges Blatt Papier. Er hätte sowieso nicht gewusst, wo er das herbekommen hätte.«

»So sicher scheinen Sie sich ja nicht gewesen zu sein, als Sie herkamen. Aber spätestens nach ein oder zwei Tagen haben Sie Bescheid gewusst, wahrscheinlich sogar schon, sobald Sie am ersten Tag mit Harriet gesprochen hatten. Sie wollen das hier ohne großes Aufsehen erledigen. Sie wollen meine Eltern nicht wegsperren, wenn Sie das nicht müssen.«

Isaac seufzte. Unter Schmerzen und Stress war er nicht mehr halb so theatralisch, wie wenn er glaubte, die Situation völlig unter Kontrolle zu haben. »Was kannst du mir geben, das ich mir nicht einfach nehmen kann?«

»Das sollten Sie wissen. Sie haben sich meine Mutter genommen und daran sind Sie jeden Tag erinnert.« Auf seinem Knie war die Narbe gut sichtbar.

»Manche Menschen würden behaupten, dass du eine Verpflichtung hast, Sofia. Deine Mutter wusste, dass wir anderen helfen würden und dafür ihre Hilfe brauchten.«

»Meine Mutter hätte Sie beinahe erschossen«, sagte Sofia hart. »So viel dazu.«

Er seufzte erneut schwer. »Sofia, ich kann dir nicht versprechen, dass Walter und Harriet –«

»*Schill.*«

»Das ist sein Nachname. Walter ist –«

»Ich weiß, dass es sein verdammter Vorname ist. Er kann es nicht ausstehen, wenn Sie ihn so nennen.«

»Und ich weiß sogar, warum, im Gegensatz zu dir. Weil das der Name seines Vaters war. Hör mir zu. Ich kann dir unmöglich versprechen, dass den beiden nichts zustößt.«

Sofia richtete sich ein wenig auf. Ihr war kalt, aber sie riss sich zusammen. »Was könnte Ihnen denn zustoßen?«, fragte sie. »Gestern war es noch bloß das Gefängnis wegen Kindesentführung.«

Isaac sah sie scharf an. Ihn schien zu überraschen, dass sie ihm zuhörte. Wahrscheinlich nahm er nur wahr, an was sie sich erinnerte, wenn sie ihm zustimmte. »Ich weiß, was du dir jetzt vorstellst, und –«

»Und es ist wahr, richtig? So weit würden Sie gehen? So weit sind Sie gegangen. Schill hat mir die Narbe an seinem Arm gezeigt, die er sich geholt hat, als er Ihnen das Leben gerettet hat.«

Er wurde wütend. »Du hast keine Ahnung, wovon du redest.«

»Ach ja? Würden Sie sie wirklich umbringen, damit nicht ans Licht kommt, dass Sie bei einem Impfmittel Scheiße gebaut und mehrere Menschen getötet haben?«

»Du bist gerade so was von auf dünnem Eis, Sofia –«

»Ich lebe das Ergebnis von dem, was Sie getan haben!«, sagte Sofia so laut, dass sie kurz befürchtete, sie habe Harriet, die auf der Veranda schlief, geweckt. Isaacs Gesicht war weiß vor Zorn. »Warum weigern Sie sich, etwas dagegen zu tun, wenn Sie selbst vermeiden wollen, dass den beiden etwas zustößt?«

»Sofia, wir wissen beide, dass sie dich nicht gehen lassen werden, und wenn du mitgehst, werden sie versuchen, dich zurückzuholen. Ich würde sie herzlich gern bestechen, aber ich glaube kaum, dass das eine Option ist, du etwa?«

»Ich werde mit ihnen reden.«

Er lachte spöttisch. »Und was willst du damit erreichen? Ich habe ihnen längst gesagt, dass sie aufgeben müssen, und das werden sie auch einsehen, wenn ich erst –«

»Wenn Sie lange genug auf sie einreden, wie Sie auf mich einreden? Sie machen sich was vor.«

Isaac versuchte sich aufzusetzen und zuckte heftig zusammen, als er dabei sein verletztes Bein bewegte. Er stützte sich auf die Ellbogen. Das Licht der Standlampe fiel ihm auf den Kopf und warf ihm tiefe Schatten unter die Augen. »Wir drehen uns im Kreis, Sofia«, sagte er. »Irgendwann ist meine Geduld zu Ende und langsam bewege ich mich auf diesen Punkt hin. Entweder ihr macht den Schritt oder ich mache ihn.«

»Ich habe Ihnen gerade gesagt, dass ich mitkommen werde.«

»Das hilft mir herzlich wenig, weil Walter und Harriet weiterhin eine Gefahr darstellen. Ich kann dir nicht versprechen, dass ich nicht Maßnahmen ergreifen muss –«

»*Maßnahmen*?«

»Sie können dich besuchen kommen«, sagte Isaac, »und du sie, jede Woche.«

Sofia, die den Mund bereits geöffnet hatte, schloss ihn wieder. Kurz war sie entwaffnet. Isaac nutzte es aus und sagte, plötzlich wieder ruhig und fast sanft: »Du kannst sie sehen. Das will ich dir nicht nehmen. Sie haben dich aufgezogen. Sie lieben dich.«

Sofia bemerkte, dass ihre Hände zitterten, und sie presste sie fester zusammen, zu Fäusten.

»Aber wenn du sie auch liebst, dann weißt du, dass das größer ist als sie. Ich bin mir sogar sicher, dass du das weißt. Sie haben Unrecht getan, egal aus welchem Motiv. Sie sind vielleicht nicht deine richtigen Eltern –« Er hob die Hand, damit sie schwieg. »Sie sind deine Familie. Das weiß ich. Sie wollen das Beste für dich, aber sie sind auch egoistisch. Deine Mutter ist aus dem gleichen Grund über Leichen gegangen. Ich will, dass das nicht noch einmal passiert. Niemand von uns will das und darum bin ich hier und versuche zu helfen. Du willst das Beste für Walter und – für *Schill* und Harriet. Das Problem bist dabei überhaupt nicht du, Sofia – du kommst zu mir und bietest mir an, mit mir zu kommen. Das Problem sind sie. Ich weiß nicht, wie ich sie überzeugen kann.«

»Ich kann sie sehen?«, flüsterte Sofia. Ihre Kehle war zugeschnürt.

Isaac griff mit einer Hand an die Sofalehne und zog sich vorsichtig in eine sitzende Position. »Ja«, sagte er. Er sprach so sanft mit ihr, als wäre er ein anderer Mensch. »Natürlich. Sie würden sicher nicht hierbleiben. Harriet würde vielleicht zurück zu Julie ziehen.

Sie sind ja offenbar immer noch ein Paar. Sie kann in diesen Teil ihres Lebens zurückgehen, wenn du ihn ihr wiedergibst.«

Sofia wurde schwindelig. Sie bewegte eine Hand nach hinten, unwillkürlich nach Halt greifend, doch sie stand zu weit weg von der Tür und den Stühlen am Tisch und wollte keinen davon holen. Sie ließ die Hand zurückfallen.

»Kennst du Julie? Ja?« Er lächelte. »Du kannst sie jede Woche sehen – jedes Wochenende vielleicht. Ich habe dir doch gesagt, dass es kein schlechter Ort ist. Deine Mutter und du – du erinnerst dich an eure Wohnung? An dein Zimmer? Es war gelb. Du mochtest Gelb.«

Sofia schwieg.

»Ihr wart sogar im Urlaub. Erinnerst du dich an den See?«

Da war etwas, eine ferne Erinnerung, aber sie konnte sie nicht greifen.

»Es ist kein Gefängnis. Deine Mutter war eine Ausnahme. Es muss niemand dort festgehalten werden. Für dich wäre es wie ein Internat. Du müsstest nicht länger weglaufen, dich nicht mehr verstecken. Du bekommst richtige Papiere. Du bekommst Geld für deine Arbeit. Du würdest zur Schule gehen, du würdest dort Freunde haben. Ich kann dir ein paar Unterlagen zeigen, die ich mitgebracht habe, und du kannst dich selbst davon überzeugen.«

Die Vorstellung, mit Isaac Broschüren zu lesen, als ginge es nur darum, ein College zu wählen, brachte Sofia wieder zu sich. Beinahe hätte sie zu lachen angefangen.

»Ich weiß, dass du vielleicht nicht wegwillst«, sagte Isaac, »aber dir wird die Großstadt gefallen.«

»Meine Freunde sind hier«, fragte Sofia heiser. »Alles, was ich habe. Ich erwarte nicht, dass Sie das verstehen.«

Isaac holte tief Luft. Dann sagte er, immer noch ruhig, aber jetzt mit einer deutlichen Spur mühsam unterdrücktem Zorn in der Stimme: »Wenn du willst, kannst du auch deine Freunde besuchen. Ich denke zwar, dass keine Freundschaft, die man mit fünfzehn hat, ewig hält, und auch, um dir einen Ratschlag zu geben, keine Beziehung, aber –«

Wilder, großer Zorn erfüllte sie. »Ich will Ihr Wort«, sagte sie, bevor Isaac weitersprach und sie sich vergaß. Das hier war die Krönung, Isaac, der nicht einmal wusste, dass sie innerhalb von zwei Wochen ihre tiefsten und ältesten Freundschaften ins Wanken und bis kurz vor die Zerstörung gebracht hatte, der ihre Freunde nicht kannte, der Oscar gedroht und mit Verachtung und Spott begegnet war. »Geben Sie mir Ihr Wort.«

Isaac legte jede Freundlichkeit und jedes Verständnis für sie ab. »Das kann ich nicht!«

»Ich schwöre Ihnen, dass ich jede Sekunde meines Lebens gegen Sie kämpfen werde. Ich werde versuchen abzuhauen. Ich werde versuchen, es in die Presse zu bringen, was Sie uns angetan haben. Ich werde wie meine Mutter Amok laufen.«

»Wirst du das?«, sagte Isaac mit grausamem Hohn. »Wirst du das wirklich?«

»Wollen Sie darauf wirklich wetten?«

Er versuchte wieder, sich aufzusetzen. Diesmal kam er ein Stück weiter, bevor der Schmerz ihn blockierte. Er sackte gegen die Sofalehne, zitternd und grau im Gesicht vor Schmerz. »Ich habe euch alle in der Hand«, keuchte er. »Du bist bloß ein Kind, du hast nicht die geringste –«

»Und trotzdem stehe ich hier und Sie liegen da. Ist nicht Ihr Glücksbein, richtig?«

»Wenn ich könnte«, sagte Isaac ohne jeden Humor, »würde ich dich dafür ohrfeigen, aber leider komme ich nicht an dich ran. Du bist in keiner Position für irgendwelche Bedingungen. Du bist missraten und asozial, und das ist kein Wunder, weil dich zwei Verbrecher aufgezogen haben!«

»Das einzige Wunder hier ist, warum Schill je was mit einem Wichser wie Ihnen hatte.«

Das letzte bisschen Farbe schwand aus Isaacs Gesicht. Er stemmte sich erneut hoch, griff mit zitternden Händen unter sein geschwollenes Knie und zog sein lahmes Bein mit einem heftigen Ruck vom Sofa, sodass er saß. Er biss die Zähne so fest zusammen, dass sie knackten, und kurz dachte Sofia, er würde ohnmächtig vor Schmerz. Er war in Schweiß gebadet und hatte die Zähne gefletscht. Er strahlte eine unglaubliche Wut aus. Sofia wusste, dass sie ihm in seinem Zustand überlegen war, und dennoch war er Furcht einflößend.

»Sofia, ich schwöre bei Gott, mir reicht es. Gib mir das Telefon.«

Sofia trat ihm instinktiv in den Weg, doch sie erfuhr nie, ob er ihr drohte oder ob er so ernst machen wollte, wie er in diesem Moment aussah. Bevor er sich überhaupt nach dem Hörer strecken konnte, klingelte das Telefon.

Einen Moment rührte sich keiner von ihnen. Sie starrten beide bloß verblüfft auf das Telefon. Dann lehnte Isaac sich mit einem erstickten, schmerzerfüllten Keuchen vor, nahm den Hörer ab und drückte ihn sich ans Ohr.

»Ja?«, sagte er, barsch vor Schmerzen, mild vor Überraschung. Dann sanken seine Schultern plötzlich ein Stück herab. Er lehnte sich nach vorn, wie um sich zu konzentrieren, und zuckte erneut wegen seiner Verletzung zusammen. »Ja«, sagte er wieder, die Brauen zusammengezogen. »Ich bin ihr Schwager.«

Harriet kam ins Wohnzimmer, barfuß und verschlafen. Sofia sah, dass sie einen Revolver in der Hand hielt. »Sofia?«, sagte sie und tastete nach dem Lichtschalter. »Was treibt ihr da?«

»Bitte was?«, sagte Isaac, gegen das jähe Licht blinzelnd.

Sie sahen ihn jetzt beide an. Er wirkte plötzlich hellwach. Er umklammerte sein steifes Knie und schien es gar nicht richtig wahrzunehmen. »Ja, okay«, sagte er noch einmal. »Wir kommen vorbei. In zehn Minuten.« Er wartete eine Antwort ab, bevor er den Hörer sinken ließ. Sofia konnte das Freizeichen hören.

»Was ist los?«, fragte Harriet. »Wer war das?«

»Sie haben Schill überfallen«, sagte Isaac, mehr zu sich selbst als zu ihr. Aller Zorn Sofia gegenüber war von ihm abgefallen. Er wirkte benommen und irritiert. »Er wird ins Krankenhaus gebracht.«

Harriet stand da wie vom Donner gerührt. »Was? Wer hat angerufen?«

Er sah verwirrt zu ihr hoch und sagte, leicht verzögert: »Der Deputy, glaube ich. Clover oder Glover. Sie haben ihn ausgeraubt und den ganzen Laden verwüstet und – Sofia!«

Sie war bereits im Flur. In ihren Ohren rauschte es. Sie kämpfte mit ihren Turnschuhen, bis sie merkte, dass sie sie falsch herum anzuziehen versuchte. Sie ließ sie fallen und war zur Tür hinaus, bevor Harriet sie aufhalten konnte. Sie sprang auf ihr Fahrrad und schürfte sich die Fersen auf, als sie von den Pedalen rutschte. Sie hörte Harriet ihr hinterherrufen, ihre Stimme im Brachland hallen. Das Haar peitschte ihr um die Schultern, der Wind schob ihr T-Shirt zur Brust hoch. Das Fahrrad schlingerte und wurde schneller und schneller. Sie stellte sich in den Pedalen auf, bis ihre Beine bis hoch in die Oberschenkel und ihre Arme unter dem dünnen T-Shirt kalt und hart waren und brannten. Dunkle Häuser und Gärten schossen als schwarzer Strom an ihr vorbei. Sie war noch nie so schnell gefahren, bei keinem Rennen gegen Jeremy und Nicky. Sie fuhr wie der Teufel. Sie dachte nichts außer: *Was, wenn sie ihn umgebracht haben?*

Die Neonreklamen der Tankstelle und die weißen Leuchtröhren brannten so hell, dass Sofias Augen davon schmerzten. Es war gespenstisch still. Der Platz vor der Tankstelle war leer bis auf den Polizeiwagen von Nickys Dad und ein an einer der Zapfsäulen parkendes Auto, an dem eine blasse junge Frau lehnte, die ihre eigenen Ellbogen umklammert hielt, als wäre ihr kalt, und immer wieder ängstliche Blicke zum Laden warf.

Sofia sprang vom Fahrrad, ohne vorher richtig zu bremsen, und wäre dabei, wie Oscar vor langer, langer Zeit, als sie fast zu spät zum Sportunterricht gekommen wären, fast mitsamt ihrem Fahrrad hingeschlagen. Heißer Schmerz jagte ihre Beine hoch. Sie ließ das Fahrrad am Rand der Auffahrt fallen. Niemand war da, um sie aufzuhalten.

Im Kiosk herrschte völliges Chaos. Sofia schob sich durch die Tür, die klingelte, und rutschte fast auf einer der Zeitschriften aus, die sich, als jemand mit voller Wucht dagegen gestoßen war, aus ihren Halterungen ergossen hatten. Der dicke bittere Gestank von ausgelaufenem Öl drang ihr in die Nase. Nickys Dad stand in Uniform zwischen den beiden Regalen in der Mitte, wo der breite Gang war, zu seinen Füßen aus den Regalen gefallene Dosen, Zeitschriften und Magazine, und besah sich die Zerstörung.

Als die Glocke ging, sah er sich um. Er richtete sich auf. »Sofia –«

»Wo ist er?« Sie stand schwankend wie eine Betrunkene inmitten des Chaos. Sie konnte kaum sprechen. »Wo haben Sie ihn hingebracht?«

Mr. Glover machte ihr einen Schritt entgegen und fasste Sofia, die auf ihn zuwankte, bei den Schultern. Seine Stimme kam von weit weg. »Sofia, beruhig dich. Er ist auf dem Weg ins Krankenhaus.«

Sie schüttelte ihn ab, und er hielt sie am Arm fest. Er musste sie mit beiden Händen halten, damit sie sich nicht sofort wieder losriss. Auch er wirkte erschüttert. »Dein Vater war ansprechbar, es wird ihm gut gehen. Du musst dich setzen.«

Auf den Fliesen waren rote Flecken und Mr. Glover hatte Blut an den Händen. In der Armbeuge trug er seine Uniformjacke. Auch sie war voller Blut. Sofia war wie gelähmt.

»Komm«, sagte Mr. Glover und führte Sofia, die zu zittern begonnen hatte, zur Tür. Er musste sie halb ziehen. »Du hast einen Schock«, sagte er, obwohl er selbst so aussah, als hätte er einen, und Sofia fragte sich, wie oft ihr das in den letzten Tagen gesagt worden war.

»Sofia!«

Harriet kam über den Platz auf sie zu, im Laufschritt. Sie sah zu Tode erschrocken aus. Sie nahm Sofia bei den Armen und alle Kraft verließ sie. Sie sank gegen Harriet und wäre in die Knie gegangen, wenn Mr. Glover sie nicht ebenfalls gehalten hätte.

»Dein Vater war ansprechbar«, sagte Mr. Glover beschwörend. »Er wird es überleben.«

»Wie geht es ihm?«, fragte Harriet verzweifelt.

»Der Kragenwagen ist gerade weg. Ich konnte kurz mit ihm sprechen. Er sieht schlimm aus, aber er ist nicht in Lebensgefahr.«

Harriet unterdrückte mit großer Mühe ihre Tränen. Sie holte mehrmals tief Luft und sagte: »Was ist passiert?«

»Er ist zusammengeschlagen und ausgeraubt worden. Diese junge Frau hat ihn gefunden, als sie tanken wollte.« Er wies zu der Frau, die sich mittlerweile in die offene Fahrertür gesetzt hatte. Sie war höchstens zwanzig und sah aus, als käme sie von einem misslungenen Date. Sie hatte geweint, ihr Make-up war verlaufen. »Es ist alles verwüstet, und die Kamera ist nur eine Attrappe, soweit ich das beurteilen kann. Er hat mir nicht sagen können, wer –«

»Jazz Massey«, hörte Sofia sich sagen.

Sie sahen sie beide an, völlig erstaunt. Dann sagte Mr. Glover: »Der Sohn von Ruth Massey?«

»Er und David.«

»Sofia, wie kommst du darauf?«, fragte Mr. Glover, aber sie hörte ihn kaum. Mit jeder Sekunde war sie sich sicherer. Sie wusste nicht, wie und warum es passiert war, aber es waren Jazz und David gewesen. Der Kreis schloss sich.

Jemand kam zu ihnen herüber. Es war Isaac. Er hatte auf seinen Krücken nicht mit Harriet mithalten können. Er war blass und wirkte sehr ernst. »Deputy«, sagte er zu Mr. Glover. Seine Stimme war belegt vor Schmerzen. »Wir haben eben telefoniert.«

»Sie sind Sofias Onkel?«

»Isaac Whitley. Was machen wir hier? Wir sollten ins Krankenhaus. Oder wissen Sie schon, wer es war?«

Jetzt sprach Harriet, als hätte sie bis eben nachgedacht. Ihre Stimme zitterte, aber ansonsten war sie völlig ruhig. »Ich glaube«, sagte sie langsam und heiser, »David und Massey sind am Unfall der kleinen Hawley schuld, die letzten Freitag oben beim Wald in das

Schlangennest getreten ist. Haben Sie davon gehört? Sofia, stimmt das?«

Endlich nickte Sofia. Harriet wandte sich zurück an Mr. Glover. »Vermutlich hängt auch noch die Tochter von diesem Säufer mit drin –«

»Chloe?«

»Sie hat Anfang letzter Woche zusammen mit David Coleman Elizabeth Hawley vor dem Supermarkt überfallen und zusammengeschlagen. Ich habe ihr gesagt, sie soll es melden, aber natürlich –«

»Ich war auch da«, warf Isaac ein.

Mr. Glover schien nicht zu wissen, was er sagen sollte. »Chloe Sheppard ist seit vier Monaten mit meinem älteren Sohn zusammen. Sie ist ein gutes Mädchen.« Er klang verwirrt. »Sind Sie sich wirklich –« Und dann schien ihm etwas zu dämmern. »Das Fenster«, sagte er, und Sofia wusste, dass es sich für ihn zusammenfügte.

»Kümmern Sie sich darum«, sagte Harriet. »Wir müssen gehen. Danke, dass Sie uns Bescheid gesagt haben.«

Er wirkte so desorientiert, als habe sie ihn aus einem kurzen Schlaf geweckt. »Ich habe ihm gesagt, dass ich das mache«, sagte er nach einer kleinen Verzögerung. »Bitte richten Sie ihm – richten Sie ihm alles Gute aus.« Er wischte sich wie unwillkürlich die Hände an der Jacke ab, aber das Blut war inzwischen getrocknet. »Ich kümmere mich darum.«

Harriet führte Sofia am Arm über den Parkplatz zu Isaacs Wagen, der an der Straße stand. Isaac folgte ihnen auf Krücken. Als sie sich auf die Rückbank setzte, sah Sofia, dass Harriet ihr Rucksack und Turnschuhe mitgebracht hatte, als hätte sie bemerkt, dass Sofia so das Haus verlassen hatte.

»Ich kann dich ins Motel bringen oder wo auch immer deine Handlanger sind«, sagte Harriet zu Isaac.

»Ich komme mit«, erwiderte Isaac. Er sah verblüfft aus, dass sie das infrage stellte.

Harriet sah ihn an, als überlege sie, ihm zu sagen, er solle zur Hölle fahren. Dann wandte sie den Kopf ab, ließ den Wagen an und fuhr los. Sofia fiel auf, dass sie ab und an eine Hand vom Lenkrad nahm und sie eine Weile auf ihrem Bauch ruhen ließ, als schmerze die Stelle, wo sie geschlagen worden war, noch immer. Sie stellte das Radio an und sprach nicht. An ihnen floss die öde, dunkle Landschaft vorbei wie Wasser. Sofia rang die Hände im Schoß und starrte aus dem Fenster, ohne wirklich etwas zu sehen. Sie fühlte sich, als hätte sie drei Tage lang nur geweint, ausgelaugt bis aufs Mark.

Isaac bewegte sich vorn im Auto. Sofia achtete nicht auf ihn und erschrak, als er sich nach hinten beugte und ihr seine Jacke reichte. »Hier«, sagte er leise. »Zieh sie über.«

»Mir ist nicht kalt.«

»Du klapperst mit den Zähnen.«

»Lass sie in Ruhe oder ich schmeiß dich raus«, zischte Harriet.

Isaac wandte den Blick ab, zog mühsam seine Jacke wieder an, lehnte sich zurück und rückte die Krücken zwischen seinen Knien zurecht. Es musste schmerzhaft für ihn sein, mit dem geschwollenen Bein vorn zu sitzen. Auf der Rückbank hätte er es immerhin hochlegen können.

Die Berge irgendwo am Ende des Brachlands zeichneten sich als schwarze Masse gegen den Sternenhimmel ab. Im Dunkeln konnte Sofia nur ahnen, wie weit sie entfernt waren.

Die fehlende Pistole war ein Problem, aber Harriet hatte einen Revolver. Sie würde ihn brauchen, vielleicht noch heute, und sie musste zurück, so schnell sie konnte.

24.

Jemand sprach direkt neben ihr und Sofia schreckte auf. Ihr Kopf nickte von der Wand, gegen die sie gelehnt gedöst hatte, nach vorn, in ihrem Genick knackte es. Einen langen Moment wusste sie nicht, wo sie war, und dachte, es wäre ein Klassenzimmer, weil die Stühle so unbequem waren. Ihre Lider brannten, ihre Beine waren eingeschlafen. Dann kehrte sie in die Realität zurück. Sie waren in der Notaufnahme und warteten. Harriet, mit dicken Schatten unter den Augen und gebeugt vor Schmerzen, sprach mit Isaac. Sie sah auf, als Sofia hochschreckte.

»Haben sie was gesagt?«, fragte Sofia sofort. Ihre Stimme kam krächzend. Sie hatte furchtbaren Durst. »Können wir zu ihm?«

Harriet schüttelte den Kopf. »Es dauert immer noch. Schlaf ruhig weiter.«

»Ich hab nicht geschlafen«, sagte Sofia heiser und rieb sich die brennenden Augen. Sie setzte sich auf. »Wie lang dauert es noch? Wie spät ist es?«

»Halb vier«, sagte Isaac. Er saß neben ihr, nach vorn gebeugt und ebenso erschöpft aussehend wie Harriet, und rieb sich geistesabwesend das kaputte Knie. Seine Krücken lehnten an seinem gesunden Bein.

Diesmal war die Notaufnahme fast leer. Eine Mutter saß bei ihrer kleinen Tochter, die beide Hände bis zu den Ellbogen in Bandagen hatte und schlief. Der junge Mann in Lederjacke und mit gegelten Haaren, der einen Eisbeutel auf seine blauschwarz geschwollene linke Gesichtshälfte gedrückt und Isaacs Bein angestarrt hatte, als sie hereingekommen waren, war aufgerufen worden, während Sofia gedöst hatte. Den Prospekt, in dem er gelesen hatte, lag noch auf seinem Platz. Sofia konnte erkennen, dass es um Chemotherapie ging.

Harriet setzte sich neben Sofia, lehnte sich zurück und rieb sich mit beiden Händen das Gesicht. Kummer und Angst um Schill ließen sie so schwach aussehen, wie Sofia sie zuletzt gesehen hatte, als sie ein kleines Kind gewesen war. »Es kann nicht mehr lange dauern«, sagte sie erschöpft. »Willst du was lesen? Ich hab dir was eingepackt. In deinem Rucksack.«

Sofia öffnete mit steifen, ungeschickten Bewegungen den Rucksack zu ihren Füßen. Harriet hatte ihr ein paar Comics und ein Buch eingepackt, das, was sie auf die Schnelle in ihrem Zimmer gefunden hatte. Als Sofia das Buch herausnahm, sah sie, dass es Abigails Notizbuch war, der Rücken gebrochen vom vielen Zeichnen.

Sofia schlug das Buch auf. Es war zur Hälfte voller Bilder. Einige Motive waren rasch hingeworfene Bleistiftskizzen, andere hatte Abigail sorgfältig ausgearbeitet, koloriert oder bereits beim Zeichnen, wie später den Fluss, in Farbe angelegt. Zu Beginn des Buchs zeichnete sie viele Gegenstände: Glasmurmeln, eine Flasche Milch, eine Feder, einen austreibenden Busch im Garten. Abigail hatte Talent, und mit jeder Seite wurde sie besser. Da war die Katze der Hawleys, im Sprung, mit gespitzten Ohren und ausgestreckter Pfote, dann auf der Fußmatte eingerollt, den buschigen Schwanz um die Hinterbeine gelegt, eine Vorstudie des Ölbildes. Da war ein großes Mädchen, Lizzie, auf dem altmodischen Fahrrad, das Abigail inzwischen selbst fuhr.

Die Krankenschwester kam herein und rief die Frau und das kleine Mädchen auf. Harriet zuckte kurz hoch und auch Sofia sah rasch auf. Sie verschwanden in den Gängen der Notaufnahme und Sofia wandte sich wieder dem Buch zu.

Manchmal war Abigails Stil schludrig, hastig, beinahe wütend, dann fein und sorgfältig und verlegen wie ihre Art, sich zu kleiden. Der Sommer begann und sie zeichnete fast nur noch Menschen. Da war Oscar. Sie erkannte ihn auf Anhieb, sein vom Kopf abstehendes Haar, sein müdes Lächeln, der Schwung seines Schlüsselbeins im Ausschnitt seines T-Shirt. Es versetzte ihr einen Stich, mit dem sie nicht gerechnet hatte.

Vor ein paar Tagen, als sie in der Hitze bei weit offenen Fenstern in Abigails Zimmer gelegen und einen Korb Erdbeeren gegessen hatten, deren roter Saft noch jetzt die Haut unter Sofias Nägeln blass verfärbte, Sofia ausgestreckt auf dem Teppich, Abigail auf dem Bett, hatte Abigail gefragt: »Du und Oscar, seid ihr eigentlich –« Sie hatte die Hände ineinandergeschoben, wie sie es tat, wenn sie nervös war, und die Lippen zusammengekniffen. »Du weißt schon.«

Sofia hatte gelacht und verneint und den Rest des Tages immer wieder daran gedacht, zum ersten Mal seit sehr langer Zeit. Jeremy machte sich über ihre und Oscars enge Beziehung lustig, seit sie in die Junior High gekommen waren, und sie war sich sicher, dass Schills Abneigung gegen Oscar auch damit zusammenhing, dass er ihn als einen möglichen Freund ablehnte.

Sie hatte an Nicky gedacht, der Abigail um ein Date hatte bitten wollen, an Jeremy, der die Liste über die attraktivsten Freundinnen seiner Schwester beiseitegelegt und irgendwie mit schlecht frisiertem Haar und Sicherheitsnadeln im Hemdkragen eines der attraktivsten Mädchen der Schule erobert hatte, an sich und Oscar, die andere Sorgen hatten, und daran, wie Oscar sich auf dem Sportfeld für Abigail eingesetzt und sie eingeladen hatte, zu Jeremy zu kommen.

Es wäre nicht ihre Schuld. Es wäre kein Grund, ihre Freundschaft zu zerbrechen, die neu war, aber tief, angenehm, überraschend. Sie wusste das, aber die Vorstellung, dass Abigail sich in Oscar verliebt hatte, hatte sie zu ihrer eigenen Verblüffung unruhig und unsicher gemacht.

Sofia holte tief Luft, um sich zusammenzureißen, damit Harriet nichts bemerkte, die die Augen geschlossen hatte, und blätterte weiter. Ihre Hand zitterte ein wenig. Sie betrachtete die zweite Hälfte des Buchs, kleine Skizzen, Körper aus verschiedenen Blickwinkeln, Bewegungsstudien, kleine Porträts.

Sofia blinzelte. Blätterte weiter. Blätterte zurück. Da war Oscar, aber auch Jeremy und Nicky, und sie waren nur Randfiguren. Abigail hatte immer wieder ein Mädchen gezeichnet, so oft, dass alle anderen hinter ihr zurücktraten. Das spitze Kinn, das breite Grinsen, das sich in ihre Wangen grub, die um die Taille geknoteten oder abgeschnittenen T-Shirts und das im Nacken gebundene Bikinioberteil. Sie zwischen Nicky und Oscar, beide unverkennbar und dennoch nur flüchtig hingezeichnet, um Sofia einen Rahmen zu geben. Abigail zeichnete die wenigen Sommersprossen auf ihrer Nase, ihre dunklen Augen, die Sprenkel darin, ihr widerspenstiges Haar, den Wirbel am Scheitel. Da war die Narbe auf ihrem rechten Oberarm, die sie sich vor über zehn Jahren zugezogen hatte, und die winzige Stelle über Sofias linker Augenbraue, die ihr im Spiegel längst nicht mehr auffiel. Auf der Feier zu Nickys siebtem Geburtstag war eine Lichterkette durchgebrannt. Während sie *Happy Birthday* für ihn gesungen hatten, hatte Sofia direkt über sich ein spitzes Klicken gehört. Die Lichterkette war erloschen, und eine winzige glühende Scherbe hatte ihr über der Augenbraue die Haut verbrannt. Mr. Glover hatte Jod und einen Eisbeutel geholt und Mrs. Glover, bereits schwach und ausgezehrt am Arm ihres Mannes, die Wunde versorgt und Sofia zwei weitere winzige Splitter aus dem Haar gestrichen.

Es war die erste Party in Sofias Leben gewesen. Sie waren alle da gewesen, mit ihnen acht oder neun Kinder: Oscar, Jeremy und, wie sie sich jetzt erinnerte, auch Abigail. Sie hatte Schill lange überreden müssen, hingehen zu dürfen. Sofia erinnerte sich noch acht Jahre später daran, wie erleichtert sie gewesen war, dass Nicky sich über ihr Geschenk, ihre zweitliebste *Wonder Woman*-Ausgabe, gefreut hatte. Plötzlich wusste sie wieder, dass Abigail ihm ein T-Shirt geschenkt hatte, auf dem *Baseball Champ #1* stand, und dass er sofort ins Haus gegangen war, sich vor ihnen genierend, um es anzuziehen.

Mrs. Glover hatte Schill später gesagt, wie sie sich den Kopf verletzt hatte, als er sie abholen gekommen war, und sich dafür entschuldigt. Schill hatte die Hand ausgestreckt und mit dem Daumen das sich an der Seite ablösende Pflaster auf Sofias Stirn wieder angestrichen. Sie war schweigend neben ihm her durch die dämmrigen Straßen gegangen und hatte erst, als sie in ihre Straße gebogen waren, benommen vor Glück, seine Hand genommen.

Wieder zitterte Sofias Hand, als sie umblätterte, und einen Moment lang war sie irritiert, dass sie das Buch falsch hielt. Es war die letzte Seite vor dem Bild, das Abigail am Fluss gezeichnet hatte, denn der verlaufene Streifen, wo das Buch nass geworden war, drang durch die Kanten. Sie drehte das Buch um neunzig Grad. Es war die Stelle, an der der stärkste Bruch im Einband war, und es legte sich fast mühelos zu einer geraden Fläche.

Ein leuchtend in Buntstift gezeichnetes Porträt füllte die Seiten aus: Grün, Rot, ein dunkles Gelb vor dem dunklen Hintergrund blauen Abendlichts. Es zeigte Sofia ab der Taille. Sie stand dem Betrachter zugewandt, hatte jedoch den Kopf leicht zur Seite gedreht und den Blick aus dem Bild gewandt. Sie trug das T-Shirt von Jeremys Party, ihr Haar war über den Kopf zurückgestrichen, und sie lachte. Abigail hatte mit spitzem Stift winzige Details hinzugefügt, Schatten in ihrem Haar, um ihren Mund, im Faltenwurf ihres T-Shirts, Kleinigkeiten, die reichten, um das Bild zur einer lebendigen Erinnerung an den ersten Samstag nach Ferienbeginn zu machen, verschwitzt vom Tanzen, betrunken, sorglos und glücklich. Es war das lebendigste, wärmste Bild im ganzen Buch. Abigail hatte es nicht hundertmal frustriert korrigiert wie die Studien der Katze, hatte die Seite nicht herausgerissen und von vorn angefangen. Es war ihr auf Anhieb gelungen.

»Was ist das?«

Sofia schreckte erneut auf. Isaac hatte sich ein Stück vorgelehnt. Als er sprach, öffnete auch Harriet die Augen. Sofia schloss das Buch.

»Wer hat das gezeichnet?«

»Ist das nicht deins?«, fragte Harriet und rieb sich die Augen. »Es lag auf deinem Bett.«

In diesem Moment kam eine Krankenschwester, eine junge Latina, die die neue Schicht übernommen hatte, und fragte: »Mrs. Field?« Sie las von einem Papier ab. Als sie aufsah, fiel ihr Blick auf Isaac. Ihr klappte der Mund auf. »Was ist mit Ihrem Bein passiert? Sir, ist das ein *Schlangenbiss*?«

»Der ist von gestern«, sagte Isaac. »Das ist gestern Nacht hier im Krankenhaus behandelt worden.« Er lächelte bemüht freundlich, nur seine Augen hatten einen leicht irren Ausdruck. »Wie geht es meinem Bruder?« Harriet und er hatten im Auto ausgemacht, sie konsequent weiterhin als Geschwister auszugeben. »Können wir ihn jetzt endlich sehen?«

»Er ist wach, ja. Sie können mit mir kommen. Sir, Sie sollten trotzdem nicht damit laufen, wenn es sich vermeiden lässt«, fügte sie hinzu, als Isaac auf seine Krücken gestützt aufstand und das Gesicht verzog. »Sind Sie alle Familie?«

»Natürlich. Können wir jetzt bitte gehen?«

Die Frau warf einen Blick auf Sofia, als befürchte sie, von Schills Anblick würde sie ohnmächtig.

»Sie ist unsere Tochter«, sagte Harriet nachdrücklich. »Sie kommt mit.«

Die Frau schien widersprechen zu wollen, aber da der Raum leer war, nickte sie. »Kommen Sie.« Sie ging ihnen voraus durch die erste Tür einen Gang hinab und dann durch eine zweite Flügeltür, über der *Notaufnahme* stand. Drinnen war es kühl. Irgendwo summte und rumpelte eine Klimaanlage. Sofia fing wieder an zu frieren. Es roch stark nach Chemikalien. Die Frau führte sie an zwei mit Vorhängen zugezogenen Betten vorbei zum letzten ganz außen.

Als Harriet Schill sah, entwich ihr ein dünnes, hilfloses Stöhnen. Die Krankenschwester trat einen Schritt zurück, sodass Sofia ans Bett konnte. Isaac blieb im Gang stehen.

»Hey«, sagte Schill. Er klang, als wäre er betrunken oder hätte sich auf die Zunge gebissen. Er lag auf dem Rücken, den nackten Oberkörper in zwei Kissen gestützt. Seine Haut war aschfahl.

Sein Kopf war verbunden, der linke Arm vom Ellbogen hoch zur Schulter dick geschient, der Unterarm gegipst. Seine unverletzte rechte Hand war mit zwei dünnen Schläuchen verbunden. Über seiner gebrochenen Nase klebte ein breites steifes Pflaster, seine Augen hatten Ränder aus Blutergüssen, sein linkes war halb zugeschwollen. Er sah aus, als habe er ein dutzend Boxkämpfe ausgetragen. Wo das Blut nicht gründlich weggewischt war, waren dunkle Ränder getrocknet. Die große Tätowierung über seiner linken Seite, ein großer Vogel mit scharfem, langem Schnabel, war voller Flecken. Obwohl er in Harriets Gesicht sah, blickte er ihr nicht in die Augen.

Harriet sank auf den Besucherstuhl neben dem Vorhang und legte die Hände vor den Mund. Sie sank vor Erschöpfung regelrecht in sich zusammen. Sofia stand allein vor Schill. Sie hatte die Knöchel ihrer rechten Hand fest gegen den Mund gedrückt und die linke Faust gegen ihren Ellbogen. Auch sie sah er nicht mehr als flüchtig an. Er wandte sich an die Krankenschwester.

»Ich will gehen«, sagte er heiser.

Sie sahen ihn alle an.

»Es tut mir leid, Mr. Field, aber Sie können noch nicht gehen«, sagte die Krankenschwester freundlich. »Sie haben ein Schädel-Hirn-Trauma. Wir müssen genauere Röntgenaufnahmen –«

»Ich will nach Hause«, wiederholte Schill, deutlicher und gereizter als vorher. Es strengte ihn hörbar an zu sprechen. »Geben Sie mir einfach was gegen die Schmerzen.«

»Sie sind Opfer eines brutalen Raubüberfalls, Mr. Field.«

»Sie können mich nicht hier festhalten.« Sie sah Hilfe suchend zu Harriet, aber Schill sagte jetzt zu ihr: »Ich bleibe nicht hier. Vergesst es. Ich komme mit euch zurück.«

»Halt den Mund«, sagte Harriet. »Halt jetzt die Klappe.« Sie wandte sich an die Schwester. »Wie lange muss er hierbleiben?«

Sie schien erleichtert, dass Harriet die Sache übernahm. »Er hat großes Glück gehabt und keine inneren Blutungen oder Schädelfrakturen, aber er hat vier angebrochene Rippen, ein Schädel-Hirn-Trauma und mindestens drei Frakturen im Schlüsselbein, und die müssen auf jeden Fall gerichtet werden. Sie wissen sicher, dass es da eine alte Verletzung gibt, die schlecht verheilt ist.«

Isaacs Hände um die Krücken waren weiß, die Knöchel traten hervor.

»Ich bin hier, ich höre Sie«, sagte Schill gereizt.

Harriet ignorierte ihn. »Gibt es irgendwas, was ihn hier ans Krankenhaus bindet? Wir können das mit der Polizei alles selbst regeln.«

»Er muss nicht hierbleiben und wir können ihn natürlich nicht festhalten. Das wäre natürlich gegen das Gesetz. Sie können zum Röntgen und auch für die Operation wiederkommen, aber ich würde trotzdem empfehlen, dass er mindestens über Nacht bleibt.« Sie warf einen Blick in ihre Unterlagen. »Sie sind aus Highville? Das ist weit, wenn es doch Komplikationen gibt.«

»Können Sie mir etwas für ihn mitgeben?« Sie warf Isaac einen kurzen Blick zu. »Es gibt da einige Probleme bei uns zu Hause. Es wäre besser, wenn er bei uns ist statt im Krankenhaus.«

Die Frau schien abzuwiegen, ob es sinnvoll war, noch weiter zu diskutieren oder nachzuhaken. Sie schien Harriet für vertrauenswürdiger zu halten als Schill. »Ja«, sagte sie müde. »Ich kann Ihnen etwas geben. Ich spreche mit dem Arzt. Warten Sie bitte hier.« Sie ging an Isaac, der still zugehört hatte, vorbei und hinaus.

Schill wandte sich an Isaac. »Und was willst du hier?« Sein Ton war nicht bloß eisig. Es war purer Hass. »Passt dir das nicht ganz wunderbar in den Kram?«

Isaac öffnete den Mund, und zum ersten Mal, seit Sofia ihn kannte, schloss er ihn wieder, ohne etwas gesagt zu haben.

»Verpiss dich«, sagte Schill heiser, »bevor ich hier rauskomme.«

»Schill, hör auf«, sagte Harriet schwach.

Isaac stand noch einen Moment da, reglos und stumm, dann wandte er sich ab und ging hinaus. Das dumpfe *Klack-Klack* seiner Krücken auf dem polierten Boden verhallte. Sofia, die sich schwach und schwindelig fühlte, als hätte sie tagelang nicht geschlafen, wäre ihm am liebsten nachgegangen.

»Kannst du laufen?«, fragte Harriet leise. Sie hielt ihre Stirn. Ihre Augen waren feucht und gerötet, doch auch jetzt weinte sie nicht, vielleicht Schill zuliebe. »Kannst du überhaupt sitzen, mit deinem Kopf?«

Schill hob die unverletzte Hand und stemmte sich ein Stück hoch, um es ihr zu demonstrieren. Harriet ergriff seinen Arm, damit er sich wieder hinlegte, und Sofia sagte laut und erstickt: »Hör auf!« Als sie die Faust vom Mund nahm, hatte sie ihre Knöchel feuerrot gebissen.

Schill sah sie zum ersten Mal an. Er war blass vor Schmerz. Er sah plötzlich aus, als habe er Angst. Als sorge er sich um sie. »Sofia, mir geht's gut.«

»Dir geht es nicht gut.« Jetzt weinte sie doch. »Sie hätten dich fast umgebracht.«

»Es waren Massey und David Coleman, richtig?«, sagte Harriet heiser. »Das haben wir Miles Glover gesagt.«

Schill sagte eine Weile nichts, dann, mit einem kleinen, schmerzverzerrten Lächeln: »Ich habe David die Nase gebrochen. Am Nachmittag. Sie wollten Bier kaufen und haben mich provoziert.« Harriet sah ihn verblüfft an, aber Sofia war lediglich überrascht, dass es einen so konkreten Grund gab. »Scheißstümper. Haben ihre Masken irgendwann abgenommen. Wenn das Mädchen mich nicht niedergeschlagen hätte, hätte ich diesem –«

»Chloe?«

Jetzt sah er überrascht aus. »Seid ihr unter die Detektive gegangen?«

Die Schwester kam zurück und sie beendeten ihre Unterhaltung. Sofia wich vom Bett zurück, während die Schwester Schill sagte, er könne gehen, wenn er die Papiere für eine vorzeitige Entlassung auf eigene Verantwortung unterzeichne. Sie gab Harriet einen dünnen Stoß Unterlagen und ein paar starke Medikamente. Harriet schickte Sofia voraus, während sie Schill half, sich anzuziehen. Als Sofia zurück in den Wartebereich vor der Notaufnahme kam, saß Isaac dort auf dem äußersten Platz, die Krücken in der Hand. Sie sahen sich an. Wahrscheinlich konnte er auch quer durch den Raum sehen, dass sie noch immer mit den Tränen rang, aber er schwieg.

Der Weg aus der Notaufnahme war sowohl für Schill als auch für Harriet, die ihn so gut sie konnte stützte, eine Qual. Er war schwindelig und orientierungslos von seiner Gehirnerschütterung und musste sich auf sie lehnen, um seine Rippen nicht zu stark zu belasten. Er trug wieder Hose und Stiefel, aber das Hemd passte ihm mit der geschienten Schulter und dem gegipsten Arm nicht. Sein Gesicht war farblos vor Schmerz, als sie endlich auf dem Parkplatz waren. Harriet schwitzte vor Anstrengung. Sie biss grimmig die Zähne zusammen und klagte nicht.

Draußen war es kühl und windig. Es war schon vier Uhr. Der Himmel verfärbte sich bereits. Die Nacht schien Wochen, vielleicht Monate gedauert zu haben, und als Sofia in die Dämmerung sah, erinnerte sie sich wie aus weiter Vergangenheit daran, was sie zu Isaac gesagt hatte, bevor der Anruf gekommen war.

Sie sprachen den Rest der Fahrt nicht mehr, auch wenn es nur ein Herauszögern dessen war, was bald gesagt werden musste.

Schill weigerte sich, noch ihre Hilfe für die Treppe in Anspruch zu nehmen, also brachte Harriet ihn, als sie zu Hause waren, ins Wohnzimmer und holte ihm Bettdecke und Kissen von oben.

»Hast du den Revolver?«, fragte Schill sie. Er konnte sich nicht einmal mehr aufsetzen, als sie ihm das Kissen unter den Rücken schob. Der Weg zurück hatte ihm die letzte Kraft geraubt.

»Ich gebe dir sicher keine Waffe«, sagte Harriet, die ein Glas Wasser aus der Küche geholt hatte, und setzte sich zu ihm auf die Sofalehne ins Licht der Standlampe, um ihm die richtigen Tabletten herauszusuchen. Er schluckte sie, ohne nachzusehen, was sie ihm gab. Sofia konnte sehen, wie der Schmerz in ihm wütete, auch wenn er sein Bestes gab, es ihnen nicht zu zeigen.

»Sie werden wiederkommen«, sagte Sofia heiser, und alle sahen sie an. Sie hatte sich auf einen Stuhl am Tisch gesetzt, weil sie nicht sicher war, ob sie nicht bald umkippte. »Ich weiß nicht, ob sie Schill umbringen wollten, aber sie sind noch nicht mit uns fertig. Ich habe einen Fehler gemacht«, sagte sie erschöpft. »Vor einer Weile. Sie wollten mich in die Finger kriegen, und wenn ich mich weiter vor ihnen verstecke, dann werden sie zu euch kommen.«

Eine lange Pause trat ein. Dann sagte Schill: »Ich habe Davids Nase gebrochen. Das hat nichts mit dir zu tun.«

Sie schüttelte den Kopf. »Sie haben auf uns geschossen. Wegen ihnen ist Abigail in das Schlangennest getreten. David hat Oscar fast ertränkt. Sie haben Lizzie Hawley verprügelt, weil sie sich eingemischt hat, sie haben den Stein durchs Fenster geworfen, weil ihr euch eingemischt habt, sie haben diese Schlange reingelassen, die Isaac gebissen hat, und sie haben dich fast umgebracht, weil du mein Vater bist. Sie werden Oscar etwas antun. Ich bin mir sicher.« Sie holte tief Luft. »Ich hätte mich nicht mit David prügeln sollen, aber es ist passiert. Er und Oscar hassen sich, und Jazz stachelt David an. Wir haben Oscar vor seinem Bruder beschützt, aber jetzt sind nur noch er und ich übrig. Sie haben Lizzie und uns angegriffen, weil wir uns eingemischt haben, und jetzt Schill. Ich weiß nicht genau, warum, aber vermutlich rechnen sie jetzt mit allen ab. Das Ganze endet, wenn sie Oscar und mich haben.« Sie sah Harriet an, die die Dose mit Schills Tabletten umklammerte und sie anstarrte, dann Schill, der so schwer verletzt war, dass er ins Krankenhaus gehörte und sich aus Angst um sie und Harriet geweigert hatte zu bleiben.

»Jazz hat es dir gesagt«, sagte Sofia. »Jazz hat dir gesagt, was er tun wird, nicht wahr?«

Schill schwieg. Sie sah ihm an, dass sie recht hatte. Ihr wurde schlecht.

»Wovon redest du?«, fragte Harriet. Sie klang alarmiert, aber auch skeptisch. »Miles Glover wird sie verhaften. Er wird David und den Sohn der Masseys verhaften.«

»Sein Sohn war auch dabei.«

Harriet sah Schill entgeistert an. »Glovers Sohn war dabei?«

»Er wird sie nicht finden«, sagte Sofia. »Nicht rechtzeitig. Wenn ich hierbleibe, dann seid ihr in Gefahr. Schill kann nicht laufen und Isaac auch nicht. Vielleicht brauchen wir Isaacs Leute, um –«

»Kann mich mal jemand aufklären?«, mischte Isaac sich ein. »Worum geht es gerade? Dass die hierherkommen, um sich mit uns zu prügeln? Uns noch mal Fenster einzuschmeißen?«

»Sie haben Schill fast umgebracht!«, fuhr Sofia ihn an.

»Du weißt, wo sie sind?«, fragte Harriet ungläubig.

»Nein, natürlich nicht, sonst hätte ich es Mr. Glover gesagt.« Sie rieb sich das Gesicht. »Früher oder später wäre es ohnehin so gekommen.« Sie war erschöpft. »Ich kann nicht mehr. Ich will nicht mehr. Wenn das hier vorbei ist, gehe ich mit Isaac.«

Daraufhin herrschte kurz vollkommene Stille, als müssten Sofias Worte erst einsinken. Sogar Isaac wirkte verblüfft. Dann sagte Schill, als wäre er sicher, sie nicht richtig verstanden zu haben: »Das wirst du nicht.«

»Wenn es eine andere Möglichkeit gibt, dann sagt es mir.« Ihre Stimme war kurz vorm Einbrechen. »Ich bin fast erwachsen. Ich habe mich entschieden. Ihr müsst mich gehen lassen.«

»Was redest du da?«, sagte Harriet. »Sofia –«

»Ich will das jetzt nicht diskutieren.«

Schill sah nicht Sofia an, sondern Isaac. »Was hast du ihr gesagt?«, fragte er, ruhig, kurz vor dem Ausbruch. »Was hast du getan?«

»Ich habe gar nichts getan«, sagte Isaac. »Sie ist zu mir gekommen und damit ist die Sache klar. Das war nie deine Entscheidung. Damals nicht und jetzt auch nicht. Sofia hat sich entschieden. Ihr müsst euch damit abfinden. Ihr müsst mir jetzt endlich entgegenkommen, oder ich kann nichts mehr für euch tun.«

Sofia fuhr auf. »Sie haben mir versprochen –«

»Ich habe dir gar nichts versprochen!«, fuhr er sie an. »Es reicht jetzt! Wir besprechen den Rest später, nachdem wir Walter zurück ins Krankenhaus gebracht haben, wo er verdammt noch mal hingehört!«

Harriet ließ die Tabletten fallen, ohne sich zu erinnern, dass sie sie in der Hand gehalten hatte, und packte Schill, der sich ruckartig aufsetzte, an der gesunden Schulter. Etwas knackte laut hörbar, und Schill heulte vor Schmerz, dass sie alle einen Satz machten. Harriet ließ ihn los und hielt ihn dann erneut, als er sich seitlich zu krümmen versuchte.

Kurz dachten sie alle, er würde ohnmächtig. Er umklammerte mit der gesunden Hand seine Schulter und stöhnte, dass sich Sofia die Nackenhaare aufstellten. Harriet versuchte ihn verzweifelt stillzuhalten. »Schill, hör auf!«

»Was habe ich gesagt?«, sagte Isaac laut. »Er bringt sich noch um!«

Schill fing an zu lachen, wie Sofia es bei ihm noch nie gehört hatte. Als er wieder Luft bekam, keuchte er: »Als ob sie dir keinen *Gefallen* getan hätten, wenn sie mich abgeknallt hätten.« Ihm tränten die Augen. Mit seinem blau geschlagenen Gesicht, nur im Unterhemd, die Tätowierungen auf seinen muskulösen Armen dunkel und mit getrocknetem Blut gesprenkelt, sah er besonders Furcht einflößend aus. »Dein verdammter *Söldner* hat Harriet zusammengeschlagen, und du hattest es nicht eilig, sie ins Krankenhaus zu bringen, obwohl du *weißt* – obwohl du Leute kennst, die daran gestorben sind. Ihr halber Bauch ist ein Bluterguss – zeig es ihm«, sagte er zu Harriet.

»Schill –«, sagte Harriet, doch er ließ sie nicht zu Wort kommen.

»Du bist doch froh, wenn jemand anders die Drecksarbeit für dich macht, wie immer, richtig?« Schill sah Sofia an. »Hat er dir gesagt, dass er uns umbringt, wenn du nicht mit ihm gehst?«

»Ich will nicht, dass euch etwas passiert, mein Gott!«, schrie Isaac plötzlich, ehe Sofia etwas sagen konnte. »Wann begreift ihr das denn endlich? Warum bin ich hier und lasse mich seit einer Woche von euch anschreien und von eurer Tochter unverschämt behandeln? Wir hätten Sofia einfach auf dem Schulweg schnappen können, ist euch das eigentlich bewusst? Wir hätten die Tür eintreten und euch *erschießen* können!« Sein Blick war wild. Er hatte sich jetzt schon heiser geschrien. »Wisst ihr, warum ihr damals entkommen konntet? Weil ich das so entschieden habe! Ich habe zwei Akten aus dem Institut verschwinden lassen und dafür gesorgt, dass Julie aus eurer Wohnung fliegt, bevor sie in Gefahr kommen konnte. Ich habe mich um den Fall gekümmert und dafür gesorgt, dass ihr von der Bildfläche verschwindet. Ich habe behauptet, ich wäre mit euch in Kontakt gewesen und ihr wolltet Schweigegeld, damit ihr nichts an die Öffentlichkeit gebt. Es wurde überlegt, Sofia zurückzuholen, aber schließlich konnte ich sie überzeugen. Nach zwei Wochen hättet ihr sogar ins Krankenhaus gehen können, wenn ihr eine gute Geschichte gehabt hättet. Ich hätte nicht so lange gebraucht, euch zu finden, wenn ich euch nicht am Anfang hätte davonkommen lassen!« Es schien, als hätte er das schon all die Zeit loswerden wollen.

Harriet lachte trocken. Sie klang argwöhnisch und ungläubig. »Du hast alles – vertuscht?«

»Warum seid ihr nie national gesucht worden? Warum war Sofias Bild nie in den Zeitungen? Wie konnte Julie einfach so davonkommen?«

»Wir waren dir doch scheißegal«, höhnte Schill. Es war offensichtlich, dass er Isaac kein Wort glaubte. »Wir sind nur noch am Leben, weil wir Glück hatten. Du hast mir nur nicht in den Kopf geschossen, weil du ein beschissener Schütze bist. Mein Gott, du hast Sofia angeschossen!«

Isaac und Sofia starrten ihn beide an. Isaac sagte, ungläubig, in die Ecke gedrängt: »Das habe ich *nicht*, das ist –«

»Ich hatte sie auf dem Arm. Die Kugel ist durch meine Schulter. Wir haben es erst am nächsten Morgen gesehen. Sie hatte ihren ganzen Ärmel vollgeblutet. Du hättest sie töten können. Sie hat die Narbe noch. Sofia, zeig sie ihm.«

Isaacs Hände krampften und entkrampften sich um die Griffe der Krücken. Endlich sagte er: »Du weißt, dass ich das nicht wollte.«

»Ja, das mit Sofia war ein Unfall. Das glaube ich dir sogar. Aber mich und Harriet hättest du getötet.«

»Ich –«

»Ich habe dich geliebt«, sagte Schill. Er lächelte, aber es war eine fürchterliche Grimasse. Seine aufgeplatzte Unterlippe begann wieder zu bluten. »Ich weiß nicht, warum ich vorher nie gesehen habe, was du bist.«

Isaac umklammerte seine Krücken so fest, dass seine Arme vor Anspannung zitterten. Er war bleich wie ein Gespenst. Im schlechten Dämmerlicht im Wohnzimmer sahen die schwachen Blutergüsse an Kiefer und Kinn frisch und dunkel aus. Er sagte mit bebender Stimme: »Wenn du glaubst, dass es *leicht* für mich war –«

»Leicht?«, sagte Harriet heiser. »*Leicht*?« Sie starrte ihn an. Ihre Stimme war kaum mehr als ein Flüstern. »Weißt du, wie er geblutet hat? Wie die Wunde aussah, nach zwei Tagen? Ich dachte, dass er stirbt. Er hatte so starkes Fieber, dass er mich nicht mehr erkannt hat. Ich habe ihm Antibiotika gegeben, aber sie haben nicht richtig angeschlagen, und schließlich habe ich meine Sachen gepackt, um mit Sofia allein weiterzufahren und von der nächsten Telefonzelle aus einen Krankenwagen für ihn zu rufen.« Sie war so zornig, dass sie nicht weinte. »Ich habe ihm eine Stunde gegeben und nach einer halben ist er aufgewacht.«

Keiner von ihnen sprach.

Sofia hatte einzelne Erinnerungen an die ersten Wochen der Flucht: fremde Zimmer, Pflaster auf ihren Händen und Knien, die sie ständig an den Ecken abpulte. Autofahrten, vorbeiziehende Lichter, brennende Reklamen in der Dunkelheit, das endlose Gleiten von Regen über die Windschutzscheibe. Sie legte die Hände unten gegen das Fenster und drückte die Nase gegen das Glas, bis es beschlug, fasziniert und überwältigt von allem, was sie sah.

Der große starke Mann, der sie in seine Jacke gewickelt und durch den langen Flur und über die Straße getragen hatte, während sie sich an seinen Hals klammerte und den Kopf unter seine Jacke steckte, wie er ihr gesagt hatte, konnte jetzt nicht einmal einen Rucksack tragen. Er schwitzte und aß nichts und roch krank. Sofia machte sich Sorgen um ihn. Er war verletzt, und während ihr eigener pochender Arm und ihre steifen Hände und Knie jeden Tag besser wurden, wurde Schill nur noch viel kränker. Er schlief viel und nahm viele Tabletten aus Plastikröhrchen so wie Sofias Mutter. Ihre hatte sie immer im Bad aufgestellt, und Sofia hatte gewusst, dass sie sie nicht essen durfte: *Das sind keine Bonbons.*

Harriet machte sich auch Sorgen, doch immer wenn Sofia Schill verängstigt ansah, sagte sie, alles würde gut, und Sofia glaubte ihr, weil sie ihr alles geglaubt hätte. Wenn sie sich um Schills Verletzung kümmerte, schickte sie Sofia ins Bad, wo Sofia sich gehorsam mit einem Comic in die leere Badewanne setzte. Einmal sah sie trotzdem, wie Harriet Schill das Hemd auszog und seine Schulter und seinen Arm aus den Verbänden wickelte, und die rohe, violette Wunde.

Als Isaac wieder etwas sagte, sprach er mit bemüht fester, ruhiger Stimme, doch er war sehr blass. »Ich war verletzt. Ich stand unter Schock. Ich hatte eine schwere Gehirnerschütterung. Ich –« Sein Kiefer mahlte. Er schien heftig mit sich zu ringen. »Es hätte nie dazu kommen müssen, wenn –«

Harriets Blick war mörderisch. »Du warst das. Das war dein Tun. Du bist in meine Wohnung gekommen und hast mich bedroht, geschlagen. Du hast nichts erklärt. Dann hast du auf Schill geschossen, der dich und deine Männer *verschont* hat. Der ein kleines Kind auf dem Arm hatte. Neben dem ich eine Woche lang aufgewacht bin und jedes Mal dachte, er wäre im Schlaf gestorben und ich müsste Sofia irgendwie erklären, warum wir ihn allein lassen müssen.«

»Ihr habt sie entführt. Ihr habt ein vierjähriges Kind entführt. All das, weil ihr nicht einsehen könnt, dass ihr Unrecht getan habt, dass ihr hier im Unrecht seid –«

»Ich bin froh, dass sie mich entführt haben«, sagte Sofia laut. Sie hatte eine Hand auf die Narbe an ihrem Oberarm gedrückt, wie um sich zu überzeugen, dass sie tatsächlich da war. Sie war zornig, aber noch nicht außer sich. »Sie haben mir zehn Jahre vom dem erspart, was Sie mit meiner Mutter getan haben. Wenn Harriet und Schill Entführer sind, dann sind Sie ein Mörder. All dieser Aufwand, all die Toten, um vielleicht irgendwann die Grippe zu kurieren?«

»Du verdrehst die Tatsachen –«

»Und Sie sind sich nicht mal sicher, ob das mit mir wirklich funktioniert?« Absurderweise und völlig unwillkürlich musste sie lachen. »Wenn es schiefgeht, entschuldigen Sie sich dann bei mir und lassen mich gehen?«

Isaac war außer sich. Auf seinem Gesicht waren rote zornige Flecken erschienen. »Versucht wenigstens mal eine Sekunde, mich zu verstehen! Ich habe mein halbes Leben darauf verschwendet, diese verdammte Studie zu einem Ende zu bringen! Mit der Hilfe deiner Mutter hätte ich das geschafft! Ich weiß nicht, ob du begriffen hast, wie wichtig sie war! Sie war die Einzige, bei der alles gewirkt hat, wie es sollte, sie war ein verdammtes medizinisches Wunder, sie war der Schlüssel! Sie hatte etwas, das größer war als sie, als ich, als alle anderen in dieser verdammten Studie, und wir waren es den Toten schuldig, und das wusste sie auch, das war ihre Überzeugung, bis sie plötzlich durchgedreht ist und einige meiner Freunde und Kollegen ermordet, mir ins Knie geschossen und fast auch noch ihre eigene Tochter in den Tod gerissen hat! Und dann – mein Ex und seine Alibi-Frau stehlen ihr Kind und bringen mich fast um, und als ich euch nach zehn Jahren finde und dich zurückverlange –«

»Ich bin nicht Ihr Eigentum!«, schrie Sofia. Sie war aufgesprungen. Ihre Brust brannte, und das weiße Dröhnen war zurück, heiß und giftig. »Ich wäre lieber mit meiner Mutter auf dieser Straße *gestorben*, als in Ihrer Anstalt aufzuwachsen! Ich bin froh um jedes Jahr, das ich nicht als Ihr Versuchskaninchen verbracht habe! Sie können mir erzählen, was Sie wollen, aber ich weiß, wo ich hingehöre! Seit Sie hier sind, haben Sie sich nicht mal dazu durchringen können, uns um Verzeihung zu bitten!«

Wäre er nicht auf Krücken gewesen, wäre er vielleicht wirklich auf sie losgegangen, um sie zu schlagen. Harriet war drauf und dran, Schill loszulassen und zwischen sie beide zu gehen. »Ihr seid nicht im Recht!«, schrie er. »Ich schulde euch überhaupt nichts! Ich werfe nicht alles weg, woran ich fünfzehn Jahre gearbeitet habe, und lasse euch damit davonkommen, was ihr getan habt! Wenn ihr euch weiterhin weigert, das alles einzusehen, dann habt ihr die Konsequenzen zu tragen!«

»Du wärst nicht mal hier, wenn es einen anderen Weg gäbe!« Schill hatte aufgegeben, sich gegen Harriet zu wehren. »Sie war nie etwas anderes für dich. Eine letzte Chance. Du hättest sie damals nicht von dieser Straße geholt, wenn du keinen Nutzen davon gehabt hättest!«

»Du hast keine Ahnung, wovon du redest!«

»Solange du eine von beiden gerettet hast, war es dir egal –«

»Ich habe alles für sie getan!«, heulte Isaac. »Ich habe ihrer Mutter einen Platz bei uns verschafft, weil sie für sich und für ein Kind zu sorgen hatte! Sie ist freiwillig bei uns gewesen, bis sie so krank geworden ist, dass sie nicht mehr bei klarem Verstand war, und das war, weil sie ein Junkie war! Etwas, gegen das ich gekämpft habe! Das Einzige, was du mir vorwerfen kannst, ist, dass ich es nicht früher gesehen habe! Dass ich nicht noch mehr getan habe! Niemand von uns konnte ahnen, dass sie so durchdrehen würde! Mein Gott, Schill, sie hat versucht, ihr eigenes Kind zu töten! Sie hat versucht, uns zu töten! Du warst dabei!«

»Sie wollte sie vor dir retten! Sie hat von einem Versprechen geredet, das du gebrochen hast –«

Isaac schrie plötzlich nicht mehr, als bekäme er keine Luft mehr. »Ich habe ihr nie irgendein verdammtes Versprechen gegeben, das ich gebrochen hätte. Ich habe es satt, mich vor euch zu rechtfertigen. Ich bringe Sofia zurück nach Philadelphia und ihr werdet mich sicher nicht noch einmal aufhalten.«

»Wenn es sein muss«, erwiderte Schill, keine Drohung, sondern ein Versprechen, seine Zähne rötlich davon, dass seine Lippe in seinen Mund blutete, »bringe ich euch alle um.«

»Ihr kommt hier nicht raus und das wisst ihr! Selbst, wenn du uns wirklich alle umbringst, mein Gott, was dann?« Er bekam nach ihren Angriffen und seinen heftigen Ausfällen allmählich wieder festeren Boden unter den Füßen. Seine Stimme war rau vom Schreien und Sofia hörte darin wieder die alte bemühte, verständnisvolle Freundlichkeit. »Wollt ihr ewig so weiterleben? Wollt ihr ewig auf der Flucht sein?« Er sah Harriet und Schill an. »Es ist für euch schon schwer genug, überhaupt jemanden zu finden, ich verstehe das, ich bin bi, und in diesem Staat ist es sogar illegal –«

Harriet ließ ein ungläubiges Lachen hören. »Hier geht es nicht um unsere Liebesleben! Das wäre nirgendwo leicht! Es geht um Sofia, darum, dass sie verdient hat, ein normales Leben zu führen!«

»Sie hätte ein völlig normales Leben haben können! Sie kann es jetzt immer noch haben, und ihr beide ebenso!«

Harriet zitterte vor Wut. »Falls du es nach einer Woche nicht gemerkt hast, das haben wir bereits, und vor allem hat es Sofia! Du willst Menschenexperimente an ihr durchführen!«

»*Menschenexperimente*!«, wiederholte er höhnisch. »Mein Gott, du hast doch keine Ahnung! Es gibt viele klinische Studien, an denen Kinder und Jugendliche –«

»Was immer ihr da entwickelt habt, hat Menschen umgebracht! Ihr hättet ein gerade mal vierjähriges Kind missbraucht, in dem Wissen, dass sie sterben könnte!«

»Schwachsinn!«, blaffte Isaac. »Sofia war nie in Gefahr!«

Sofia, die sich mit beiden Händen an die Tischkante klammerte, an der sie lehnte, holte tief Luft und sagte: »Meine Mutter –«

»Der Tod deiner Mutter tut mir entsetzlich leid!« Seine Hände auf den Krücken bebten, das Haar klebte ihm im schweißnassen Gesicht. Sein Blick war wild. »Ich würde es gern ungeschehen machen, aber es ist nun einmal geschehen! Du hast sie kaum gekannt, aber ich schon, Sofia. Hast du vielleicht daran gedacht, dass ich sie gekannt habe? Sie und die vier Menschen, die sie getötet hat? Dass es auch für mich schmerzhaft war?«

»Es war Ihre Schuld. Es war Ihre Schuld und Sie wissen das!«

Isaac klang einigermaßen ruhig. »Macht es deine Mutter wieder lebendig, wenn ich die Schuld auf mich nehme? Wenn in dieser Studie etwas schiefgegangen ist, dann kann das niemand beweisen. Alles, was ihr habt, ist ein traumatisiertes Kind, dessen Mutter tragischerweise Amok gelaufen ist und das von seinen Entführern oder meinetwegen Rettern aufgezogen wurde, die zehn Jahre Zeit hatten, ihm eine Gehirnwäsche zu verpassen.«

»Aber *Sie* wissen, was passiert ist! Sie kennen die Wahrheit! Was hatten Sie meiner Mutter versprochen? Dass Sie an mir nicht experimentieren würden? Dass Sie für mich sorgen würden, wie Sie für sie gesorgt hatten? Sie können nicht ernsthaft glauben, dass Sie das Richtige getan haben, nicht mit meiner Mutter und nicht mit Harriet und Schill!«

»Was hättest du mir zu tun geraten, als ich bemerkt habe, dass er dich mitgenommen hat, verletzt und traumatisiert, um weiß Gott was mit dir –«

»Ich habe dich gefragt«, sagte Schill, und Isaac verstummte.

Es war nicht nur, weil er nicht schrie. Etwas in seiner Stimme war anders, stärker, verletzter als vorhin, als er Isaac gesagt hatte, dass er ihn geliebt hatte. »Ich habe dich gefragt und du hast Nein gesagt. Du wusstest genau, was –«

»Halt den Mund«, sagte Isaac. Auch er schrie nicht. In seiner Stimme lag etwas Warnendes, etwas Qualvolles. »Du hast keine Ahnung, was du getan hast.«

»Ich habe sie gerettet und das weißt du. Das weißt sogar du.«

Isaac schüttelte den Kopf. »Das war nicht deine Entscheidung«, wiederholte er. »Das war sie da nicht und das ist sie jetzt nicht.«

»Nein, vielleicht war es das nicht, aber es war deine. Glaubst du, *ich* hätte ein Kind gewollt? Aber sie brauchte jemanden. Du weißt das. Du wusstest es auch da. Wir hätten zusammen –«

»Hör auf.« Isaac schüttelte den Kopf wie jemand, der eine lästige Blickstörung loswerden will, als wäre er sich nicht sicher, ob Schill tatsächlich da war. »Das ist Schwachsinn. Es wäre ihr wieder gut gegangen, sie hatte ein Zuhause, sie hatte –«

»Deshalb hast du es aufgegeben«, sagte Schill. Er schien völlig vergessen haben, dass Harriet und Sofia im Raum waren. Er sah Isaac an, als gäbe es nur ihn. »Du wusstest, was du getan hattest. Was du tun müsstest, wenn ihr uns findet. Nicht mit uns, sondern mit ihr.«

Sofia erwartete, dass Isaac wieder zu schreien anfing, doch das tat er nicht. Seine Stimme war merkwürdig ruhig, doch ohne jede Freundlichkeit, ohne jeden Spott. »Ich wünschte, ich hätte es nicht getan. Sie hätten euch nach wenigen Tagen gehabt. Wenn ihr euch nicht widersetzt hättet – und bei deiner – *Verfassung* wärst du vielleicht noch davongekommen.«

»Warum bist du wieder hier? Zehn Jahre und eine verschwendete Karriere sind ein fairer Preis dafür, was du ihr und all den anderen angetan hast. Ganz egal, was sie für euch gewesen ist, sie ist unsere Tochter. Niemand außer dir sucht sie. Ihre Mutter ist tot. Keiner hat dich gezwungen hierherzukommen. Keiner will etwas von ihr außer du und du hast schon ihr erstes Leben zerstört. Du konntest nie einsehen, wenn du einen Fehler gemacht –«

»Sie ist meine Tochter«, sagte Isaac.

Es wurde totenstill. Sofia spürte ihren Körper nicht mehr. Sie fühlte sich leicht, benommen, von der realen Welt losgelöst.

Isaacs Gesicht war völlig blutleer, hohl und maskenhaft. Er sah aus wie ein Mann, der sein letztes Wort vor der Hinrichtung gesprochen hat.

Niemand sagte etwas. Niemand rührte sich. Die Welt drehte sich weiter. Isaac schluckte, als habe er Schmerzen. Er lehnte auf seinen Krücken, das kranke Knie leicht angewinkelt, den Fuß schwer auf dem Teppich aufgestützt. Er sah sie alle an. Er öffnete den Mund, schloss ihn wieder und sagte endlich erstickt und mit sichtlicher

Mühe: »Ich hätte euch nicht – ich –« Dann, weil immer noch keiner sprach, als wiese er etwas bereits Ausgesprochenes von sich, sagte er mit schwachem Nachdruck, jemand, der eigentlich hatte schreien wollen, es aber nicht schaffte: »Es war nur eine Nacht! Sie war jung und wir waren betrunken, und als sie wiederkam, war sie plötzlich im dritten Monat schwanger, und ich wusste da nicht mal, ob es meins war, ich hätte sie einfach wegschicken können, aber sie war ein Junkie und irgendjemand musste sie im Auge behalten!« Er sah aus, als müsse er sich gleich übergeben. »Was hätte ich denn tun sollen? Ich konnte sie nicht einfach – sie wäre gestorben!«

Schill war so blass wie Isaac. Harriet zitterte und hatte die Hände auf ihren Bauch gelegt.

»Ich wollte nie Kinder«, sagte Isaac, in einem verzweifelten Versuch, seine Stimme wieder fest und selbstsicher klingen zu lassen. Schweiß lief ihm übers Gesicht und ließ seine Brille auf der Nase rutschen, aber er wischte ihn nicht weg. Er hielt die Krücken so fest, als würde er ohne sie einbrechen. Seine Stimme schien aus einiger Entfernung zu kommen, als spreche er durch ein gut eingestelltes Mikrofon. »Sie hat das verstanden, wir haben entschieden, dass sie es allein macht und geht, wenn sie genug Geld –«

»Nein«, sagte Schill. Er lächelte, als wüsste er, dass man ihm eine Lüge erzählte und er ihnen nicht die Genugtuung geben wollte, vom anschließenden Gelächter überrumpelt zu sein. Entweder wirkten die Tabletten, die er genommen hatte, oder er war kurz davor, tatsächlich ohnmächtig zu werden. Er schien nichts davon gehört zu haben, was Isaac noch gesagt hatte. »Nein, das ist sie nicht.«

Isaac sah wild und gehetzt aus. »Ich habe das nicht gewollt, aber ich habe das Beste daraus gemacht, ich hätte sie doch nicht – *im dritten Monat* –«

»Hört auf«, sagte Harriet, und er verstummte mit einem erstickten Keuchen. Als Einzige sah sie Sofia an, die gegen die Tischplatte gesunken stand, die Hände auf die Kante gelegt, und hohl und leer Isaac anstarrte. »Seid still.« Doch auch ihre Stimme schien aus weiter Ferne zu kommen. Sie stand auf, die Hände leicht erhoben. Sie zitterte.

Isaac sah Sofia an. Er rang nach Worten. »Sofia –«, begann er, und Sofia zog den Revolver, den Harriet auf dem Tisch hatte liegen lassen und den Sofia vor einer Viertelstunde, als Schill seine Tabletten genommen hatte, unauffällig hinten in ihren Rock gesteckt hatte, hinter ihrem Rücken hervor und richtete ihn auf Isaacs Kopf.

Isaac machte einen stolpernden Schritt rückwärts, verlagerte dabei sein ganzes Gewicht auf sein krankes Bein, knickte ein und knallte gegen die Verandatür. Er ließ aufheulend vor Schmerzen eine Krücke fallen und riss den Arm vors Gesicht. Harriet hatte aufgeschrien, blieb jedoch, wo sie war.

Sofia ließ den Revolver sinken, dann die Hand fallen. Der Lauf schlug ihr seitlich gegen das unterm Rock nackte Knie. Isaac, vor Schmerz und Schock zitternd und erstickt schluchzend, stützte sich mit der freien Hand im Türrahmen ab.

Sofia wandte sich ab und ging, ohne zu hören, ob noch jemand etwas sagte. Sie war bereits weit fort, als sie hinaus in den anbrechenden Morgen trat. Es roch nach Staub und Kiefernharz, glatt und still wie barfuß über einen dicken Teppich oder eine Schicht Sand gehen. Die Luft war klar und kühl und weich und im Osten war ein Streifen Licht.

Mit langen, gleichmäßigen Schritten ging sie über die Straße ins Nichts. Ihr Rucksack schlug ihr in den Rücken. Sie hatte völlig vergessen, dass sie ihn noch trug. Sie begann zu laufen und kurz darauf rannte sie. Sie rannte, bis der Schmerz der Nacht sich von ihren Beinen hoch in ihren Rücken zog und ihre Lungen sich in heißen, qualvollen Schüben in ihrer Brust dehnten. Als ihre Beine nachzugeben drohten, wurde sie langsamer, fiel auf die Knie und stützte sich auf alle viere, die rechte schweißnasse Hand auf dem glänzenden Revolver. Sie schluchzte vor Erschöpfung. Sie hatte mörderisches Seitenstechen. Ihre Lungen pochten bei jedem Atemzug. Ihr

Herz hämmerte in der Brust bis hoch in ihren Kopf. In ihren Beinen krampften die Muskeln.

Sofia ließ den Revolver los, kämpfte sich aus den Riemen des Rucksacks, ließ ihn fallen und legte sich flach auf den Rücken. Um sie herum drehte sich alles in langen Ellipsen. Über ihr wirbelte der dämmrige Himmel, an dem noch die Sterne standen. Im Osten war der Himmel ganz hell geworden. Ein zartes Rot durchzog das Blau. Ihr Atem kam immer noch schnappend, und erst, als sie sich übers kribbelnde Gesicht wischte, merkte sie verwundert, dass sie weinte.

25.

Als es an der Tür klingelte, wachte Oscar so schlagartig auf, als habe ihm jemand einen Eimer Wasser ins Gesicht geschüttet. Das Unterhemd, das er über seiner Pyjamahose trug, klebte ihm feucht auf der Brust. Auf seiner Zimmerdecke war ein graues Quadrat aus erstem Dämmerlicht. Die Uhr über seinem Schreibtisch zeigte kurz nach fünf.

Auf dem Flur vor seinem Zimmer hörte er die schweren Schritte seines Vaters. Oscar glitt still aus dem Bett, während sein Vater die Treppe hinabstieg, trat ans Fenster und sah hinaus auf die Straße.

Ein stählernes Blau dehnte sich von Osten her über den Himmel. Die Häuser lagen da wie hingeworfen, still und weiß im Halbdunkel. Die Laternen der South Street mussten gerade erst ausgegangen sein. An der Straße vor ihrem Haus stand der Polizeiwagen von Nickys Dad. Das Blaulicht war aus. Oscar sank das Herz.

Auf dem erleuchteten Flur an der Treppe stand seine Mutter, barfuß und in ihren Morgenmantel gewickelt, und umklammerte ihre Arme. Von unten kam die Stimme von Mr. Glover. Oscar sah von dort, wo er stand, nur den Rücken seines Vaters.

»Entschuldigen Sie die frühe Störung, Mr. Coleman, aber es ist dringend. Ich würde gern mit David sprechen.«

Carol Coleman gab ein schwaches, ängstliches Seufzen von sich und verschränkte die Arme fest vor der Brust, als friere sie. Sie hatte Oscar, der lautlos aus seinem Zimmer getreten war, nicht bemerkt.

»Was hat er angestellt?«

»Ich würde gern mit ihm reden.«

Oscars Vater sprach in dem gleichen autoritätsgewohnten Tonfall, den er seiner Familie gegenüber anschlug. »Was hat mein Sohn getan, Mr. Glover?«

»Es gab einen Überfall auf die Tankstelle. Der Angestellte ist schwer verletzt worden. Er liegt im Krankenhaus.«

Oscars Mutter legte die Hand vor den Mund. Sie zitterte, war aber ganz still.

»Field?«

»Ja, Jacob Field. Mr. Coleman, ich muss mit David sprechen. Natürlich ist es schwer vorstellbar, dass der eigene Sohn –«

»Natürlich würde David so etwas tun«, unterbrach Oscars Vater ihn. »Er und Jason Massey.«

Mr. Glover klang überrascht. »Mir wurde gesagt, dass es möglich ist, dass auch der Sohn der Masseys beteiligt war. Halten Sie das für wahrscheinlich?«

»Meine Söhne neigen dazu, sich ungeeignete Freunde zu suchen. Sie kennen den Sohn der Saunders und das Mädchen von diesem Field?«

»Mr. Coleman, Sie würden mir sehr helfen, wenn Sie mich mit David sprechen lassen würden. Kann ich reinkommen?«

»Warten Sie hier unten. Ich hole ihn.« Oscars Vater erschien am Fuß der Treppe und sah seine Frau und seinen Sohn im Flur stehen. Seine Miene wurde hart. »Carol, Oscar, geht zurück ins Bett.«

Oscars Mutter drehte sich erschrocken zu ihm um. Sein Vater kam herauf, während Mr. Glover unten an der Treppe wartete. Er nickte und lächelte Oscar kurz zu. Er trug seine Uniform, war jedoch ungekämmt und hatte blutunterlaufene Augen vor Müdigkeit, als wäre er die halbe Nacht auf den Beinen gewesen.

Oscars Vater klopfte an Davids Zimmertür. Es kam keine Reaktion. Seine Mutter hielt sich so heftig selbst bei den Armen, dass Oscar befürchtete, sie bekäme Blutergüsse. Sein Vater klopfte noch einmal. Seine Stimme klang so scharf, dass Oscars Nackenhaare sich aufstellten: »David, steh auf. Der Deputy will mit dir reden.« Er drückte die Klinke herunter und öffnete die Tür nach innen.

Oscar sah zum ersten Mal seit drei Jahren das dunkle, aufgeräumte Zimmer, das er, seit David plötzlich in der Tür gestanden, ihn gepackt und ihm den Arm verdreht hatte, bis er mit einem lauten Knacken einmal und dann ein zweites Mal gebrochen war, nicht mehr betreten hatte.

Der Raum hatte sich kaum verändert. Davids alte Schreibtischlampe war kaputtgegangen und durch eine neue ersetzt worden. Ansonsten waren nur Bücher dazugekommen. Auf dem Nachttisch lag eine zerfledderte Taschenbuchausgabe von *Wer die Nachtigall stört*. Das Bett war unberührt.

Oscars Vater vergewisserte sich sorgfältig, dass David nicht da war, obwohl sie es alle auf den ersten Blick gesehen hatten, dann schloss er die Tür. »Er ist nicht hier«, teilte er Mr. Glover mit.

»Wissen Sie, wo ich ihn um diese Uhrzeit finden könnte? Geht er manchmal nachts spazieren?«

»Warum versuchen Sie Ihr Glück nicht bei den Masseys?«

»Was ist mit Sofias Vater?«, hörte Oscar sich fragen, sogar zu seiner eigenen Überraschung. »Wie geht es ihm?«

»Er hat es überlebt«, sagte Mr. Glover. »Du brauchst dir keine Sorgen zu machen. Ich habe seine Frau und Sofia schon getroffen. Es geht ihnen den Umständen entsprechend gut.«

»Oscar«, sagte sein Vater, sehr ruhig, »du gehst augenblicklich auf dein Zimmer und ins Bett.«

Er konnte sich nur mit Mühe davon abhalten, sich umzudrehen und zu gehorchen. Er musste noch etwas wissen, und solange Mr. Glover hier war, konnte er fragen. »Ist Sofia bei ihm im Krankenhaus?«

»Ich weiß es nicht, Oscar.«

Thomas Coleman, der es nicht gewöhnt war, ignoriert zu werden, deutete mit einer Hand auf seinen mittleren Sohn. Diese Warnung war eindeutig. »Du verschwindest jetzt. Ich sage es dir sicherlich nicht noch einmal. Carol, du gehst auch zu Bett. Es lohnt sich nicht mehr, dass ich mich hinlege. Ich ziehe mich an und fahre zur

Arbeit.« Er wandte sich an Mr. Glover. »Wenn Sie ihn finden, nehme ich an, dass Sie ihn nicht in dieses Haus zurückbringen, richtig?«

»Das hängt natürlich ganz davon ab, ob er tatsächlich –«

»Ich habe mich um den Jungen bemüht«, sagte Oscars Vater, »jahrelang und mit sehr viel Geduld, doch auch meine Möglichkeiten sind irgendwann erschöpft.«

»Mr. Coleman«, sagte Mr. Glover, »wenn David nicht hier ist, dann werde ich mich jetzt auf die Suche nach ihm machen.«

»Bitte tun Sie ihm nicht weh.« Oscars Mutter hatte gesprochen, jäh und dünn und ängstlich, doch laut genug, dass die beiden Männer sie ansahen. Sie hatte die Hand von ihrem Mund genommen und flach auf die Brust gedrückt. Die andere klammerte sie fest in ihren blassen Morgenmantel.

Oscars Inneres krampfte sich vor Furcht zusammen. »Mom«, sagte er, sehr leise, doch sie schien ihn nicht zu hören.

»Bitte, wenn Sie ihn finden, tun Sie ihm nichts.«

»Mrs. Coleman, ich verstehe, dass Sie –«

Oscars Vater hatte sich zu seiner Frau umgedreht. Er war ganz ruhig, aber sein Kiefer trat hervor. »Carol, reiß dich bitte zusammen.«

Sie starrte ihn an, mit leicht geröteten Wangen. »Er ist unser Sohn«, sagte sie, und Oscar sah deutlich die Muskeln im Gesicht seines Vaters zucken.

»Geh nach Lucas sehen«, befahl er ihr. Sie wich einen Schritt vor ihm zurück, mit leicht geöffnetem Mund und nach vorn gezogenen Schultern, aber ohne zu gehorchen.

»Jetzt *sofort*, Carol.«

»Mr. Coleman«, sagte Mr. Glover warnend. Er hatte zwei Schritte die Treppe hinauf gemacht, ohne dass sie ihn bemerkt hatten. »Sie verstehen sicher, dass Ihre Frau sich Sorgen macht.«

Oscars Vater drehte sich zu ihm um. Bei seinem Gesichtsausdruck war Oscar verblüfft, dass Mr. Glover nicht ebenfalls vor ihm zurückwich.

»Verschwinden Sie aus meinem Haus.« Diesmal gab es nicht den geringsten Zweifel daran, dass Thomas Coleman Nickys Dad drohte. »Sie werden sich nicht in unsere privaten Angelegenheiten einmischen.«

Mr. Glover hatte sich aufgerichtet. Er war ein Stück kleiner als Oscars Vater, aber er schien keine Angst zu haben. Oscar überkam der wahnwitzige Drang, ihn anzuschreien, er solle machen, dass er davonkam, wenn er seine Knochen ganz behalten wollte. Doch Mr. Glover wandte sich jetzt über Thomas Colemans Schulter hinweg an Oscars Mutter.

»Wenn David zurückkommen sollte, rufen Sie mich bitte sofort an, Mrs. Coleman«, sagte er.

»Lassen Sie meine Frau in Ruhe, Glover.«

»Das hier ist nichts, was Sie durch Prügel lösen können, Mr. Coleman«, sagte Mr. Glover scharf. »Sie rufen mich sofort an, wenn David nach Hause kommt, in Ordnung?«

Sie starrten einander an. Oscar konnte sehen, wie kurz sein Vater davor war, Mr. Glover am Kragen zu packen und ihn zu schütteln, dass ihm die Zähne klapperten.

Dann wandte Mr. Glover sich ab. Die Spannung brach. An der Treppe drehte er sich noch einmal zu Oscar um. »Sofia geht es bestimmt gut«, sagte er. »Du könntest später versuchen, sie anzurufen. Vielleicht sind sie und ihre Mutter inzwischen aus dem Krankenhaus zurück.«

Oscar bewegte die Lippen. Kein Laut kam aus seiner Kehle. Er nickte. Mr. Glover ging. Die Tür fiel hinter ihm ins Schloss. Kurz darauf startete draußen der Wagen. Oscar stand zitternd, das Herz irgendwo im Hals hämmernd, in seinem Pyjama da, die Beine kalt wie Marmor, seine Arme rau von Gänsehaut, sein Mund staubtrocken.

Sein Vater wandte sich ihnen zu. Er atmete tief durch die Nase. Oscar hätte sich nicht rühren können, wenn er gewollt hätte.

»Meine eigene Familie«, sagte Oscars Vater, »fällt mir in den Rücken, vor dem Deputy.«

Seine Mutter sprach zuerst. »Ich habe nur –«

»David tötet fast einen Mann und was sagst du dazu?«

»Thomas –«

»Lässt mich vor ihm dastehen wie ein Idiot.«

Sie öffnete den Mund und schloss ihn wieder. Sie schüttelte den Kopf. »Er ist unser Sohn«, hauchte sie.

»Er ist ein gefährlicher Asozialer«, erwiderte sein Vater ruhig. »Er hat ein Problem mit Autoritäten und er treibt sich mit Masseys Stiefsohn herum. Du kannst dir sicher sein, dass sie hinter Mädchen her sind, trinken und Drogen nehmen. Darauf kannst du Gift nehmen, Carol.«

»Wie kannst du das sagen?«

»Wir werden das jetzt nicht diskutieren. Geh wieder zu Bett.«

Sie rührte sich nicht.

»Carol –«, begann er, machte dabei einen Schritt auf sie zu, und Oscar sagte laut: »Hör auf, Dad.«

Einen Augenblick geschah gar nichts. Dann drehte Oscars Vater sich zu ihm um, und Oscar musste sich mit aller Macht dazu zwingen, ruhig stehen zu bleiben. Sein Vater sah auf ihn herab, wie er David ansah, ein Blick, dem Oscar kaum standhalten konnte, und sagte: »Du gehst jetzt sofort zurück ins Bett und ich will dich heute den ganzen Tag nicht mehr im Haus sehen, oder ich werde mich vielleicht vergessen. Hast du mich verstanden?«

Oscars Gesicht brannte. Er wusste, dass er, wenn er sagte, dass er verstanden hatte und dass es ihm leidtat, zurück ins Bett gehen konnte. Er könnte in zwei Stunden aufstehen und aus dem Haus gehen. Unwillkürlich, fürchterlich, wurde ihm heiß und kalt vor Erleichterung. *Ich dachte, ich hätte es schlimmer gemacht, aber das habe ich nicht.* Ihm war übel und es war okay. Er hatte gekämpft und es war okay.

Oscars Vater war wütend, aber er war nicht *außer sich*. Er schlug seine Söhne, aber Oscar hatte ihn seine Frau nur einmal schlagen sehen, an Thanksgiving vor zwei Jahren, als sie die Maiskolben hatte anbrennen lassen. Danach war er ins Bad gegangen und hatte ihr einen nassen Waschlappen geholt, damit sie sich das Blut abwischen konnte, das aus ihrem schwellenden Mund tröpfelte, während er die verbrannten Körner in der Spüle mit einem Messer von den Kolben schabte.

»Lass sie in Ruhe«, hörte Oscar sich heiser sagen.

»Oscar!«, stöhnte seine Mutter, doch sein Vater beachtete sie gar nicht. Er griff Oscar bei den Oberarmen und schob ihn rückwärts, bis er mit dem Rücken gegen die Wand stand. An seinen Händen, groß und schwer, spürte Oscar die Schwielen vom Arbeiten. David und Oscar hatten seine Hände, breit und ruhig, die eines Handwerkers. Er zwang sich, den Kopf zu heben und hoch in das harte Gesicht seines Vaters zu sehen. Ihm war eiskalt.

»Was war das eben?«, fragte sein Vater.

»Wir sind dir nicht in den Rücken gefallen«, sagte Oscar. Das Herz hämmerte ihm gegen die Rippen. Er war Oscar Coleman. Er kämpfte nicht. Er konnte zwischen Kosten und Nutzen abwiegen. *Du hältst dich für einen Märtyrer, und wenn es darauf ankommt, ziehst du den Schwanz ein.* »Mom macht sich Sorgen um David und ich habe mich nur nach Sofia und ihrem Vater erkundigt.«

Sie starrten einander an. Dann sagte sein Vater, und seine Stimme kippte dabei: »Meinst du etwa, ich hätte euch missverstanden?«

»Ihr weckt Lucas auf«, sagte Carol Coleman flehentlich. »Bitte, Thomas.«

»Carol«, knurrte er, »ich schwöre bei Gott, wenn du nicht sofort den Mund hältst und dich zurück ins Bett verpisst, dann werde ich dir –«

»Lass mich los«, krächzte Oscar. »Ich gehe.«

Sein Vater starrte ihn an. Er hatte die Brauen hochgezogen und den Mund halb geöffnet. Es sah fast komisch aus. »Wie bitte?«

Hinter ihnen stöhnte seine Mutter: »Thomas, Thomas, nein –«

Thomas Coleman drehte sich halb zu ihr, sein Gesicht verzerrte sich verwirrt, als könne er es nicht glauben, und Oscar hob die Hände und stieß ihn vor die Brust, mit einer Kraft, die an Davids grenzte und seinen Vater zurücktaumeln ließ. Vor lauter Überraschung ließ er ihn los.

Oscar bewegte sich, ohne nachzudenken, duckte sich zur Seite, an seinem Vater vorbei zur Treppe, sah ihn ausholen und konnte nicht mehr ausweichen. Seine geballte Faust traf ihn mit solcher Wucht seitlich am Kopf, dass Oscar gegen das Treppengeländer flog und stürzte. Einen Moment hörte er nur einen lauten, in seinem Kopf explodierenden Pfeifton, dann kam der Schmerz. Sein Ohr füllte sich heiß mit Blut. Er fiel zwei Stufen nach unten, bevor es ihm gelang, sich mit einer Hand ans Geländer zu klammern.

Oscar kniete auf der Treppe und stöhnte tief aus der Brust vor Schmerz. Es fühlte sich an, als sei sein Ohr abgerissen, sein halber Kopf aufgespalten. Er starrte mit Tränen in den Augen zu seinem Vater hoch, der die Fäuste geballt hatte und breitbeinig dastand. Er wirkte durch und durch erstaunt. Oscars Mutter verbarg ihr Gesicht halb in den Händen. Oscar konnte auf dem unverletzten Ohr durch das schrille Pfeifen und Rauschen in seinem Kopf Lucas, der von dem Lärm wach geworden sein musste, weinen hören.

Thomas Coleman drehte sich um und ging an seiner zitternden Frau vorbei ins Schlafzimmer. Als Oscar sich mühsam auf die Beine stemmte, um zu ihr hinaufzusteigen, schüttelte sie plötzlich heftig den Kopf. Sie nahm die Hände vom Gesicht.

Geh, formten ihre Lippen. *Geh!*

Sein Vater kam zurück, in der Hand den langen schwarzen Riemen eines alten Ledergürtels, von dem er die Schnalle entfernt hatte. Er hatte ihn nicht mehr für Oscar hervorgeholt, seit er letztes Jahr im Herbst, als sie nach der Schule nach Kane ins Kino gefahren waren und Sofia auf dem Rückweg einen Platten gehabt hatte, drei Stunden zu spät am Abend nach Hause gekommen war: *Deine Mutter war krank vor Sorge!*

Oscar rutschte halb, stolperte halb die Treppe hinab, blutend und aus dem Gleichgewicht gebracht. Er hatte vielleicht vier Meter Vorsprung. Er stürzte den Flur hinab.

»Oscar!«, donnerte sein Vater von oben. »*Komm sofort zurück*!«

Er riss seine Jacke vom Haken, wagte aber nicht, auch noch nach seinen Schuhen zu greifen, und riss die Tür auf. Wenn er gezögert hätte, hätte sein Vater, der in diesem Moment brüllend in der Haustür auftauchte, ihn erwischt. Er konnte ihn hinter sich spüren, glaubte, das Pfeifen des Riemens zu hören. Ein messerscharfer Schmerz schnitt über seine linke Schulter, als sein Vater ihn dort mit einem lauten Klatschen erwischte.

Oscar stürzte, seine Jacke in der Hand, nach rechts in Richtung Hauptstraße. Barfuß und mit blutendem Ohr und hämmerndem Schädel rannte er die Straße hinab, wie er noch nie in seinem Leben gerannt war, nicht in Sport, nicht auf dem Baseballfeld, nicht, um Sofia einzuholen. Hinter ihm brüllte sein Vater wie ein rasendes Tier, und jetzt schrie, schrill und erstickt, auch seine Mutter. Oscar drehte sich nicht um. Im Rennen warf er seine Jacke über. Seine Füße klatschten taub auf den harten Asphalt. Er überquerte die Kreuzung, ohne nach links oder rechts zu sehen, aber es war halb sechs am Morgen, und die Straßen waren so ausgestorben, als wäre Highville eine Geisterstadt.

Auf der anderen Seite der Kreuzung drehte er sich im Laufen halb um. Weit entfernt sah er seine Eltern auf der Straße stehen. Seine Mutter hielt seinen Vater am Arm und versuchte, ihn zu beruhigen. Oscar fühlte überwältigende Liebe zu ihr und gleichzeitig wilde Furcht, und für einen Moment wäre er fast umgekehrt, doch Sofia brauchte ihn, wenn er nicht sogar bereits zu spät war.

Die Stadt, durch die er lief, war tot und leer. Alles kam ihm so fremd vor, als wäre er das erste Mal bewusst auf dieser Welt. Seine Schulter, wo ihn der Riemen getroffen hatte, brannte wie Feuer, das Blut auf seinem Gesicht hingegen war erkaltet. Ihm war schwindelig, nicht nur wegen des Boxhiebs, dessen heißer Schmerz allmählich zu einem gnädigen dumpfen Klopfen abklang.

Im Haus der Fields brannte kein Licht, doch an der Straße davor parkten zwei Wagen. Einer gehörte Isaac, den anderen kannte Oscar nicht. Der graue Ford von Sofias Eltern fehlte.

Oscar war erst gerannt und schließlich in Laufschritt verfallen und ging jetzt langsam und mit schwankenden Schritten die Second Wood Lane hinab auf das letzte Haus zu. Seine Lungen brannten und jetzt raste ihm das Herz. Sofias Fahrrad, das immer am Geländer lehnte, war verschwunden. Er hatte das Grundstück noch nicht betreten, als jemand ihn ansprach.

»Was zum Teufel willst du hier?«

Oscar fuhr so heftig zusammen, dass er schwankte.

Auf der Veranda, wo sie ums Haus herum führte, stand Isaac. Bei ihm waren zwei Männer, die Oscar nicht kannte und im ersten Moment, da sie beide schwarze Hemden und Jeans trugen, für Polizisten hielt. Isaac selbst hatte ein großes Pflaster an der Schläfe und war auf Krücken. Oscars Blick fiel auf seinen geschwollenen rechten Fuß. Isaac und die beiden Männer sahen ihrerseits auf ihn herab, wie er in Pyjamahose dastand, barfuß, keuchend, mit blutigem Ohr.

»Ich muss mit Sofia sprechen«, sagte Oscar heiser.

»Oscar«, erklärte Isaac den beiden Männern. »Sofias Freund.« Er sprach gepresst, als müsse er sich von einem heftigen Schlag gegen den Hals erholen. Als er sich wieder Oscar zuwandte, wirkte er nicht mehr im Geringsten freundlich. »Verzieh dich. Es ist fünf Uhr.«

»Wo ist Sofia? Im Krankenhaus bei ihrem Vater?«

»Ich wüsste wirklich nicht, was dich das angeht.«

»Ich muss mit ihr sprechen«, wiederholte Oscar. Er hörte Isaac nur auf dem unverletzten Ohr. Das andere brannte im Takt mit seinem Herzschlag, doch alle Laute darauf waren weg. »Ist sie da?«

»Ich bin nicht taub, aber du anscheinend«, sagte Isaac. »Was hast du mit deinem Ohr gemacht?«

»Wenn Sie mir nicht sagen wollen, wo sie ist, gehe ich rein und frage ihre Mutter.«

Isaac schnaubte. »Ist das zu glauben? Niemand in dieser beschissenen Stadt hat Respekt vor irgendwas. Mein Gott, bin ich froh, wenn ich das hier alles im Rückspiegel habe.«

Oscar hatte keine drei Schritte hoch zur Veranda gemacht, als ihm der jüngere der beiden Männer mit erhobenen Händen entgegentrat. Der Ältere, ein Mann, der aussah wie ein Gangster oder ein alternder Boxer, sah bloß zu.

»Hey, hey, hey«, sagte der erste Mann.

»Fassen Sie mich nicht an.«

Isaac schob sich auf Krücken zwischen sie. »Sieh zu, dass du hier wegkommst«, sagte er sehr ruhig. Von Nahem sah er fürchterlich aus, verschwitzt und krank. Sein Hals war geschwollen und von einem verblassenden Blutergusses umringt, seine Augen glasig und blutunterlaufen. »Sofia ist vor einer halben Stunde abgehauen und ich habe nicht die geringste Ahnung, wohin.«

Oscar war klar, wo er hinmusste. Er wich rückwärts vor Isaac zurück, drehte sich um und ging.

»Schick sie zurück, wenn du sie findest!«, schrie Isaac ihm nach. Oscar hörte ihn nicht richtig und sah sich nicht noch einmal um. Er war halb überzeugt, dass die Männer ihm nachkommen würden, doch sie ließen ihn in Frieden.

Vor ihm öffnete sich das Brachland, still und flach und staubig. Nach dem kühlen Asphalt war der graue Staub unter seinen Füßen weich wie Sand. Er ging fünf Minuten, bevor er nach Sofia rief, falls Isaacs Leute ihm doch nachkämen. Seine Stimme hallte in der leeren Landschaft wider. Es war inzwischen hell, kurz vor Sonnenaufgang. Seine Augen schmerzten. Er ging immer weiter, drehte sich um sich selbst und rief Sofias Namen. Er erkannte die Stelle, an der sie so oft Baseball gespielt hatten und von der man die Stadt noch sah, an den Markierungen im Sand. Sofia war nicht da. Nach weiteren zehn Minuten war er so weit gegangen wie seit Jahren nicht. Langsam bekam er es mit einer Angst zu tun, die so groß war, dass sie ihn an den Rand der Hysterie brachte. Sein Ohr und seine Schulter pochten. Ihm war schwindelig vor Schmerz.

Die Felsformationen wurden größer, das Dickicht zäher und flächiger. Oscar machte Bögen um Felsspalten und niedrige Büsche, in denen oft Schlangen lagen. Er fror in seiner Pyjamahose und der dünnen Jacke und schwitzte gleichzeitig heftig. Sein Ohr hatte wieder zu bluten begonnen, sodass er einen Ärmel darauf drückte. Der Schmerz bohrte sich heiß in seinen Schädel, doch die Angst war schlimmer. Wenn er zu spät war, verschwendete er gerade seine Zeit damit, durchs Niemandsland zu laufen. Wenn Sofia nicht da war, so wenig er daran denken wollte, war er der Einzige, der wusste, was passiert war, der Einzige, der irgendetwas tun konnte.

Er musste Abigail, Jeremy und Nicky warnen, Sofias Eltern und dann seine eigenen, und wenn das bedeutete, dass sein Vater ihm erst mit zwei Stunden Aufschub beide Arme brechen würde. Er würde es, für die geringe Chance, dass sich eine Situation ergab, in der sich das alles verhindern ließ, Nickys Vater sagen müssen, doch nichts davon würde Sofia helfen. Das konnte allein er.

Oscar kletterte einen flachen Felsen hinauf und ging dabei zweimal in die Knie. Blut war ihm in einem langen Rinnsal über die Wange gelaufen. Zwei dunkle Tropfen erschienen auf dem Fels zu seinen nackten, von Staub bedeckten Füßen. Als er aufsah, sah er Sofia. Sie saß an der Kante des Felsens, von ihm abgewandt, völlig still, an einer der Gruben, die vor vielen Jahren überall in der aufgerissenen, verödeten Landschaft zugeschüttet worden waren.

Sie drehte sich nicht zu ihm um. Sie trug bloß ein T-Shirt und den von der Bowle auf Jeremys Geburtstag verfärbten Rock. Ihr Haar lag in unordentlichen Wellen über ihren Schultern und ihrem abgewetzten Armeerucksack. Ihre Haut hatte einen leichten bläulichen Schimmer vor Kälte. Die Erleichterung, die er eben noch bei ihrem Anblick verspürt hatte, war rasch und heftig von einer neuen Furcht abgelöst worden. Mr. Glover hatte ihm gesagt, dass Sofias Vater schwer verletzt sei, aber dass er es überleben werde. Was, wenn er unrecht gehabt hatte? Was, wenn sein Bruder tatsächlich zum Mörder geworden war?

»Sofia«, sagte er rau. Sie drehte sich nicht zu ihm um. Er stieg zu ihr hinab und setzte sich neben sie, unbeholfen, weil ihm heftig schwindelig war. Sofia nahm kaum Notiz von ihm. Ihr Blick war träge und weit fort. Unter ihren Augen waren tiefe Schatten. Oscar zog seine Jacke aus und legte sie ihr um die Schultern. Auf seinen Händen waren getrocknete Streifen Blut.

Die Grube hatte einen Durchmesser von hundert Metern. An ihren Rändern wuchsen Büsche, und wenn es viel regnete, füllte sie sich flach mit Wasser auf. An der linken Längsseite lagen die verrosteten Überreste eines Förderbandes, breit genug, um darauf zu sitzen, wie mit dem Gestein verwachsen. Sie waren als Kinder oft hier gewesen. Der Fels ragte in die Grube hinein, sodass es war, als stehe man auf einem Vorsprung über einem Abgrund. Unter Sofias Füßen ging es fünf Meter nach unten.

Die Sonne ging auf. Der Himmel wurde violett, rosa und weißgelb, und der Streifen Licht wuchs und wuchs und dehnte sich, während die Sterne weniger wurden und verschwanden. Das Blau dehnte sich über den Himmel. Es war Jahre her, dass Oscar sich den Sonnenaufgang angesehen hatte. Sofia neben ihm verströmte einen bitteren Geruch nach Krankenhaus. Ihre Lippen und nackten Knie waren blau und rot vor Kälte. Sie blinzelte gegen das erste Sonnenlicht.

»Ich muss fort«, flüsterte sie. Ihre Stimme klang wie Isaacs so heiser, als hätte sie Tage nicht gesprochen. »Heute oder morgen.«

»Wie geht es deinem Dad?«

Zu seiner erneuten Erleichterung sagte sie: »Er wird wieder gesund.« Sie klang fast kindlich. »Er ist sogar wieder zu Hause.«

»Es tut mir leid«, sagte er, »es tut mir furchtbar leid.«

Sehr lange schwiegen sie. Dann stand Sofia auf. Die Spitzen ihrer Turnschuhe ragten über die Felskante, so nah stand sie am Abgrund. Sie stand still und aufrecht wie eine Erscheinung auf dem gelben Felsen, die braun gebrannten Schienbeine bedeckt mit Kratzern und dünnen Narben ihrer Kindheit, über ihr endlos der

Morgenhimmel, von der aufgehenden Sonne von Kopf bis Fuß in goldenes Licht getaucht, das nur Oscars Oberkörper berührte. Wo Chloe mit dem Luftgewehr auf sie geschossen hatte, war eine frisch verschorfte, dunkle Stelle in ihrem Oberschenkel, die der Rock nicht ganz verbarg. Oscars Jacke fiel ihr weit über die Hüften. Sie schwankte nicht, überhaupt nicht, aber für einen Moment war Oscar vollkommen überzeugt, sie würde sich fallen lassen. Er stand auf, so schnell, dass sie überrascht den Kopf wandte, schlang die Arme um sie und schob sie rückwärts vom Abgrund weg. Sie machte, die Arme überrascht ausgestreckt, einen großen Schritt nach hinten. Kurz schwankten sie beide, dann hielt er sie fest umschlungen aufrecht.

Sofia erschauderte heftig. Ihr Kopf sank schwer gegen Oscars Schulter. Sie legte die Arme um ihn. Sie war eiskalt.

»Fuck!«, brüllte sie gegen seine Schulter, und er umklammerte sie fester. »Fuck, fuck, fuck, *fuck!*« Sie schlotterte am ganzen Körper. Oscar ging mit ihr auf die Knie, als ihr die Beine nachgaben. Ihre kräftigen, drahtigen Schultern und ihr Rücken unter dem Rucksack waren hart wie Stein. Sie schrie, bis ihre Stimme sich überschlug und zu einem rauen, im Brachland widerhallenden Bellen wurde. Sie klang wie ein Tier. Ihr Schmerz ließ keinen Platz für seinen.

Als sie sich heiser geschrien hatte, schluchzte sie noch eine Weile gegen seine Schulter. Dann machte sie sich von ihm los und lehnte sich zurück, um sich das Haar aus dem Gesicht zu wischen, und fuhr sich zitternd über Mund und Nase. Sie war sehr blass, ihre Augen blutrot. Sie sah ihn an, als sehe sie ihn das erste Mal.

»Was zum Teufel ist mit deinem Ohr passiert? Warum bist du im Pyjama? Um Gottes willen, bitte zieh deine Jacke wieder an!« Sie wollte sie abnehmen und ihm zurückgeben, doch Oscar zog sie ihr wieder um die Schultern.

»Ich habe meinen Vater geschlagen«, sagte er. »Sofia, David ist verschwunden.«

Sie starrte ihn an. Dann streckte sie die Hand aus und berührte seine von dünnen Blutrinnsalen verkrustete Wange. Ihre Finger waren warm, und Oscar wurde von ihrer Berührung, ganz anders als von ihrer heftigen Umarmung eben, erst heiß, dann kalt.

»Oh mein Gott«, sagte sie leise.

»Sofia, hörst du mich? David ist verschwunden. Ich dachte schon, sie hätten dich geholt.«

Sie sah immer noch entsetzt und zornig auf das Blut, das ihm in den Kragen getropft war. »Wie hast du mich gefunden? Woher weißt du das mit meinem Dad?«

»Nickys Vater ist auf der Suche nach David«, sagte er. »Er war vor einer halben Stunde bei uns.« Sie nickte, als hätte sie selbst darauf kommen müssen. »Er wusste nicht, ob ihr noch im Krankenhaus seid, also bin ich zu euch nach Hause. Isaac hat mir gesagt, dass du verschwunden bist, und ich hatte gehofft, dass du hier wärst. Wann hat er sich das Bein so verletzt?«, fügte er unwillkürlich hinzu.

Kurz schien sie, absurderweise, lachen zu wollen, darüber, dass er fragte oder über Isaacs Verletzung. Bei ihrem Verhalten ihm gegenüber hätte Oscar Letzteres nicht gewundert. »Er ist auf eine Schlange getreten«, sagte sie. »Gestern Nacht. Er hat ein Höllentheater gemacht und es war nur ein Biss. Abigail hat bei fast einem Dutzend kaum mit der Wimper gezuckt.« Sie lachte. Ihr Gesicht verzerrte sich. Dann, ganz plötzlich, begann sie zu weinen. »Er ist mein Vater«, würgte sie hervor. Ihre Schultern zuckten. Sie war leichenblass. Aller Zorn hatte sie verlassen. »Er ist mein Vater.«

Oscar wusste nicht, was er tun sollte, ihre Hände nehmen oder ihre Schulter. Sie verbarg das Gesicht in den Händen und krümmte sich nach vorn, als litte sie heftige Schmerzen, und er legte ihr vorsichtig die Hand in den Nacken, als sie die Stirn gegen seine Schulter stützte. Sie weinte, wie er sie noch nie hatte weinen sehen.

Vom ersten Moment an hatte er den Gedanken gehabt, dass ihm Isaac, ein völlig Fremder, in irgendeiner Weise vertraut war. Im Park hatte er eine Sonnenbrille getragen und plötzlich hatte es Oscar getroffen wie ein Schlag. »Ihr habt die gleichen Augen. Die gleichen Sprenkel über der Iris.«

Sie hob den Kopf und starrte ihn an, mit leicht offenem Mund. Er sah ein Entsetzen auf ihrem verweinten Gesicht, das ihm sagte, dass es ihr jetzt, da er es aussprach, dämmerte. »Ich bin nicht wie er«, flüsterte sie, ganz bleich.

»Das habe ich nicht gesagt.«

»Ich würde lieber sterben«, sagte sie, plötzlich heftig, gehetzt, »lieber sterben, als – was er uns angetan hat –« Sie brach ab, zu sehr außer sich, um noch etwas sagen zu können. Eine Weile rang sie stumm und vehement mit sich, nicht noch mehr vor ihm zu heulen.

Ich muss fort, hatte sie gesagt. *Heute oder morgen.*

Oscar hatte Sofia nie nach der Wahrheit gefragt und Sofia nie den ersten Schritt getan. Oscar hatte sich daran gewöhnt, dass es diesen Teil ihres Lebens gab, den sie vor ihm genau wie vor allen anderen verbarg, genau wie er das Verhältnis zu seiner Familie seit Davids Widerstand.

Dann war Isaac aufgetaucht.

Diesmal schwiegen sie sehr lange. Sofia hatte sich beruhigt, nur hin und wieder erzitterte sie. Im kargen Gestrüpp, das in der Einöde und an den Rändern der Grube wuchs, zirpten Grillen, die klangen wie Klapperschlangen. Oscar fror jetzt nicht mehr. Sein Ohr pochte. Auf seiner Schulter konnte er unterm Träger den Striemen des Gürtels sehen, noch immer feuerrot. Sofia hielt den Zeigefinger der linken Hand an den Mund gedrückt, wie andere Leute bei Nervosität an den Fingernägeln kauten. Er wartete darauf, dass sie sprach.

»Weißt du, dass ich damals nicht glauben konnte, dass du meine Freundin sein wolltest?«, sagte Oscar nach einer Weile, als ihm klar war, dass er anfangen musste.

Sofia sah verletzt aus. »Sag das nicht.«

»Du hast dich mit allen nur angelegt. Du hast dich mit sechs öfter geprügelt als ich mit fünfzehn. Ich weiß, dass ich dir gesagt habe, du solltest dich nicht einmischen –«

»Oscar –«

»Du hast mich immer verteidigt. Du hast alle deine Freunde immer verteidigt und ich habe dich dafür immer bewundert. Ich war immer froh, dass du meine Freundin warst, aber ganz ehrlich, ich habe mich mehr als einmal gefragt, warum. Ich habe Abigail in Sport verteidigt und sie eingeladen, weil ich nicht vor dir wie ein Idiot dastehen wollte, nachdem du ihr Cathy vom Hals geschafft hast. Ich bin nicht wie du. Ich bin nicht mutig.«

»Oscar«, sagte sie, verlegen, verletzt, »das ist nicht wahr.«

Er lächelte matt. »Nenn mir ein Beispiel.«

Diesmal nahm sie ihn bei der Schulter, als wolle sie ihn schütteln. »Du bist nicht feige«, sagte sie bestimmt. »Du hast dich David entgegengestellt. Du hast als Einziger die Nerven behalten, als Abigail verletzt wurde. Mein Gott, was immer du heute getan hast, dein Vater hat dir dafür fast das Ohr abgerissen.« Plötzlich sah sie bestürzt aus. »Was ist, wenn du nach Hause kommst?«

»Mach dir darum keine Sorgen.«

Sie lachte auf. »Ich habe ja wohl allen Grund dazu. Sieh dich mal an.«

»Sofia, du verstehst nicht –«

»David und Jazz haben es von Anfang an auf uns beide abgesehen, und du glaubst, ich lasse dich jetzt, wo es darauf ankommt, allein, nur weil –«

»Weil dein Dad heute fast gestorben wäre?«, sagte er heftig. »Das ist nicht mehr länger Rache für eine Schulschlägerei! Abigail hat mir gestern gesagt, wir sollten uns vor Jazz in Acht nehmen, weil er derjenige mit den Ideen sei, und das stimmt, aber David ist der mit dem *Motiv*. Jazz langweilt sich bloß, für ihn ist das Unterhaltung, Spaß, aber was David tut, ist zwischen uns. Es geht um unsere Familie.«

»Wenn du glaubst, dass ich –«

»Du musst etwas über mich wissen, bevor es zu spät ist. Über mich und David. Warum es so ist, wie es ist. Warum ich dir schon den halben Sommer sage –«

»Oscar –«

»Hör mir zu, Sofia! Bitte, gottverdammt!« Sie verstummte. Es schien ihr große Mühe zu bereiten, nicht zu explodieren. »Sofia, hast du meine Familie je kennengelernt?«

»Ich –«

»David und ich sind zwar nur drei Jahre auseinander, doch für mich war er immer ein dritter Erwachsener im Haus. Wir haben nur selten Dinge gemeinsam getan. Er hatte seine eigenen Freunde, die sich mit anderen Dingen beschäftigt haben, und ich hätte David nie gebeten, mich mitzunehmen. Trotzdem hat er es manchmal getan, und sie haben mich beim Baseball zusehen und den Ball wiederholen lassen, wenn einer ihn zu weit geschlagen hat. Dann kam Jazz dazu. Das muss in der zweiten Klasse gewesen sein. Als ich ihn das erste Mal getroffen habe, hat er mir gesagt, meine Schnürsenkel wären offen, und als ich natürlich darauf reingefallen bin, hat er mir so heftig gegen die Nase geschnippt, dass sie völlig taub geworden und geschwollen ist. Es hat ziemlich wehgetan, ja, aber das war es nicht. Jazz hatte nicht bloß Spaß daran. Er hat sich krumm gelacht. Du hättest sehen sollen, wie seine Augen geleuchtet haben. Jedenfalls bin ich Davids Freunden danach aus dem Weg gegangen, sodass wir noch weniger Gelegenheit hatten, uns miteinander zu beschäftigen. Wir haben im gleichen Haus gelebt und am gleichen Tisch gegessen, ich habe Davids abgelegte T-Shirts und Jeans getragen, aber gesprochen haben wir uns nicht. Vielleicht glaubst du es mir nicht, aber er hat mir seit drei Jahren keine solche Beachtung mehr geschenkt wie in diesem Sommer.«

»Er quält dich«, sagte Sofia sofort, völlig verblüfft. »Er hat dir den Arm –«

»Das ist drei Jahre her«, erwiderte Oscar. »Das war das einzige Mal bis vor zwei Wochen.«

Sie starrte ihn an. »Was?«

»Er lässt mich in Ruhe, wenn ich ihn in Ruhe lasse, und das tue ich, seit er mir gezeigt hat, was sonst passiert.«

Sofia schien von dieser Eröffnung völlig aus dem Konzept gebracht. Sie rang nach Worten und sagte schließlich: »Deine blauen Flecken –«

»Von Dad.«

»Aber – aber als er auf Jeremys Party –«

»Da war er mit Jazz unterwegs. Er war immer mit Jazz unterwegs. In der Schule. Auf der Party. Am Fluss. Heute Nacht.«

Sie öffnete den Mund und sagte nichts. Ganz allmählich schien sie zu begreifen, was das alles bedeutete, und dabei hatte er ihr erst einen Bruchteil gesagt.

»Er tut das alles für Jazz und er tut es wegen Dad. Dad hat immer schon gesagt, dass mit David irgendetwas nicht stimmt. Mom will das nicht hören, aber oft denke ich, dass er damit recht hat. Es ist nicht so, als hätte er Tiere gequält oder Feuer gelegt oder solche Dinge, nicht, soweit ich weiß. Er ist einfach – er war immer viel für sich. Auf der einen Seite ist er mein Bruder, auf der anderen ein Fremder.« Oscar war sich nicht sicher, ob Sofia ihm folgen konnte, doch sie hörte stumm und gebannt zu. »David hat sehr früh angefangen, sich Dad zu widersetzen, mit acht oder neun schon, und Dad konnte das nicht beheben, egal, was er getan hat. Sie haben regelrecht Krieg geführt. Es hat David nie viel ausgemacht, wenn Dad ihn geschlagen hat. Er kann Schmerzen ertragen. Ich glaube, Dad hat das auf eine gewisse Weise Angst gemacht. David ist immer stärker geworden. Es gab Tage, an denen hat er zurückgeschlagen. Als ich elf war, hat er David beim Abendessen geohrfeigt, weil er ein Buch mit an den Tisch gebracht hat. David hat das Buch genommen und es Dad mit voller Wucht ins Gesicht geschlagen.«

Sofia starrte ihn an, ungläubig, eine Hand halb vor dem Mund.

»Es war ein ziemlich dickes Taschenbuch. Dad ist hinten über seinen Stuhl gekippt und dann zur Seite runtergefallen. Er hat aus der Nase geblutet. Wir saßen alle da wie erstarrt. Ich glaube«, sagte er und holte tief Luft, »wir haben darauf gewartet, dass David noch etwas Schlimmeres tut. Wenn Dad wieder aufgestanden wäre –« David blass und ruhig, das Taschenbuch in einer Hand, über ihrem Vater, der benommen schielend am Boden lag und sich aufzusetzen versuchte, schwerfällig wie ein Betrunkener: *Wenn du mich noch mal anfasst, mach ich dich kalt.* »Aber er kam nicht hoch. Irgendwann ist Mom aufgestanden, um ihm zu helfen.«

»Was – was hat dein Dad mit David gemacht?« Sie sah verstört und gleichzeitig beeindruckt aus, und es machte Oscar Hoffnung, dass er ihr sagen konnte, was er dachte, gleich, wie frevelhaft es gegen seinen Vater war, der alles für seine Familie tat.

»Nichts«, sagte er schlicht. »Aber einige Tage später ist Mom gestürzt. Ich glaube, ich – ich habe kurz daran gedacht, dass sie vielleicht nicht die Wahrheit gesagt hat.«

Oscar hatte immer, auf einer sachlichen Ebene, gewusst, dass auch seine Eltern Menschen waren und dass Menschen nicht immer die Wahrheit sagten, selbst Eltern nicht. Doch auf einer zweiten, tieferen, instinktiveren Ebene wusste er, dass das auf Thomas und Carol Coleman nicht zutraf. Lügen waren etwas für rückgratlose, schlechte Menschen und Oscars Vater war weder ein rückgratloser noch ein schlechter Mensch. Er log Oscar nicht an, und wenn er auf eine Frage keine Antwort gab, wusste Oscar es besser, als nachzubohren. Einmal, vor langer Zeit, als David etwas getan hatte, für das ihr Vater ihn gemaßregelt hatte, hatte er für David eine Entschuldigung an die Schule geschrieben. Auf dem Papier stand, dass David die Grippe hätte. Oscar hatte sie für ihn mit zur Schule genommen. Es war keine Lüge, denn sein Vater log nicht. Dies waren nötige, gerechtfertigte Maßnahmen, die für den Familienfrieden zu ergreifen waren. Als er sich mit elf ins dunkle Schlafzimmer seiner Eltern geschlichen und mit flauem Magen und jagendem Puls den Schatten des Blutflecks angestarrt hatte, der sich nicht aus dem Teppich hatte bleichen lassen, hatte er zum ersten Mal heftig gezweifelt.

»Danach ist für eine Weile nichts passiert, und dann kam der Unfall, bei dem David sich das Bein gebrochen hat. Der Rasen war rutschig und er ist beim Rennen irgendwie mit dem Fuß hängen geblieben. Er musste zwei Tage im Krankenhaus bleiben, weil der Bruch kompliziert war. Wir haben ihn besucht. Als Mom und Dad hinausgegangen waren, hat David mich zurückgerufen und mir gesagt, ich müsse ihm helfen, uns zu befreien. Ich wusste nicht, wie er es machen wollte, ob er eine Pistole besorgen oder es anders machen wollte, aber er hat mich um Hilfe gebeten. Er hat es mir erst befohlen, dann hat er mich angefleht.«

»Er hat – *was*?«, flüsterte Sofia.

Es war vier Jahre her. Oscar erinnerte sich mit vollkommener Klarheit an alles. Der chemische, scharfe Geruch des Zimmers, die von seiner Mutter mitgebrachte Flasche Limonade auf dem Nachttisch, Davids schwerer Gips über der Decke, sein vor Schmerzen aschfahles Gesicht, sein Haar dunkel und verschwitzt. Oscar hatte die Hand ausgestreckt, um auf den Klingelknopf zu drücken, mit dem David, wenn seine Schmerzen zu stark wurden, die Schwester rufen konnte. Davids Hand war vorgeschossen und hatte eisern seinen Arm umklammert: *Hör mir gefälligst zu, Oscar.*

»Ich war elf, Sofia. Wenn du mich heute für feige hältst, dann ist das nichts zu damals. Er hat mich gepackt. Er hat mich festgehalten. Er hatte Angst. Er hat all die Jahre gegen Dad gekämpft, und ich habe nie gesehen, dass er Angst hatte, außer da. Ich habe mich von ihm losgerissen, was nur ging, weil er wegen der Schmerzmittel so schwach war, und bin aus dem Zimmer. Ich habe nie ein Wort darüber gesagt, zu niemandem.«

»Oscar«, sagte Sofia dünn, aber er schüttelte den Kopf, und sie verstummte.

»Wenn Dad sich um Davids Erziehung gekümmert hat, hat er uns in Ruhe gelassen. David war sein Projekt. Und dann war David weg, und es war Frieden, zwei Tage lang. Es kam mir vor wie ein Wunder. Wie das Paradies. Ich habe nicht mehr an das gedacht, was David zu mir gesagt hat. Ich habe mir gesagt, dass es bloß die Schmerzen waren und was immer sie ihm dagegen gegeben hatten. Dann kam er nach Hause. Dad ließ ihn in Ruhe, die ganzen zwei Monate, die er auf Krücken ging, obwohl David sich nicht widersetzen konnte. Und eines Tages, als der Gips fast ab war, saß Mom morgens in der Küche und wartete auf uns. Dad stand hinter ihr. Es war Sonntag. Sie sagte, dass wir alle in die Kirche fahren würden. Dass Gott – dass Gott groß sei. Sie war wieder schwanger.« Seine Stimme brach, obwohl das lächerlich war. Auch vier Jahre später jagte die Erinnerung, wie sie in der Küche gesessen und ihre Mutter gelächelt hatte, die Hand ihres Mannes auf der Schulter, die Hände im Schoß gefaltet, einen eisigen Schauer über seinen Rücken.

»David sagte nichts, nicht zu Mom, nicht zu Dad. Er zog sich zurück, und alle dachten, es wäre wegen des Unfalls. Weil seine Sportkarriere zu Ende war. Weil er hinter Jazz zurückblieb. Ich weiß noch, dass ich dachte, dass Jazz ihn vielleicht aufgibt, jetzt, wo er nicht mehr mithalten kann. Das hätte Jazz ähnlich gesehen. Aber Jazz ist nicht nur geblieben, er hat auch diesem Typen für David den Kiefer gebrochen. Weißt du noch?«

Sie nickte stumm.

»Davids Gips kam ab. Du weißt, dass er noch lange auf Krücken laufen musste. Vielleicht würde es seinem Bein heute besser gehen, wenn er damals zu einem Spezialisten gekommen wäre, aber Dad hatte kein Geld dafür. Auf jeden Fall haben Dad und David aufgehört, einander zu bekriegen. Ich habe David manchmal tagelang kein einziges Wort sagen hören. Er war immerzu weg, und mein Vater war froh, ihn aus dem Haus zu haben. Er dachte, er hätte gewonnen. Sogar ich dachte, David hätte aufgegeben. Ich hatte mich selbst irgendwie davon überzeugt. Ich wollte, dass es so blieb, dass wir vielleicht – dass es mit Lucas besser würde. Als er geboren wurde, war er für mich weniger ein kleiner Bruder als ein gutes Omen. Am Tag nach seiner Geburt war Mom noch im Krankenhaus, aber wir haben sie alle besucht, und ich habe Lucas halten dürfen, aber

David wollte nicht. Er schüttelte nur den Kopf, und Lucas schrie ohnehin wieder, also nahm Mom ihn zurück.«

Er war überrascht gewesen, wie viel Liebe er zu dem winzigen weinenden Baby fühlte, das mit seinem Fäustchen seinen Finger umschlungen und so fest gepackt hatte, dass Oscars Mutter ihn sanft hatte losmachen müssen. Bei der Erinnerung musste er lächeln.

»Am nächsten Tag, zu Hause, war Dad draußen, um für Mom die Beete zu gießen, und ich ging in Davids Zimmer, um mir eine Kassette auszuleihen. Ich dachte nicht, dass David überhaupt im Haus war, aber plötzlich stand er in der Tür. Er kam zu mir und verdrehte mir den Arm, bis er brach, und drehte weiter, bis er ein zweites Mal brach. Er stand über mir und wartete, bis Dad kam. Dad wickelte meinen Arm in ein Handtuch, trug mich in den Wagen und fuhr mich ins Krankenhaus. Er sagte, ich hätte einen Unfall gehabt, ich sei vom Fahrrad gefallen.« Er machte eine Pause und rieb sich das Gesicht. Er sah zu Sofia auf. »Er musste ein Zeichen setzen. Dad zeigen, dass er genau so viel Gewalt über diese Familie hat. Und David wusste, dass ich ihm nicht helfen würde. Dass ich zu viel Angst hatte. Zu naiv war.«

»Dass du zu naiv warst, um deinen Vater umzubringen?«

Oscar lachte hohl. »Sofia, ich habe jahrelang zugesehen, wie mein Vater meinen Bruder halb tot geschlagen hat. Er hatte jeden Grund. Er hatte völlig recht. Ich verdiene das alles. Ich war *froh* darüber, dass es nicht mich erwischt hat. Selbst wenn David es verdient hatte –« Er sah ihren entsetzten Blick. »Das hatte er oft«, sagte er. »Das hatten wir beide. Dad hat sein Bestes getan. Er hat sich um David bemüht. Aber irgendwann war es nicht mehr *fair*, und ich wusste das, und ich habe keinen Finger gerührt.« Er war überrascht zu bemerken, dass er bebte. »Wenn Dad an dem Tag, als David ihn mit dem Buch geschlagen hat, die Kraft gehabt hätte, sich zu wehren, oder wenn er ihn später dafür bestraft hätte und nicht –« Denn was machte es jetzt für einen Unterschied? »Und nicht Mom – dann hätte ich vermutlich daneben gestanden und zugesehen, wie Dad ihn umgebracht hätte.«

»Oscar«, sagte Sofia wieder, hilflos und schockiert. »Oscar, du konntest nicht –«

»Wir waren an diesem einen Tag sehr nah dran. Vielleicht hätte David es damals sogar versucht. Heute weiß er es besser. Er kann Dad nicht töten. Ich habe das jetzt endlich auch verstanden. David wusste es länger. Darum hat er mich um Hilfe gebeten. Ich weiß nicht mehr, wie oft ich aufgewacht bin und dachte, dass es zu still im Haus ist. Dass David es in dieser Nacht getan hat. Ein Kissen um die Waffe gewickelt oder ein Messer oder einen Hammer aus der Garage benutzt. Einmal gab es einen Knall in der Straße. Ich war hinten im Garten. Ich konnte mich eine halbe Stunde nicht vom Fleck rühren, bis Dad rauskam und mich zum Essen gerufen hat. Es war nur eine Fehlzündung von einem Auto.« Er sah sie verzweifelt an. Sie musste ihn verstehen. Sie musste das begreifen. Auf ihrem Gesicht war nur Entsetzen. »Dad ist – er ist Gott. Ich bin die einzige Chance, die David noch gegen ihn hat. Wenn ich sterbe, geht entweder David oder, wenn er es geschickt macht, Dad ins Gefängnis. Am Ende schaffen es vielleicht Mom und Lucas, aber wir drei nicht. Das weiß ich im Grunde schon lange.«

Daraufhin trat ein langes Schweigen ein. Sofia schien nicht zu wissen, was sie zu irgendetwas davon sagen sollte. Die Sonne war inzwischen ein ganzes Stück höher gestiegen, und ihm war, obwohl er nur im Unterhemd war, so warm, als wäre er in ein Bad getaucht. Sofias Haar leuchtete golden. Sie sah weniger gespenstisch aus, menschlicher, und ihre Lippen waren nicht mehr dunkelblau.

»Darum geht es«, sagte Oscar erschöpft. »Alles andere ist bloß Zufall. Du und Jazz und alle anderen, ihr habt damit eigentlich nicht das Geringste zu tun. Du bist genauso mit da reingezogen worden wie Jazz. Wenn Jazz nicht wäre, hätte David mir in der Schule die Nase gebrochen und die Angelegenheit dann vermutlich als erledigt betrachtet. Aber David vergöttert ihn. Für ihn schlägt er dich zusammen und bringt deinen Vater fast um. Für Jazz ist das alles ein großer Spaß und für David ist es mehr, und zusammen – ich weiß nicht, wo er und David inzwischen sind und ob Tommy und Chloe bei ihnen sind, aber sie werden herkommen. Ich bin mir nicht sicher, mit wem sie alles abrechnen wollen, aber wenn deine Familie darunter ist, musst du bei ihnen sein.«

»Und was willst du machen?« In ihrer Stimme lagen kein Hohn und kein Vorwurf. Etwas in ihrer Stimme war anders. Er hatte ihr etwas gesagt, was sie tief erschüttert hatte. Es war alles da gewesen und sie hatte es nicht gesehen. »Soweit ich informiert bin, hast du genauso wenig Superkräfte wie ich.«

»Ich bin der Einzige, der David versteht, und wenn ich Glück habe, wenn ich es gut anstelle, kann ich vielleicht verhindern, dass noch etwas Schlimmeres geschieht. Ich muss das jetzt endlich allein machen. Wir haben beide Familien, die wir beschützen müssen, du auf deine Art und ich auf meine.«

Sie sah an ihm vorbei ins Brachland. Ihre Lippen krümmten sich zu einem halben, unheimlichen Lächeln. »Ich hätte es nie so weit kommen lassen sollen«, sagte sie. »Ich warne die anderen.« Sie setzte ihren Rucksack auf und erhob sich leicht schwankend. Ihre Beine hatten rote Flecken vom Sitzen auf dem kalten Fels. Sie gab Oscar seine Jacke zurück. Sie war innen ganz warm. Sie sah aus, als wolle sie noch etwas sagen, doch dann blieb sie bei: »Pass auf dich auf, Coleman.«

Oscar versuchte aufzustehen und kippte gleich wieder um. Die Welt hing schief. Alles drehte sich. Sein Ohr wurde heiß und nass. »Sofia!«, krächzte er. »Warte!«

Sie wich vor ihm zurück, sichtlich mit sich ringend, doch als es ihm gelang, sich aufzusetzen, drehte sie sich um und stieg den Felsen hinab, rutschte halb, sprang halb den mit Schotter und Gestrüpp bedeckten Hang nach unten. In ihren Waden spannten die Muskeln. Sie landete, obwohl ihre Beine vom Sitzen auf dem kalten Stein steif sein mussten, geschickt und sicher.

»Hey!«, schrie er ihr hinterher. Er wusste, dass er sie nicht würde einholen können, nicht in seinem Zustand. »Sofia, warte!« Er rutschte die Anhöhe hinab und schürfte sich dabei die Wade auf. Er fluchte und schrie ihr vergeblich nach, dann lehnte er sich vornüber und umklammerte keuchend seine Knie. Es war, als habe etwas alles aus ihm herausgesogen, alle Luft und alle Kraft. Er fühlte sich, als habe er gebrannt.

Die Sonne schien über die Einöde. Nur am Horizont war noch ein Streifen Grau von der Nacht.

»Fuck«, sagte Oscar. Seine Stimme zitterte. Er stand gebeugt da. Von seinem Kinn fiel ein Tropfen Blut.

26.

Die Münzen, die Sofia im vorderen Fach ihres Rucksack stecken hatte, reichten für zwei Anrufe. Sofia ging zu der Telefonzelle an der Hauptstraße, was ihr ersparte, bis ganz hoch zur Tankstelle zu laufen, lehnte sich erschöpft gegen den Sichtschutz und wählte die private Nummer der Glovers aus dem Gedächtnis. Die Welt um sie herum drehte sich leicht und alles hatte verschwommene, helle Kanten vom Sonnenlicht.

Nach einer Minute ging Nicky ans Telefon. »Hallo?«, murmelte er. Er klang merkwürdig jung. Sie hörte ihm an, dass sie ihn aufgeweckt hatte.

»Nicky, ich bin's.«

»Sofia?«, fragte Nicky verwirrt.

»Leg nicht auf. Es ist wirklich wichtig. Ich brauche deine Hilfe.«

Nicky gähnte heftig. »Es ist halb sieben«, sagte er erstickt und dann halb vom Hörer weg: »Ellie, nein, aus!«

»Ich weiß. Sind dein Bruder oder dein Vater im Haus?«

Erneut Stille.

»Nicky, bitte sieh nach.«

»Dads Wagen steht nicht da«, sagte Nicky. »Er hat heute Nacht einen Einsatz gehabt.«

»Und Tommy?«

»Wahrscheinlich schläft er.« Langsam überwand er seine Überraschung. Seine schlechte Laune kam zurück. »Was zum Teufel ist denn so wichtig? Was willst du?«

»Hör mir zu. Sag deinem Bruder, meinetwegen auch Chloe, wenn du sie sehen solltest, dass ich zu Hause warte.« Sie merkte, dass er dazwischensprechen wollte. »Hör mir kurz zu. Sag Tommy, er soll ihnen ausrichten, dass ich zu Hause bin. Weck ihn ruhig auf. Gib ihm unsere Nummer. Schreib sie auf einen Zettel, du hast sie doch, oder?«

»Sofia, was soll das?«

»Was immer heute passiert, bleib im Haus. Wenn du David und Jazz siehst, sieh zu, dass du so weit von ihnen wegkommst wie möglich.«

Jetzt klang er doch beunruhigt. »Wovon redest du?«

»Nicky, wir sind Freunde. Egal, was passiert ist. Wir werden immer Freunde sein. Vergiss das nicht, okay?«

»Sofia –«

»Ich leg jetzt auf. Mein Geld reicht nicht.«

Sie hielt den Hörer in der anderen Hand und klemmte mit dem Ellbogen das Telefonbuch fest, sodass sie Abigails Nummer ablesen konnte. Zu ihrer Überraschung läutete es nur zweimal, ehe jemand abnahm. Es war Lizzie. »Ja?«, sagte sie scharf.

»Hier ist Sofia. Tut mir leid, dass ich so früh anrufe.«

»Kann man wohl sagen.«

In den wenigen Tagen, die sie Lizzie kannte, war sie zu dem Schluss gekommen, dass es am besten war, ehrlich und direkt mit ihr zu sein. »Jazz und David haben heute Nacht meinen Vater auf der Arbeit überfallen, und Oscar und ich befürchten, dass sie uns angreifen. Ich weiß nicht, ob sie auch zu euch kommen, aber ihr müsst auf euch aufpassen.«

»Weiß die Polizei –«

»Ja.«

Einen Moment herrschte Stille, dann sagte Lizzie erstaunlich ruhig: »Chloe war auch dabei, aber das weißt du sicher.«

»Ja.«

»Ich passe auf Abby auf.«

»Danke«, sagte Sofia, und sie meinte es. »Es tut mir leid. Alles. Ich biege das hin.« Sie war so müde, dass sie kaum gerade stehen konnte. Es kam alles über sie. Ihr Körper brannte. »Und kannst du

Abigail sagen, dass ich ihr Buch gefunden habe? Sie hat es bald wieder.«

Am anderen Ende der Leitung herrschte Stille. Zuerst war sie nicht sicher, ob Lizzie nicht doch aufgelegt hatte. Dann sagte sie: »Geht es dir gut? Und deinem Dad?«

Es bestürzte Sofia, dass sie fragte. »Es geht schon«, sagte sie.

»Du bist die erste richtige Freundin, die meine Schwester hat, und dein Vater –« Sie machte eine Pause. »Sag deinen Eltern Danke. Und sei vorsichtig.«

Die Verbindung brach ab. Sofia stand mit dem Hörer, aus dem das Freizeichen zu hören war, ans Ohr gedrückt gegen die Telefonzelle gelehnt und regte sich einige Augenblicke nicht. Dann hängte sie ihn zurück auf die Gabel, schulterte ihren Rucksack, der ihr steinschwer vorkam, und ging durch die allmählich erwachenden, im frühen Licht glühenden Straßen zurück nach Hause. In den Schatten der Bäume schimmerte das vertrocknete Gras.

Als sie in die Second Wood Lane kam, ging sie in kleinen, stolpernden Schritten. Wenn David und Jazz jetzt aufgetaucht wären, hätte sie ihnen nichts entgegensetzen können.

Kurz vor dem Haus drehte sie sich noch einmal um. Zwanzig Meter entfernt parkte der Wagen von Isaacs Handlangern. Von dort, wo sie jetzt stand, sah sie, dass jemand in der offenen Tür saß und Zeitung las. Als Sofia sich abwandte, kam ihr vom Haus aus Meyer entgegen. Er trank Kaffee aus Sofias ramponierter alter Scooby-Doo-Tasse. Er bemerkte sie, blieb aber nicht stehen. Sie gingen aneinander vorbei und sahen sich über die Schulter nach. Nach fünf Metern drehte Sofia sich im Gehen um und sagte laut: »Bringen Sie mir die Tasse sauber wieder!«

Er schnaubte und murmelte etwas, kam ihr jedoch nicht nach.

Sofia erreichte das Haus, durchquerte rasch den Garten, stieg auf die Veranda und sah durchs Wohnzimmerfenster. Schill schlief auf dem Sofa.

»Soll ich Harriet sagen, dass du zurück bist?«

Sofia zuckte zusammen. Isaac stand hinter ihr an der Ecke der Veranda. Sie hatte ihn nicht kommen hören. Seine Stimme kam merkwürdig gedämpft. Sie sah ihn an und konnte nicht sofort etwas sagen.

Er ist mein Vater. Er ist mein Vater, und er ist Schuld, dass meine Mutter tot ist. Er ist Schills Ex. Er ist mein Vater.

»Was soll das mit Ihren Leuten?«, sagte sie schließlich. Ihre Stimme klang fest und feindselig.

»Reine Vorsichtsmaßnahme«, sagte Isaac. »Sie kommen nicht her, wenn es nicht nötig ist. Ich fühle mich nicht nach Kämpfen. Hat Oscar dich gefunden?«

»Wo ist Harriet?«

»Oben.« Er beobachtete sie. Zum ersten Mal in einer Woche hielt er Abstand von ihr. Er wirkte so übermüdet, wie Sofia sich fühlte. Seine Augen waren verquollen, rot unterlaufen und glasig. Er trug immer noch sein verschwitztes T-Shirt.

»Glotzen Sie mich nicht an«, fauchte Sofia, aber ihre Stimme zitterte. »Hauen Sie ab!« Erst als sie sich ihm zuwandte, die Fäuste geballt, einen heißen, dicken Knoten im Hals und kurz davor, schon wieder in Tränen auszubrechen, drehte er sich von ihr weg, manövrierte seine Krücken herum und verschwand ohne ein weiteres Wort.

Sofia ließ sich auf das abgewetzte Sofa fallen. Sie zitterte. Ihr Atem pfiff in der Brust. Sie nahm ihren Rucksack ab und ließ ihn fallen. Um sie herum war alles weiß und hell. Die Sonne schien in den Garten. Es roch nach dem Harz der Kiefern, nach dem Moos zwischen den Wurzeln und dem alten Holz des Hauses. Sie war so ausgelaugt, dass es sich anfühlte, als hätte sie ihren Körper verlassen. Sie lag auf dem muffigen Sofa, das mit trockenen Kiefernnadeln übersät war, die ihr in die dünne Haut an den Beinen und Knöcheln stachen, starrte hinauf in die stillen Baumkronen und dachte an Oscar.

Sie schlief ein und wachte so jäh auf, als habe sie jemand angestoßen. Sie rappelte sich halb vom Sofa auf, mit ausgedörrter Kehle und trockenem Mund und benommen vor Schläfrigkeit. Sie hatte schlecht und wirr geträumt, von der Wüste, in der sie Oscar gesucht und nicht gefunden hatte, und der Mondlandung. Sie hatte geträumt, dass sie sie zusammen mit Schill und Harriet angesehen hatte. Schills Gesicht war blutüberströmt gewesen, aber er hatte gelächelt. Harriet hatte eine Wartenummer aus der Notaufnahme in den Händen gehalten und sie immer wieder mit den Geschehnissen auf dem kleinen Bildschirm verglichen. Sie hatten beide sehr jung ausgesehen.

Das Licht war weich und gelb, die Sonne stand hinter dem Haus. Isaac saß ein Stück entfernt an der Kante der Veranda, den Aschenbecher auf das unverletzte Knie unter die von Harriet geliehene Shorts gestellt, und rauchte. Der Geruch hatte Sofia geweckt. Sie rappelte sich auf und rieb sich mit beiden Händen das taube Gesicht. Isaac sah kurz zu ihr herüber.

Die Erinnerung kam zurück. Einen Moment lang war sie gelähmt. Sie hatte den ganzen Tag verschlafen. Es war Abend. Sie hatte Oscar seit dem Morgen nicht mehr gesehen.

»Hat jemand angerufen?«, krächzte sie. »War jemand hier?«

»Der Deputy, wegen der Aussage«, sagte Isaac und nahm die Zigarette aus dem Mund. Seine Krücken lehnten neben ihm. Er trug ein sauberes T-Shirt. Man sah jetzt, dass er sich zwei Tage nicht rasiert hatte. »Er hat Harriet vor einer halben Stunde abgeholt.«

»Niemand sonst?«

»Warum –«

Sie stand auf und griff sich ihren Rucksack. Bei Mr. Glover war Harriet sicher, und wenn sie noch nicht hier gewesen waren, war vielleicht noch Zeit.

Im Wohnzimmer war es drückend warm, wenn auch nicht mehr so heiß wie zu Anfang des Sommers. In der stickigen Luft lag ein schwerer Geruch nach Krankheit. Schill schlief immer noch oder schon wieder. Die Decke hatte er der Hitze wegen auf den Boden fallen lassen. Er hatte den unverletzten rechten Arm über den Rippenverband gelegt. Sein Gesicht war geschwollen, die Knöchel seiner rechten Hand ebenfalls. Seine Prellungen waren satt dunkelblau und violett.

Eine heiße Welle Zorn drückte sich Sofia die Kehle hoch. Sie presste die Fäuste in den Magen und ließ die Hände wieder sinken. Sie wollte Schill berühren, damit er merkte, dass sie da war, doch sie wollte ihn auch nicht aufwecken. Stattdessen ging sie leise durchs Zimmer und ins Bad, drehte den Hahn auf und schöpfte sich mit beiden Händen lauwarmes Wasser ins Gesicht.

Die Panik, die sie kurzzeitig ergriffen hatte, war abgeflaut. Sie wusste, auch wenn Oscar etwas anderes glaubte oder zu glauben vorgab, dass David und Jazz sie genauso wollten wie ihn. Weder Nicky noch Lizzie hatten noch einmal angerufen. Noch konnte nichts passiert sein, zumindest redete sie sich das ein. Es war gut, dass sie Schlaf nachgeholt hatte, und, nachdem sie die ganze Nacht wach gewesen und zweimal durchs halbe Brachland gelaufen war, kein Wunder. Für das, was kommen würde, würde sie ihre Kräfte brauchen.

Sofia zog sich aus und stieg unter die Dusche. Das Wasser war lauwarm. Sie stellte es kalt und stand darunter, bis das Haar ihr in dicken dunklen Strähnen auf Brust und Schultern klebte. Dann drehte sie das Wasser aus und setzte sich zum Abtropfen auf den Badezimmerteppich, weg von Schill und Harriet. Weg von Isaac.

Mein Vater.

Sie dachte daran, wie sie klein gewesen war. Es war eine vage Erinnerung, winzige Eindrücke, die sich nur schwer zu einem Bild zusammenfügten. Sie hatte in einer im Müll schrumpfenden Wohnung vor einer babyblauen Badewanne gesessen, während ihre Mutter ein Bad nahm. Der Duft des Schaums erfüllte die ganze stinkende Wohnung. Da war das Kind, das noch nicht Sofia hieß, aber das Mädchen war vier und es war glücklich.

Sofia kauerte überwältigt und erschreckt in dem engen Badezimmer, das ihr so vertraut war, als habe es nie ein anderes gegeben. Die meiste Zeit ihrer Flucht hatte sie mittlerweile vergessen, aber einmal hatte Harriet ihr in einem Motel, an dessen dunkelgrün gekachelte Wände und die goldene Jesusfigur über dem Spiegel Sofia sich erinnerte, eine Wanne eingelassen. Sofia hatte im dampfenden Wasser gesessen und den Schaum mit den Händen zusammengeschoben, während Harriet müde aufpasste, dass sie nicht ertrank. Schill hatte geschlafen, wie er es in den ersten Wochen fast nur tat. Manchmal, wenn Harriet wegging, um etwas zu besorgen, spielte er mit ihr *Ich sehe was, was du nicht siehst* oder gab ihr Zeit, sich zu verstecken, und riet dann, wo sie sein könnte. Er war zu müde, um lange so zu tun, als könne er sie nicht finden, aber ein Mal legte sie sich unters Bett, und nach fünf Minuten wurde er unruhig und sagte: *Ich schwöre bei Gott, wenn du rausgelaufen bist, bringt Harriet uns alle beide um.* Als sie unterm Bett zu kichern anfing, lachte er so heftig, dass er einen Krampf bekam.

Jetzt lag Schill im Zimmer nebenan, die Schulter erneut dick bandagiert, Gesicht und Arme bedeckt von Blutergüssen und Schnitten, und dass er nicht tot war, war eine kurze Gnade im Tausch gegen Sofia.

Sofia stand auf, massierte sich die eingeschlafenen, von Gänsehaut überzogenen Beine, rieb sich das Haar mit einem Handtuch trocken und zog sich oben auf ihrem Zimmer an. Als sie gerade fertig war, hörte sie das vertraue Motorgeräusch des Fords an der Straße, die Autotür schlagen und kurz darauf unten die Tür gehen.

»Hey, Sofia«, sagte Harriet, als Sofia oben auf der Treppe erschien. Sie legte den Schlüssel auf die Ablage und versuchte zu lächeln. »Bist du okay?«

Sofia zuckte die Achseln. »Wie ist es gelaufen?«

»Es gibt eine Fahndung, aber so weit noch nichts Neues. Tommy und Chloe sind ebenfalls verschwunden. Dafür ist Chloes Vater verhaftet worden. Als Glover mit ihr sprechen wollte, ist er auf ihn losgegangen und hat versucht, ihm mit einem Budweiser den Schädel einzuschlagen. Schläft Schill?«

»Ich glaube schon.«

Harriet rieb sich erschöpft das Gesicht, strich sich die Haare zurück. Dann straffte sie die Schultern und sagte: »Setz dich raus, okay? Ich mach uns was zu essen.«

Isaac war über die Verandatür hereingekommen, als er sie im Flur hatte reden hören. Er bewegte sich jetzt viel geschickter auf seinen Krücken. Er wich Sofia stumm aus und humpelte an ihr vorbei in die Küche. Sofia ging zu Schill, der immer noch tief schlief, hob die herabgefallene Decke auf und faltete sie zusammen.

»Gibt es Neuigkeiten?«, hörte sie Isaac leise fragen.

»Nein«, sagte Harriet schlicht.

Als Sofia die Decke über die Sofalehne legte, wachte Schill auf. Er blinzelte und bewegte die unverletzte Hand, als wolle er sie ans Gesicht heben und sich die Augen reiben, zuckte jedoch zusammen vor Schmerz und entspannte sich wieder. Sofia wandte sich ab und ging hinaus. Ihre Kehle war zugeschnürt, ihre Augen brannten. Als sie sich in der Tür halb umdrehte, schien Schill bereits wieder eingeschlafen zu sein.

Sofia setzte sich auf die äußere Kante der Veranda, wo ein warmer Fleck Nachmittagssonne verblieben war, schlang die Arme um die Knie und wartete, bis sie ruhiger atmen konnte.

»Ich bringe Schill heute Abend zurück ins Krankenhaus«, hörte sie Harriet in der Küche sagen. Weil das Fenster offen stand, war ihre Stimme gut zu verstehen.

»Er wird nicht wollen«, erwiderte Isaac.

»Ach was«, sagte Harriet, und in ihrer Stimme lag Abscheu.

Sofia erwartete, dass Isaac etwas sagen würde, wie er es immer tat, doch diesmal blieb er still. Sie hörte das Klappern der Besteckschublade, von Gläsern. Sie dachte schon, Isaac wäre wieder gegangen. Dann sagte er plötzlich, in einem ganz anderen Tonfall: »Ich verstehe nicht, warum ausgerechnet –« Er verstummte. Er schien nicht zu wissen, wie er sich ausdrücken sollte. »Ganz abgesehen davon, dass er nie was mit Kindern anfangen konnte, verstehe ich nicht, wie –«

»Hat Schill dir jemals gesagt, wie sehr er seine Eltern gehasst hat?«, unterbrach Harriet ihn scharf. »Hast du die Narben auf seinem Rücken *gesehen*? Oder dachtest du bloß, er steht auf so was?« Sie lachte grimmig, vermutlich über Isaacs Gesichtsausdruck. »Er hatte Schiss, Vater zu werden. Er hat mir gesagt, dass er Angst hat, dass er wird wie seine Eltern. Aber er hat es geschafft. Er hat es sicher nicht immer richtig gemacht, aber er liebt sie. Du kannst dir nicht vorstellen, wie sehr.«

Es stand außer Frage, dass dieses Gespräch nicht für sie bestimmt war, doch Sofia rührte sich nicht vom Fleck.

»Gut, er hatte ein Leben, das er wegwerfen konnte«, sagte Isaac, und es klang nicht einmal höhnisch. Seine Stimme war schwach, müde. Fremd. »Keine Familie, keine Kinder –« Er sprach es nicht aus, sondern wandte sich Harriet zu. »Julie. Du schon. Du hattest Julie. Er hat mir von deinen Brüdern und Schwestern erzählt. All das –«

»Halt den Mund«, sagte Harriet erstickt, aber heftig. »Ich warne dich.«

Eine lange, schwere Stille trat ein. Dann sagte Harriet mit mühsam beherrschter Stimme: »Ich bin damals weggegangen. Für ein Jahr. Nachdem wir hergekommen waren.« Sie war sehr heiser. Sofia hatte sie seit damals nie wieder davon sprechen hören. »Weißt du, wie ich mich geschämt habe? Ja, ich war wieder bei Julie, die ich genauso liebe, die ich genauso zurückgelassen habe – Einschüsse in den Dielen und Blut überall –« Sie holte tief und zitternd Luft. »Ich habe jeden Abend mit Schill telefoniert, und wenn er Sofia ans Telefon gelassen hat, habe ich sie nicht verstanden, weil ich geheult habe. Nach einem Jahr habe ich Julie gesagt, ich müsse gehen. Sie schickt Sofia jedes Jahr etwas zum Geburtstag.«

Isaac schwieg. Sofia umklammerte ihre Knie. Aus den Spitzen ihrer Haare tropfte es nass ihre Oberschenkel hinab.

»Ich würde es wieder tun«, sagte Harriet. »Ich würde es verdammt noch mal wieder tun. Alles, was passiert ist, ändert nichts. Selbst wenn ich gewusst hätte –« Doch sie beendete den Satz nicht. Nach einer Weile Schweigen begann sie, die Küche aufzuräumen. Sofia hörte, wie sie den Kühlschrank öffnete und wieder schloss und etwas in die Spülmaschine stellte. Als sie sie und Isaac im Flur hörte, stand Sofia leise auf und setzte sich vors Sofa auf die Verandakante, sodass die beiden nicht merkten, dass sie sie hatte hören können.

Harriet hatte Sandwiches mit Thunfischsalat und Marmelade gemacht und Limonade aus dem Rest Saft. Sie stellte den Teller zwischen sie auf die bereits wieder sandigen Dielen. Harriet reichte Isaac, der sich mit einem Meter Abstand neben sie gesetzt hatte, Sandwichhälften weiter. Sie sprachen nicht. Harriet zog ihre Zigarettenschachtel heraus und zündete sich eine der letzten drei an.

»Es ist schlimmer geworden, seit du da bist«, sagte sie zu Isaac. »Gib mir den Aschenbecher.«

Er reichte ihn ihr. Sie saßen da, er mit seinem kaputten Bein und dem Pflaster im Gesicht, sie mit vor Müdigkeit gebeugtem Rücken, und schwiegen sich an, als wäre vorerst alles gesagt. Isaac sah aus, als hätte er sich am liebsten schlafen gelegt. Er hatte den Kopf abgewandt und sah schweigend in den verwilderten Garten. Die Schatten waren lang geworden. Es war ein warmer Abend, genau richtig, um auf der Veranda zu essen und bei offenem Fenster zu schlafen. Der Gesang der Grillen war träge. Es roch warm nach Staub. Irgendwo in den Straßen lachten und schrien Kinder.

Harriet stand als Erste auf und ging hinein. Sofia blieb sitzen. Ihr Kopf tat weh. Die Nervosität grub in ihrem Magen. An ihrem Bein juckte die Wunde von Chloes Schuss. Als sie aufstand, um sich die steifen Beine zu vertreten, klingelte das Telefon.

Harriet hatte den Anruf bereits angenommen, als Sofia hereinkam. Sie hatte sich von Sofia in den Flur weggedreht und sprach leise, wegen Schill, der unruhig weiterschlief. »Moment«, hörte Sofia sie sagen. »Ich ruf sie.« Sie drückte den Hörer gegen die Schulter und drehte sich um. Sofia wurde schlecht. »Es ist für dich.«

Sofia ging wie in Trance hinüber und nahm den Hörer entgegen. Sie spürte Harriets Blick auf sich. Das Herz schlug ihr bis zum Hals.

»Oscar?«, sagte sie rau.

»Ich habe nicht viel Geld.« Er klang angespannt, doch seine Stimme war ruhig. Im Hintergrund war das gedämpfte Rauschen einer befahrenen Straße zu hören. »Hör gut zu.«

»Wo bist du?«

»Bleib im Haus. Sie kommen heute Nacht zurück in die Stadt und du darfst auf keinen Fall –« Er verstummte abrupt. Es gab einen dumpfen, vibrierenden Schlag in der Leitung, der Sofia heftig zusammenzucken ließ, dann Rascheln, Schritte. Es klang, als habe er den Hörer fallen lassen.

»Hallo«, sagte plötzlich eine andere Stimme, tiefer, fast tonlos. »Oscar lädt dich ein. Wir treffen uns um zehn im Brachland am Loch. Komm zu früh oder zu spät oder nicht allein und er ist tot. Grüß deinen Vater von mir.« David legte auf.

Sofia klammerte sich an das dünne Kabel zwischen ihren Fingern. Ihr war der kalte Schweiß ausgebrochen. »Nein, mir geht es gut und Dad auch«, sagte sie. »Pass auf dich auf.« Harriet stand in der Tür und beobachtete sie mit zusammengezogenen Brauen. Sofia, am ganzen Körper taub, legte auf. »Oscar«, sagte sie mechanisch und völlig überflüssig. Sie sprach leise, wegen Schill. Ihre Stimme hörte sich in ihren Ohren fremd und schrill an.

»Ist alles okay mit ihm?« Etwas Misstrauisches, Alarmiertes lag in Harriets Stimme, aber Sofia achtete kaum darauf. »Klar«, sagte sie und versuchte ein Lächeln, das zu einem schiefen Zähneblecken wurde. »Er hat angerufen, um mir zu sagen, dass es ihm gut geht. Ich geh hoch auf mein Zimmer.«

»Sofia, was ist los?«

»Ich bin Isaac leid. Ich geh hoch und leg mich hin.«

»Bist du sicher, dass alles okay ist?«

»Ja«, sagte Sofia. Sie sah Harriet an, dass sie ihr nicht glaubte, doch das war jetzt egal. Sie musste sich beruhigen. »Bis später, okay?«

Harriet ließ sie gehen. Sofia hielt sich am Treppengeländer fest, während sie nach oben stieg. In ihrem Zimmer schloss sie die Tür hinter sich und ließ sich zu Boden sinken. Sie spürte ihre Arme und Beine nicht. Sie atmete tief und bemüht gleichmäßig, und nach einer Weile löste sich die Panik in ihrer Brust. Das Licht der Abendsonne war gewandert und lag jetzt hinter dem Haus, ihr Zimmer war kühl und dunkel. Der Wecker zwischen den kleinen Kakteen auf dem Fensterbrett zeigte kurz nach sechs.

Die Sonne ging unter. Vor den Fenstern wurde es dämmrig. Sofia ging im Zimmer umher und räumte die letzten herumliegenden Kleidungsstücke zusammen. Vor dem *Alien*-Plakat, um das Oscar sie immer beneidet hatte, blieb sie stehen und strich, ohne recht zu wissen, warum, über den langen Riss, der, auf der Rückseite mit Klebestreifen gehalten, fast unsichtbar war.

Eines Tages hatte Harriet Sofia gefragt, wann ihr Geburtstag wäre, und weil Sofia nur sagen konnte, dass er im März war, hatte sie im Motel den Wandkalender abgenommen und Sofia den Tag darauf auswählen lassen, der später in ihrem gefälschten Ausweis stand. Als Sofias selbst gewählter Geburtstag kam, gingen sie ins Kino. Sie sahen *Charlie und die Schokoladenfabrik* in einer kaum besuchten Vorstellung. Schill, von Schmerzmitteln zugedröhnt, schlief nach zehn Minuten ein. Sofia war so überwältigt von ihrem ersten Kinobesuch, von dem Lärm, von dem schrillen Film, von ihrer Portion Popcorn in einer Papiertüte, dass sie auf dem Rückweg zum Auto erschöpft auf Harriets Arm eingeschlafen war. Es war ihr allererster Film gewesen.

Um kurz nach neun gingen die Laternen auf der Straße an. Harriet kam zehn Minuten später herauf. Sofia stellte sich schlafend. Sie konnte sie und Isaac unten leise sprechen hören. Sie hatte solche Magenschmerzen, als wären ihre Eingeweide sich windende, beißende Schlangen.

Um halb zehn zog Sofia einen Pullover über ihr Top, schnürte ihre Turnschuhe neu und knotete sie zum ersten Mal seit Jahren wieder doppelt. Sie stellte die kleinen bunten Kakteen von ihrer Fensterbank auf die Kommode. Dann holte sie ihren Rucksack. Sie nahm Abigails Buch heraus und legte es auf ihr gemachtes Bett neben die Briefe. Sie zog den Revolver hervor, öffnete die Trommel und betrachtete die Kugeln. Sie klappte ihn wieder zu, steckte ihn zurück in den Rucksack und holte ihre Taschenlampe aus der Kiste, in der sie sie aufbewahrte.

Sie beugte sich dann noch einmal übers Bett, um das Polaroid von Harriets Geburtstag von der Wand zu nehmen. Sie legte es zu den Briefen, strich sich sorgfältig das Haar zurück und wünschte sich, sie hätte einen Spiegel, um sich anzusehen. Sie dachte nicht an ihre Mutter. Sie stieg aufs Bett und entriegelte das Fenster.

Draußen war es kühl, doch es roch nach Sommer. Das Fenster war groß genug, dass Sofia problemlos hindurchpasste. Sie stieg mit trockenem Mund auf die Fensterbank und ließ die Füße hinabhängen. Unter ihr lag dunkel das nadelbedeckte Dach der Veranda. Sie konnte sehen, dass im Wohnzimmer Licht brannte.

Sofia stieg nach draußen und zog das Fenster leise hinter sich zu. Sie kletterte so leise sie konnte übers Dach, eine geisterhafte Erscheinung in der Dunkelheit. Sie konnte über den Block sehen. An der Rückseite des Hauses kletterte sie so weit sie konnte herab und ließ sich fallen. Der Rucksack rutschte ihr beim Aufprall links von der Schulter. Sie ging hart in die Knie. Ihre Waden brannten. Sie zog die Riemen des Rucksacks, in dem sie das Gewicht des Revolvers spürte, enger und verließ das Grundstück leicht hinkend.

Es war noch nicht dunkel. Der Himmel war in Richtung des Sonnenuntergangs weich und rot. Sofia sah sich auf der Straße ein letztes Mal um. Im Haus brannte Licht. Das Küchenfenster war ein warmes Quadrat in der Dämmerung. Sie holte tief und ohnmächtig Luft. Sie drehte sich um und ging hinaus ins Nichts, in die anbrechende Dunkelheit.

27.

»Es ist fast zehn«, kam Tommys Stimme von vorn. Oscar spürte sogar auf der Rückbank, dass er mit den Knien auf und ab zuckte.

Jazz, der ein paar Schritte vom Wagen entfernt stand, zog an seiner Zigarette, sodass die Glut den unteren Teil seines Gesichts erhellte. »Halt die Klappe, Tommy«, sagte er.

Es war Nacht. Nur ein feines Schimmern war noch im Westen am Horizont. Sterne übersäten den Himmel. Vom Boden stieg über den Tag gespeicherte Wärme. Oscar hörte nichts, auch nicht auf dem unverletzten Ohr, kein Tier, nicht den Wind, nicht das Rauschen der Straße. Aus der offenen Tür konnte er weit in der Ferne den immer wieder kurz von fahrenden Autos beleuchteten Streifen sehen, der der Highway nach Kane war. Highville lag im dunklen Meer hinter ihnen. Er musste sich ganz herumdrehen, um die weit entfernten Lichter zu sehen.

Oscar streckte den Nacken und bewegte die Schultern. In seinem Rücken knackte etwas. Er hatte seine mit Panzertape gefesselten Hände auf die Knie gelegt, um seine brennenden Arme zu entlasten, und schloss die Augen, als ein neuer Schub Schmerz ihm auf beide Schläfen drückte. Rechts unter seinen Rippen pochte es. Inzwischen fühlte er nur noch eine schwache Schwellung dort, wenn er die Wunde umständlich mit gefesselten Händen berührte.

Sie alle warteten auf David, seit er vor zwanzig Minuten in die Dunkelheit verschwunden war. Tommys Auto stand mit geöffneten Türen am Ende der abgesperrten Straße. Da der Boden leicht unebenen war, reichte das Scheinwerferlicht bis hinauf zu dem verrosteten Zaun.

Schritte näherten sich dem Wagen. Tommy bewegte sich unruhig auf dem Fahrersitz, doch Oscar hielt die Augen geschlossen. Jazz war ihm so nah, dass Oscar ihn riechen konnte, Zigaretten und Haargel. An der Brusttasche seiner Jacke, in der die Sonnenbrille steckte, war das kleine Namensschild befestigt, das er gestern Sofias Dad abgenommen hatte.

Als Oscar am Morgen widerstandslos in Jazz' Wagen gestiegen war, den sie kurz darauf gegen Tommys getauscht hatten, hatte er erwartet, dass sie ihn sofort halb totschlagen würden. David hatte sich zu ihm herübergebeugt, hatte sein Kinn gegriffen und seinen Kopf herumgezwungen.

»Dad«, hatte Oscar heiser gesagt.

David hatte sich eine Weile sein Ohr angesehen, dann hatte er ihn losgelassen. Zwei Finger seiner rechten Hand waren dick und provisorisch bandagiert, seine Fingerknöchel dunkel angeschwollen und wund.

Am Nachmittag hatten sie in einem kleinen Diner gegessen, zwanzig Meilen hinter Kane an einer Landstraße. Oscar, der so blass war, dass er misstrauische Blicke auf sich zog, hatte mit starrer Miene zwischen Jazz und Tommy gesessen, David ihm gegenüber, die Hände locker auf dem Tisch zusammengelegt. Das Mädchen, das sie bediente und dessen Blick bereits an Davids von Prellungen unterlaufenen Augen hängen geblieben war, hatte Oscar, nachdem Jazz für sie alle bestellt hatte, besorgt gefragt, ob alles mit ihm in Ordnung sei.

»Er ist von einem Mädchen sitzen gelassen worden«, sagte Jazz breit lächelnd. Im Auto vor dem Diner hatte er Oscar seine Pistole gezeigt, die er jetzt hinten im Hosenbund trug.

Die Bedienung beobachtete sie von der Theke aus, während sie Kaffee und Eis zubereitete. David hatte eine Coke bestellt und drückte die kalte Flasche seitlich gegen seine Nase. Unterm Kehlkopf hatte er einen blauen Fleck. Als Oscar seinen Milchshake nicht anrührte, leckte Jazz seine Kuchengabel ab, ließ sie unter den Tisch gleiten und bohrte sie zwischen Oscars Rippen.

David ließ ihn machen, bis Oscar Tränen über die Wangen liefen. Er bekam kaum Luft. Der Schmerz zog seine ganze rechte Körperhälfte entlang. Er zitterte so stark, dass Jazz die Gabel mit beiden Händen halten musste. Er hatte sich mit dem Rücken zur Bedienung gedreht, sodass es vom Tresen aus aussah, als tröste er Oscar. Tommy sah aus dem Fenster auf den Parkplatz. Er war grün im Gesicht.

Als Oscar kurz davor war, sich zu übergeben, sagte David, seine Stimme von weit fort: *»Jason.«*

Oscar wäre seitlich gegen Tommy gefallen, wenn Jazz ihn nicht mit einer Hand vor der Brust aufrecht gehalten hätte. Jazz wischte die Gabel am Saum seines T-Shirts ab, legte sie zurück zu seinem halb gegessenen Stück Kirschkuchen und hielt Oscar fest, bis der nicht mehr im Sitzen schwankte. David beobachtete sie von gegenüber. Oscar strich sich das verschwitzte Haar über den Kopf zurück und trank die Hälfte des Milchshakes, Jazz aß seinen Kuchen auf. Als er fertig war, legte er die Gabel weg, zog ein paar Cents aus seiner Tasche und legte sie vor Davids mit Pflastern und Mullbinden verbundener rechter Hand auf den Tisch. David sah ihn nicht an. Er saß völlig still, bis Jazz lächelte und die Hand vom Tisch nahm.

Als David Oscar das Geld gab, damit er Sofia anrufen konnte, draußen auf dem heißen, sonnigen Parkplatz, wagte Oscar, an sich hinabzusehen. Sein T-Shirt klebte links auf seiner Haut, wo der Schmerz bohrte, als hielte Jazz die Gabel noch immer dort. Er hatte geblutet, aber nicht stark.

»Hey, Oscar«, sagte Jazz. Oscar hatte ihn noch nie so guter Laune gesehen. »Schläfst du?« Als Oscar nicht reagierte, gab er ihm eine Ohrfeige, die seinen Kopf hart gegen die Rückenlehne warf. Er öffnete die Augen und blinzelte gegen die Innenbeleuchtung. Tommy auf dem Vordersitz gab ein Geräusch von sich, das Jazz sich zu ihm umdrehen ließ.

»Was ist los, Tommy? Geht's dir nicht gut?«

Tommy wippte so heftig mit den Füßen, dass es leicht den Wagen schaukelte. Er war sehr blass. »Musst du ihn –«, begann er und brach ab.

»Ach, Tommy«, sagte Jazz mit einem schweren Seufzen. Er wandte sich ab und ging vom Wagen weg, David entgegen, der gerade zurückkam. Oscar sah seine dunkle Gestalt ins Scheinwerferlicht treten. Über seine Schulter ragte der Lauf des Luftgewehrs. Tommy hatte sich nach vorn gewandt. Es war der Moment, in dem er es hätte versuchen können. Sich aus dem Wagen lehnen. Hoffen, dass seine Beine, schwach und taub vom Sitzen, ihn trugen. Rennen.

Oscar ließ die Sekunden verstreichen. Es machte ihn fast verrückt, aber er schaffte es. Sein Kopf pochte, wo er gegen die Lehne geknallt war.

»Wie spät ist es?«, fragte David.

»Zehn vor«, sagte Jazz. »Tommy, verteil die Taschenlampen und mach das Licht aus.«

David kam herüber. Das Fenster, das ihm für einen Fluchtversuch geblieben war, schloss sich, und plötzlich spürte Oscar eine tiefe, herrliche Erleichterung. David ergriff seinen Arm, zog ihn aus dem Wagen und hielt ihn fest, als Oscar entkräftet einknickte.

Sie folgten Jazz, der eine Taschenlampe hielt und damit den Weg leuchtete, sobald die Scheinwerfer ausgingen. Ihr Kegel glitt über loses sandfarbenes Geröll und niedrige Büsche. Vor ihnen erschienen die rostigen Zäune der Absperrung aus dem Nichts.

Sie gingen ein Stück außen entlang, bis sie an eine große Lücke kamen, eine andere als die, durch die Oscar als Kind selbst einmal geklettert war, Sofia hinterher, die ihm, Jeremy und Nicky vorauslief, ihre Knie unter den abgeschnittenen Jeans zerkratzt vom Geröll. Ihr Haar hatte sich im Maschendraht des Zauns verfangen. Nicky hatte darauf bestanden, dass sie schworen, den Mund zu halten. Ihre Eltern hätten sie allesamt umgebracht, wenn sie herausgefunden hätten, dass sie dort gewesen waren. Angeblich waren im Loch schon mehrfach Teenager ertrunken, die betrunken baden gegangen waren, Freunde von Freunden von großen Brüdern, doch nie fand sich jemand, der diese Teenager tatsächlich gekannt hatte, und es war offensichtlich, dass sie zur Abschreckung erdacht worden waren.

Auf dem Weg, den David gefunden hatte, fehlte der Zaun ganz. Sie gingen einfach durch die Lücke. David stieß Oscar weiter, hinter Jazz und der Taschenlampe her. Die andere trug Tommy, der damit hinter ihnen leuchtete. Der Weg fiel hinter dem Zaun ab und wurde so steil, dass es in den Oberschenkeln brannte. Oscar bildete sich ein, dass er das Wasser riechen konnte, metallisch und schwarz aus der Tiefe. Seine Kopfschmerzen hatten sich nach links verschoben. Seine Hände brannten, doch je mehr er sie bewegte, desto lockerer wurden seine Fesseln. Jazz war großzügig mit dem Tape gewesen, aber es war nicht reißfest.

Tommy hinter ihnen stolperte und gab einen ängstlichen Laut von sich. Jazz drehte sich um und richtete den Lichtstrahl seiner Taschenlampe erst auf David und Oscar, dann auf ihn. Tommy stand schwankend auf einem Bein und rieb sich mit verzerrtem Gesicht den Knöchel des anderen.

»Es ist viel zu gefährlich«, stammelte er. »Es ist nachts viel zu gefährlich.«

»Halt's Maul, Tommy«, sagte Jazz ungläubig. »Meine Güte.« Er drehte sich wieder um und winkte ihnen. »Hier lang.« Sie waren an den zweiten Zaun gekommen. Auch hier war eine Lücke, doch diese war wesentlich kleiner. Sie mussten hindurchsteigen. Oscar blieb im Draht hängen. Die scharfen Enden kratzten über seine Kopfhaut. David drückte ihm grob den Kopf herunter und zerrte ihn mit auf die andere Seite. Er sagte etwas dicht neben ihm, aber Oscar verstand ihn nicht und stolperte prompt über am Boden liegenden Draht. David schlang den Arm um seine Brust und zerrte ihn wieder hoch. Er hob die Hand an Oscars Ohr, wie um ihn zu schlagen. Als Oscar den Kopf drehte, sah er ihn mit den Fingern schnippen. Er fühlte den Luftzug und hörte ein fernes Geräusch auf dem anderen Ohr. Der Kegel von Tommys Taschenlampe warf ihre Schatten aufs Geröll.

»Was steht ihr da?«, rief Jazz von vorn.

»David«, sagte Oscar. Er war heiser vor Schmerz und Erschöpfung. Er hatte nicht mehr gesprochen, seit David ihn vor dem Diner zurück in den Wagen geschleift hatte. »Fahrt aus der Stadt. Ich werde nichts sagen.«

David sah ihn an. Seine Hand lag fest an Oscars Oberarm, aber er drückte nicht stärker zu.

»Bewegt eure Ärsche!«, rief Jazz.

»Geh vor und leuchte«, sagte David zu Tommy.

Sie gingen weiter. Oscar sah jetzt, wohin er seine Füße setzen musste. Der Boden unter seinen Füßen war splittrig und verzerrte sich bei jedem Schritt neu, als blicke er durch ein Kaleidoskop. Er begann sich zu ebnen. Dann war er ganz plötzlich weich und glatt. Sie hatten das Plateau erreicht.

Jazz ging die Kanten in einem Meter Abstand ab und leuchtete hinab. Der Kegel brach über den Kanten ins Nichts, als habe jemand ein Stück Licht weggeschnitten. Dann leuchtete er nach unten und pfiff durch die Zähne.

»Was meinst du, wie tief das ist, David?« Seine Stimme hallte merkwürdig. Das Licht der Sterne und des halben Mondes reichte gerade aus, dass Oscar auf der gegenüberliegenden Seite des Kraters, wo vor der Wand ein schmales Ufer lag, das Wasser glänzen sah.

Genau genommen war das Loch nicht eine, sondern zwei Gruben, die ineinanderlagen: in einem weit über hundert Meter durchmessenden Krater, an dessen Rand sie standen, lag ein weiterer, der statt in die Breite in die Tiefe führte.

Die Grube war in Schichten ausgehoben worden. Zunächst hatten die Maschinen dort gestanden, wo Oscar jetzt stand, bevor sie in die tiefer werdende Grube hinein verlegt worden waren. Über eine improvisierte Straße waren Kohle und nutzloses Gestein nach oben befördert worden. Im großen Krater entstand ein zweiter an der Stelle, wo sich am meisten fördern ließ, und wuchs von dort mit den Jahren stetig in die Tiefe. Dann, in vielleicht zwanzig, vielleicht auch vierzig Metern Tiefe – so genau wusste das niemand mehr –, erlosch das Vorkommen. Die Arbeiter wurden abgezogen, die meisten Maschinen abmontiert. Der Rest, darunter der wuchtige alte Schaufelradbagger mit dem riesigen bezahnten Förderrad, begann zu zerfallen. Die Hitze schmolz das Gummi von dem großen Förderband und zwang die Maschine langsam und stetig dem Stein entgegen, bis sie eines Tages unweigerlich einbrechen und die Trümmer mit ihm verwachsen würden. Die halbherzig errichteten Schutzzäune setzten dicken Rost an. Der tiefe Krater hatte sich innerhalb des ersten Jahres nach Schluss der Mine vollständig mit Grundwasser gefüllt. Bei Regen trat das Wasser manchmal ein Stück über die Ufer in die große, flache Grube, doch sie füllte sich nie.

Wenn man an sonnigen Tagen oben an der Plattform stand und hinab ins Wasser sah, sah man unter der Oberfläche die sich spiralförmig in die Tiefe windende Straße und den verschwommenen, monströsen Schatten des Rads, das am Ende des Förderbands ins Wasser hing. In den Geografie-Büchern der Highschool gab es eine Luftaufnahme der Kimberley-Mine in Südafrika, ein großes, dunkles Auge in der kargen Landschaft. Auch wenn die Grube vor Highville deutlich kleiner war, hatte Oscar sie seitdem so gesehen: ein blindes, tödliches Auge im Nichts.

»Ziemlich tief«, sagte David tonlos.

»Ich hab gehört, da liegen noch die alten Bagger unten«, sagte Jazz, unverwandt nach vorn gelehnt. Oscar stellte sich vor, wie er sich losriss, sich auf Jazz stürzte und ihn hinabstieß, in den Abgrund, über den er sich beugte. Dann wandte Jazz sich ab und kam zu ihnen zurück. Er leuchtete sich von unten mit der Taschenlampe ins Gesicht. »Lust auf Nachtschwimmen, Oscar?«

Oscars linke Gesichtshälfte war vom Schmerz taub geworden. Er umklammerte die eine Hand mit der anderen, falls Jazz auf die Idee kam, das Klebeband zu überprüfen. In den letzten zwei Stunden war er so ruhig gewesen, dass es ihn selbst überrascht hatte. Er half weder sich noch Sofia, wenn er die Nerven verlor. Doch jetzt, mit der tödlichen Grube im Rücken, mit so heftigen Kopfschmerzen, dass ihm die Augen tränten, drohte die Panik ihn zu überwältigen. Er musste seine Hände befreien, bevor er keine Gelegenheit mehr dazu bekam.

Jazz sah auf seine Uhr. »Hoffen wir mal, dass sie pünktlich ist.« Er leuchtete sie der Reihe nach ab. Tommy blendete er ins Gesicht, bis er schützend eine Hand vor die Augen hob. Jazz grinste und schwenkte die Lampe zu Oscar, der heftig zusammenzuckte. Das Licht war wie ein Messerstich. »Mein Gott, sieht er beschissen aus«, sagte Jazz und lachte. »Wir sollten ein Foto machen. Vorher-Nachher.«

»Aber wir haben keine Kamera dabei«, sagte Tommy.

Jazz leuchtete ihm wieder ins Gesicht. Diesmal wandte Tommy den Kopf ab. »Weißt du, bei deinem Grips wundert es mich nicht, wenn du dich eines Tages aus Versehen selbst erschießt«, sagte Jazz und schüttelte den Kopf. »Wenn ich so dumm wäre, hätte ich manchmal das Bedürfnis.«

»Jazz«, sagte David in einem Ton, als strenge Jazz' Benehmen ihn an.

»Wir hätten es uns nicht mit Chloe verscherzen sollen«, sagte Jazz reumütig. »Ein Jammer, dass sie den ganzen Spaß verpasst.« Er machte eine Pause, dann sagte er, das Licht gnadenlos in Tommys Gesicht gerichtet: »Versuchst du, sie zurückzukriegen, wenn wir hier fertig sind? Ich dachte, du wolltest sie heiraten. Dachte auch, ihr hättet es längst auf dem Rücksitz getrieben.«

»Jazz«, wiederholte David, unwirscher jetzt. »Halt's Maul.«

»Klar, wenn du das sagst.« Er schob sich die Taschenlampe unter die Achsel, nahm die Zigarette, die er sich hinters Ohr geklemmt hatte, steckte sie sich zwischen die Lippen und sah auf die Uhr, ohne sein Feuerzeug hervorgeholt zu haben. »Punkt«, sagte er. »Scheint so, als hätte sie dich versetzt, Oscar.«

Oben beim Zaun gerieten Steine ins Rutschen. Tommy machte einen Satz und Jazz und David richteten sich auf. Ein paar Kiesel kullerten bis zu ihnen herab. Jazz leuchtete zu den Zäunen hoch, plötzlich wach und angespannt. David, der sich das Gewehr von der freien Schulter geschwungen hatte, sagte scharf zu Tommy: »Leuchte gefälligst!«

Oscar schrie, so laut er konnte. »Jazz hat eine Waffe!«

Jazz drehte sich um und schlug ihm die Taschenlampe ins Gesicht, dass Oscar rückwärts zu Boden ging. Aus seinem Mund kam ein schwaches Gurgeln. Etwas lief ihm warm von den Lippen, Speichel oder Blut. Jazz packte ihn am T-Shirt, das ihm zur Brust hochrutschte, und zog ihn auf seine unter ihm nachgebenden Beine.

»Komm hier runter!«, brüllte David. »Tommy, leuchte nach da drüben!«

Oscar sah eine Bewegung aus den Augenwinkeln, dann bohrte sich die Mündung von Jazz' Pistole in seine linke Schläfe. Es gelang ihm irgendwie, nicht zu schreien. Verschwommen sah er eine Gestalt in den Lichtkegeln der Taschenlampen.

»Du bist spät dran«, sagte Jazz mit einem breiten Grinsen. »Willkommen zur Party!«

»Sofia!«, krächzte Oscar. Plötzlich blendete ihn Licht. Auch Sofia hatte eine Taschenlampe. »Hau ab!«

»Sie hat eine Pistole!«, schrie Tommy.

Oscar hörte Jazz den Sicherungshebel umlegen. »Du kommst jetzt hier runter oder ich schieß ihm hier und jetzt in den Kopf!«

Im Schein von Jazz' und Tommys Taschenlampen war Sofias Gesicht gleißend hell. Sie stand über ihnen auf der Anhöhe, die hinab zum Plateau führte, beide Hände von sich gestreckt. Oscar tränten die Augen so sehr, dass er sie nur als verschwimmenden, flirrenden Fleck Licht sah. Eine Angst ergriff ihn, die alles überstieg, was er an diesem Tag gefühlt hatte, um Sofia, so wild und nackt, dass er einen Moment lang dachte, er müsste davon wahnsinnig werden. Der Schmerz in seinem Kopf spitzte sich zu einem weißen Stich zu.

»Sofia, hau ab«, stöhnte er. Mit steifen Fingern versuchte er, das Klebeband um seine Handgelenke einzureißen, ohne dass Jazz es merkte. Es klebte ihm jetzt links nicht mehr auf der Haut, er konnte die Hand drehen.

»Lass ihn los oder ich bring dich um!« Sofias Stimme hallte in der Grube. Sie zitterte nicht. Sie war vollkommen ruhig.

»Willst du mich verarschen?« Jazz klang fast hysterisch, so kurz schien er davor loszulachen.

Tommy war zurückgewichen. Sofia kümmerte sich nicht um ihn.

»Du wirst noch Oscar treffen«, sagte David. Auch er sprach ruhig. Er hielt das Luftgewehr seines Vaters auf sie gerichtet, unbeholfen wegen seiner verletzten Finger. »Steck das Ding weg, bevor du dich am Ende selbst verletzt.«

»Halt's Maul!«, blaffte Sofia ihn an.

Jazz fing tatsächlich an zu lachen, so heftig, dass seine Hand bebte. Er drückte die Mündung der Waffe fester in Oscars Schläfe. Vor Oscars Augen wurde kurz alles schwarz.

»Du bist ein Mädchen gegen drei von uns.«

»Das ist bloß ein Scheißluftgewehr«, sagte Sofia, lauter als Jazz lachte. »Ich habe von meinem Vater gelernt. Er würde euch alle kriegen, aber mir reicht auch einer von euch, und dich treffe ich auf jeden Fall, Massey. Jetzt lass Oscar los, oder ich schwöre, ich knall dich ab.«

Jazz beruhigte sich wieder. »Du schießt eine Kugel und ich bring deine ganze Familie um«, sagte er. »Und wenn ich's nicht schaffen sollte, macht es David für mich, richtig, David?«

Oscar sah Sofia jetzt deutlicher. Sie hielt die Taschenlampe in der einen Hand und mit der anderen Hand darauf gestützt einen Revolver. Sie zielte auf Jazz. Da war ein Feuer in ihrem Blick, wild und unerbittlich, das er noch nie bei irgendeinem Menschen gesehen hatte.

»Wirf die Pistole weg.«

Oscar hatte die linke Hand halb aus den Fesseln gedreht. »Sofia, schieß nicht!«

»Wirf sie weg, Jazz!« Jetzt war eine Spur Angst in ihrer Stimme. »Wirf sie ins Wasser oder ich knall dich ab!«

»Sofia, nein!«

»Ich hab gesagt, wirf sie weg!«

Sie würde schießen. Er hörte es ihr an. In ein paar Sekunden. Vielleicht weniger. Es zog heran wie ein auf nasser Straße schleuderndes Auto. Er konnte nur eines tun. Dazu war er hier. Das war, worin er gut war.

»Ich springe«, sagte er laut. Er dachte nicht weiter über Jazz nach, der die Pistole an seinen Kopf hielt und ihn beim Arm. Er trat zurück. Sie standen viel näher an der Kante, als er gedacht hatte. Oscar war ruhig und klar, doch er war auch ein wenig überrascht, als er beim zweiten Schritt nach hinten bereits ins Leere trat.

28.

Sofia schrie. Jazz hatte sich verblüfft halb umgedreht, Oscar mit der Taschenlampe folgend, als er nach hinten kippte, und David sah über die Schulter, und Oscar war verschwunden.

Sie hörten den Aufschlag im Wasser. Jazz leuchtete über die Kante ins Nichts. Sofia, von Kopf bis Fuß vor Entsetzen gelähmt, war in sternlose Dunkelheit getaucht. Sie konnte keinen klaren Gedanken mehr fassen.

»Was zur Hölle?«, rief Jazz, so laut, dass es in der Grube hallte.

Sofias Starre löste sich, als habe man ihr einen elektrischen Schlag verpasst. Sie ließ die Taschenlampe fallen und stürzte nach vorn, auf die Plattform. Ein Lichtstrahl schwang über sie, doch sie war bereits an der Kante, und bevor ihre Reflexe einsetzen konnten, sprang sie.

Eisige Luft schlug ihr entgegen. Das Herz flog ihr hoch in die Kehle. Aus dem Abgrund wuchs ein heranrasender Teppich aus aufgewühltem, ölig schwarzem Wasser. Sie hatte eben noch Zeit für den wilden Gedanken, dass sie auf Felsen prallen und zerschmettert werden könnte, bevor sie hineinschlug.

Der Aufprall drückte ihr die letzte Luft aus den Lungen. Sie war verschluckt und blind. Das Wasser umschloss sie wie eine gigantische Faust. Es war kalt wie der Tod. Um sie herum wirbelte ein Strom Tausender winziger Blasen. Sie spürte sie unter ihren Kleidern und auf ihrer Haut. Sie sah nichts als den weißen Schimmer ihrer bloßen Hände und Beine. Dann kam der Schmerz, drückte ihr auf den Kopf und die Ohren und die Beine. Sie stieß nach oben, bewegte die Arme, trat heftig, ohne richtig zu schwimmen. Das Wasser über ihr blieb undurchdringlich schwarz. Ihr Kopf würde platzen. Ihre Lungen würden zerreißen. Sie spürte bereits keine Kälte mehr, nahm ihren vor Panik und Anstrengung brennenden Körper nur noch fern wahr, als wäre sie in einem Traum.

Sie war vom Sportunterricht in der zweiten Klasse nach Hause gekommen, wo man sie zu den Erstklässlern gesteckt hatte, weil sie in ihrem ersten Jahr das Schwimmtraining verpasst hatte, mit chlorgeröteten Augen und wunden Lungen vom Husten, weil sie so viel Wasser geschluckt hatte. Sie hatte Schill gesagt, dass sie Schwimmen hasse, sie hörte seine Stimme in ihrem Kopf, er hatte gesagt: *Willst du nicht im Sommer im Fluss oder am See schwimmen gehen? Alle deine Freunde werden gehen. Dann musst du es lernen.*

Doch das hier war nicht der seichte Fluss oben im Wald. Sie war tief unter der Oberfläche der tödlichsten Grube der Stadt. Sie würde Oscar nicht retten. Sie ertrank.

Etwas traf sie hart am Hinterkopf und am Rücken. Dann packte jemand sie am Nacken beim Haar und beim T-Shirt und zog sie mit sich. In dem Moment, als ihr schwarz vor Augen wurde und sie reflexartig vor der Ohnmacht durch Mund und Nase Luft zu holen versuchte, brachen sie klatschnass an die Oberfläche.

Ihr Kopf war wieder über Wasser, ihr Gesicht eiskalt, und ihre Haut brannte. Jemand hielt sie fest. Sofia klammerte sich mit der einen Hand an den um ihren Hals geschlungenen Arm und schlug mit der anderen in wilder Panik und hustend nach Luft ringend um sich.

»Sofia, ich hab dich!«

Vor Schock und Erleichterung begann sie zu heulen. Oscar hatte den Arm so fest um ihren Hals gelegt, dass es wehtat.

»Oscar!«, krächzte sie, fast hysterisch vor Erleichterung.

»Es ist okay, es ist okay«, sagte er, erstickt, ebenfalls vollkommen außer Atem. »Ich hab dich.«

Sie wäre beinahe wieder mit dem Kopf unter Wasser geraten. Die Kälte, die sie im Schock der ersten Sekunden nicht gespürt hatte, kam jetzt mit aller Macht. Sie fror so heftig, dass es sie schüttelte. Oscar hielt sie mit gewaltiger Anstrengung beide über Wasser. Sie wusste nicht, wie er es geschafft hatte, sich von den Fesseln zu befreien.

»Bist du okay?«, schluchzte sie. Dann, außer sich: »Warum bist du gesprungen?«

Es wurde hell. Für einen verrückten Augenblick dachte Sofia, es würde Tag. Dann sah sie weit über sich den weißen Punkt der Taschenlampe. Das Licht, das unten ankam, fiel in einem so großen Radius, dass um Sofia und Oscar ein diffuser Kreis schwarzes aufgewühltes Wasser beleuchtet war. Direkt vor ihnen ragten steil und schwarz die Wände des Lochs auf.

»Ihr brauchtet ja wirklich dringend eine Abkühlung!« Jazz' Stimme war vom Hallen in der Grube verzerrt. »Wie ist das Wasser?«

Sofia ließ Oscars Arm los und hob die Hand mit dem Revolver. Sie hatte bis zu diesem Moment nicht gemerkt, dass sie ihn überhaupt noch hielt. Sie schob den Finger in den Abzug und drückte ab, ohne nachzudenken, ohne richtig zielen zu können. Ihr Arm war zu schwer, ihre Hand zu taub. Die Kugel knallte gegen Fels. Oscar ließ sie vor Überraschung fast los. Sofia schluckte Wasser und ging mit dem Kopf unter, bevor Oscar sie mit einem Ruck wieder hochzog. Es war wieder dunkel um sie herum. Sofia konnte Jazz oben vor Wut und Schreck brüllen und David ebenfalls schreien hören, verstand jedoch nicht, was sie sagten, weil sie sich offenbar von der Kante der Plattform entfernt hatten. Oscar hielt sie, während sie spuckte und hustete und heulte. Es fühlte sich an, als hätte sie auf sich selbst geschossen, als hätte ein Schlag sie getroffen, der noch immer durch ihren Körper vibrierte.

»Sofia, hör auf!«

»*Ich bring euch alle um!*«, brüllte Sofia. Ihre Stimme, rau vor Atemnot und Panik, hallte von den Wänden wider. »*Ich töte euch alle!*«

»Du ziehst uns runter!«, schrie Oscar. Er hielt sie eisern umklammert, während sie gegen ihn und die Panik kämpfte. Der Pullover klebte ihr steinschwer auf der Haut. Ihr Zorn schwand. Die Angst zog sie nach unten.

»Lass die Pistole los«, keuchte Oscar, selbst am Kämpfen, nicht unterzugehen. »Sofia, hör mir zu. Wir schaffen das. Dreh nicht durch, okay? Ich kann dich nicht ewig halten.«

»Lass mich nicht los!«

»Ich lass dich nicht ertrinken. Lass jetzt los.«

Es gelang ihr unter Aufbringung all ihrer verbliebenen Willenskraft, den ausgestreckten Arm mit dem Revolver anzuwinkeln. Sie bekam Schlagseite, doch Oscar hielt sie über Wasser.

Sofia schob den Revolver mühsam in ihre Hosentasche. Sie hatte Angst, die Waffe loszulassen und sich selbst ins Bein zu schießen, und ihre Hand war um den Griff so fest zur Faust geballt gewesen, dass ihre Finger brannten, als sie sie öffnete.

Mit zwei freien Händen konnte sie sich deutlich besser über Wasser halten. Es gelang ihr, sich zu Oscar herumzudrehen. Er hielt sie auf Armeslänge von sich, damit sie ihn nicht in ihrer Panik unter die Oberfläche drückte. Das Wasser klatschte träge gegen ihre Schultern. Die steinernen Wände der Grube verliehen Sofias ersticktem Schluchzen einen unheimlichen, unmenschlichen Widerhall.

»Sieh mich an.«

»Ich seh dich nicht«, stöhnte sie.

»Ich bin hier.« Oscar nahm die Hand von ihrer Schulter und hielt ihr Gesicht. Sie klammerte sich fest an seinen Arm und spürte, dass er vor Kälte ebenfalls zitterte. »Ich lass dich nicht allein. Wir kommen hier raus.«

»Okay«, krächzte sie.

»Ich weiß nicht, wie weit es ist. Kannst du den Förderturm sehen? Davor muss das Rad sein. Wir müssen es nur bis dahin schaffen. Uns irgendwo festhalten. Okay?«

Sofia glaubte, ein symmetrisches Muster schwarzer Lücken im Sternteppich des Nachthimmels zu erkennen, das die Spitze des Turms sein konnte, die über den oberen Rand der Grube in die Nacht ragte. Sie nickte schlotternd.

»Oscar!«, rief eine Stimme von oben. Es war Jazz. »Seid ihr noch da oder schon abgesoffen?«

Erneut wurden sie geblendet. Sofia sah kurz Oscars Gesicht, schwarz-weiß im Licht, und einen schwarzen Streifen Blut auf seiner Wange. Sie blinzelten beide.

»David will, dass ich mich entschuldige«, sagte Jazz laut. »Aber wenn du Schlampe noch *einmal* auf mich schießt, dann knall ich dich von hier oben ab! Ich war wirklich fair zu euch und so dankt ihr mir?«

»Morgen früh könnt ihr gehen.« Davids Stimme. »Ihr verbringt die Nacht da unten. Sobald es hell wird, könnt ihr nach Hause gehen und wir verschwinden. Ihr könnt natürlich hinten zum alten Bagger schwimmen. Das ist nicht verboten.«

»Wenn ihr die Nacht nicht aushaltet, ist das auch kein Problem, zumindest kein großes«, sagte Jazz, dessen Laune sich rapide wieder besserte. »Wenn es euch zu kalt wird, müsst ihr uns nur Bescheid sagen. Dann kommen wir runter und holen euch selbstverständlich da raus. Allerdings müsst ihr allein nach Hause gehen, während wir Sofias Eltern besuchen. Das letzte Haus rechts«, fügte er hinzu, und Sofia konnte das Grinsen in seiner Stimme hören und war sich sicher, noch nie so viel Hass gefühlt zu haben. Jeder Vergleich mit Isaac war plötzlich weit weg.

Sofia öffnete den Mund, doch Oscar sagte scharf: »Sei still.«

»Ihr habt ein paar Stunden Zeit, über alles nachzudenken«, sagte David. Eine Pause. »Habt ihr das verstanden?«

»Ja«, rief Oscar zurück.

Kurz darauf erlosch das Licht. Einen Moment war die Panik so groß und wild, dass Sofia fast geschrien hätte. Sie klammerte sich so fest an Oscar, dass sie ihm wehtun musste. »Wir werden sterben«, schluchzte sie, »wir werden ertrinken.«

»Das werden wir nicht. Wir müssen nur bis zum Rad. Das schaffst du.«

»Ich kann nicht so gut schwimmen wie du!«

»Halt dich an meiner Schulter fest, aber zieh mich nicht runter.« Er wartete, bis sie ihre Hand von seinem Arm löste und seine Schulter ergriff. »Du musst mir helfen.«

Tatsächlich fielen ihr die ersten Schwimmzüge leichter, als sie gedacht hatte, doch auch wenn sie nicht gerade beinahe ertrunken wäre und wenn ihre nassen Kleider sie nicht unter Wasser gezogen hätten, hätte die Grube zu durchschwimmen sie an den Rand ihrer Kräfte gebracht. Sie hatte nie im Leben etwas Schwierigeres getan. Da war nicht nur die Kälte und die schwarze Masse Wasser, für sich Furcht einflößend und tödlich genug, sondern auch die Angst um Oscar und sich selbst, der stechende Schmerz in ihren Lungen, die Übelkeit, weil sie so viel Wasser geschluckt hatte. Ihre Beine waren bleischwer. Ihre Muskeln brannten von den Schwimmbewegungen, mit denen sie sich gerade so über Wasser hielt. Unter ihr ging es Dutzende Meter in die Tiefe.

Sie hatten vorgehabt, in diesem Sommer hier herunterzukommen, durch die rostigen alten Zäune bis hinab zur Plattform zu steigen, auf der Oscar zufolge in den ersten Jahren die Maschinen gestanden hatten, bevor man begonnen hatte, eine zweite, tiefe Grube in der ersten, flachen auszuheben. Am äußersten Rand der Plattform fiel eine steile Wand aus massivem Fels viele Meter in die Tiefe. Auf der anderen Seite konnte man über die alte Straße sogar hinabsteigen, jedenfalls theoretisch, wenn man wahnsinnig war und einem ein Steinrutsch nichts ausmachte. Man konnte den riesigen alten Bagger ansehen und dort ins Wasser waten, das zur Hälfte von der gegenüberliegenden Wand beschattet war. Niemand war so bescheuert, hier schwimmen zu gehen oder gar von der Plattform zu springen. Es gab andere Gruben, an denen noch Maschinen standen, es gab Seen, die nicht eiskalt und angeblich voller Schwermetalle waren.

Das Wasser war endlos. Es schien sich zu allen Seiten auszudehnen und sie gleichzeitig einzuschließen. Es war, als schwämmen sie auf der Stelle oder versuchten, einen sandigen Hang hinaufzuklettern. Oscar war einer der besten Schwimmer ihres Jahrgangs, doch auch seine Schwimmzüge wurden immer schwerer, seitlastiger. Sein Atem kam pfeifend. Er ließ Sofia nicht los. Ihr war schwindelig und so kalt, dass ihr Körper sich bereits wieder warm und angenehm taub anfühlte. Sie sprachen nicht, sparten sich den Atem.

Das Schaufelrad wuchs aus der Dunkelheit. Erst hielt Sofia es für eine Einbildung im dunklen Krater des Lochs. Sie hatte das riesige, rostige Gebilde noch nie aus dieser Nähe gesehen. Als sie das letzte Mal hier gewesen waren, vor vier oder sogar fünf Jahren, hatte das Schaufelrad des Baggers unter Wasser gestanden und war nur ein verschwommener, riesiger Kreis unter der Oberfläche gewesen. Sie hatten Steine ins schwarze Wasser und auf den Bagger geworfen, aber nur Nicky hatte den langen Hals des Krans getroffen. Er hatte ein metallisches Dröhnen von sich gegeben, das sie alle hatte jubeln lassen.

Das in der Hitze zurückgehende Wasser hatte ein Drittel des Rads freigelegt, mehrere Meter. Die spitzen Schaufeln ragten wie Stacheln von ihm ab. Dahinter erhob sich die Fördermaschine in die Dunkelheit.

Zuerst dachte Sofia, dass sie sich nur einbildete, dass das Wasser plötzlich nach etwas roch, vertraut und unerklärlich Furcht einflößend. Sie war die ganze Zeit, während sie hierhergeschwommen waren, ruhig geblieben, doch jetzt war die Angst schlagartig zurück. Sie dachte an den weißen Hai, der sich ins Boot verbiss, ein sich aus der Tiefe hinaufschraubendes Monster, und plötzlich war er direkt unter ihren Beinen. Sie klammerte sich an Oscars Schulter und kämpfte gegen die in ihr hochdrängende Panik an. Er schwamm jetzt vorsichtiger, als befürchtete er, unter Wasser hängen zu bleiben. Sie waren dem Rad bereits so nah, dass es sich zu ihrer Rechten als riesige schwarze Wand auftürmte, und der Geruch wurde zu Gestank, der so überwältigend war, dass Sofia nach Luft rang.

Die alte Maschine roch scharf nach Blut.

Das Wasser, das, von ihren Schwimmzügen verdrängt, gegen den

Rücken des Schaufelrads schwappte, erzeugte ein hallendes Klatschen, als befänden sie sich nicht in einem großen See, sondern in einer halb unter Wasser stehenden Höhle. Dahinter war ein Teil des mannshohen Förderbands sichtbar, von Metallstreben eingefasst, das schräg ins Wasser hinabführte.

Oscar schwamm das verbliebene Stück zum Rad mit letzter Kraft. Sofias Hand rutschte von seiner Schulter, als er nach Halt tastete. Sie schluckte Wasser, ehe sie schreien konnte, ging mit dem Kopf halb unter und schlug wild nach Oscar. Bevor sie ihn erwischte, hatte er sie am Arm zurück nach oben gezogen.

»Halt dich fest!«

Sie stieß mit der Hand gegen etwas Hartes. Ihre tauben Finger schlossen sich um eine lange Metallstrebe. Vor Schreck ließ sie fast wieder los. Ihr linkes Bein stieß unter Wasser gegen etwas, so hart, dass ihr Knie knackte, und als sie instinktiv den Fuß hochzog, fand sie Halt auf einer weiteren Stange. Sie klammerte sich so fest, dass ihre Hände brannten, und schluchzte und lachte wild vor Erleichterung. Ihr Kopf fiel gegen das raue, stinkende Metall unter ihren Händen. Dann begriff sie plötzlich, warum es nach Blut roch. Ihr erneutes Lachen hallte gespenstisch vom Rad weg. Es war der Rost, der die ganze Maschine bedeckte, der so stank.

»Fuck«, schluchzte sie. »Oh, fuck.«

Oscar ergriff ihren Arm. »Bist du in Ordnung?«

Sie nickte abgehackt. Sie zitterte am ganzen Körper. Lange hielt sie sich bloß fest und rang nach Luft. Dann sagte sie heiser: »Was machen wir jetzt? Ich schaffe nicht die ganze Nacht.«

»Ich weiß«, sagte Oscar. Er sprach undeutlich, weil er den Kopf gegen den Oberarm gedrückt hatte. Er klang nüchtern und völlig entkräftet. Sofia sah ihn im Dunkeln nur schlecht, doch sie glaubte, dass er die Augen zusammengekniffen hatte. »Kannst du auf das Ding klettern? Auf das Förderband? Das ist der einzige Weg raus. Das Wasser reicht nicht bis hoch ans Ufer.«

»Oscar, bist du okay?«

»Geh vor, Sofia. Und sei vorsichtig. Es ist alles verrostet.«

Sofia nickte, holte tief und zitternd Luft, dann begann sie, zum Förderband hinaufzuklettern. Es war schwierig, den richtigen Weg zu finden. Manche der Streben standen so eng, dass sie nicht hindurchsteigen konnte. Ihre Kleider, vollgesogen mit Wasser, hatten sie beim Schwimmen nach unten gezogen, doch das war kein Vergleich zu jetzt. Ihr ganzer Körper war wie mit Blei beschwert. Ihre Muskeln ließen sich kaum anspannen, ihre Arme zitterten. Sie löste ihren Fuß von der unteren Stange und setzte ihn auf eine Strebe weiter oben.

Sofia berührte das durchgesackte Förderband bereits mit einer Hand. Als sie die Stange mit ihrem ganzen Gewicht belastete, bog sich das rostige Metall und brach mit einem widerlichen Knacken. Ein wilder, brennender Schmerz loderte ihr Bein bis zur Hüfte hoch auf, und im allerletzten Moment bekam sie eine Stange über sich zu fassen. Der Ruck kugelte ihr fast den Arm aus der Schulter. Sie schrie, dass ihre Stimme versagte, vor Schock und Schmerz. Sie war bis zur Hüfte wieder im Wasser. Es war wie Feuer.

»Sofia!« Oscar war hinter ihr. Er schlang den Arm um ihre Taille versuchte, sie hochzuziehen, doch ihr Bein hing noch in der Stange fest.

»*Hör auf!*«, kreischte sie, außer sich vor Panik und Schmerzen.

Oscar schwang sich an ihr vorbei und kletterte neben ihr zum Förderband hoch. Sie sah nicht genau, was er tat, wusste nur, dass er ihr Handgelenk packte und dass sie es irgendwie schaffte, ihm die freie Hand zu reichen. Ihr Bein tat so höllisch weh, dass sie es kaum noch spürte. Sie schrie und heulte. Oscar zog sie Stück für Stück nach oben, mit ungeheuerlicher Kraft. Die Stange löste sich mit einem letzten heftigen Stich von Sofias Bein.

Vor ihren Augen wurde kurz alles schwarz. Sie klammerte sich mit beiden Händen fest. Oscar packte sie hinten beim Pullover und hielt sie und dann bekam sie ihr unverletztes Bein wieder unter sich und stemmte sich stöhnend hoch. Oscar hievte sie auf das brüchige, von altem Schutt bedeckte Förderband. Als Sofia das verletzte Bein nachzog, wurde sie fast ohnmächtig. Oscar schlang die Arme um sie.

»Sofia«, sagte er, »oh Gott.«

Licht schwenkte über sie, doch sie rührten sich nicht. Sie lagen bloß da, schlotternd vor Kälte und Schock, und rangen beide mit der Ohnmacht. Sofia hatte den Kopf gegen Oscars Brust gelegt und spürte seinen wilden Herzschlag. Ihr Bein, mit dem sie durch die Streben gebrochen war, hämmerte und brannte mörderisch. Sie spürte, dass es blutete, und stellte benommen fest, dass sie ihren rechten Turnschuh verloren hatte.

»Wir müssen hier raus«, stöhnte sie. Sie kämpfte sich hoch auf das gesunde Knie. Ihr war schwindelig. Das Haar klebte ihr nass im Gesicht. »Wir müssen gehen, jetzt.«

»Dein Bein blutet, glaube ich«, sagte Oscar. Seine Stimme kam seltsam schleppend. »Du musst dich verbinden.«

»Das ist nicht schlimm. Wir müssen nach Hause.«

Oscar versuchte sich aufzusetzen, doch seine Arme zitterten zu sehr. »Es tut mir leid«, sagte er. »Ich kann nicht mehr.«

»Oscar, wir müssen hier weg.« Sie legte den Arm um ihn, doch er kam kaum hoch auf die Knie. »Bitte steh auf. Bitte.« Sie zog ihn hoch und schlang seinen Arm um ihre Schultern. Sie tat ihr Bestes, zuversichtlich zu klingen. »Ich stütz dich«, sagte sie flehentlich. »Halt dich einfach an mir fest, ja?«

Inzwischen sah sie besser im Dunkeln, doch der Schwindel blieb. Es fühlte sich an, als wäre sie noch immer im Wasser. Sie sah Oscars schmerzverzerrtes Gesicht, ihre eigenen nackten Füße, der rechte blutig. Das Förderband war fest genug, dass sie darauf gehen konnten. Vor ihnen lagen die schwach erhellten Umrisse der einzelnen Maschinenteile und dahinter der riesige alte Krater.

Oscar knickte immer wieder ein. Sofia half ihm Schritt für Schritt das knarrende Förderband hinauf. Es konnten höchstens dreißig Meter sein, aber der Weg hoch zur riesigen alten Maschine war steil und endlos und der Schmerz in Sofias Lungen weiß und spitz.

Über ihnen ragte der Bagger mit seinen von Wetter und Zeit ausgeweideten Innereien und Aufbauten auf, nach Rost stinkend. Bei jedem Schritt knirschten Gummi und Metall unter ihnen. Sie passierten die Uferkante, an der das Wasser wegen der Trockenheit ungewöhnlich tief stand.

Sie waren auf der schmalen metallenen Treppe angekommen, die von der oberen zur unteren Plattform außen hinabführte, als Oscar Sofia vorn beim T-Shirt griff und in die Knie ging.

»Oscar, was ist los?«, fragte sie panisch.

»Ich schaffe es nicht.« Er klang nicht wie er selbst vor Schmerzen und war dabei trotz allem ganz ruhig, ganz vernünftig. »Du musst allein gehen.«

»Wir haben es fast geschafft!«

»Geh vor, Sofia.«

»Ich lass dich nicht hier! Ich lass dich nicht allein!« Ihr kamen die Tränen. Sie versuchte noch einmal, ihm aufzuhelfen. Er schob sie mit letzter Kraft weg.

»Ich sehe nichts«, sagte er heiser. »Ich sehe nicht richtig. Mein Kopf – mein Kopf bringt mich um.«

Er jagte ihre fürchterliche Angst ein. »Komm schon!« Jetzt schrie sie fast. »Komm!«

Doch er rührte sich nicht. Sofia richtete sich auf und klammerte sich an das Treppengeländer. Sie zitterte heftig. Sie wischte sich über den Mund und schluchzte und stöhnte. »Ich hol Hilfe«, sagte sie, »ich hol wen. Ich versprech's dir.«

Er nickte kaum merklich.

Sofia rappelte sich auf und kletterte die Treppe hinab, so schnell sie konnte. Der Rostgestank raubte ihr den Atem. Die Sprossen unter ihren nackten Füßen waren breit genug für schwere Arbeitsstiefel. Sie wusste nicht, wann sie ihren zweiten Turnschuh verloren oder ob sie ihn vorhin ausgezogen hatte. Sie hörte sich erstickt keuchen und schluchzen, das Knarren unter ihren Füßen. Heiße Stiche jagten durch ihr verletztes Bein, doch es war ihr jetzt gleichgültig.

Sie war auf der letzten Treppe, erreichte die unterste Plattform, die das Krandeck gewesen sein musste, die Türen offene, klaffende Löcher, die Metallplatten löchrig und von dünnen Gräsern bewachsen.

Von hier aus sah sie den langen Bogen der alten Straße, die aus der Grube hinausführte. Sie konnte erkennen, wo die Straße sich ebnete und aus dem Krater lief, zum ersten Zaun, den sie vorhin passiert hatte, und auf die verlassene Straße zum Highway.

Es war weit, aber sie musste es schaffen.

Da war eine Leiter, die auf den Boden führte. Sofia rutschte mit dem verletzten Bein ab und kauerte einen Moment nach vorn gebeugt über der Kante der Plattform, dann machte sie sich an den Abstieg. Sie hatte die Hälfte geschafft, als jemand ihr im Rücken in den Pullover griff.

Sie konnte nicht einmal den Mund öffnen, um zu schreien, ehe sie mit einem gewaltigen Ruck nach unten gerissen wurde. Diesmal gelang es ihr nicht, sich festzuhalten, wie sie es zu Beginn der Ferien am Fluss geschafft hatte. Diesmal waren Oscar und Abigail nicht da, um sie zu halten.

Es war, als schleudere der Aufprall sie aus ihrem Körper. Sie lag auf dem Rücken, pfeifend nach Luft ringend, von Kopf bis Fuß gelähmt.

»Du bist eine fürchterliche Nervensäge«, sagte Jazz über ihr. Dann bückte er sich, packte ihre Fußknöchel und schleifte sie am Bagger entlang zurück in Richtung Wasser.

Sofia kehrte so ruckartig, wie sie ihn verlassen hatte, zurück in ihren Körper. Sie wehrte sich mit aller verbliebenen Kraft. Sie schrie und trat und schlug um sich, versuchte, ihre Beine loszureißen, sich herumzuwerfen, sich irgendwo festzuhalten, doch da war nur knisterndes, ihre Unterarme zerkratzendes Gestrüpp, das sie an den Wurzeln ausriss. Dann endlich erinnerte sie sich schlagartig an den Revolver. Sie hätte fast aufgeschrien. Sie versuchte, ihn aus ihrer Hosentasche zu zerren, doch sie bekam ihn mit ihrer steifen Hand nicht heraus. Ihr Pullover war hochgerutscht, scharfe Kiesel schnitten ihr Bauch und Rücken auf und schlugen ihr hart an den Hinterkopf. Der Halsausschnitt hatte ihr so heftig in die Kehle geschnitten, dass es sich anfühlte, als würde sie noch immer gewürgt. Sie konnte Jazz schwer atmen hören, das Knirschen von Kies und Dreck, sah das Flackern seiner Taschenlampe, dass die Wasserkante immer näher rückte. Sofia schleuderte blind eine Handvoll Kiesel nach ihm. Ihr rechtes Bein fühlte sich an, als risse er es ihr ab. Dann ließ Jazz los.

»Steh auf«, sagte er. Er hatte die Pistole auf ihre Brust gerichtet. »Steh auf, habe ich gesagt!«

Sofia zitterten die Arme. Sie schien außerhalb ihres Körpers zu stehen vor Angst. Als sie sich nach rechts drehte, um auf die Knie zu kommen, lösten sich ein paar Kiesel und klatschten zwei oder drei Meter unter ihr ins Wasser. Sie sah es das Licht der Taschenlampe spiegeln und spürte die Kälte, die daraus heraufzog. Jazz hatte sie wie vorhin Oscar direkt an die Kante geschleift.

Sofia rutschte mit einem erstickten Aufschrei zurück und rappelte sich wild nach Luft ringend auf das gesunde Knie, das andere schräg von sich gestreckt.

Jazz leuchtete ihr ins Gesicht. »Dachtest du, ich lass dich gehen, wenn du Oscar zurücklässt, du dumme Schlampe? Sieh mich an!«

Sofia zwang sich, hoch ins Licht der Taschenlampe zu blinzeln, obwohl ihr davon die Augen tränten und sie ihn nicht richtig sah. Jazz ließ die Lampe ein Stück sinken, sodass sie sie nicht mehr blendete, beugte sich zu ihr herab und sagte, jetzt wieder ruhiger: »Wir hatten eine Abmachung. Ich war großzügig. Ich habe mich sogar überzeugen lassen, euch eine ziemlich unverdiente zweite Chance zu geben. Und dann das hier?« Er sprach in einem gespielt enttäuschten, bekümmerten Tonfall. »Was denkst du dir denn? Dass du einfach auf mich schießen kannst? Dass du mich verarschen kannst?«

Er schien eine Antwort zu erwarten. »Nein«, würgte Sofia hervor. Sie hatte die Hand am Griff des Revolvers und versuchte, ihn aus ihrer durchnässten Hosentasche zu ziehen, ohne dass er es sah. Der Lauf hing fest. Obwohl sie halb erfroren war, brach ihr der Schweiß aus. Sie hatte den linken Arm zur Ablenkung schützend in den Bauch gedrückt, sodass es für Jazz aussah, als sei sie dort verletzt.

»Oscar würde es mir nicht so schwer machen.« Jazz schwenkte die Taschenlampe hoch unter sein Kinn, sodass sie ihn sehen konnte. Er war ein Totenschädel über ihr. Seine Pupillen waren im Licht winzig. »Er hat den ganzen Tag versucht, uns zu überzeugen, ihn statt dich zu nehmen. Es war sehr heldenhaft, sehr rührend, sehr, sehr nervtötend. Wollte uns erzählen, er hätte dich zu allem angestiftet.« Er leuchtete wieder auf Sofia. »Wenn er hier liegen würde, wäre er längst ins Wasser gesprungen. Er würde nicht hier herumheulen und sich um Hals und Kragen reden. Der Idiot würde für dich sterben.«

Sofia schloss den Griff des Revolvers fest in die Hand. Der Lauf ließ sich drehen, und sie war sich sicher, dass sie ihn mit einem Ruck herausbekommen konnte, doch das ließ Jazz genug Zeit, auf sie zu schießen. Sie drehte sich, die Zähne gegen den Schmerz zusammengebissen, auf ihr blutendes Bein gestützt ein Stück von Jazz weg, sodass er nicht sah, wo ihre Hand war, und er interpretierte es als Zurückweichen.

»Ist schon okay«, sagte Jazz und lachte wieder, diesmal nicht einmal spöttisch. »Ich bin da völlig auf deiner Seite. Was nützt es dir, wenn du jemanden anderes rettest, aber selbst draufgehst? Du hast doch eh nichts mehr davon. Nehmen wir mal an, ich lasse Oscar gehen. Wie lange schafft er es noch, bevor David es endlich auf die Reihe kriegt, seine beschissene Familie loszuwerden? Mein Gott, wenn David es versäumt, dann schafft es sein Dad, und selbst wenn das nicht klappt, macht Oscar bald seinen Führerschein und setzt vielleicht noch vor bevor er zwanzig ist sein Auto gegen einen Baum! Wofür solltest du da sterben wollen?«

»Du gehst ins Gefängnis«, keuchte Sofia. »Ihr alle. Ihr werdet drin verrotten.«

Jazz schien inzwischen durch und durch vergnügt. »Siehst du, und das ist der Punkt, an dem du dich irrst.«

»Ihr habt versucht, uns umzubringen«, keuchte sie. Sie wusste, dass sie sich auf dünnem Eis bewegte, doch sie musste Zeit schinden, bis sie den Revolver aus der Tasche gezogen hatte. »Ihr habt meinen Dad fast getötet. Der Deputy sucht euch längst.«

Sie konnte Jazz' Gesicht jetzt trotz des Gegenlichts im Dunkeln erkennen. Er grinste. »Ich und David haben einen Plan.«

»Glaubst du, dass er für dich ins Gefängnis geht?« Das Herz schlug Sofia bis zum Hals vor Zorn und Angst. In ihren Ohren rauschte es, doch sie versuchte krampfhaft zu lächeln. »So dumm kannst nicht mal du sein.«

Er trat ihr so heftig gegen die Brust, dass sie flach auf den Rücken schlug. »Du hast keinen Respekt«, sagte Jazz. »Sieh mich an. Das ist dein Problem. Du hast – *sieh mir ins Gesicht!* Willst du sterben, Sofia? Willst du, dass deine Familie stirbt? Nein? Dann springst du jetzt freiwillig zurück ins Wasser!«

»Es gibt viel zu viele Zeugen«, japste Sofia. »Du kannst nicht alle umbringen.« Ihre Hand am Revolver war taub, doch sie hatte es fast geschafft. »Oder denkst du, dass Mommy und Daddy dich hier raushauen?«

Jazz sagte nicht sofort etwas. Er beugte sich zu ihr herab. Einen Moment war Sofia sicher, er hätte die Waffe bereits bemerkt und würde sie erschießen.

»Weißt du was?«, sagte Jazz. Er sprach ruhig und leise, gerade so. »Du kannst nackt zurück ins Wasser gehen. Zieh dich aus.«

Die Waffe entglitt ihr fast. Sie starrte zu Jazz hoch.

»Zieh dich aus«, wiederholte er. »Sofort.« Es klang, als versuche er zu lachen und bekäme nicht genug Luft. Dann brüllte er: »Ich sagte, sofort!«

Sofia riss den nassen Revolver hoch, zielte in den Lichtkegel der Taschenlampe und schoss.

Jazz zuckte heftig zurück. Dann ließ er die Taschenlampe fallen und drückte ab. Sofia hatte sich bereits zur Seite geworfen. Sie hörte nichts. Sie spürte ihre Hand nicht. Nach dem dritten Versuch kam sie auf alle viere. Sie kroch von Jazz weg, ihr verletztes Bein hinter sich herziehend, und dachte, betäubt, wie träumend: *Ich hätte zurück ins Wasser springen sollen.* Dann, mit völliger Klarheit und tiefer Reue: *Hätte ich ihn nur über die Kante gestoßen.*

»Du Fotze!«, brüllte Jazz. »Du hast mich angeschossen!«

Sofia kam hoch auf die Beine und humpelte von ihm weg. Sie konnte nicht richtig rennen, ihr rechtes Bein versagte. Sie hörte sich selbst keuchen und schluchzen. Neben ihr spritzte Sand und Kies auf, und sie wäre fast hingefallen. Schüsse fielen, dröhnend laut im Krater. Jazz brüllte wie am Spieß vor Wut und Schmerzen.

Jemand kam von links auf sie zu. Sofia sah es und versuchte noch, sich seitlich zu drehen, schützend die Arme zu heben, sich darauf einzustellen. Etwas Hartes traf sie mit voller Wucht seitlich ins Gesicht und schlug sie fast ohnmächtig.

Sie lag am Boden, mit dem Gesicht im Dreck. In ihrem Kopf war ein Klingeln. Ihr erster Gedanke war: *Was ist passiert?* Jemand schrie wie am Spieß. Unter großer Mühe hob sie die Hand, die über ihrem Kopf lag, um ihr merkwürdig taubes Gesicht zu berühren. Es war heiß und nass und die Berührung löste einen weißen Blitz aus. Sie kam zur Besinnung.

»Sie hat mich erwischt!« Jazz' Schreien war heiserer geworden, hysterischer. Panischer. »Sie hat mich umgebracht! Ich sterbe!«

Sofia konnte ihn sehen, nur wenige Meter entfernt, David mit der Taschenlampe über Jazz kniend, kurze verwischte Bilder wie schlechte, mit einem Blitz beleuchtete Fotografien.

»Ich bring sie um!«, kreischte Jazz. Er stöhnte und heulte vor Schmerzen. »Ich schlitz sie auf!«

Sofia tastete blind nach dem Revolver. Sie konnte sich nicht erinnern, wo sie ihn verloren hatte. Es gelang ihr, die Ellbogen anzuziehen und sich auf die Unterarme zu stützen. Ihr rechtes Bein war vollkommen taub. Sie robbte mühsam auf dem Bauch vorwärts, weg von David und Jazz, der unaufhörlich heulte, die Zähne gegen den Schmerz zusammengebissen. Etwas tropfte ihr warm übers Gesicht.

Der Lichtkegel von Davids Taschenlampe fiel auf Sofia. Sie tastete nach einem Stein, irgendetwas, und fand einen Kiesel mit scharfer Kante. Mit letzter Kraft wälzte sie sich auf den Rücken. Sie würde nicht einfach so daliegen. Sie würde es ihm nicht noch leichter machen.

Jemand warf sich auf David. Mit einem überraschten Aufschrei ließ er die Taschenlampe fallen und taumelte rückwärts, um nicht zu stürzen.

»Hör auf!«, brüllte Oscar. »Hör auf!«

David schien die Pistole fallen gelassen zu haben, denn er schoss nicht, sondern versuchte, sich von Oscar loszureißen, der den Arm um seinen Hals geschlungen hatte und ihn so fest würgte, wie er konnte, Davids blasser kleiner Bruder, der an diesem Morgen zum ersten Mal die Stimme gegen ihren Vater erhoben hatte.

»Lass mich los«, krächzte David. Er versuchte ihn abzuschütteln. Oscars Schultern hatten die sehnige Stärke, aus der einmal Muskeln werden würden. Er war fast so groß wie sein Bruder. In einem, vielleicht zwei Sommern wären sie gleichauf.

Sie rangen miteinander und stürzten. David gewann die Oberhand. Er stieß Oscar von sich weg, drehte sich herum und suchte nach der Pistole. Oscar rappelte sich auf und warf sich erneut auf ihn.

»Oscar!« Sofia konnte nicht schreien. »Oscar, nein!«

Diesmal konnte David ihn nicht sofort wieder von sich werfen. Er packte Oscars Arm und zog ihn mühsam von seinem Hals. Oscar schlang einen Arm um Davids und riss ihn rückwärts aus dem Gleichgewicht. Er warf sich auf ihn, doch David rammte ihm das Knie in den Magen und wälzte ihn von sich.

Da sah Sofia die Pistole, die David bei Oscars Angriff fallen gelassen hatte. Sie lag einen halben Meter entfernt. Der Lauf war von ihr weggedreht. Sofia kroch vorwärts. Sie spürte keinen Schmerz mehr.

Sie stemmte sich hoch, während David sich auf die Seite wälzte, streckte die Hand aus.

David war schneller. Er bekam den Lauf zu packen. Oscar war auf ihm, kniete auf seinen Beinen und packte seine Hände. Sie rangen stumm miteinander, beide wild keuchend, fast knurrend, die Waffe zwischen ihnen.

Der Knall, schneidend, lang hallend, war unfassbar laut. Sofia sah das Mündungsfeuer, einen weißen Ball zwischen ihnen, und wie Oscar zurückgeworfen wurde und von David fiel.

Auf Sofias Netzhaut hatte sich ein violettes Negativ des Mündungsfeuers eingebrannt. Ihr war schwindelig. Sie wollte sich auf die Knie aufrichten und verstand nicht, warum sie nicht konnte. Sie hatte die linke Hand noch immer ausgestreckt, die rechte unter ihrer Brust, um sich aufzustützen.

David neben ihr setzte sich schwankend auf und streckte eine Hand zur Balance aus. Er hielt immer noch die Pistole. Er stand auf, taumelnd, unbeholfen, ein Bein steif nachziehend, das, das er sich vor vier Jahren so kompliziert gebrochen hatte.

Sofia schleppte sich das letzte Stück hinüber zu Oscar. Die Anstrengung brachte sie fast um. Sie sah nicht mehr richtig. Sie bekam Oscars Arm zu fassen.

»Geh weg von ihm«, hörte sie David von sehr weit weg sagen. »Geh weg von ihm.« Als sie es nicht tat, zielte er auf sie und drückte ab. Es klickte scharf. Er versuchte es noch einmal, und noch einmal. »Geh weg von ihm«, wiederholte er. Er bückte sich, packte Sofia hinten am Pullover und schleifte sie halb, trug sie halb von Oscar weg. Er ließ sie fallen, während sie schwach versuchte, seine Hände von sich loszumachen, und ging zurück zu Oscar.

Sofia hörte am Rand ihres Bewusstseins, wie durch ein schlecht eingestelltes Radio, jemanden rufen. Der Schmerz in ihrem Kopf und in ihrer Brust war so überwältigend, dass sie nichts anderes mehr wahrnahm. Durch ihren Kopf lief ein schwarzes Flimmern wie auf einem Fernseher. Sie stemmte sich ein letztes Mal hoch.

Sie musste zu Oscar. Sie hatte Blut im Mund. Es war hell um sie herum. Sie konnte die Brüder Coleman nicht sehen. Sie sah gar nichts mehr.

Jemand kniete neben ihr und legte Arme um sie. Sie versuchte sich umzudrehen.

»Bleib bei mir, Sofia«, sagte eine Stimme über ihr. »Bleib bei mir.«

Sie wusste, dass es nicht möglich war, dass Harriet hier war. David und Jazz würden an Isaacs Männern vorbeikommen, jetzt, wo sie und Oscar tot waren. Sie würden klingeln, und Harriet, die Einzige im Haus, die ohne Krücken laufen konnte, würde öffnen. Sie würden ihr in den Kopf schießen. Vielleicht wäre Isaac zuerst im Flur. Selbst wenn Schill wach war, gab es keine Waffe, an die er hätte kommen können.

Harriet hielt sie fest. »Alles wird gut«, sagte sie, und Sofia verstand sie über das Dröhnen in ihrem eigenen Kopf und das Schreien um sie herum kaum, »ich hab dich. Ich hab dich.«

Sie wollte sprechen. Ihre Stimme gehorchte ihr nicht. Ihr war fürchterlich kalt. Das Licht wurde weiß und blendend und füllte alles an. Dann hörte es auf. Die Nacht glitt an ihr vorbei. Flog rechts und links in Schwärze und verschluckte sie.

29.

Miles Glover saß im Wartebereich auf einer der leeren Sitzreihen, als Harriet zurückkam. Sie musste die anderen verpasst haben. Er stand auf, als sie hereinkam.

»Wie geht es ihr?«

»Sie wissen es noch nicht genau«, sagte Harriet schwach und setzte sich neben ihn. Sie zitterte, dass ihre Muskeln davon brannten. Ihre Jeans war voller Blutflecken, die noch nicht getrocknet waren, und klebte ihr in den Kniekehlen. Die Jacke, die sie Sofia im Auto, wo sie das letzte Mal kurz zu Bewusstsein gekommen war, um den Kopf gewickelt hatte, war so mit Blut vollgesogen gewesen, dass sie sie weggeworfen hatten.

»Ich habe noch nicht zu Hause angerufen«, sagte Harriet und rieb sich das Gesicht. »Vielleicht hat Isaac es gemacht, aber ich kümmere mich besser selbst darum.«

»Ich kann Ihren Mann abholen«, sagte Mr. Glover, als sie Anstalten machte aufzustehen. »Ich muss ohnehin nach Hause, die Colemans und die Masseys benachrichtigen. Nach Nicky sehen. Ein paar Sachen für Tommy holen.«

»Wie geht's Tommy?«

»Er hat nur einen Schock, aber er soll zur Beobachtung bleiben.« Er nahm seine Mütze ab und fuhr sich durchs Haar. »Ich weiß nicht, was ich den Colemans sagen soll. Oder den Masseys.«

Eine Weile schwiegen sie. In den Gängen waren Schritte zu hören, irgendwo in einem anderen Raum gedämpfte Stimmen, das ferne Summen einer Klimaanlage, Stille.

»Kann ich sonst irgendwas für Sie tun? Ich muss gleich wieder runter, vorher noch zur Wache und klären, dass jemand bei David

Coleman ist, wenn die Mittel nicht mehr wirken. Die sind nicht auf so was vorbereitet und das hätte uns gerade noch gefehlt.« Er setzte seine Mütze wieder auf. »Mein Gott«, sagte er heiser. »Entschuldigen Sie. Ich stehe etwas neben mir. Wenn ich Ihren Mann abholen soll, warte ich, bis Sie telefoniert haben.«

Es gab zwei Telefone um die Ecke. Während Harriet telefonieren ging, blieb Mr. Glover sitzen, um ihr ein wenig Privatsphäre zu lassen.

Schill ging beim zweiten Klingeln ans Telefon. Harriet unterbrach ihn, bevor er richtig ausholen konnte. »Hör mir einfach zu, Schill«, sagte sie erschöpft. »Sie werden es alle überleben. Wir sind im Krankenhaus in Kane. Sofia ist außer Lebensgefahr. Ich warte darauf, dass sie mich zu ihr lassen.«

»Oh mein Gott«, sagte Schill. »Was ist passiert?«

»Miles Glover kommt und holt dich. Du gehörst ins Krankenhaus.«

»Harriet, sag mir, was los ist!«

Sie hatte ihn noch nie so verängstigt gehört. Er hatte Angst gehabt, als er vor zehn Jahren einen bewaffneten Mann von ihr gezerrt hatte, als er auf dem Rücksitz, Sofia im Arm haltend, fast verblutet war. Als Harriet zum ersten Mal, nachdem sie verschwunden war, angerufen hatte.

Harriet hatte nicht bemerkt, dass sie angefangen hatte zu weinen. »Du rührst dich nicht vom Fleck, bis er dich holt, okay?«

Mr. Glover war hinter ihr aufgetaucht. Harriet wandte sich von ihm ab, damit er sie nicht weinen sah, doch er sagte: »Lassen Sie mich kurz mit ihm sprechen.« Er hielt ihr die Hand hin. Sie gab ihm zitternd den Hörer weiter.

»Jacob?«, sagte Mr. Glover ruhig und gefasst. »Ich bin mit deiner Frau und deiner Tochter im Krankenhaus. Wir wissen noch nicht genau, wie es um Sofia steht, aber sie ist nicht mehr in Lebensgefahr. Ich komme und hole dich ab. Ich bin in spätestens einer Stunde da.«

Harriet war froh, dass er ihr den Hörer nicht noch einmal zurückgab. Er sprach kurz und sachlich mit Schill, bevor er auflegte.

»Danke«, sagte sie schwach. »Danke.«

»Ich bin sicher, dass alles in Ordnung kommt«, sagte er. »Sofia ist ein starkes Mädchen.«

Harriet ging allein zurück und erkundigte sich erneut bei der Krankenschwester nach Sofia, bekam aber nur ein bedauerndes Kopfschütteln als Antwort. »Es dauert noch, Mrs. Field.«

Sie setzte sich wieder, wischte sich die Tränen weg und vergrub das Gesicht in den Händen. Es tat immer noch weh, sich nach vorn zu lehnen. Ihr T-Shirt stank nach Blut und Schweiß. Sie hatte furchtbaren Durst.

Jemand kam zu ihr herüber. Harriet erkannte die schleppenden Schritte und das dumpfe Geräusch von Krücken auf dem Fußboden schon auf dem Gang. Isaac blieb in respektvollem Abstand stehen. »Hey«, sagte er. Auch er war heiser.

Nach einigen Sekunden sah sie zu ihm auf. Unter seinen Augen lagen tiefe Schatten. Sein Blick hinter der Brille war hellwach. Sein T-Shirt und Harriets alte Trainingshose, die sie ihm geliehen hatte, waren ebenso blutig wie Harriets Sachen, doch seine Hände, die bis auf die Unterarme mit Blut beschmiert gewesen waren, als sie ins Krankenhaus gekommen waren, jetzt sauber.

»Hast du schon was gehört?«

Harriet schüttelte schwach den Kopf.

Isaac lehnte auf seinen Krücken da und sah sie an. »Kann ich mich setzen?«, fragte er.

Sie gestikulierte müde zu dem leeren Sitz neben sich. Er setzte sich zu ihr, lehnte die Krücken neben sich und massierte geistesabwesend sein Knie. »Hast du Schill schon angerufen?«

»Der Deputy holt ihn.«

Isaac nickte. »Ist besser, wenn er auch hier ist.« Er räusperte sich. »Du solltest was trinken. Soll ich dir was holen?« Er lächelte, als er ihren Blick bemerkte, zu breit, zu viele Zähne. »Die Tabletten wirken gerade. Ist ein regelrechter Kick. Ich könnte die Strecke noch dreimal laufen. Frag mich, solange es noch anhält.«

»Nein«, sagte sie.

Isaac zuckte mit dem gesunden Bein, als müsse er gleich wieder aufspringen. Harriet fiel auf, wie blass er war. Unter seinen Fingernägeln waren dicke schwarze Halbmonde aus geronnenem Blut, zum Teil Sofias, das meiste von Oscar. Er zupfte an der ruinierten Hose. »Sorry«, sagte er. »Das geht garantiert nicht mehr raus. Das war mindestens ein Liter.«

Sie schwiegen. Dann stöhnte Isaac plötzlich auf und lehnte sich nach vorn. Harriet sah ihn an. Sein Gesicht war zu einem gequälten Lachen verzerrt. Er pulte an seinen Fingernägeln, so heftig, dass er sie einriss. »Ich wollte sie zu mir rufen«, sagte er erstickt. »Wollte sie hochnehmen.«

Zuerst verstand Harriet nicht, wovon er sprach.

»Ich habe das Auto gehört, als es sie – ich dachte, sie wären beide – und dann kam Schill mit ihr auf dem Arm zurück und –« Er brach ab, setzte erneut an, mit beiden Händen gestikulierend, seine Worte verzweifelt unterstreichend: »Bis – bis sie geboren wurde, dachte ich, sie wäre vielleicht nicht – es wäre vielleicht ein Irrtum gewesen, aber sie – Gott, sie hatte meine Augen.« Er schluchzte einmal abgehackt und holte mehrmals tief und zitternd Luft. Er schien seine Gedanken kaum ordnen zu können. »Ich wollte nicht, dass irgendwas davon – meine Kollegen und dann Elena und dann auch noch – ich dachte, ich hätte Schill – müsste auch noch seine Leiche –« Er schob seine Brille hoch und rieb sich mit bebender Hand heftig die Augen. »Sie hätte mich töten sollen«, sagte er heiser, wild, »es ist alles – alles –«

Er wandte sich von ihr ab und rang lange und qualvoll nach Luft. Nach zwei Minuten bekam er sich wieder unter Kontrolle. Er wischte sich übers Gesicht und setzte seine Brille wieder auf. Er strich sich noch einmal das Haar aus dem Gesicht, dann wandte er sich Harriet zu und sagte leicht brüchig: »Harriet, ich verstehe, wenn du nicht jetzt reden willst, aber wir müssen –«

»Isaac, ich schwöre zu Gott«, presste sie mühsam beherrscht hervor, »halt dein Maul und bleib hier sitzen, bis wir sie sehen können, oder verschwinde einfach.«

Isaac holte noch einmal bebend Luft, dann stand er auf und hinkte hinaus.

Kurz darauf tauchte Meyer auf, der ihr immer noch nicht mit Vornamen vorgestellt worden war, einer der beiden Männer, die Isaac für geeignet gehalten hatte, ein fünfzehnjähriges Mädchen zu entführen und zur Not ihre Adoptiveltern zu erschießen. Er hatte Oscar in die Notaufnahme getragen und nach einem Arzt geschrien. Er war jung, noch nicht zerstochen und zerschossen, sah aus wie ein Quarterback frisch vom College, der gerade bei seiner ersten Schlägerei dabei gewesen war oder das erste Mal Security auf einer Studentenparty gespielt hatte. Auf Harriets Bauch war von vor zwei Nächten, als er sie so heftig geschlagen hatte, dass sie geglaubt hatte, ohnmächtig zu werden, ein faustgroßer Bluterguss zurückgeblieben.

Meyer blieb in der Tür stehen und räusperte sich. Er hielt einen Plastikbecher in der Hand. Sein Blick fiel irritiert auf den Wasserspender in der Ecke des Warteraums.

»Mr. Whitley konnte das mit seinen Krücken nicht tragen«, sagte er. »Er wartet unten, wenn Sie noch etwas brauchen.« Er kam auf sie zu, um ihr den Becher zu reichen.

»Verpissen Sie sich«, sagte Harriet.

Er starrte sie verdutzt an. Sie ließ die Hände sinken. »Verpissen Sie sich«, wiederholte sie müde. »Kommen Sie nicht wieder.«

Er stand einen Moment wie angewurzelt da, dann drehte er sich um und verschwand. Als er weg war, stand Harriet auf und holte sich am Wasserspender selbst einen Becher. Nach zwanzig Minuten, die sich wie Stunden anfühlten, kam der Arzt in Begleitung der Krankenschwester, mit der Harriet bereits gesprochen hatte, zurück.

Sofia war bereits auf ein Zimmer verlegt worden. Ihr Bett, das einzig belegte von dreien, stand am Fenster. Sofia lag auf dem Rücken, die Arme über der Decke, den Hals in einer schweren Stütze, die vom Schlüsselbein bis unters Kinn reichte. Ihr Haar war rechts weggeschoren. Ein großes weißes Pflaster bedeckte ihre geschwollene Wange und das Ohr. Ihr Gesicht war still, ihre Augen geschlossen. Von ihrer Hand führte ein dünner Schlauch zu einem Tropf neben dem Bett, unter den kurzen Ärmel und im Ausschnitt des grauen Krankenhauskittels verschwanden die Kabel des EKGs, auf dessen Monitor in gleichmäßigen Linien ihre Herzfrequenz lief.

»Es ist unwahrscheinlich, dass sie noch in dieser Nacht wieder aufwacht«, sagte der Arzt. »Es könnte noch bis zum Mittag oder sogar länger dauern. Wenn Sie Schlaf nachholen müssen, können Sie das guten Gewissens tun.«

»Ich bleibe bei ihr«, sagte Harriet. »Ich bleibe hier.«

»Jemand wird regelmäßig nach ihr sehen. Bei einem Schädeltrauma ist das unvermeidlich. Bitte melden Sie sich sofort, wenn sie aufwacht oder unruhig wird. Sie hat viel Wasser geschluckt, es kann sein, dass sie sich übergibt und trotz der Infusion Schmerzen hat. Klingeln Sie bitte sofort.«

Harriet nickte schwach. »Was ist mit Oscar? Mit dem Jungen, der angeschossen wurde, dem jüngeren der zwei? Sie wird sich Sorgen machen, wenn sie aufwacht.«

»Da Sie keine Angehörige sind, darf ich Ihnen darüber eigentlich keine Auskunft geben«, sagte der Arzt. »Aber nach meinem Wissensstand ist sein Zustand inzwischen stabil.«

Die Krankenschwester sah noch einmal zurück, nachdem der Arzt hinaus war, ehe sie leise die Tür hinter sich schloss. Harriet sank mit nachgebenden Knien auf den Besucherstuhl am Fenster und begann erstickt zu schluchzen. Sofia rührte sich nicht. Ihre Brust hob und senkte sich flach unter der Decke. Ihre Haut war im Licht der Nachttischlampe wachsweiß.

Als ihr Zittern sich beruhigt hatte, streckte Harriet eine Hand aus und berührte sanft Sofias Finger. Sie fühlten sich klamm an, als hätten sie sie gerade erst aus dem Wasser gezogen. Die Venen traten am

Handrücken hervor, wo die Kanüle gelegt und festgeklebt war. Sofias Haar war noch feucht, das Blut war nicht überall herausgewaschen.

»Ich geh nicht weg«, flüsterte Harriet. »Ich geh nicht.«

Sofia blieb still.

Harriet war so müde, dass ihr ganzer Körper brannte. Schock und Angst hatten sie so weit getrieben, hatten sie nicht zum ersten Mal wach gehalten, während alles um sie herum zur Hölle ging, aber jetzt, in dem stillen weißen Zimmer, die Nacht draußen unverändert tief und schwarz, verließ sie alle Kraft.

Sie schreckte so plötzlich auf, dass sie fast vom Stuhl fiel. Sie musste kurz weggenickt sein. Ihr Kopf schmerzte. Sie hatte geträumt, kurz und halbwach und schlecht. Ein schwarzes Gefühl von Grauen war geblieben. Jemand war hereingekommen. Harriet fuhr im Aufstehen mit einer Hand an den Bund ihrer Jeans, fest davon überzeugt, dass sie den Revolver bei sich hatte. Dann erkannte sie, wer es war.

»Schill«, krächzte sie. Sie wankte auf ihn zu, schlang einen Arm um ihn und presste das Gesicht gegen seine unversehrte Schulter. Er hielt sie so fest er konnte.

Miles Glover stand in der Tür, als Harriet sich von ihm löste. Er nickte ihnen zu. Harriet schaffte ein Lächeln, verzweifelt und dankbar. Er schloss die Tür hinter sich. Schill rieb Harriet den Rücken, doch sein Blick war auf Sofia gerichtet. Er sah furchtbar aus. Seine Augen waren blutrot.

»Sie hat einen Jochbeinbruch und einen Schädelbruch, aber es sieht gut aus«, hörte Harriet sich erstickt sagen. »Sie ist noch im Wachstum, das wird einfach wieder zusammenheilen, sie wird in Ordnung sein. Sie mussten ihr Bein nähen und sie hatte eine Kugel im Arm, aber nicht schlimm – sie war noch nicht wach, und –« Sie konnte nicht weitersprechen. Schill nahm sie beim Arm und schob sie sanft, aber bestimmt zum Stuhl an Sofias Bett. Sie setzte sich mit zitternden Knien. Er holte sich einen zweiten Stuhl vom anderen Ende des Raums. Sie hätte ihm mit seinen gebrochenen

Rippen und Arm und Schulter im Gips helfen sollen, doch sie traute ihren Beinen nicht mehr.

Schill setzte sich neben sie. Seine Hand zitterte. Er legte sie vorsichtig auf Sofias Unterarm und wandte den Kopf ab, als könne er es nicht ertragen hinzusehen. Sein Atem kam in verschluckten, leisen Stößen. Harriet betrachtete sie stumm, ihren besten Freund und ihre Tochter, blutig und geschunden. Sofia, die mit blutigen Händen und Knien und roten Augen vom Weinen in ihr Leben getreten war, als Schill mitten in der Nacht vor ihrer Tür aufgetaucht war, klitschnass, ein kleines Mädchen auf dem Arm. *Ich brauche deine Hilfe*, hatte er gesagt, und sie hatte sie hereingelassen.

Lange sprachen sie nicht. Dann sagte Schill erstickt: »Ich habe gesagt, dass ich nicht ihr Vater sein wollte. Das ist das Letzte, was ich zu ihr gesagt habe. Was ist, wenn sie –«

»Hör auf«, flüsterte Harriet. »Hör auf damit.«

»Sie hätte sterben können«, sagte er. »Sie hätte sterben können, und das wäre das Letzte, was ich zu ihr gesagt habe.« Er sah zu ihr auf. Sein Gesicht war verzerrt vor Schmerz und Angst und Beschämung. »Ich habe sie nicht gefragt, was los ist. Sie wollte für uns beide mit Isaac gehen. Ich wollte sie beschützen. Ich wollte auf sie aufpassen. Wenn du nicht gewesen wärst, hätte ich es nicht mal eine Nacht lang geschafft, und jetzt –«

Harriet berührte seinen unverletzten Arm. Schill zuckte so heftig zusammen, als habe sie ihn geschlagen. Er sagte: »Ich war so wütend auf dich, als du zurückgekommen bist, aber eigentlich war ich bloß froh.« Sie wussten beide, was sie sagen wollte. Er ließ sie nicht aussprechen. »Du hast uns das Leben gerettet und heute Nacht Sofia. Wir hätten damals allein gehen können. Ich hätte dir das nicht antun dürfen, ich hätte das nicht von dir verlangen dürfen, aber ich hatte Angst. Ich wollte nicht allein sein und ohne dich wäre ich erschossen worden und Sofia wäre –«

»Halt die Klappe, Schill«, sagte Harriet bebend. »Ich will nicht woanders sein. Wir sind hier. Wir sind alle drei hier.«

Schill hielt Sofias Hand und ließ sie nicht los, um sich das Gesicht zu trocknen, aber er lehnte sich etwas vor, sodass Harriet den Arm unter seinen schieben und sich an ihn lehnen konnte. Zwei Stunden später wachte Sofia auf. Sie schreckte nicht hoch, das EKG schlug nicht plötzlich aus. Sie öffnete die Augen, blinzelte eine Weile und sah sie dann an ihrem Bett sitzen.

»Hey«, sagte Schill. Seine Stimme gehorchte ihm kaum. Sofia blieb still liegen, sah sie aus roten Augen an und versuchte zu sprechen. Wegen der Stütze konnte sie den Kopf nicht zu ihnen drehen.

»Oscar wird es überleben«, sagte Harriet, ebenso brüchig wie Schill. »Alles wird gut. Schill und ich sind da. Wir gehen nicht weg.«

Sofias Mundwinkel krümmten sich zu einem winzigen, schläfrigen Lächeln. Es waren nicht ihre Verletzungen, sondern der Versuch eines Lächelns, der Sofia dem Mann, der nicht ihr Vater war, so ähnlich sehen ließ, dass Harriet erneut zu weinen begann. Schill drückte Sofias Hand. Ihre Finger glitten über seinen Handrücken. Dann fielen ihr die Augen wieder zu. Harriet strich Sofia vorsichtig das Haar aus der Stirn. Sie legte den Arm um Schills Rücken und er den Kopf gegen ihren. Sie warteten auf den Morgen, Sofias Hand ruhig und warm in Schills. Der Himmel draußen war noch ein Meer aus Sternen.

30.

Obwohl die Klimaanlagen arbeiteten und die Fenster weit offen standen, wo es die Vorschrift erlaubte, war es in den Gängen des Krankenhauses erstickend heiß. Der Geruch nach Krankheit und chemischen Reinigern war wegen der Hitze noch übelerregender als sonst.

Sofia schlängelte sich zwischen schwitzenden Besuchern und Patienten auf den Fluren hindurch und schob sich an leeren Betten vor den Zimmertüren vorbei ins Treppenhaus, wo es kühler war als in den Aufzügen. Im dritten Stock fand sie Oscar allein in dem leeren Gang vor dem Zimmer sitzen. Er trug Shorts und ein graues T-Shirt und las, die Hände zwischen den Knien, ein Buch. Als er sie im Flur bemerkte, sah er auf. Er schien überrascht und erfreut, sie zu sehen.

»Hey«, sagte sie. »Immer noch hier?«

»Mom und Dad holen mich nachher ab. Ich wusste nicht, dass du heute kommst.«

»Wir waren in der Gegend, sonst hätte ich mir nie die Mühe gemacht«, erwiderte sie, konnte sich jedoch ein Grinsen nicht verkneifen. »Du kommst schon raus?«

»Sie sind mich langsam leid.« Er sah den Gang hinab und sagte: »Lass uns aufs Zimmer gehen, es ist keiner da.« Er klappte das Buch zu. Es war *Wer die Nachtigall stört*. Er benutzte die Krücke, gegen die er vor einer Woche den Rollstuhl eingetauscht hatte, inzwischen selbstverständlich und mühelos.

Die dritte Hitzewelle hielt seit drei Wochen an, als wolle sie noch einmal an den Beginn des Sommers erinnern. Es war brütend heiß im Raum. Während Oscar sich auf sein Bett setzte, ging Sofia die

Fenster öffnen. Kühle, frische Luft strömte herein. Von hier oben war der Lärm der Straße gedämpft. Man hatte einen Ausblick über einen Teil des Parkplatzes bis weit über die Landschaft und über die Vororte, wo ein Dunstschleier über flachen roten Hügeln lag. Wenn man den Parkplatz und die Ausläufer der Stadt ignorierte, war es ein schöner Ausblick.

»Seit wann liest du Klassiker?« Sofia richtete sich auf und setzte sich neben Oscar auf die Bettkante. Unter seinem T-Shirt konnte sie die dicken Pflaster sehen, die seine Brust bedeckten. Die Nähte in seinem Gesicht waren früh gezogen worden. Von seiner Schläfe hoch in sein Haar zog sich eine dicke rote Narbe. Seit er auf dem Förderband des Baggers auf die Knie gegangen und mit brüchiger Stimme gesagt hatte, er sehe nichts mehr, hatte er keinen Migräneanfall mehr gehabt. »Hat Abby dich auch angesteckt?«

»Du könntest es wenigstens versuchen«, sagte Oscar mild amüsiert.

»Danke, ich bin immer noch und wahrscheinlich die nächsten fünf Jahre mit *Stolz und Vorurteil* beschäftigt. Dabei gibt's einen neuen King!«

»Wie geht es ihr?« Er lächelte immer noch. »Außer, dass sie dich zwingt, Klassiker zu lesen?«

»Sie läuft jetzt die meiste Zeit ohne Krücken. Wir waren schon Fahrrad fahren. Sie wollte dich wieder besuchen mitkommen, aber wo du jetzt ja schon rauskommst, sag ich ihr Bescheid.«

»Was macht dein Kopf? Solltest *du* Fahrrad fahren?«

»Das geht schon wieder.« Sie klopfte sich gegen die Stirn und grinste. Man sah nicht mehr, wo sie ihr das Haar weggeschoren hatten, um die Wunde, die das Gewehr hinterlassen hatte, mit dreißig Stichen zu nähen. Die Narbe war ein langer Bogen, der von über ihrem Ohr bis auf den Hals reichte. Man sah sie nur, wenn Sofia ihr Haar hinten im Zopf zusammenband. Ihr Wangenknochen heilte gut. Sie konnte wieder richtig kauen, die riesige Prellung, die drei Wochen lang ihren Hals bedeckt hatte, war bloß noch ein gelber Schatten. Bis auf die Schiene am linken Knöchel, den sie beim Sturz verstaucht hatte und die sie nicht einmal daran hinderte, ihre Turnschuhe zu tragen, und das von roten Narben bedeckte linke Bein, das viel besser abheilte, als die Ärzte wegen der Verunreinigung durch Rost und Dreck gedacht hatten, sah man ihr keine Verletzungen mehr an.

»Jeremy hat geschrieben«, sagte Sofia. »Die ist gestern angekommen.« Sie zog die leicht zerknickte Postkarte aus ihrer Hosentasche und reichte sie Oscar. Er nahm sie und lachte. Das Motiv, unterschrieben mit *Neue Freunde, Spaß und Abenteuer!* zeigte vier glückliche Kinder, die um ein Lagerfeuer herum saßen und Gitarre spielten. Über ihnen schwebte mit ausgebreiteten Armen ein strahlender Jesus. Jeremy hatte mit schwarzem Marker ihre Namen eingetragen. Sofia war das Mädchen mit den rosigen Wangen, das den Gitarrenspieler, Oscar, anhimmelte, Nicky der singende Junge mit der Baseballkappe, Abigail das in die Hände klatschende Mädchen zu seiner anderen Seite. Jeremy war irgendwie damit durchgekommen, über die Jesuserscheinung mit einem auf sie weisenden Pfeil *Ich!* zu schreiben.

»Er ist nächste Woche zurück.«

»Scheint aber noch der Alte zu sein«, bemerkte Oscar und las vor: *»Freu mich auf eure Berichte von euren sicher sagenhaft spannenden Ferien zu Hause in High-ville.«* Er schnaubte. »Highville mit Bindestrich. Er hat also noch keine Ahnung?«

Sofia zuckte die Achseln. »Ich dachte, Nicky hat ihm vielleicht geschrieben. Willst du die hier behalten?« Aber er reichte sie ihr zurück und sie steckte sie wieder ein.

»Nicky und Tommy waren vor zwei Tagen da«, sagte Oscar.

»Was?«

Ihr scharfer Tonfall entging ihm nicht. »Ich glaube nicht, dass Mr. Glover davon wusste. Tommy war die ganze Zeit draußen, aber es hätte mir nichts ausgemacht, ihn zu sehen, okay?«

»Wie kannst du das sagen? Wie kannst du so ein verdammter Heiliger sein? Du bist derjenige, der ins Bibelcamp gehört!«

Ihr Zorn schien ihn halb zu belustigen, halb zu beleidigen. »Tommy wollte Hilfe holen, und wenn Nicky nicht gewesen wäre, hätten deine Mom und Mr. Glover uns nicht gefunden.«

»Er und Abby«, erwiderte Sofia bestimmt. »Er wäre ohne sie niemals draufgekommen.«

Sie erwartete halb, dass Oscar Isaac und seine Leute erwähnen würde. Isaac hatte ihm die Erste Hilfe geleistet, die wahrscheinlich sein Leben gerettet hatte. Doch Oscar sagte stattdessen: »Nicky hat mir erzählt, dass sie immer noch keine Spur von Chloe haben, seit sie das Auto gewechselt hat. Sie könnte inzwischen zwei Staaten weiter sein.«

»Sag das nicht, als wärst du beeindruckt.«

Er wechselte das Thema. »Ich kann's nicht abwarten, endlich hier rauszukommen. Ich muss ans Wasser, runter an den Fluss. Ich geh sogar ins Brachland, solange ich nicht mehr bei der Hitze im Bett liegen muss. Sieh mich an, ich bin so weiß wie am Anfang des Sommers.«

»Du bist ein hoffnungsloser Fall.« Sie sah ihn eine Weile prüfend an, dann sprach sie endlich aus, worüber sie bislang noch nicht gesprochen hatten: »Glaubst du, das mit deinen Eltern wird okay sein?«

Oscar zuckte schwach die Achseln. Er konnte nur eine Schulter richtig heben. »Ich weiß es nicht«, sagte er. »Ich weiß es wirklich nicht.«

Sie erinnerte sich daran, wie er im Pyjama und mit blutigem Ohr im Brachland vor ihr gesessen und ihr seine Jacke übergelegt hatte. Er hatte ihr gesagt, dass er auf dem Ohr immer noch deutlich weniger hörte als auf dem anderen.

Wieder schwiegen sie beide, dann sagte er, etwas fester: »Es wird besser ohne David. Auf jeden Fall. Mom wird es besser gehen und Dad –« Er brach ab. »Solange David nicht zurückkommt, solange sie ihn irgendwie behandeln, ist es mir egal, was passiert. Er kriegt ein psychologisches Gutachten. Das wird zählen, wenn er verurteilt wird. Mom hat davon geredet, als sie vor zwei Tagen da war, als Dad kurz draußen war.«

Sofia sah Oscar von der Seite her an. Sie hatten in den letzten Wochen wenig über David gesprochen. Oscars Gesicht war blass, wenn auch nicht auf die Art wie zu Beginn des Sommers. Der Ausdruck von misstrauischer Furcht, an den Sofia sich in den letzten Monaten gewöhnt hatte, bis sie ihn nicht mehr wahrgenommen hatte, war verloren gegangen. Oscar war erwachsen geworden.

»Ich bin nicht undankbar«, sagte Oscar nach einer kurzen Pause, »aber wie kommt es eigentlich, dass du hier bist?«

»Ich kann auch wieder gehen.«

»Wird höchste Zeit, du bist mindestens schon zehn Minuten hier. Wo sind deine Eltern?«

»Sie warten unten auf dem Parkplatz.« Sie verdrehte die Augen. »Schill will nie wieder ein Krankenhaus betreten.«

»Wie geht's ihm?«

»Es dauert noch, bis der Gips abkommt, aber wenn er Glück hat, muss er nicht noch mal operiert werden. Er macht Harriet wahnsinnig, weil er den Arm schon ständig benutzt.« Sie lächelte und wurde dann ernst. »Isaac ist heute Morgen gefahren.«

Oscar schien darauf gewartet zu haben, dass sie ihn ansprach. »Zurück nach Pennsylvania?«

»Fürs Erste jedenfalls, er hat viel zu tun. Er hat seinen Job und alles. Wir haben zusammen gefrühstückt wie normale Leute.« Sie zuckte die Achseln. »Ich hatte gehofft, dass immerhin sein Bein abfällt, aber es heilt wohl ganz gut aus.« Sie erlaubte sich ein Grinsen. »Ich habe ihm erzählt, dass Abigail ihre Krücken schon los ist, das scheint ihn sauer gemacht zu haben.«

»Er lässt euch in Ruhe?«, fragte Oscar angespannt.

Sie hatten das Thema immer wieder kurz angeschnitten, vorsichtig, misstrauisch, und auch, wenn sich seit fast drei Wochen die Antwort abgezeichnet hatte, war sie nie endgültig gewesen.

»Harriet und Schill bleiben meine Vormünder. Vielleicht können sie mich sogar, wenn das alles sich etwas beruhigt hat, adoptieren. Isaac hat es mir heute Morgen gesagt.«

Er sah irritiert aus. »Das ist doch gut«, sagte er. »Sofia, das ist doch großartig.«

Unwillkürlich lächelte sie. Auf ihren gefälschten Papieren war sie Harriets und Schills Tochter, aber es irgendwann durch ihren leiblichen Vater bestätigt und vielleicht sogar auf legalen Papieren stehen zu haben, wäre noch etwas ganz anderes. »Ja«, sagte sie. »Ja, das ist es.«

»Du und er –«

»Ich bleibe mit ihm in Kontakt. Melde mich regelmäßig. Ich kann nicht sagen, dass wir Freunde geworden sind, aber – wenn das der Preis ist, dann kann ich damit leben.« In gewisser Weise würde Isaac vielleicht einmal das werden, was vor drei Wochen noch undenkbar gewesen war: ein Teil der Familie. Der Gedanke war nach wie vor erschreckend. »Weißt du, ich habe ihn gefragt, als er mich das erste Mal im Krankenhaus besucht hat. Was er von mir braucht für seine Forschung.«

Oscar starrte sie an. »Du hast –«

Sie schüttelte den Kopf. Sie hatten danach nicht wieder darüber gesprochen. Sie hatte Isaac heute, als sie sich auf dem Parkplatz zum Abschied die Hand geschüttelt hatten, daran erinnert. Diesmal hatte er sich nicht zu Schill und Harriet umgesehen, sondern ihr ins Gesicht geblickt.

»Werd erst mal erwachsen«, hatte er gesagt, und Sofia hatte über die vielen Arten, auf die er es gleichzeitig meinte, gelächelt.

»Ich bleibe hier«, sagte sie zu Oscar. »Vorerst. Und dann sehe ich weiter.« Sie sah von ihm weg und auf ihre Hände. »Ich habe ihm Angst gemacht«, sagte sie dann, sehr ruhig. »Was ich mit Jazz gemacht habe.«

Oscar sah sie an, als wartete er, dass sie es ihm noch weiter erklärte, doch Sofia war in ihren Gedanken gefangen. Es gab noch einige Dinge, die sie Oscar sagen musste. Der Traum, den sie vor drei Wochen in der Notaufnahme gehabt hatte, als sie auf Schill gewartet hatten, hatte sich inzwischen mehrere Nächte wiederholt. Manchmal spürte sie in den Händen und in der Brust, auf den Lungen, wie es gewesen war abzudrücken.

»Sofia«, sagte Oscar, und sie sah zu ihm auf. »Das mit Jazz war Selbstverteidigung und das weiß jeder. Niemand wird das anfechten. Vielleicht spielt er in absehbarer Zeit kein Baseball, aber – Sofia, er ist am Leben. Und nur wegen dir bin ich es auch. Ich weiß nicht, was ich ohne dich machen würde. Ich meine es ernst. Ohne dich wäre ich tot.«

»Ohne mich wäre das gar nicht erst passiert.«

»Red keinen Schwachsinn«, sagte er, beinahe wütend. »Du weißt, dass das nicht stimmt.«

Sie hörte ihm nicht richtig zu. »Nickys Dad ist *nett* zu mir, trotz – trotz Jazz, er behandelt mich *wie immer*. Ich weiß nicht, wie er mir überhaupt in die Augen sehen kann.« Er war derjenige gewesen, der sich um Jazz gekümmert hatte. Sie holte tief Luft. »Ich wollte es«, sagte sie. »In diesem Moment wollte ich es. Ich hätte es schon oben getan, wenn du nicht –«

Die Zimmertür ging auf. Sie zuckten beide zusammen. Sofia zog ihre Hand unter Oscars weg und wischte sich hektisch über die Augen.

Es war die Krankenschwester. Sie sah missbilligend zu Sofia, als wäre sie ein Eindringling, und sagte zu Oscar: »Deine Untersuchung ist in fünf Minuten.«

»Gut«, sagte Oscar. »Ich will mich nur noch von ihr verabschieden.«

Sie schien nicht angetan, ging aber hinaus und schloss die Tür hinter sich. Oscar wandte sich Sofia zu. »Wir sehen uns, sobald ich wieder zu Hause bin. Ich versprech's dir. Hör mal, wenn du Regisseurin werden willst, solltest du übrigens einen Film drehen.«

Sie sah ihn verblüfft an, noch immer aufgewühlt. »Wie kommst du darauf?«

»Ich meine es ernst«, sagte Oscar. »Ich hatte wieder ein wenig Zeit zum Zeichnen, und – ich zeig es dir, wenn ich zu Hause bin, okay?«

Sie umarmte ihn so fest, dass er ächzte. »Du brichst mir die Rippen und das ist gerade ein schlechter Zeitpunkt dafür«, sagte er schmerzerfüllt, doch er ließ sie nicht los, sondern strich ihr über den Rücken und hielt sie dann fest und warm in den Armen.

»Danke«, sagte Sofia brüchig, »für alles.«

Die Gedanken an die Katastrophe, der sie nur so knapp entronnen waren, an alles, was kommen würde, begleiteten sie, seit sie im Krankenhaus aufgewacht war, mit vor Schmerzen hämmerndem Kopf und in Panik, bis Schills Stimme sie endlich erreicht hatte. Sie schlief schlecht und mit offener Tür und wachte nachts in rasenden Schmerzen auf. In den letzten drei Wochen hatte sie so viel geweint wie seit Jahren nicht. Sie hatte Harriet und Schill, und Oscar ging es mit jedem Tag, den sie ihn sah, besser. Manche ihrer Ängste waren die gleichen, wie sie es immer gewesen waren. Es war gut, mit ihm hier zu sein.

Sie verabschiedeten sich vor der Tür. Sofia war halb den Gang hinab, als sie sich noch einmal umdrehte. Das Herz schlug ihr bis zum Hals, aber sie hatte ganz andere Dinge hingekriegt. Sie ging zu Oscar zurück, fasste ihn am T-Shirt und küsste ihn.

Sofia hatte noch nie in ihrem Leben irgendjemanden richtig geküsst, vom Flaschendrehen abgesehen, aber bevor sie darüber nachdenken konnte, was sie alles falsch machte, küsste er zurück. Er musste sich ein kleines Stück herablehnen. Sofia hielt noch sein T-Shirt fest, weil sie nicht wusste, wohin mit ihren Händen.

Sie lösten sich voneinander. Oscar stand mit dem Rücken zur Wand. Sofia spürte, dass sie rot wurde, aber er war es auch. Er lächelte als Erster. Sie ließ sein T-Shirt los. Ihr war schwindelig, ihr Gesicht brannte. Sie konnte nicht klar denken.

Über den Flur näherten sich Schritte. Sofia machte rasch einen Schritt von Oscar weg, Oscar zog sein T-Shirt zurecht und stützte sich wieder auf seine Krücke.

»Ich beeil mich besser, ich muss los. Bis dann, Oscar.«

Aber zu ihrer Überraschung lehnte er sich vor und küsste sie rasch auf den Mund. »Bis später«, sagte er, verlegen, aber fest.

Sofia drehte sich noch zweimal zu ihm um, ehe sie den Gang hinab und zurück im Treppenhaus war. Sie ging den ganzen Weg nach unten, hinaus und auf den Parkplatz mit den Händen in den Taschen und wunderbarer Leichtigkeit in sich. Sie ging die Parkplatzreihen ab, bis sie sich erinnerte, wo Harriet geparkt hatte.

Schill saß auf dem Beifahrersitz und rauchte, Harriet stand daneben in die offene Tür gelehnt und lachte über etwas, das er gesagt hatte. Schill trug das ausgeleierte T-Shirt mit den weißen Farbspritzern, in dem er damals mit Sofia und Harriet das Haus gestrichen hatte, über der noch von der Operation verbundenen Schulter. Er hatte den gegipsten Arm in einer Schlinge und saß wegen seiner heilenden Rippen ein wenig unbeholfen. Harriet trug Shorts, das fadenscheinige Pink-Floyd-T-Shirt und bunte Flip-Flops und die Haare offen, was sie selten tat. Sie rauchte seit drei Wochen nicht mehr, so lange, wie sie es noch nie durchgehalten hatte. Schill beschwerte sich, sie sei zappelig, schlafe viel zu wenig und nerve mit dem Kaugummikauen, doch Sofia fand, dass es ihr so gut wie lange nicht ging.

Man merkte ihnen den letzten Monat an. Schill hatte auch nach drei Wochen nicht mehr als nötig mit Isaac gesprochen, der sorgfältigen Abstand von ihm gehalten hatte, und ihn am Morgen beim Frühstück noch auf eine Art angesehen, die Isaac sich jetzt, wo die Dinge zwischen ihnen so völlig anders standen als vor vier Wochen, ständig verspannen ließ. Doch sie hatten besprochen, was sie besprechen mussten, und Sofia wusste, dass sie nicht alles zwischen ihnen Gesagte gehört hatte.

Harriet und Schill würden ihre Scheinehe in ein paar Jahren, wenn Sofia mit der Schule fertig war, scheiden lassen. Die Entscheidung stand fest. Dann hätte Sofia eine Familie in zwei Teilen: Schill, und, wenn alles gut ging, Harriet und Julie. Erst gestern hatten die beiden lange miteinander telefoniert. Sie würden sich sehen, in einer Woche bereits, für einige Tage. Vermutlich würden sie nicht nach Highville kommen, nicht sofort jedenfalls, doch Sofia würde mit Harriet zum Flughafen fahren und Julie endlich kennenlernen.

»Schon zurück?«, sagte Schill, als Sofia über den Parkplatz auf sie zukam. »Normalerweise warten wir ewig auf dich.«

»Was grinst du so?«, fragte Harriet und zog die Brauen hoch.

Sofia überhörte sie. »Oscar wird heute entlassen.«

»Ist ein wenig früh, um ihn zu entlassen«, bemerkte Schill und warf Harriet, die jetzt breit grinste, einen irritierten Blick zu.

»Nicht, nachdem sie dich nach nicht mal einer Nacht entlassen haben«, erwiderte Sofia. Schill ließ sich zu einem Lächeln herab. Er schnippte seine Zigarette auf den Boden und Harriet trat sie für ihn aus. Sie drängte Sofia nicht weiter. Sofia hatte das Gefühl, dass sie vielleicht immer noch rot war.

»Wir sollten noch einkaufen fahren«, sagte Schill. »Wir haben nichts mehr im Haus und vielleicht koch ich was.«

»Eine Schande, dass Isaac weg ist. Kann ich vorne sitzen? Ich bin angeschossen.«

»Vergiss es, ich bin schon ein paar Jahre länger angeschossen«, sagte Schill. Harriet lachte und Sofia kletterte auf den Rücksitz.

Als sie vom Parkplatz fuhren, kurbelte Sofia das Fenster herunter und lehnte sich hinaus. Sie spähte hoch zu den Fenstern des Krankenhauses, konnte aber nicht sehen, wo Oscars Zimmer war. Oscar kam nach Hause und der Sommer war noch nicht vorbei. Ihr Herz machte einen kleinen Satz. Sie hoffte inständig, dass sich das wenigstens ein bisschen beruhigte.

Harriet hatte das Radio angemacht. Schill und sie stritten über die Auswahl der Musik. Harriet gewann, weil Schill auf dem Beifahrersitz saß und wegen seines gegipsten linken Arms schlechter an das Kassettenfach kam. Sofia stützte die Ellbogen in das offene Fenster und lehnte sich in den Wind. Er zog an ihren Haaren und ihrem T-Shirt. Es war ein warmer, heller Tag. Der Himmel hatte ein dunkles Blau. Über der roten Hügelkette lag ein Türkiston wie bei langen Autofahrten in der Dämmerung. Es würde ein warmer, sonniger Herbst werden.

Sofia schloss die Augen, streckte die Beine auf den Rücksitz und schlief den Rest der Fahrt.

DANK

Ich würde noch immer an diesem Buch sitzen, wenn ich allein gewesen wäre.

Hier stehen meine Eltern und meine Großmutter für ihre langjährige begeisterte Unterstützung. Ich hoffe, dass mein Bruder das hier liest und auch noch alles, was kommt.

Couldn't do without you: Laura, die die Entstehung dieses Buchs in allen Aufs und Abs begleitet hat; Emily und Armin, ohne die ich auf der Stelle getreten hätte; Fionna, Norhild und Ulrike.

Mein großer Dank geht an die Agentur Michael Gaeb, besonders an Lisa für alle Hilfe, an meine Verlagslektorin Martina Imkeller für ihren Einsatz und an das Team von cbt.

MOIRA FRANK, geboren 1993 bei Hamburg, studierte Kreatives Schreiben und Kulturjournalismus in Hildesheim. Sie hat in Anthologien und Zeitschriften veröffentlicht und war 2015 Stipendiatin des Klagenfurter Literaturkurses. »Sturmflimmern« ist ihr Debütroman.

Meg Wolitzer

Was uns bleibt ist jetzt

384 Seiten, ISBN 978-3-570-16294-1

Jam durchlebt die erste große Liebe zu Reeve so intensiv wie nichts zuvor. Dann stirbt Reeve und für Jam macht das Leben keinen Sinn mehr. Ein Internat für traumatisierte Teenager soll helfen, und speziell eine exklusive Literaturklasse, der Jam zusammen mit nur vier anderen Schülern zugeteilt wird. Ihre Lehrerin, Mrs Q, gibt ihnen Tagebücher mit. Nichts Neues, denkt Jam, aber als die Jugendlichen dann wirklich nachts darin schreiben, geschieht etwas Unvorstellbares: Sie gelangen nach Belzhar, in die Welt ihrer eigenen Vergangenheit vor dem schrecklichen, alles verändernden Ereignis. Gierig saugt Jam die Zeit mit Reeve in sich auf. Doch mit jeder Seite nähert sich der Tag, an dem sie sich der Wahrheit stellen muss. Ist sie bereit, ihre Zukunft zu opfern, um in der Vergangenheit glücklich zu sein, oder gibt sie der Zukunft eine Chance, sie noch glücklicher zu machen?

70022

www.cbt-buecher.de